Hans Friedrich Werkmeister

Die Zauberin Gottes

Zum 80. Geburtstag

Meinem lieben Falko
und seiner liebenswerten
[illegible] herzlich zugeeignet
von [illegible]
[illegible]

4. 12. 1992

Hans Friedrich Werkmeister

Die Zauberin Gottes

Roman

edition fischer
im
R. G. Fischer Verlag

Die Deutsche Bibliothek – CIP-Einheitsaufnahme

Werkmeister, Hans Friedrich:
Die Zauberin Gottes : Roman / Hans Friedrich Werkmeister. – Frankfurt (Main) : R. G. Fischer, 1992
(Edition Fischer)
ISBN 3-89406-617-2

Kruppstraße 100-102, D-6000 Frankfurt 60

Satz: W. Niederland, Frankfurt/Main
Schriftart: Palatino 10'normal
Umschlaggestaltung: Wilfried Niederjohann, Bielefeld
Herstellung: Ernst Grässer, Karlsruhe
Printed in Germany
ISBN 3-89406-617-2

Für Barbara

7

Der August war ungewöhnlich heiß gewesen, doch nun kam der September mit prächtigem Wetter. Aber der Hauch des Herbstes war auch schon zu spüren; nicht nur wiesen die Spinnengewebe des Altweibersommers auf die Wende der Jahreszeit hin, auch die Blätter der Parkbäume waren schon auf das Vergehen eingestimmt. Vorher mußten aber noch die in der „chemischen Fabrik Baum" erfolgten Assimilate in den Stamm und die Wurzeln transportiert werden, dann konnte der Oktoberwind mit seinem Ungestüm kommen und die bunten Blätter im Wirbelwind davontragen. Die herrlichen alten Bäume im Londoner Hydepark aber wußten zu kämpfen und zu überleben.

Es war der 23. September, ein denkwürdiger Tag, als eine energische junge Frau die Hausnummern der am Hydepark entlangführenden Straße prüfte, dann vor einem sehr klassischen, weißgestrichenen Gebäude stehenblieb. Sie holte ein Schreiben aus der Handtasche und vergewisserte sich, ob sie ihr Ziel erreicht habe. Dann schritt sie mit federndem Schritt die geschwungenen Treppenstufen hinan. Die Person war groß und schlank gewachsen, trug einen elegant geschnittenen Hosenanzug mit feinem Nadelstreifen. Auf ihrer linken Brusttasche war ein chinesischer Drache aus Goldfäden eingestickt. Die prächtigen schwarzen Haare umspielten Hals und Nacken.

Das seriöse, aus Bronze gearbeitete Schild neben der breiten Tür trug den Namen „EROM-Development Corp. Ltd.". Entschlossen drückte die Dame auf den großen Klingelknopf.

„Miss Chaux Wong", klang es aus dem Sprechgerät: „Herzlich willkommen, treten Sie ein und kommen Sie bitte in die erste Etage."

Nathalie, so hieß das schlanke, biegsame Wesen, schritt instinktsicher wie ein langbeiniger Chitta die roten Teppichstufen hinan. Auf dem Podest stand mit ziemlich eingeübtem Lächeln eine sehr blonde Empfangsdame. Sie trug auf ihrem gelben Kleid eine blaue Brosche mit dem gut lesbaren Namen EROM, in Gold – versteht sich.

„Bitte treten Sie ein, Sie werden schon erwartet. Der Herr ist auch schon da."

Wieso Herr, welcher Herr sollte da gemeint sein. Sie selbst war doch schließlich herbestellt. Na, mal sehen, was daraus wird.

Vom schweren viktorianischen Schreibtisch kam ihr ein jovial lächelnder Herr entgegen. Er trug einen hellen Blazer und dunkelblaue Hosen. Es war Mr. Derek Lovejoy, der Präsident von EROM. „Wie schön, daß Sie da sind – und so pünktlich!" rief er aus.

„Aber, mein Herr, ist Pünktlichkeit etwa nur das Vorrecht der Könige? Auch wir Frauen können uns disziplinieren, wie Sie sehen. Da bin ich also." Dabei strahlte sie Mr. Lovejoy aus ihren leicht geschlitzten, dunklen, tiefen Augen selbstsicher an.

„Ich darf Sie noch mit zwei anderen Herren unseres Präsidiums bekanntmachen", sagte Mr. Lovejoy. „Das hier ist Mr. Miller, und dies hier ist Mr. Anthony. Und dieser Herr ist ..."

Aber da prustete Nathalie vor lauter Lachen heraus: „Ein Herr in Nadelstreifen, fast so wie mein Anzug – aber eine Nuance maskuliner. Und dann auch noch eine rote Weste – wie ich mit meiner karminroten Bluse, nicht zu fassen!" Sie schüttelte sich vor Lachen, „Quel malheur, Monsieur!"

Der Nadelstreifenherr lachte ebenfalls herzhaft, ebenso die drei Gentlemen. „Gestatten, ich bin Victor Jung-Tabore, deutscher Vater, brasilianische Mutter. Eine Kreuzung unter Völkern – wie in Ihrem Fall, Madame." Man sah, es war keine schlechte Mischung. Sein Gesicht war gradlinig und markant, etwas jungenhafter Strolch und etwas nachdenklicher Abenteurer, verbunden mit Festigkeit und Sicherheit.

„Herr Präsident", rief Victor lachend, „wie machen Sie das nur, uns beide Kandidaten gleich gekleidet anmarschieren zu lassen? Arbeitet Ihr Haus übersinnlich?"

„Wer weiß, wer weiß", rief Mr. Lovejoy, „schließlich sind wir ja eine bedeutende Entwicklungsgesellschaft. Wir beschäftigen uns natürlich auch mit parapsychologischen Problemen, insbesondere in Hinblick auf ihre praktische Anwendung – natürlich auch wirtschaftlich, Sie verstehen. Ob wir aber den „Nadelstreifen-Komplex" einprogrammiert haben, scheint mir zweifelhaft, aber, wer weiß, wer weiß ...", sagte er nochmals mit etwas hintergründigem Lächeln. „Aber setzen wir uns, wir wollen Sie nicht lange auf die Folter spannen. Sie sollen bald wissen, worum es geht."

In den weichen Ledersesseln versank man tief. Der Butler servierte dezent einen trockenen Sherry – „oder wünschen Sie Whisky, Cognac, Portwein oder sonst etwas? Sagen Sie es bitte Henry – Nun zu Ihrer Person, wohl besser zu Ihren Persönlichkeiten, Mademoiselle, Monsieur. Sie beide haben sich über das Spezialbüro für Personalfragen, die weltbekannte Firma Fuller, beworben, um sich auf einem aktuellen –

„Vielleicht besser akuten", warf Mr. Anthony ein.

„Na, auch gut, also meinetwegen 'akuten', sehr komplexen Feld zu betätigen. Unsere Firma wird als internationaler Konzern weltweit bald die Numero zwei werden. Über die neue Aktivität im Bereich des Tourismus, des Naturerlebens – eines wirklichen Erlebens, werde ich Ihnen gleich mehr erzählen."

„Entschuldigen Sie, Mr. President, ist dieses Thema bei den Tausenden von Firmen und Gesellschaften des Tourismus nicht schon ausgereizt?", warf Nathalie ein. „Kein Fleck auf der Erde, der heute nicht gemietet werden kann!"

„Warten Sie ab, unser Konzept ist unschlagbar, es ist sensationell, super; super ..." sagte Herr Lovejoy.

„Darf ich mir eine Bemerkung als Journalist und Medienfachmann erlauben, Herr Präsident? 'Super, super' heißt es ja inzwischen in jeder Waschmittel- oder Autowerbung – ich meine, es wird oft mißbraucht", warf Victor ein.

„Großartig, wie Sie reagieren. Sehen Sie, wir brauchen ungewöhnliche, kritische, journalistische Mitarbeiter. Wir erwarten viel von Ihnen beiden", sagte Mr. Lovejoy. „Sehr gut. – „Doch nun zunächst zu Ihnen, Madame Nathalie. Wir haben eine Frau gesucht, möglichst einmalig", dabei lächelte er Nathalie ziemlich erwartungsvoll und auch ein wenig bewundernd an – „aber eine Frau, die auf vielen Hochzeiten tanzen kann. Kulturarbeit, Sozialpsychologie, medienerfahren, journalistisch bewährt, mit dem nötigen, nicht klischeehaften Charme und einem gesunden Instinkt."

„Oh Gott, mir wird angst und bange", sprudelte Nathalie heraus, „wenn das man gut geht!" „Es wird", sagte Mr. President, „wir wissen es."

Nach einigen Augenblicken drückte Mr. Lovejoy unauffällig auf den Knopf eines Sprechapparates. „Wieviel Bewerbungen hatten wir eigentlich, Annie", fragte er.

„Einen Moment, Mr. President, ah, da ist es. Also: insgesamt hatten sich bei Fuller 1.386 Damen und 1.754 Herren beworben."

„Ich danke Ihnen, Annie". – „Sie sehen, ein großes Angebot, weltweit."

Nathalie riß die Augen weit auf.

„Wir haben uns dann in einer Vorauswahl zunächst für 50 Kandidaten interessiert, schließlich in einem zweiten Durchgagn für 15 Damen und 20 Herren. Und dann haben wir uns entschieden – und wir gehen davon aus, daß Sie und wir zusammenpassen. Die neuesten Erfahrungen wurden ausgewertet. Graphologisch – übrigens von dem wohl besten Experten der Welt, dem Schweizer Professor Anton Hunziger, dem hochkarätigen amerikanischen Psychologen, Dr. Arno Carus, der Parapsychologin Gerda Hannubo, Spanien, und, naja, ich sag's einmal, einem der erfahrensten Detektivbüros Englands."

„Mein Gott, mir wird heiß und kalt. Da wissen Sie am Ende mehr von uns als wir selbst", warf Nathalie ein, „richtig beunruhigend!"

„Lassen Sie nur, Mademoiselle Nathalie, für uns ist das absolut beruhigend. Nur *eine* Frage an Sie; das wurde nicht ganz klar. Was war das für eine „Palastrevolution", die Sie am 12. April 1978 an der Universität von Genf angezettelt haben?" Wieder drückte Herr Lovejoy auf einen Knopf, der Raum wurde leicht verdunkelt, und auf der weißen Fläche neben dem Schreibtisch erschien die Projektion aller wichtigen Lebensdaten von

Nathalie Chaux-Wong: geboren am 27. August 1953 in Hanoi. Vater: André Chaux, Wirtschaftsberater der Militärregierung von Siam. Mutter: Mitsu Wong, Tochter eines Plantagenbesitzers in der Nähe von Haiphong. „Aber hier sehen Sie eine weiße Spalte, niemand konnte diese Lücke recht erklären, partout nicht", sagte der Präsident.

„Ach, mon Dieu", brachte Nathalie ohne Zögern hervor, „das war eine spontane Demonstration meines Semesters, übrigens aller Kommilitonen gegen den zum Teil völlig vertrottelten 'Lehrkörper' der Fakultät. Einige 'Profs' kamen uns damals in unserer Begeisterung und wirklich echtem Wissensdurst stark konservativ, fast schon mittelalterlich vor. Meine Aufgabe war es dann, während einer Diskussion im Hörsaal den Dekan scharf anzugreifen. Wir wollten nur eine Evolution, keine Revolution. Na, da Sie so gut informiert sind, wissen Sie ja wohl auch, welche Konsequenzen das ziemlich calvinistische Universitätsgremium in Genf daraus zog. Man warf mich hinaus – als die Rädelsführerin, einfach so. Das hatte es bis dato noch nie gegeben. – Ob ich heute genauso handeln würde, weiß ich nicht. Aber damals", sagte Nathalie versonnen, „damals mußte es sein, sonst wäre ich meinen Prinzipien untreu geworden."

„Und die waren?", fragte Mr. Lovejoy.

„Ich würde sagen: eine gewisse Hellsichtigkeit für die Probleme, in welche die Welt mit ihrer Bevölkerungsexplosion inzwischen hineingeschliddert ist. Mit Schrekken habe ich nachts wachgelegen und gegrübelt. Die alten Methoden zögen nicht mehr, Zöpfe müßten ab, meinte ich. Wir leben doch nicht in einem Schneckenhaus. Gefährliche Probleme drängen, gesellschaftlich, ökologisch usw. Was ist das für eine Welt, welche die Basis der natürlichen Hilfsquellen mehr und mehr vernichtet? Die Technik hat die Natur überrollt. Und der Mensch, der sogenannte wissenschaftlich Gebildete, versteht er noch dieses unglaubliche Ineinandergreifen der Lebensäußerungen? Respektiert er die sogenannte tote Materie, den Stein, den Fels, die Quelle und die

Hierarchien der Tiere? Ist er dafür noch sensibel?", stieß Nathalie hervor. Ihre Nasenflügel bebten, und die dunklen Augen sprühten Feuer.

„Wir werden die Menschen wieder sensibel machen", antwortete spontan Mr. President, „mit Ihrer Hilfe, mit der Hilfe Ihres Kollegen Victor."

„Wie denn", fragte Victor, von Nathalies Offenbarung und von ihrem Eifer angesteckt. „Mit *Ihrem* Programm? Sagten Sie nicht, das Programm eines 'total neuen Naturerlebens?' Was kann man denn wohl *noch* machen; – die Menschen etwa über Elektroschocks endlich sensibilisieren?"

„Sie gehen ja mächtig hart ran, darüber sollten wir uns in den nächsten Tagen gründlich unterhalten. Zunächst noch eine Frage an Sie, Victor. Ich will Ihre Daten nicht auch noch projizieren – aber sagen Sie doch bitte, wo liegt der wirkliche Schwerpunkt Ihrer Ambitionen? Sie haben eine solch breit angelegte Ausbildung erfahren: Theaterwissenschaft, Kunstgeschichte, Germanistik, Psychologie, Soziologie, – und dann Journalistik, dabei in letzter Zeit mit dem Schwerpunkt Tourismus. Ich kenne natürlich Ihre streitbare Schrift mit dem Titel: 'Der Polyp Tourismus umklammert die Kontinente'."

„Das ist es, Mr. President, was mich unruhig macht, was mich oft Tag und Nacht beschäftigt. Wissen Sie, die letzten Impulse bekam ich während meiner Zeit an der Harvard-Universität", sagte Victor.

„Breit angelegt haben Sie Ihr Studium", bemerkte der unter seinen buschigen Augenbrauen immer prüfend dreinblickende Mr. Anthony, „an sechs Universitäten in fünf Ländern. Den meisten Fernsehzuschauern, ich möchte sagen in der ganzen westlichen Welt, wird Ihre Serie von den 'mystischen Stätten der Weltkultur' bekannt sein. Ihre Moderierung ist eindrucksvoll."

„Wie diese zum Beispiel", rief Mr. Lovejoy dazwischen und drückte auf einen gelben Knopf seiner eingebauten Schalttafel. Das Zimmer verdunkelte sich und eine unvergessene Szene wurde wieder wach: Victor auf der Osterinsel, im einsamen Pazifik. Neben dem ihn mehrfach überragenden Gesicht einer Riesenfigur, einem „Moai", steht er, gebräunt, mit rot-kariertem Hemd und flatternden, hellen Hosenbeinen und, von wenigen Gesten begleitet, ruft er die Atmosphäre der heiligen, auch heute noch imponierenden 'Ahus' wach. Dramatisch schildert er das Gemetzel zwischen der Adelskaste der „Langohren" und dem gemeinen Volk, den „Kurzohren", dann zeigt er auf die kahle, den Stürmen des Pazifiks ausgelieferte Insel. „Soll das so bleiben? – Nein, es ist eine Aufgabe unserer Zivilisation, auf diesem Eiland wieder Wälder zu pflanzen." Die Pollenanalyse habe bewiesen, welche Bäume und Sträucher einst hier wuchsen. Bewußtseinänderung der Menschen tue not. Weltweit. Die Menschen müßten die Dramatik der Naturprozesse lieben lernen. Während Victor so im Schatten der „Moai-"Riesen steht und die Intuition durch ihn spricht, schwenkt die Kamera zum weiten Pazifischen Ozean hinüber, dessen haushohe Wogen wild an die skurrile vulkanische Küste der Insel branden.Es wurde wieder hell. „Mr. Jung-Tabore", meinte Derek Lovejoy, „ich muß gestehen, diese Reportage hat mir bestätigt, daß Sie die richtige Wahl für uns sind. In diesem Stil könnten Sie für unsere Objekte arbeiten. Aber, hören wir heute auf. Mademoiselle, Mr. Victor, ich schlage vor, daß wir morgen weiterreden. Gestatten Sie uns, Sie in zwei unserer Suiten im Penthouse dieses Gebäudes unterzubringen. Die Mahlzeiten werden wir Ihnen im Casino im Haus nebenan servieren. Sie finden Ihr Gepäck in Ihrer Unterkunft und auf Ihren Schreibtischen Unterlagen über unsere Gesellschaft. Über die uns am Herzen liegenden touristischen Projekte steht jedoch nicht viel in diesen Papieren. Darüber morgen mehr. Sagen wir um 10 Uhr hier in diesem Raum. Dazu werden weitere Herren und Mrs. Fulbright, alles Mitglieder des Aufsichtsrates, kommen. Wir werden Ihnen dann auch Vertragsvorschläge unterbreiten. Wir gehen davon aus, daß Sie diese positiv aufnehmen werden. Das wär's fürs erste."Sekretärin Annie begleitete Nathalie und Victor zu ihren großzügig ausgestatteten Räumen. Dezent erklang Musik – es war das „Wohltemperierte Klavier" von Bach – und wirkte beruhigend auf die Nerven. Auf den Tischen lagen Karten für die Abendveranstaltung im „Covent Garden Opera House": Mozarts „Zauberflöte". „Das ist wohl schon die Einweihung", spöttelte Victor.

Am nächsten Morgen traf man sich wieder im Zimmer des Präsidenten von EROM. Mr. Lovejoy stellte den Mitgliedern des Aufsichtsrates die Kandidaten vor. Der Eindruck war gut: sowohl bei Nathalie als auch bei Victor hatte die Natur nicht mit ihren Reizen gespart. Ihre äußere Erscheinung würde helfen, EROMS Pläne über Video, Fernsehen und die Presse gut an den Kunden zu bringen.

„Madame Nathalie", fragte Mrs. Fulbright, „ich kenne Ihre zauberhaften Novellen – sehr östlich ausgeprägt. Wie pflegen Sie zu arbeiten? Ist es harte Feldarbeit, Intuition oder einfach Phantasie?" Dabei schaute die für ihr Alter durchaus attraktive Mrs. Fulbright Nathalie mit ihrer randlosen Brille wohlwollend, aber doch auch ziemlich neugierig an.

„Alles zusammen, Mrs. Fulbright. „Geschenkt wird einem nichts. Die handwerkliche Arbeit habe ich bei „Le Monde" in Paris gelernt. Das Feuilleton hatte mich fasziniert, die Leute dort fanden meine schriftstellerischen Arbeiten locker genug, so sagten sie." „Ihr Lyrikband 'Göttliches aus Angkor-Wat' ist mir unter die Haut gegangen. Ihr fernöstliches Erbe ist stark ausgeprägt.«

„Aber ja, Mrs. Fulbright, ich war in drei Inkarnationen in Burma und in Kambodscha. Sie lächeln, meine Herren?. Ich weiß selbstkritisch, was ich sage. Und sollten Sie glauben, daß ich Halluzinationen gehabt habe, so denken Sie, daß ich hier, in diesem Körper sehr irdisch bin und meine Pflichten ernst nehme. Wenn Sie wollen, auch für Sie, für EROM."Es war ausgemacht, daß sie das wollten.

„Madame Nathalie, Mr. Victor", unterbrach das Gespräch zwischen den beiden Damen Mr. President, „genießen Sie den Kaffee, der Ihnen jetzt gereicht wird. Wir – die Aufsichtsräte von EROM – müssen uns kurz zurückziehen."

„Wollen mal sehen, was nun konkret auf uns zukommt", sagte Victor lächelnd, „die haben sich endgültig nach den beiden Probesitzungen für uns entschieden, das spüre ich." Und so war's. Aufgeräumt kamen die Vorstandsmitglieder zurück, und Derek Lovejoy ergriff das Wort: „Madame Chaux-Wong, Mr. Jung-Tabore, wir sind mit Ihnen sehr einverstanden und dürfen Ihnen beiden hier einen Vertrag für drei Jahre vorlegen. Das Salär ist ziemlich großzügig bemessen – Sie werden sehen, es entspricht dem eines Staatssekretärs. Alle Einzelheiten lesen Sie bitte gründlich in Ihren Räumen durch. Den Vertrag werden wir morgen besprechen. Jetzt aber sollen Sie beide Konkretes hören."

Wieder verdunkelte sich der Raum, und auf der Projektionsfläche war eine Weltkarte zu sehen. „Auf unserem Planeten", erläuterte Mr. Lovejoy, „sind sich die Menschen ziemlich ins Gedränge geraten. Weite Flächen sind besetzt, manche wohl geschützt – aber sehr viele werden auch, sagen wir einmal, eifrig touristisch bearbeitet. Der Massentourismus, vorwiegend aus den Staaten des Westens einschließlich Japans und einiger anderer Länder, erobert sich Stück um Stück die letzten Paradiese des Blauen Planeten. Aber diese Woge von neugierigen Erdenbürgern ist doch eigentlich für den Kenner, oder sagen wir einmal: für den Feinschmecker, widerlich. Wie die Sardinen in der Büchse liegen die schwitzenden Körper an den Stränden herum. Die monotonen Massenhotels bersten vom Andrang der sonnenhungrigen – und der Gerechtigkeit wegen muß ich sagen – auch der kulturhungrigen Reisenden. Die Tempel der Pharaonen erzittern unter dem Tritt der Massen, und die Gräber im Tal der Könige müssen demnächst geschlossen werden, denn der Atem der Touristen zerstört die Wandmalereien.

Griechenland und die Kultstätten an den 'Küsten des Lichts' in Kleinasien und auf den Inseln der Ägäis bieten kaum noch einen genußreichen Aufenthalt. Oder denken Sie an die Inka-Stadt Machu Picchu, die täglich Wogen aufgeregter Gäste auf ihren herrlichen Terrassen verkraften muß. Und Japan? Sind Sie schon einmal vor den großartigen buddhistischen Tempeln im Geschiebe von Tausenden gewesen? Oder denken Sie an manchen herrlichen Nationalpark, in dem Autokolonnen einem die Freude verderben können. Schließlich noch ein Beispiel: die Galapagos-Inseln. Dort kämpfen sie verzweifelt, den wachsenden Strom der Touristen auf abgezirkelten, schmalen Wegen zu halten. Gebe Gott, daß noch Riesenschildkröten, Echsen des Meeres und des Landes, Albatrosse, Pinguine und Fregattvögel übrigbleiben, gebe Gott", rief Mr Lovejoy beschwörend aus, dabei reckte er sein gut gepolstertes Gesicht gen Himmel.

„Jaja", dachten Nathalie und Victor, „ ja, so ist es, eigentlich hat er recht."

„Aber wie sieht denn nun das neue, das andere Konzept der EROM-Gesellschaft aus?" fragte Victor. „Eigentlich ist doch schon alles dagewesen!"

„Nein", rief der Präsident „Nein! Unser Weg ist äußerst exklusiv. Mehr Verständnis für die Natur durch direkten Kontakt, mehr Freude an dem lebendigen Wesen dieser wunderbaren Gottesschöpfung. *More knowledge, more pleasure, more awareness and love for the soul of animals, more ... more...* Unsere Methode wird alles andere nichtig machen. Bedeutende Veterinärchirurgen, Zoologen, Ethnologen, Architekten, Landschaftsarchitekten, Ökologen, Psychologen und andere arbeiten für uns. Sie werden es jetzt hören. – Bitte richten Sie Ihr Augenmerk auf die roten Ringe der Karte. Das sind unsere EROM-Filialen oder besser, Stützpunkte: London, Paris, Frankfurt, Berlin, Washington, Mexico-City, Caracas, Rio de Janeiro, Kairo,Nairobi, Neu-Delhi, Tokio, Sydney, Wellington usw. usw. Sie sehen, Madame Nathalie und Mr.Victor, wir umspannen den Globus. Und nun ...", eine andere Karte kam auf die Projektionswand, „betrachten Sie die anderen Signaturen: blaue, gelbe und grüne Kreuze. Blau bedeutet, daß unsere Aktionsplätze, wir können auch sagen, die touristischen und Lerneinrichtungen, fertig sind. Gelb bedeutet, daß wir noch am Bauen sind – und Grün", lächelte Mr.Lovejoy, „ist ja wohl die Hoffnung. Aber das wird sich realisieren. Unsere Verbindungen zu den betreffenden Staaten sind gut, die Kontakte zu einflußreichen Personen sind eng – natürlich mit ziemlichem finanziellen Aufwand, Sie verstehen." Dabei zwinkerte er mit seinen wasserblauen Augen und machte eine bestimmte Bewegung mit den Fingern. „Aber so ist das nun einmal im Leben, wie sagt man doch: Eine Hand wäscht die andere. Das alles nehmen wir in Kauf, weil wir eine Mission haben."

„Darf man fragen, was das für eine Mission ist, was sie bezwecken will?" warf Nathalie ein.

„Die Natur als Schwester betrachten, hautnah sich den Wesen verbinden. Und die Menschen, die in unseren Einrichtungen gewesen sind, zu Multiplikatoren machen. Aber Madame Nathalie, Mr. Victor, viel wichtiger werden *Sie* dabei werden. Aber – fangen wir an!" Er zeigte mit seinem silbernen, ausziehbaren Stift auf eine Stelle am Roten Meer. „Hier, an der Küste der Arabischen Wüste – etwa auf der Höhe von Luxor entsteht unsere Delphin-Reit- und Springschule – ganz sensationell! Die erste der Welt und nie dagewesen."

„Ich verstehe nicht ganz", sagte Victor, „Delphine werden doch sowieso schon in vielen Delphinarien auf der ganzen Welt im Springen und vielen anderen Kunststückchen ausgebildet. Übrigens, wie manche Tierpsychologen sagen, nicht immer zur Freude der Tiere selbst. Was soll also diese ... – ach, aha, ja, ich verstehe, die Delphine sollen Menschen über die Wogen tragen und mit ihnen springen. Ist es so?"

„Genau das ist es", antwortete Mr. Lovejoy, „jeder Mensch, der einigermaßen sportlich veranlagt ist, kann auf einem Delphin reiten. Ein ganz neues, naturhaftes Gefühl der großen Freiheit auf dem Meer."Sehr skeptisch schaute Nathalie drein: „Wissen Sie, Mr. President, man hat über Menschen gelesen, die sich mit Delphinen angefreundet und mit ihnen gespielt haben. Und da ist die zauberhafte Erzählung von dem Berber- Mädchen, das nachts zur Küste ging, ihren Delphin-Freund erwartete und dann auf seinem Rücken im Mondlicht über die Wellen glitt. Wenn das wirklich so war – nun gut – aber ich wüßte nicht, wie ich auf so einem glatten Rücken überhaupt die Balance halten sollte. Das wäre doch höchstens etwas für Akrobaten."

„Nun schauen Sie her, hier auf diesem Bild ist der Längsschnitt durch den Körper eines Delphins dargestellt. Dort sind die Rippenbögen, und über ihnen sehen Sie eine verbindende Klammer, die sich mit einer bestimmten Partie des Rücksgrats verbindet. Sie führt dann zu einem ovalen Griff über der Haut."

„Der Haltegriff also", rief Nathalie überrascht aus, „ich verstehe."

„Doch nun weiter", rief Mr. Lovejoy: „Vor dem Haltegriff sehen Sie einen kleinen Schalter am Nacken des Tieres. Und hier die zwei hauchdünnen Fäden, das sind feine Verbindungsdrähte zu einem bestimmten Teil des Gehirns, steuerbar."

„Unglaublich!"

„Ja, wir haben uns schon etwas einfallen lassen, um dieses Problem zu lösen. Dazu konnten wir bedeutende Wissenschaftler gewinnen, damit alles rechtens und verantwortbar ist. Kennen Sie Professor Alex Riesenhalber aus Westberlin? Er hat zusammen mit 'Bayer' ein organisches Präparat entwickelt, das vom Körper des Delphins nicht abgestoßen wird und Knochensubstanz bildet. Laut einer eingespeicherten Gen-Information wächst daraus der Haltegriff. Professor Dr. Dr. Jaques Ridaux von der Sorbonne ist Ihnen sicher bekannt, nicht wahr? Er hat als Gehirnchirurg mit den wohl besten Tieroperateuren zusammengearbeitet, um das Delphinhirn zu testen und die Partien anzuzapfen und mit feinsten Impulsen zu beeinflussen, die uns interessieren. Und es ist gelungen, die Tiere fühlen sich sehr wohl und sind freudig bei der Arbeit. – Aber, soweit über diesen ersten Stütz- und Erfolgspunkt am Roten Meer. Sie werden das alles noch 'hautnah' erleben."

„Womöglich auch haifischnah", bemerkte Nathalie lächelnd. „Darüber machen Sie sich bitte keine Sorgen", bemerkte Derek Lovejoy lächelnd, „wir können uns keine negativen Entwicklungen wünschen. Natürlich wurden auch die Haifische gründlich getestet und in diese Entwicklung einbezogen. Unsere Reflektoren in Verbindung mit dem Schaltsystem des Delphins halten diese, übrigens interessanten Tiere, vom Delphin und seinem Reiter ab. Nun aber noch der Ordnung halber ein Hinweis auf Ihre Unterkunft. Für jeden von Ihnen ist ein privater Bungalow errichtet worden. Die Kommunikationszentrale wurde mit den allerneuesten technischen Raffinessen ausgestattet. *Unser Gästehaus ist sehr geschickt* mit dem braunen Felsen des Gebel Hammad verbunden. Wir denken, daß Sie hier die Männer und Frauen von Presse, Rundfunk und Fernsehen aus der ganzen Welt empfangen und sie über dieses zunächst gewagte, dann aber höchst gelungene Unternehmen unterrichten. Natürlich hat EROM nach den riesigen Investitionen auch ein wirtschaftliches Ziel. Qualität und Einmaligkeit haben aber ihren Preis; somit wird der Kreis der Gäste wohl auf die sehr wohlhabenden Leute beschränkt bleiben. Das ist die eine – sicher sehr verständliche Seite. Die andere ist, und das sollte bei der Public Relation herausgestellt werden, das Ethische. Wir wollen das Verständnis wecken für eines der intelligentesten Säugetiere der Welt. Bedenken Sie, daß der Delphin 40 Prozent mehr Gehirnmasse hat als der Mensch und mehr als doppelt soviel Windungen."

„Ist das die Mission, von der Sie sprachen, Herr Präsident?" fragte Victor.

„Ja, das ist ein Teil davon, aber bedenken Sie doch einmal, daß die armen Delphin-Männchen und -Weibchen jährlich zu Tausenden erschlagen werden. Sie wissen vielleicht, daß diese Tiere sich gern mit dem Thunfisch zusammentun. Dabei geraten sie fast immer in die Netze der Fischer. Voll Schaudern denke ich an eine Fernsehsendung aus Japan. Die Fischer dort protestierten gegen die 'sentimalen' Tierschützer und demonstrierten ihre Abneigung gegen die Delphine: zu Hunderten trieben sie diese hochentwickelten Säugetiere an den Strand und schlugen sie mit Knüppeln tot. Schrecklich, der breite Strom von Delphin-Blut, der sich in den Pazifischen Ozean ergoß. Wir wollen also den Schutz der Delphine auf unser Banner schreiben. Übrigens haben wir schon einen 'Freundeskreis Delphin' gegründet und werden ihn finanziell großzügig unterstützen. Für unsere PR-Aktivität gilt der Slogan: 'Mehr Verständnis für das intelligenteste Tier dieses Planeten'. Mr. Lovejoy wurde euphorisch – und es schien fast, als ob diese Euphorie nicht nur Show war: „*More friendship with this wonderful animal, more contact with the most intelligent mammal, more understanding of this splendid swimmer, more, more, more...* Meine Damen, meine Herren, verehrte Mitglieder des Aufsichtsrates, das wär's für heute morgen an Erklärungen zu unserem ersten Unternehmen des 'Tourismus im 21. Jahrhundert'." Eine Frage an unsere Besucher, Madame Chaux- Wong und Mr. Jung-Tabore: Haben Sie gestern die Vertragsvorlagen gelesen? Wie haben Sie sich entschieden?"

Nathalie sagte: „Ich bin begeistert von der Arbeit, Sie können mit mir in den nächsten drei Jahren rechnen."

Und Victor: „Auch ich bin bereit, die Vertragsunterlagen abzuzeichnen. Dabei will ich nicht verhehlen, daß es Situationen geben mag, wo ich über meinen eigenen Schatten springen muß, aber ich mache mit. Ich werde ein seriöser und zuverlässiger Mitarbeiter von EROM sein. Loyal werde ich Ihre großzügigen und wagemutigen Unternehmungen studieren und diese für die Medien mit Schirm, Charme und ..., naja, Sie wissen schon, was jetzt nicht kommt. Statt der 'Melone' werde ich mich sportlich zeigen und alles selbst vorführen – was auch kommen mag. Und mir scheint, Sie werden uns noch mit ziemlich viel anderen Dingen überraschen – ich mache gern mit. Für einen Journalisten eine echte Herausforderung."Der Präsident hatte aber noch etwas auf dem Herzen und quälte sich, damit herauszurücken. „Äh, ja, nun ... es wäre gut, wenn es möglich wäre, daß Ihre persönliche Beziehung zueinander kameradschaftlich, freundschaftlich und, sagen wir, kollegial bleiben könnten. Wenn das möglich wäre ...?"

„Ich glaube schon, Nathalie und ich sind unabhängig genug, wir werden das Beste daraus machen", antwortete Victor und sah dabei betont reserviert in die ziemlich tiefgründigen Augen seiner Kollegin.

Nach der Unterzeichnung der Verträge lief die Organisation bei der EROM auf Hochtouren Man hatte es offensichtlich eilig, die Spitzenleistungen dieser Gesellschaft im Tourismus bald publik zu machen, zumal wohl schon große Summen investiert waren.

Am Nachmittag des Vertragsabschlusses kamen Schneider und Schneiderinnen der Haute Couture-Firma „John Ascott Ltd." und nahmen Maß. Miss Annie, die gepflegte blonde Empfangsdame von EROM, kam hinzu. „Madame Nathalie, Mr. Victor, wir legen Wert darauf, Sie exquisit zu kleiden."

„Oh Gott", rief Victor, „sollen wir auch als EROM-Mannequins posieren"? „Aber, aber ..." sagte Miss Annie, „wir legen Wert auf eine gepflegte, sagen wir mal: sportliche Eleganz, aber exquisit. Unsere Spitzenschneider, die 'Tschung-Tschuang'-Leute aus Hongkong, bekommen anschließend per Telex Ihre Maße – und in etwa einer Stunde erscheinen die Spezialisten für Strandbekleidung, Bademoden und sportliche Wasseraktivitäten. Das sind die 'Aqua-Texta'-Leute."

„Weltbekannt!" sagte Nathalie. „Welche Frau kennt nicht die raffinierten Sachen? Sie sind nur meist unerschwinglich."

„Nun, Sie haben die freie Wahl", meinte Annie. „Und übrigens", fügte sie verschmitzt lächelnd hinzu, „'Aqua-Texta' gehört zum EROM-Konzern. Da werden noch gewaltige Entwicklungen geschehen: eine neue Körperkultur soll mit dem Namen der Firma verbunden werden; nicht zuletzt dank Ihrer Arbeit und Ihrer Erscheinung an der Delphin-Schule und in anderen Objekten."

„Andere Objekte? Na, wollen mal sehen, welche Abenteuer da noch auf uns zukommen!" rief Victor, „wir sind auf alles gefaßt, Nathalie, nicht wahr?"Nathalie kam ins Träumen; ihre Augenlider waren fast geschlossen. „'Aqua-Texta', mon Dieu, 'Aqua-Texta', wer kann sich das schon leisten?"

„Sie", sagte lächelnd Miss Annie, „Sie und Mr. Victor. Sie werden auch die Freiluftmode des 21. Jahrhunderts demonstrieren. Wissen Sie, was Mr. Lovejoy immer sagt? Nichts ist unmöglich, was möglich ist."

„Nun gut, Nathalie, machen wir's möglich", rief Victor. „Machen wir's!" Als am frühen Abend die Damen und Herren von „Aqua-Texta" kamen und die schon vorsortierte Kollektion für Nathalie und Victor vorführten, stellte man fest, mit welcher kultivierten Raffinesse hier gearbeitet wurde. Die Anprobe geschah in getrennten Zimmern, und zur Stärkung bei der strapaziösen Arbeit gab es zwischendurch auch einmal einen „Whisky on the Rocks."

Etwa nach einer Stunde klopfte Victor an Nathalies Zimmertür. „Darf man mal schauen, Nathalie?" fragte er, dann blieb er wie vom Schlag getroffen stehen.

„Was ist denn Victor, was ist – gefalle ich Ihnen etwa nicht?" Sie stand in der Mitte des viktorianisch eingerichteten Zimmers, bekleidet mit einem knappen, goldgelben Schwimmanzug; die langen, schwarzen Haare fielen locker darüber hinweg.

„So muß die Göttin der Südsee aussehen, genau so", rief Victor aus, dann schritt er auf sie zu und drückte ihr einen leichten Kuß auf die Stirn.

„Danke", lächelte sie, „danke." Am Abend saßen die beiden künftigen Hauptakteure von EROM in einem gemütlichen italienischen Lokal, der „Bella Flora". Als der Kerzenschein die schönen Chianti-Gläser purpurn durchleuchtete, fragte spitzbübisch Nathalie: „Und Sie Victor, wie waren Sie denn als Dressman? Raffinierte Sachen, Body-Steigerung, super-maskulin? Was gab's für Kombinationen? Gab es auch schöne Accessoires?"

Victor grinste. „Das verrate ich nicht. Meine 'Aqua-Texta'-Show soll als erster mein Delphin sehen und dann auch Sie, Nathalie."

„Und die vielen schönen Reporterinnen, nicht wahr?", schmunzelte Nathalie.Es war ein herrlicher Abend, an dem sie mehr voneinander lernten und über die nächste Zukunft fabulierten. „Tolle Herausforderungen für uns, Victor, was mag da alles noch auf uns zukommen? Uns wird ganz Erstaunliches geboten, was wir den Menschen vermitteln sollen – und können."

„Den Menschen, Nathalie, den Menschen? Wie viele werden das sein, diese Millionäre?" sagte Victor. „Werden wir nicht auch ziemlich manipuliert dabei? Wir sollten darauf achten, daß unsere Persönlichkeit nicht draufgeht."

„Wird alles gut gehen, geben wir uns der Zukunft hin, Victor. Ich weiß einiges über meine früheren Verkörperungen und glaube, daß ich hier und genauso weiterarbeiten soll. Ich spüre, daß meine Seele das annehmen muß."

„Reinkarnation, liebe Nathalie, das sind alles unfaßbare, verschwommene Dinge. Ich kann mich nicht damit anfreunden. Vielleicht komme ich dazu, daß ich so etwas einmal glauben werde, aber *wissen* müßte man, Beweise, sichtbare, müßte man haben."

„Victor, die gibt es, zahlreiche sogar. Eines Tages wirst auch du es wissen. Bist du übrigens Christ?"

„Ja, natürlich bin ich das."

„Glaubst Du auch an das Bekenntnis der Auferstehung des Fleisches und ein ewiges Leben?"

Victor zögerte mit der Antwort. „Eigentlich, nun ich weiß nicht, Wieder-Menschwerdung und so. Darauf willst Du ja wohl hinaus; jetzt verstehe ich das mit der Wiederverkörperung. Oh je, darüber muß man lange nachdenken...!"

Der Abend verging zu schnell für die beiden. In der verhaltenen Zuneigung zueinander lotete man die tiefen Schichten des Seelischen aus und erfuhr sich gegenseitig. Kein schlechter Start für die kommende, noch sehr offene Zeit.

Auf dem Nachttisch lag eine Notiz von Mr. Lovejoy, man möge sich nach dem Frühstück in seinem Büro einfinden. Der EROM-Chef schien eine gute Nacht hinter sich zu haben, er strahlte Zufriedenheit und Wohlwollen aus.

„Verehrte Nathalie, lieber Victor, es muß nun ernst werden mit Ihrer Abreise ans Rote Meer, zum Küstensaum vor dem Gebel Hamad. Wir denken, in sechs Tagen kann es losgehen, bis dahin wird alles bereit sein."

„Sie sagen, 'wir' Mr. President, Sie kommen also mit, nicht wahr?" fragte Victor.

„Jawohl, und der ganze Vorstand von EROM wird

nachkommen, sobald alles läuft. Dann starten wir mit der – sagen wir einmal, 'Hommage für den Delphin'."

„Und vielleicht auch Hommage an den neuen großen Wurf von EROM ...", warf Nathalie ein.

„Ja, natürlich",Mr. President lächelte, „das gibt es dann noch dazu."

Das Wetter war unfreundlich geworden, als die Passagiere den zweistrahligen Jet bestiegen. Der Oktoberwind ließ harte Regenschauer niederprasseln, und so konnte man fast die Gemütlichkeit des Düsenflugzeugs genießen. „Wissen Sie", merkte Mr.Lovejoy an, „dies ist eine Spezialanfertigung, mit allen technischen Schikanen. Wir legen Wert auf die größte Sicherheit und natürlich auch Bequemlichkeit. Auf Zypern werden wir übrigens eine Pause einlegen. Der Staatspräsident möchte uns einen kleinen Empfang geben, er ist sehr interessiert an einem besonderen Verhältnis zu EROM. Vielleicht gibt es einen gemeinsamen Plan zum Nutzen der Insel, zunächst natürlich des griechischen Teils. Und dann ist er auch neugierig auf Sie, er hat etwas gerochen."

Steward und Stewardess verwöhnten die Passagiere über alle Maßen. Als die Küste Englands im Dunst verschwand, gab es schon ein paar Austern mit prickelndem Champagner.

„Lieben Sie Löwen, Madame Nathalie, Victor, lieben Sie diese Tiere?" fragte Mr. Lovejoy ganz unvermittelt, und er weidete sich an der Sprachlosigkeit der beiden.

„Ja nun", fragte Nathalie, „wie ist denn das gemeint? Ich für meine Person bin sehr tierlieb. Natürlich finde ich auch den König der Tiere großartig, aber wann hat man schon mit Löwen zu tun?"

„Na, im Zoo habe ich schon manche gesehen, man sollte sie eigentlich streicheln können oder dürfen, aber wer außer dem Dompteur im Zirkus gibt sich schon damit ab?", bemerkte Victor lachend.

Mr. Lovejoy gab sich nun richtig ernst, als er sagte: „Sie beide werden die Löwen in absehbarer Zeit oft streicheln, Sie, Nathalie, und viele Touristen danach."

Die beiden „Hauptfiguren" der EROM schauten verdutzt drein. „Das wird Programmpunkt Nr. 2 Ihrer Aktivität. Zu gegebener Zeit darüber mehr", erklärte Mr.President.

Der Empfang auf dem Flughafen von Larnica war eher vertraulich. Obwohl PR-Leute auftauchten, geschah alles sehr dezent. Im Flughafenrestaurant saß man beim Kaffee und ließ sich den milden Wind des sonnigen Mittelmeeres um die Nase wehen, Nathalie in einem lässigen, rohseidenen Kostüm, hielt ihr Gesicht den warmen Sonnenstrahlen entgegen, Victor, in eleganter, grauer Hose und blauem Clubblazer, streckte seine langen Beine aus und genoß nach dem Empfang „das Gestade des blauen Lichts".Dann ging's weiter. Die Maschine stieg steil wie eine Rakete hoch und ließ die wellengesäumten Ufer der Insel schnell hinter sich. Nach einem Flug von etwa einer Stunde tauchte das breite Nildelta auf.

„Er ist nun gezähmt, der Nil", sagte Mr. President und wies mit der Hand auf den grünen Trichter des Deltas mit seinen vielen Flußverzweigungen. „Er kann nun mit seinem Hochwasser keinen Schaden mehr anrichten."Ja, so sah es nun Mr.Lovejoy, er gehörte zu der Sorte der Fortschrittsgläubigen.

„Und die Nachteile, die umgekrempelte Ökologie des ganzen Flußsystems?" fragte Victor.

„Ich weiß, ich weiß, Victor, aber stellen Sie sich vor, daß Ägypten keine Energie durch den großen Staudamm erhalten hätte, Hunger, Mord und Elend wären die Folgen gewesen in diesem vitalen Volk."

„Richtig, aber ..."

„Da, schauen Sie her", rief Nathalie, „die Farben der arabischen Wüste, direkt unwirklich." In der Tat war es ein Stück mystische Schöpfung, die sich dort unten ausbreitete. Violett und purpurn leuchteten die Berge auf, mit kräftigen braunen und grünen Farbtönen, und dazwischen die elegant gewundenen, gelben Wadis. Urzeit wurde lebendig, denn vor Zehntausenden von Jahren führten diese Flußtäler Wasser und gaben den hier hausenden Nomaden Nahrung und Trank.

„Von oben sieht es freundlich aus, aber die Wüste ist menschenfeindlich, Sie würden keine Freude daran haben, spazierenzugehen", äußerte Mr. President.

„Oh, ich schon", bemerkte Nathalie, „ich würde es gerne tun." Mr. President setzte ein verzeihendes Lächeln auf. Diese liebenswerte Person würde wohl in ihrer Zartheit in der brennenden Sonne zwischen den heißen Felsen verschmoren, so mochte er denken.

27

Delphinenritt

Die Düsenmaschine landete elegant auf dem Flughafen von Luxor, jener Stadt in Oberägypten, welche die Pharaonen vieler Dynastien damals zum goldenen Theben mit vielen Statuen, Prozessionsanlagen und Tempeln ausgeschmückt hatten.

Auf dem Flugplatz stand der EROM-eigene Hubschrauber, flog langsam über den wundervollen Terrassentempel der Königin Hatchepsut, über das Tal der Könige, beherrscht von dem Kegel, dem Berg des Schweigens. Schweigen? Ade damit, das Geknatter des Hubschraubers war wohl die Neue Zeit, schweigen konnten doch wohl nur Sheikes, also die gelehrten vergeistigten und in sich zurückgezogenen Leute des Islam und die Gurus in Indien.

„Wir werden keinen Wert auf einen übrigens sehr aufwendigen Straßenbau legen. Die Exklusivität unseres Objektes würde darunter leiden", sagte Mr.President. Daß diese Anlage den höchsten Kriterien der Exklusivität und Raffinesse standhielt, war augenfällig. Das PR-Paar Nathalie und Victor staunte über die geschickte Architektur, die Gebäude schmiegten sich wie selbstverständlich den Felsen an. Aber auch alle Voraussetzungen der besonderen Freizeitidee waren mit großem Fingerspitzengefühl verwirklicht. Da gab es zunächst das Gästehaus mit jedem denkbaren Komfort, auch eine Anzahl von einzelnen Bungalows. Am südlichen Komplex des Geländes dehnte sich die Reitschule für die eleganten Delphine aus. Eine gedeckte Halle mit mehreren kleinen Becken diente dem „Aufsatteln und Absitzen." Die Tiere hielten exakt vor einem Steg, von dem aus man bequem Haltegriff und Steigbügel erreichen konnte. Ein noch sehr junger, schwarz gelockter, kräftiger Mann wurde vorgestellt.

„Dies ist Ahmed Abdel Hallil, der 'Delphin-Meister'. Er erhielt seine Ausbildung in den Vereinigten Staaten von Nordamerika, studierter Zoologe, zeitweise Assistent bei den Operationen zur Herstellung der „Lenkfähigkeit" der Tiere. So wollen wir das einmal primitiv sagen. Er wird für einige Zeit Ihr Betreuer sein", erklärte Mr. Lovejoy, „Sie können ihm voll vertrauen, es gibt keinen besseren. Er spricht neben seiner arabischen Muttersprache noch recht gut Englisch, Französisch und Deutsch."

„Griechisch und Türkisch ebenfalls", sagte lächelnd Ahmed.

„Das große, lange Becken dort dient wohl zum Üben?" fragte Nathalie.

„Ganz recht", antwortete Ahmed, „es ist das, was Pferdereiter den „Anreitplatz" nennen würden. Dort werden auch Sie zunächst üben, bevor Sie „ausreiten" können in unser schönes, blaues Rotes Meer." Lachend zeigte er dabei sein makelloses, schneeweißes Gebiß.

„Mr. Lovejoy", fragte Victor, „in dem Prospekt der Delphin-Reitschule las ich auch über andere Aktivitäten für die Gäste."

„Oh ja, wir bieten viele Möglichkeiten. Da ist zunächst die Taucherschule, dort hinten, jenes flache, blaue Gebäude. – Haben Sie Erfahrung im Tauchen?" fragte Mr. President Victor.

„Leider nein, wenn ich von einer kleinen Übung im Mittelmeer absehe, aber ich würde es gerne lernen."

„Kein Problem für Sie, Victor, und Sie, Nathalie?"

„Ich glaube, es geht noch ganz gut, ich brauche nur eine neue Einweisung darin, wie man die heute verwendeten modernen Geräte benutzt."

„Und Windsurfen, geht das hier?" fragte Victor.

„Vorzüglich, wenn gute Windverhältnisse herrschen", antwortete Ahmed. „Sie gucken ängstlich, Mr. Jung-Tabore, natürlich denken Sie an die Haifische, stimmts?" Victor nickte. „Kein Problem mit dem umgeschnallten elektronischen Abweiser, da kommen die Tiere nicht heran."

„Wollen wir nicht für heute Schluß machen mit der Besichtigung? Sie werden alle ein wenig ermüdet sein. Morgen also Fortsetzung", sagte Mr. Lovejoy. „Ich werde Sie zu Ihrer Unterkunft geleiten."

Die Sonne war schon längst hinter den Bergen der Wüste verschwunden und schickte lange Schatten zum Meer hin. Am westlichen Firmament sah man eine wahre Götterdämmerung von roten, orange- und violett-farbenen Wolken. „Wie wunderbar", flüsterte Nathalie, „und dieser weiche Abendwind, wie Seide."

Neben dem recht großen runden Haus – „unser PR-Gebäude", erläuterte Mr. Lovejoy – standen ein matt braun und ein orange getönter Bungalow. „Der Linke ist für Sie gedacht, Victor, und im orangenen Bau werden Sie, Nathalie, wohnen. Übrigens, Ahmed, wie ist es mit der Bedienung? Ist alles bereit?"

„Alles ist klar, Mr. President. Im Haus von Herrn Victor bedienen Imma und Mohammed, im anderen Haus stehen der Dame Nathalie die Mädchen Samia und Elena zu Diensten."

„Ist die Garderobe angekommen?" wollte Mr. Lovejoy noch wissen.

„Alles ist da, auch die Erstsendung aus Hongkong."

„Wie", rief Nathalie erstaunt aus, „aus Hongkong nach unseren Maßen?"

„So ist es", sagte der Chef, „und nun nehmen Sie erst einmal eine Dusche, dann ruhen Sie sich aus. Etwa bis 21 Uhr. Darf ich Sie dann zu einem Drink in der Bar des Gästehauses sehen? Also bis dann."

Ahmed verbeugte sich leicht: „Naharak Said; dein Tag sei glücklich!" fügte er lachend auf deutsch hinzu.

Kaum hatte sich Victor in den Rattan-Sessel fallenlassen, als das Telefon läutete. „Victor, kommen Sie eben mal rüber und sehen Sie sich das an", meldete sich Nathalie.

Victor war ein wenig erschrocken. „Was denn, ist etwas passiert?"

„Nein, kommen Sie herüber."

Als Victor den orangenen Bungalow betrat, sah er Nathalie fassungslos vor den beiden Wandschränken stehen. „Nicht zu glauben, die Schränke voller feinster Modelle, nichts fehlt, Kleider, Röcke, Blusen, Schuhe, Taschen, modischer Zubehör und und...". Victor pfiff nur durch die Zähne vor Verwunderung, „die haben wirklich was mit uns vor, da werden wir wohl eine gute Figur machen müssen. Aber was ziehen die gnädige Delphinreiterin denn heute abend an?" Er strich mit der Hand über die seidene Hongkong-Kollektion.

„Wie wäre es mit der schwarzen Seidenhose und der gelben Chinabluse mit dem darauf gestickten Drachen", fragte Nathalie.

„Zauberhaft, Blume des Ostens", rief Victor, „der Drachen soll wohl die Dämonen abwehren?"

„Wir werden sehen, man komme mir nicht zu nahe", gab Nathalie lächelnd zur Antwort. Übrigens waren die zum orangenen Bungalow spiegelbildlich eingerichteten Wandschränke mit der erlesensten Kleidung angefüllt.

„Werde ich nun doch noch ein Dressman? Da sollt Ihr keine zu große Hoffnung haben", dachte Victor.

Erfrischt und entspannt traf man sich auf der zum Meer hinausgebauten Terrasse des Gästehauses. „Meine Lieben", sagte Derek Lovejoy nach dem zweiten Whisky, „es wird nun ernst für Sie. In der kommenden Woche werden Sie das Reiten im feuchten Element lernen, denn die Zeit drängt."

„Heute ist der 4. Oktober", meinte der Präsident. Am 15. des Monats wird die Öffentlichkeit von unserer touristischen und sportlichen Sensation unterrichtet werden. Präsident und Beirat von EROM haben diesen Termin festgesetzt. Die Sache muß laufen, denn hier wurde, wie Sie sehen, viel Kapital investiert. Dies ist auch die Zeit, in welcher der Tourismus für die sonnenhungrigen Europäer seiner Spitze entgegentreibt. Wir wollen hier ansetzen", dabei rollte er eine kleine Übersichtskarte aus, „hier im Zentrum von Europa, in der Bundesrepublik Deutschland. Die Leute sind da zu Weltmeistern im Reisen geworden. Die geben fast 60 Milliarden D-Mark im Jahr aus. Von Deutschland gehen wir nach England und Frankreich. Zweiter Schwerpunkt sind die USA, und dann nehmen wir uns Japan vor, das stark touristisch und überhaupt im Kommen ist. Von den Medien sind die wichtigsten großen Tageszeitungen eingeladen, ebenso bedeutende Sender des Rundfunks und Fernsehens. Es kommt also die Crème der Reisejournalisten aus aller Welt. Einige hundert Menschen werden erwartet. Unsere Organisation stellt bequeme Zelte bereit, mit allen Annehmlichkeiten versehen. Und Sie beide, Nathalie und Victor, sind vorgesehen, den Leuten zu zeigen, wie man vertrauensvoll die intelligentesten Säugetiere beherrscht und dabei die große Weite des Ozeans genießt. Das wird eine Sensation. Sie tun den ersten Schritt in eine bisher für unmöglich gehaltene touristische Zeit. Sie werden die ersten offiziellen Delphin-Reiter sein und bekannter werden als Neil Armstrong, der zum ersten Mal den Mond betrat – und EROM wird wohl vor Stolz platzen", ereiferte sich der Präsident lachend.Nathalie sah in das interessierte Gesicht von Victor – und ihre Hände zitterten leicht.

„Mon Dieu", rief sie aus, „Mr. Lovejoy, soll das etwa heißen, daß wir in einer Woche das Reiten auf dem dressierten Delphin lernen sollen?"

Neben dem Chef saß lächelnd Ahmed Abdel Hallil: „Oh Madame Nathalie, Mr. Victor, machen Sie sich keine Sorgen. Sie beide lernen das schnell auf den disziplinierten Tieren. Wahrscheinlich haben wir bald Mühe, Sie wieder vom Reitsitz herunterzuholen – ja, mit Sicherheit. Sie werden sehen. Ich schlage vor, daß wir morgen früh schon mit den ersten beiden Unterrichtsstunden beginnen. Sagen wir um 9 Uhr in der Übungskoje."

Derek Lovejoy sagte dann noch: „Morgen abend wollen wir uns in dem großen PR-Gebäude treffen. Die Techniker arbeiten noch fieberhaft daran, das Beste zu bieten. Das ist dann Ihr Reich; dort werden Sie den Hunderten von wissensdurstigen Journalisten Rede und Antwort stehen. Aber für heute Schluß, ruhen Sie wohl."

„Lettark Saida – Deine Nacht sei glücklich."

Die Sternenpracht am Nachthimmel war überwältigend schön, und der warme Wind blies auf die fiebernden Gesichter unserer beiden Öffentlichkeitsarbeiter, als sie ihren Bungalows zuschritten.

„Oh Victor, worauf haben wir uns da eingelassen?"

Auch Victor hatte ein seltsames Gefühl in der Magengegend, aber es gehörte sich wohl für das sogenannte starke Geschlecht, daß man sich mannhaft und tapfer zeigte. „Nathalie, keine Sorge, die haben alles gut durchdacht. Trotzdem, es wäre gut, wenn erst der morgige Tag vorüber wäre. Ich werde aus meiner kleinen Hausbar noch ein kühles Bier zur Beruhigung herausholen."

„Darf ich mitkommen, Victor, mir ist so komisch im Magen. Und dann brauche ich einen beruhigenden Zuspruch."Der Morgen kam mit einem mystischen Feuerwerk von Sonnenstrahlen auf das Gestade am Roten Meer zu. So muß der große Echnaton den Alleingott Aton erlebt haben, als er sich mit seinem Feuerschweif aus Gold und Purpur über das Nilland erhob. Der frühe, immer noch milde Wind kräuselte leicht die Wellen, die mit beruhigendem Klatschen an das felsige Ufer schlugen. Was für eine Nacht, welch ein Morgen. Wie würde der Tag verlaufen?

Um 9 Uhr fand man sich in der luftigen Vorbereitungshalle ein. „Haben Sie gut gefrühstückt, sind Sie entspannt?" fragte der Chef.

„Naja, so ziemlich", sagte Victor und Nathalie setzte hinzu: „Wenn ich wüßte, ob ich heute schweben darf oder Salzwasser schlucken muß, wäre mir wohler!"

„Sie werden nach den ersten Anstrengungen nur genießen, das verspreche ich Ihnen", sagte Ahmed, „ganz bestimmt!"Es gab zehn Kojen, alle mit Leitstegen versehen. Sie standen vor den ersten beiden dieser Kojen. An der Schalttafel drückte Ahmed auf zwei Knöpfe. Es dauerte höchstens 20 Sekunden, als die Klappen der Kojen von den Köpfen zweier Delphine geöffnet wurden und die Tiere sich dann erwartungsvoll zur Begrüßung halb aus dem Wasser hoben. Sie bekamen von Ahmed einen Klaps; dann schob er ihnen ein paar Fische ins Maul.

„Victor, die können sich ja richtig freuen, sieh doch nur", rief Nathalie.

Tatsächlich, man sah ihnen regelrecht Gemütsbewegungen an. Dies erste Zusammentreffen mit den Tieren war sehr aufregend.

„Nathalie, das erste Tier soll Sie tragen", sagte Ahmed. „Es ist 'Betty', noch eine Jungfrau. Es möchte Sie begrüßen, geben Sie ihr einen Klaps und streicheln Sie doch den Nacken. Ja so, das mag sie. Sehen Sie doch, die ist doch wirklich charmant, nicht wahr? Das andere Tier heißt 'Bob', ein Männchen. Victor, auch er wartet auf die nähere Bekanntschaft mit Ihnen. Ja, so ist's gut, 'Bob' ist ein ganz braver Geselle. Nun macht er noch Begrüßungstöne, der Bursche." Tatsächlich, das Tier brachte mit seiner flach im Wasser liegenden schnabelartigen Schnauze ein regelrechtes kleines Trompetenkonzert zustande. Unglaublich!Der rote Haltegriff am Nacken war geschickt ausgeformt, so daß er keinen Fremdkörper darstellte. Davor saß der eingebaute und wohl auch eingewachsene Schalter mit mehreren Stufen. Das Tier fühlte sich offensichtlich wohl, es war etwa 3 m lang. Auf dem Rücken war es tief graphit-farben, und an den Flanken verliefen wellige, helle Bänder. Und wenn „Bob" sich in seinem Übermut auf den Rücken drehte, ließ er sich den fast weißen Bauch streicheln.

„Wenn der sich im Meer auf den Rücken drehen sollte, dann Nathalie, ade", rief Nathalie.

Ahmed lachte schallend. „Dazu würde er viel zu viel Respekt haben, Madame", sagte er. „Keine Angst, bei unseren trainierten Tieren gibt es das nicht. Nun will ich Ihnen aber noch die Vorbereitungen zum Reiten zeigen, und dann werden Sie Ihren Reitlehrer im großen Übungsbecken sehen und weitere Erklärungen bekommen. Also, hier, etwa zwei Handflächen breit vom Haltegriff entfernt, wird das Sitzkissen befestigt."

Delphin „Bob" hob den Nacken und einen Teil des Rückens aus dem Wasser, dann strich Ahmed leicht über die glatte Körperpartie, nahm eine Spraydose, sprühte auf diese Stelle, eine schaumartige Masse – setzte das aus einer Art Moosgummi gefertigte Kissen auf den Körper und drückte es fest.

„Sitzt bombenfest, das Salzwasser kann nichts lösen."

Die Steigbügel waren stromlinienförmig gearbeitet, und die relativ steifen, elastischen Gurte waren mit der Basis des Haltegriffs verbunden. Und der war ja fest an den Rippenbögen eingesetzt.

Vom langen Steg aus beobachteten Nathalie und Victor den eleganten Reiter Ahmed. Das Tier schwamm ganz ruhig und lag fast horizontal auf der zum Meer hin abgeschirmten Wasserfläche.

„Sehen Sie", rief er den Reitschülern zu, „jetzt die Kurven, Sie drücken den Unterschenkel an die jeweilige Flanke, er reagiert sofort", erläuterte er.

Tatsächlich – es sah elegant aus. Ahmed schwamm mit „Bob" zum Rand des weiten „Anreitplatzes", wo Nathalie und Victor zuschauten. „Victor, probieren Sie doch einmal eine kleine Runde, aber erst tüchtig Sonnenöl verwenden."

Victor entblößte seinen gut trainierten Körper bis auf eine knapp anliegende, blaue Badehose. Nathalie ölte noch seinen Rücken ein, dann ging er auf den Reitsitz von Delphin „Bob".Es gab keine Schwierigkeiten, Stufe 1 einschalten und dann mit den Unterschenkeln steuern. Der blonde Erstreiter wurde wie von einem Rausch ergriffen. „Mein Gott, was für ein Gefühl, ich komme mir vor wie Poseidon." Alles verlief ohne Komplikationen.

Inzwischen hatte Ahmed auch die Delphin-Dame „Betty" reitfertig machen lassen und von einem kleinen Handsender herbeibeordert. „Nun Sie, Madame", sagte Ahmed, „bitte, Sie brauchen keine Angst zu haben."

„Habe ich auch nicht, Ahmed; auf jeden Fall tue ich so, als ob ich keine hätte." Dann legte sie ihr leichtes Strandkleid ab und bestieg zunächst ein wenig zögernd die inzwischen herbeigeschwommene „Betty". Start, alles lief gut, wie selbstverständlich. Victor und Nathalie begegneten sich fast in der Mitte des Übungsplatzes, und dann schwammen sie sicher wie alte Hasen mit einer unglaublichen Eleganz große Kreise und weite Bögen, laut lachend und sich gegenseitig anfeuernd.

Inzwischen war Mr. Lovejoy zum Übungsbecken gekommen und staunte nur. „Ahmed, was sagen Sie, sagen Sie doch etwas, Ahmed." Auch er schaute unentwegt auf die beiden jungen Menschen, eigentlich verfolgte er aber noch mehr die braungebrannte Figur von Nathalie mit ihrem leuchtend weißen Bikini.

„Mr. President, es ist unwahrscheinlich, wie die beiden sich da hineingefunden haben. Sie machen das fast schon souverän", rief er begeistert aus. „Haben wir richtig gewählt, Ahmed?" fragte Mr. President selbstbewußt, „sind das die richtigen?"

„Es könnte nicht besser sein, Chef."

Nach einer Viertelstunde rief Ahmed den beiden Anfängern zu: „Bitte untere Stufe und sitzenbleiben, 'Betty' und 'Bob' bringen Sie zur Startkoje zurück." Es gab da noch zwei optische Türen in Form von Vorhängen aus bunten Plastikbändern, dann schwammen die Tiere mit ihren Reitern zur Koje, wo Nathalie und Victor abstiegen.

„Vergessen Sie nicht, sich zu bedanken. Einige Klapse und dann – dort im Kasten sind Fische – einige Leckerbissen."

Herrgott, freuten sich die Tiere. 'Bob' absolvierte eine Art kleine Tanzshow, während 'Betty' ihren weißen Bauch nach oben drehte und Liebkosungen erwartete. Die bekam sie auch prompt, sozusagen von Frau zu Frau. Dann fiel Nathalie Victor freundschaftlich um den Hals: „Daß dieses Abenteuer so gut ablief, hätte ich nicht gedacht. Und dann das Gefühl, frei auf dem Wasser zu schwimmen, mon Dieu."

„Du warst großartig, Nathalie."

„Nach dieser 'Uraufführung' lassen Sie uns eine Tasse Mokka trinken", schlug Mr. Lovejoy vor. Die Terrasse war mit einem großen orange-farbenen Segel überspannt, denn die Sonne brannte schon tüchtig. Als sie am Tisch saßen, sah der Präsident die beiden jungen Menschen verträumt an. „Wissen Sie", sagte er – er stand noch immer unter dem Eindruck dieser ersten Aktion –, „wissen Sie, daß der Delphin in der griechischen Mythologie das heilige Tier des Apoll war, der auch den Beinamen 'Delphinos' führte? Die schaumgeborene Aphrodite wurde nach ihrer Geburt von einem Delphin an Land gebracht, und Poseidon setzte ihm als Dank sein Sternbild an den Himmel. So war das." Als die beiden erstaunt aufblickten, sagte er: „Ich habe mich während meines Philologiestudiums sehr für die Mythologie der Griechen interessiert. Welch eine Welt, göttliche Größen und doch so menschlich. Als ich Sie beide dort so habe gleiten sehen, da standen mir die Bilder des von Göttern und Menschen belebten Arkadiens vor Augen."

Nathalie wunderte sich über seine philologischen Studien. Sie glaubte, er sei reiner Wirtschaftsmann, ein Banker oder vielleicht ein Fachmann für Kommunikation. Das sei alles später dazugekommen, erklärte Mr. Lovejoy.

Dann lenkte der Chef das Gespräch auf das neue Kommunikationszentrum zwischen den Bungalows. „Es ist leider noch nicht ganz fertig. Wir haben die letzte CEBIT-Messe in Hannover abgewartet, um das Neueste in Sachen Kommunikation zu verwenden. Ein Dr. Ing. Walter Schmidt aus Düsseldorf, Bundesrepublik Deutschland, baut ein und prüft. Er meint, in drei Tagen stehe alles bereit.Das eingebaute ISDN – Integrated Services Digital Network – soll hier verwendet werden. Selbstverständlich stehen Teletex, Telefax und Telex zur Verfügung. Übrigens", fügte Mr. President hinzu, „wird Dr. Schmidt Sie auf allen weiteren Stationen begleiten. Überall an den neuen Höhepunkten des EROM Tourismus werden schon Vorbereitungen getroffen – durch die Technik- und Architektur-Abteilung von EROM. Aber die Gebäude werden jeweils von ausgesuchten, möglichst heimischen Architekten entworfen.

„Wie diese Gebäude hier", fügte Ahmed hinzu.Die hat Professor Hassan aus Kairo gestaltet". „Ich habe das Gefühl, daß hier bauliche Tradition und moderne Anforderungen eine glückliche Ehe eingegangen sind, meinte Victor. „Keine Pappschachteln, keine langweiligen Klötze, wirkliche Bauwerke."

„Übrigens haben wir uns von Anfang an eines erfahrenen Landschaftsarchitekten bedient", bemerkte Derek Lovejoy, „und die Einfügung der Gebäude in die traumhafte Umgebung ist sehr gelungen. Hat der 'genius loci' etwa Schaden glitten? Bestimmt nicht."

„Sie müssen verstehen, daß EROM weiß, was es seinem Namen schuldig ist. Das Beste ist gerade gut genug, und, „fügte Derek Lovejoy hinzu, „im übrigen wollen wir unseren künftigen Gästen noch einiges bieten. Zunächst haben wir eine Option auf fünf Meilen des schmalen Küstenstreifens südlich von hier, außerdem auf den interessanten Wadi Hammad, der sich zum Felsengebirge der arabischen Wüste hinzieht. Drei Meilen des Wadis hat der Gouverneur uns verbrieft. Eine kleine Station mit Eseln ist im Bau. Erwähnte ich schon, daß ein Helikopter, sehr privat, zur Verfügung steht? Damit kann man die farbigen Korallenriffe ebenso erleben wie auch die aufregenden bunten Bergwände der Gebirgswüste. Und dann möchte ich die Taucherausbildung erwähnen, natürlich auch Wasserski und Fallschirmgleiten, das alles zur Ergänzung des Hauptprogramms, unserer Delphin-Reitschule. Das wird weltweit Wellen schlagen, verlassen Sie sich darauf. Und Sie, Nathalie und Victor – ich darf Sie so anreden –, sind die Signalträger des neuen, hochgezüchteten Typus von Tourismus: naturverbunden, daher auch 'ökologisch', gesund, spannungsreich und schließlich 'tierisch' genug"; Mr. President hielt inne, als er das Lächeln auf Nathalies Gesicht sah. „Ah, da muß ich mich verbessern, ich meine natürlich instinktsicher im Umgang mit Tieren, beim Genuß der lebendigen Kreatur, – und welcher Kreatur!" fügte er hinzu. Und dann tat er wieder seine Begeisterung über das „intelligenteste Säugetier der Welt" kund.

Am späten Nachmittag dieses 6. Oktober war noch einmal ein Training im großen „Anreitbecken" angesetzt. Wie tags zuvor verlief alles vorzüglich, die Demonstrationsreiter freundeten sich mehr und mehr mit ihren beiden „BB"s, wie sie 'Betty' und 'Bob' nannten, an, und die Sicherheit im Reitsitz wuchs.

„Morgen gehen wir dann schon aufs freie Meer", sagte Ahmed danach, „kein hoher Wellengang. Natürlich bleiben wir in der Nähe der Reitanlage, ich selbst komme selbstverständlich auf meinem 'Johnny' mit. Ja, noch etwas. Legen Sie bitte Ihren Surferanzug an, das ist zur Gewöhnung an den Wellenschlag zunächst besser. Später, am 15. Oktober, werden Sie dann mit Ihrem 'Aqua-Texta'- Schwimmzeug wahre Traumfiguren abgeben", meinte er – oder spöttelte er ein wenig?Während der Hitze des Mittags genoß man die gut klimatisierten Zimmer. Am Abend traf man sich wieder auf der Terrasse zu einem Cocktail aus Meeresfrüchten und dazu perlendem Champagner. Der Präsident erzählte, er habe den ganzen Tag in der Organisation geschuftet, am 15. Oktober gehe die „große Weltschau" – er liebte dramatische Worte –, also das „Weltereignis" des hochstilisierten Tourismus los. Wie lange man denn hier in der PR-Station arbeiten müsse, fragte Viktor. „Wohl gut sechs Wochen", meinte der Chef. In den ersten vier Wochen kämen sicher die Top-Leute der Redaktionen von ersten Adressen des Fernsehens, Rundfunk und der Presse. Die Zusagen seien überwältigend groß. Und dann die vielen Spezialzeitschriften, eine unendliche Flut. „... Von Papier", meinte neckend Nathalie, „ist es so, Mr. President?"

„Na, na, ich nehme an, daß auch eine ganze Portion Geist dabei ist. Und dann können Sie beide die Damen und Herren Berichterstatter mit *Ihrem* Geist befruchten und animieren, Sie haben die Fähigkeit dazu."

An diesem 7. Oktober stand man früh auf, nahm ein köstliches Frühstück ein und ging im Surferanzug, mit roter Leuchtfarbe signiert, zu den Sattelboxen. Ahmed setzte sich mit seinem „Johnny" an die Spitze, dann folgten Nathalie und Victor auf den neugierigen „BB"'s. Auf Signaldruck öffnete sich die Tür des Übungsbekkens, und dann spürte man die anprallenden Wogen des Meeres. Die Tiere schwammen aber in Längsrichtung der Wellen. Nicht weit vom Ufer entfernt waren drei Sprungschanzen unterschiedlicher Höhe auf Bojen montiert.

„Hier kann man das Springen üben, aber nicht für Sie heute, vielleicht morgen."

Nathalie und Victor zogen ihre Kreise auf dem gekräuselten Meer. Plötzlich rief Nathalie: „Ahmed, da, Haifischflossen, sehen Sie? Oh, was mache ich nun, Hilfe!"

Ahmed schrie: „Keine Angst, die sind nur neugierig, die tun nichts, sie werden elektronisch abgewiesen, wie Sie wissen." Tatsächlich, nach dem Umkreisen der Reiter flitzten sie wieder ab. Richtig, das eingebaute Gerät der elektronischen Abweisung funktionierte gut, gab Sicherheit.Ahmed rief ihnen zu: „Ich will Ihnen das Springen zeigen. Schalten Sie auf ganz ruhig und dann ... Ja, ja, so ist's richtig. Schon toll, wie ihr die Tiere beherrscht. Und nun seht zu, wie ich den Sprung anlege." „Johnny" drehte sich mit seinem Lehrer zu den Hindernissen um und sprang sicher, gezielt und elegant über die hintereinander aufgebauten Latten. Plötzlich hielt es die „BB"'s nicht länger. Schalter hin, Schalter her, das Temperament ging durch. „Betty" raste auf die Hürden als erste zu.

„Festhalten, nach vorn beugen, ganz weit, festhalten", schrie Ahmed ganz laut. Wie konnte das passieren, es war doch noch gar nicht so weit! Aber trotzdem, es ging gut und Nathalie kam in einen regelrechten Rauschzustand. Bei „Bob" und Victor wollte es nicht klappen. Beim dritten Hindernis schleuderte es Victor vom Sattel, und er klatschte laut in das Rote Meer, übrigens zum ersten Mal, wie er nachher betonte. Er brauchte nicht lange im Wasser zu paddeln, denn „Bob" hatte wohl ein bißchen schlechtes Gewissen. Schnell war er da und hob vorsichtig den Reiter auf seinen Sitz. Nach diesem ersten Schrecken wunderte sich Victor, welche Intelligenz und Hilfsbereitschaft in diesen Tieren steckte.Ahmed umkreiste die beiden. „Nun weg von den Hindernissen, bitte weg, übt die Lenkfähigkeit, zieht große und kleine Kreise, bildet Achten und entwickelt das Gefühl für Gleichgewicht. Immer mit dem Unterschenkel steuern – und dann auch einmal mit Stufe 3, ja, so ...!" Das mochte wohl eine Stunde gedauert haben, dann war Schluß.

Nach dem Absatteln mußten Nathalie und Victor das alles erst einmal verdauen – auch den Muskelkater übrigens, der sich bemerkbar machte. Aber trotz der kleinen Panne ergriff sie ein großes Glücksgefühl. „Mon Dieu, chère Mama, wenn du deine Tochter hättest so sehen –

können und cher Papa, oh, ich könnte die ganze Welt umarmen!" So fühlte sie sich.

Am Nachmittag gegen 17 Uhr klopfte Nathalie an Victors Tür. „Ich will einen Gang in den Wadi machen, ich muß mein Inneres dem Himmel und den Felsen öffnen. Ich bin so erfüllt, kommst du mit?"

Victor saß aber mit brennenden Wangen am Schreibtisch. „Ich muß erst dieses Erlebnis in mein Gerät diktieren, ich muß das jetzt tun, geh nur."

„Gut Victor, ich bin selbstverständlich noch vor der Dunkelheit zurück."Sammia, die Dienerin, hatte ihrer neuen Herrin geraten, festes Schuhzeug anzuziehen. Und sie wollte mitkommen. Als Nathalie den Kopf schüttelte, sagte sie energisch, den Zeigefinger hin und her bewegend: „Ii, lala", was auf arabisch „nein" heißt. „La,la, nicht, lala Madame, nicht solo!" Und dann kam sie mit.

Es war ein herrlicher Gang, eine zauberhafte Stimmung teilte sich den beiden mit. Die nordöstlichen Bergkämme änderten ständig ihre Farben, von Orange zu einem Tizianrot, dazu die grauen und violetten Schatten. Sie schritten gegen die Sonne. Das leichte, blaue Hängekleid von Nathalie wurde sozusagen zum I-Pünktchen im Trockental, ihr wohlgeformter Körper zeichnete sich im Gegenlicht scharf ab. Samia warf bewundernde Blikke auf ihre Herrin. Plötzlich rief sie laut: „Da im Sand, kleine Oase, entzückende Blümchen viel schön ...", dann sprang sie einige Meter tiefer, um die leuchtend blauen Blütenköpfe zu pflücken – für ihre Herrin. Inzwischen ging Nathalie weiter, um einen grünlichen Fels herum, unter einem Überhang hindurch. Was war das plötzlich? Überirdisch strahlte es aus einer Höhle im Fels heraus, dann hatten sie die Augen eines bärtigen Mannes erfaßt. Diese Augen strömten eine unbeschreibliche Wärme und Güte aus. Man hörte eben noch das Rufen, Schreien und Schluchzen von Samia, dann war es still. Der Alte – nein, er war nicht alt, auch nicht jung – hob die Hand, als wolle er sagen, das da draußen sei alles im Augenblick unwichtig. Dann gebot er Nathalie, sich zu setzen. Sein helles Gewand füllte die Höhle, nein eher einen tiefen Gang, mit wohligem, warmem Licht.

„Du wurdest erwartet, Menschenkind Nathalie", sagte er mit weicher Stimme.

„Wer bist du, woher kommst du, was machst du hier?", fragte Nathalie voller Erregung und Bestürzung, „und was soll ich hier?" Dabei fiel ihr Blick auf einige schwarze Hieroglyphen an der Wand.

„Das sind Zeichen für den Schöpfergott Ptah. Seit Tausenden von Jahren schützt er dieses alte Land der Pharaonen. Ptah ist ewig, die Schöpfung wird ewig sein, trotz der Frevel der Menschen."

„Kommst du aus jener Zeit der großen Pharaonen – oder bist du von heute?. Woher kommst du – wie aus einem magischen Nebel?" Kein Zweifel, er mußte ein Weiser, ja ein Meister sein – oder vielleicht ein Heiliger?Er blickte sinnend „in sich hinein", einige lange Augenblicke, dann erhob er leicht seine Hände zu der jungen Frau hin, als wolle er sie segnen.

„Wisse", sagte er, „ich war schon vor Tausenden von Jahren da; aber ich bin auch von heute – und die Zukunft ist mir sicher." Nathalie war immer noch erregt: „Meister", sagte sie, „darf ich das sagen, 'Meister'? Wer hat diese Zukunft gesetzt, wer? Gott, die Götter, wer?"

„Nathalie, Du bist irdisch und alles, was dich umgibt, ist Materie. Du bist ziemlich 'real', aber du bist auch Geist, und – nur der Geist ist real. Wenn du auf diese neue Art über die Wellen reitest, so ist das ein Traum, ein realer Traum. Und wenn du einst deinen Körper verlassen wirst, wirst du aus einem Traum erwachen. Du fragst, wer die Ziele setzt. Nenne es Gott, Christus, Allah, nenne es Ra. Hast du den Sonnenaufgang am Roten Meer gesehen, mit dem der große heilige Gott Ra das Land beschenkt", fragte er. Dabei sah er Nathalie so strahlend an, daß sie sich vom Irdischen losgelöst empfand, sie spürte ihren Körper nicht mehr. „Was du hier auf Erden an Aufgaben hast, wirst du in einem anderen Körper vollenden müssen. Man sollte sich darauf immer vorbereiten."

„Ist mein Ziel gesetzt, Meister?"

„Noch nicht, du hast Aufgaben, komm mit in diese Kammer." Dabei nahm er Nathalie bei der Hand und ging einige Schritte tiefer in den Felsspalt. Die Wände waren mit fremdartigen Buchstaben beschriftet und mit merkwürdigen Tierfiguren geschmückt. Der Heilige strahlte ein starkes Licht aus, das alles um ihn herum hell erleuchtete. „Das hier ist ein Grab, die Wohnung eines großen Gott-Weisen, höre ..." Ein harmonischer Vielklang erfüllte das Grabgewölbe, das die alten Ägypter 'Das Haus des Lebens' nannten. Dann hörte Nathalie plötzlich für kurze Zeit Zischeln und Knurren, dann ein furchterregendes Gebell. Nathalie hielt die Hand des Weisen fester, von Furcht geschüttelt. Doch dann wieder unendliche Harmonie, ihr schien, als ob die lebensgroßen Menschen und Götterfiguren sie gütig von den Wänden aus anlächelten, gütig, aber auch nicht ohne Neugierde.

„Du hast eben die stets negativen Geister gehört, Nathalie."

„Warum muß das denn hier sein, gibt es nie Ruhe für die Dahingeschiedenen?"

„Das Böse ist nur eine andere Erscheinungsform Gottes. Dies negative Prinzip gehört zum Leben. Es steht unter dem Gesetz der Polarität. Wieder schaute Nathalie wie gebannt auf die Dämonen an den Wänden, sie alle, die Gefesselten, Verdammten, Geköpften, Mißgeburten aus Vogel, Schlange und Reptil schienen sich zu bewegen. Aber als sie auf die Hauptfigur sah, wurde alles ruhig, feierlich. „Wer ist das?" fragte Nathalie.

„Dies ist der große Meister, und dies ist sein Haus, für die Ewigkeit erbaut vor mehr als viertausend Jahren. Er war und ist einer der großen Weisen der Menschheit, ein Gott, er ist immer da, die Menschen zu lehren. In Meditationen und Gebeten, mit guten Gedanken kann man ihm immer nahesein. Dieser Große ist ein Teil der geballten geistigen Energie, die diesen Erdball und das Universum durchzieht. Hast du einmal etwas von Imhotep gehört?" fragte der Erleuchtete. „Ja, ja doch, ich erinnere mich, hat er nicht die .... ?

„Recht, ja, so ist es, er baute die Stufenpyramide von Sakkara und setzte den Menschen damals ein Zeichen – und er war auch Arzt, Naturwissenschaftler, er hat diese Kultur Ägyptens und alle nachfolgenden Kulturen von Orient und Okzident fundamental bereichert."Nathalie schaute wie gebannt auf die große Figur in der Wand. Das Gesicht war grün. „Er ist auch Osiris, der Auferstandene und Leben Schenkende, er ist alles."

Nathalie war erschüttert, denn plötzlich nahm die Figur die Gesichtszüge des Meisters an, ja, so war es..., großer Gott Osiris, großer Imhotep. Und sie fiel vor dem aufgestiegenen Meister zu Boden." Womit habe ich diese Weihestunde verdient, womit?" hauchte sie.

„Sie ist dir geschenkt worden, weil du schon weiter bist als du weißt. Später, später dann wirst du sehen. Gehe deinen Weg weiter, erfülle deine Pflicht, mag sie dir auch bisweilen widerstreben. Du mußt da durch..."

Nathalie wußte später nicht mehr, wie lange sie vor dem großen Imhotep gelegen hatte, es mochte eine Ewigkeit gewesen sein. Es gab kein Zeitgefühl mehr, nur diese große Seligkeit, das Einssein mit Gott.Als der aufgestiegene Meister sie bei der Hand nahm, kam sie wieder zu sich. „Du mußt jetzt gehen, Nathalie, sie sind alle tief bestürzt und beängstigt über deine Abwesenheit. Hörst du den Helikopter? Sie suchen dich mit Scheinwerfern, sie sind verzweifelt." Der Meister führte sie zum Ausgang der Felsenkammer. Nut, die ewige Göttin des Himmelsgewölbes umspannte mit ihrem flimmernden Sternengewand den Raum. Es war sehr dunkel, Steine und Felsen kamen ihr wie Gespenster vor. Man hörte aber auch die schluchzende Samia und andere Leute und das Rufen Victors: „Nathalie, Nathalie ..., antworte doch."

Der Aufgestiegene legte seine Hände auf den Kopf Nathalies und sie spürte einen großen Kraftstrom durch sich fließen. „Du wirst auch in der Dunkelheit gut zum Delphin-Stadion kommen, du siehst jeden Stein und Fels, du wirst nicht straucheln. Geh nun!" Dann löste sich sein Körper auf, die Grabkammer aber verschloß sich polternd. Nathalie bebte vor Erschütterung, aber sie war nicht ängstlich. Zielsicher schritt sie aus. Sie sah alles genau, jedes Hindernis, Stein und Fels konnten sie nicht verwirren, sie ging zielsicher dem Ufer zu.

Ein Gewirr von Stimmen schlug ihr entgegen und sie hörte Victor rufen: „Nathalie, um Gottes willen, Nathalie, komm doch, komm ..." Und dann stand sie vor ihm wie ein Geistwesen aus der großen Finsternis. Victor schlang seine Arme um sie: „Nathalie", schluchzte er, „bist du es wirklich? Gottlob, du bist es, Gott sei Dank. Bist du verletzt? Wo warst du, wo um Gottes willen?" Nathalie antwortete, sie habe sich wohl verlaufen, ja, so müsse es gewesen sein, sie habe die Richtung verloren.

Alle waren glücklich über die gesunde Rückkehr. Später erzählte Victor, daß Herr Lovejoy verzweifelt, mit Tränen in den Augen immer wieder gerufen habe, hoffentlich sei sie unverletzt, hoffentlich. Er dachte wohl nicht zuletzt auch an sein Eröffnungsprogramm.Diese Nacht würde Nathalie nie vergessen, niemals. Als sie auf ihrem Bett lag, fühlte sie sich umgeben von dem Glanz und der Strahlkraft des großen Meisters Imhotep. Immer sah sie sein gütiges Gesicht, seine Liebe verstrahlenden, tiefgründigen Augen. „Ruhe jetzt", nickte er ihr zu. „Du bist ganz entspannt", schien er zu flüstern. „Schlafe". Und sie fiel in einen tiefen Schlaf.Die Sonne stand schon hoch am Himmel, als Victor ans Fenster klopfte. Sie werde bald zum Frühstück – nein, zum Lunch kommen.

Samia schluchzte noch immer: „Oh glücklich Madame, ich glücklich, Allah ist groß", rief sie immer wieder.

Auf der schattigen Terrasse war zum Essen gedeckt, der Teller Nathalies mit den Blüten geschmückt, die Samia gestern nachmittag gepflückt hatte. Mr. President strahlte und sagte: „Sollten Sie noch einmal zum Wadi hinauswandern, so kommen wir alle mit, alle ..." und die Tischrunde nickte freudig dazu. Allah ist groß... „Ja", dachte Nathalie, „auch Allah ..."

Die Organisation von EROM hatte seit Wochen vom Stützpunkt Kairo aus umsichtig gearbeitet. Die Liste der einzuladenden Persönlichkeiten war „abgehakt", die wichtigsten Mediengesellschaften der Welt mobilisiert, mit Schwerpunkt auf Mitteleuropa, den USA und Japan. „Mehr als 200 Gäste können wir bei der Einweihung unserer Delphin-Reitschule nicht verkraften", hatte Mr. Shoukry gesagt, als er mit dem firmeneigenen Helikopter von Luxor her über das Gebirge geflogen war und den Ort inspizierte. In den bequemen, rot-weiß gestreiften Zelten sollten höchstens je zehn Personen untergebracht werden. Die Zelte waren noch aufgeteilt in kleine Sonderräume. Auch die hygienischen Verhältnisse waren annehmbar, denn die kleine Meeresentsalzungsanlage war verstärkt worden, es gab genügend Wasser, man brauchte unter den Duschen nicht mehr zu sparen. Etwas Sorge bereitete die Stromversorgung, denn bis zum Anschluß an das Netz der staatlichen Elektrizitätsgesellschaft würden noch viele Millionen Kubikmeter Nilwasser dem Meer zufließen. Durch Verstärkung der Generatoren-Station konnte man Abhilfe schaffen, freilich nicht auf Dauer.Gouverneur Moustafa Hussein versprach, er wolle „seinen Teil" zur künftigen Versorgung beitragen. Den Hauptanteil aber erwartete er offensichtlich von EROM. Hussein war ein früherer General, sein bestimmtes Auftreten schuf Vertrauen. Im übrigen war er in den Amtsstuben der Verwaltung gefürchtet. Wenn er plötzlich auftauchte und gegen die Schlampigkeit wetterte, zitterten selbst die höchsten Regierungsbediensteten vor ihm. Er konnte dröhnen wie die großen Trommeln, welche den Rhythmus für die aufregenden Volkstänze der Nubier begleiten, und – man sagte, er könne fauchen und bellen wie ein Schakal. Dieser Mann jedenfalls sagte oft, es sei eine Ehre für seine Provinz, daß hier von EROM ein großes touristisches Ziel gesetzt sei, das es sonst auf der Welt nicht mehr gebe. Er hatte auch zugesagt, die Küstenstraße auszubauen, damit man schnell und bequem von Suez her anreisen könne. Das wollte nun EROM auf keinen Fall. Es kam nur der individuelle Anflug durch Helikopter in Frage. „Sonst geht die Exklusivität verloren", hatte Mr. President immer gesagt.

„Wir wollen nicht John und Anna, Robert und Ron, wir wünschen" – und dann zog er seine Mundwinkel beträchtlich nach unten – „wir wünschen exklusives, 'großkariertes' Material." Damit meinte er jene Menschen, die zahlungskräftig waren, versteht sich. „Wir revolutionieren den Tourismus, und gleichzeitig fördern wir die Liebe zur Kreatur." So seine Sprüche und seine Strategie.

Alle erwarteten gespannt den 14. Oktober, an dem die Gästewelle anrollen würde. Besondere Verantwortung hatte natürlich Dr. Schmidt für seine Kommunikationsstation. Man war – zunächst provisorisch über das Gebirge an das Kabelnetz des Staates angeschlossen, es gab aber auch die modernsten Typen der Teletechnik, die von Spezialisten dreier renommierter Elektrokonzerne eingebaut wurden.

„Werden wir es schaffen, Doktor?" hatte Mr. Lovejoy gefragt und der umsichtige Herr Schmidt aus Deutschland meinte, es werde alles planmäßig laufen, er hoffe das jedenfalls.Für Nathalie und Victor waren die Tage angefüllt mit vielen Trainingsstunden. Fast immer beobachtete Reitlehrer Ahmed die beiden Kandidaten vom Helikopter aus. Durch Lautsprecher gab er Ratschläge. „Ja, Nathalie, so ist's gut, aber kommen Sie noch höher mit dem Rücken. Mehr, ja, so geht es. Zeigen Sie, daß Sie schlank sind, bitte mal die ganze Größe, ja etwa so ..." Bei den immer zuletzt sich anschließenden Springübungen hieß es dann: „Ducken, Victor, mehr ducken, mehr, mehr ... Sie müssen mit dem Tier zu einer Einheit werden, tiefer, noch tiefer ... ja, und jetzt Tempo, Stufe 4 ... Ja, prima, das geht, das kommt hin, jawohl!"

Bob und Betty, die beiden Delphine, waren großartig, sie reagierten sofort. Gab es ein Zusammenspiel der Seelen von Mensch und Tier? Nathalie und Victor fragten sich das oft, sie hatten das Gefühl, die „BB"'s konnten ihre Gedanken lesen. Wenn man so weit käme, könne man ja auf die ganze Schalteinrichtung verzichten, meinte Victor. Zukunftsträumereien? Zunächst galt es, die Nahziele zu erreichen. Die beiden Delphinreiter waren jedenfalls tüchtig getrimmt, um ihre Kenntnisse vorzuführen. Schließlich hing vor allem von ihnen der Erfolg für EROM ab, und sie wollten erfolgreich die „Uraufführung" bestehen.Bei der Vorbereitung war wirklich an alles gedacht worden. Sogar eine Direktrice von „Aqua-Texta" war angereist, um die beiden Hauptakteure zu beraten. „Madame Nathalie", sagte sie mit einem vornehmen, dezenten Gesichtsausdruck, kosmetisch mit entsprechenden Leuchtfarben effektvoll unterstrichen, „Madame, Sie sollten sich am ersten Tag ganz in Gelb hüllen, Seide natürlich." Und dann schritt sie zum Kleiderschrank und holte einen gelben Hosenanzug hervor. „Mögen Sie den? Sehr exquisit! Zur Vorführung am Meer empfehle ich den gelben, durchgehenden Schwimmanzug, am Nachmittag das entzückende Cocktailkleid mit violetten Stickereien und für das abendliche Fest dies lange Gesellschaftskleid mit dem aufregenden Dekolleté. Wie finden Sie diese Vorschläge, Madame"? fragte die Dame aus London. Auch für den folgenden Tag gab es dann einige Ratschläge.

„Naja", sagte Nathalie, „doch so etwas wie Mannequin". Später fragte sie Victor: „Na, verehrter Dressman"?

„Ja, Nathalie, aber die Leute haben einen verdammt guten Geschmack. Meine Farben sind blau. Du wirst staunen, alles ziemlich markant und maskulin." Vom frühen Vormittag des 14. Oktober an waren die Helikopter ständig im Einsatz und schleppten die eingeladenen Gäste über das Gebirge zum Ort des Geschehens. Die Unterbringung im Gästehaus und in den Zelten wurde nach einem genauen Belegungsplan organisiert. Man wollte keine Cliquen-Bildung bei den Journalisten, sondern eine gute Mischung zwischen Gästen und Gastgebern. Jedesmal, wenn ein Hubschrauber sich zum Landeplatz absenkte, wurden die neugierigen Gäste von drei Bläsern in den Gewändern der Zeit Ramses des Großen begrüßt. Als die Sonne hinter dem Gebirge versank, waren fast alle Gäste bis auf ihre Exzellenzen, den Kultusminister und den Minister des Tourismus anwesend. Sie wurden am nächsten Tag früh erwartet. Ja, das verstand man natürlich, Leute in solchen Positionen waren immer überlastet, aber die Professoren Dr. Alex Riesenhalber aus Berlin und Dr. Dr. Jaques Rideau waren erschienen – schließlich hatten sie ja die neue Zeit mit ihrem chirurgischen Können eingeleitet.

„Meine hochverehrten Damen, meine Herren", rief Präsident Lovejoy durch das Mikrofon den vor dem Gästehaus Versammelten zu. „Dieser Begrüßungsabend soll ganz locker verlaufen, er ist zum Kennenlernen gedacht."

Eine große Zahl nubischer Diener servierte Kühles und kleine Schnitten. Stolz schritten sie in ihren langen, weißen Galabien, von einem breiten, roten Gürtel gehalten, durch das Gewühl der Gäste. Ihre weißen Zähne blitzten aus den dunklen Gesichtern heraus. „Salem Aleikum, Messieurs,... Thank you, Schukran, Merci, Muchas gracias, Dankeschön, vielen Dank ... es ging sehr international zu. Man genoß die Sternennacht und das beruhigende Blubbern der Wellen des jetzt schwarz erscheinenden Roten Meeres.Nathalie und Victor begaben sich früh zur Ruhe. Morgen war ein anstrengender Tag. Dann wurden sie der Weltöffentlichkeit mit ihren Delphinreitkünsten präsentiert.

„Niemand kennt uns hier, bis jetzt noch nicht", sagte Nathalie.

„Ja, für heute noch einmal, genießen wir's", antwortete Victor.

Die Nacht war gewichen und Gott Ra schüttete sein frühes Gold über Meer und Gestade aus. Es war eine zauberhafte Stimmung, ein würdiges Ambiente für die Exzellenzen, die früh mit dem Helikopter landeten. Man stand auf dem großen Rund vor dem Gästehaus und lauschte den Waldhörnern, die einen Satz aus der „Aida" zum Willkommen bliesen. Dann trat Präsident Lovejoy ans Mikrofon: „Exzellenzen, meine Damen und Herren, es freut uns, daß Sie gekommen sind, und dem Beginn einer neuen touristisch-sportlichen Erlebniswelt zusehen. Wir, EROM – und ich spreche im Namen des ganzen hier versammelten Präsidiums – wir wollen eine neue Zeit des touristischen Erlebens einläuten, ein Erleben, das eine innige Verbindung von Mensch und Tier möglich macht: das Reiten auf dem Delphin, für jedermann." (Jeder der zahlen kann, dachte Victor im Stillen).

„Die wissenschaftlichen Grundlagen wurden in zäher Arbeit gelegt. Nun sind wir soweit. Meine Damen und Herren, jetzt keine großen Erläuterungen, die werden Sie später von unseren beiden exquisiten Mitarbeitern erfragen können. Ich stelle Ihnen vor: Madame Nathalie Chaux-Wong und Herrn Victor Jung-Tabore."

Lächelnd trat Nathalie an das Mikrofon. Sie sah hinreißend aus. Über das Oberteil des gelb-seidenen, weitgeschnittenen Hosenanzugs fielen die kräftigen, langen schwarzen Haare. „Ich freue mich, Sie kennenzulernen", flüsterte sie ins Mikrofon. Mein Gott, glühten die Gesichter der vielen Männer, die Nathalie fast mit den Augen verschlangen.

Auch Victor sah in seinem blauen Seidenhemd und der dunklen Hose sehr salopp-elegant aus. Er sprach vom Podest aus: „Auch ich, verehrenswerte Exzellenzen, meine Damen und Herren, möchte meiner Freude Ausdruck geben, daß Sie gekommen sind. In einer halben Stunde werden Madame Nathalie und ich die bisher nicht dagewesene neue Sportart des Delphinreitens zeigen. Sehen Sie und staunen Sie, was Mensch und Tier im gegenseitigen Vertrauen schaffen können. Wir demonstrieren dies auf einer Länge von ca. 1 km auf dem offenen Meer. Das Wasser ist ruhig. Sie können die Vorführung von der ganzen Uferlinie aus verfolgen, natürlich auch von der Terrasse des Gästehauses aus. In einer halben Stunde."

Großer Beifall kam auf, als dann seine Exzellenz, der Minister für Tourismus, kurz das Wort ergriff: Dies sei ein großer Tag für ihn und den Tourismus in Ägypten.

„Hier beginnt die Spitzenqualität im Tourismus des 21. Jahrhunderts – und ich verhehle es nicht – wir in diesem Land glauben, daß dies für uns wirtschaftlich bedeutsam ist. Die Kunstwerke der Pharaonen liegen jenseits des Gebirges. Hier ist touristischer Sport höchster Qualität mit alter Kultur zu verbinden. EROM, ich gratuliere."Dann war es soweit: Nathalie und Victor schritten zu den Boxen, wo „Betty" und „Bobby" schon gesattelt standen, dann schwammen sie durch das große Übungsbecken in das offene Meer. Es war ein Bild wie aus einer verzauberten Welt: vorneweg Nathalie auf ihrer klugen „Betty". Sie trug den vorgesehenen geschlossenen, gelben Schwimmanzug, das lange, schwarze Haar war zu einem dicken Zopf geflochten. Victor folgte ihr in gemessenem Abstand. Er trug einen blauen Schwimmanzug und sah sehr athletisch-aristokratisch aus.

„Oh", rief Mr. Bretty vom großen Nachrichtendienst A.P.R.S. aus. „Sehen Sie die Frau – diese Schönheit, diese Harmonie. Eine Göttin, eine wirkliche Göttin." Viele der Herren stimmten begeistert zu. Ja, so sei es, meinten wohl alle Männer. Ihre geheimen Wünsche von natürlicher Schönheit, Grazie und Weiblichkeit schienen in diesem schlanken Wesen verkörpert zu sein.

Dann hörte man plötzlich eine markige Frauenstimme. Es war Mrs Fulbright vom Präsidium der EROM.

„Seht Ihr nicht auch diesen herrlichen Körper von Victor? Seid Ihr blind?", rief sie empört. „Das ist doch Apoll, wie aus dem Meer gestiegen. Ein Traum von einem wirklichen Gott. Fast eine mystische Gestalt, seht seinen athletischen Körper – und wie er reitet. Der Delphin und er, einmalig, unglaublich!" Auch einige Männer stimmten ihr zu, besonders aber die wenigen Damen. Ja, so war das eben, bis heute, immer noch. Bei derartigen Anlässen beherrschen die „Herren der Schöpfung" die Szene, und die Damen sind eher spärlich vertreten.

Die Vorführung verlief ohne Zwischenfall weiter. Großer Beifall brandete auf, als die beiden Reiter das erste Sprunghindernis, danach fehlerfrei alle drei unterschiedlich hohen Latten übersprangen. Mein Gott, war das großartig.

Auch die anderen Schwimmfiguren wurden planmäßig absolviert. Nathalie und Victor arbeiteten mit gespannter Konzentration, um keinen Schnitzer zu machen. Auch was die beiden Tiere „Betty" und „Bob" leisteten, war erstaunlich. Hier entstand eine regelrechte Einheit von Mensch und Tier, das war nicht nur geplante Schalttechnik, das war mehr. Die Delphine schienen mit ihrem hochentwickelten Gehirn die geistigen Impulse ihrer Reiter zu empfangen und prompt auszuführen. Es war einfach unglaublich.

Vom Ufer aus liefen wohl manche tausend Meter Film und Videoträger durch die optischen Geräte. Henry Winter, Chefreporter von „Exquisit" und seine immer aufgeregte Assistentin Nora waren auf einen gar nicht ungefährlichen Felsen des Randgebirges geklettert, um die „totale Totale" und die extremsten Teleaufnahmen zu bekommen. Nathalie und Victor hatten gebeten, in den ersten Tagen der Vorführungen auf Hubschrauberflüge für die Journalisten zu verzichten. Zunächst wollte man weitere Sicherheit erlangen, dann allerdings, in etwa einer Woche sei es ihnen egal.

Die Besucher umlagerten die „Sattelstege", als Reiter und Reiterin auf ihren Tieren einschwammen. Nathalie strahlte glücklich und warf ihren schwarzen Zopf wiederholt auf den Rücken. Liebevoll war der Klaps und das Kraulen des hellen Bauches, das Betty so sehr schätzte. Heute gab es eine reiche Belohnung von leckeren Fischen. Kaum stand die exotische Reiterin auf dem festen Steg, als die aus London angereiste Directrice von „Aqua Texta" Nathalie einen zauberhaften, mit sehr farbigen tropischen Blumenstickereien verzierten Badeumhang über die Schultern legte. Sie hielt auch die reizenden Goldsandalen hin und preßte dann ihre Wangen an das feuchte Gesicht. „'Aqua Texta' ist sehr stolz auf Sie."

Victor bekam einen leichten, dunkelblauen Bademantel gereicht, dann schritten die beiden unter tosendem Beifall der neugierigen Beobachter ihrem Bungalow zu. Erst als die Türen ins Schloß fielen, lenkte man seine Wahrnehmungsorgane wieder dem Gebäudekomplex am Meer und dem Festplatz zu. Hier dröhnten nubische Trommeln und gaben den Rhythmus für grazile und verwegene Volkstänze des schönen, stolzen nubischen Volkes.

„Ladies and Gentlemen, ich bitte um Gehör", ließ sich die Stimme des Präsidenten durch die Lautsprecher vernehmen, „ich möchte Ihnen mitteilen, daß Sie heute nachmittag Gelegenheit haben, unsere Delphine während ihrer Spielstunde im großen Übungsbecken zu sehen. Auch können Sie die anderen, bisher fertiggestellten EROM-Einrichtungen besichtigen. Zum Abend sind Sie alle zu einem großen Fest mit vielen Überraschungen eingeladen. EROM erwartet Sie um 20 Uhr auf dem großen Festplatz hinter dem Seerestaurant. Morgen vormittag wird das Kommunikationszentrum eröffnet. Sprechen Sie mit Madame Nathalie und Mr. Victor, hören Sie, was die Mitglieder des Präsidiums Ihnen erläutern und machen Sie Gebrauch von den neuesten technischen Einrichtungen. Aber zunächst bis heute Abend. Ich wünsche Ihnen eine gute Mittagsruhe und viel Vorfreude."So war nun der Vormittag für unsere „Showsteller" – so spöttelte Victor öfter – gut überstanden. Aber trotzdem ging dieses Erlebnis tief. Eine Glückswelle lief durch ihre Körper. Nathalie hatte sich mit pochendem Herzen auf die Couch geworfen und wurde von Samia mit allen Gesten der Aufmerksamkeit betreut, während Victor sich einen kühlen „Whisky on the Rocks" genehmigte. „Mann, Mann...", sagte er so vor sich hin, „hier war was los – zunächst doch einmal ein Ritt ins Ungewisse. Peinlich, wenn ich mich herrenlos – besser tierlos – dem Meer hingegeben hätte. Aber naja, schließlich wäre das auch sehr menschlich gewesen. Aber froh bin ich doch."Das Essen wurde im Bungalow serviert, dann gab es eine ausgedehnte Mittagsruhe. „Kommst du zu mir zum Tee, Victor, sagen wir gegen vier Uhr?" fragte Nathalie durch das orange-gerahmte Bildtelefon. Sie hatte ihre Lippen kurz zuvor angefeuchtet und strahlte Victor mit entwaffnendem Charme an.

„Gern, Göttliche des Siamesischen Olymps, gern", antwortete lächelnd Victor, „ich möchte echten Darjeeling vom Himalaya trinken, bitte. Also bis dann!"Es war eine geruhsame Teestunde, in der wenig geredet wurde. Man hatte sich so sehr von innen zu betrachten, und man genoß den anregenden Tee mit einigen orientalischen Süßigkeiten. Kurz vor 17 Uhr erschien dann, vornehm aber bestimmt, Mrs. Helen, die Directrice von „Aqua Texta". „Madame Nathalie, Sie brauchen heute ein 'großes' Abendkleid. Haben Sie sich schon entschieden?"

„Bei dem wunderbaren Angebot ist das wirklich sehr schwer, Mrs. Helen."

„Ich glaube, hier ist das richtige", rief begeistert die textilprofessionelle Dame. „Wie gefällt Ihnen dies, Madame Nathalie?" Sie hielt ein zauberhaftes grünes Seidenkleid mit tiefem Dekolleté in ihren goldbewehrten Händen. Aufgenähte Pailletten in tropischen Blütenformen mit Silber und Schwarz strahlten eine geheimnisvolle Atmosphäre aus.

„Naja, Nathalie, dann mußt du heute wohl kämpfen, um den vielen begehrlichen Blicken der Männer standzuhalten."

„Will ich das denn?" fragte Nathalie verschmitzt. „Aber Victor, keine Angst, ich werde den Kampf schon bestehen."

„Und ich armer Bursche, Mrs. Helen, was mache ich denn, da kann man doch nicht mithalten", warf Victor ein. „Aber ja doch, Herr Victor, Sie können – gehen wir doch einmal hinüber zu Ihrem Fundus. Auf jeden Fall Seide auch für Sie" – und die Wahl war bald getroffen.

Die Organisatoren von EROM wußten, wie man spektakuläre Feste feiert. Der große Platz war von Fackeln gesäumt, als Spitzenkräfte der nubischen Folklore einmarschierten, angeführt von Feuerschluckern, die mit ihren vom Feuer angestrahlten dunklen Gesichtern den Weg wiesen. Kurze Stille, nur rhythmisches Trommeln, dann stiegen Feuerwerkskörper in den Himmel und formten mit roten und silbernen Lichtern Willkommensworte in mehreren Sprachen. Eine künstliche Wolke wurde hochgeschossen, elegante Delphinkörper mit ihren Reitern auf die milchige Masse projiziert: Nathalie und Victor bei ihren heutigen Reit- und Sprungübungen. Unglaublich, so etwas Perfektes. Und dann las man es auch: Das 21. Jahrhundert hat hier begonnen, Sie sind dabeigewesen. Trompeten spielten einen Tusch und Nathalie und Victor traten an das Mikrofon, von herzlichem Beifall begrüßt.

„Wir sind glücklich darüber", sagte Nathalie, „daß wir diesem erlauchten Publikum das Delphin-Reiten vorführen durften."

Victor, in seinem weiß-seidenen Blazer, ein „Mannsbild par excellence", ergänzte die Worte seiner Partnerin: „Exzellenzen, meine Damen und Herren, nach uns werden viele Tausende in dieser zukunftsträchtigen Reitschule von EROM ein neues Naturgefühl und eine Zuneigung zum Tier entwickeln. Wir sind nur die Pioniere eines nie gekannten Genusses im Zusammenwirken von Delphin und Mensch." Wieder brauste Beifall am nächtlichen Gestade des Meeres auf. Man hatte den beiden Champagner gereicht. Sie hielten die Gläser hoch: „Auf den neuen sportlichen Tourismus des neuen Zeitalters, auf die Kameradschaft von Mensch und Delphin, auf die Zukunft!" Die aufmerksamen nubischen Bediensteten schenkten Champagner aus und boten Früchte des Meeres und andere orientalische Kostbarkeiten an.

Dann trat Mr. President, Derek Lovejoy, ans Mikrofon: „Verehrte, liebe Damen, Ihre Anwesenheit verschönt den heutigen Abend! Meine Herren, EROM, das heißt unser ganzes Präsidium, ist glücklich über diesen Tag. Heute kamen aufgrund der Livesendungen bereits 1.356 Bestellungen auf eine Teilnahme an unseren Seminaren. Da sind wir schon über ein Jahr hier ausgebucht. Wir wußten es ja, mit Hilfe unserer Wissenschaftler konnte ein neues Buch im sportlichen Naturerleben aufgeschlagen werden. Ein Lob an unsere charmante Reiterin und unseren überlegenen Reiter Victor. Meine Damen und Herren, mit dem Delphin haben wir ein überaus intelligentes Tier in einen hohen Rang geholt."

Was war das plötzlich für eine Unruhe? Zwei junge, bärtige und wild verbissen aussehende Männer und eine Frau drängten sich zum Rednerpult hin, dann schrien sie laut: „Tierschänder seid Ihr EROM-Bonzen, Tierquäler, Manipulierer. Protest im Namen unserer Tierschutzorganisation!" Einige kräftige nubische Gestalten nahmen die Störer in den Griff, während diese weiter schrien. „Wir protestieren gegen diese Schande, pfui, wie ihr mit den Tieren umgeht, pfui!"Einige der ägyptischen Ordnungshüter brüllten: „Packt sie, werft sie ins Meer...".

Aber Mr. Lovejoy schrie: „Führt sie hierher, laßt die Leute los!" Bebend vor Wut standen die Störer dann Aug in Aug dem EROM-Boß gegenüber. Er war nur vorübergehend blass geworden, – nun sagte er beruhigend: „Kommt her, wir wollen uns aussprechen." Die Festgesellschaft äußerte Mißfallen, aber Derek Lovejoy, nun hoch aufgestreckt, ganz Präsident, rief: „Zunächst einmal, ihr Protestierer, ich respektiere eure Meinung."

Die jungen Leute schauten verdutzt, das war nicht in ihrem Plan, sie wollten sich schlagen, abführen und sich eigentlich als Märtyrer vermarkten lassen, na, so etwas …

Der Präsident sagte mit fester, fast gütiger Stimme: „Euer Engagement für die Delphine zeugt von Idealismus, aber – ihr seid hier fehl am Platz. Habt ihr über die schreckliche Abschlachterei von Tausenden von Delphinen gehört? In Japan haben die Fischer aus Empörung, weil die Tiere ihre Netze zerrissen hatten, diese mit Knüppeln totgeschlagen. Protestiert, ja protestiert dort, wo es not tut! Und dann werdet ihr meine Unterstützung finden. Wir hier", und damit wies er mit ausgestrecktem Arm auf die EROM-Anlage, „arbeiten, um die Brüderschaft zwischen Mensch und Tier weiter zu entwickeln, versteht das doch. In der ganzen Welt wird rund um die Uhr bei Menschen manipuliert, operiert mit dem letzten Raffinement der Technik. Ist denn das, was wir hier machen, mit aufgeschlossenen Tieren so verwerflich? Denkt doch darüber einmal richtig nach!" – Dann stieg Präsident Lovejoy vom Rednerpult und begrüßte die jungen, jetzt verblüfft dreinblickenden Leute persönlich und sprach auf sie ein.

Die Masse der Gäste, die über diese Störung zunächst empört waren, zeigte sich nun ebenso verblüfft. Unglaublich, wie der Boß die Sache im Griff hatte. War das vielleicht sogar inszeniert?, meinte mancher. Nein, sicherlich nicht.

Das Fest verlief nach dieser Aufregung wie geplant weiter. Der tanzende und singende Star des Abends war die dunkelhäutige Somalierin Leila – mit Glut in den Augen und Haaren, die zu vielen kleinen Zöpfchen geflochten waren. Schwerttänze, Akrobatik einer algerischen Gruppe, schwermütige, dann aber wilde Volkstänze der ägyptischen Regionen. Dies war sicher, solch ein Fest hatte man noch nie erlebt. Nathalie und Victor waren die meist bewunderten und angesprochenen Personen.

„Wie fühlen Sie sich, wie oft stürzten Sie beim Üben ins Wasser, wie lange bleiben Sie hier, stimmt es, daß Sie drei Jahre bei EROM arbeiten wollen, etwa hier, oder wo?"

Lächelnd gab Nathalie kurze Antworten, trank diesem und jener zu. Ebenso Victor, der liebenwürdig und doch sachlich Auskunft gab, aber sich nicht über die weiteren Pläne zu seiner Person und von EROM äußerte.

Um Mitternacht kam der Höhepunkt mit einer großen Feuerwerkssymphonie. „Das Meer in Flammen." Ein Lichtrausch an den felsigen Gestaden und auf den schwimmenden Inseln vor der Anlage. Delphin-Lehrer Ahmed Abdel Hallil war mit seinem Reitdelphin in das Meer geschwommen und hielt, hoch ausgestreckt, das beleuchtete Firmenemblem von EROM in den Händen. Sein Delphin hatte helle Freude daran, vor der Küste zwischen den magisch beleuchteten Inseln hin und her zu flitzen. Die Gäste kamen aus dem Staunen nicht heraus. Das war unwirklich, fast geisterhaft, war das denkbar, machbar? Nein, es war eine Super-Delphin-Hommage – und ein großes Plus für das Markenzeichen EROM. Nachdem sich die meisten Gäste in ihre Zelte zur Nachtruhe begeben hatten, rief Mr. Lovejoy Nathalie und Victor sowie einen kleinen Kreis Vertrauter zu einem Mokka in das Seerestaurant zusammen. Er sah angestrengt aus, war aber doch glücklich über diese Eröffnungsfeier. Mrs. Fulbright sagte sehr wohlwollend: „Prima hast du das gemacht, das mit den Randalierern. Wo sind die eigentlich geblieben?" „Ich habe sie mit unserem Motorboot zu ihrem kleinen Schiffchen draußen bringen lassen. Idealisten sind das, mit ihrem Grün und den Regenbogenfarben usw. Alles muß Harmonie sein. Verdammt nochmal, ist denn nicht jeder vernünftige

Mensch für Harmonie? Ich habe ihnen übrigens eine Botschaft an ihren Weltverband mitgegeben. Die Männer und Frauen mögen sich hier vor Ort überzeugen über die sogenannte Tierschinderei. In absehbarer Zeit werde man übrigens auf die elektronische Steuerung ganz verzichten können, man arbeite an einer solchen Lösung. Ich ließ dann weiter sagen, sie könnten mit unserem „Arbeitskreis Delphin" zusammenwirken. Ihre wichtigste Aufgabe aber sei es doch, tatsächlich Brutalitäten an Tieren zu verhindern, z.B. das Totknüppeln der kleinen Seehundbabies in Kanada und auch in Europa. Und dann sei ja wohl auch die sogenannte „königliche Jagd" einmal zu diskutieren. Da werden z.B. bei uns in Schottland und anderswo Herden von Rot- und Rehwild gehegt und gefüttert, damit man dann selektiert schießen kann mit all dem Ritual. Und die Großwildjagd hier in Afrika, naja... Übrigens, Nathalie und Victor, lassen Sie doch bei Ihren Interviews immer wieder durchklingen, wie entsetzt EROM über die weltweite Vernichtung der größten lebenden Säugetiere der Welt ist. Wir hier setzen ein Beispiel mit unseren Kleinwalen, aber einige sogenannte Kulturnationen wollen offenbar ihrer Walfischindustrie zuliebe auf Fänge, neuerdings für sogenannte wissenschaftliche Zwecke, nicht verzichten".

„Mr. President", warf der stets ziemlich listig dreinschauende John Miller vom Präsidium ein, „diese ganze Sache mit den protestierenden Rowdies hätte fast von unserer PR-Abteilung inszeniert worden sein. Ein weiteres Plus für EROM. Man wird morgen über das kleine Spektakel weltweit mit Genuß berichten, – nicht nur die Blätter der Regenbogenpresse. Das schlägt zu Buche, ganz toll!"

„Also John", nun wurde Mr. President persönlich, „das traust du doch wohl eurem Präsidenten nicht zu, so eine 'Tour' zu drehen – aber ich gebe zu, es war nicht uninteressant für uns, das hat Folgen, und zwar positive."

Man genoß den Mokka, einige – wie Mrs Fulbright – den Irish Coffee oder – wie Mr. John – den guten Scotch.

Nathalie und Victor hielten sich zurück, denn morgen um 9 Uhr ging es sicher hart her im Kommunikationszentrum. Zwar hatten einige Journalisten bereits mithilfe von Kleinsendern „live" gesendet – , eine gute Qualität bei den zu übermittelnden Informationen sollte jedoch erst morgen wirklich gewährleistet werden – Dr. Schmidt aus Deutschland stand bereit.

„Bonne nuit, Nathalie, have a good rest, Victor", dann erhob sich Mr. President.Müde wankten unsere beiden Delphin-Stars zu ihren Bungalows und ließen sich von der warmen Dusche berieseln, sanken dann wohlig in ihre Betten.Nathalie versuchte, noch kurz eine Bilanz des Tages zu ziehen. „Großer Gott, Du schenktest mir angesichts Hunderter neugieriger Augen ein großes Glücksgefühl im Gleiten auf meiner 'Betty'. Die Menge machte mir eigentlich gar nichts aus – O Gott, entschuldige – ein wenig war ich doch stolz, bewundert zu werden." Man sah nicht ihr Lächeln auf den Lippen, aber sie war eben auch ganz und gar eine Eva, aber auch eine demütige dazu. Wie hatte doch Imhotep gesagt? „Du bist weiter, als du denkst."

Victor war noch so aufgeregt, daß er sich den vornehmen, blau-karierten Bademantel umwarf und an den Schreibtisch setzte. Er mußte schreiben, weiterschreiben: „Bekenntnisse aus meiner EROM-Zeit", so oder so ähnlich könnte der Titel eines Buches werden – vielleicht auch ein Zeitroman. Man mußte sehen, was dabei herauskam.

In dem Mediengebäude ging es am nächsten Tag hoch her. Dr. Schmidt machte die Professionellen mit den letzten Möglichkeiten der Kommunikation bekannt. Dann aber ergoß sich ein Schwall von Fragen über Nathalie und Victor. „Wie fühlten Sie sich, Madame Nathalie, auf Ihrem Sagentier? Hatten Sie Angst, gab es großes Lampenfieber? Glauben Sie, daß ich das auch schaffen würde?"Ebenso erging es Victor, er wurde im Laufe der drei Stunden regelrecht ausgelaugt. „Wie schnell kann Ihr Delphin schwimmen, 10 Knoten, 20 oder mehr? Haben Sie vorher einen speziellen Sport treiben müssen, um für den Wellenritt fit zu sein? Wie fest ist der Sattel?

Und die Haifische hier im Roten Meer, was ist mit denen? Wie oft sind Sie beim Üben „baden gegangen", sagen Sie es mir, wie oft? Ist der Lenkautomat sicher? Wie kriegen Sie das Tier so elegant in die Kurven? Gibt es vielleicht eine übersinnliche Verbindung zu dem Tier, bei seinem hohen Intelligenzgrad?" Und so weiter.

„Madame Nathalie, Mr. Victor, wann dürfen wir Sie zu einem Interview haben? Morgen, übermorgen – wann bitte?"

„Kommen Sie bald nach Japan? Was sind Ihre nächsten Reiseziele? Wir benötigen einen exklusiven Report für unser „Kulturmagazin", höchste Qualität, 5 x international preisgekrönt."

„Wann bekommen wir Ihr Interview? Der brasilianische Minister für Tourismus möchte Sie beide sprechen. Können Sie kommen? Sie werden es nicht bereuen."

Nathalie und Victor sagten immer wieder, daß sie hier in der Delphin-Reitschule noch drei Wochen seien. „Tragen Sie sich bitte in die rote Interview-Liste ein – dort auf dem Pult. EROM wird Ihre Wünsche weitgehend erfüllen. Im übrigen werden wir in den nächsten Tagen, jeweils von 9 bis 10 Uhr, unsere Show – Entschuldigung-unsere Demonstrationen darbieten. Im Programm mit dem Titel: „In Harmonie mit dem Delphin auf wogenden Wellen." Die Journalisten saßen in den Fernschreibboxen; Telefax und Teletex wurden eifrig in Anspruch genommen. Das ISDN – Integrated Services Digital Network – unter der Aufsicht von Dr. Walter Schmidt ließ nichts zu wünschen übrig. So liefen die Informationstage dahin. Viel Prominenz war abgereist, ein großer Teil der bunten Zelte abgebrochen. Es gab aber einige Journalisten, die unbedingt das Delphin-Springen üben wollten, noch vor dem Hochbetrieb des Sporttourismus hier, der offiziell am 20. November beginnen sollte. Auch das Präsidium von EROM kehrte nach London zurück und sandte ein Telex mit höchsten Anerkennungen für Nathalie und Victor.

„Sie waren beide großartig, Sie haben uns nicht enttäuscht. Danke."Präsident Lovejoy kam aber nach drei Tagen London wieder zurück. Er wollte noch bis zum

Eintreffen der Touristen besser alles durchorganisieren, wie er sagte.

Eines Abends saß man noch spät im Seerestaurant zusammen, der Präsident, Ahmed Abdel Hallil sowie Nathalie und Victor. Man trank kühlen Orangensaft mit kleinen, stimulierenden Zutaten.

„Ich muß Ihnen, Nathalie und Victor, eine vertrauliche Mitteilung machen. Sie haben den etwa 50-jährigen Herrn mit seinen buschigen Augenbrauen und dem feurigen Blick jetzt täglich beim Delphin-Reiten gesehen. Ahmed, wird er es schaffen bis Mitte November"?

Der Reitlehrer meinte vorsichtig, er glaube es ja doch. „Der Herr ist ja nicht unsportlich und gibt sich große Mühe. Er sitzt schon ganz gut und hat nach mehreren Versuchen jetzt die erste Latte geschafft."

„Vertraulich, streng geheim -" flüsterte der Präsident, „dieser Mann ist der künftige Premierminister Ägyptens. Man rechnet noch Ende November mit der Berufung. Und er hat sich in den Kopf gesetzt, die höchste Latte mit dem Delphin zu überspringen. Davon will er unbedingt ein Foto haben mit dem Bildtext für die Presse: „... so nimmt der Premier Hindernisse, spielend, fliegend."

„Das würde er schaffen, für EROM ist er wichtig; Ahmed, kümmere dich um ihn."

„Inschallah", antwortete der Angesprochene lächelnd, „Inschallah, wenn Gott es will, dann wird er es schaffen."

„Nun zu Ihnen, Nathalie und Victor. Sie werden hier nach dem 20. November Ihre Zelte abbrechen können. Aber vorher bitte ich noch um zwei notwendige PR-Reisen. Werte Nathalie, Sie müssen in drei Tagen kurz nach Tokio. 'Asaha Shimbun' – es gibt sicher keine Zeitung mit einer größeren Auflage – hat Sie zu einem Sonderinterview gebeten, ebenso die Fernsehkette TEMO. Bitte nehmen Sie diesen Termin mit gewohntem Charme wahr. Sie wissen ja, für EROM ist Japan wichtig. Auch Sie, Victor, muß ich zu einem Sondereinsatz bitten. Das Sportinstitut der Harvard-Universität in Boston, ja, auch Ihre Alma mater, hat Sie zu einem Vortrag gebeten. Da einige negative Berichte über unsere Reitschule verbreitet wurden, tun Sie uns mit entsprechenden gründlichen Informationen einen großen Gefallen. Jeweils ein EROM-Kommunikationstechniker wird mit Ihnen reisen. Natürlich ist auch der Leiter unseres Stützpunktes Washington dabei und wird Sie, wann immer nötig, beraten. Es ist Dr. David Scott. Selbst die rührige 'Aqua Texta'-Dame hat Ihnen auf ein Telex hin Vorschläge unterbreitet." Mr. Lovejoy schaute auf seine Armbanduhr. „Wir haben heute den 3. November. Ich denke, daß wir Sie am 6. dieses Monats mit unserer Maschine nach Kairo fliegen – und dann trennen sich Ihre Wege, aber höchstens für fünf Tage. Fällt Ihnen das schwer?", fragte Mr. President, verhalten lächelnd.

„Auch das werden wir schaffen", antwortete Victor verschmitzt, „nicht wahr, Nathalie?"

„So, und nun nach diesem Überfall sollten Sie noch das Programm für die nächsten Wochen hören. Nach dem Abschluß der PR-Arbeit am 15. dieses Monats, bei denen Sie auf jeden Fall dabeisein müssen, schlage ich vor, daß Sie sich in diesem Land voll erstaunlicher pharaonischer Wunder noch etwa eine Woche umsehen. In den Hotels unserer Kette „Exquisit" werden Sie betreut werden."

„Oh, darüber freue ich mich sehr, ich wollte schon immer mehr von den Erbauern der großen Pyramiden des Alten Reiches wissen", sagte Nathalie begeistert. „Und Du, Victor..."?

„Mein Wunsch geht in Richtung nubische Kultur, etwa von Assuan bis Wadi-Halfa, das ist eine noch längst nicht aufgearbeitete Kulturgeschichte."

„Das ist schön, Nathalie und Victor, daß Sie meinen Vorschlag so begeistert annehmen. Doch nun zu unserer zweiten EROM-Station." – Mr. President wurde ein wenig feierlich. „Am 1. Dezember treffen wir uns im 'Lords Club'-Hotel in Nairobi / Kenia. Dort werden wir über das Programm der 'drei großen L' sprechen: „Löwen lieben lernen." Alles was bei EROM Rang und Namen hat, wird dabeisein, natürlich auch Dr. Schmidt. Von dort fliegen wir zu unserer neuen Touristik- und Forschungsstation am Rande des Serengeti-Nationalparkes. Unsere enge Zusammenarbeit mit Tansania hat hier vieles möglich gemacht. Aber heute zunächst einmal gute Nacht." Der Herr Präsident liebte es, in erstaunte Gesichter zu sehen. Am Nachmittag des folgenden Tages, nachdem die Pflichtübungen abgewickelt waren, sagte Victor zu Nathalie: „Ich möchte gern wenigstens einmal während unseres Aufenthaltes hier in den Wadi Hamad gehen. Kommst du mit?"

Nathalie freute sich über diesen Vorschlag. Wieder schritt Nathalie der Sonne entgegen und erlebte mit ihrem Kollegen zusammen die farbige Sinfonie der warmen Farben von Felsen und Gestein. Nach etwa zwei Kilometern, bei denen sie dem sandigen Grund des Trokkenflusses folgten, schlug Victor vor, eine leichte Kuppe aus grauem Granit zu erklettern und von dort das Panorama zu genießen. Dann sah er Nathalie forschend an: „Nun zeig einmal, wo du dich damals verlaufen hast. Da Samia in der Nähe war, kann doch irgend etwas nicht stimmen, oder ..."? Nathalie entschloß sich zur Offenheit. „Da drüben, siehst du dort den Felsvorsprung, dort bin ich Ihm begegnet. Ihm, Imhotep, dem Weisen."

Nun verschlug es Victor die Sprache. „Also, daß Du bestimmte übersinnliche Anlagen hast, ist mir klar. Aber das mit Imhotep, das scheint mir ziemlich verschroben zu sein."

„Scheint, ist es aber nicht." Dann berichtete Nathalie, unverwandt auf den Felsvorsprung schauend, über ihre Begegnung mit dem aufgestiegenen Meister. Alle Kleinigkeiten, jede Empfindung, die Erschütterung, die über sie kam. Vor ihrem geistigen Auge sah sie die gütigen Blicke des Weisen, er schüttelte den Kopf, als wolle er sagen, „das geht eigentlich nur uns zwei an." Aber er schien auch zu spüren, daß bei Nathalies von Hause aus eher nüchternen Begleiter Victor ein großes Erstaunen, ein Nachdenken einsetzte. Eine Zeitlang fühlte sich Nathalie wie in Trance, dann hörte sie Victors Stimme: „Ich danke dir für das Vertrauen, das du mir mit dieser Offenbarung geschenkt hast. Nun kann ich verstehen, warum du dich so sehr mit den Pyramiden, besser wohl gesagt, mit Seiner Stufenpyramide beschäftigen willst."

„Ja, Victor, und ich werde mich auch intensiv mit seinen Weisheitslehren beschäftigen, bestimmt, er wird mein geistiger Führer werden. Ich will in den Orient-Instituten nach Unterlagen suchen und mich mit den überlieferten Texten auseinandersetzen. Das werde ich tun."Victor nahm Nathalies Hand. Die Sonne sank schnell, so daß sie sich beeilen mußten, die EROM-Anlage zu erreichen.

„Kommst du noch zu mir Victor, auf ein Gläschen?", fragte Nathalie.

Samia, die treue Dienerin wartete schon. „Inschallah, Sie zurück Queies, so gut, Shukram, Mr. Victor, Shukram." Dann zog sie sich in ihr kleines Gemach zurück. Sie spürte, daß die schöne Herrin und der stolze Begleiter sich viel zu sagen und zu geben hatten.

Die wenigen Tage bis zum Abflug vergingen schnell. Mit einem detaillierten Programm und den entsprechenden Ratschlägen von 'Aqua Texta' versehen, verabredete man sich am 6. November auf dem Flughafen von Kairo.

„Also Nathalie", sagte Victor, während er sie leicht an sich drückte, „guten Flug, komm heil an Leib und Seele zurück. Aber, wie ich meine, wird dein Geleitschutz in Tokio komplett sein. Nakamura Isato San soll ein umsichtiger Mensch sein."

„Ja, und du, Victor, auch dir viel Erfolg. Pflege auch du Seele und Leib. Ich schicke dir ein Telex, damit du weißt, wann mein Fernsehauftritt ist. Du kannst mich über Satellit USX 3 sehen. Alles Gute."

In Tokio war die Öffentlichkeit sehr gespannt auf die schöne Eurasierin Nathalie. EROM-Tokio hatte viel an Grundlageninformation gegeben und so mußte der Vortrag Nathalies vor der Presse ein Erfolg werden. Brausender Beifall kam auf, als die „Missionarin" in Sachen „Tiernatur" sagte: „Verehrte Herren, liebe Damen – dabei sah sie nur vereinzelt ein paar Köpfe von Geschlechtsgenossinnen – das tüchtige Volk der Japaner geht, wie wir wissen, gern auf Reisen. So kommen

Sie zunächst einmal ans Rote Meer zu unserer Delphin-Reitschule. Vielleicht bringen Sie etwas mehr Zeit mit. Ich weiß ja, Sie haben es immer eilig und leisten sich relativ wenig Urlaub. Legen Sie ihn doch einmal zusammen und kommen Sie zu den wunderbaren Delphinen." Der Charme ihres Wesens verzauberte die Zuhörer. Und dann sagte sie noch: „Unsere EROM setzt völlig neue Maßstäbe im Erlebnis von Kreatur und Natur. Wir sind auf dem Weg zur Einheit der beiden. EROM hat in der nächsten Zeit noch viele Überraschungen für Sie alle."

Das abendliche Interview der Fernsehkette TEMO genossen viele Millionen. Ihre auf Film festgehaltenen Delphinreitkunststücke erläuterte sie mit charmanten und pfiffigen Bemerkungen. Dann stürzten sich die Interviewer mit einer Fülle von Fragen auf die Repräsentantin von EROM. „Werden Sie schriftstellerisch weiterarbeiten? Ihre Lyrik, Madame Nathalie, ist in der Gefühlsstärke der japanischen ähnlich. Vergessen Sie nicht, unsere Kultur zu bereichern. Wollen Sie nicht einmal für längere Zeit hierher kommen?"

„Ja", meinte sie, „ganz sicher, wenn es sich ergibt, sehr gern." Die Auftritte Nathalies waren ein großer Erfolg für die Gesellschaft.

Ein wenig schwieriger lief es zunächst in den USA. Victor hatte an der Harvard manchen alten Lehrer wiedergesehen. Es gab herzliche Begrüßungen. Man erinnerte sich sehr seiner berühmten Serie von den „Mystischen Stätten der Weltkultur"; in den USA war diese Serie weithin bekannt. Doch nun hatte er sich, warum bloß? – auf diesen PR-Pfad für EROM begeben. Und überhaupt diese merkwürdige Sache mit den Delphinen. Victor versuchte aufzuklären und entkräftete manche Vorurteile. Besonders interessiert war das Sportinstitut. Dort erläuterte Victor ausführlich die Zusammenarbeit mit dem Reittier Delphin und zu welchen wassersportlichen Leistungen dieses intelligente Säugetier unter Anleitung eines geschulten Reiters, fast spielend, fähig sei. So wich langsam die Skepsis und eine echte Begeisterung kam auf. Man wolle sich möglichst bald in der Reitschule Wadi Hamad am Roten Meer umsehen, vor allem auch aus sportwissenschaftlichen Gründen. Großes Interesse zeigten auch die Journalisten, Soziologen und natürlich die künftigen Touristik-Animateure.

Vor dem Abflug nach Kairo, der für den 11. November angesetzt war, lud Dr. David Scott Victor zu einem kleinen Abendessen ein. Nach dem Aperitif sagte „der David" – so nannte ihn in EROM-Kreisen jeder wegen seiner geringen Körpergröße – „Herr Jung-Tabore, ich muß mich bei Ihnen für Ihre Mission bedanken. Sie haben die Kritiker überzeugt und vor allem moralische Bedenken im Hinblick auf die Gehirnmanipulation bei den Delphinen ausgeräumt. Gut auch, daß Sie erwähnten, daß wir daran arbeiten, in absehbarer Zeit vielleicht ohne die Schaltapparatur auszukommen, wenn EROM-Forschungen mit transversalen Kleinstimpulsen zwischen bestimmten Bezirken des Kleinhirns von Mensch und Delphin erfolgreich sein werden. Auch der Vergleich Reiter – Pferd war gut."

„Ja", sagte Victor, „ja, man mußte einmal sagen, zu welchen unglaublichen seelischen und physischen Belastungen die Springreiter ihre Pferde aufputschen. Da sind wir mit unseren fröhlichen, gutwilligen Delphinen wohl besser dran. Wir müssen sie eher bremsen."Dr. David Scott nahm das Glas: „Zum Wohl, kalifornischer Rotwein Ihres Geburtsjahres. Sie sehen, was alles im Schoße der Zukunft liegen kann. Ich danke Ihnen, wir werden uns bald öfter sehen, dann bitte auch mit Ihrer zauberhaften Kollegin Nathalie. Man hat die Fotos in der Presse bewundert."

Am 12. November trafen sich Nathalie und Victor in Kairo, wo sie sich fast einen ganzen Tag nach den Strapazen der Reise entspannen wollten. Sie wohnten im 30. Geschoß eines rund gebauten, neuen Exklusiv-Hotels, das ebenfalls zur EROM-Gruppe gehörte. Am 13. November sollte sie der firmeneigene Helikopter in der Nähe des Menna-House-Hotels in Gizeh aufnehmen und direkt zum Wadi-Hamad fliegen. Sie sehnten sich schon fast nach diesem Ort, der ihnen so viel Impulse, Einsichten und – wie Victor meinte – auch „Durchsichten" gegeben habe. Ob man noch das Nationalmuseum besuchen könne, fragten sie an der Rezeption nach dem Lunch. Ja, wenn man sich beeile, habe man noch zwei Stunden Zeit dafür. Sie nahmen ein Taxi und erwiesen den großen Pharaonen und ihrer Zeit ihre Reverenz. Hatchepsut, die große Königin, lächelte als Sphinx über die Jahrtausende hinweg, der Jüngling Thut-Ank-Amun stand als lebensgroße, vergoldete Figur beiderseits des Eingangs zu seiner „Sammlung" und der gewaltige Ramses, „der Große" genannt, machte sich auch hier im Museum ziemlich auffällig.

Plötzlich riß Nathalie ihren Begleiter am Ärmel. „Da ist er, siehst du, da!"

In einem großen Schaukasten war eine Reihe von kleinen Figuren ausgestellt, mit der Beschriftung: „Imhotep, Erbauer der Stufen-Pyramide von Sakkara, großer Weiser, Architekt, Arzt. In griechischer Zeit mit Asklepios gleichzusetzen."Lang schaute Nathalie auf den fein ausgeformten Kopf der Figur.

„Ja, Nathalie, so ist das. Die Größe des Geistes muß nicht immer in Relation stehen zu den Maßen der Skulptur. Verabschiede dich von deinem Meister, der Wärter drängt schon zum Ausgang." Dabei umfaßte Victor liebevoll Nathalie. „Ich weiß, was dein Gemüt bewegt." Der Nachmittagsbummel durch die Stadt und am Nil entlang mußte ausfallen. Die Metropole Kairo war einem Fußgänger nicht mehr zumutbar, der Moloch Verkehr ließ einem keine Luft zum Atmen.Den Abend verbrachten Nathalie und Victor im Dachrestaurant des Hotels, schauten auf die in der Nacht eher liebenswürdig erscheinende, beleuchtete Stadt und genossen ein gemischtes Programm mit vielen orientalischen Tänzen. Die Bauchtänzerin Irina war tatsächlich „ganz große Klasse". Erstaunlich, welche Körperteile sie einzeln im Rhythmus bewegen konnte! Pünktlich am nächsten Morgen holte der EROM-Helikopter die beiden Weltreisenden ab und flog mit ihnen über die imponierenden großen Pyramiden der vierten Dynastie, über die Stufenpyramide von Sakkara und eine Kette anderer Pyramiden entlang der grünen Stromoase des Nils. Bei Beni Hassan wendete der Pilot seine Maschine nach Osten über die farbigen Berge der arabischen Wüste bis zum Wadi-Hamad.

Mr. President wartete schon am Landeplatz. „Herzlich willkommen in Ihrer zweiten Heimat", rief er lächelnd, dann überreichte er Nathalie einen großen Strauß roter Rosen und umarmte sie und auch Victor.

„Wie ich nicht anders erwartet habe, haben Sie großartige Arbeit geleistet. Ich habe die Aufzeichnungen inzwischen gesehen. Gratuliere. Also, in zwei Tagen steigt die Abschlußveranstaltung. Nach Ihrer Vorführung wird es noch einmal ein gewisses Gedränge der Reporter geben, dann lassen wir langsam auslaufen bis zum 20. November, an welchem die ersten 80, hoffentlich sportlichen Touristen kommen. Die nächsten zwei Jahre sind praktisch ausgebucht. Wir bleiben im jetzigen Rahmen. Die Bewältigung von Massen überlassen wir den Einfältigen", flüsterte er, „wir bleiben exklusiv." Und dann sagte Derek Lovejoy noch: „Drücken Sie uns die Daumen, daß unser Premierminister in spe seine Sprünge gut hinter sich bringt. Er fiebert nach Öffentlichkeit."Der 15. November verlief ganz positiv. Bei moderatem Seegang führten Nathalie und Victor noch einmal ihre großartige Zusammenarbeit mit den Delphinen vor. Vor allem aber absolvierte der künftige Premierminister Ismail Gindi das Programm. Und das Foto des vom Delphin aus fröhlich winkenden neuen Premierministers ging zwei Tage später anläßlich seiner Ernennung durch den Staatspräsidenten durch die Weltpresse.

„Seht, so sieht ein Premier aus, vorwärtsdrängend, optimistisch, ganz beherrscht, das ist ein Politiker der neuen Zeit. Mehr Zuversicht, mehr Zutrauen, more, more... Es müßte doch zu schaffen sein, eine neue bessere Welt aufzubauen. Seht her, so nimmt man die Hindernisse..."

Das Abschiedsfest war eher zurückhaltend vorbereitet. Eine Reihe wichtiger Persönlichkeiten war gekommen, einschließlich des neuen Premierministers, der sich die Teilnahme nicht nehmen ließ. Für EROM's PR äußerst vorteilhaft. Ob er wohl am Abend neben Madame Nathalie sitzen dürfe, hatte er gefragt. Nun, er durfte. Lady Helen von 'Aqua Texta' hatte für Nathalie das raffiniert geschnittene, enge lila Seidenkleid ohne jede Stickerei vorgeschlagen. Als Schmuckstück trug sie über dem braunen Dekolleté schließlich das achtspeichige Rad Buddhas als Symbol seiner Lehre vom achtteiligen Pfad. Rad und Speichen waren aus Gold gearbeitet und mit unterschiedlich getönten Saphiren besetzt.Victor trug einen weißen Anzug aus reiner Seide mit einer eng geschnittenen Hose, dazu ein lila Seidenhemd mit lässig umgeschlungener gelber Krawatte. Er hatte die Ehre, neben der ebenfalls angereisten Mrs Fulbright zu sitzen. Sie genoß das sehr, und er benahm sich wie ein guter Gentleman, sehr ritterlich und sehr höflich. Natürlich auch sehr charmant, wie man erwarten durfte.

Als Mr. President das Schlußwort sprach, waren Nathalie und Victor in einer beinahe wehmütigen Stimmung. Hier waren sie wirklich zu Pionieren einer „neuen Sporttechnik des 21. Jahrhunderts" geworden, wie der Präsident immer besonders hervorhob. Ade, „Bob" und „Betty", ade, ihr geheimnisvollen Felsen des Küstengebirges. Langsam verebbten die Schlußakkorde der Trompeten gegen die leise rauschende See. Ein Meilenstein war gesetzt, EROM hatte ihn errichtet.

Löwen aus der Retorte

Das „Lord's-Club"-Hotel war keine der großen „Bienenwaben"-Herbergen, sondern wirklich exquisit. Nebenbei erfuhr man, daß es zur Kette der „Lord's-Club"-Hotels in Ländern Ost-, West- sowie Südafrikas gehörte und auch ein nicht unwichtiger Teil des EROM-Konzerns war. Dies noble Domizil in Nairobi war eine Schöpfung aus verschieden hohen, maximal jedoch dreigeschossigen Gebäuden in innigem Verbund mit tropischen Gärten. Schon die Eingangshalle machte einen überwältigenden Eindruck. Man sah auf eine künstliche Felswand mit mehreren herabstürzenden kleinen Wasserfällen, zwischen denen wie bei den majestätischen Wasserkaskaden vom Tussisat am Blauen Nil viele breit gefächerte Farne und Bärlapp-Gewächse üppig wucherten. Eine gekrümmte „Glücksbrücke" überquerte den mit Lotosblumen reich bestückten Teich. Über die gelangte man zur Rezeption.

Das Personal bestand aus schlank gewachsenen und majestätisch in Rot gekleideten Menschen der indischen Rasse sowie aus dunkelhäutigen, etwas untersetzten Angehörigen des Kikuju-Stammes. Erwartungsvoll stand man in Reih und Glied, denn EROM's Unternehmen am Roten Meer war allen durch das Fernsehen bekannt. Nathalie und Victor wurden herzlich begrüßt. Beide waren raffiniert leger in Khaki-Stoffen bester Provenienz gehüllt – natürlich auf Vorschlag von Experten der „John Ascott Ltd.". Ein niedlicher kleiner Junge überreichte Nathalie einen Strauß lila Catleyen, und auch die anderen Damen der Gruppe wurden mit Blumen bedacht.

Dann sprach der Direktor des Hotels, Mr. Henry, einige Worte herzlichen Willkommens und hängte den beiden inzwischen so bekannten Akteuren Nathalie und Victor ein sonderbares, an einer dünnen Lederschnur hängendes Amulett um.

„Es wurde in einem kleinen Dorf der Kikujus gefertigt: besprochen und geweiht hat es der große Heiler

Ado Shamanu. Möge es Ihnen beiden im Umgang mit den wilden Tieren der Serengeti Glück bringen."

„Oh je", zuckte es Nathalie durch den Kopf, „was haben die mit uns vor?"

Mr. President, der sich in bescheidenem Abstand von Nathalie und Victor hielt, lächelte Nathalie ermutigend zu, als wolle er sagen: keine Angst bitte. Im übrigen, was konnte Mr. Henry schon wissen von dem bevorstehenden Programm? Er hatte allenfalls etwas läuten hören von dem, was sich in der Serengeti-Station von EROM tat. Die Zimmer von Nathalie und Victor waren fürstlich und bis ins kleinste Detail liebevoll ausgestattet. Der Blick von der Terrasse war zauberhaft, der Duft des blühenden indischen Tempelbaumes im Gartenhof erfüllte die Zimmer.

Auf der durchgehenden Terrasse vor den Zimmern trafen sich Nathalie und Victor und ließen sich zunächst in die tiefen Rattan-Sessel fallen.

„Oh je, worauf haben wir uns da eingelassen? Will EROM uns aus Gründen der Publicity als vornehmes Wildfutter verwerten?"

„Keine Angst, Nathalie, hast du die pfiffigen Augen und das verschmitzte Lächeln von Mr. Lovejoy nicht gesehen? Also, soweit ich weiß, haben wir es mit zahmen Viechern zu tun."

„Die wir lieben sollen, ja, ja dem – Slogan entsprechend!" Dabei lehnte Nathalie ihren schönen Kopf an Victors Schulter. „Du, Victor, hast eben das Herz eines Panthers, während meines eher dem eines Hasen gleicht."

„Na, na, wenn ich bedenke, wie du mit deiner Delphin-Frau umgesprungen bist – das war kein Hasenherz, vielleicht eher das einer Elenantilope. Kennst Du dieses Wild? – Also, ich freue mich neben unseren künftigen PR-Pflichten auf ausgedehnte Safaris. Dann werden wir die hier noch vorhandene Schöpfung mit eigenen Augen sehen. Du aber solltest jetzt erst einmal ein paar Stunden ausruhen, der Abend wird uns sicher ziemlich beanspruchen. Ich bleibe hier noch sitzen. Muß über manches nachdenken und ein paar Epigramme zu Papier bringen."

Für 19 Uhr hatte der Präsident zu einem Dinner in den „Royal Room" gebeten. Die Modeleute von „Ascott Ltd." schienen hinter ihnen her zu sein wie die Teufel hinter der armen Seele, denn in den großen Schränken des Hotelzimmers war das Outfit der beiden bereits parat. Eine junge, aparte Modellistin war mit der kleinen Gruppe des Präsidiums aus London gekommen – zur Beratung von Madame Nathalie und Mr. Victor.

„Unsere Chefin hat mich gebeten, Ihnen, Madame Nathalie, kühlende Seide in Weiß vorzuschlagen. Das Dreiviertelkleid mit dem aparten tiefen Ausschnitt auf dem Rücken, dazu ein gewirkter, goldener Gürtel und die bestickten Goldsandalen sowie farbige Seidenstrümpfe. – Ihnen, Mr. Victor, empfehlen wir einen seidenen, weißen Blazer und eine zartblaue Hose dazu. Wie wär's übrigens mit dieser Krawatte aus reiner Thai-Seide? Das paßt gut, sehr raffiniert und dann bei Ihrer vorzüglichen Figur, Mr. Victor!" Der bildschöne, kleine Modeengel sah ihn dabei mit ziemlich dürstenden Augen an, was Nathalie sehr überzogen schien.

„Danke, Gwendolin" – so hieß das Wesen aus dem letzten Modekatalog", – danke. Sagen Sie Ihren „Ascott"-Leuten, daß wir die Vorschläge gern akzeptieren, nicht wahr, Victor?", antwortete Nathalie – „und jetzt müssen Sie uns verlassen, wir haben noch einiges Dienstliche zu tun".

„Ach schade, ich hätte Ihnen noch gerne beigestanden", hauchte der Engel, „gern hätte ich das gemacht." Doch dann zog sie sich, etwas schmollend, zurück.

„Beigestanden, hast du das gehört, beigestanden? Bei dir wollte sie stehen und dich mit ihrer Inbrunst verschlingen!" Dabei ließ Nathalie ihre Augen glühen", so ein aufdringliches Geschöpf!"

„Aber ein bildschönes Geschöpf, nicht wahr, Göttin der Tropensee, nicht wahr, Nathalie"?

„Ach, laß das doch", rief Nathalie und stampfte mit den Füßen auf, „laß das doch."

Da lief Victor auf seine Partnerin zu und schloß sie fest in die Arme. „Wie herrlich, daß du eifersüchtig bist, das ist toll – und ich muß dir beichten, daß mir manche

Kindsköpfe – Gentlemen und dergleichen – auf die Nerven gehen, wenn sie dich ebenfalls mit Blicken verspeisen möchten und man ansieht, wie ihnen die aller albernsten Floskeln gerade noch in der Kehle stecken bleiben. Aber ich überspiele das, Nathalie, schließlich sind wir ja hier auch Schauspieler."

„Und Mannequin und Dressman, Victor. Weißt du noch, was Mrs. Annie damals in London sagte: da werden noch gewaltige Entwicklungen kommen und die Körperkultur wird dank der Textilien von 'John Ascott Ltd.' und 'Aqua Texta' einen hohen Rang erreichen, nicht zuletzt auch durch Ihre Arbeit. Aber ich wäre nicht Frau genug, um das alles nicht auch zu genießen."

Der erste Nairobi-Abend begann mit einem gepflegten Cocktail, auf dem eine Jasmin-Blüte schwamm. In einem großen Halbkreis stand man um Mr. President herum, viele fremde Gesichter waren dabei. „Nathalie, Victor, die Damen und Herren des Präsidiums brauche ich Ihnen nicht mehr vorzustellen, dafür aber die Damen und Herren unserer Forschungsstation in Agushi nahe beim Serengeti Park, sie liegt aber noch innerhalb des tansanischen Staatsgebietes. Wir sind der Regierung von Tansania für die Überlassung dieses schönen Flekkens Erde dankbar. Also nun aber der Reihe nach: zur Linken der athletisch gewachsene Herr" – Mr. Lovejoy machte heute alles besonders gelockert – „heißt Monsieur Durand; er leitet die Grundlagenabteilung, ist ein Professor Dr. und die rechte Hand von dem neben ihm stehenden Herrn mit der vertrauensvollen Denkerstirn. Das ist Professor Dr. med. Dr. phil. Abamowsk, er ist der Direktor des ganzen Instituts. Daneben sehen wir Frau Dr. rer. nat. Maria Solewski, die Leiterin der Abteilung Bakteriologie."

„Mein Gott", dachte Nathalie, „sehen so die Wissenschaftlerinnen aus?" Mrs. Maria hatte ein kantiges, langes Gesicht und trug eine überproportionale, mit dunklem Horn gefaßte Brille. Da konnte es einen ja kalt ankriechen, – aber vielleicht mußte man bei dem Geschäft hart und kantig sein. Mr. President stellte weiter vor: Professor Edgar Smith, einen wichtigen Mann in der

Genforschung und Arno Liebster, den Leiter der angewandten Gentechnologie nebst seiner Mitarbeiterin Miss Rosita Ramos, einer jüngeren Wissenschaftlerin aus Kolumbien. Insgesamt waren zehn Personen der Forschungsstation Agushi anwesend.

„Meine Damen und Herren, darf ich zu Tisch bitten. Nach dem Dinner wird uns Professor Abamowsk grundsätzliche Ausführungen machen."

Der Obstsalat mit Mangos war vorzüglich, ebenso der folgende Cocktail aus pikanten Shrimps. Zum Fleisch hatte der Chef des Hauses, gleichzeitig „Chevalier dans l'ordre des Connaisseurs des Vins", einen leichten Chablis vorgeschlagen, sodann trockenen roten und weißen Burgunder sowie einen ausgezeichneten Rheinwein.

Der dritte Gang, das Fleischgericht, wurde sehr hübsch mit duftenden Blüten der Buschsavanne serviert. Es schmeckte sehr originell. Nathalie sah auf die vornehme Menükarte, dort las sie: „Leber von Junglöwen, in Madeira und Mangofleisch gedünstet". Sie ließ die Gabel fallen und sprach den Präsidenten vorwurfsvoll an. „Mr. Lovejoy, 'Löwen lieben lernen', so heißt doch wohl das hiesige EROM-Unternehmen. Und nun verzehren wir ausgerechnet Leber von gekillten, jungen Löwen. Ich komme da nicht ganz mit, wissen Sie, wegen der einzubringenden Liebe..."

Diese Bemerkung war dem Herrn Präsidenten ziemlich unangenehm, auch er legte wie im Schock seine Eßwerkzeuge nieder. Alle Gesichter waren ihm zugewandt, als er stotterte: „Ja, naja, nun also ... einen Moment..." Dann winkte er energisch den Oberkellner herbei und flüsterte mit ihm wohl eine Minute lang. Am Tisch herrschte Stille, manch einer griff aus Verlegenheit zum Glas.

„Also, Madame Nathalie" – Mr. President hatte sich wieder im Griff – „ich höre, daß dieses Gericht eine besondere Kostbarkeit ist. Die Massai schätzen es als ein Mahl, das Zugang zu den Tierseelen schafft und – das muß hier betont werden – es handelt sich um Löwen aus der Wildnis, nicht von solchen aus dem Löwendorf, das Sie in Kürze sehen werden. Genießen Sie auch den dazu servierten Antilopenrücken – für jeden Gourmet eine Offenbarung. Weiter guten Appetit, meine Damen und Herren."

„Victor mußte Herrn Lovejoy beistehen: „Mir, Herr Präsident, hat diese Leber vorzüglich geschmeckt, viel besser als die Leber von Schweinen, die ja für Millionen von Koteletts und Schinken ihr Leben lassen müssen. Und der Wildgeschmack ist wirklich delikat."

„Ich danke Ihnen, Victor, Sie sind ein Kenner. Schenken Sie Ihrem Magen die Atmosphäre der großen, weiten Steppen Afrikas, greifen Sie zu!"Nathalie hatte den Worten Victors ziemlich fassungslos gelauscht, dann aber begriff sie. Hatte sie selbst nicht den Präsidenten in ziemliche Verlegenheit gebracht? Victor wollte die Scharte wieder ausbügeln.Das Dinner zog sich wohl mehr als zwei Stunden hin. Von Nachbar zu Nachbar und zum Gegenüber gab es viele artige Bemerkungen, Fragen, Antworten und auch spitze, geistvolle und tiefsinnige Feststellungen. Dann, nachdem der Portwein serviert war, bat Mr. President Professor Abamowsk um sein aufklärendes Referat.

„Mr. President, ehrenwerte Damen und Herren", und dann – Nathalie und Victor zugewandt – „Madame Choux Wong und Mr. Jung-Tabore, wir – unsere Forschungsmannschaft und Sie als international bekannte Journalisten arbeiten mit EROM für die gleichen Ziele. EROM ist als weltumspannender Konzern erfolgreich dabei, auf dem Gebiet des Tourismus die ausgeleierten Pfade zu verlassen und sensationelle neue Erkenntnisse und Erfahrungen anzuwenden. Sie beide haben die Delphin-Station am Roten Meer der Öffentlichkeit vorgestellt. Ohne die intensiven Forschungen der Tierchirurgen und andere Wissenschaftler wäre dies allerdings nicht möglich gewesen. Wir sind im wesentlichen in der Genforschung tätig – mit vielen Überraschungen, um die uns manche Institute der Welt beneiden werden. Hier in Agushi haben wir den Löwen, den seit Jahrtausenden in Fabeln und Mythen besungenen König der Tiere, ein wenig korrigiert, oder nein, daß ist nicht das richtige Wort, wir haben ihn etwas reduziert und „geklont". Jawohl, wir haben den „Kleinlöwen" durch stabile Gene gezüchtet und ihn damit zu einem künftigen Hausgenossen, wie Hund und Katze, für die tierliebenden Menschen umgeformt.

Nathalie und Victor blickten den Professor ziemlich verwirrt an. „Kleinlöwen?", fragte Victor, „was sollen wir uns darunter vorstellen? Wie klein ist er denn? Hat er noch eine Mähne?"

„Aber, Professor Abamowsk", rief Nathalie dem vor Stolz strahlenden Professor zu, „die Löwen leben ja doch wohl von frischer Beute, die zerrissen und gefressen wird, ein Kleinraubtier wollen Sie zum Kameraden des Hauses, der Familie machen? Mit kleinen Kindern dazu? Oh weh, ich sehe da sehr schwarz, das kann ich nicht glauben!" Der Professor weidete sich an dem Überraschungscoup, der unsere beiden EROM-Akteure ziemlich aus der Fassung brachte. Natürlich nicht die Mitglieder des Präsidiums, die waren ja orientiert.

„Professor Abamowsk lächelte: „Sie werden in Kürze in unserem Institut viele atemberaubende Dinge erfahren. Zum Kleinlöwen: er hat die Größe einer mittelgroßen Hunderasse. Wir haben ihn so manipuliert und stabil geklont, daß er blutiges, frisches Fleisch nicht riechen kann. Er ist sozusagen ein Allesfresser geworden – etwa wie der Hund – aber, nein doch, bei Hunden bricht bisweilen der Wildcharakter durch und die Domestizierung 'geht vor die Hunde' – im wahrsten Sinne des Wortes. Unsere Kleinlöwen sind etwas völlig Neues, Sie werden es sehen, wenn Sie Ihre Häuser im 'Lions Village' beziehen und mit ihnen spielen und toben, schlafen und kosen. Jawohl, interessantere, schönere, anmutigere und auch kraftvollere, aber auch treuere Haustiere hat es noch nie auf der Welt gegeben. Ein neues Wesen hat das Licht der Welt erblickt. Bisher gibt es erst 17 Exemplare, aber die Vermehrung – natürlich wird diese neue Rasse weltweit patentrechtlich geschützt –, also die Aufstockung des Bestandes geht zügig weiter. Wohlgemerkt aber nur durch uns! Unsere Minilöwen können sich nicht geschlechtlich vermehren, da haben wir in die DNS Grenzen eingebaut. Vermehrung also nur durch unsere Klone, eben die männlichen ohne Sperma und die weiblichen Tiere ohne Ovulation. Nur wir, nur EROM hat den Code für unseren Schlüssel zum Nachwachsen in der Hand. Und dann erst wird der Serengeti-Nationalpark zum Hauptanziehungspunkt unter allen Wildreservaten der Welt werden. Jeder Besucher geht zunächst durch das 'Lions Village'. Sie beide, Nathalie und Victor, sind die Boten einer neuen Zeit."

„Professor Abamowsk, Sie haben mit dieser Zucht, wenn ich das so sagen darf, eigentlich den Schöpfer gespielt, den lieben Gott. Stimmt das so, wollen Sie das so gelten lassen? Ein großes und gefährliches Wort, das wissen Sie!" Nathalie wußte nicht, wie sie sich fassen sollte, so erschüttert war sie durch die Mitteilung des Wissenschaftlers.

Und Professor Abamowsk? Er lächelte geziert, doch dann brachen sein Selbstbewußtsein und sein Stolz ziemlich deutlich hervor. Die zur Schau gestellte Bescheidenheit war unecht. „Ach wissen Sie, Madame Nathalie, den lieben Gott lassen Sie besser aus dem Spiel, das ist so eine Glaubenssache. Aber dies eine muß ich Ihnen sagen: Jawohl, wenn Sie so wollen, jawohl, wir haben den Schöpfer gespielt. Es wird nicht mehr lange dauern, dann haben wir weit mehr zu bieten. Unsere Kleinlöwen sind erst ein Anfang, Sie werden, ich bin sicher, trotzdem unsere Löwen lieben lernen, trotz unserer kleinen Schöpferdiskussion."

Dieses oft leidenschaftliche Hin und Her nach dem festlichen Mahl paßte Mr. President so gar nicht ins Konzept. Darum erhob er sich und schaute auf Nathalie. „Madame Nathalie, unsere Wissenschaftler haben wirklich unglaubliche Ziele erreicht, so überwältigend, daß ich Ihren Schock verstehen kann. Aber es geschieht wirklich zum Wohl der Menschheit. Sie zweifeln daran? Aber, glauben Sie, Madame, in wenigen Tagen denken Sie anders darüber. Doch nun zum Programm hier in Kenia: ich habe für Nairobi noch drei Informationstage angesetzt. Presse, Funk und Fernsehen wollen Sie interviewen und man wird Sie neugierig ausfragen wollen, was denn nun das nächste Reiseziel am Rand des Serengeti an Sensationen bringen wird. Sie wissen natürlich nichts und sollten nichts verlauten lassen. Außerdem möchten der Kultusminister und der Informationsminister Sie beide, Nathalie und Victor, festlich empfangen. Der Minister für Information und Volksaufklärung hat die Fernsehübertragung Ihrer Vorführungen am Roten Meer mit großer Begeisterung erlebt. Ja, sagte er mir, wenn hier etwas ähnliches geboten würde, so wäre das eine gute Ergänzung zu unserem Safari-Betrieb. Vielleicht sollten wir gemeinsam durch den nahegelegenen großen Tierpark von Nairobi fahren und uns die in freier Wildnis lebenden Tiere ansehen. Ich danke den Herren unserer Forschungsstation für ihr Erscheinen, insbesondere Professor Abamowsk für seine interessanten Ausführungen und wünsche allen eine gute Nacht." Nach der Verabschiedung saßen Nathalie und Victor noch lange auf der Terrasse und blickten in den erleuchteten Gartenhof mit seinen schönen Blüten und Sträuchern. Nathalie war immer noch sehr erregt und meinte, die ziemlich zynischen Worte von Professor Abamowsk hätten ihre Illusionen zertrümmert.

Victor versuchte, sie zu beruhigen: „Liebe Nathalie, auf der ganzen Welt arbeiten zahlreiche Institutionen daran, dem lieben Gott ins Handwerk zu pfuschen. Die Genwissenschaft wird unser Weltbild ziemlich verändern. Kann man es den Leuten des EROM-Konzerns verdenken, daß sie offenbar die Nase vorn haben? Laß uns objektiv bleiben und uns ihre Produkte ansehen. Ich könnte es mir jedenfalls vorstellen, daß ich ihre Kleinlöwen wirklich lieben lernen kann, laß uns abwarten. Du, Nathalie, solltest dich aber wieder etwas ins Gleichgewicht bringen. Laß uns noch einen Drink an der Bar nehmen."Dort traf man noch die meisten Damen und Herren der Tafelrunde und es gab einen fröhlichen Ausklang. Professor Abamowsk entschuldigte sich sogar bei Nathalie und bedauerte, daß er sie durcheinander gebracht hätte. Er war übrigens ein Charmeur erster Güte und wußte, mit seinen geistreichen und humorvollen Geschichten die Runde zu unterhalten. Selbst Dr. Maria Solewski mit ihrem kantigen Gesicht und der übergroßen dunklen Brille taute auf. Mrs Fulbright vom Präsidium hatte sich wieder langsam an die Seite von Victor herangearbeitet und prostete ihm wacker zu. So war das nun, warum sollte sie als ältere Präsidiumsdame nicht offen ihre Sympathie zu dem breitschultrigen, gepflegten jugendlichen Victor zeigen? Warum eigentlich nicht? Erkalteten denn Gefühle bei älteren Menschen? Oh nein, sagte sie und gestand sich, daß sie ihn verehrte, oh, jetzt sogar ziemlich heiß.

Der Aufenthalt in der Bar war entspannend und beruhigend. Als Nathalie sich auf ihrem Bett ausstreckte, war sie mit sich und der Welt wieder im Einklang. „Nathalie", sagte sie zu sich selbst, „du mußt noch mehr lernen, durch die Maske der Menschen hindurch in ihre Seele zu blicken. Es ist vielmehr Gemüt in ihnen, als man vermutet."

Als sie zum Schalter der Nachttischlampe griff, ertastete sie einen kleinen Gegenstand. Richtig, das Amulett des Shamanu, des Kikuju-Heilers. Sie nahm es in die Hand. Sonderbar, welch starke Strahlung von diesem kleinen Stück ausging. Es durchzog den ganzen Körper und erfaßte alle Nerven und Muskeln bis in die Zehenspitzen. „Mein Gott", hauchte sie, „mein Gott, wie ist das möglich? Was muß dieser Mensch für Energie in dieses kleine Amulett gesteckt haben"? Dann spürte sie, wie ihr Geist sich weitete, sich immer mehr und immer schneller ausdehnte, ins unendliche Universum. Schwebend glitt sie an Planeten, Sonnen und Sternengruppen vorbei, immer tiefer in den unendlichen Raum, im Einklang mit dem Sphärengesang einer himmlischen Welt.

Arbeit und Freizeit waren während der Tage in Nairobi ziemlich ausgeglichen. Die Medien wurden attraktiv bedient, wie es sich für EROM-Teams gehörte. Die beiden Minister empfingen das Präsidium von EROM und die beiden PR-Akteure am Rande der Stadt in einem wunderschönen, großen Garten der Regierungsfarm. Es gab exotische Speisen und Getränke und Volkstänze, besonders der Massai, jener hochgewachsenen braunen Mittelmeerrasse von Hirten und Kriegern. Das sportliche Paar Nathalie und Victor stand im Mittelpunkt des

Interesses. Die beiden wurden strapaziert und mit vielen Freundlichkeiten bedacht, aus allen Perspektiven bewundert und viel fotografiert. Aber man hatte offenbar auch großes Interesse daran, den Weltkonzern EROM mit seinen wagemutigen touristischen Ideen für irgendwelche Investitionen in diesem afrikanischen Hochland zu gewinnen. Sollte das nicht möglich sein – warum gerade in Tansania – und so nahe an der Grenze unseres Landes?, hatte der Premierminister fragen lassen. Präsident Lovejoy reagierte diplomaitsch: das sei durchaus möglich, später einmal. Man müsse alles reiflich überlegen. Im übrigen seien die Herren zum 20. Dezember herzlichst nach Agushi eingeladen, dort würden die „drei großen L" aus der Taufe gehoben. Was hatten diese EROM-Leute nur für Ideen? Natürlich komme man gern zur Einweihung des Löwendorfes, davon hatte man gehört und auch darüber, daß in der total abgeschirmten Forschungsstation an wichtigen Dingen gearbeitet würde, – was war es wohl, was ging da vor? Alle angesprochenen Damen und Herren von EROM schwiegen sich aber beharrlich aus. Man werde ja sehen ....

Um Mitternacht – nach dem hochgestochenen Regierungsempfang auf der Farm – bat Mr. President Nathalie und Victor und die noch munteren Mitglieder des Präsidiums zum Mokka in die Bar des „Lord's Club"-Hotels. Die Damen und Herren der Forschungsstation waren wieder an ihre Schreibtische und Mikroskope zurückgekehrt.

„Nathalie und Victor, meine Damen und Herren, wir sind in diesem kleinen Kreis sozusagen unter uns", sagte der Chef. „Ich will Sie jetzt über das endgültige 'LLL'-Programm unterrichten. Übermorgen, also am 6. Dezember, fliegen wir mit unserem Hubschrauber ohne Hast über das Land der Kikuju-Stämme nach Agushi. Wir haben von oben einen herrlichen Blick auf den 'Afrikanischen Grabenbruch'. Bei einer kurzen Runde über einen Teil des Serengeti-Parks werden Sie einen Eindruck von der Dichte des Wildbestandes bekommen. Es ist ein gesegneter Platz!", rief Derek Lovejoy begeistert aus, „mehr als eine Million Tiere leben hier in völligem

Einklang mit der Natur. Wir werden dann nach einem Flug von etwa zwei Stunden in Agushi landen, direkt inmitten des Löwendorfes. Das wird für Sie eine Überraschung sein. Sie beziehen dort Ihre Häuser und können sich schon mit Ihren Hauslöwen, den „Kleinlöwen", wie Professor Abamowsk Ihnen erläutert hat, anfreunden. Am nächsten Tag werden wir dann das Geninstitut besuchen. Ich bin selbst einige Zeit nicht dort gewesen und bin sehr gespannt, was sich inzwischen dort getan hat. Professor Abamowsk wird uns gründlich einführen und ich würde mich freuen, wenn auch Sie, Nathalie, seine ernsthafte wissenschaftliche Arbeit sagen wir: mit mehr Wohlwollen aufnähmen. Er ist ein Mann der Weltspitze. Der Besuch dort wird etwa einen ganzen Tag dauern. Vom 8. Dezember an widmen wir uns ganz dem Dorf 'LLL'. – Inzwischen ist das Medien- und Informationszentrum fast fertig. Dr. Schmidt hat zuverlässig gearbeitet, sein „Integrated Services Digital Network" ist vom Wadi Hamad aus Ägypten komplett hierher gebracht und installiert worden. Und nun genießen Sie mit mir noch einen Cointreau – dann wünsche ich Ihnen allen eine geruhsame Nacht."Während Nathalie und Victor die Treppe zu ihren Räumen im zweiten Geschoß hinaufstiegen, witzelte Victor über das Unternehmen in Agushi: „Wer kein Tierfreund ist, ist auch kein Menschenfreund, stimmt's, Nathalie? Und da du ein Menschenfreund bist, dürfte deine Liebe zu den Kleinlöwen ziemlich grenzenlos sein."

„Laß das Spötteln, Victor – aber ich bin zuversichtlich, daß wir alles schaffen werden."Wieder ließen sie sich auf der Bank der hölzernen Terrasse nieder. Der indische Tempelbaum verströmte heute sehr intensiv seinen Duft und erfüllte die Gänge und Räume des Hotels mit einer magischen Atmosphäre.

„Victor, ich muß dir von meinem gestrigen Traum berichten. Es war eigentlich kein üblicher Traum, es war mehr ein Wachtraum. Ich hatte das Amulett des Kikuju-Shamanu umfaßt, als ein großes Kraft- und Glücksgefühl mich durchströmte." Und dann beschrieb Nathalie ihren ätherischen Flug durch die Räume des Universums. „Immer weiter ging es in den von Himmelskörpern durchstrahlten Raum – und von einem kleinen Planeten winkte mir mein weiser Schutzpatron Imhotep zu. Erinnerst du dich, Victor, hörst du mir zu"?

Victor schwieg lange, sah in das ebenmäßige, eurasische Gesicht seiner Partnerin. „Was hast du nur für eine Spannweite in deinen geistigen, esoterischen Welten? Ich staune und beneide dich darum, Nathalie. Und wie du dann trotzdem immer wieder die reale Welt meistern kannst! Wie geht das, sag mir das? Wie schaffst du das, Nathalie, das Umschalten?"

„Lieber, ich bin nie von meinem geistigen Kraftstrom abgeschnitten, das ist die Antwort. Auch du wirst das eines Tages können, jetzt bist du noch nicht so weit."Die Stunde der Dämmerung war nur kurz, um die Übereinstimmung zweier Menschenseelen auskosten zu können. Wer Liebe schenkt, erhält sie tausendfach zurück.

Der 5. Dezember war ein geruhsamer Tag. „Wenn man denkt, daß in gut zwei Wochen Weihnachten ist", sagte Victor, als sie zusammen mit Derek Lovejoy und Mrs. Fulbright unter den schattenspendenden Alleen von Gummibäumen und Palmen durch Nairobi schlenderten. „Kaum zu glauben. Unsere Angehörigen werden uns in diesem Jahr entbehren müssen. Leider – aber das EROM-Programm ist wichtig, das müssen sie einsehen."

„Wissen Sie"-, Mr. President sprach mit abgeklärter Stimme und zeigte einen willenstarken Gesichtsausdruck, „wir haben den Termin der Eröffnung unseres Löwendorfes lange diskutiert. Aber die ganze 'Meute'", dabei machte er eine undefinierbare Handbewegung, „die 'Meute' der Medienleute brennt natürlich darauf, die nächste Touristik-Überraschung kennenzulernen. Es wird manches gemunkelt, aber gesehen hat noch keiner etwas. Wir haben eine Garde zuverlässiger Massai-Männer zur Bewachung aufgestellt. Ja, wenn ich daran denke, daß sie vor einigen Wochen einen zu aufdringlichen Fotografen fast massakriert hätten! Beinahe – gottlob kam Mr. Adam von der 'LLL'-Verwaltung dazu. Das hat sich herumgesprochen, in Blitzeseile! Seitdem hat es keine ähnlichen Versuche gegeben. Mit dem Termin ist es so: Berichte über das Dorf und die Versuchs- und Forschungsstation sind für alle Medien ein Leckerbissen, gerade vor Weihnachten, da bringt man Überraschungen vom Nikolaus gut an den Mann. Sie werden das erleben und ich weiß, Sie werden EROM und auch sich selbst gut zu verkaufen wissen. Fröhliche, fröhliche Weihnachten im tansanischen Busch, ha ha ha ..."

„Wie werden Sie denn posieren, lieber Victor?" fragte mit großen durch die Brille sichtbaren Pupillen Mrs Fulbright? „Sehr sportlich wahrscheinlich, nicht wahr"?

Victor lachte: „Keine Ahnung, Akrobatik ist bei mir aber nicht im Repertoire, Madame."Nathalie wollte wissen, wie es denn nun mit dem Programm weitergehe.

„Morgen, Madame Nathalie, morgen werden wir an Ort und Stelle Einzelheiten von Mr. Adam und seinem Stab hören, morgen Nachmittag. Dies ist klar: es wird sicher weniger anstrengend sein als Ihr Reitsport in der Delphin-Station. Übrigens haben wir von dort nur gute Nachrichten. Ein paar Leute sind ins Meer gepurzelt, aber nichts ist passiert. Die Reservierungsliste von neugierigen, sehr betuchten" – das betonte er besonders – „sportlichen Gästen wächst ständig. EROM steht an der Spitze des attraktiven und aktiven Tourismus der Welt."

„Ja, 'Bob' und 'Betty', unsere lieben Reitgenossen, entzückende Burschen! Grüßen Sie die beiden besonders von uns", rief Victor lächelnd. „Bitte mit Bauchklatsch und Leckerbissen, und dann grüßen Sie auch unseren verehrten Reitlehrer Abdel Hallil herzlichst."Ein Plaudernachmittag beim Tee im erlesenen „Lord's Club"-Hotel – der Duft von Jasmin wetteiferte mit dem des Tempelbaumes, der immer wieder seine cremefarbenen Blüten öffnete. Es war alles sehr unwirklich.

„Manchmal weiß ich nicht, Victor, ob dies Traum oder Realität ist."

„Doch, liebe Nathalie, das ist alles wahr und du bist sehr körperlich neben mir, Gott sei's gelobt."

Nathalie sah Victor sehr lange und mit tiefen fragenden Augen an. „Herr Jung-Tabore, wie lange kennen wir uns eigentlich schon? Ich glaube jetzt, daß es eine Ewigkeit ist."

Die beiden Helikopter landeten nach einem ruhigen Flug über Busch und Baum der Savanne mit ihren rotbraunen Ackerflächen und dem gewaltigen 'Afrikanischen Grabenbruch' pünktlich um 11 Uhr auf dem großen Vorhof zum Eingang des Löwendorfes. Die Rotorblätter der Maschinen hatten mächtig Staub aufgewirbelt, der schon bald auf den Zähnen knirschte.

„Das ist nur heute so, sonst haben wir für den eigentlichen Verkehr nur den kleinen Flughafen westlich der Station. Wir wollten es uns allen bequemer machen", rief Mr. President, „aber ganz schön staubig habt ihr es hier, Adam." Eine größere Gruppe des Löwendorfes war zum Empfang versammelt. Mr. Adam, umgeben von hochgewachsenen Massai-Jünglingen und -Mädchen, die ihn mindestens um Kopfeslänge überragten. „Welcome, Mr. President, welcome Ladies and Gentlemen, oh, welcome, Nathalie and Victor", riefen sie und klatschten in ihre braunen Hände. Dabei wiegten sie sich in einem weichen Rhythmus in den Hüften, „welcome!" Die Mädchen, oder waren es doch junge Frauen, hatten ihren bunten, tellerartigen Hals- und Brustschmuck angelegt. Die jungen Männer trugen auf der Stirn eingebrannte, punktförmige Stammeszeichen, sie sahen alle ziemlich kriegerisch aus. Oh ja, da war auch noch Professor Abamowsk mit zwei Assistenten vom Forschungsinstitut und der Doktor Schmidt aus Düsseldorf. Alle winkten den Besuchern freundlich zu. Die Bediensteten, allesamt Naturkinder, bemächtigten sich der Gepäckstücke und liefen voraus. Zwei große, von violetten Bougainvillenranken gezierte Pylone standen am Eingang des mit Hecken aus dornigen Akazienbüschen gesicherten Dorfes. Auch gab es schöne Gruppen von leuchtend-rotem Hibiskus. „Wie steht es denn jetzt mit dem Wasser, Adam?", wollte der Präsident wissen.

„Klappt gut. Abadu sagt, wir werden es immer und reichlich haben."

„Wissen Sie", sagte Derek Lovejoy zu Victor, „es gab in letzter Zeit Schwierigkeiten mit der Wasserversorgung. Dann holten wir uns diesen alten Abadu Massai und der sagte uns, wo und wie tief wir bohren sollten, und nun gibt es reichlich Wasser."

Wer dieser Abadu sei, wollte Mrs. Fulbright wissen. Johnny Adam erklärte ihr, daß er ein weithin verehrter Shamane, Heiler und Hellseher sei. Er könne außerdem unterirdische Wasserquellen finden. Die Geologen staunten nur, sie hatten es schon aufgegeben ...

Zum Mittelpunkt des neuen Touristencamps hatte man einen Veteranen von einem Baobab-Baum erkoren. Um ihn herum dehnte sich ein kreisrundes Schwimmbecken aus, so daß der alte Affenbrotbaum nun auf einer kleinen Insel stand, „Insel der Seligen", wie Johnny Adam sie nannte. Jedenfalls war dieser Swimming-pool im Camp ein ziemlicher Luxus. Aber man wußte es schon immer: bei EROM muß alles „super super" sein.

Um den Baobab und Pool dehnte sich der begraste Dorfplatz für Stammestänze und andere Ereignisse aus. Die in raffinierter Weise den heimischen Bauten der Massai angepaßten Rundhütten, eigentlich runde Bungalows, dehnten sich in drei Ringen um den Platz aus. In der Mitte lag das in ovaler Form gebaute Gemeinschaftshaus, wo man auch die Mahlzeiten einnehmen konnte. Sonst hatten alle Rundhütten die gleichen Ausmaße und dieselbe Ausstattung. Links neben dem Gemeinschaftshaus nahm Mr. President sein Quartier, daneben Nathalie und Victor, rechts vom Mittelbau Mrs. Fulbright und andere Präsidiale, die zum Teil noch nicht angereist waren.

„Gehen wir zuerst in Ihr Häuschen, Nathalie!", schlug der Präsident vor. Kaum hatte man die kleine hölzerne Gartenpforte geöffnet, sprang ein Löwe auf Nathalie zu.

„Keine Angst, Madame, keine Angst haben", rief Mr. Adam, „er will Sie nur begrüßen."

Mein Gott, war das aufregend. Das Tier hatte etwa die Größe eines mittleren Hundes, vielleicht war es 70 cm hoch, aber es war doch ein richtiger Löwe mit einer angemessenen Mähne, ein männlicher Löwe also.

Nathalie überwand ihren Schrecken, als der Kleinlöwe sich auf die Hinterpfote stellte und sie schmusend begrüßte. „Mein Gott!", rief sie aus, „ist der toll."

„Streicheln Sie ihn", rief Johnny Adam, „ja so, fassen Sie ihn in die Krause, das hat er gern, ja so, das geht schon gut, das ist Hannibal, Ihr Löwe, solange Sie hier wohnen. Er bewacht Sie und ist treuer als ein Hund – oft treuer als ein Mensch...!"

Für Minuten stand Nathalie da und schmuste mit Hannibal. Dann begab man sich in die praktisch eingerichtete Rundhütte. Eine überdachte Terrasse lag vor der Eingangstür, dann kam der große Allzweckraum, die Küche sowie Dusche und WC.

„Bescheiden, Madame", sagte Mr. President, „aber sehr praktisch." Hannibal legte sich auf der Terrasse nieder. Ob er denn auch einen Löwen bekomme, wollte Victor wissen. Natürlich, für ihn sei eine Löwendame namens Sylvia eingeplant. Bitte, da könne er sie schon durch den Zaun sehen. Auch hier gab es eine mit Tapferkeit und Überwindung getragene Begrüßung, dann ein langes Schmusen und Halsklopfen. Die Löwen durften nur einmal am Tag gefüttert werden, und zwar gebe man ein Fertigfutter. Es stehe immer genügend in der verschließbaren Holztruhe neben der Eingangstür. Das Bedürfnis nach frischem Fleich sei herausprogrammiert worden, es gebe keine Aggressivität mehr gegenüber anderen Lebewesen, übrigens könne man das schon an dem „zurückprogrammierten" Gebiß und an den fast krallenlosen Pfoten sehen. In den ersten Tagen wurde den Gästen empfohlen, bei einem Spaziergang die Tiere vorsorglich anzuleinen. Jeder Löwe habe auf dem Halsband Name und Nummer. Für weitere Fragen stünden Herr Adam und seine zwei Tierpfleger Hamid und Ado immer bereit.Um 13 Uhr traf man sich zum Lunch im Gemeinschaftshaus. Ob Nathalie alles gut verkraftet habe, wollte der Präsident wissen.

„Mon Dieu, zuerst war ich ziemlich 'geschockt' und glaubte, vor Angst vergehen zu müssen. Aber dann fand ich diese neue Kreatur ungemein aufregend und anziehend. Meine innere Stimme sagt mir immer wieder: Vorsicht, wildes Tier! Aber die Erfahrung bisher zeigt, daß Ihre Minilöwen lammfromm sind, und 'Hannibal' mit seiner dunkelbraunen Mähne und dem honiggelben Fell ist sicher der allerschönste, der hier existierenden 17 kleinen Löwen."

„Haha", lachte Victor, „sieh einer an, wie sie schwärmt. Du solltest erst einmal meine 'Sylvia' ansehen, dann wirst du in deiner Bewertung sicher vorsichtiger sein", rief Victor lachend. „Sylvia, so glaube ich, ist die Spitze, sie hat einen ockergelben Pelz und wunderbare Augen."Es gab ein echtes Safari-Mahl, Gulasch von der kleinen, flinken Dick- Dick Antilope, scharf gewürzt, dazu gerösteten Mais. Sogar Lattich-Salat aus dem eigenen Gemüsegarten wurde serviert. Nach dem Tee schlug Derek Lovejoy vor, sich in der Rundhütte auszuruhen. Während dieser Zeit solle man die Löwen besser anleinen. Danach wolle man sich zu einem Spaziergang durch den engeren Bereich des Dorfes treffen. „Komm, Nathalie, und sieh dir meine 'Sylvia' an, sie wird dir gefallen", schlug Victor vor. Als sie beide die Pforte öffneten, kam das Tier auf Victor zugesprungen und zeigte seine Ergebenheit und Zuwendung. Das Kraulen am Hals war wohl der Höhepunkt der Liebkosung. „Nun, wer ist schöner, 'Hannibal' oder 'Sylvia', Nathalie?"

„Patt-Situation, kann mich nicht entscheiden: beide sind einfach goldig. Aber wie seltsam, Victor, da toben wir mit zwei ausgesprochenen Löwen herum, zweier „zurückprogrammierter" in der Größe und so, aber ihre Klonierung durch Professor Abamowsk ist doch wohl gelungen."

„Komm mit, Nathalie, ich will mich überhaupt einmal in der Wohnung umsehen."

Alles war vorhanden, raffiniert durchdacht, nichts fehlte. Als er den Kleiderschrank aus Bambus öffnete, sah man das komplette Kleidersortiment im Safari-Stil. Unglaublich, eine Serie von Hosen und Jacken, meist kurzärmelig, sehr sportlich – modisch, Hemden jeder

Farbe und Art. Overalls, Jeans, Regenschutz, spezielles Unterzeug, Strümpfe und Schuhe. Naja, die Modebosse aus London waren aktiv. Auf dem Tisch lag ein Schreiben, natürlich auf braunem Safari-Papier: „Willkommen, Mr. Victor, guten Aufenthalt." Für Ihre verschiedenen Aktivitäten schlagen wir diese und jene unserer Kombinationen vor...

„Victor, komm auch zu meiner Wohnung auf die Terrasse. Die Minibar ist gut bestückt." „Hannibal" sprang ihnen entgegen und war sehr liebebedürftig wie stets. Dann wieder der Blick in den Kleiderschrank: was hatten die Modeleute hier an Ideen mit sportlicher Zielrichtung und gleichzeitiger Eleganz alles verwirklicht! Auch die wertvolle Kleidung aus Ägypten, aus ihrer „Delphin-Zeit", war angekommen.

„Na so was, 'Aqua Texta' hat noch weitere Badeanzüge, Sportkleidung und Bikinis geschickt, mehr, als was ich im Wadi Hamad getragen habe. Wahrscheinlich erwartet man von uns neben einem innigen Sonnenbaden mit den entzückenden, kleinen Ungeheuern Schwimmorgien im Pool, wer weiß?"Auf dem Tisch der Veranda lag ein sehr apart aufgemachtes Heft. Delphin-Station Wadi Hamad nannte es sich. Als Titelbild schwebte Nathalie wie eine Aphrodite auf ihrer „Betty", darunter stand: „Sportive Beauty". Im Impressum firmierten als Herausgeber „John Ascott Ltd." and „Aqua Texta Corporation".

„Na bitte, wenn das nichts ist", rief lachend Victor. Viele Fotos zeigten die Eröffnungszeremonie dort, dann den Übungsbetrieb, und immer waren entweder Victor oder Nathalie im Bild, strahlend, elegant, exquisit gekleidet. „Das ist raffiniert gemacht, Nathalie. Eigentlich ist es ein Modeheft, eine faustdicke Werbung für die Modeleute, aber gekonnt. Als Journalist muß ich sagen, Respekt, die verstehen ihr Geschäft."

„Aber wir spielen Mannequin und Dressman, Victor."
„Na gut, aber, liebe Nathalie, wenn ich auf das Bild schaue, wie du gerade in deinem goldgelben Schwimmanzug den Reitsteg betrittst, Mann oh Mann, das geht mir bis in die Zehenspitzen. Weißt du noch – die Urauf-

führung in deinem Bungalow am Wadi Hamad? Und dann sieh dir dies Foto an, auf dem du mit Mr. President zu sehen bist, mit diesem Abendkleid, oh je ..." Er war immer noch wie ein begeisterter Jüngling, dieser Victor.

Nathalie lächelte nur, aber sie genoß Victors Komplimente. Sie fühlte sich ihm inniger denn je verbunden.

Beim Erkundungsgang mit den angeleinten Kleinlöwen trafen beide auch mit den anderen „Präsidialen" zusammen. Die Tiere waren alle recht folgsam, „gut geklont und programmiert", nur Mrs Fulbright hatte mit ihrem 'Johnny' Schwierigkeiten, er bockte ständig. „Herr Victor, ich kann das nicht verstehen, warum das?"

„Madame, geben Sie ihn mir einmal und nehmen Sie die 'Sylvia' eine Zeitlang." Victor hatte gar keine Schwierigkeiten.

„Oh, mein verehrter Showstar-Dichter-Journalist, sogar im Umgang mit meinem 'Johnny' sind Sie perfekt! Haben Sie etwa auch im Zoo gearbeitet, oder was ist los?"

„Mrs. Fulbright, gar nichts weiter, ich stelle mich nur ganz auf Ihren 'Johnny'-Löwen ein. Liebevoll, das spürt er, so etwas spüren alle Tiere. Alle Vierbeiner haben auch Seelen und die wollen angesprochen sein – oder besser, sie brauchen eine geistige Kommunikation."

„Ach ihr jungen Leute, ihr redet oft so viel Unverständliches. Hat euch etwa das New Age-Denken auch schon im Griff?"

„Aber, Mrs. Fulbright, ich glaube, das hat mit dem heutigen Zeitgeist nichts zu tun", sagte Nathalie. „Aber Sie haben trotzdem recht, denn heute wissen wir mehr über das Verhalten der Tiere und Pflanzen, Mrs Fulbright." Diese schaute verdutzt auf Nathalie. „Ja, Sie haben richtig gehört, auch Pflanzen haben eine Seele und sie reagieren oft auf seelische Impulse der Menschen. Es gibt dafür heute viele wissenschaftliche Beweise."So verlief der Rundgang durch das Dorf längs der Akaziengrenze mit guten Gesprächen und viel Hinwendung für die Tiere. „Unsere Löwenschützlinge sind nun einmal genetisch programmiert, stabil geklont und existieren doch ebenso 'normal' wie die Zebras und Giraffen dort hinten in Serengeti", meinte Victor. „Sie sind uns anvertraut. Im übrigen bin ich sehr gespannt auf den morgigen Besuch im Forschungszentrum von EROM."

„Ich weiß, Victor, die Information wird ungeheuerlich sein", antwortete Mrs Fulbright, „die letzten Ergebnisse kennen auch wir vom Präsidium nicht. Aber hier haben Sie Ihren 'Hannibal' wieder, geben Sie mir meinen 'Johnny'. Oh, was haben Sie mit ihm gemacht, er ist wie umgewandelt!"

„My Lady, ich habe ihn nur ein wenig seelisch programmiert", rief Victor lächelnd.

Das Dinner war unter den gegebenen Umständen ziemlich festlich: Nathalie erschien in einem khakifarbenen seidenen Hosenanzug mit aufgestickten, sehr friedlich aussehenden Löwenköpfen. Ihr Haar war zu einem Knoten zusammengefaßt. War sie vielleicht eine Art Göttin der weiten Savanne? Sie sah jedenfalls hinreißend aus, und als Mr. President ihr einen Handkuß auf die Hand hauchte, versuchte er, so tief wie möglich in ihre Augen zu dringen.

Na, den hat es auch erwischt, dachte Victor, der ebenfalls sehr safarimäßig, aber doch elegant in Seide erschien. Es gab Perlhühner, welche die Massai-Jäger frisch geschossen hatten – Perlhuhn in Burgundersauce, dazu einen sehr aromatischen Wildsalat der Savanne. Es schmeckte köstlich. „Da möchte man alle edlen Treibhaus-Salate wegwerfen", meinte Mrs. Fulbright, „Ganz großartig."Das elektrische Licht war eigentlich ziemlich üppig für ein solches Camp. „Ja, wissen Sie, wir haben unser eigenes kleines Kraftwerk mit allen Notaggregaten. Stellen Sie sich den Schaden vor, der bei einem totalen Stromausfall entstünde. Die vielen Kühlsysteme, computerisierten Brutkammern, automatischen Schreiber und die werdenden Lebewesen, alle, das wäre unvorstellbar, die Forschungsstation würde sich von einem solchen Schlag nicht wieder erholen."

„Mr. President", fragte Victor, „ich bitte mir eines zu erklären:wir haben zwar die offensichtlich umfangreiche Forschungsstation noch nicht gesehen, aber es stellt sich doch die Frage, warum Sie damit in die Wüste sozusagen, in diesen entfernten Winkel von Tansania bzw. Kenia, gegangen sind. Hier gibt es keine angeschlossenen Universitäten mit entsprechenden Fakultäten, keine ähnlich arbeitenden Institute, nichts dergleichen. Und wie haben Sie die hochqualifizierten Wissenschaftler, Forscher und Genpraktiker nach hier geholt?" Der Präsident zögerte, als müsse er seine Erwiderung reiflich bedenken. Dann sagte er: „Victor, EROM muß Freiheit haben, Ungebundenheit in der Forschung. Sehen Sie, in unseren westlichen Ländern gibt es eine Legion von Gesetzen und Anordnungen, z.B. gerade in Hinblick auf die Genwissenschaft und die Gentechnologie. Hier sind wir, natürlich immer nach Absprache mit der Regierung von Tansania, ziemlich ungebunden. Niemand schnüffelt hier in den Labors herum, das können wir absolut nicht gebrauchen. Und was die Wissenschaftler betrifft, so muß man den wichtigen Status unseres Konzerns in der Welt kennen. Wir können diese Leute sehr anständig bezahlen; davon können die Universitätsleute nur träumen."

„Eigentlich wissen wir nur, Mr. President, daß neben dem auszubauenden Spezialtourismus auch Hotelketten, eine ganze Modebranche und anderes an dem Konzern hängen. Was gehört denn noch alles dazu?" wollte Victor wissen.

Mr. President lächelte. „Im Laufe der Zeit werden Sie noch andere Dinge erfahren, wir hängen unsere Organisation nicht so gern an die 'große Glocke'. Es gibt zuviel Neider. Aber wir wollen auch für die Menschheit viel tun" – und nun setzte er wieder das idealistische Gesicht auf, das Victor schon von seinem schwärmerischen Vortrag über die griechische Baukunst und Mythologie her kannte. „Ja, wir wollen 'more understanding, more evolution, more joy for man, more security, more peace in the world, more effectiveness in production and thinking, more joined economy and, of course, ecology, more, more, more' …."

Und: 'more Dollars', dachte Nathalie bei sich, 'more power and more influence in the world of today and tomorrow, more, more …' – aber vielleicht schätzte sie ihn und EROM doch ganz falsch ein, vielleicht war er doch auch wirklicher Idealist? Was ging hinter der Stirn dieses mächtigen Mannes vor? Und warum identifizierte er sich so leidenschaftlich für diese hochgesteckten, touristischen Ziele von EROM? Das würde man in nächster Zeit klarer beurteilen können, später, sicher bald.Als man durch die sternenklare Nacht wieder zu den Rundhütten ging, spürte man auf dieser Hochfläche die starke Abkühlung sehr. „Da, sieh, Victor, Milliarden von Sternen und Milchstraßen mit Billiarden von Monden, Sonnen und Planeten. Das Universum weitet sich immer mehr aus – und wir kleinen Erdenbürger, was machen wir? Zerfleischen uns, jagen der Macht und dem Mammon nach. Oh Victor, was ist das für eine Welt? Die Armut und Not in der Welt explodiert – und wir, was tun wir? Wir lassen uns in skurrile Projekte einspannen. Wenn das man gut geht, wenn nur unsere Seelen keinen Schaden leiden, Victor."

„Tröste dich, Nathalie, ich denke oft darüber nach und ich meine, daß wir beide einen Lernprozeß durchmachen müssen. Aber gib doch zu, daß wir andererseits auch genießen, was wir erleben und erfahren, als Menschen, als Journalisten und Schriftsteller. Wenn wir unseren Dreijahresvertrag hinter uns haben, tut sich für uns ein weites Feld der Kreativität auf. Ich habe dann den Drang, mich noch mehr der Philosophie zu widmen. Und du, Nathalie?"

„Ja, auch Philosophie und Soziologie – aber ich möchte mehr von den esoterischen Dingen lernen. Erfahren habe ich schon viel. Es gibt aber noch weite Felder, auf denen meine Sinne arbeiten müssen und wollen. Im übrigen sind da noch persönliche Dinge..."

Victor nahm die Hand Nathalies und führte sie zu ihrer Rundhütte. „Hannibal", angebunden an den Pfosten der Terrasse, zeigte Freude über das Kommen seiner Herrin. „Ist es dir recht, wenn ich morgen früh Tee und Frühstück für uns beide auf meine Loggia bringen lasse, sagen wir um 8 Uhr? Bring „Hannibal" mit, er kann mit meiner kleinen Löwin auf dem Gras toben. Wohlweislich gibt es keine Blumenrabatten. Im übrigen ist bei den beiden nur der Phänotypus geschlechtlich, ansonsten sind sie als eine Art 'tierische Hermaphroditen' gezüchtet worden. Da gibt es keine Probleme. Na, dann sieh zu, daß dein Löwe „Hannibal" dich vor den Dämonen der Nacht schützt. Schlaf gut."

Am Morgen des 7. Dezember ging die Sonne strahlend und warm auf. Man nahm das Frühstück mit Genuß ein und begab sich um 9.30 Uhr zum Bus, der die Gruppe zur Forschungsstation fuhr. Sie lag etwa 2 km vom Löwendorf entfernt. Bis auf das Eingangs- und Verwaltungsgebäude waren alle Bauten eingeschossig und durch gedeckte Gänge verbunden. Geschickt hatte der Architekt die Baukörper einer Mulde angepaßt. Wie am Wadi Hamad hatte man auch hier einen Spitzenmann beauftragt. Der Architekt hatte das Baumaterial sehr gut ausgewählt, es waren vorwiegend Bambuselemente, sehr naturnah verarbeitet und von innen raffiniert mit den neuesten Materialien zur Verkleidung, Isolierung usw. kombiniert. Ringsum auf der Anhöhe war ein hoher Drahtzaun, der schon fast ganz mit Akazien und anderen stacheligen Gesellen der Buschsavanne eingewachsen war. Das Gelände war gut zu kontrollieren und wurde offenbar streng bewacht.

In der Empfangshalle begrüßte Direktor Professor Abamowsk seine Besucher im Namen aller Mitarbeiter, die sich in zwei Reihen um den Chef versammelt hatten. Es gab einen erfrischenden Maracuja-Trunk, und die Unterhaltung war zwanglos und freundlich.

Dann ergriff Professor Abamowsk das Wort: „Verehrter Herr Präsident Lovejoy, meine Damen, meine Herren, wir haben uns ja schon vor wenigen Tagen im 'Lord's Club'-Hotel in Nairobi gesehen. Einige Mitarbeiter sind Ihnen schon bekannt, die anderen darf ich kurz vorstellen." Dann gab es eine Beschreibung der jeweiligen Tätigkeit, damit man sich ein Bild machen konnte. Wie aber sollte einem das gelingen, ohne die Zusammenhänge zu kennen? Nun, das sollte schon bald anders werden, nachdem man im Vortragsraum Platz genommen hatte. Ein kurzes Wort des Präsidenten folgte. „Meine verehrten Damen und Herren des Präsidiums von EROM, liebe Nathalie, lieber Victor, Professor Abamowsk hat uns ja schon in Nairobi einiges Grundsätzliches gesagt, es war nicht immer leicht für Sie, seinen Argumenten zu folgen. Aber ein Ergebnis seiner Arbeit liegt jeweils vor Ihrer Rundhütte: Ihr Kleinlöwe, ein durchkonstruierter, wunderbarer Hausgenosse und Freund. Die Medien werden viel zu berichten haben. Wie solch ein Wunder geschehen ist und noch andere folgen werden, können wir jetzt hören und nach dem Lunch auch erleben. Bitte sehr, Professor Abamowsk."

Ja, wie sollte der Wissenschaftler angesichts der Laienschar, die da vor ihm saß, anfangen? Etwa bei Adam und Eva, Gott behüte!

„Meine Damen und Herren, unsere wissenschaftliche Station arbeitet nach einem Programm, das EROM ihr gegeben hat. Im Vordergrund stehen die Genforschung, Anwendung und ihre Technik oder – Manipulationen. Als erstes hatten wir uns vorgenommen, neue Formen von Tieren zu züchten, die man leicht domestizieren könnte – nein, besser: konstruieren könnte. Der Kleinlöwe ist ein erster Durchbruch, weitere sogenannte wilde Tiere sind in Arbeit. Als nächstes der Leopard, der in etwa einem Jahr als eine klonierte, liebenswürdige und unserer Zivilisation angepaßte Rasse zur Verfügung steht. Patentschutz ist angemeldet, der Genschlüssel liegt allein bei EROM. Wir haben den genologischen Bau gut im Griff. Das Zebra ist unser nächstes Ziel, ein Kleinzebra als Haustier wäre so attraktiv wie die Ponies. Natürlich nehmen wir uns auch der Primaten an – doch darüber später. Also, ich muß zunächst Verständnis wecken für die Grundlagen der Genforschung. Wenn Sie dazu Fragen haben, unterbrechen Sie mich bitte. Wir beschäftigen uns mit einer Art synthetischer Biologie; – das nahezu mystisch verbrämte Prinzip der Vererbung liegt längst hinter uns, eine neue große Zeit hat begonnen. Aber der Reihe nach: seitdem im Jahre 1944 die DNS – Desoxyribonukleinsäure als Träger des genetischen Prinzips aller Lebewesen entdeckt wurde, ging es schnell voran." Der Professor ließ dann das Modell eine Doppelhelix an die Tafel zeichnen, erläuterte einige Formeln zur „Basenpaarung" und sprach über Modelle zur Biosynthese von Proteinen. Um neues Erbgut einzuschleusen, brauche man einen 'Passagier', die DNS und einen Überträger, den sogenannten Vektor.

Aber der Professor merkte bald, daß er seine Zuhörer überforderte, ach ja, natürlich, das waren ja alles Laien.

„Meine Damen und Herren, entschuldigen Sie, aber wenn wir Wissenschaftler loslegen, sind wir nicht zu bremsen, etwas unrealistisch Ihnen gegenüber. Also, ich will es einmal ganz schlicht ausdrücken: wenn Sie ein Tonband ergänzen wollen, schneiden Sie ein Stück heraus und kleben ein anderes hinein. So einfach ist das auch mit den Genen, Sie bauen etwas anderes ein, das Sie einem ganz anderen Zellkern entnommen haben, sehen Sie", und er lächelte schalkhaft, „so simpel ist der Weg vom Protein zum Gen."

„Professor Abamowsk", fragte Victor, „wir haben alle die 'Brave New World' des prophetischen Aldous Huxley gelesen. Danach sollte die Züchtung der neuen Menschenrasse schon im Jahre 2000 möglich sein, stimmt das etwa?"

„Oh, Mr. Victor, nein – wir sind jetzt schon soweit. Wenn wir wollen, können wir an das menschliche Erbgut herangehen und den Menschen nach Maß bauen, ein Wesen, das z.B. der technischen Welt besser angepaßt wäre. Das können wir!"

„Und machen Sie das hier – in Agushi, meine ich – auch?" Professor Abamowsk zögerte mit seiner Antwort, dann entgegnete er: „Nein, noch nicht, aber vielleicht, wer weiß ..."

Nathalie wurde es heiß und kalt. „Wie steht es denn mit den Brutmaschinen des Herrn Huxley, Professor?", wollte sie wissen.

„Die gibt es schon, aber nicht bei uns. Kollegen in den USA haben bereits einen gläsernen Uterus konstruiert, zur Entlastung der Frauen. Mit der exkorporalen Befruchtung fing es an. Sie erinnern sich, daß im Jahre 1978 das erste Retortenkind geboren wurde. So geht die Wissenschaft mit Riesenschritten voran. Sie können von einer Samenbank aus den USA, bei der Sperma bis – 196 Grad gelagert wird, jederzeit Samen von Menschen mit hohen Intelligenzquotienten erhalten."

„Noch eine Frage, Professor Abamowsk, Sie haben erklärt, daß die Kleinlöwen von einem Klon, einem beständigen Stamm immer wieder vermehrt werden können. Wäre solch eine Klonung auch beim Menschen möglich?" Victor erwartete die Antwort mit brennender Ungeduld.

„Ja, Mr. Victor, ja, das ist möglich. Wir könnten, um es etwas makaber zu sagen, von einer hübschen Filmschauspielerin beliebig viele Exemplare produzieren", sagte der Professor mit Ernsthaftigkeit.

„Und könnte dann eine Person von Zeit zu Zeit immer wieder produziert werden, also sagen wir alle 50 Jahre sozusagen wiedergeboren werden?"

„Jawohl, das ist möglich. Das wäre dann eine Art Unsterblichkeit des eigenen Ich."

Alle waren ziemlich erschüttert, darum griff Mr. President ein und sagte humorvoll: „Also Professor, ich wäre nicht bereit, mich in Abständen produzieren zu lassen. Aber wir sollten hier keinen Biopessimismus aufkommen lassen. Woran arbeiten Sie noch?"

„Das will ich gern sagen. So arbeiten wir daran, die Gründe für das Altern zu erkennen und die Informationsspeicherung im Gehirn entscheidend zu verbessern. Sie sehen Madame Nathalie, Mr. Victor, das alles sind Nahziele, die den Menschen unseres Jahrhunderts noch sehr viel Segen bringen können. Dazu gehört auch der Kampf mittels der Gentechnik gegen die Entartung von Zellen, insbesondere der Kampf gegen den Krebs."

„Professor Abamowsk, wir brauchen, so glaube ich, jetzt eine Verschnaufpause. Gehen wir an die Kaffeebar, ich brauche eine Belebung", meinte Mr. President.

„Mon Dieu", sagte Nathalie, als sie ihren Kaffee in der Hand hielt, „das ist doch eine ziemlich makabre Sache hier. Das wird noch ein rechtes Biobabel in der Welt geben, Mr. President."

Victor, der in ihrer Nähe stand, meinte aber, daß es gut sei, ehrliche und offene Worte zur Lage der Genwissenschaft und Gentechnik zu hören. Wo sonst bekomme man das so persönlich serviert? Aber wie es weitergehe, beunruhige wohl viele Menschen. Schöne wackere Welt, wie wirst du im nächsten Jahrhundert aussehen?

Wie das mit der Moral eigentlich sei, wollte Nathalie wissen. Vertrüge sich das alles mit den ethischen Prinzipien unserer Gesellschaft.

„Oh, Madame Nathalie, daß ich nicht lache", rief Professor Abamowsk, „Moral? Der Mensch gehört zur Kategorie der Tiere des Waldrandes und der Steppe. Und diese Menschentiere, entschuldigen Sie bitte diesen harten, aber biologisch richtigen Begriff, sind bekanntlich die einzige Art von hochentwickelten Tieren, die sich regelmäßig in Kriegen zu Millionen umbringen. Auch heute noch. Was ist da menschlich, was ist da Moral? Ich glaube, unsere Genmanipulationen sind zu verantworten, wir spielen jetzt Evolution. Die uns bekannte Entwicklung von der lebenden Zelle zum Menschen hat einige Milliarden Jahre gedauert. Und, Madame, diese Evolution hat keine moralischen Kategorien entwickelt. Nützlinge, Schädlinge? Das sind *unsere* Begriffe. Wenn jährlich Milliarden von Heuschrecken im Sahel über Mais- und Hirsefelder herfallen und alles kahl fressen, kann man das den Heuschrecken verdenken? Die Evolution gab ihnen die Möglichkeit zur Selbstverwirklichung." Das sagte er laut lachend, „ja, ich verwende hier dieses modische Wort bewußt. – Nun, meine Damen und Herren, der Kaffee hat Sie sicher wieder etwas munterer gemacht, genug, um unseren Demonstrationen zu lauschen. Ich biete Ihnen keine weiteren wissenschaftlichen Theorien mehr, das alles genügt zur Einführung. Sehen Sie jetzt bitte auf dem Bildschirm den Dokumentarbericht über die Schaffung unseres Kleinlöwen der Gattung Panthera leo. Wenn Sie wichtige Fragen haben, können Sie mich gern unterbrechen."Der Film war außerordentlich informativ. Es begann mit herrlichen Naturaufnahmen aus dem Serengeti-Park und mit einer Löwengruppe, die sich wohlig unter einer Schirmakazie räkelte. Die Kamera erfaßte dann einen männlichen Löwen, ließ dann durch Tricks ein junges

Mädchen daneben stehen und gleichzeitig den König der Tiere schrumpfen bis eben zu der Statur des Kleinlöwen, wie er real nun existierte. Sodann wurde die Besprechung der Wissenschaftler gezeigt, Trickzeichnungen über Bewegungen in den DNA-Ketten. Pfeile huschten über den blauen Bildschirm und stellten 'Passagiere' mit Erbmasse nebst Vektor dar, die bestimmte Anlagen einzuschleusen hatten. Natürlich konnten diese Szenen nur die Fachleute verstehen. Dann aber wurde es auch für die Laien interessant, als die Arbeit am Elektronenmikroskop gezeigt wurde. Wie tief steckt doch der rastlose Mensch seine Nase in die entscheidenden Bausteine des Lebens; mit einer eigentlich doch auch bewundernswerten Ernsthaftigkeit. Man sah die Entnahme einer Zelle aus dem Embryo einer Löwin. Diese Zelle wurde nach der Genmanipulation in ein Embryo eingepflanzt, so daß sich das neue Lebewesen im Mutterleib des weiblichen Tieres entwickeln konnte. Die Sache wurde noch einige Male wiederholt, bis ein stabiler Klon isoliert werden konnte, dessen Nachkommen im Phäno- und Genotypus gleich waren. Nach vielen mühsamen Manipulationen und Versuchen war das nun geschafft, und die Schlußszene zeigte den Präsidenten von EROM, wie er den ersten, stabil konstruierten Minilöwen im Arm hielt. Er strahlte, wohlwissend, daß hier ein wichtiger Abschnitt für seinen Konzern erreicht sei – der Menschen wegen natürlich, damit neue Hausgefährten „lieferbar" waren.

Man klatschte Beifall, Nathalie und Victor mußten zugeben, daß dies eine sehr interessante Information war. Sie dachten an 'Hannibal' und 'Sylvia', schon vertraute Spielgenossen mit Herz und Instinkt, allerdings nicht mit Instinkt dem der Wildnis, sondern einem harmlosen, konstruierten Instinkt für den Tagesgebrauch.

Die Mittagspause zog sich lang hin, danach wurden die Labors in kleinen Gruppen besichtigt und natürlich mußten dazu von den Besuchern weiße Folienhüllen getragen werden. Die Chemiker, Biologen, Zoologen und Physiker erklärten Problemstellungen, die sie zu lösen hatten, zum Teil auch anhand von zusammensetzbaren

Modellen. Ja, so war das, was man auch richtig „begreifen" kann, ist besser zu begreifen. Vieles wurde klarer. Wenn nur diese ganze Forschung zum Wohle der Menschen eingesetzt würde – Professor Abramowsk hatte da ja auch manche Hinweise gegeben – dann wäre eigentlich nichts daran auszusetzen.

Besonderes Interesse fanden die Käfige – man nannte sie Behälter – in denen sich das „Rohmaterial" an Ratten, Mäusen, Kaninchen und anderen Tieren befand. Dann sah man auch die erste Generation des Kleinleopards.

„Entzückend", rief Nathalie aus, „so einen Burschen möchte ich wohl gern haben."

Mr. President lächelte stolz zurück. „Später, Nathalie, sicherlich!"

Auch das erste Kleinzebra war offenbar sehr gut gelungen.

Vor einer Abteilungstür, die zum isoliert liegenden Gebäude führte, hing ein Schild: „Zutritt streng untersagt."

„Hier, meine Damen und Herren, müssen wir Schluß machen, weiter dürfen wir nicht gehen, das wäre für unsere Arbeit zu gefährlich."

„Was gibt es denn dahinter?" wollte Victor unbedingt wissen.

„Nun, das ist unsere Primaten-Abteilung, etwas sensibel, das alles."

„Und welche Primaten haben Sie zur Evolution ausgewählt, Professor?"

„Verschiedene – zum Beispiel Schimpansen, einige Berggorillas und andere."

Ob es auch unter den 'Objekten' eine Art Urmenschen der primitiven Stämme gäbe? Diese Frage war dem Professor nicht angenehm. Nun, man habe sich schon ernsthaft mit diesem Gedanken beschäftigt, ja, eigentlich müsse man da unter großem Respekt zum Geschöpf herangehen. Die Grenzen zwischen hochentwickelten Primaten und Vormenschen, Urmenschen sozusagen, und primitiven seien ja doch sehr fließend, aber, wie gesagt, man müsse sehen, was da in Zukunft zu machen sei. Was war hinter dieser Pforte wirklich im Gange? Sicher etwas, das man besser verschwieg. Nach den hübschen Tierzüchtungen war dieses eine harte Nuß, die von den Besuchern zu knacken war. Mr. President schien auch nur teilweise darüber unterrichtet zu sein, aber auch er schwieg sich aus.

Als man mit dem Bus zurückfuhr, brach die Dämmerung schnell herein. Kurz vor dem Pylonentor hielt das Fahrzeug, Victor sprang als erster – schwungvoll wie immer – heraus, aber dann war es auch schon geschehen. Er hatte einen größeren, scharfkantigen Stein nicht gesehen, rutschte aus und wurde an einen massiven Akazienstrauch mit scharfen Dornen geschleudert. Aus dem rechten Arm quoll das Blut mächtig heraus. Bis eine Binde gefunden war, verging recht viel Zeit. „Victor, laß sehen, komm in den Scheinwerfer des Busses." Dann erkannte man die Bescherung, eine ziemlich lange Fleischwunde, ein dicker Blutkuchen hatte sich darüber gelegt, aber das Blut floß weiter.

Mr. President war entsetzt. „Um Gottes willen, wir müssen Sie in eine Klinik bringen", rief er, „geht das noch Mr. Adam, heute abend noch?"

„Schwierig, kaum vor morgen möglich, aber ich würde Herrn Victor schnell zum Abadu Massai schicken."

„Ist das der Schamane, der Wasser finden kann? Ich bin mißtraurisch gegenüber diesen Naturburschen", meinte Mr. President. „Wie denken Sie darüber, Victor?" Dieser schien aber wie unter einem kleinen Schock zu stehen.

Nun reagierte Nathalie sofort, „Victor, doch, das sollten wir machen, nicht wahr, willst du?" Victor war in diesem Augenblick alles gleich, der Arm schmerzte sehr, vielleicht war das Gelenk beschädigt, wer weiß. Man nahm einen Landrover und jagte über die Piste 5 km weit zum Massai-Kral. Außer Victor und Nathalie waren noch Derek Lovejoy und Mr. Adam dabei. Letzterer war nötig, denn er verstand die Massai-Sprache. Aus der Hütte drang der schwache Schein einer Petroleumlampe, der greise Abadu stand in der Türe empfangsbereit. Hatte er sie erwartet? Er mußte es gewußt haben, denn alles war vorbereitet. Ein Lager aus Hirsestroh, mit einer Flechtmatte abgedeckt, Behälter, Stäbe, Decken. Ein Räucherstab hatte eine merkwürdige, trotz der bescheidenen Ausstattung würdige und reine Atmosphäre entstehen lassen. Victor wurde vorsichtig auf das Lager gebettet. Abadu machte den anderen eine Handbewegung, sich auf die Hocker zu setzen.

„Man müßte gleich die Wunde säubern, vielleicht gibt es reines Wasser hier", fragte aufgeregt Nathalie.

„Wasser, Meister?" fragte Adam.

Abadu schüttelte den Kopf: „Kein Wasser."

Alle verfolgten erregt und gespannt, was nun folgen würde. Der Schamane nahm Victors linke Hand, seine andere hielt er an die Stirn des Verletzten. Dann murmelte er in gleichförmiger Tonhöhe mehrere Minuten lang unverständliche Worte. Adam flüsterte Nathalie ins Ohr: „Er ruft die heilenden Geister der Winde und der Savanne und bittet um Hilfe."

Victor war anscheinend in einen tiefen Schlaf gesunken. Er sah entspannt aus. Abadu hatte inzwischen um seinen Kopf einen braunen Schal geschlungen, nachdem er Stirn und Nacken mit einer gelblichen Flüssigkeit benetzt hatte. In einer weiteren Prozedur legte Abadu seine Hände auf Nacken und Schulter und begann, einen monotonen Gesang zum verletzten Arm hin zu richten. Victor schlief fest und sah sehr friedlich aus. Der Schamane blickte zur Mitte seiner Rundhütte und machte mit beiden Händen einladende Gesten nach oben, von sich wiederholenden Wortsilben begleitet. Dann schwieg Abadu viele Minuten lang und schaute tief und innig auf den Verletzten.An der Wand war ein tiefes Fach angebracht. Aus diesem kramte der Heilkundige breite braune Blätter eines offensichtlich besonderen Baumes und legte sie über die blutverkrustete, sehr lange Wunde. Mr. Adam hatte eine Binde zur Hand, die dann um den Arm geschlungen wurde. Dann schaute Abadu Victor fest in die geschlossenen Augen; der erwachte sofort. „Oh, war das schön, der Wind, der Himmel, die Wolken und die Sphärenklänge des Alls, oh wunderschön ... wo bin ich?" Doch dann erkannte er im schwachen Licht Nathalie, die sich über ihn beugte. „Meister Abadu hat dich behandelt, Victor, du wirst schnell wieder geheilt sein." Der Naturarzt richtete Victor auf, sah ihm mit großer Liebe in die Augen. Es sei gut, so übersetzte Mr. Adam, alles werde schnell gut werden. Er möchte den Herrn aber morgen abend noch einmal sehen. Ob man ihn mit dem Wagen abholen könnte, er sei doch schon etwas alt für die lange Strecke.

„Aber selbstverständlich, mit Freude, Meister Abadu", antwortete Mr. Adam.

Mr. Lovejoy war ziemlich ergriffen, er sah so etwas zum ersten Mal. Er glaubte dem Schamanen und zückte seine Brieftasche, um ihm, dem bescheidenen Heiler, ein Honorar in die Hand zu drücken. Aber dieser machte eine abweisende Handbewegung. Nein, hoher Herr, nein. Wir sind doch alle Brüder. Ich will nur helfen und gesund machen, seien Sie glücklich!" Damit verneigte er sich und zog sich in seine Hütte zurück. Nach der Rückkehr zum Löwencamp legten sie Victor sofort auf sein Bett. Mr. Adam hatte von Abadu die Anweisung, daß der Verletzte am folgenden Tag unbedingt liegen solle, danach könne er sich „normal" bewegen. Der Massai-Boy fügte sich aufmerksam den Anordnungen Nathalies und Mr. Adams. „Schlafen möchte ich, Nathalie, viel schlafen. Gute Nacht, Nathalie, danke dir und euch." Ein Kuß auf die Stirn ließ ihn glücklich lächeln, dann hatten ihn die sanften Wogen des Schlafs in ihr Reich geholt.

Draußen vor der Tür wartete Mr. President mit dem Lagerverwalter. „Ich bin sehr beeindruckt von dem Schamanen, Nathalie, er ist sicher ein ernsthafter Heiler. Aber – denken Sie doch nur, keine Desinfizierung, keine Tetanus-Spritze, keine der üblichen Vorsichtsmaßnahmen, die eigentlich selbstverständlich sein sollten. Wenn das nur alles gut geht, Nathalie."

„Es wird alles in Ordnung kommen, Präsident Lovejoy, alles wird gut werden. Ich fühle es."

„Gebe Gott, daß es so ist. Madame Nathalie und Mr. Adam, kommen Sie noch zu mir ins Haus, ich möchte zur Beruhigung einen Scotch trinken und Sie sind herzlich dazu eingeladen." Der Präsident wollte aber noch mehr von dem Schamanen erfahren. Seit wann Adam ihn kenne, wollte er wissen. Nun, er sei hier schon seit vielen Jahren am Ort, seit der Planung und des Baues der Station und des Camps, sagte Mr. Adam. Abadu sei fast schon ein Mythos mit seinen 86 Jahren. „Wenn Sie wüßten, wie viele täglich zu ihm pilgern, nicht nur Angehörige seiner Rasse, sondern auch Kikujus. Und oft seien auch Europäer, Japaner oder Amerikaner angereist, um sich von ihm neue Lebensgeister zu erbitten. Tag und Nacht lagerten bis zu 100 Menschen im Kral, um seine Nähe zu spüren, nur um ihn zu sehen. Der Mann sei ein starker Sender, ein Transformator der kosmischen Kräfte, ein Phänomen – kein Gaukler und auch kein Schwarzmagier.

An diesem Abend glaubte der große Boss, den hochdotierte Professoren und Therapeuten sowie Psychologen ständig behandelten, einem unbekannten Naturheiler aus dem afrikanischen Busch. Wie war das möglich? Er spürte eine wohlige Beruhigung.

Victor hatte die ganze Nacht und den folgenden Vormittag ohne Unterbrechung geschlafen. Als sich gegen Mittag Nathalie zeigte, lächelte er fröhlich. „Ich Dummkopf, was mache ich euch für Kummer. Hätte ich nicht besser aufpassen können?"

Gegen Abend holte Mr. Adam den Schamanen von seinem Kral ab. Abadu schaute sich die Wunde an, dann entnahm er einer mitgebrachten Flasche eine trübe Essenz und wusch den Schorf von der Wunde, was zunächst ziemlich schmerzte. Sodann gab es einen neuen Verband mit saftig grünen, lanzettförmigen Blättern.

„Morgen abmachen und wegwerfen, dann nichts mehr, alles gut", übersetzte Mr. Adam.

Etwa zehn Minuten lang legte er beide Hände auf Victors Schläfen, sodann die linke Hand auf die Stirn und seine rechte auf den verletzten Arm; dabei war er in eine tiefe Meditation gesunken. Nach dieser geistigen Konzentration sah er mit unergründlichen, durchdringenden Augen Victor an: „Die Götter segnen Sie, Herr, bleiben Sie glücklich." Dann verneigte er sich und ging ruhig hinaus.Neben Mr. Adam und Nathalie hatte auch der EROM-Chef dem Besuch beigewohnt. Das sei die merkwürdigste Visite, die er je erlebt habe, meinte der. Mit großer Hochachtung sah er der sich entfernenden Gestalt des Schamanen nach. „Doch, doch, Victor, oh ja, das ist ein sehr ehrenhafter, ein großer Mann. Ich habe dergleichen noch nie erfahren."

Am nächsten Tag, dem 8. Dezember, nahm Victor – wie von Abadu befohlen – den Verband ab und warf ihn nebst den sonderbaren, aromatisch duftenden Blättern fort. Die Wunde war zugeheilt, schillerte jedoch noch stark in allen Farben des Regenbogens. Es gab keine Wundschmerzen, alles war normal, er zog aber eine Safari-Jacke mit langen Ärmeln an, damit im Umgang mit der stürmenden 'Sylvia' keine erneute Verletzung passierte.

Am Abend des 8. Dezember fand nach dem frühen Dinner eine Lagebesprechung für den 20. Dezember statt. Die Zelte aus Ägypten waren angeliefert und wurden mit Sorgfalt errichtet. Für die Medienleute gab es wohl keine Probleme. In der Mitte der Zeltstadt war das große, luftige Zelt mit der „Integrated Services Digital Network – ISDN-Technik" aufgebaut, das Reich des Dr. Schmidt. „Wie weit sind Sie, Doktor?", wollte der Präsident wissen. „Es läuft alles gut, wir können über Funk und Draht arbeiten. Ich habe es aber auch so eingerichtet, daß wir den Satelliten AF 19 anzapfen und über ihn auch direkt in die Fernsehstationen senden können. Die ersten Versuche sind gelaufen, ich bin zufrieden, Mr. President." Der Sitzung wohnte auch Alex Miller bei, der junge nachwachsende „Zeremonienmeister" von EROM, erfahren in PR und Management jeder Art.

„Wie steht's, Alex, ist das Programm mit Mr. Adam konzipiert? Wenn ja, dann schießen Sie mal los mit Ihren Plänen." Die meisten Gäste würden mit Helikopter oder Sportflugzeug kommen, grundsätzlich sollten alle Menschen auf dem Feldflughafen landen. Die Piste sei hart genug, um auch zweistrahligen Jets eine Landung zu ermöglichen. Vielleicht könne man den tansanischen Minister für Tourismus gestatten, vor dem Haupteingang zu landen.

„Nein, nein, die Rotoren wirbeln zu viel Dreck auf. Er soll auf der Piste landen wie die anderen auch", ordnete der Boss an. Massai-Krieger in vollem Ornat einschließlich Speeren würden mit Trommelrhythmen jedes Flugzeug begrüßen. Für den Pendelverkehr zur Zeltstadt sei gesorgt, alle Gäste könnten so früh genug zur Stelle sein, reichliche Verpflegung sei gesichert. In den Kühltruhen sei genügend Fleisch vom typischen Safari-Wild vorhanden. Auch an Getränken werde es nicht fehlen. Man habe einen Meisterkoch und Servierchef von „Lord's Club"-Hotel Daressalam für die Eröffnungstage gewinnen können. Es laufe alles zufriedenstellend. Schließlich seien auch entsprechende Sicherheitsvorkehrungen getroffen. Wofür oder wogegen denn, wollte Victor wissen. Etwa gegen die „echten", wilden Löwen, die man manches Mal nachts brüllen höre.

Es gab ein großes Gelächter in der fröhlichen Lagebesprechung. „Was macht denn der Arm, Victor?" wollte der Präsident wissen. „Danke, keine Schmerzen, er heilt gut."

„Wissen Sie, Victor, jetzt kann ich es Ihnen ja gestehen, warum mir die Angst in die Knochen fuhr. Bei der Eröffnung und viele Tage danach sollen Sie sich immer wieder mit Ihrer 'Sylvia' und auch der anderen Meute – das sagte er gedehnt wie ein Weidmann und setzte sein amüsantes Lächeln auf – also Meute der Medien zeigen lassen, im Verein mit Nathalie und anderen, nebst unseren kleinen Neugeschöpfen. Herumtollen, auch im Pool. Stellen Sie sich vor, Victor, Sie hätten einen dicken Verband am Arm behalten. Dann würden die gnadenlos neugierigen Reporter rufen: „Na seht, die kleinen Ungeheuer von Minilöwen sind doch nicht so ohne. Wahrscheinlich war es ein kräftiger Biß in den Arm oder so, man sieht das doch genau.

Ja, das waren meine Befürchtungen. Aber nun glaube ich, daß alles schnell heilt. Hut ab vor Abadu, er ist ein bedeutender Mann und – ich gebe es beschämt zu – wir mit unserer Medizinindustrie total versorgten Westler sollten gegenüber solchen, talentierten und instinktsicheren Naturheilern mehr Respekt aufbringen. Man könnte von solchen Leuten, die es in wenigen Exemplaren in allen Ländern gibt, sicherlich mehr lernen. Vielleicht wäre das auch eine Gelegenheit und eine schöne Aussicht zu hoffen, daß viele Mediziner zu Ärzten würden." Das sagte er lächelnd, an seiner Ernsthaftigkeit aber war nicht zu zweifeln. Eigentlich sei es für den Ruf des Löwendorfes nicht schlecht, wenn man in den Prospekten darauf hinweisen könne, daß in einer Entfernung von fünf Kilometern der berühmte Weise und Heiler Abadu lebe, ganz ursprünglich in einem Massai-Kral, das meinte Alex Miller. Sicherlich, das sei attraktiv. Wenn überhaupt, so solle man das auf dem Prospekt vermerken, war die Meinung von Mrs. Fulbright. Der Chef stimmte zu.Die folgenden Tage verbrachten Nathalie und Victor mit ihren vierbeinigen Schützlingen – um immer vertrauter mit ihnen zu werden. Am 11. Dezember sprang Victor zum ersten Mal in den Swimmingpool und schwamm zusammen mit Nathalie eine Runde, am 12. Dezember paddelten 'Sylvia' und 'Hannibal' mit ihren Frauchen und Herrchen im Schwimmbecken herum und genossen es nach dem ersten Schock sehr. Neben den „Präsidialen" waren andere EROM-Bedienstete gekommen, so daß schließlich alle 17 Kleinlöwen ihren Betreuer hatten. Abends auf dem Dorfplatz kam es zu fröhlichen Gruppen-Meetings, bei denen sich die sexuell neutralisierten, geklonten Tiere ohne Instinktausbrüche sehr „sittsam" benahmen. Nur der Präsident hatte zunächst mit seinem sehr eigenwilligen Tier „Domino" Anfangsschwierigkeiten. Erst allmählich legten sie sich.

Am 14. Dezember fuhr man mit einem Kleinbus durch einen Teil des Serengeti-Parks und war besonders am Verhalten der „Naturlöwen" interessiert. Man sah viele Gruppen bei großer Hitze unter Bäumen liegen, man war aber auch Zeuge, als einige Löwinnen für die „Herren Löwen" und ihre Kinder Beute machten. Geduckt schlichen sie dicht an ein wohl älteres Zebra heran, das am Ende einer großen Herde zurückgeblieben war. Sie trennten es von der Herde und sprangen dem Tier an die Kehle. Höchstens eine Minute, dann lag das

Zebra in seinem Blut. Da man es nicht zum Ruheplatz schleppen konnte, wurde die Sippe signalisiert und bald gab es ein genußreiches Mahl an Frischfleisch. Das Familienoberhaupt mit der imposanten Mähne beanspruchte die besten Stücke und fauchte jene, welche die Arbeit eigentlich getan hatten, furchterregend an. „That's nature", meinte Mr. President, als man bis zum Bus hin das Knacken der Knochen vom Festmahl her hören konnte. „Das übliche, hier profitieren die Herren mal wieder von dem Fleiß der Damen", meinte lachend Nathalie.Nach dem Mahl kommen die Hyänen und die Geier. „Totales Recycling in der noch ausbalancierten Natur", war der Kommentar von Mr. Adam.Wie sich wohl die Kleinlöwen neben den Wildlöwen verhalten würden, wollte man wissen. Oh, den Versuch hätten vor wenigen Tagen zwei Wildhüter mit zwei „Kunstlöwen" gemacht. Diese seien zunächst von den echten Löwen beschnüffelt worden, dann einfach übersehen und von Jungtieren in die Flucht geschlagen worden. „Eigentlich sind wir darüber froh", meinte Mr. Adam. „Stellen Sie sich vor, wenn unsere „konstruierten Löwentiere" noch ihren Naturinstinkt hätten, das wäre unmöglich im Umgang mit Menschen, dazu noch relativ dicht am Rande der Serengeti. Es war eine genußreiche Safari, man sah viele Arten von Wildtieren und erreichte am späten Nachmittag wohlig müde das Dorf.

Die Vorbereitungen für die medienwirksame Eröffnung des „LLL"-Camps verliefen auf Hochtouren, und zwar mit dem Slogan: „EROM lehrt Sie Löwen lieben." Oder auch: „EROM's nächster Coup: Überraschung im Busch von Afrika." Und ein anderer wirkungsvoller Werbespruch lautete: „Pack den Löwen in das Auto, EROM hat ihn für dich." Die Vertreter der Medien, noch die festliche Eröffnung der Delphin-Reitstation im Gedächtnis, waren neugierig geworden. Donnerwetter, diese EROM-Leute hatten Ideen, die bieten im schal gewordenen Tourismus neue Leckerbissen an.

Der Ablauf der Eröffnungszeremonie war so gedacht, daß man nach den üblichen Reden und sonstigen Überraschungen in aller Breite das Thema Mensch und

„Klein"-Löwe darstellen wollte. In den umzäunten kleinen begrasten Gärten sollten Nathalie und Victor sich mit den Tieren als Hausgenossen demonstrativ wohlfühlen. Zu 'Hannibal' und 'Sylvia' sollten noch jeweils drei bis vier Jungtiere hinzukommen, ein richtiges Familienidyll werde das.

Am 14. Dezember war schon einmal die Generalprobe. Zunächst wollten die sieben, von der Station geholten Jungtiere sich nicht zum Bad im Swimmingpool verleiten lassen, dann aber – mit sanfter Gewalt ins Wasser geworfen – paddelte der Nachwuchs hinter den „großen" Kleinlöwen her, offensichtlich mit großem Vergnügen. Abends fand wieder die übliche Lagebesprechung statt. Was man denn der sensationshungrigen Presse bieten noch könne, wollte Mr. Anthony, der Präsidiale mit den dicken Augenbrauen, wissen. „Derek, können wir es denn nicht doch schon wagen, den ersten Kleinleopard und das Minizebra vorzustellen?" fragte er. Der Präsident schien nicht abgeneigt, doch müsse man wohl den internationalen Patentschutz abklären. Könnte Frau Dr. Solewski vom wissenschaftlichen Stab nicht eben herunterkommen vom Camp? Keine 10 Minuten vergingen, dann war die Maria mit dem kantigen Gesicht und der überdimensionalen Hornbrille zur Stelle. „Ja, natürlich, man kann das soweit vorbereiten." Patentschutz sei längst angemeldet, auch benehme sich der Prototyp Kleinleopard sehr lieb. Aber dann müßten sofort noch einige Impfungen vorgenommen werden, damit er von liebenswerten Mediendamen und -herren keine mitgeschleppten Erreger empfange. Beim Kleinzebra sei das absolut kein Problem.

„Gut, Dr. Solewski, bereiten Sie alles vor. Im übrigen denke ich, daß Sie, Madame Nathalie, die erste Frau im EROM-Zeitalter" – so hochgestochen, fast missionarisch schwärmte er – „ja die erste Frau sein sollten, die den reizenden Kleinleoparden präsentieren könnte."

„Wieder eine große Sensation. Wird er sich gut benehmen, Mrs. Solewski?"

„Doch, schon, Mr. President. Wir haben ja einige Eigenschaften des Leoparden alter Art „herausgeschnitten" und andere in die DNS mit Erfolg eingebaut. Der Jagdinstinkt ist weg, auch der Sexualtrieb. Und das harte Fertigfutter nimmt er gern."

„Gut also, bereiten Sie alles vor." Abends auf der Terrasse, beim Scotch „on the Rocks", sagte Victor nachdenklich: „Was haben die nur für ein Vokabular, Nathalie. Sie konstruieren und bauen um, sie wirtschaften mit den DNS von Erbanlagen wie die Leute vom Straßenbau. Was für eine Zeit. Und wir machen mit, wir beide sind dafür eingekauft."

„Victor, wenn wir es nicht wären, würden andere den Job machen, aber haben wir nicht auch viel für uns selbst gewonnen dabei? Ich denke an meine Begegnung mit Imhotep im Wadi Hamad. Und war nicht auch das Treffen mit dem Schamanen Abadu für alle sehr eindrucksvoll? Hier stoßen zwei Welten zusammen; die der rationalen, eiskalten Wissenschaftstechnik und jene der tiefen Menschlichkeit. Deine große Armwunde ist nach einer Woche praktisch völlig ausgeheilt. Wie, frage ich mich? Doch nur, weil Abadu die geistigen Kräfte der anderen Sphäre herbeigeholt und angewendet hat. Victor, wir stehen mitten in der großen Auseinandersetzung zwischen Ratio und Glauben – nein, nicht Glauben sondern Wissen. Ich habe diese andere Welt erfahren, ich weiß über meine bisherigen Reinkarnationen und ich weiß, daß hier beim EROM-Rummel eine Zeit zum Lernen für mich bestimmt ist. Ich will den EROM-Vertrag respektieren und fair für die Leute arbeiten. Danach aber, ja, da werde ich schreiben und nachdenken, philosophieren und sehr kritisch das Geschehen beurteilen. Ich denke, ich habe viel Stoff gesammelt, meinst du nicht auch, Victor?"

„Ja, Nathalie, ich denke ähnlich, das weißt du. Was geistige Kräfte können, hat mich Abadu am eigenen Leib erfahren lassen. Ich werde wohl noch mit deiner Hilfe, meine Liebe, dahinter kommen. In diesem Sinne ist das hier auch für mich auch eine Art Entwicklungsdienst", sagte Victor lächelnd.

Die wenigen Tage vergingen schnell. An jedem Abend trafen sich die derzeitigen Löwenbesitzer und führten ihre Schutzbefohlenen an der Leine über den großen Dorfplatz. Es gab manche Freude, humorvolle Bemerkungen hin und her. Jedenfalls hatte man gezeigt, daß Kleinlöwen liebenswerte, kluge Haustiere sein können.

Am 18. Dezember kam der blonde Modeengel Gwendolin von den Firmen „Ascott Ltd." und „Aqua Texta".

„Du liebe Zeit", rief Victor amüsiert aus. „Was wollen Sie denn hier im tiefen Busch Afrikas?".

„Mr. Victor, meine Chefs haben mich gebeten, Madame Nathalie und Sie zu beraten. Wir sind daran interessiert – Sie haben das ja auch schon sicher an unserem „Delphin-Journal" gesehen- daß alles sehr eindrucksvoll repräsentiert wird. Und da soll ich Ihnen beiden Vorschläge machen. Passende Kleidung schafft erst die Harmonie, kann man wohl sagen."

„Naja, mit der Harmonie ist das so eine Sache", bemerkte Victor, „wegen dieser Harmonie gibt es viele handfeste Stacheln, z.B. bei dem Herrn Victor."

„Oh, ich habe das in London übers Telefon gehört. Man war ganz unglücklich darüber. Kurze Safari- und Badekleidung, dann ein geschundener Arm, das wäre schlecht gewesen. Aber nun sind wir alle froh, auch das mit Abadu war für uns alle eine Sensation."

Am 19. Dezember rollte die Welle der Gäste an. Jedes Mal, wenn eine Maschine gelandet war und sich zur kleinen Koje der Flugsicherung bewegte, standen die Massai-Krieger bereit. Beim Aussteigen der Besucher erhob sich ein heftiges Trommeln. Die hochgewachsenen Krieger sangen wilde Kampflieder und schleuderten ihre Speere. Es sah alles ziemlich echt aus. Vom Flugplatz aus wurden die Medienleute direkt in die Zeltstadt gefahren. Das Löwendorf blieb geschlossen bis zur Eröffnung. Jedes Zelt hatte Bildschirme, und man konnte sich über die Ankunft der Kolleginnen und Kollegen unterrichten oder auch ein Unterhaltungsprogramm einstellen. Natürlich lief die IDSN-Zentrale des Dr. Schmidt schon auf vollen Touren.Gegen Abend des 19. Dezember war auch der Minister für Tourismus des Staates Tansania eingetroffen und durfte als erster das Dorf betreten. Ein wichtiger Mann für EROM! Seine Exzellenz Minister Yussef überbrachte herzliche Grüße des Präsidenten der Republik. Man sei glücklich über die Entwicklung hier und schätze den touristischen, wirtschaftlichen Wert sehr.

Auch am 20. Dezember im Laufe des Vormittags kamen neben den angemeldeten noch eine Reihe zusätzlicher Gäste an. Aber Mr. Adam hatte noch viele Liegen dafür in Reserve. Alle wurden untergebracht, für einen Besuch im Busch schlicht, aber trotzdem auch mit dem Mindestkomfort. Um 16 Uhr, die Sonne neigte sich schon deutlich nach Westen zu in Richtung auf den Massai-Kral Abadus, ertönten drei Trompetenstöße und darauf ein ziemlich wildes rhythmisches Trommeln. Die Pforte des Löwendorfes öffnete sich, und die Gäste schritten durch die Eingangsstraße dem großen Dorfplatz zu. Es gab manche „Ah's" und „Oh's", als man den alten Veteran von Affenbrotbaum auf der kleinen Insel sah, ringsum glitzernders Wasser. Keine Welle kräuselte dessen Oberfläche, man sah tatsächlich den Baobab-Baum noch einmal in der Spiegelung des Wassers, ein eindrucksvoller Effekt.

Vor dem Gemeinschaftsgebäude standen zwei Flaggenmasten mit lang herunterhängenden Bannern. Das eine war die Nationalfarbe Tansanias, das andere zeigte auf blauem Grund in Goldschrift die vier Buchstaben EROM. Vor dem Gebäude stand das Rednerpult. Ein Posaunenstoß, dann hörte das Trommeln auf und Mr. Lovejoy, von Kopf bis Fuß Präsident, betrat das Pult, sonnengebräunt und sichtlich zufrieden. In seinem schneeweißen, konservativ geschnittenen Anzug mit blauer Krawatte machte er weithin den Eindruck eines überlegenen Konzernchefs, dessen Rückgrat nicht zuletzt auch durch den günstigen Stand der EROM-Aktien an den Börsen der Welt gestärkt war.

„Exzellenz, verehrungswürdige Damen, meine Herren, Freunde von EROM und – Freunde der Natur, der Kreatur – seien Sie herzlichst willkommen geheißen. Dort vor Ihnen steht ein Symbol für Beständigkeit, vom Gott dieser Welt geschaffen", es schwang in seinen Worten eine rührende Religiosität oder so etwas ähnliches mit. „Ich möchte sagen, ein Weltenbaum. Und darunter, bitteschön ...", dann machte er eine Handbewegung in Richtung Mr. Adam. Blitzschnell stürmte eine Gruppe hochgewachsener Massai-Jünglinge heran. Sie trugen auf den Schultern einen einfachen Laufsteg, sprangen ins Wasser und setzten ihn an der Kante der Insel auf. Dann sprang Ovambo, der Tierpfleger und Dressurmann, mit einem gewaltigen männlichen Löwen heran, führte ihn auf den Laufsteg an einem starken Halsband bis zur Insel. Sodann ein freundschaftlicher Klaps, verbunden mit einem ungemütlichen Knurren dieses „wirklichen" Königs der Tiere. Ovambo verschwand blitzschnell, der Laufsteg ebenso. Mein Gott, war das für die Gäste eine Überraschung, es gab hundertfache „Ah's" und „Oh's" und einen gewissen Respekt ...

„... Bitteschön, meine Damen und Herren, da haben Sie ihn, unseren 'Jonas'. Er kann lammfromm sein, sofern er vorher gut gespeist hat. Ich höre eben, er hat! Na gut, aber Sie wissen es schon, daß den Löwen unsere ganze Fürsorge und Sorge gehört. Es wird ziemlich geräubert, auch in den Wildparks. So ein ausgestopfter Löwe sollte aber nur in Ausnahmen in Museen zu finden sein – für informative Zwecke, nicht jedoch sollte er die Eingangshallen elitärer Barone und Neureicher zieren." Alle Augen richteten sich immer wieder auf den herrlichen „Jonas" mit der kräftigen Mähne. Kraftvoll schritt er um den Baobab-Baum herum, stutzte, schaute in die Zweige hoch, dann lief er an das Ufer und blickte auf den stolzen EROM-Präsidenten. Er wußte seine kräftige Figur mit dem stark gebauten Leib und der prächtigen Quaste am Schwanzende imponierend zur Schau zu stellen.

„Also, verehrte Anwesende, liebe Gäste, diese Löwen sind praktisch nur noch in den afrikanischen Schutzgebieten zu finden, sonst sind sie auf der Welt sozusagen ausgerottet. Sie brauchen unsere Fürsorge, EROM hat einen Verein zur Rettung des Löwen, einen Förderverein, gegründet. Sie alle können hier mitarbeiten. Aber, wir haben uns Gedanken gemacht, wie man die tierliebenden Menschen mit diesen herrlichen Wesen anfreunden kann, nicht nur in Schaugärten. Meine Damen und Herren, EROM hat nach langer wissenschaftlicher Vorbereitung den 'Kleinlöwen' geschaffen."

Ein Raunen ging durch die Menge der Besucher, wie mochte er das wohl gemeint haben? Sicher, es war durchgesickert, daß man hier experimentierte, aber 'Kleinlöwen'? „Also, einen 'Kleinlöwen', und da ist er." Drei Trompetenstöße erklangen, dann bewegte sich unter Trommelwirbel eine Gruppe tanzender Krieger in Richtung Rednerpult und dahinter Nathalie und Victor. Beide trugen ihren Löwen im Arm. Nathalie, in weißer Safari-Jacke und Bermuda-Shorts drückte ihren „Hannibal" fest an die Brust. Victor, ebenfals in salopper Khaki-Safarikleidung hatte sich „Sylvia" über die Schulter gelegt. Unter großem Applaus schritten beide durch die Menge und mußten die Tiere vor den zärtlichen Klapsen und dem Streicheln der begeisterten Besucher schützen. Die beiden Tiere ließen alles geduldig über sich ergehen.

„Meine Damen und Herren, nur kurz zu diesem revolutionären Ereignis in der Geschichte der Tierzucht, nein, der 'Konstruktion' unserer 'Kleinlöwen'. Sie sind geklont, typisiert, ohne Raubtiereigenschaften; unsere neue Rasse steht ihnen, und wir hoffen in einiger Zeit vielen Menschen als Haustiere zur Verfügung. Übrigens, das Verfahren wurde patentiert, daher sind sie nicht nachahmbar. Aber ich will hier keine Erläuterungen abgeben. Morgen vormittag werden Ihnen Mme Nathalie und Herr Victor alle Fragen beantworten können."

Nathalie lächelte dem Chef zu, dann schritt sie mit ihrem geschmeidigen, raubtierartigen Gang an den Rand des Schwimmbeckens. Was war das für eine Frau, die meisten Journalisten kannten sie – nicht zuletzt seit ihrem sportlichen Auftreten im Wadi Hamad am Roten Meer. Sie streichelte ihren kleinen „Hannibal", drückte ihren Kopf an seine kleine Mähne, um ihn dann mit Schwung in das Wasser zu werfen. Dann verschwand sie ganz eilig. Die Besucher waren erregt, um Gottes willen, sollte es das wirklich geben, einen schwimmenden Löwe? Ganz recht, der Kleinlöwe schien Freude an dem nassen Element zu haben. Er paddelte offensichtlich mit großem Vergnügen, kam aber der Baobab-Insel mit den interessiert dreinschauenden „Großlöwen" nicht zu nahe. Auch Victor ging zum Rand des Beckens, nahm seine Kleinlöwin 'Sylvia' von der Schulter und warf sie ebenfalls ins Wasser. Dann zog er sehr schnell seinen Safari-Anzug aus und warf ihn von sich. Man sah seine muskulöse Gestalt in einer makellos sitzenden braunen Badehose nur für einen Augenblick, dann sprang er ins Wasser, um mit den beiden Kleinlöwen herumzutollen. Die Besucher klatschten Beifall. So etwas, nein, ähnliches sah man noch nie. Schwimmende Löwen in diesem ungewohnten Element, das konnte die ganzen Zoologiebücher ad absurdum führen. Als Victor in der Nähe der Insel schwamm und in seinem Übermut den „Normallöwen" Jonas anspritzte, geriet dieser in ziemliche Aufregung und ließ ein mächtiges Brüllen ertönen. Solche Albereien paßten ihm absolut nicht.Nach einigen Minuten dann hangelte sich Victor an das Ufer und half beiden Kleinlöwen beim Herausklettern. Er nahm „Sylvia" wieder über die Schulter und drückte „Hannibal an sich. Rauschender Beifall brach los. Wie er so dastand, sah er aus wie ein Gott aus Arkadien. Langsam bahnte er sich einen Weg durch die Menge, seinem Haus zu. Mrs Fulbright drängte sich an ihn heran, drückte ihm ohne große Angstgefühle vor den „Hauslöwen" einen Kuß auf die Stirn. „Victor, you are wonderful", flüsterte sie ihm zu, „really marvellous, great, great ..."Der Präsident war in seinem Element, das war nach seinem Geschmack und er war angenehm überrascht von der spontanen Schwimmaktion des „Medien- und Kulturmannes" Victor. „Ladies and Gentlemen", rief er aus, „da sehen Sie, was unsere Genwissenschaftler mit dem Kleintier-Typus geleistet haben. Eine neue interessante Zeit zwischen Mensch und Tier ist angebrochen." Inzwischen gingen die männlichen und weiblichen Bediensteten, alles hochgewachsene, bildschöne Massai, mit Tabletts voller Snacks sowie Whiskygläsern herum. Man genoß diese Überraschung. Nach einigen Minuten hörte man näherkommendes Trommeln, dann blitzten die Scheinwerfer in Richtung Eingang auf. Man erwartete gespannt die nächste Darbietung. Und dann kam auf einem hohen Bambusgestell, das von acht kräftigen jungen Männern getragen wurde, sie heran: Nathalie, gleich einer Göttin aus dem Märchenland, auf einem rot-drapierten Thron. Sie trug einen dunkelbraunen sehr eng geschnittenen seidenen Overall und hielt in ihrem Schoß einen Leoparden. Starker Applaus für diese Überraschung brandete auf, Hunderte von Augenpaaren genossen dieses Bild einer großen Harmonie von Mensch und Tier, Geist und Natur, Körper und Seele. Nathalies Thronsessel hielt seitlich vor dem Rednerpult. Dann standen Präsident Lovejoy und Nathalie im Licht der Scheinwerfer. „Meine verehrten Damen und Herren, liebe Freunde von EROM, Sie alle sind heute Zeuge eines sehr denkwürdigen Tages. Madame Nathalie präsentiert Ihnen mit der ihr eigenen Anmut und ihrem naturhaften Charme eine weitere Sensation von EROM: den ersten Kleinleopard der Welt, eine global patentierte Genkonstruktion, kloniert, nur durch unsere Wissenschaftler zu verbreiten. Wie auch bei den Kleinlöwen ist uns ein großer Wurf gelungen. Elegant, Sie sehen es ja, anschmiegsam, ein Haustier, das Hunderttausende von Anhängern gewinnen wird. Das ist wieder ein Weg, um die Wissenschaft aus der oft geschmähten Ecke der grauen Theorie herauszuholen und zu zeigen, was sie kann. Forschung muß nicht zerstören oder ökonomisch hochqualifizierte Dinge schaffen, sondern sie hat uns hier als zutiefst humane Forschung ein liebenswürdiges Stück Natur beschert." Nathalie lächelte vor sich hin und dachte, der Enthusiasmus des Chefs gründe sich wohl vorwiegend auf eben jene Ökonomie. Das wird ein großes Geschäft, mein Lieber, die Aktienhausse wird kommen für euch.

„Liebe Freunde, wir wollen mit dieser sensationellen Neuheit mehr Lebensfreude, mehr Gefühl für die lebende Kreatur, mehr Liebe für die vierbeinigen Gefährten, mehr Anmut, mehr veredelte Natur, more, more, more ... Wir werden niemals dies Bild vergessen – es wird in die Geschichte eingehen: die Dame mit dem Leoparden. Madame Nathalie und unser Kleinleopard, sie leben hoch, hoch, hoch ...!" Große Freude stand in allen Gesichtern, als die Träger langsam Nathalie auf ihrem Thron rund um das Wasserbecken trugen. Eine Musikergruppe mit Bambusflöten und andere mit weichen Trommeln folgten ihr. Dann brachte man sie mit dem Leopard zu ihrem Haus, wo sich Mr. Adams inzwischen liebevoll des Kleinleoparden annahm.

„Zum weiteren Verlauf des Prgramms, meine lieben Anwesenden!" rief Derek Lovejoy. „Sie werden morgen früh alle bisher existierenden Kleinlöwen hier auf dem Versammlungsplatz beim Spaziergang und beim Bad erleben können. Ab 9 Uhr steht Ihnen dann das Medienzentrum mit sehr intelligenten Systemen, insbesondere dem ISDN-Compact-System unter der Verantwortung von Dr. Schmidt zur Verfügung. Sagen Sie Ihren Medien, sagen Sie der Welt, was hier geschah. Es ist ein Höhepunkt in der Geschichte unserer Kultur. Morgen früh stehen auch Mme Nathalie und Mr. Victor zu Auskünften jeder Art bereit. Morgen ... Aber, oh je, was ist das?"

Mr. President wurde blaß, als er zum großen Baobab-Baum auf die Insel schaute. Es schien, als brannten die Lichter der aufgestellten Fackeln fahler, aber der riesige Baum war in einen matten Silberschein getaucht und an seinem Stamm stand ein Wesen, eine Person mit langen weißen Haaren und einem weißen Umhang. Ja, das ist doch, aber sicher, ja, das ist der weise Abadu, Heiler aus dem Kral. Eine knisternde Spannung lag in der Luft, alles sah unwirklich, gespenstisch aus – aber trotzdem konnte man die Wirklichkeit nicht leugnen. Mit pochendem Herzen sah man den Alten wie einen Geist auftauchen. Er bückte sich zu Jonas, dem etwas nervös gewordenen „Repräsentationslöwen", streichelte seinen Nakken und machte ihn in Sekunden lammfromm. Dann richtete er sich auf, ging auf das Wasser zu in Richtung Rednerpult. Dabei schüttelte er mahnend, aber auch liebevoll den Kopf, als wolle er sagen. „Was macht ihr nur für Torheiten?" Und nun – ein jeder hielt den Atem an – setzte er seinen Fuß auf das leicht glitzernde Wasser. Nein, er sackte nicht in das feuchte Element, er schritt über die Wasserfläche hinweg, immer geradewegs auf das Rednerpult zu. Als er den festen Boden betrat, verschwand seine Gestalt und löste sich im Dunst der Nacht auf. War es ein Traum, ein Phantom? Unglaublich, unglaublich ...

„Meine Damen und Herren, ich bin ebenso wie Sie erschüttert, dergleichen haben wir sicher alle noch nie erlebt. Der Geist des großen Abadu, unseres benachbarten Heilers, hat sich offenbart."

„Mr. Lovejoy", rief die inzwischen neben dem Redner aufgetauchte Nathalie, „darf ich einige Worte sagen? Verehrte Herren, liebe Damen, dies alles war kein Phantom, was Sie erlebt haben, dies war die Materialisation eines großen Meisters, Abadus. Während der ganzen Veranstaltung war er bei uns und wollte uns durch seine Verkörperung eine Botschaft geben."

„Welche Botschaft meinen Sie, Nathalie"?

„Nun, vielleicht diese, daß unsere Achtung, unser Respekt vor der großen Natur wachsen muß. Wir Menschen denken oft oberflächlich und materialistisch, wir berauben unsere lebende Natur, weil wir ungeistig geworden sind. In allen Wesen ist der Geist, im großen Affenbrotbaum, dem Baobab, im Löwen 'Jonas', im kleinsten Käfer und Grashalm und sicher auch in den Kleinlöwen, die hier gezeigt werden. So oder ähnlich könnte ich seine Meinung auffassen. Ich sehe das, was wir heute erlebt haben, durchaus positiv. Der verantwortungsvolle Geist eines großen Menschen liegt über diesem Löwendorf. Mögen wir uns ihm würdig zeigen."

„Sie haben recht, Madame", rief seine Exzellenz, der Minister, „bei uns in Afrika gibt es noch viele Schamanen, die über manche erstaunliche Fähigkeit verfügen."Ja, so war das, die festliche Stimmung hatte einen Dämpfer bekommen, neue Einsichten machten den auf Frohsinn und Neugier gestimmten Journalisten zu schaffen. Aber nein, dies Erlebnis war auch wieder eine

Sensation. So hatten manche schon ihren „Knüller" fertig im Kopf: „Schamane schreitet über das Wasser – das Wunder am Affenbrotbaum, wir waren dabei ..." oder so ähnlich.

Mr. President wollte die Atmosphäre lockern, als er sagte: „So, also – ja, liebe Freunde, das war eine unvergeßliche Erscheinung – und ganz real – und dann die Inauguration von Kleinlöwe und Kleinleopard! Und ich weise darauf hin, daß EROM auch in der Zukunft noch manche Überraschung für Sie hat. Hier im Löwendorf hat unser Unternehmen ein neues 'Standbein' gewonnen, ein sehr exklusives, könnte man sagen – im atmosphärischen Schatten des großen Heilers und Weisen Abadu. Doch nun wollen wir fröhlich sein. Alle Arten von Getränken stehen bereit und manche Leckerbissen. Herr Adams, was gibt's denn heute?"

Mr. Adams reichte dem Chef eine Speisekarte.

„Also, meine Damen und Herren, zunächst vielseitige Milchprodukte der Massais und der Kikuju, dann haben wir – oh, mir läuft das Wasser im Munde zusammen -", damit erntete er wohlwollendes Gelächter, „da haben wir gespickte Kudysteaks, Ragout von verschiedenen Antilopen- und Gazellenarten, dann hier, oh je, Elefantenrüssel, geschmort, außerdem Löwenlenden und gegrillte Leber von eben diesem Tier. Sie sind verdutzt? Verstehen Sie bitte, daß oft „Pflege ..." – er sagte das sehr gedehnt –, also das Auskämmen der Bestände notwendig ist. Darin liegt kein Widerspruch, meine Damen und Herren, sondern es folgt logisch aus unserem Schutzprogramm: Mehr Achtung und Sorgfalt für diese herrlichen Raubtiere, more, more ... Und nun guten Durst und guten Appetit. Ja, ich will noch hinzufügen, daß natürlich auch eine Tanzfläche zur Verfügung steht. Wenn 'Jonas', unser guter Geist, etwas zur Seite rücken würde, könnten wir auch auf der Insel tanzen." Großes Gelächter kam auf, „... aber lassen wir das lieber. Der Vorgarten einer Rundhütte ist in eine Tanzfläche umgewandelt worden. Das genügt, viel Freude."Es schien, als ob die Fackeln wieder heller flackerten. Eine nigerianische Rockband ließ heiße Rhythmen ertönen, allgemeine Fröhlichkeit breitete sich aus. Man genoß die angenehme, nach Kräutern duftende Luft der Savanne. Inzwischen zogen sich Nathalie und Victor zurück, um für den festlichen Abend gekleidet zu sein. „Komm zu mir, Nathalie, wir wollen noch etwas Kühles trinken. Du warst übrigens eine wundervolle Leopardenkönigin, wieder wollten dich Hunderte von Augen regelrecht verschlingen. Bleibst du nun auf deinem Thron, hat es dir so gefallen, daß du in Zukunft höher stehen willst, zumindest mich um Haupteslänge überragen?" Nathalie lachte schelmisch, dann bekam sie den Katzenjammer und lehnte den Kopf an Victors Brust: „Victor, Lieber, natürlich war das originell und auch ein starkes Erlebnis, als Frau von kräftigen Männerschultern getragen einen liebenswürdigen Leoparden präsentieren zu können – sozusagen als Welturaufführung. Aber das mit Abadu hat mich ziemlich gepackt. Er schien sehr mürrisch zu sein über das Spektakel rund um den Baobab."

„Gut, Nathalie, daß du dem stotternden Derek Lovejoy jede Erklärung abgenommen hast. Deine Worte kamen an und lösten die Spannung in diesem Augenblick. Wir beide sind nun mal zum Erfolg verdammt. Wer A sagt, muß auch B sagen. Laut Vertrag erwartet man von uns, daß wir die sensationsgierigen Medienleute überzeugen. Und dann denke daran, daß gleichzeitig unsere Ausbildung als Schauspieler begann."

„Aber diese ganze Gentechnologie, Victor, mir wird angst und bange. Und trotzdem, Victor, ich habe auch eine richtige Anhänglichkeit und Liebe zu den „konstruierten" Kleinraubtieren entwickelt. Wenn sie auch „gebaut" sind, sie haben doch Gemüt und Seele. Und sie bedürfen des Schutzes und sozusagen der liebevollen Anleitung in dem grauen Alltag."

Victor lachte und umschlang Nathalie fest. „Nathalie, ich danke den Göttern der Savanne und des Universums, daß es dich gibt, daß du wieder zurückgekehrt bist." Es klopfte. Draußen stand Gwendolin von den „John Ascott Ltd."-Leuten. „Mme. Nathalie, man sucht Sie. Darf ich zu Ihnen kommen und Sie für den heutigen

Abend beraten? Sie wissen sicher, daß EROM und Ascott wieder ein tolles Buch planen, zwei der besten Fotografen sind angekommen, sie bleiben drei Wochen hier. Dürfen wir sehen, Madame Nathalie?"

Victor rief dazwischen: „Und ich armes Würstchen, soll ich etwa als Adam der Steppe kommen?" Gelächter. „Mr. Jung-Tabore, ich habe Ihnen bereits einen schicken Anzug aus Naturseide herausgelegt. Hemd und Schlips liegen daneben auf dem Stuhl."Unentschlossen blickte Nathalie in den Kleiderschrank. Wieder diese vielen Kostbarkeiten mit raffinierten, kultivierten Details. Alles hing dort in Reih und Glied. „Was meinen Sie denn, Gwendolin, ich akzeptiere die Autorität Ihrer Modeschöpfer auch in dieser Wildnis – und so viel Eleganz! Mon Dieu, welche Kontraste!"

„Madame Nathalie, unsere Leute meinen, daß Sie am besten großzügig gekleidet sein sollten. Zwischen all den vielen bunt drapierten Menschen. Also, wir schlagen dieses Ensemble für heute Abend vor, ein warmes Buddhagelb mit lang fallender Jacke und sehr engen Hosen in den gleichen Farben. Der Tiger auf der Brust ist die kostbare Stickerei eines Spezialbetriebes aus Indien. Vielleicht sollten Sie Ihr dunkles Haar herabfallen lassen, ja, so etwa, großartig. Hier, Madame, sind kurze Stiefel aus braunem Schlangenleder dazu. Bei dem sandigen Boden ist das sehr praktisch."

Victor holte Nathalie ab, um mit ihr auf den Festplatz zu gehen. Er war berauscht vom weichen Charme ihres Wesens, dann nahmen sie laut Programm ihr „Bad in der Menge" zwischen den vielen Journalisten. Viele davon waren bereits gute Bekannte vom Wadi Hamad, aber auch von ihren Reisen nach Japan und in die USA. Der zart gewachsene Atseyuki Sabata aus Kyoto überreichte Nathalie ein besticktes Beutelchen mit einem geweihten Zettel aus dem Yasukini-Schrein. „Millionen Menschen aus Nippon lieben Sie", stotterte er in gebrochenem Englisch, „oh, die Fernsehzuschauer möchten Sie auf allen Kanälen wiedersehen, sehr schnell wiedersehen, Madame. Kommen Sie bald nach Nippon und erzählen Sie uns von Ihren Löwen, den Minilöwen, meine ich. Wir freuen uns darauf." Nathalie, das Whiskyglas in der Hand, arbeitete sich geschickt durch die Menschentraube hindurch, die sie immer umgab. Nicht anders erging es Victor. „Mr. Oldham aus Washington lobte dessen letztes Auftreten in einer der US-Fernsehketten und berichtete, daß eine Delphin-Schwimmschule unter EROM-Leitung demnächst bei Boca Raton in Florida eingerichtet werden sollte. „Sie müssen dann kommen, Präsident Lovejoy hat schon grünes Licht gegeben." So ging es die ganze Zeit. Fragen, Erstaunen, liebevolle Anhänglichkeit für unsere beiden Akteure. Die Band schleuderte einen heißen Rhythmus nach dem anderen in die sichtlich verwirrte Serengeti-Wildnis. Vor einem der äußeren Bungalosw trafen sich einige Leute des Präsidiums mit Nathalie und Victor.

Mr. President war wieder in froher, aber gefaßter Stimmung. „Alles läuft gut", sagte er, „wollen wir daher von diesem guten Cointreau trinken. Nochmals, 'welcome' in der Wildnis, die Medienleute springen an auf das revolutionierende Tiererlebnis mit unseren Kleinlöwen und dem ersten Kleinleopard. Toll, Nathalie und Victor, wie Sie die Tiere präsentiert haben. Aber Nathalie, als das mit Abadu passierte, da blieb mir wirklich die Luft weg. Gut, daß Sie mit Ihren 'Kenntnissen des Jenseits' – das sagte er keineswegs spottend – „mit Ihrem esoterischen Empfinden die Sache so elegant aufgefangen haben."

„Sie sollten sich neben Ihrem großen Management doch bald mit diesem Gebiet intensiver beschäftigen, Mr. Lovejoy." Nathalie lächelte ihn an, nachdem sie ihr Glas auf ein gutes Leben der menschlich zu behandelnden Kleintiere EROMscher Prägung geleert hatte, „Sie sollten das, Herr Chef."

„Bin ich denn intelligent genug?" fragte Mr. Lovejoy augenzwinkernd.

„Intelligenz zählt nur am Rande, Herr Präsident; wenn Sie Ihr Herz nicht in beide Hände nehmen und hineinspringen, geschieht nichts. Dann werden Sie der Materie verhaftet bleiben. Dann bekommen Sie erst in einer anderen Verkörperung Ihren Unterricht, großer Chef."

Victor lächelte und wunderte sich, mit welcher Sicherheit und Selbstverständlichkeit Nathalie Chaux-Wong, die schöne, stolze Eurasierin von ihrem Wissen sprach. Es sei kein Glaube, es sei reines Wissen. Nun ja, ihre Ernsthaftigkeit verdiente Respekt.Victor wollte im übrigen wissen, ob man nicht endlich das Geheimnis des nächsten EROM-Touristencenters kundtun wolle.

„Das nächste Mal, liebe Nathalie, lieber Victor, wird es wieder feuchter. Wir gehen ans Meer."

Ob es das Polarmeer mit Robben und Pinguinen sei, fragte Nathalie. Das Gegenteil sei der Fall, es gehe in die warmen Gewässer der Südsee. Genauer gesagt, man agiere in beziehungsweise unter dem Wasser. Das sei erst einmal genug für heute, meinte der Chef.

Angeheizt vom Alkohol, nahm das Fest lebhafte Formen an. Ausgelassen warfen sich die in schönen Roben oder schlichten Safari-Anzügen erschienen Herren und die zahlenmäßig etwas schwächer vertretenen Damen unter großem Jauchzen in das warme Wasser des Schwimmbeckens.

Es war schon weit über Mitternacht, als Mr. Lovejoy das Fest beendete. „Meine Damen und Herren, es hilft nichts, nun Schluß, gehen Sie in Ihre Hotelzelte, andernfalls bekommen die großen Tiere des Serengeti-Parks eine dicke Neurose – und das wollen wir schließlich doch nicht. Auch unser Insellöwe 'Jonas' ist schließlich ziemlich sensibel!"

Am nächsten Morgen füllte sich das Informationszelt erst mit entsprechender Verzögerung. Nathalie und Victor waren wie immer im Camp, ebenso die Verwalter und das Präsidium. Wo denn die Wissenschaftler seien, wollte man wissen. Nun, so hieß es, dies sei eben eine Touristikinformation, um das „LLL"-Dorf bekanntzumachen. Der Präsident hatte gerade das Zelt betreten, als ein begeisterter Anruf aus London kam. Das Bildtelefon klappte vorzüglich, man sah auf dem Bildschirm einen Mann regelrecht euphorisch zappeln: „Chef, hallo, Derek, mein Gott, die Welt steht Kopf. Die Sache mit Abadu und den Kleinlöwen füllt die Spalten der Presse. Der Schamane geht über die Wellen, tolle Sache, wie Ihr das mit dem Wundermann eingebaut habt. Und dann das Schwimmen mit den Haustierlöwen. Und dann Nathalies Krönungszug mit dem Leopard, mein Gott, Massen von Leuten kabelten, um zu den ersten offiziellen Touristen im Dorf zu gehören. Wann wird für das Publikum geöffnet, wann? Bitte schnellstens faxen ..." Alle Präsidiumsmitglieder strahlten, vor allem Mrs Fulbright. Sie drückte Victor an die Brust. „Mein Junge", sagte sie, „das haben Sie großartig gemacht!" Madame Fulbright möge doch den jungen Mann loslassen und nicht vor Wonne zerquetschen, er werde noch gebraucht, meinte man. Ausgelaugt und leergefragt, so sanken Nathalie und Victor während der großen Mittagshitze aufs Bett. Am Nachmittag war Victor allein im Informationszentrum. Man hatte Nathalie sehr herzlich gebeten, sich während der sonnigen und warmen Stunden des Nachmittags in dem kleinen Vorgarten mit Kleinlöwe 'Hannibal' aufzuhalten und zu zeigen, wie anhänglich und lammfromm er sei. So lag sie also, sonnenbadend und mit ihrem Raubtier schmusend, auf der Liege vor dem Rundhaus. Der eng anliegende Bikini war aus einem reflektierenden Stoff mit Tigermuster – von 'Aqua Texta'-Leuten sorgfältig hergestellt – alles in allem ein Bild hochgezüchteter edler Menschenrasse mit jenem gewissen Etwas, das Kreuzungen von zwei Kulturen oft auszeichnet. Es war ein Bild vollkommener Harmonie, sie und ihr 'Hannibal'. Natürlich bildeten sich Menschengruppen um sie herum.

„Oh, würden Sie bitte etwas aus der Sonne gehen?" fagte Nathalie lächelnd.

„Madame Nathalie", fragte eine energische junge Journalistin: „Kein Biß, keine Schramme von Ihrem Kleinlöwen auf der Haut? Erstaunlich, unfaßbar!"

„Ja", antwortete Nathalie, „die Gentechnologen von EROM haben eben ganze Arbeit geleistet. Die Kleinlöwen sind so gebaut, daß sie ihren Angriffsinstinkt verloren haben und auch wegen des besonderen Fertigfutters aus „nachgemachten", ziemlich sterilen Knochen- und Fleischteilen ihren Tötungsinstinkt völlig verloren haben."

Fotografen und Filmleute hatten viel zu tun. Am Abend wollte der Präsident Fotos vom gestrigen Ereignis, insbesondere von der Erscheinung Abadus sehen. Diese Sensation sei ja wohl perfekt gewesen für EROM's Image unbezahlbar. Soweit aber auch Mr. Adams und Victor forschten – es gab keine Abbildungen, weder Fotos noch Filme. Abadu hatte zwar den Fernsehkanal geduldet, ließ sich aber nicht abbilden, er bot sich nur den Augen an, nicht aber dem Zellophan. Nathalie wußte, daß die Schamanen ihre Energie entsprechend konzentrieren und lenken konnten, und sie erinnerte sich an die Heiligen von Tibet, welche sich nie auf einer fotografischen Platte hatten abbilden lassen. Sie selbst hatte einmal versucht, dort einen besonderen, hochstehenden Lehrer zu fotografieren, alles war richtig im Bild gewesen, doch dort, wo der Kopf des Heiligen hätte sein sollen, sah man eine feurige Spirale. Ja, so sei das noch immer – trotz aller Kenntnisse der Quantenphysik und hochgezüchteter Elektronik, Gott sei Dank!

„Morgen ist Heiligabend", sagte Victor am Abend nach der Arbeit zu Nathalie, Weihnachten im Busch, hier unter dem Sternenhimmel Afrikas."

„Oh, Victor, daran hatte ich nicht gedacht, wo bleibt nur die Zeit?" Man hatte einen immergrünen Tamariskenbaum von irgendwoher gebracht und ihn mit bunten Kugeln geschmückt. Diese EROM Organisatoren, an alles hatten sie gedacht! Der mit elektrischen Birnen beleuchtete Weihnachtsbaum stand am Rande des Schwimmbeckens und spiegelte sich auf der ruhigen Wasserfläche ebenso wie der angestrahlte Baobab-Baum. Davor saß knurrend und mißgelaunt der Prachtlöwe 'Jonas'. Im Hintergrund spielte die Band Weihnachtslieder und zwischendurch auch heiße Rhythmen. Welch eine skurrile Welt, alles schien unwirklich, wie aus einem Märchen, nein, wie aus einem Science Fiction-Film geschnitten. Zu welchen Verfremdungen waren die auf ihre Zivilisation und Kultur so stolzen Menschen der westlichen Hemisphäre fähig!

Der Zulauf zum „LLL"-Dorf ließ in den nächsten Tagen schnell nach, wenn auch ständig neue Besucher aus allen Erdteilen kamen. An jedem Morgen fanden Safaris statt und wer von den Besuchern Glück hatte, konnte sich einen der siebzehn Kleinlöwen ausleihen und mit ihnen auf dem Schoß eine Schmusezeit einlegen. Vor allem die Journalistinnen und andere Damen waren entzückt.

„Meine Damen", pflegte der Präsident bei der morgendlichen Einweisung zu sagen, „nehmen Sie sich Ihren Löwen auf den Schoß, Sie werden dann unversehens zu Katalysatoren zwischen Mensch und Natur." So einfach machte er sich das.

Mit dem 1. Februar des folgenden Jahres lief die großangelegte PR-Arbeit vor Ort langsam aus. Präsident und Vorstand waren abgereist. Für Nathalie und Victor wurde es geruhsamer. Die Sache war zu einem „Selbstläufer" geworden, denn die EROM-Zentrale buchte bereits Touristen für das „LLL"-Dorf für die nächsten zwei Jahre. Seitenlange Interviews in den Zeitungen der Welt hielten die Neugier wach, auf den Bildschirmen der Sendeanstalten tauchte immer wieder neben der Delphin-Reitschule das Thema „LLL" auf, manchmal ziemlich bissig behandelt mit harten Angriffen auf die „Löwenherstellung aus der Retorte"; in der Regel aber waren die Sendungen positiv bis bewundernd. Man sprach über dieses bemerkenswerte Ergebnis der EROM-Gentechniker, aber über das Institut selbst hörte man nur Mutmaßungen. Es war streng abgeschottet, EROM ließ sich keineswegs in die sicher nicht ganz sauberen Karten schauen. Selbst Professor Dr.Abamowsk und sein Stab kamen selten in das Löwendorf und mieden möglichst jeden Kontakt mit Nathalie und Victor. Diese stellten immer so „direkte" Fragen.

In der Silvesternacht saßen Nathalie und Victor nach der allgemeinen Feier noch im Rundhaus von Nathalie zusammen. Das elektrische Licht war gelöscht, nur einige Kerzen brannten. In den Gläsern perlte der Sekt. Nathalie trug wieder ihr leuchtend gelbes Hosenkleid mit den darauf gestickten Drachen. Beide lächelten entspannt und sahen einander an – bis auf den Grund des Herzens. Sie sprachen wenig.

„Morgen früh möchte ich mit dir einen Neujahrsbesuch bei Abadu machen", meinte Victor, „wir sollten uns anmelden."

„Sind wir schon", antwortete Nathalie .... , „eben jetzt."

Eins miteinander schliefen sie dem neuen Jahrestag entgegen. Sie hörten nicht die dumpf brüllenden Töne des Parks und ließen die Sterne in all ihrer Milchstraßenpracht auf ihre schöne Gegenwart und auf die ziemlich verrückte Welt scheinen.

Als beide in Begleitung Mr. Adams den Kral Abadus erreichten, saß der schon empfangsbereit vor seiner Hütte. Es gab eine herzliche Begrüßung, dann wurde man hineingebeten, um gemeinsam einen besonderen Tee einzunehmen. Abadu sah seinen Besuchern wohlig warm und sehr tief in die Augen, dann herrschte für etwa eine Stunde lang absolute Stille. In dieser Meditation führte der Heiler sie beide in eine Welt der Sphärenharmonie, der Schönheit und Vollkommenheit. Sowohl Nathalie als auch Victor tauchten in die grüne See, fanden ihren goldenen kleinen Schrein, öffneten ihn und entnahmen den blauen „Saphir der Erkenntnis". Mit ihm erbauten sie sich blühende Gärten mit Orchideen und anderen wundersamen Gewächsen. Blaue Wiesen mit herrlichen Pflanzen verschmolzen am Firmament zu einer Einheit. Tiefstes Glücksempfinden hüllte sie ein.

Als Abadu sie aus der Meditation zurückgeführt hatte, saß man noch eine weitere Stunde schweigend zusammen, dann verneigten sich die Besucher vor dem Seher und Naturarzt.

„Die Götter segnen euch", sagte er mit seiner sanften Stimme, „nutzt euer gutes Geschick. Die gelehrten Herren in den weißen Kitteln dort oben im Institut mögen sich aber ihrer Verantwortung gegenüber der Erde bewußt sein und nicht freveln gegen die Götter der Steppe, der Wälder und der See."

Gegen Ende Januar war der Präsident zurückgekehrt, um Nathalie und Victor auf einen Besuch in Indien vorzubereiten. Dort im Nordwesten des Landes gab es noch ein Reservat für die letzten indischen Löwen. Die Regierung, besser die Leute des Touristenministeriums, wollten hier mit EROM etwas ähnliches aufziehen wie in Tansania. Man solle doch die Möglichkeiten erkunden, so möchte es der Chef, sodann möge sich Nathalie wieder für zwei Wochen nach Japan begeben und den steinigen Weg der Public Relations hinter sich bringen. Derweilen sollte Victor nach einem kurzen Aufenthalt in Djakarta und einer entsprechenden Erkundung für EROM dann in Australien einige Ministerien und Verbände besuchen und etliche Vorträge an Universitäten halten. Gemeinsam mit Nathalie sollte er sich einige Tage im Zentrum des australischen Kontinents am größten Monolithen der Welt, dem „Ayers Rock", aufhalten und über die touristische Situation dort recherchieren. Den Planern von EROM gehe eine gewisse Wüstenregion hier am Nabel des Kontinents nicht aus dem Kopf. Er möge das gemeinsam mit Nathalie besorgen.Victor schlug vor, daß er sich dann auf den Seychellen mit Nathalie das erste ruhige Feriendomizil leisten wolle.

„Sie können danach einen ausgiebigen Heimaturlaub antreten, denn die Fertigstellung unserer neuen Einrichtung verzögert sich noch", sagte der Präsident. „Am 1. Mai dieses Jahres erwarten wir Sie beide im 'Hotel Continental' in Papete auf Tahiti. Bitte stellen Sie sich darauf ein. Was Sie für Ihre Reise brauchen, lassen Sie uns wissen. Sie, liebe Nathalie, bekommen eine Assistentin oder, wenn Sie wollen, „Zofe" und Sie, Victor, einen geschickten, erfahrenen Diener mit auf die Reise. EROM legt Wert auf das Wohlbefinden seiner zur Zeit vielleicht wichtigsten Mitarbeiter."

„Und unsere kleinen Löwen, Herr Präsident"?

„Ja nun, ich denke, die nehmen Sie mit, das ist doch ein wichtiges Arbeitsmittel für Sie beide. Stellen Sie sich vor, Nathalie, Sie gehen mit „Hannibal" an der Leine im Ueno Park oder auf den Straßen von Shinjuku von Tokio spazieren. Das wäre eine Sensation. Und zu Ihren Interviews nehmen Sie Ihren 'Hannibal' auch mal mit und dann drücken Sie ihn in Ihrer liebevollen Art an die Brust, das wäre auch ein Clou! Im übrigen müssen Sie sich natürlich nicht dauernd mit den Lieblingslöwen abgeben. Das kann der Diener besorgen. Ja, dies noch: Fräulein Gwendolin von „Ascott Ltd." wird zu Ihnen nach Indien kommen und Sie beide weiter begleiten. Sie wissen ja, ein hochexklusiver Bericht nach dem anderen wird vorbereitet. Und tun Sie mir die Freude, geduldig die schöne zweite Haut zu wechseln. Aber, liebe Nathalie, wären Sie nicht auch eine Eva, wenn Ihnen dieses Unternehmen nicht auch ein bißchen Spaß machen würde? Übrigens: manch eine der hochgetrimmten Filmdamen könnte sich an Ihnen ein Beispiel nehmen, wie man mit natürlicher Anmut agiert."

„Danke, Mr. President, Sie sind heute wieder überaus liebenswürdig", antwortete lächelnd Nathalie.

Schnell gingen die Wochen des Januar vorüber, Besprechungen und Erläuterungen im Informationszentrum lösten einander ab mit Safaris nebst Kleinlöwen, Schwimmen mit Mann und Maus, besser mit Mensch und Löwe. Es war aber in der letzten Woche des Monats auch noch sehr entspannend, man hatte sich sehr an das milde, kontinentale Klima der Serengeti-Savanne gewöhnt.

In den großen Tageszeitungen der Welt las man periodisch in mindestens 1/2-seitigen Anzeigen: „EROMs Touristik ist innovativ und schon im 21. Jahrhundert. Lernen Sie Delphinreiten am Roten Meer, besuchen Sie unser Löwendorf am Rande des Serengeti-Parks. Genießen Sie das großartige Wildreservat und nehmen Sie sich einfach einen Löwen mit nach Haus, EROMs Wissenschaftler haben den Kleinlöwen geschaffen. Jeder 500. Besucher des Löwendorfes erhält einen Löwen als Geschenk."Oder man las folgende Werbung: „Der Massentourismus ist abgeschlafft, wir brauchen Innovationen für das nächste Jahrhundert. EROM hat sie schon realisiert und wird weiter individuellen, exklusiven Tourismus anbieten. Besuchen Sie das Dorf der Kleinlöwen im Schatten des Serengeti-Parks und auch in der Nähe des großen Medizinmannes und Naturheilers Abadu. Genießen Sie unsere Löwenkinder und machen Sie Ihren erlebnisreichen Urlaub im naturhaften Dorf 'LLL'."

„EROMs Touristik führt in eine einzigartige Welt. Genießen Sie den Tourismus des nächsten Jartausends."Es gab aber auch bissige Kommentare von der Konkurrenz: „Skandal um Kleinlöwen. EROMs sogenanntes 'Löwendorf' soll angeblich in das 21. Jahrhundert führen. Was haben sich die Initiatoren gedacht, als sie ihre Wissenschaftler zu diesen naturfernen Zwecken der Tierzüchtung einsetzten? Wo bleibt die Ethik, wo bleibt das Verständnis für die Schöpfung?"

Und dann las man weiter: „Was sollen die Manipulationen mit den Delphinen? Scheinheilig behauptet der EROM-Konzern, seine Tierexperimente dienten dem besseren Verständnis der Natur, dem Schutz aller Lebewesen. Wer weiß, was die EROM-Leute noch im Schilde führen, bestimmt nichts Angenehmes, sicher böse Überraschungen. Die Weltorganisationen sollten den Leuten des Konzerns mal auf die Finger schauen." EROM-Chef Derek Lovejoy ließ sich eine Liste all der Gegenartikel aufstellen und meinte, man müsse über die eigenen Presseorgane und PR-Organisationen entsprechende Gegenmaßnahmen einleiten. Damit wurde Smith vom Beirat in London beauftragt. Notfalls, so meinte der Chef, müsse man die Buden aufkaufen, damit sie „vernünftig und stilvoll" EROMs Tätigkeit kommentierten ...

Alles verlief programmgemäß, der Besuch in Neu Delhi ebenso wie jener in Japan, in Djakarta und Australien. Wohin man auch kam, überall lagen Stöße von Titelgeschichten, aber auch sogenannte „Enthüllungen" über EROM vor. Als Nathalie jedoch in ihrem seidenen Safari-Anzug auf den Bildschirmen der japanischen Fernsehanstalten zu sehen war, gab es in Millionen von Haushalten und Büros wahre Beifallsstürme. Wie diese schöne Frau mit dem ausdrucksvollen Gesicht liebevoll den kleinen Löwen 'Hannibal' an ihre Brust drückte und ihn liebkoste, das war einfach unglaublich. Wer hatte in den großen Städten von Japan schon ein Haustier? Die ganze Sehnsucht der tierliebenden Menschen war hier symbolhaft verkörpert.

In Djakarta gab es nur eine dreitägige „Zwischenlandung". Auch hier war EROM im Gespräch mit der indonesischen Regierung. Es ging um ein besonderes Projekt auf Bali. Als unser EROM-PR-Paar zum ersten Mal den „Ayers Rock" in Zentralaustralien purpurrot im Abendlicht versinken sah, lehnte sich Nathalie an Victors Schulter: „Lieber, Lieber, wer bei dieser zauberhaften Metamorphose von Grau über das breite Orange-Spektrum bis zum ewigen Licht nicht den Atem des Schöpfers spürt, dem ist nicht mehr zu helfen."Auf den Seychellen verschmolzen Seele, Körper und Geist der beiden zu einem unfaßbaren, unbegrenzten Universum.

„Spürst du", fragte Victor, „wie wir uns mit Lichtgeschwindigkeit zwischen den Planeten und Kometen in dem sich immer mehr ausweitenden ewigen Raum bewegen? Das muß wohl die Seligkeit sein."

In Neptuns Reich

Papete ist eine lebendige Stadt auf der Insel Tahiti. Die Franzosen haben viel in ihre Pazifikprovinz investiert, um mit den steigenden Zuwachsraten der Inselbevölkerung Schritt zu halten. Vor allem die „weiße Industrie des Tourismus" wurde als sicherer Geldbringer tüchtig entwickelt. Viele schöne ortstypische Hotels mit gepflegtem Service locken die Besucher heran. Besonders geschätzt wird auch die Nachbarinsel Morea, die wie alle Gesellschaftsinseln vulkanischen Ursprungs ist. Hier hatte EROM zugepackt, um „Pfähle zu setzen für das nächste Jahrhundert." So hatte Mr. President gesagt. Schon seit drei Jahren arbeiteten das Management sowie das technische Büro in Papete an dem neuen Projekt.Am 1. Mai nach der ereignisreichen „LLL"-Einweihung und nach den anschließenden Public Relations-Reisen von Nathalie und Victor traf man sich im reizenden Hotel „Desirée-Ouany". Mr. Lovejoy war wie meistens gut gelaunt. Er hatte in Papete schon zwei Wochen verbracht, um einer „größeren Stagnation" zu begegnen.

Es gab eine herzliche Begrüßung zwischen den Vertrauten von EROM. Bei den mit Nathalie ausgetauschten Wangenküssen mußte Derek Lovejoy seine sonst präsidiale Haltung vergessen. Liebevoll drückte er Nathalie an seine Brust und umarmte Victor fest.

„Herrlich, daß ihr beide da seid", rief er aus. „Ich habe mich so an euch gewöhnt, Nathalie und Victor, an euch beide, den guten Geist von EROM. Das ganze Präsidium äußert nur und immer wieder volle Genugtuung zu seiner damaligen Entscheidung, Sie ausgewählt zu haben. Victor, Sie haben sicher die Urlaubszeit gut genutzt, man sieht es Ihnen an. Kommen Sie mit mir in die Palmenbar?"Das nur ebenerdig gebaute Hotel machte einen anheimelnden Eindruck, sehr menschlich – „maßstabsgerecht", meinte Victor. Der weiche Seewind ließ die Fächerpalmen leise rauschen, und der große Frangipani-Baum verströmte seinen ansprechenden Tempelblütenduft. Zwei süße junge Mädchen mit weißen Hibiskusblüten im schwarzen Haar brachten eisgekühlte Tahiti-Special-Cocktails. Sodann bekamen alle drei Gäste eine Blumenkette aus Jasmin-Blüten umgehängt. Eines der eingeborenen Mädchen schaute verzückt auf Nathalie, als sie ihr zwei leuchtende, rote Hibiskusblüten ins Haar dicht über dem Ohr steckte.

„Mr. President, welche Anmut haben Sie uns da geschickt", sagte lächelnd Victor und deutete auf die schicklich angezogene, aber dennoch minimal bekleidete Bedienung. Die Mädchen kamen auf leichten, nackten Sohlen mit herrlichen bronze-farbenen Beinen, und die um die Lenden geschlungenen, orangefarbenen Tücher unterstrichen ihre zauberhafte Weiblichkeit.

Der Präsident lächelte. „Ja, ja, diese kleinen Libellen der Südsee haben schon manchen Europäer in ihre Fänge gezogen, alle die, welche angeblich krank an der Zivilisation waren. Übrigens, wir haben viele der hübschesten, jungen Mädchen von den ringsum liegenden Inseln angeworben ..., für unser Schloß."

„Wie", rief Nathalie, „haben Sie ein Schloß gekauft oder wollen Sie eines bauen, hier in der Südsee?"

„Nein, nein, Nathalie, nicht so. Wenn ich ein richtiges Schloß in Europa etwa am Rhein, an der Donau oder in Schottland kaufen wollte, dann wäre das dort, wie Sie wissen, zur Zeit mit einem Minimalpreis möglich. Also, nein, ein solches Schloß habe ich nicht im Sinn. Ich, nein besser: wir bauen zur Zeit ein Unterwasserschloß und zwar auf der nächstliegenden Insel Morea."

„Auf dem Meeresgrund", rief Nathalie aus „ wie denn das...?"

„Nathalie, ich muß mich genauer ausdrücken, also, mmh, ja – also es wird eine Art Schloßhotel im Wasser, genauer gesagt, über Korallenbänken."

„Und wann wollen Sie damit anfangen, Herr Präsident? Das dauert doch Jahre und überhaupt, ich verstehe den Sinn der Sache nicht. Beim Delphinreiten konnte ich noch folgen, aber nun verläßt mich meine Phantasie. Sollen die EROM-Gäste sich schwimmend mit Taucherausrüstung in den Hotelzimmern bewegen?", fragte erstaunt und belustigt Victor, „und dann zwischen Korallen! Die ganze Welt bejammert die Vernichtung der Korallen – und EROM will ausgerechnet hier etwas anlegen. Die Genehmigung, Präsident, werden Sie dazu nie bekommen."

„Victor, wir bauen schon seit zwei Jahren an der Korallenküste von Morea. Morgen werden wir unser Konstruktionsbüro hier in Papete besuchen. André Laroche, unser Chefingenieur, wird Ihnen das Konzept vorführen. Wir haben alle überzeugt, alle Bedenken wegen des Standortes ausgeräumt. Vielleicht werden Sie jetzt sagen, 'der Alte ist scheinheilig', aber hören Sie, es haben uns wie im Falle 'Delphin' und 'Löwen' neben dem sensationellen touristischen Angebot auch ethische Gründe zu diesem Projekt bewogen. Wer so unmittelbar mit den Korallen in Berührung kommt, ihre Wunderwelt vor seinem Schlafraum, ja, sogar durch sein Bett hindurch sieht, wird sich da voll engagieren."

„Haben Sie wieder einen Förderverein..."?

„Natürlich, Victor, uns liegt sehr daran, auch das Verständnis für *diese* Tierwelt zu vermehren. Überall an den Küsten der Welt sind die Sporttaucher dabei, Souvenirs mit nach oben zu bringen, z.B. auch die schönsten Muscheln der Welt, besser Schnecken: die Kritons-Hörner. Immer wieder können sie diese noch unter dem Ladentisch auf den Märkten finden, der Verkauf ist aber streng verboten. Die Länge der wunderbar gezeichneten Schalen beträgt bis zu 50 cm. Leider wachsen diese Tiere nur sehr langsam, dabei werden sie dringend benötigt im Kampf gegen die 'Dornenkronen', das sind Räuber der Korallenbänke. Außerdem ..., aber entschuldigen Sie, ich komme ins Fachsimpeln – ich bin ein Taucher aus Leidenschaft. Da staunen Sie, jawohl, das bin ich inzwischen geworden. Nun glauben Sie mir, bei allem touristischen Getue, bei unserem Schloßprojekt stecken wirklich auch erzieherische, biologische Gründe dahinter."

„Na, Mr. President", schmunzelte Nathalie, „hoffentlich kommt die Ökonomie nicht zu kurz."

„Wir hoffen, das wird nicht der Fall sein", antwortete der Chef lächelnd, „EROM sitzt fest im Touristengeschäft, wir haben die Nase vorn und wissen, was die von den üblichen Massenorganisationen enttäuschten Leute wollen: Individualismus, eine Portion Abenteuer, das natürlich entsprechend abgesichert, exklusives Wohnen, besten Service, ein wenig Erotik und Exotik, sicher auch immer einige esoterische Einsichten, kurz, erfüllte Urlaube für Körper und Seele."Das klang richtig feierlich und Nathalie dachte, „mon Dieu, hinter der harten Schale des Managers steckt doch ein weiches Herz. Er ist offenbar auf der Suche, das spürte ich schon damals, als er sich uns privat ein wenig öffnete."

Der Chef hob sein Glas – das schöne Geschöpf mit dem schwarzen kräftigen Schopf hatte bereits nachgeschenkt, „Nathalie, Victor, Sie wissen sicherlich, daß wir hier mit unserem Projekt nicht im Termin liegen. Sie sollten sich eigentlich im Schloß einarbeiten und nach der Eröffnung noch etwa ein halbes Jahr bleiben. Aber ich habe heute schon angedeutet, daß unser nächstes Projekt energisch in Angriff genommen werden wird: die Osterinsel. Sie, Victor, kennen dieses einsamste aller Eilande im Pazifik aus eigenen Recherchen für ihre publizistisch herausstechende Tele-Reportage. Ein kleiner EROM-Stab eruiert dort schon – und wartet auf Sie. Was wir dort vorhaben, sprengt alles bisher Dagewesene. Ich habe mit einer kleinen Gruppe von Experten in London und in Cambridge vorgearbeitet. Kennen Sie den angesehenen Ethnologen Alfonso Ramos aus Sao Paulo?"

Victor nickte, natürlich, den kenne er gut, er habe ja bei seiner früheren Arbeit auch mit ihm manche tollen Dinge herausgeholt.

„Also meine Lieben, jenen Ramos haben wir zusammengebracht mit Professor Umberto Smith."

„Von der Universität Caracas?", fragte Nathalie.

„Ganz richtig, Nathalie, ein Botaniker, Spezialist der Pollenanalyse. Der dritte im Bunde war, oder besser ist, wie Sie das in Zukunft sehen wollen, Dr. Arne Eggebrecht, ein Archäologe von Rang."

„Ein Deutscher, nicht wahr?" fragte Victor.

„Ja, rangiert hoch in der internationalen Forschung. Seine Erfahrungen auf der Insel sind groß. Und nun, meine Lieben, erwarten wir Sie beide und erbitten Ihre Mitarbeit – fast von Anfang an."

„Mr. President, was soll Ihrer Ansicht nach nun wirklich passieren, und – machen die Chilenen da überhaupt mit? Sie wissen, sie spielen sehr auf ihrer nationalistischen Klaviatur und sind sehr empfindlich", meinte Victor.

„Naja, Victor", und wieder kam das schelmische Lächeln des erfolggewohnten Konzernherrn „empfindsam ja, aber auch 'empfänglich'. Das war nicht ganz billig, aber wir haben die Option auf ein Stück Küste mit drei Ahus."

„Victor, bitte", fragte Nathalie, „erkläre mir das Ahu, ist das ein Gebirge, Vulkan, oder sonst etwas?"

„Ein Ahu, liebe Nathalie, ist ein heiliger Bezirk, der voll geistig religiösen Lebens war. Hier standen meistens die großen Moais, Riesenstatuen aus dunkler Lava mit ihren roten Mützen, Hüten, was sicher eine besondere Bedeutung hatte. Ihre majestätischen Figuren standen meist gegen das brodelnde Meer – aber ihre magischen Augen aus Edelsteinen beherrschten die kleinen Siedlungen. Die Häuser waren in Form von langgestreckten Schiffen erbaut."

„Danke, Victor", sagte Derek Lovejoy. „Sie wissen, daß fast alle Moais zerstört sind. In der großen Revolution der 'Kurzohren' gegen die adlige Kaste der 'Langohren' zerschlug man die verhaßten Abbildungen der Götter und – was derartige Zerstörungswut an den Plastiken übrigließ, zertrümmerten die Erdbeben sehr gründlich. Wir – EROM – bauen ein neues geistiges Zentrum, wir errichten die Moais dort wieder, lassen sie mit ihren Augen wieder strahlen, sehr magisch samt etwas technischen, elektronischen Nachhilfen und dann werden wir unsere Touristengruppe ganz 'esoterisch' betreuen."

„Esoterisch betreuen, ja, wie meinen Sie das, Präsident?" fragte Nathalie zögernd, „sollen die Touristen dorthinkommen, um zu beten und zu meditieren?"

„Sie sagen es, Nathalie, genauso; unsere Marktanalysen haben da gründliche Arbeit geleistet. Menschen unseres nachindustriellen Zeitalters haben die Segnungen der Konsumwirtschaft satt. Das New Age, das Zeitalter des Wassermannes, hat begonnen, man sucht nach seelischem Ausgleich, nach dem Sinn des Lebens; die Menschen sind aufgeschlossen für neue Einsichten."

„Und die sollen sie gerade auf der Isla de Pascua, der Osterinsel, finden, Präsident"? „Liebe Nathalie, sie werden kommen – aus aller Welt – und wir werden wieder lange Wartelisten aufstellen. Aber nun zum Verständnis unserer Innovationspolitik auf dieser Insel. Neben der Religion – oder sagen wir besser: geistigen Schulung – motiviert uns die Ökologie. 'Geist und Ökologie', das ist, kurz und bündig gesagt, unser Programm. Sie, lieber Victor, haben bei Ihren Recherchen selbst davon gesprochen, daß diese Insel einst bewaldet war. Sie muß es wieder werden, und unsere Touristen werden daran arbeiten." Nathalie und Victor kamen aus dem Staunen nicht heraus. Ob man denn annehmen könne, daß Frau Meyer aus Berlin oder Herr Anderson aus Schweden vielleicht die Pickhacke in die Hand nähme, um Pflanzlöcher auszuheben? Ja, genau das würden sie tun, sie wären stolz, „ihren" Baum der Insel geschenkt zu haben.

„Das Konzept ist unglaublich, Präsident. Es ist eine Aufforderung an uns, mitzuarbeiten und dafür zu sorgen, daß es nicht kitschig, sondern seriös wird." Nathalie wandte sich zu Victor: „Meinst du nicht auch, mein Lieber?"

Victor nickte ihr zu, ja, aber da seien noch so viele Fragen offen.

„Deshalb möchte EROM Sie beide bitten, dieses Konzept zu verwirklichen. Ich schlage vor, daß Sie etwa in einer Woche nach Hanga Roa, der sogenannten Hauptstadt der Osterinsel fliegen. Ihr Haus ist bereits bestens ausgestattet, mit allem, einschließlich Personal, versteht sich. Ihr Vertrauter dort wird Christian Walser sein, ein hochgewachsener Deutscher aus Schleswig-Holstein. Er ist vor 15 Jahren dorthin ausgewandert, besser in Hanga Roa hängengeblieben. Seine zierliche, dunkle Frau ist noch ein direkter Nachkomme der Königsfamilie, also der 'Langohren', die sich bis auf einen Mann namens Ororoina im Bürgerkrieg versteckt halten konnte und überlebte. In vier Wochen habe ich die genannten Herren nach Rapa Nui gebeten, Sie können dort ein gründliches Symposium machen."

„Herr Präsident, schön, daß wir die Herren kennenlernen, ja", und nun blickte Nathalie dem Chef fest in die Augen, „besteht aber die Welt nur aus Wissenschaftlern? Wissenschaftlern und Experten, und dann nur aus Herren, besser Männern?" Verwundert schaute der Chef auf. „Mein Gott, sie hat eigentlich recht", dachte er. Tatsächlich, an Wissenschaftler*innen* hatte er niemals gedacht. Ein wenig fühlte er sich ertappt, denn auch er hatte bisher immer noch die männliche Autonomie gepflegt. Ja, doch, sie hatte recht. Sollte man sich etwa in die finstere konservative Ecke drängen lassen?

„Nathalie, ich verstehe, ich werde darüber mal nachdenken – oder haben Sie vielleicht einen Vorschlag parat?"

„Ja, den hätte ich wohl. Haben Sie schon einmal den Namen der Schweizer Soziologin Professor Imgard Tannenberg gehört? Nein? Also, diese Frau lehrt an der Eidgenössischen Hochschule, aber sie ist keine Dame vom grünen Katheder. Ihre Praxis hat sie sich im Rahmen der Programme der UNESCO und der World Health Organization in Nordindien, in Peru, auf dem Alto Plano, bei den Ketchuan sprechenden Indios und – soweit ich mich erinnern kann – auch auf den Fidschii-Inseln erworben. Diese Frau wäre eine ideale Ergänzung für unseren künftigen Arbeitskreis."

„Gut, Nathalie, danke für Ihren Vorschlag, mein Sekretariat wird alles weitere veranlassen. Und Sie, Victor, wären Sie mit der weiblichen Verstärkung einverstanden?" wollte Lovejoy wissen. Victor lächelte wohlwollend. Sicher, er sei sehr mit diesem wohldurchdachten Vorschlag einverstanden.Für Nathalie und Victor waren die Ausführungen des Chefs zunächst ein regelrechtes Bombardement von unglaublichen Ideen und Absonderlichkeiten. Aber der „Computer" in ihrem Gehirn arbeitete bereits, Perspektiven stiegen auf. Alles war wohl ziemlich gewagt, abenteuerlich – aber doch auch eine echte Herausforderung.

Präsident Lovejoy spürte, wie die beiden mit sich beschäftigt waren und führte sie in die Wirklichkeit zurück. „Also", rief er lachend und ergriff das Glas, „Cheers, Prosit, a la vôtre, Salute, wohl bekomm's eurem Körper und eurem Geist ...! Nathalie und Victor, wenn Sie nichts besseres vorhaben, möchte ich Sie heute abend in ein sehr exklusives Fischlokal an der Hafenstraße einladen. Wollen Sie? Schön, also sagen wir gegen 8 Uhr. Wir können von hier aus gemeinsam dorthin schlendern. Übrigens, würde es Sie stören, wenn auch noch ein Bekannter hinzukäme? Es handelt sich um Senior Alfredo Reyes de Cordoba, er ist der chilenische Generalkonsul auf Tahiti, ein wichtiger Mann für uns – und für euch. Er hat uns viel geholfen beim Aufbau eurer künftigen Wirkungsstätte, und er wird euch auch auf der Osterinsel sehr wichtig sein. Ich muß ihnen, Nathalie, sagen, daß er Sie heiß verehrt. Er schwärmt von der TV-Reportage anläßlich der Eröffnung des Löwendorfes. Es habe nie eine Königin gegeben, die wie Sie auf dem Thron saß. – Wirklich: Sie 'thronten' da mit unserem Kleinleoparden auf dem Schoß. – 'In der Weltgeschichte werde es so etwas an Anmut und Harmonie nie mehr geben, niemals, nie', pflegte Don Alfredo zu sagen. Dieses Spezialitätenrestaurant gehört übrigens einer Ur-Ur-Enkelin von Gauguin. Es gibt da eine riesige Nachkommenschaft von dem Künstler. Die meisten von ihnen möchten nicht allzuviel arbeiten, sondern mit ihrem Namen so günstig wie möglich operieren. Sie werden das noch merken. Also, dann bis nachher. Ach, Nathalie, noch eines, einen Wunsch von mir, – darf ich Victor? Vielleicht sind wir Männer oft ein wenig kindlich."

„Aber, aber wo soll denn das hinaus, Präsident?", rief Victor vergnügt aus.

„Ja, lachen Sie nur, Victor, aber ich würde mich sehr freuen, wenn Sie, liebe Nathalie, heute abend wieder Ihre kostbare Bluse mit dem gestickten chinesischen Drachen anziehen würden. Dazu trugen Sie oftmals eine schwarze Seidenhose. Wünsche ich zuviel?"

„Aber nein, Präsident, gern erfülle ich Ihren Wunsch – mit roten Hibiskusblüten im Haar. Aber ich wußte gar nicht ..."

„Gut, gut Nathalie, wir sehen uns nachher."

Als Nathalie und Victor nach dieser ersten Aufklärung zur EROM-Strategie hier und auf der Osterinsel sich entspannt in die bequemen Bambussessel auf Nathalies Terrasse gesetzt hatten, genossen sie die Ruhe und die Düfte des tropischen Hotelparks. Dann bemerkte Victor, daß beide ihre Ketten aus Jasminblüten noch um den Hals trugen. Süß und durchdringend stieg der Duft in Nase und Lunge.

„Weißt Du, Nathalie, daß diese Blüten in den Tropen ein begehrtes Aphrodisiakum sind?"

„Sind sie das, Victor?" lächelte die schöne Eurasierin mit ihren dunklen, unergründlichen Augen. „Wie lange kennen wir uns schon, mein Lieber? Oh mon Dieu, noch nicht einmal ein ganzes Jahr. Und es scheint mir eine Ewigkeit zu sein. Denkst du noch an London im EROM-Büro, unsere erste Begegnung in Nadelstreifen? Partnerlook? War ziemlich komisch, zunächst jedenfalls – aber ich danke den Jenseitigen für diesen „Zufall", der uns zu-gefallen ist. Wir wollen uns gegenüber immer offen und auch kritisch sein, aber Lieber, darum sage ich ganz ehrlich – ohne dich wäre ich nicht mehr ich".

Victor schloß sie fest in die Arme und der seidene Vorhang der wirklichen Welt schloß sich hinter ihnen und gab Raum für die andere, geistige Wirklichkeit, deren höchstes die Liebe ist. Ohne Liebe ist die Welt arm.

Das Gekrächze der Graupapageien in der Voliere des Hotelgartens schreckte Nathalie auf.

„Victor, Victor, komm, es ist Zeit zum dinieren. Ich hab's jedenfalls eilig, denn Don Alfredo de Cordoba wartet schon auf mich – wie du hoffentlich noch weißt."

„Ach ja, dein Verehrer aus Chile, ja natürlich. Du weißt ja schon, was du heute abend tragen wirst, ziemlich semi-exotisch. Aber ich armer Kerl?"

„Victor, du weißt doch, je mehr man in warme Länder

reist, um so zugeknöpfter geht man als Herr. Man spielt den feinen Mann und geht nie ohne Schlips und Kragen. Also, richte dich schön her, du bekommst heute Konkurrenz", neckte Nathalie.

Der Bummel am Hafen entlang war geruhsam. Der Chef war in sehr aufgeräumter Stimmung und erzählte eine pfiffige Story nach der anderen. Er hatte hier schon seine reizvollen Milieuforschungen, wie er sagte, reichlich betrieben. Dann waren sie an der „Auberge Gauguin" angelangt, einem schönen, zweigeschossigen Bau mit einem großzügigen Eingangsbereich. Zwei sehr exotisch drapierte Diener waren neben den Stufen postiert, dazwischen stand sie: Mme. Yvonne Pa-Oale Gauguin. Sie war eine für diese Insel sehr groß gewachsene, schlanke Person; ihr langes orangefarbenes Seidenkleid ließ sie noch schlanker erscheinen, der Genotyp Europas hatte hier durchgeschlagen. Das lange, üppige, tiefschwarze Haar war zu einem dicken Zopf geflochten, die Haut hatte einen leicht bronzefarbenen Ton. Ihre Lippen waren voll und ebenmäßig, die Augen strahlten eine unermeßliche Tiefe aus. An den Ohren baumelten kunstvolle, mit Perlen besetzte, silberne Halbmonde. So stand sie da, wie vor einem Auftritt an der Pariser Oper.

„Oh, Messieurs, Madame. Soyez les bienvenus, quel honneur de vous accueillir ici, bienvenus, ... mes amis."Durch Orchideen geschmückte, farbig erleuchtete Gänge führte Madame ihre Gäste zu einem aus Bambus erbauten Buffet. Hier reichte sie den Gästen je ein Glas: „Unser Willkommenstrunk." Er war leuchtend rot und schmeckte vorzüglich. „Ein Geheimrezept meiner Familie seit fünfundsiebzig Jahren, bitter und süß", lächelte Yvonne, „ganz wie das Leben." Dann griff sie aus einer Vase mit lila Catleyen eine besonders schön geformte Blüte, um sie an Nathalies Bluse zu stecken. Aber sie stutzte: „Oh, Madame Nathalie, welch kostbare Stickerei. Nein, diese Blüten dürfen nicht in Wettstreit zu Ihrem Drachen stehen, ich werde sie in Ihr Haar stekken."An der Wand hingen drei Bilder, Figurengruppen in der Art Gauguins.

„Originale, Madame?" fragte Nathalie.

„Aber ja, natürlich, meine Großmutter hat sie auf den Marquesa Inseln gekauft, Sie wissen ja, daß die französische Verwaltung unseren Urahn nicht sehr gut behandelt hat. Er wanderte dorthin aus." Gebannt schauten die Besucher auf diese Figurengruppen, die in expressiv gesteigerter Farbigkeit gemalt waren.

„Eine gute Visitenkarte, Yvonne", sagte lächelnd Präsident Lovejoy, „und eine unerschwinglich teure dazu."

Madame Yvonne führte nun die Gäste zu einer Empore, auf welcher ein schon gedeckter Tisch mit viel Blumenschmuck stand. Ein Herr erhob sich und schaute mit aufrichtiger Bewunderung den Gästen entgegen. Die Vorstellung besorgte der Präsident.

„Dies, liebe Nathalie, lieber Victor, ist Senor Alfredo Reyes de Cordoba, mein guter Freund und euer Bewunderer. Ein Diplomat alter Schule, stets hilfsbereit. Er wird euch sicher auf der Isla de Pascua immer zur Seite stehen."

Don Alfredo strahlte, er schien gerade aus einer Modenschau gekommen zu sein, denn der elegante, sehr eng geschnittene, weiße Seidenanzug mit dem violetten Hemd und einem orangefarbenen Schlips war auf große Wirkung angelegt. Als er Nathalie betrachtete, vibrierte sein kleines Lippenbärtchen, er gab sich aber offensichtlich Mühe, auch die Herren freundlich anzusehen.

„Also Yvonne, was haben Sie Ihren Gästen zu bieten"?

„Herr Präsident, ich habe lange mit meinem Chefkoch beraten. Wir möchten folgendes vorschlagen: zuerst eine süß-saure Suppe a la Morea, danach gegrillte Krebse, Hummer und Salat aus Bambussprossen. Alsdann haben wir vorgesehen, Lammkoteletts und zarte Rinderfilets aufzutragen, dazu ein gemischtes Reisgericht mit Zwiebeln und grünen und schwarzen Bohnen. Wenn Sie möchten, könnte man auch Knoblauch dazufügen. Dann denke ich an ein weiteres Fleischgericht, nämlich Perlhühner des Gebirges, dazu einen Tahiti-Salat aus Scheiben junger Palmenschößlinge, pikant und scharf. Als Ausgleich kommt dann eine süße Zitronencreme und Mousse au Chocolat, Kaffee und Espresso, natürlich mit verschiedenen Konfitüren. Sie können aus einer Fülle von Liqueuren wählen. – So", Madame Yvonne weidete sich an den fassungslosen Gesichtern ihrer Gäste, „so, ja, wir werden uns Mühe geben. So illustre Gäste habe ich lange nicht bewirtet."

„Ich glaube, man muß erst einmal einen Schnaps nehmen nach dieser Ankündigung", rief Victor. Dann ging es dem Programm entsprechend los. Hinter jeder Person stand ständig eine Bedienung, abwechselnd junge Männer und hübsche Mädchen, im gleichen Stil bekleidet, hochgeschürzt in Lila und Grün.

„Apart", bemerkte Mr. President, „geschmackvolles Design, dabei noch nicht einmal von unseren 'Ascott'-Leuten entworfen, alle Achtung!"

Der Bordeaux-Wein aus dem „Mutterland" schmeckte vorzüglich und die Gaumenfreuden potenzierten sich, Yvonne stand in der Nähe und dirigierte die Bedienung.

Während man zarte Lammkeulen auflegte, sagte Nathalie unvermittelt: „Madame Yvonne, gibt es hier auf den Inseln eigentlich hungernde Menschen?"

Man war verblüfft, denn so etwas hatte in dieser Auberge noch niemand gefragt. „Nein, oh nein, Madame Nathalie, ich wüßte nicht, – oder haben Sie, Alfredo schon einmal Hungernde auf Tahiti gesehen?" Nein, er könne sich nicht besinnen.

„Na, jetzt können Sie wieder zugreifen, jetzt schmeckt es doppelt so gut."

Victor warf Nathalie einen Blick zu, als wolle er sagen, daß diese Frage hier nicht so sehr angebracht war.

Aber Nathalie bohrte weiter: „Und wie sieht es auf Ihrer, ich möchte fast sagen, *unserer* Isla de Pascua aus, Senor Alfredo? Die Insel ist doch wenig fruchtbar, und ich habe gelesen, daß man fast alle Nahrungsmittel einführen muß?"

„Das stimmt natürlich, und gerade darum ist unsere Regierung so interessiert an dem großartigen EROM-Projekt. Wir brauchen mehr Touristen, wir brauchen Besucher, Devisenbringer. Und wir müssen die Insel wieder fruchtbar werden lassen. Dazu könnte die schrittweise Aufforstung dienen."

„Na, nun wollen wir noch einmal auf das Wohl von Yvonne Gauguin trinken, die uns paradiesisch bewirtet. Yvonne, wir sind zwar erst beim vierten Gang, aber ich verspreche Ihnen, daß wir alles Kommende lukullisch genießen werden." Der Präsident erhob sein Glas und reichte es der „Opernwirtin."

Diese nahm einen tiefen Zug aus dem Glas, um es dann strahlend zurückzureichen. „Vielleicht nehmen die Herrschaften den Kaffee nachher auf meiner privaten Terrasse ein. Ich würde mich freuen."

Die Windlichter erhellten die mit Blüten geschmückten Tische und die geschürzten, gut aussehenden, nußbraunen, in Gauguinfarben gehüllten Jugendlichen lasen den Gästen jeden Wunsch von den Augen ab.

Don Alfredo, der nun neben der erhitzten Nathalie saß, konnte endlich die vielen Komplimente loswerden, die er gespeichert hatte. Die „Leopardenkönigin" habe es ihm angetan, sagte er, immer wieder bewundernd. Daß er mit dieser bekannten Künstlerin, so sagte er, einmal zusammentreffen würde, habe er sich nicht träumen lassen. Dann sprach er von der Osterinsel. „Wenn Sie auf dem Lava-Berg, auf dem Riesenkrater des Rano Raraku stehen und die aus der Lava schon vorgebildeten Riesen sehen, wenn Sie den Wind des Ozeans spüren und vor den großen Götterfiguren stehen, dann, Madame Nathalie, wird Sie die Sehnsucht nach diesem Zauberland nie mehr verlassen. Nie mehr!" Alfredo hatte reichlich von dem Bordeaux getrunken und seine Sätze schwankten zwischen Ekstase und Melancholie.

„Wir freuen uns jedenfalls auf unsere Aufgabe, nicht wahr, Victor? Du kennst ja schon die Insel. Wir wollen unsere Arbeit mit Idealismus machen. Wie sagten Sie doch gleich, Mr. President, ach richtig, 'geistig-religiös und ökologisch'. Eine ziemliche Herausforderung."

„Und kühn dazu", warf Senor Alfredo ein, „das verlangt den ganzen Mann und" – auf einen spöttischen Blick von Nathalie – „oh Verzeihung, natürlich, es verlangt die ganze Frau und den ganzen Mann. So ist es wohl richtig, Madame, nicht wahr?"

Der Präsident sagte lächelnd: „Sehen Sie Nathalie, wie Ihre Persönlichkeit Wirkung zeigt? Auch bei den konservativen Südamerikanern? Aber ich möchte Senor de Cordoba ausnehmen. Er ist ein formvollendeter Herr, der weiß,was er den Damen schuldig ist."Das tat ihm gut, dem Generalkonsul Alfredo. Er lehnte sich befriedigt in seinem Sessel zurück. Doch ja, dachte er, das stimmt alles. Aber zuviele selbstsichere Frauen in seiner Gesellschaft, das würde wohl ziemliche Unordnung in sein Leben bringen. Und er schaute Nathalie nachdenklich an. Welch eine Frau.

Das Konstruktionsbüro für „das Schloß" lag im Zentrum von Papete, in der 7. Etage eines modernen Geschäftshauses an der Rue de Roques. André Magot, der technische Leiter der Arbeitsgruppe begrüßte den Präsidenten, Nathalie und Victor sehr freundlich. Dann stellte er seinen Stellvertreter Raymond O'Napo vor. Er war ein untersetzter, sehr brauner Mann, mit dem breiten Rundkopf der polynesischen Rasse.

„Raymond hat sein Diplom als Ingenieur für Hoch- und Wasserbau an der Ecole Polytechnique in Paris gemacht", sagte M. André. „Er kommt von Puka Puka, nicht weit von hier und kennt sich mit den Leuten gut aus. Sporttaucher, vor allem in den Korallengründen von Morea. Er weiß viel von der Tierwelt der Insel. Raymond wird später für die Technik beim 'Schloß' verantwortlich sein."

„Aber zunächst darf ich einige persönliche Worte sagen. Herr Präsident, ich freue mich, Madame Nathalie und Monsieur Victor kennenlernen zu dürfen. Ich darf Ihnen auch verraten, Mme Nathalie, M. Victor, daß unser ganzes Büro danach fiebert, die Delphin-Reiter und Stars vom LLL-Dorf zu sehen. Vielleicht gehen wir nachher kurz an den Zeichentischen vorbei. Aber nun die Übersicht ..."

André entrollte eine Karte und erläuterte die größere Lage. „Die Gesellschaftsinseln, meist vulkanischen Ursprungs sind hier haufenweise gruppiert. Viele kleine, zum Teil unbewohnte Inseln sind unterirdisch – Sie sehen das an den violett getönten Rillen – miteinander verbunden. Dort, nordwestlich von hier, liegt Morea. Da, genau an dieser Stelle, liegt unser „Schloß", unser Unterwasserhotel wird dort entstehen." Andre führte eine Reihe von Plänen vor, zunächst den Schnitt durch den Uferbereich bis zum langen Korallenriff.

„Meine Damen, meine Herren, Korallen formen unsere Unterwasserwelt. Es sind Nesseltiere, die mit einem harten Kalkskelett versehen sind. Sie bilden riesige Kolonien und nach dem Absterben setzen sich immer wieder neue Kolonien dort fest. Also, das ist unser Ambiente", er sagte dies verzückt immer wieder, „und wir haben die Situation des Hauptgebäudes gründlich abgeklopft. Hier in dieser Korallensenke, sehen Sie – da genau, das ist das Zentrum."

Wie tief das dort sei, wollte Victor wissen. Es seien genau zwölf Meter. Die zahlreichen Nebengebäude lägen etwas flacher, aber alles sei so organisiert, daß die Spazierwege in den Korallengärten viele Überraschungen bieten sollten.

„Monsieur Magot, gibt es auf der Welt überhaupt ähnliche Konstruktionen?" wollte Victor wissen. „Ich selbst war einmal in dem großen Aquarium von Monterey Bay, südlich von San Francisco. Außerordentlich beeindruckend, die können dort die wichtigsten Tiere vorführen."

„Ich kenne dies Riesenaquarium. Gut gemacht ist es, aber wir bieten mehr, den direkten Kontakt."

„Also, ohne Außenwände, Absperrung oder dergleichen?" fragte Nathalie.

„Ja, Madame, wir hoffen, ohne diese Vorrichtungen auszukommen."

„Aber", wollte Victor wissen, „wie steht es mit der Sicherheit unter Wasser? Erdbeben und Seebeben sind nicht auszuschließen. Stellen Sie sich solch eine Katastrophe für EROM einmal vor."

Nun war André aber in seinem Element. „Sie haben die entscheidende Frage gestellt, M. Victor, die nach der

Sicherheit. Da haben wir absolute Lösungen ausgetüftelt. Das Konstruktionsprinzip besteht aus einem Zellenbau, vorgefertigt natürlich. Solide Stahlteile, wegen der Korrosionsgefahr natürlich mit Spezialkunststoff beschichtet, sind die Rahmen für druckfeste Acrylgläser. Auch die Wände und Fußböden bestehen aus Acryl, sind also durchsichtig. Unsere Zellen sind wie Waben zu unterschiedlichen Einheiten zusammengesetzt, so sind wir beim jetzigen Stand des Baues immer noch ein wenig flexibel. Kennen Sie den bekannten Innenarchitekten Dankwardo Lehinant aus Seattle? Er berät uns hier und hat eine zauberhafte Vielfältigkeit im 'Schloß' vorgeschlagen. Die Abfolge der Räume ist raffiniert und voller Überraschungen. Und nun zu der Einfahrt. Sie erfolgt durch eine lange, sagen wir mal, Glasröhre von dieser Küstenstelle." Sein Zeigefinger glitt hin und her auf dem Plan und seine Aussagen klangen äußerst überzeugt. „Hier ist der Empfang, dort sind die Räume der Einkleidung."

Der Präsident grinste, aber Nathalie und Victor schauten wieder einmal verdutzt drein. „Sie haben recht gehört, Einkleidung für die Gäste. Oder soll man sich mit der üblichen Straßen- bzw. Bademode in unserem 'Wasserschloß' aufhalten?" fragte André.

„Nathalie und Victor", warf der Chef ein, „Sie werden sich wundern, was unseren Leuten von 'Ascott' und von der 'Aqua Texta'-Firma alles eingefallen ist – und noch einfällt. Der Aufenthalt im Schloß wird unvergleichbar sein."Monsieur André setzte nun begeistert die Erläuterung der Pläne fort. Er beschrieb die vielen Aussichtskanzeln, entsprechend der Formation der Korallen-"gebirge", er zeigte die Ausstattung der Zimmer.

„Alles durchsichtig, alles, die Wände, die Toilette, alles."

„Soll das etwa ein Gemeinschaftserleben werden?" fragte Nathalie etwas spöttisch.

„Ja, genau so ist es", antwortete André, „alles ist durchsichtig – aber nur dort, wo es so sein soll. Natürlich kann der Nachbar nicht in Ihr Zimmer und Ihre Toilette sehen, natürlich aber können Sie in das Korallenmeer schauen. Haben Sie schon einmal auf einem Wasserbett geschlafen, Madame, nein? Ich sage Ihnen, es ist wundervoll. Auch das Bett, aus Acrylteilen gebaut, ist durchsichtig."

„Wenn ich mich also auf das Bett legen will", meinte Victor, „dann kann ich die Fischschwärme sehen. Alles beobachten?"

„Ja, Monsieur, das können Sie, wir werden Ihnen das schon bald vor Ort zeigen, sehr bald vielleicht."

Der Präsident warf ein: „Ja, ich möchte gern, daß wir morgen mit unserem Helikopter nach Morea fliegen und die Baustelle besichtigen. Aber hören wir weiter, was uns die Herren noch zu sagen haben."

André beschrieb dann genauer die Speiseräume, besser Speisenischen, dann die Gastronomieeinrichtungen, Gesellschaftsräume usw. Er kam auch auf die Hygiene zu sprechen, zeigte, wie die Entsorgung geschehen solle, wie Klimatechnik und Lüftung dafür sorgen, daß immer ein originales Südsee-Klima herrsche.

„Oh, Respekt", dachte Victor, „das ist alles doch schon ziemlich ausgereift, die Jungs haben sich wirklich etwas einfallen lassen."

Man hörte noch weitere Ausführungen über die Technik der Beleuchtung, die neuesten Informationssysteme, an denen auch Dr. Schmidt aus Düsseldorf mitarbeite. Raffinierte optische Geräte wurden beschrieben, mittels derer man vom Zimmer oder den Beobachtungskanzeln Objekte der See „heranholen" konnte, auch bei schwächstem Dämmerlicht. Da war natürlich die Firma Zeiss wegbahnend.

André meinte, man solle nach seinem Vortrag doch erst einmal eine Kaffeepause einlegen. Bald erschien eine „Göttin der Südsee" mit einem Tablett bunter Schalen, angefüllt mit Cappuccino. Westlich gekleidet, im weißen Mini, zauberhaftes Gesicht, lange schwarze Haare, locker fallend und ein Lächeln mit schneeweißen Zähnen, das war wohl hier das „Ambiente" des Herrn André.

Nathalie sah belustigt auf Victor, der sichtlich von diesem Bild der Anmut getroffen war. Man schlürfte mit

Genuß den Cappuccino, um dann durch die Zeichenräume zu gehen und sich den neugierigen technischen Zeichnerinnen und Sekretärinnen „darzubieten". Es wurden sowohl von Nathalie als auch von Victor viele Fragen beantwortet und Autogramme gegeben. Alsdann schritt man wieder zum Büro des Herrn Magot, um weitere Erläuterungen zu bekommen.

„Madame, meine Herren", sagte André, „ich habe Ihnen nur einen ersten groben Überblick gegeben, ich habe noch nicht über die ärztliche Betreuung, über sonstige physikalische Therapiemöglichkeiten gesprochen. Sie werden sich aber alle fragen, was die Leute, besser die Gäste, außer schlafen, essen und trinken eigentlich machen sollen. Nun, das wird Ihnen jetzt unser Kollege O'Napo sagen. Bitte sehr, Raymond!"Raymond begann:" Ja, was tun die denn, die kommenden Touristenmassen, oh Verzeihung, die gibt es ja bei uns nicht. Massen werden anderswo versorgt, aber nicht hier. Wie bei den anderen EROM-Einrichtungen kommt es uns auf die Qualität an. Was ist nun die besondere Qualität hier? Das ist zum Beispiel das Wandern unter Wasser durch die Täler der Korallenlandschaften auf ausgebauten Wanderwegen mit besonderen Aussichtspunkten und Ruheplätzen sowie einem Besuch mit Geselligkeit im Schiffscafé am Riff. Hier ...", er zeigte auf den Lageplan, „... verlaufen die Hauptlinien der Seewanderwege. Dort sehen Sie das langgestreckte Riff und dicht zum offenen Meer hin vorgelagert den Rumpf eines gestrandeten Schiffes. Nicht sehr tief, gottlob, nur acht Meter". Raymond sprach so, als ob er einfach einen Plan für Wandersleute erklären wollte. Wie das denn mit dem Luftholen sei und überhaupt, die erwarteten Gäste seien doch sicher keine Sporttaucher. Sollten denn die Damen und Herren ihre Sauerstofflaschen mitschleppen. Sie verstehe das alles nicht, meinte Nathalie.

Raymond habe natürlich auf diese Frage gewartet, sagte er. „Wir bedienen uns natürlich der modernsten Technik. Ich zeige Ihnen hier einen technischen Plan der Installation zur Versorgung mit Atemluft. Also, der kleine modische Taucherhelm jeweils dem Gesicht angepaßt, oder auch eine nach Eingewöhnung leichtere Taucherkappe versorgt die Person mit Luft über diesen dezent getönten Schlauch, auf dem Boden befestigt. Vom Atemgerät verläuft ein dünner Schlauch zur Versorgungsleitung. Nach Art eines Reißverschlusses, aber natürlich viel sicherer, wird mit einem besonderen Nippel die Verbindung hergestellt. Ich denke, um den Tauchwanderanzug wird ein Gürtel getragen, an dem das individuell angepaßte Versorgungsstück angeschlossen ist."

„Und wie soll man starten"?, dies wollte Victor wissen.

„Oh, Verzeihung, ich vergaß das. Hier, im kleinen Brunnencenter für Wandertouren ist eine erste Schleuse. Nach Eingewöhnung die zweite, die sich langsam mit Wasser füllt, und dann wird der Nippel angesetzt, fertig. Sie marschieren einige Stufen herunter und gehen los auf gut vorbereiteten Wegen. Atemtechnik wird natürlich vorher gelehrt, und zwar sehr individuell."

„Und wenn das schief geht, Monsieur, was dann?" fragte Nathalie.

„Jeder Gast ...."

„Gibt es denn nur Männer hier?" warf Nathalie ein.

„Oh, natürlich, entschuldigen Sie, jede Touristin und jeder männliche Vertreter dieser Gattung", Raymond sagte das mit einem etwas süffisanten Lächeln, „ja, alle haben ständig Sprachkontakt mit der Zentrale. Jeder Standort wird hier elektronisch überwacht und aufgezeichnet. Es gibt auch einen Notatemschutz bei der Ausrüstung – und schließlich kann man sich von der Luftleitung abkoppeln, die Taucherschuhe abwerfen und sich nach oben tragen lassen, bei den relativ geringen Tauchtiefen kein Problem." Wir planen allerdings noch eine Alternative für die Ängstlichen. Das sind ein wenig anders geführte, gläserne Gänge, die den Gästen auch viele Einsichten und Überraschungen bieten. Aber – meine Meinung ist die, daß beim Tauchwandern erst das richtige Erleben der Korallensee möglich ist. So unmittelbar mit dem Element Wasser Kontakt zu haben, das ist für diejenigen, die das Besondere suchen. Wer will, kann auch nur mit dem Taucherhelm wandern. Vielleicht genießen dann auch die Seelilien, Zackenbarsche und Kugelfische die schönen Bikinis und Badeanzüge besonders."

„Raymond", sagte der Präsident, „vielleicht sollten Sie unseren Gästen noch etwas über unser 'Café am Wrack' sagen, das ist doch eine echte Sensation."

„Gewiß, Monsieur le Président, es ist inzwischen soweit wieder aufgerichtet und abgesichert, daß man in den Kajüten des vor ca. 100 Jahren angeschlagenen und gesunkenen Küstenschiffes jetzt einen guten Sekt trinken und Austern dazu essen kann."

„Mit Taucherhelm Sekt trinken und so, wie geht das denn, was ist da der Witz der Sache?" wollte Victor wissen.

„Schauen Sie auf diese Zeichnung", er kramte sie aus dem Planschrank hervor, „das ganze Schiff ist von einer aus mehreren Schalen bestehenden Kunststoffkuppel überdeckt. Über diese Schleuse, zum Riff hin gelegen, gelangt man durch die erste und zweite Schleuse jetzt in den Vorbereitungsraum, wo entzückendes Personal Sie fit macht für den 5 Uhr Tee oder den Sekt auf der alten Reling. Man kann sich natürlich auch zu einem gemütlichen Abend in die Kabinen zurückziehen. Es ist unglaublich, wie eine gute Firma für Schiffsausstattungen alles so wirklichkeitsnah, historisch echt restaurieren konnte. Sie können vom Schiff aus vielleicht auch die Blauhaie oder den Riesenrochen beobachten.

„Wenn die sich sehen lassen, das ist wohl das Problem", war die Meinung von Victor. „Solche Begegnungen hinter Glas sind wohl dann nur Zufallstreffer, nicht wahr?"

Wieder lächelte Raymond ein wenig überlegen: „Soll ich es sagen, Monsieur le Président?" Dieser nickte ihm zu. „Ja, die Haie werden kommen, wenn wir sie mit einer speziellen Frequenz anfordern, auch die Riesenrochen, vielleicht ... dann noch eine große, sieben Meter breite Manta, die genauen Untersuchungen unserer Zoologen, Ichthylogen und Elektroniker haben unglaubliche Dinge ausgeknobelt."

„Patentiert, ohne Gnade", warf Derek Lovejoy ein.

„Jawohl, sicher geschützt, und Sie können sich vorstellen, daß die an sich gutmütigen EROM-Vertreter auch hart im Zuschlagen sein können", dabei blitzte es aus den dunklen Augen Raymonds, „jawohl, das würden die machen."

„Nun mal ein praktisches Beispiel für dieses Wunderschiff", fragte Victor, „also angenommen, ich möchte noch nach einem guten Champagner mit Madame Nathalie auf der Reling einen flotten Tanz machen, mit heißer Musik und so?"

„Können Sie, das Ambiente wird Sie nicht mehr loslassen. Wenn Sie eine der dreizehn Kajüten für Stunden mieten und durch die Bullaugen in die erleuchtete Südsee schauen wollen, bitte schön. Alles ist möglich. Alle Varianten sind gegeben, alle." In diesem Moment klopfte es an der Tür. Herein trat eine elegante, in verfeinerter Tracht gekleidete junge Frau. Sie schien eine Mischung aus Europa und Polynesien zu sein, eine voll gelungene „Kreuzung".

„Darf ich Ihnen Madame Annette Alba Oro Rua vorstellen?" sagte ein offensichtlich von dem neuen erfreulichen Anblick sehr erfrischter Mr. President, „Annette, gelernte Hosteß, erfahrene Purserin und Managerin internationalen Formats, wird im 'Schloß' sozusagen regieren, eine Art Hoteldame oder der gute Hausgeist für die Atmosphäre sein. Haben Sie weiter an den Zulassungsrichtlinien gearbeitet, Annette?"

„Präsident, darf man fragen, um welche Richtlinien es sich handelt?" wollte Nathalie wissen.

„Um die Zulassungsgenehmigung für das 'Schloß', Madame."

„Wie soll ich das verstehen, EROM ist doch interessiert, daß möglichst viele Touristen und Touristinnen kommen, alle, ohne Unterschiede – oder nicht?"

Annette wurde etwas unsicher bei dieser Frage, dann zum Präsidenten blickend und von ihm ermuntert, faßte sie Mut. „Madame Nathalie, in diesem Bau des Neptun, in unserem 'Schloß' sollte das ästhetische Prinzip beachtet werden. Ganz im Unterschied zu allen anderen Einrichtungen von EROM. Ich will offen reden: wir können keine dicken, sagen wir besser, überproportionierten Menschen gebrauchen. Sie mögen noch so wohlhabend sein. Die angestrebte Harmonie im 'Schloß' verlangt einigermaßen gepflegte Körper, nicht unbedingt schlank, aber solche, die angemessen proportioniert ... Wissen Sie, wir arbeiten seit sieben Monaten mit den Ihnen bekannten Modeschöpfern, sozusagen 'EROM-Kindern', den Firmen 'John Ascott Ltd.' und 'Aqua Texta' zusammen. Was wir hier vorbereiten, ist für die Welt eine Sensation. Für jeden Gast wird nach seinen Körpermaßen die Garderobe für das 'Schloß' und das Meer vorbereitet. Wenn er ankommt, wird er daher eingekleidet, so haben wir das vorgesehen. Bezaubernd, super, super, glauben Sie mir das."

„Mr. President", fragte die fassungslose Nathalie, „mon Dieu, glauben Sie denn, daß nach diesen für viele Interessenten diskriminierenden Richtlinien genügend Touristinnen und Touristen kommen?"

Derek Lovejoy, der Präsident, lächelte. „Liebe Nathalie, die Menschen sind abgeschlafft im Touristenbetrieb der Welt. Sie suchen nach etwas Besonderem und sie sind sensationshungrig. Wir haben neutrale Tests in großen Serien in den USA und Europa gemacht. Glauben Sie mir, Nathalie, die Wartelisten, besonders der Damen werden lang und länger sein. Wer in seinem Club vom Schloßaufenthalt in Morea berichten kann, wird Mittelpunkt sein."

„Die Presse der Welt, Mr. President, wird EROM – „durch den Kakao" ziehen, vielleicht einige böse Reaktionen provozieren, Kübel von Unrat wird man über Sie ausgießen, den asozialen EROM-Konzern", rief Victor.

„Das mögen sie tun, die Neidischen, die Mißgünstigen, meinetwegen, aber vergessen Sie nicht – ich spreche später noch mehr darüber – daß wir auch eigene und uns gewogene Presse- und TV-Organe haben, um Paroli bieten zu können. Aber Victor, ich bin ein wenig älter als Sie, und ich habe die Menschen studiert. Viele Menschen, viele Typen. Es gibt mehr Mißgunst und Neidkomplexe, mehr Hinterhältigkeit und Scheinheiligkeit, als Sie denken. Man müßte die Menschen formen können, Harmonie eingeben, man müßte gute Veranlagung programmieren können." Im stillen dachte er an die Experimente in der EROM Station von Tansania. Er wußte natürlich, daß die Gentechnologen an Menschen arbeiteten – streng vertraulich natürlich, aber Derek sagte blitzschnell zu sich, versündige dich nicht.

„Mir graut ein wenig bei diesem Auswahlverfahren für die 'Schloß'kandidaten", sagte Nathalie. Wie wollen Sie das durchboxen, werden Sie Altersgrenzen setzen?"

„Um Gottes willen, nein, ältere Leute mit entsprechender Proportion werden natürlich auch zugelassen."

„Mein Vater ist gerade fünfundsiebzig Jahre alt geworden, könnte er zum Beispiel kommen?" wollte Victor wissen.

Annette reagierte sofort: „Wenn er fit ist, warum nicht?" „Er spielt Tennis und ist sogar ein Yoga-Champion, vielleicht wird er sich auch anmelden." Fröhlich und ihrer Auswahlanalyse sicher, rief Annette aus: „Oh, er ist herzlich eingeladen , sagen Sie ihm das, – wenn er kommen will."

Victor meinte: „Mein Gott, warum machen wir uns das eigentlich so schwer mit der 'Zulassung'? Warum lassen wir das sehr exklusive Vorhaben nicht unter der Flagge eines Clubs laufen, zum Beispiel 'Schloßclub Neptun' oder so, oder zum Beispiel „Joy and Pleasure with Coralls, Fishes and You"?"

„So machen wir das", stimmte der Chef zu, manchmal kommen einem die einfachsten Gedanken nicht in den Sinn. Ja, das ist richtig, denn jeder Club kann sich seine Richtlinien geben."

Eine junge Sekretärin trat ein und überreichte M. André ein Fax. Er sagte erfreut: „Oh, sehr schön, es hat geklappt. Wir werden aus Australien vom Great Barrier Riff für unser unterirdisches Wandergebiet drei Mördermuscheln bekommen. Sie sind sehr, sehr rar, etwa einen Meter lang und zauberhaft gezeichnet, längs gestreift in Grün, Schwarz und Blau. Unser Landschaftsarchitekt, der gemeinsam mit dem Meeresbiologen die Wanderwege erkundet und festgelegt hat, weiß bereits den richtigen Platz dafür. Man muß dieses schöne Tier aus der Nähe betrachten können, ohne hineinzutreten – sonst bleibt man so lange gefangen, bis Hilfe kommt. Man müßte die Schließmuskeln der Riesenmuschel zerschneiden."

„Na, M. André, ich werde richtig neugierig auf diese Wassertournee. Übrigens, sagten Sie nicht 'Landschaftsarchitekt'?"

„Ganz recht, Herr Victor, wir konnten den ersten Mann der Welt um Mitarbeit bitten, Mr. Geoffrey Jacobs aus Florida. Er plant für viele Großaquarien und Unterwassergärten. Natürlich hat er auch die Bodenausformung und Gestaltung der Freiflächen an unserem Ufersaum übernommen. Geoffrey sagt immer, man soll doch nicht so naiv sein und meinen, Landschaften hörten an den Küsten auf. Die Landschaften der Meeresböden seien die erregendsten der Welt. Hier, in unserem Fall müsse man sehr sorgfältig die farblichen Effekte der Korallenkolonien untersuchen und erschließen. Das alles macht Geoffrey, aber er hat uns noch andere Überraschungen beschert. Darüber schweigen wir uns zunächst aus, nicht wahr, Präsident?"

Der nickte dazu – dann – nach einigen Augenblicken der Sammlung: „André, wir sollten morgen nach Morea fliegen und den Bau besichtigen. Steht der Pilot zur Verfügung?"

„Jawohl, wir haben jetzt eine junge französische Pilotin, sie beherrscht den Helikopter ausgezeichnet!"

„Meine lieben Mitarbeiterinnen und Mitarbeiter, der Hunger nagt an mir. Gehen wir doch gemeinsam wieder zu Madame Yvonne Gauguin und lassen uns verwöhnen?" Freudige Zustimmung.

Am Nachmittag und Abend genossen Nathalie und Victor ihre Hotelterrasse mit den duftenden Tempelbäumen. „Was hältst Du eigentlich von dieser verrückten, sehr skurrilen Geschichte mit dem 'Schloß', lieber Victor? Im Grunde bin ich froh, daß wir uns hier nicht engagieren müssen, sondern nur zur Eröffnung am Jahresende eine Gastrolle spielen sollen."

„Nathalie, gewiß, eine absonderliche Sache, das mit

dem Unterwasser-Clubhotel – aber man muß den EROM-Planern lassen, daß sie ihre Phantasie umsetzen und realistisch ökonomisieren, nicht wahr? Was machbar ist und in ihr exklusives Programm paßt, wird auch verwirklicht."

„Natürlich nur, um den Menschen zum Respekt vor der wundervollen Welt der Korallen, locker und exklusiv, zu erziehen! Der Chef wird das wohl besonders bei der Eröffnung betonen, seine ethischen Hintergründe für sein Unterwasser-Wundersystem und so ... More love to the coralls, the fishes, the sharks and alligators. Aber ... more love to man? Tut EROM irgendetwas zur Linderung der Not für die Ärmsten in der Welt, gegen den Hunger, etwas für die „human beings", more love to man, more joy in serving man, more, more ... – or nothing?"

„Ach Nathalie, wir können noch den wahren Umfang des EROM-Konzerns in all seinen Verflechtungen und Verästelungen nicht überblicken. Es scheint, bei diesem Aufwand hier, daß sie gut konsolidiert sind. Aber zu deiner Frage zum „Dienst am Menschen", da würde ich Derek einmal bei passender Gelegenheit ausfragen. Ich bin sicher, er hat hier auch etwas publizistisch Wirksames an 'Ethik' zu bieten."Nathalie wollte dann im Hinblick auf ihre schriftstellerischen Ziele Victors Meinung hören. Ganz besonderen Eindruck habe die Gauguin auf sie gemacht. Darüber möchte sie eine Studie, Novelle oder auch mehr schreiben. Wie wäre es, wenn man die Dame telefonisch anspräche und bitte, mit ihr den Abend im engsten Kreis zu verbringen?"

„Wir beide", sagte Nathalie, „sind bei ihr doch gut eingeführt. Mich reizt ihre Lebensgeschichte und die ihrer Vorfahren, insbesondere den in leuchtenden Farben schillernden Urahn Paul Gauguin. Gauguin hat mich literarisch und künstlerisch immer sehr gereizt. Nun ist die Gelegenheit, ich rufe an.".

Glücklich strahlend kam Nathalie vom Telefon zurück: „Wunderbar sie will uns heute abend in ihren Privaträumen empfangen, mit uns speisen – sie steht zur Verfügung."

Die Privatgemächer von Yvonne Pao-Oale Gauguin lagen über dem zweigeschossigen Restaurant mit Blick auf den Hafen. Eine große Staffage für eine große Dame. Zumindest galt und gilt Mme Yvonne in Papete sehr viel. Ihre Tradition, ihre Anmut und Schönheit, aber vor allem ihr kultivierter Lebensstil hatten schon manchen Gast absolut und gehörig verwirrt. Diplomaten und hohe Regierungsbeamte kamen immer gern zur „Auberge Gauguin", nicht nur in Polynesien war dieses Wort mit einem gewissen Zauber umgeben.Yvonnes Privaträume waren in Rosé gehalten, dazu kräftige Farbtupfer in Rot und Blau. Sie trug ein relativ kurz geschnittenes Kleid, handgewebt nach Art der Volkskunst auf den Gesellschaftsinseln – westliche Mode inspiriert von traditioneller polynesischer Volkskunst. Das wundervolle, makellos getönte Dekollete hatte als einzigen Schmuck eine breite Halskette aus fein gearbeiteten, kleinen Korallen in Lila und Blau. Ihr schwarzes Haar fiel offen über die Schulter.

„Hier, bitte meine lieben Gäste, nehmen Sie den eisgekühlten Rum mit Ananas, willkommen. Wissen Sie, als ich hörte, daß Sie beide kommen würden, war ich sehr glücklich. Natürlich kenne ich Ihre Öffentlichkeitsarbeit für EROM vom Fernsehen. Aber auch Derek Lovejoy, den ich seit meiner Pariser Studienzeit als guten Freund kenne, schwärmte natürlich von Ihnen." Spitzbübisch sah sie dann lächelnd zu Victor, „und von Ihnen, Madame, im besonderen."

Nathalie fühlte sich etwas verwirrt und tat einen kräftigen Schluck. „Naja, Mme. Yvonne ..."

„Aber ich muß offen gestehen, M. Victor, daß ich mich über Sie ganz besonders freue. Ihr Ritt auf dem Delphin, wirklich königlich. Aber ich kenne Sie auch von Ihrer Televisions-Arbeit. Beeindruckend die Reportage über die Osterinseln."

„Ja, Madame, dort werden wir für längere Zeit unser Domizil aufschlagen."

„Mon Dieu, was der Derek mit seinen Leuten für sonderbare Ideen hat, aber – er setzt sie durch und hat Erfolg, die Fortune war immer auf seiner Seite.

Yvonne ging mit den Gästen langsam durch die Räume. An einer Wand leuchteten drei in kräftigem Rot und Blau gehaltene Bilder. Nathalie und Victor waren begeistert.

„Mein Gott", sagte Victor, „das sind ja ... natürlich ... das sind Gauguins, nicht wahr, Yvonne ?" Die Dame des Hauses lächelte, richtig, es seien Gauguins. „Diese große Perfektion, polar angelegt, gesteigerte, bunte Farbigkeit – wahrscheinlich aus seiner Spätzeit auf Hiva Oa, nicht wahr, Madame? Ich habe mich während meiner Studienzeit einmal intensiv mit dem herrlichen Werk Gauguins beschäftigt. Wirklich ich glaube, es ist die Spätzeit von Hiva Oa."

Die Begeisterung von Victor, aber auch von Nathalie, war grenzenlos.

„Wann sind diese Bilder gemalt?" wollte Victor wissen. Ein verschmitztes Lächeln von Yvonne, dann sagte sie ruhig: „Genau vor drei Jahren – als ich meine Studien in Paris beendet hatte. Es sind wirklich echte Gauguins."

Den beiden Gästen blieb vor Verblüffung das Wort im Halse stecken. „Oh, großer Zeus", rief Nathalie, „das Erbgut des großen Ahnherrn hat sich in unerhörter Dichte durchgesetzt, ich bin überwältigt, Yvonne. Gratulation."

Victor hatte seine Sprache wiedergefunden und meinte: „Hoffentlich wird Ahnherr Paul nicht eifersüchtig auf sein Enkelkind?"

„Bestimmt nicht", antwortete lächelnd Yvonne – „schließlich ist es wohl seine Intuition, die mir aus der geistigen Sphäre zugeflossen ist. Ich hatte manchmal das Gefühl, daß nicht meine Person malt, sondern daß es durch mich ... malt."

Das Dinner in dem tropisch geschmückten Pavillon war erlesen, ganz auf das südliche Meer mit seinen Gaben abgestellt. Sehr gepflegte junge Polynesier bedienten mit Grazie und Takt. Nach den großen Hummern folgte Haifisch und Heilbutt in scharfer Currysauce serviert.

„Damit Sie Durst bekommen, meine lieben Gäste. Bitte greifen Sie tüchtig zu." Erst als man beim frischen

Obst angelangt war, konnte Nathalie ihren Wunsch äußern, etwas über die Gauguins zu schreiben, wahrscheinlich mehr als nur eine Studie. Die Sache reize sie sehr, zumal man jetzt Yvonne kennengelernt habe, sie sei sehr glücklich. Ob sie hoffen dürfe, daß Madame Gauguin ihren Schatz an schriftlichen und mündlichen Erinnerungen öffne?

Yvonne war jetzt zurückhaltend und nachdenklich geworden. Dann sprach sie langsam, als habe sie ihre Worte in Einklang mit ihrer inneren Stimme zu bringen: „Nathalie, ich wurde in den letzten Jahren von vielen Schriftstellern und Wissenschaftlern gebeten, öfter sogar bedrängt, meine schriftlichen Unterlagen preiszugeben. Ich habe viel gesammelt, denn die Gauguins sind eigentlich eine" – das sagte sie lächelnd – „ziemlich wilde Horde. Die Beziehungen unseres Paul sind oft nicht klar auszumachen. Und glauben Sie mir, alle die vielen Nachkömmlinge, meist alle auf den Marquesa-Inseln – dorthin hatten die französischen Kolonialherren ihn damals vergrault – also diese Gauguins sind mit Vorsicht in die Ahnenreihe aufzunehmen. Ich besitze aber ziemlich gute Unterlagen, muß jedoch in einigen Fällen das Gesetz der Wahrscheinlichkeit anwenden."

„Madame, wir kennen uns erst seit kurzem, aber Ihre Persönlichkeit beeindruckt mich, ich weiß jetzt ganz deutlich, ich spüre es, ich möchte Sie als Hauptfigur in einer Gauguin-Erzählung – nein Novelle, ach nein, kulturhistorischen Roman oder so mit meditativem und inspirativem Hintergrund darstellen. Ich spüre hier vieles an geistigem Geschehen, das sich bisher noch nicht offenbart hat. Oh, entschuldigen Sie, Mme. Yvonne, vielleicht sind eben meine intuitiv gesteuerten Worte über das Ziel hinausgeschossen. Wenn das so ist, bitte ich um Nachsicht. Sollten Sie aber meinen Ideen vertrauen, dann wäre niemand glücklicher als ich."

Der Espresso wurde serviert, und es ergab sich somit eine längere Pause. Yvonne überlegte sehr lange, dann sagte sie: „Nathalie, ich kenne natürlich Ihre schriftstellerischen Arbeiten, sehr feinsinnig und gemütstief sind sie, ja, ich will Ihnen meinen ganzen Schatz an Unterlagen anvertrauen. Mir kommt es nicht darauf an, daß Paul Gauguin, den man im Alter als ziemlich verschludert, als 'désorganisé' ansah, daß er zu einer neuen Bewertung kommt. Mir, liebe Nathalie, haben die Götter dieser schönen Inselwelt in Form der malerischen Begabung ein großes Geschenk gemacht. Ich bin dankbar – aber vor allem meinem großen Uhrahn Paul Gauguin."

Nathalie war glücklich, mehr konnte sie von diesem Abend wirklich nicht erwarten. Es gab einen liebevollen Abschied, viele herzliche Wangenküsse und viel Vertrauen von Yvonne in die neue Freundschaft.Herrlich war es, längs des Hafens zum Hotel „Désirée Ouanie" zu schlendern. „Gratuliere dir für diesen neuen Fundus. Oh, ich spüre direkt, wie es in deinen Fingern zuckt. Ich weiß, du möchtest dich am liebsten noch heute nacht an die Dokumente setzen – wenn du sie schon hättest – und schreiben, immerzu schreiben. Aber, in der Tat, das ist journalistisch und schriftstellerisch ein echtes Bonbon", sagte Victor begeistert.

Am nächsten Morgen stand der Wagen bereit, um sie zum Flugplatz Papete zu fahren. International ein gewisser Drehpunkt, im übrigen wichtig für den Verkehr mit den vielen Inseln der überseeischen französischen Provinz. Anne Bartoud lenkte den EROM-Helikopter bei starkem Gegenwind mit überlegener Ruhe und landete so gut, wie sie konnte.

„Entschuldigen Sie, Mr. President, es ging nicht ruhiger, zuviele Turbulenzen sind um diese Zeit hier, etwas lästig."

„Ach was, war in Ordnung, Anne, wir sind gut auf dem Boden angekommen." Mr. President wandte sich dann an Nathalie und Victor: „Wir fahren jetzt zu unserem Grundstück im Strandbereich. Für jeden von Ihnen ist eine runde Hütte vorgesehen. Ich denke, daß Sie sich bis zu Ihrem Start auf der Osterinsel hier etwas erholen können – sofern Sie das nötig haben oder wollen. Zum 1. Juni habe ich den Stab der Wissenschaftler, ich hoffe einschließlich Ihrer Soziologin, Nathalie, zur Osterinsel nach Honga Roa bestellt. Sie selbst sollten vielleicht in einer Woche reisen. Die Flugscheine sind bereits bestellt.

Heute mittag sehen wir uns beim Essen in der Kantine dort, und um 14.30 Uhr besichtigen wir die bisher fertiggestellten Teile des 'Schlosses'. Einverstanden?"

Jaja, so war das immer mit dem Chef: Möchten Sie, wie wäre es, wenn ..." „Hätten Sie Lust, dies und jenes zu tun?" Dabei ist alles schon vorgeplant und fest bestellt. Ein Motorboot brachte Präsident, Nathalie und Victor sowie Raymond O'Napo zur provisorischen Plattform, etwa achthundert Meter von der Küste entfernt. In der Mitte dieser Art Arbeitsbühne befand sich der Einstiegsschacht. Später sollte hier ein kleiner Aufzug eingebaut werden. Der Fußboden der beiden großen ovalen Raumeinheiten lag ca. zwölf Meter unter dem Wasserspiegel, also günstig für einen Ausstieg in die hier anschließenden Korallenlandschaften, mit höher und tiefer gelegenen Wällen und Hügeln, die entsprechend dem Landschaftsplan aufgeschlossen wurden. Genau siebenundfünfzig Stufen führten über eine Wendeltreppe abwärts. Dann war man auf der Hauptebene. Der Eindruck war überwältigend: die durchsichtige Decke der nach oben gewölbten Kuppel machte das grünlich schimmernde Meer sichtbar.

„Ein Märchentraum", rief Nathalie aus.

Raymond sagte, dies sei erst die erste Ausbaustufe. „Wollen Sie noch mehr Märchen haben?" fragte er lächelnd Nathalie, „dann kommen Sie mit durch den Wohnflügel. Ein Musterzimmer ist bereits zu sehen." Vom großen Mittelteil der ovalen Schalenkonstruktion konnte man nicht nach unten sehen. Eine feste Decke war notwendig, weil darunter die Technik untergebracht werden mußte. Am Dröhnen der Schlaghämmer und Druckluftgeräte spürte man, wie da unten mit Hochdruck gearbeitet wurde. „Da befinden sich alle Geräte für das gute Klima, Luftkühler und Erhitzer, die gesamte Elektrotechnik, Leitungssysteme für die Sicherheit, Tauchsysteme, Informationseinrichtungen nach der letzten elektronischen Erkenntnis."Inzwischen war man zu einem der ovalen Wohnflügel gelangt. Die gläsernen, in Stahlrahmen gefaßten Wände waren undurchsichtig. Aber hier im Zimmer wohnte man wirklich wie im Meer, zwischen den Korallen. „Da, Victor, das Wasserbett!" rief Nathalie.

„Legen Sie sich einmal drauf, Madame!"

„Oh, phantastisch", rief Nathalie, „das Wasser schmiegt sich vollkommen der Körperform an."

„Schauen Sie nach unten, dort durch das Bett hindurch."

„Ich sehe herrliche Korallen, in Blau, Braun und Rot, unglaublich." Es gab natürlich keine Fenster; die leicht gebogenen Wände waren schon „Fenster total", das Meer wurde zum unmittelbaren Element, man sah vorbeiziehende Fischschwärme und zwischen dem grünen Blättertang schauten Seelilien und Seedahlien heraus, davor dehnten sich Felder von farbigen Korallen.

„Das Design der Räume stammt vom deutsch-chilenischen Innenarchitekten Professor Gottfredo Boeckelmann", erläuterte Präsident Lovejoy, „wir kennen uns gut, er hat schon viel für EROM entworfen."

Schränke und Möbel waren aus zartgetöntem Kunststoff hergestellt, Sessel, ebenso wie das Bett mit Wasserpolsterung. „Hautfreundlich, kein Kleben oder so, eine Sonderentwicklung großer Textilfabriken."

Nun wurde auch Victor von dieser ganzen Raumatmosphäre angesteckt. „Ja, wirklich, ein großer Wurf. Wenn man an die Möglichkeit der Meereswanderung denkt und an die sicher exklusiven geselligen Veranstaltungen, dann kann man es hier wohl im Neptuns Reich gut und gern ein bis zwei Wochen aushalten.

„Sie sagen" – Nathalie streckte sich noch immer wohlig auf dem Wasserbett aus – „man ist von außen nicht zu sehen, Monsieur Raymond?"

„Nein, Madame."

„Da bin ich wirklich sehr beruhigt."

Wieviel Zimmer es denn gäbe, wollte Victor wissen. Es seien vierzig dieser Art, alle mit Doppelbetten, erklärte Raymond. Es werden sich also mindestens immer siebzig bis achtzig Personen im Schloß befinden, erklärte der polynesische Ingenieur.

„Genug, wenn wir die Exklusivität behalten wollen, das äußerste für einen Club", meinte der Präsident. „Ich glaube auch, daß alle Zimmer sowieso mit zwei Personen belegt werden. Alleinstehende Herren werden wohl erfahrungsgemäß mit Seenymphen kommen ...". Und wie das mit dem Dienstpersonal sei, wollte Nathalie wissen.

„Gut, daß Sie danach fragen. Für jedes Zimmer gibt es eine ständige Bedienung, eine sehr süße, so kann ich Ihnen versichern. Sie haben schon gesehen, daß die Außenwände der Zimmer leicht gewölbt sind. Nach innen zu, also gegenüber der Zimmerflucht liegen die Zimmer für die Bediensteten, allerdings ohne Wasserbett und durchsichtigen Boden. Die sollen sich ganz, anstatt Fische zu beobachten, auf unsere Clubgäste einstellen", meinte Ingenieur Raymond.

„Kommen Sie mit mir noch zu den Eingangseinrichtungen und zum Empfang", bat Raymond. Man spürte, daß der Zellenbau das Konstruktionsprinzip dieses 'Schlosses' war, aus Gründen der Statik und vor allem auch der Sicherheit.

Auf dem Weg dorthin passierten sie auch die Ausstiegsschleusen, sahen die ovale Lobby, die ebenfalls hervorragend eingerichtet war. „Demnächst installieren wir die Beleuchtung. Ich kann versichern, daß damit alles noch traumhafter wird." Man kam nun zum ebenfalls oval geformten Empfang, der mit Sternbildern der südlichen Halbkugel geschmückt war. Dann ging es zum „kleinen Bahnhof", wo die geräuschlose Mini-Magnet-Schwebebahn mit den Gästen ankommen sollte. Alles war liebevoll und sehr ideenreich gestaltet.

„Ich habe noch eine Frage an Raymond, ich will mir das nur noch besser vorstellen können", sagte Victor."Also, das Untergeschoß mit der Technik wird doch mindestens sechs oder sieben Meter tieferreichen?"

„Ganz recht, Monsieur, ich vergaß noch, daß sich hier auch weitere Räume für das Personal befinden und auch Hygiene-, Fitness- und Massageräume."

Aber Victor wollte mehr vom Technischen wissen: „Da Sie von der Fußbodenfläche ziemlich flach an das Korallengelände anschließen, haben Sie doch einen ziemlichen Bodenaushub im Korallenbereich gemacht.

Wieviel tausend Quadratmeter an Korallensubstanz mußten dabei geopfert werden? Und was sagte die Aufsichtsbehörde dazu, der Naturschutz, die Biotopschützer, die Zoologen usw. Teuer erkauft, dieses 'Schloß', nicht wahr?"

Da war es an der Zeit, daß der Präsident sich einschaltete. Solche Fragen seines vertrauten Public Relation-Mannes Victor waren ihm gar nicht recht.

„Victor", sagte er bedeutsam, „wir leben in der Welt der Kompromisse. Wenn irgendwo in der Welt etwas Besonderes entstehen soll, muß man zu Kompromissen fähig sein. Das haben wir alles hier schon vor Jahren mit den Behörden ausgehandelt. Wir hätten ja auch auf unserem Küstengelände ein anderes, klotziges Schloß hinsetzen können. Das wäre natürlich nichts Besonderes gewesen – aber so haben wir die Küstenzone geschont. Wenn Sie zurückfahren, sehen Sie sich diese Schönheit der mit Palmen geschmückten Ufer an. Kluge Zurückhaltung war unser Beitrag zum Natur- und Landschaftsschutz: wir sind mit dem Schloß unter Wasser gegangen, wir sind kein Störfaktor."

Ja, so war das mit dem Chef, er konnte immer wohlwollend beruhigen, und immer noch die hervorragende Rolle von EROM bei der Bewahrung dieser schönen Welt herausstellen. Victor und Nathalie hatten wieder dieses unbestimmte Gefühl im Magen ... Sicher, alles, was sie hier sahen, war wirklich exklusive Klasse, für wenige.

Der Präsident ahnte, was sie dachten. „Victor, noch etwas zur Erläuterung. Der Präfekt sowie Stadt und Kreis haben uns eingeladen und dringend gebeten, hier etwas ganz Ausgefallenes zu machen. Sie wollen mehr exklusive Gäste, die möglichst 'betucht' sind. Die Menschen vermehren sich auch hier immer schneller, man braucht Arbeitsplätze und Devisen. Auch unter diesem Gesichtspunkt haben wir unser Engagement überprüft und sind zur Tat geschritten, zu einer besonderen Tat, nicht wahr?"

„Doch, doch, Präsident, kein Zweifel, was wir hier sehen, ist in der Welt Spitzenklasse, ganz sicher, unseren Respekt!"

Während sie langsam zur großen Ovalhalle I mit den Gesellschaftsräumen schlenderten und sich den fertigen Zustand erklären ließen, betonte Raymond immer wieder: „Wichtig sind die Sicherheiten, die wir einbauen. Unsere Statiker haben die besten Materialien der Welt ausgesucht, hervorragende Plastikelemente, korrosionsfrei. Den Zellenbau habe ich Ihnen schon erläutert. Die Verbindung von einer Konstruktionseinheit mit der anderen ..."

Da, gerade in diesem unpassenden Augenblick, schrie eine Stimme: „Raymond, Raymond, schnell, kommen Sie... Schweinerei, los, schnell!"

Raymond rannte wie der Teufel zur Gelenkfläche vom Oval II, er witterte Gefahr. Was er sah, ließ ihn die Glieder erstarren. Im Oval II hatte sich offenbar eine dicke, gewölbte Acrylscheibe verschoben, durch einen großen Riß strömte das Wasser mit aller Gewalt herein. „Alle raus, los schnell", schrie er.

„Meister, Meister, also sofort die Trenntore schließen, schnell. Tiefgeschoß sofort räumen. Die Sirenen schrillten erbarmungslos.

Dann lief Raymond wie besessen zu seinen Besuchern: „Schnell, Präsident, und Sie beide, sofort zum Ausstieg, zur Wendeltreppe. Verdammt nochmal, die roten Seeteufel und grauen Geister des Meeres wollen uns eine Lektion erteilen. Das soll ihnen nicht gelingen. Ich bleibe hier unten, wir müssen Oval II wieder in den Griff bekommen. Gehen Sie schnell nach oben, zu Ihrer Sicherheit."

Ja, da war nun alles so perfekt gerechnet und auskalkuliert. Die besten Materialien der Welt waren in speziellen Instituten geprüft, mit Röntgen-Ultraschall und Isotopen, was möglich war, wurde durchgeführt. Alles war getan – und dann kamen diese roten Seeteufel und versuchten ihr böses Spiel. Von der kleinen Plattform aus bestieg man das schnelle Boot und raste zum Strand.

„Bringen Sie mir schnell Nachricht über diese Pleite, schnell!" rief der Präsident dem Bootsmann zu, „los, Raymond soll berichten."

Nach einer halben Stunde, als man vor einem runden Bungalow diskutierend und spekulierend saß, kam das

Boot zurück mit Raymond. „Gott sei Dank, Präsident. Das Oval I und Annexe sind ok, nichts ist passiert, abgeschottet wie vorgesehen. Die Pumpen laufen auf Hochtouren, um Oval II freizudrücken."

„Was ist denn nun eigentlich passiert, Raymond, was war die Ursache, was nur, bitte sehr?"

„Mr President, soweit ich es beurteilen kann, hat sich eine gewellte Sicherheitsschale aus ihrem Aluminiumrahmen gelöst. Kann eigentlich nur die Absenkung eines Punktpfeilers sein – läßt sich aber sehr bald beheben. Leider gibt es eine Verzögerung von mindestens 4 Wochen, früher ist nichts zu machen. Die Versicherung muß da voll abdecken."

„Gut, Raymond, sehr gut. Wissen Sie noch, wie die Leute der „Forever Holding" mit den Versicherungsraten gepokert haben? Gut, also kein Verlust. Auch den entgangenen Gewinn durch Bauverzögerung müssen die Leute von Forever zahlen. Sehr gut. Ach ja, noch eines, Raymond, ist den Leuten unten nichts passiert?"

„So gut wie keinem, nur einem Insulaner wurden durch die Wucht des Wassers die Nackenwirbel durcheinandergeschüttelt, einem anderen von dem automatischen Trenntor ein paar Zehen abgetrennt – sonst ist nichts Ernsthaftes geschehen. Oh Chef, ich weiß nicht, wie es im Untergeschoß von Oval II aussieht. Mein Gott, ich muß noch schnell einmal zurück."Präsident Lovejoy war nervös. Wenn bloß in der Technik nicht noch Schlimmeres passiert ist, Menschenverluste und so, da würde die ohnehin neidische Konkurrenz hämisch über EROM herfallen. Und dann erst die anderen Pressekonzerne. Die grauen Geister der Südsee und die roten Teufel des Korallenmeeres möchten doch bitte gnädig sein. Dieser realistische Präsident! Fast war es eine Anrufung der guten Geistwesen, fast war es ein Gebet.

Und dann stellte sich heraus, daß die „Graugeister", ein Einsehen hatten, es war nichts passiert, bis auf den Sachschaden in der Klimazentrale. Raymond berichtete nach etwa einer Stunde ausführlich. „Wie lange dauert jetzt die Verzögerung des Baues, Raymond?"

„Chef, ich glaube, daß wir ein halbes Jahr brauchen."

Zu Nathalie und Victor sich wendend, sagte der Präsident: „So, meine Lieben, haben Sie auf der Osterinsel einen tüchtigen Vorsprung bekommen. Übrigens, Sie wollen sicher noch ein paar Tage hier genießen. Sagen wir eine Woche? Vorsichtshalber haben wir für den Donnerstag nächster Woche Flugscheine bestellt. Christian Walser, Sie wissen schon, der Deutsche mit der Königstochter als Frau wird Sie erwarten und alles weitere organisieren. Und dann kommt schon bald der große Termin mit den Experten, sicher auch mit Ihrer Soziologin, Nathalie."

Morea ist eine herrliche Urlaubsinsel. Wenn man vom Boot in der Nähe des vorgelagerten Korallenriffs auf den großen, grünen Dom der Insel schaut, dann sieht es aus, als ob die schlanken Kokospalmen am Ufer dieses harmonische Gebilde tragen. Daraus erheben sich steile Felsbastionen, mit dem Grün der schlanken Farne, Moose und Ananasgewächse bedeckt. Eine heile Welt – noch. Vom Boot aus aber sieht man auch durch das glasklare Wasser eine Zauberwelt der Korallen, braune, grüne und violette Lebewesen. Durchsetzt mit stahlblauen, roten und gelben „Pflanzentieren" mit langen Fangarmen, eine verzauberte Welt.

Am nächsten Tag nahmen Nathalie und Victor einen winzigen Katamaran, eine Kunststoffschale mit weiten Auslegern, um über das leicht gekräuselte Meer in Richtung Felsenriff zu paddeln. Die Korallen kamen aber trotzdem gut zur Wirkung; sobald sich die See etwas geglättet hatte, konnte man sehr tief die „Landschaften der Seele", wie Nathalie meinte, durch das klare Wasser sehen. Eine Zauberwelt, Benachbarungen von braunen, grünen und violetten Lebewesen, stahlblaue sowie rote und gelbe Seelilien pendelten leise mit ihren langen Fangarmen hin und her.

„Gewagte Farbkompositionen, so würde wohl mancher Designer sagen, – aber die Natur ist kühn und souverän. Es stimmt alles. Victor, mein Freund, liebster Kollege und ..."

„Na, na", sagte lächelnd Victor, „und was denn bitte noch ..., na, was denn ...?"

Nathalie lachte laut, dann erhob sie sich, um Victor einen liebevollen Kuß zu geben. Und nun passierte es: sie verlor das Gleichgewicht in dieser viel zu kleinen Nußschale, klammerte sich an das Boot, riß es um. Victor stürzte mit dem Boot in die warme See, der kleine Schiffskörper legte sich über ihn.

Als die beiden mit dem Kopf wieder oben waren und sich von ihrem Schrecken erholten, schrie Victor: „Nathalie, wir müssen es wieder umdrehen, aufrichten, versuchen wir es."

„Ich kann nicht drücken, Victor, man hat ja keinen Halt." Aber dann gelang es doch, leider aber ging es nicht ohne eine Verletzung. Der eine scharfkantige Ausleger riß eine lange Wunde in die rechte Wade Nathalies. Es blutete ziemlich.

„Nicht ängstlich sein, Nathalie, laß uns versuchen, mit unseren Händen das Wasser aus dem Bootskörper zu schaufeln." Sie klammerten sich fest, und als Victor versuchte, einzusteigen, war kein Auftrieb möglich. Er sackte mit dem vollgelaufenen kleinem Bootskörper wie mit einem Stück Holz nach unten.

„Wir müssen schwimmen, Nathalie. Beiß die Zähne zusammen, wir müssen die Schiffsbrücke erreichen." Die Wunde blutete.

„Victor", rief Nathalie ängstlich, „Blut im Wasser, das zieht die Haifische an."

„Unsinn", rief Victor laut gegen seine Überzeugung, „das ist ja Unsinn, die mögen uns nicht." Jammern hilft jetzt nichts, dachte er. Wir müssen die Gefahr überspielen und wir müssen schwimmen, schwimmen und nochmals schwimmen. Nathalie ließ mit ihren Kräften deutlich nach. Dabei schaute sie mit fast träumerischer Hingabe zu den bunten Korallen, tief unten. Und es kam ihr vor, als ob das Absinken in diese Traumwelt ihr Loslösen von allen Ängsten dieser Erde bedeuten könnte. Aber nein, sie raffte sich auf. Wir müssen kämpfen, dachte sie. Die Osterinsel, Isla de Pascua – das ferne Eiland erwartet uns. „Mein Gott", rief sie,

„ich will sie doch noch erleben, die Insel, die Insel ..."

Gottlob hatte man das Unglück vom Landesteg der Insel aus beobachtet und ein schnelles Rettungsboot geschickt. Es war höchste Zeit, dachte Victor. Dank euch guten Geistern der See, dank den beseelten Landschaften der Tiefe, wir wollen noch nicht ganz zu euch kommen. Man zog die beiden Erschöpften in das Boot, dann ging es im Eiltempo zur Landungsbrücke. Hier setzte man sie glücklich auf die Holzplanken, Nathalie sank an die Schultern Victors. „Holen Sie schnell Verbandszeug", rief er.

Nathalie lächelte matt. „Wir brauchen Abadu, doch, oh ja", rief sie leise, „er ist da, ich sehe ihn. Er hilft!"In dem salzigen Wasser konnte sich die Wunde nicht schließen, der Blutverlust war stärker als angenommen. Inzwischen raste ein junger Mann mit dem Verbandskasten herbei, Victor riß ihn auf, desinfizierte die Wunde und verband sie. Dann nahmen er und der braune Jüngling Nathalie unter die Arme und geleiteten sie zu ihrer Hütte. Als sie auf dem Bett lag, flüsterte sie: „Danke, danke dir, Abadu, hilf mir weiter." Dann nahm sie der Schlaf in ihre Fittiche.

Victor überlegte, was er machen solle. Auf keinen Fall den Präsidenten unterrichten, dachte er. Dieser war heute früh nach Papete geflogen und saß sicher schon in der Maschine nach London. Doch einen Arzt sollte man unbedingt holen.

Der wendige junge Mediziner kam schnell, sah sich die Rißwunde an und sagte: „Gut verbunden, die Wunde, ausgezeichnet gemacht. Herz und Kreislauf sind gut. Eigentlich müßte man Antibiotika spritzen, man weiß ja nicht, ob da ... Ach, was sagt die Dame?" fragte er erstaunt.

Nathalie flüsterte: „Abadu, Abadu."

„Lassen Sie nur, Herr Doktor, sie phantasiert ein wenig."

„Abadu, Abadu, du bist da ..." Victor sagte, man solle von den Spritzen absehen, man möge sie schlafen lassen, auf seine Verantwortung. Aber auf jeden Fall wolle der Doktor die Wunde noch reinigen und desinfizieren.

Er war mit seinen Handgriffen sicher. Es ging alles sehr schnell. Die Desinfektionssalbe beizte den langen Riß, aber Nathalie lächelte nur und flüsterte: „Abadu, Dank, Abadu..."Der Arzt schüttelte den Kopf."Abadu, Abadu, das soll man nun verstehen..." Wie konnte er auch. Dann wandte er sich zu dem immer noch erschöpften Victor. „Monsieur, auch Sie müssen sich zunächst schonen, und, wenn Sie mich brauchen, bin ich jederzeit zu Ihrer Verfügung. Aber es sieht alles gut aus, auch ich glaube mit Ihnen, daß sie sich gesund schlafen wird." Victor saß während der ganzen Nacht am Bett Nathalies und beobachtete ihr schönes Gesicht und ihr Mienenspiel, wenn sie im Traum leicht die Lippen bewegte. Am nächsten Morgen wachte Nathalie fröhlich auf.

„Na, Nathalie, was ist denn nur mit Abadu, hast immer seinen Namen geflüstert?"

„Er war hier, Victor, hier an meinem Bett, er nahm meine Hand, dann legte er seine andere Hand auf die Stelle, auf den Riß. Ich habe ihn gesehen, er hat mir bis ins Herz geschaut und gelächelt. Er hat so gütig auf mich geschaut. Glaube es mir doch, Victor, glaub es mir, er war hier. Ich habe ihn ganz deutlich gesehen."

Nathalie erholte sich schnell dank ihres trainierten, gesunden Körpers und dank der Kraft ihrer geistigen Helfer Abadu und Imhotep. Am übernächsten Tag, als beide in ihren Liegestühlen unter dem Schatten der vom Wind langsam hin- und herpendelnden Fächerpalmen lagen, sagte Nathalie: „Victor, ich weiß nun, wie dem in der See hilflos kämpfenden Menschen zumute ist. Man möchte aufgeben ..." Victor nahm ihre Hand und lächelte: „Sinken? Noch lange nicht. Wir haben noch soviel vor. Aber, wenn ich an deine Brust sinken darf, jetzt, dann bin ich glücklich. Gott kennt unsere Zeit, für jeden von uns."

Man verlängerte die Erholungspause auf der Insel, verschob den Flug zur „Ile de Paques" und ließ dem Präsidenten berichten, man habe sich den Fuß verstaucht. Dann war es soweit, ein herrlicher, himmlisch klarer Tag, als die Maschine der chilenischen Fluggesellschaft in die Luft stieg. Man sah noch dort unten die

Kette der Koralleninseln mit ihren blau und grün schimmernden konzentrischen Ringen wie Perlen aufgereiht an einer schimmernden Kette liegend. Adieu, ihr Inseln, adieu, wir kommen wieder.

RAPA NUI – Tanzen und Pflanzen

Wasser, Wasser, stundenlang nur den graugrünen Stillen Ozean unter sich. Man konnte trotz der großen Flughöhe noch die helle Gischt der Wellen erkennen. Nathalie saß am Fenster der Maschine der chilenischen Luftfahrtgesellschaft LANA.

„Nathalie, da sieht man wieder, wie verkehrt unsere geographischen Bezeichnungen sind. Planet Erde, du lieber Gott, das ist doch falsch. Die größte Fläche unseres Planeten nimmt das Meer ein, also wäre es besser von unserem Planeten Meer zu sprechen – aber Gewohnheiten fressen sich fort. Übrigens, wenn man bedenkt, daß etwa auf der gleichen Strecke, über die wir fliegen, vor vielen Jahrhunderten immer wieder größere Gruppen von Südseebewohnern nach Osten gesegelt sind, monatelang, mit ihren Familien, Haustieren und Pflanzen, ihrem Schicksalsruf, ihrem 'Aku-Aku' gehorchend! Und meist haben sie ihr Ziel – ein neues, zur Besiedlung geeignetes Land, nie erreicht, sondern sind vom Meer verschlungen worden. Welche Schicksale haben sich da abgespielt!"

„Und wie viele haben denn neue Inseln entdeckt, und dann auch die Osterinsel, wie viele?" wollte Nathalie wissen.

Es seien sehr wenige gewesen, aber immerhin, die Polynesier hätten sich den Verhältnissen auf der rauheren Insel, die sie „Rapa Nui" nannten, angepaßt. Seien es denn aber nur Polynesier gewesen, wie sei das mit der Forschung Thor Heyerdahls? Darüber müsse noch gesprochen werden, seine Reisen von Peru aus mit dem Balsafloß seien doch epochemachend geworden. Die Wissenschaft habe Kopf gestanden, damals in den 50er Jahren. Man stelle fast die meisten Forschungen Heyerdahls heute als überholt dar, aber er, Victor, halte die Erkenntnisse des norwegischen Forschers gerade heute wieder für wichtig. Man werde noch viel mit den anderen Wissenschaftlern diskutieren.

Das Zeichen zum Festzurren der Sicherheitsgurte

leuchtete auf. Dann begann der Abstieg und man sah bald das winzige Eiland im aufgewühlten Stillen Ozean liegen. Die Landung auf der immer noch zu kurzen Betonpiste ging glatt vonstatten.

„Oh, wie kahl und unwirtlich", rief Nathalie aus, „nur Grasbüschel und Steine, graue, schwarze, grüne Klötze, wie von Teufelshand ausgestreut. Und das soll einmal eine grüne Heimat gewesen sein?" Victor lächelte. Dann war es Zeit zum Aussteigen. Nur wenige Menschen verließen das Flugzeug. Als unsere beiden EROM-Akteure die Treppe herunterschritten, sahen sie eine Delegation von Männern und Frauen stehen. Auf einem Transparent stand „Willkommen, Senora Nathalie, Senor Victor, Bienvenida auf Rapa Nui!"

Der Bürgermeister schritt auf sie zu und begrüßte sie herzlich, sodann der militärische Kommandeur der Insel, Major Enriquo Valores, der ansässige staatliche Archäologe Roberto Burano, sowie der Priester Pater Eduardo. Er fiel Victor voller Begeisterung um den Hals. „Wie schön, Sie wiederzusehen, lieber, alter Freund, willkommen, willkommen."

Ein etwas rundlicher Herr mit einem schwarzen Vollbart, der sich später als der örtliche Vertreter des chilenischen Kultusministers herausstellte, wandte sich an Nathalie: „Senora Nathalie, gestern abend haben wir uns alle gemeinsam die Video-Kassette mit den Wellenreitern auf dem Delphin angesehen, kaum zu glauben, traumhaft, unwirklich ..."

„Und dann noch als Königin der Löwen und Leoparden", rief der Bürgermeister bewundernd aus. „Wo gibt es soviel Schönheit und Anmut in der Welt, wo sonst noch?". Jedenfalls war die Begeisterung groß und die Freude echt. Don Alfredo hatte offenbar von Papete aus vorgesorgt.

In Jeeps rollte dann die ganze Gruppe durch die Stadt Hanga Roa, oh nein, nicht Stadt, sondern Dorf, mit vielen liebevoll gepflegten Gärtchen. Die Kolonne wurde von vielen Menschen herzlich begrüßt und beklatscht. „Oh, das ist ja auch der Senor Victor, unser Victor, wir waren immer stolz auf ihn. Und die Senora, ihre Augen, ihr Haar! Diese mutige Frau, jetzt ist sie für lange Zeit bei uns. Welch ein Glück!"

Die Bungalows, die am Rande des Ortes zu einer kleinen Gruppe zusammengefaßt waren, schienen die Glanzstücke von Hanga Roa zu sein. An der Tür des größeren Gebäudes stand der hochgewachsene Christian Walser. „Ich bin sozusagen Ihr persönlicher Adjutant", rief er aus, „auf Wunsch des Präsidenten von EROM, Mr Lovejoy. Wann immer Sie Wünsche haben, lassen Sie es mich wissen."

Im großen Raum des Hauptgebäudes gab es einen Empfangscocktail, viele liebenswürdige Worte wurden gewechselt. Sodann wurden die dienstbaren Geister vorgestellt: Rangi, in blendend-weißem Dress, hatte Victor zu betreuen, Angata, ebenfalls wie aus dem Ei gepellt, mit buntem Rock und sauberer weißer Bluse, war für die besonderen Dienste zum Wohlbefinden von Nathalie ausgesucht. Aber merkwürdig, wo stammte dieses Mädchen her? Sie war hellhäutig, hatte grüne Augen und ein dicker, rotblonder Zopf fiel ihr über den Rücken. War sie aus Europa importiert? fragte sich Nathalie.

„Sie werden nachdenklich", sagte Christian Walser lächelnd, „nicht wahr, Madame? Sie denken, das ist keine echte Insulanerin, aber weit gefehlt. Sie hat altes Blut dieser Kultur in sich, sie ist ein Abkömmling der „Langohren", aber jetzt ohne lange Ohren. Über die aufregende Geschichte dieser Insel werden wir wohl noch oft sprechen." Und damit verabschiedete sich Christian. Morgen früh stehe er zur Verfügung und man könne dann eine erste Fahrt zu einem Teil der Insel machen, entsprechend der Anweisung von Herrn Victor. Angata und Rangi führten dann ihre Herrschaften in die kleinen Privatbungalows. Ob es recht sei, daß man gegen 19.00 Uhr das warme Essen einnehme? Dann wünsche man zuerst einmal eine gute Ruhe.

Als Victor in das neue private Reich Nathalies eintrat, fand er sie nachdenklich am Fenster stehen. „Victor, was für eine merkwürdige Insel, ziemlich grau alles, vor allem im Augenblick – ohne Sonne, so viele dunkle Steine, Bergschroffen und steifes Gras. Wie lange müssen wir es hier aushalten, Victor?"

Dieser setzte sein gütiges Gesicht auf, und beruhigend drückte er Nathalie an sich. „Vielleicht wirst du bald sagen, wie schade, daß wir hier scheiden müssen. Wir werden ungern von hier gehen, das kann ich dir prophezeien." Sodann zeigte er zum näheren Horizont nach links, dort, wo die schwarze Küste jäh zum Ozean abbrach. „Siehst du dort die hohe Figur stehen, Nathalie? In ihr wohnt das „Mana" eines Gottes dieser Insel, seine Kraft und die vieler anderer göttlicher Riesenstatuen, der sogenannten 'Moais', wird uns beflügeln zu neuen Taten und zu tiefen Einsichten führen. Und dazu brauchen wir unbedingt Harmonie mit unserem 'Aku-Aku'." Nathalie sah ihn fragend an: „'Aku-Aku', das klingt ziemlich polynesisch, was soll ich darunter verstehen, Victor?"

„Ja, wie soll ich dir das am besten erklären, vielleicht so: wir haben alle unser Gewissen, unsere Seele, oder sagen wir besser unser höheres Selbst. So kann man das etwa erläutern."

„Und, glauben die Leute denn hier noch daran? Sie sehen doch alle sehr 'zivilisiert' aus, außerdem denke ich, daß sie alle Christen sind. Das paßt doch nicht zusammen, Victor."

„Du hast recht, Nathalie, die jüngere Generation mag von dem ganzen 'alten Zauber', wie sie oft sagt, nichts halten, aber es gibt noch manche ältere Menschen, die, obwohl getauft, die alten Überlieferungen der Ahnen hochhalten. Bis vor gut 100 Jahren wurde z.B. der Kult des Vogelmannes Orongo an der aufregendsten Spitze des Rano Kao-Kraters gepflegt. Aber darüber später mehr. Ich denke, Nathalie, daß wir uns jetzt ausruhen und dann um 19 Uhr essen. Ich habe gehört, daß die Creme der Gesellschaft dazukommt. Auch möchte ich annehmen, daß du als Frau nicht eine Einzelkämpferin bleibst. Sicher bringen Bürgermeister und Inselkommandeur ihre besseren Hälften mit."

„Ja, Victor, was zieht man denn da an zum Diner?"

„Du hast ja einen großen Wandschrank, vielleicht haben die Modeengel schon ...".

Als Nathalie die Schiebetür zur Seite bewegte, hing eine ganze Galerie von bekannten und unbekannten Kleidern, Hosenanzügen, Kombinationen und sehr viel Sportlichem auf den Bügeln. „Mon Dieu, Victor, es kann einem angst und bange werden vor diesem Perfektionismus. Und dann die Serie der Schuhe, Stiefel, Kletterschuhe, Sandalen usw. Die Modeleute wollen sicherlich, daß ich mich ununterbrochen umziehe."

Auch Victors Behausung war für die Inselverhältnisse attraktiv ausgestattet, selbstverständlich mit allem Nötigen und – vielleicht – Unnötigem. Aber wer wußte das schon ...

Unter der Regie von Christian Walser hatten Rangi und Angata den Tisch gedeckt. Insgesamt zehn Personen wurden erwartet. Die Speisen hatte der Koch des einzigen Hotels von Hanga Roa vorbereitet. Nathalie trug heute abend aufregende Blüten- und Blattkompositionen. Um den Hals wand sich eine bronzene Schlange. Victor erschien eher lässig in einem blauen Jeans Anzug.

Der Abend begann mit einem Apéritif: Rum mit verschiedenen Substanzen „hoch drei". Die Runde war angenehm. Der Bürgermeister Emanuelo Reyes und seine Frau, eine rundliche und treuherzige Inselmutter, die offenbar Mühe hatte, ihre Figur in das farbenfrohe Kleid mit dem bunten Ornament zu zwängen. Sie versuchte dabei, auf ihren viel zu hohen Hacken zu balancieren, die Ärmste. Der schneidige Enriquo Valores, Major und Sicherheitsbeauftragter der Insel, führte seine Gattin mit unterdrücktem Stolz vor. Sie war wohl die importierte chilenische Schönheit der Insel, ehemalige Schauspielerin, unter dem Künstlernamen Marguerita in den Ländern Südamerikas bekannt.

Die rassige Dame begrüßte freundlich abschätzend Nathalie mit einigen netten Sprüchen, dann wandte sie sich Victor zu. „Senor Victor, was kommt da für ein Glanz auf unsere Insel, dieses schöne, aber so langweilige Stück Asche im Pazifik. Oh, daß Sie hier sind! Wir haben von der Television Ihre EROM-Aktionen gesehen, großartig." dabei durchbohrte sie Victor fast mit ihren dunklen, feurigen Augen. Nathalie hatte dies lächelnd beobachtet. „Diese Frau setzt ihr ganzes weibliches Potential ziemlich zielstrebig in Richtung Victor ein", dachte sie. Das kann ja heiter werden, ich werde mich wohl einmal mit meinem 'Aku-Aku' unterhalten müssen."

„Oh", rief Madame Valores mit Blick auf Nathalie und Victor, „herrlich, jetzt kommt Leben auf diese Schlackeninsel. Wir müssen uns oft sehen, sehr oft, meinen Sie nicht auch? Nicht wahr, Senor Victor?" Victor trug diese charmante Offenheit mit Fassung und lächelte öfter zu Nathalie hinüber. Ein Teufelsweib, welcher Dämon mag in ihr stecken? Die anderen Anwesenden schienen ausgeglichene Leute zu sein, so der Archäologe Roberto Bursano mit schweigsamer Gattin, der liebenswürdige Pater Eduardo sowie Christian Walser mit seiner ebenso schweigsamen Frau Maria. Sie habe königliches Blut in ihren Adern, hatte der Pater Victor zugeflüstert, sei also ein Abkömmling der „Ariki-paka", der Langohren.

Der Tisch war reich gedeckt. Die Speisenfolge begann mit einer scharf gewürzten Palmensuppe, es folgte ein gemischter Salat, wunderbarer frischer Hummer, sodann gab es Lammbraten, im Erdofen gedünstet, mit leckeren Yamwurzeln sowie kräftig durchgegrillte Pferdesteaks. Den Abschluß bildete ein trefflicher Ziegenkäse sowie Obstsalat, mit Kräuterlikör angerichtet. In den Gläsern funkelte roter chilenischer Wein bester Provenienz vom Festland. Der Bürgermeister hielt eine kurze Begrüßung mit Zuwendung zum EROM-Paar.

Dann sprach nach dem Hauptgericht Pater Eduardo. Seine Rede ging unmittelbar ins Herz, sie war von großer Freundschaft und Brüderlichkeit getragen. „Ich habe hier, verehrte Senora Nathalie und Senor Victor, wie Sie wissen, eine große Tradition fortzuführen, nämlich im Sinne meines Vorgängers, des Paters Sebastian. Man hat mir die getauften Seelen der Isla de Pascua nun anvertraut, zumindest versuche ich, sie die 10 Geboten und andere Sitten und Gesetze zu lehren. Das ist hier natürlich einfacher als in einer großen Stadt. Hier weiß der eine vom anderen, eine von der anderen", damit lächelte er Nathalie und die anderen Damen an, „aber es gibt auch eine gewisse Last mitzutragen, nämlich die heidnische Tradition. Man opfert zwar keine Menschen und Tiere mehr, aber in der Erbmasse sitzen noch manche unbewußte Erfahrungen aus alter Zeit, da es hier kulturelle Höhepunkte und tiefste Erniedrigungen gab. Aber ich bin ein Christ voller Selbstvertrauen und sehe nicht düster in die Zukunft. Übrigens", er wandte sich Nathalie und Victor zu, „wir hoffen, daß mit dem Vorhaben, welches die verehrte Leitung von EROM hier auf der Insel hat – sehr interessante Dinge, wie mir zu Ohren kam – also, wir glauben, daß der Tourismus einen qualitativ großen Aufschwung hier nehmen wird. Herr Bürgermeister, Sie stimmen mir sicher zu, wenn ich sage, daß damit viele junge Leute auf Rapa Nui Beschäftigung finden werden. Wir brauchen so etwas bei der ständig wachsenden Bevölkerung durchaus. Nun, meine hochverehrten, lieben Gäste, seien Sie willkommen. Ich sage dies im Namen der hier Anwesenden und erhebe mein Glas mit einem wahren Frohlocken, Gott, der Schöpfer wird Ihre Arbeit segnen." Das mußte man ihm lassen, dem Pater, er konnte vorzüglich reden und seine Predigten in der Kirche müßten sicher gut bei den Leuten ankommen, davon werde man sich gelegentlich überzeugen, dachte Victor.

Der Bürgermeister fragte, ob die beiden Gäste gut untergebracht seien. Da die Häuser als Fertigelemente über das Meer gekommen seien, habe es alles ein wenig lange gedauert, und die letzten Tage seien voller Hektik gewesen. Wenn die See nicht so ruhig gewesen wäre, sei ein großes Desaster entstanden. Nun aber sei man glücklich, daß die Senora Nathalie und unser alter Inselfreund, Senor Victor, in ihr neues Heim einziehen könnten. Man wünsche, daß beide lange bleiben möchten und die Aktionen schnell vorankämen.

Der locker verlaufende Abend war entspannend, nach einem kräftigen Espresso und mit verschiedenen

Brandweinspezialitäten des Mutterlandes sehr angenehm. Victor führte ein langes Gespräch mit Dr. Bursano, um sich die wichtigsten archäologischen Erkenntnisse erläutern zu lassen, die sich seit seines Hierseins ergeben hatten. So konnte er sich den charmanten Angriffsversuchen der Marguerita eine ganze Zeitlang entziehen. Aber es half nichts, sie steuerte ihn immer wieder an und zog ihn mit glühenden Wellen in ihren Bann.

„Victor, erzählen Sie mir doch, wie Sie auf dem Delphin ritten. Mein Gott, das ist ja ungeheuer. War es sehr gefährlich? Könnte ich das auch?"

„Aber natürlich Senora, melden Sie sich doch einmal zu Reitstunden bei EROM an." „Lieber Senor, nach Ägypten kommen wir mangels finanzieller Masse bestimmt nicht. Aber wäre das nicht hier auch vor der Insel möglich?"

„Ich glaube schon, aber nur bei ruhiger See."

„Und die gefährlichen Ungeheuer von Haien, Victor"?

„Können abgelenkt werden, mit einer technischen Maßnahme von EROM, die weltweit patentiert ist."

Als Nathalie sah, daß Victor mehr und mehr zu einem Gesprächsopfer wurde, trat sie zu den beiden. „Ach, Senora Marguerita, man erzählt sich, daß Sie eine große Schauspielerin sind. Wo haben Sie gearbeitet, und was haben Sie getan? An welchen Bühnen haben Sie gearbeitet?"

„Oh, Senora Nathalie, gern will ich Ihnen das sagen. Es würde den Senor Victor auch interessieren", wieder warf sie diese Feuerblicke zu Victor, „also, meine Spezialität sind die Musicals. Fragen Sie in Südamerika, dort kennt man mich. Ich habe in allen großen Musiktheatern des Kontinents gearbeitet, eine große Karriere lag noch vor mir." Dann zögerte sie. Ja, dann sei die sogenannte „heiße, wahre Liebe" gekommen.

„Enriquo, ein schneidiger Offizier, tauchte auf, und wir heirateten eben." Das klang alles ein wenig trübselig. „Sie wissen ja, dann steht man vor dem Altar in Verzückung und hört nach dem Gelöbnis und Tausch der Ringe: wo du hingehst, da will auch ich hingehen ..., und nun bin ich mit ihm hierher gegangen, auf das eintönigste Eiland der Welt."

Aber es gäbe hier doch die aufregenden Zeugen einer großen Kultur, sie habe sicher schon viele 'Ahus' und Krater gesehen? wollte Victor wissen.

Kaum, antwortete sie, es interessiere sie nicht so sehr. Sie lese viel, vor allem Romane, das helfe ihr über manches hinweg. Vielleicht komme das Interesse an den „Riesenpersonen" hier noch, so bezeichnete sie die 'Moais'. „Ich hoffe, Senor Victor, ich kann von Ihnen lernen."

„Oh, da sollten Sie aber zunächst Privatstunden nehmen bei dem sympathischen Dr. Burano, damit Sie die Grundlagen der Archäologie bekommen", schlug Victor vor. „So müssen Sie anfangen, sonst kommen Sie nicht weiter."

Sie wolle es versuchen, gab sie etwas trübselig zur Antwort und strich sich mit ihrer schlanken purpurrot gefärbten Fingernägeln über die schöne Stirn.

Eine bildschöne Frau, sagte später Victor zu Nathalie, aber offensichtlich fehle da noch manches zum Menschsein, zur Persönlichkeit. Was nicht sei, könne vielleicht noch kommen, es geschähen immer noch Zeichen und Wunder.

Eine sehr interessante Unterhaltung pflegte Nathalie mit Senora Maria Walser, der Adligen mit dem Königsblut. Maria berichtete von ihrer Abstammung und zählte mit Hingabe die Königsgeschlechter auf. „Sie wissen Senora Nathalie, es begann alles mit dem großen Ahnherrn Hotu Matua. Er kam aus dem Osten über das Meer und landete in der Akena Bucht. Sie werden diesen Platz bald kennenlernen." Dann zählte das Königskind die Urväter von zwölf Generationen auf. Innigkeit und Gewißheit lag in ihren Worten, kein Zweifel, ihr Bewußtsein der Abstammung war tief geprägt. „Ich bin eine Ariki-paka, ich gehöre zu den Adeligen", sagte sie stolz „und ich hoffe, daß ich mein Blut nach zwei Töchtern noch einem Sohn weitergeben kann. Ich glaube auch an euren Gott, den Christus, aber ich fühle auch die Aufforderung, den Glauben meiner Ahnen nicht untergehen zu lassen. Glauben Sie mir das. Ich werde unseren göttlichen Geistern immer die Ehre erweisen, die ihnen zukommt", flüsterte sie mit einem vorsichtigen Blick auf den gütigen Pater Eduardo.

So wurde schon der erste Abend auf Rapa Nui zu einer guten gesellschaftlichen Orientierung. Nachdem die Gäste bei sehr gehobener Stimmung und mit vielen guten Wünschen das Haus verlassen hatten, saßen Nathalie und Victor bei mildem Nachtwind noch auf der Bank vor dem Häuschen Victors. Man hörte das Kichern der Bediensteten, als sie den großen Raum aufräumten. Dann wurde es still. Der Mond zeigte sein erstes silbernes Viertel, nur einige zarte Wolkengebilde huschten an ihm vorbei. In der Ferne erhob sich geheimnisvoll ein stolzer 'Moai' zum gestirnten Nachthimmel.

„Siehst du dort das Kreuz des Südens, Nathalie?"

Nathalie lehnte sich behutsam an Victors Schulter. „Ja, Victor, seit Ewigkeiten steht es dort, und wir sind nur Splitter im Raum, Eintagsfliegen im All. Lieber, Du", sie drückte sich fest an die breite Brust ihres Partners, „ich hab' ein wenig Angst. Ich bin so unsicher, wie es hier weitergehen soll. Ob wir bei EROM nicht zuviel zerschlagen, Victor?"

„Sei fröhlich, Nathalie, wir wollen nichts kaputtmachen. Das haben hier vor gut 200 Jahren die anderen gemacht. Sie zerbrachen die großen, mit Geist beseelten Statuen und stellten eine alte Kulturepoche in Frage. In noch früherer Zeit hat man diese Insel durch Entwaldung arm gemacht. Vielleicht müssen wir ein wenig 'Zirkus spielen', aber wir wollen auch diese Insel wieder gesunden lassen. Dazu spannen wir eben EROM und die Menschen, die 'freiwillig' hierher beordert werden, ein." Das klang ein wenig spöttisch, aber gleich ging es wieder ernst weiter. „Glaube mir, wir können auf dieser Insel der Menschheit ein Beispiel geben. Sie brauchen so etwas, sonst verirren sie sich im Wagnis dieses schwarzen, allzu materialistischen Zeitalters."

Victor hatte den Eindruck, als höre Nathalie nur halb zu. Er nahm ihre Hand und führte die oft so sichere Nathalie zu ihrem Bett. Man hörte, wie die Wogen des aufgewühlten Meeres sich klatschend und brüllend an den

Vulkanzacken der Steilufer brachen. Vom Lager aus sah man das erste Viertel des Mondes wie an unsichtbaren Fäden am gestirnten Firmament hängen.

„Komm, liebste Nathalie, wir wollen den Einstand auf dieser unglaublichen Insel feiern. Umfasse deinen etwas winzig ausgefallenen Moai, deinen von dir Verzauberten, liebe ihn." Nathalie klammerte sich fest an Victor, dann hauchte sie wie ein kleiner, ängstlicher Nestflüchter, „Victor, diese Frau ist gefährlich, glaube es mir, sie ist eine Hexe hinter einer schön gemalten Fassade. Sie ist nicht gut, Victor..."

Gespräche und Flüstern haben ihre Zeit, die Liebe hat ihre Zeit... Dann nahmen die Fittiche des Schlafes die beiden Seelen und führten sie in ein glückliches Reich der Träume.

Als Victor sehr früh zu seinem Häuschen ging, fand er Rangi dösend auf der Terrassenbank sitzen. „Oh, Senor Victor, Buenas noches, oh, no, Buenas dias, das wisse man im Augenblick eigentlich gar nicht. Ruhen Sie aus, Senor, es dauert noch bis zur salida del sol, – also doch Buenas noches.

Der Frühstückstisch war liebevoll gedeckt, verglichen aber mit jener Auswahl an Speisen und Getränken in Papete und Morea eher bescheiden, jedoch frische Früchte und Salate waren vorrätig, Melonen und Papaya, die vom Festland eingeflogen wurden. Christian Walser hatte einen Zettel hinterlassen mit der Mitteilung, ob es recht sei, daß er gegen 9.30 Uhr komme. Dann stand er pünktlich vor dem Haupthaus. Er schlage eine erste Erkundung vor. Senora Nathalie möge einige Eindrücke gewinnen und der Senor könne beurteilen, welche Veränderungen sich ergeben hätten, seitdem er die Insel verlassen habe. Wolle man den Jeep nehmen? Man könne aber auch reiten, es gäbe immer noch mehr als tausend Pferde auf der Insel.

„Reiten, Victor, oh, ja, laß uns reiten, das wird uns guttun nach dem Zustand als 'Sitzstatuen' im Flugzeug." Sie lachte dazu herzlich. „Oder gibt es auch sitzende und kniende 'Moais', Christian?"

Ja, sicher doch, so etwas habe der Senor Heyerdahl gefunden, allerdings nur wenige. Während Christian wegen der Pferde telefonierte, fragte Nathalie, „was ziehen wir denn an, wenn wir ..." Victor lächelte: „Gehe zum Schrank und hole es heraus, auch bei dir werden Reithosen auftauchen, geh nur."

„Mein Gott, sind diese Leute komplett in ihrer Fürsorge für uns, womit haben wir das verdient!" dachte Nathalie. Natürlich war die Reitgarnitur auf Sitz gearbeitet. Zur braunen Reithose trug sie ein beige gemustertes Sporthemd mit Markenzeichen der „John Ascott Ltd.", dazu einen weit geschnittenen, dicht gewebten gelben Pullover. „Nehmen Sie ihn nur mit, das ist gut, Senora Nathalie, es kann windig werden", meinte Christian. Und dann, zu Victor gewandt: „Wäre es recht, wenn wir zunächst eine kleinere Strecke reiten?" Dann ging er zur Karte der Insel, die an der Wand hing. „Ich schlage vor, daß wir von Hanga Roa nach Südosten in Richtung des Ahus Vashu reiten, dann sollten wir einen herrlichen prähistorischen Weg einschlagen, weiter hier nördlich des Fußes des Kraters Rano Kao, und wenn Sie wollen und wenn noch Zeit bleibt steigen wir zum mystischen Ort Rongo am Kraterrand auf. Diesen Platz haben Sie ja immer sehr geliebt, nicht wahr, Senor Victor?"

So wurde es gemacht. Die herangeschafften und gesattelten Pferde waren trotz allen Feuers gut zu reiten. „Christian, wollen Sie mit den dünnen Jeans reiten, geht das ohne?" fragte Nathalie und Christian lachte herzlich laut, „Senora, die Verlängerung meines Rückgrats ist hier schon einiges gewöhnt, glauben Sie mir das." Als man durch die Vulkanfelder ritt, an Resten verfallener Heiligtümer vorbei, immer das Brausen des Ozeans als Begleitmusik, verfiel Victor wieder dem Zauber dieser kargen Insel. Auch Nathalie war tief beeindruckt. Als man an einem zerbrochenen 'Ahu' eine Pause einlegte und Nathalie mit ihren Händen über das Stück eines fugenlos gesetzten Fundamentes strich, vibrierten ihre Nerven.

„Victor, Lieber", sagte sie wie in Trance, „Victor, ich spüre es, hier wurde gebetet, geopfert, der Segen der

Götter erfleht. Es zittert regelrecht in meinen Armen, dies ist ein Ort hoher geistiger Potenz."

„Nathalie, du bist unsere zuverlässige Antenne. Wir werden dich mediales Wesen wahrscheinlich sehr oft brauchen hier auf der Zauberinsel."

Nathalie sah über den einstigen Altarplatz hinweg zu der steil abfallenden, rot und grün schimmernden Küste. Wie verzückt stand sie da, weltentrückt. Christian schritt zurück voller Staunen über Nathalie. Gewiß, auch er meinte, als ein bekannter Maler dieser Insel die Atmosphäre einer großen Epoche schnell zu spüren – aber diese Frau hier, mein Gott, sie war eine Art transzendenter Verstärker besonderer Art.

Als sie weiterritten meinte Victor zu Christian, nun glaube auch er, daß man bei allen Aktionen für EROM vorsichtig zu Werke gehen müsse. „Wann wollen wir zum Platz des künftigen Geschehens reiten oder fahren? Unser Präsident sprach davon, daß man die Option auf drei 'Ahus' habe."

„Das ist richtig, unser 'Ahu' befindet sich an der Nordküste. Dort wird schon sorgfältig geplant und teilweise gebaut. Wir sollten bis Ende der Woche warten, dann ist das Büro der Bauleitung dort wieder besetzt. Unser Ingenieur Roberto Rafael-Tiki kommt mit der nächsten Maschine aus Santiago, wo er mit dem Ministerium verhandelte." Vertraulich flüsterte er dann, „ich glaube, es ging mal wieder um die Peseten."

„Und Dr. Hubert Eddington wird in drei Tagen von Papete kommen, nach einem Gespräch mit der obersten Heeresleitung, wie er immer ein wenig spöttisch sagt. Am besten wir warten, bis die Herren zurück sind und begeben uns dann zum Baubüro. Demnächst soll hier, wie ich hörte, auch eine Konferenz mit lauter hochkarätigen Leuten stattfinden. Wann werden denn die Herren Wissenschaftler kommen?"

Nathalie, jetzt ganz dem Genuß des wundervollen Rittes hingegeben, warf schnell ein: „Und die Dame Wissenschaftlerin, Frau Professorin Dr. Tannenberg, auch hochkarätig, eine Soziologin, müssen Sie wissen."

„Oh ja, warum nicht, Senora Nathalie, sie ist sicher

willkommen. Bei uns in Lateinamerika", das sagte der eingebürgerte, einst zivilisationsmüde Deutsche, „ja, bei uns täte das mit den Frauen auch not. Meine Frau wäre hell begeistert sein, wenn sich hier etwas mehr bewegte."

„Ich habe gehört, daß Frau Maria adeliger Abstammung ist, stimmt das?"

„Ja, Senora, sie hat königliches Blut in ihren Adern. Sicherlich kommen Sie einmal zu uns, dann wird sie Ihnen interessante Dokumente zeigen. Vielleicht, denn diese hat nie ein Fremder gesehen", flüsterte er, „niemals!"

Der vorgeschichtliche Weg endete nun, zur Linken stieg der gewaltige Kraterberg des Rano Kao auf. Man müsse sich jetzt entscheiden, ob man wieder in das Quartier reiten wolle, das sei ja ganz nah, oder doch noch zum Kraterrand aufsteigen, um den berühmten Ort des Vogelkultes Orongo zu sehen. Ja, meinte Nathalie, ja, das solle man machen, sie sei jetzt vom Fieber der Osterinsel angesteckt. Ja, man gleich los, sie fühle sich fit. Christian müsse noch schnell nach Hanga Roa reiten, eine Frage von wenigen Minuten. Er Victor kenne ja den Aufstieg. Wenn er zurückkomme, werde er schnell hinterher klettern. So geschah es, nachdem man die beiden Pferde an einem spitzen Lavazacken angekoppelt hatte. Nathalie glühte vor Eifer, dann umschlang sie den geliebten Partner. „Wie herrlich, Liebster, daß wir dies genießen dürfen."

„Dann noch dafür hoch bezahlt werden", meinte Victor, „aber wir werden ehrlich arbeiten, obwohl das Problem des 'Ahu'-Tourismus noch voller Tücken sitzt. Es wird noch viel diskutiert und verhandelt werden, und es muß gehandelt werden, aber zunächst, Nathalie, laß uns einen Höhepunkt der alten Kultur genießen, dieses Orongo. Du wirst staunen."

Hand in Hand stiegen sie bergan. Zur Rechten fiel es steil zum brüllenden Ozean ab, zur Linken türmte sich die Wand des großen erloschenen Vulkans. Plötzlich, als man den schwarzen Basaltblock umrundet hatte, stockten beide. Da saß am steil abfallenden Wegrand die Senora Marguerita in einem glitzernden Reitdreß, wie von einer Operettenbühne heruntergestiegen. „Oh", rief sie theatralisch, „oh, wie bin ich froh, daß Sie da sind, Senor Victor!" Und dann, mit kurzem Blick auf Nathalie: „Buenos dias, Madame. Weshalb ich hier bin? Stellen Sie sich vor, Victor, ich habe mir Ihre Kulturpredigt von gestern abend zu Herzen genommen. Und so bin ich losgeritten, um das berühmte Orongo zu sehen, aber ich zittere am ganzen Körper. Es geht so steil, so höllisch tief herunter, ich habe Angst alleine."

„Da sollten Sie besser gleich wieder heruntersteigen, Senora", antwortete Nathalie kühl. „Nein, oh, wenn der Senor mir helfen könnte, dann wäre es zu schaffen. Bitte, Victor, geben Sie mir Ihre Hand, bitte." Schon war sie aufgesprungen und klammerte sich an seinem Arm fest. Was tut ein ritterlich erzogener Kavalier in dieser Situation, sehr zum Unbehagen von Nathalie? Er antwortet, na gut, man will es versuchen. Dona Marguerita ließ Victors Hand nicht los.

Victor drehte sich oft nach Nathalie um. „Meine Liebe, sei vorsichtig, komme dicht hinter uns." Aber es kam keine Antwort, sondern enttäuschte, wütende Blicke.

Dann war Christian zur Stelle. „Ach Senora, darf ich mich zu Ihnen gesellen?"

„Sie sehen ja, mein Partner ist von der Künstlerin", das sagte sie sehr spitz, „also von der genialen Senora Marguerita völlig beschlagnahmt!"

Christian schüttelte den Kopf, man wisse nicht, was der Dame in ihre edle Stirn gestiegen sei. Plötzlich dieses Interesse an der Insel. Also deshalb habe sie ihn heute früh so ausgehorcht, wie das Programm sei und so weiter. Obwohl die Residenz des Herrn Gouverneurs, des verehrten Gatten, dicht am Kraterfuß liege, sei sie nie hier oben gewesen. Wahrscheinlich sei es das neue Blut, welches hier auf die Insel gekommen sei. Die Ehe solle übrigens ziemlich schwierig für die „Dame von Welt" sein. Der Platz hier sei nicht das richtige für sie. „Und der Gemahl, wie sieht er das?" wollte Nathalie wissen. Ja nun, meinte Christian achselzuckend, er habe seine Aufgaben hier, er müsse repräsentieren, außerdem auch Volkskunde betreiben. Besonders studiere er die Bräuche der jungen Mädchen, er schule sie, auch oft zusammen mit den jungen Männern. Dem Herrn Gouverneur stehe der Sinn nach Folklore für die Insel, eher noch für die Touristen. Dabei – nun wurde Christian im Rahmen des noch Höflichen etwas spöttisch – müsse er sich wohl auch gründlich mit den sozio-kulturellen Umständen der Damen der Insel auseinandersetzen; dabei weile der Herr Gouverneur erst seit drei Monaten hier auf Rapa Nui. Aber anscheinend brauche er das für seine Image-Pflege.

Als man oben am Ziel war, ließ Victor die Hand der Dona los und rief Christian zu, er möge sich, wenn nötig, um die Sicherheit von Senora Marguerita kümmern. Dann faßte er Nathalie am Arm, sah ihr versöhnlich in die Augen und rief dann, froh, von einer Last entbunden zu sein: „Oh, liebe Nathalie, wie habe ich mir in Morea gewünscht, mit dir an diesem Ort zu sein. Siehst du dort vor der Steilküste die drei kleinen Inseln liegen? Die größte von ihnen ist Motu Nui, die berühmte Vogelinsel. Noch vor 120 Jahren wurde das Orongo-Fest alljährlich im Frühling gefeiert. Es hatte den Charakter eines Naturmysteriums und diente der Lobpreisung des Gottes Make-Make. Er offenbarte sich in jedem Ding, in jedem Geschöpf der Natur. Als gutes Zeichen galt das erste Ei, das die Seeschwalben dort in ein Nest der steilen Insel gelegt hatten. Wenn die Zeit reif schien und die Voraussagen der Priester günstig waren, schickten die Stammeshäuptlinge einen ihrer Diener zur Insel. Er schwamm auf einem kleinen Polster aus Binsen und man hoffte, daß er trotz der zahlreichen Haie heil dort ankam. Seine Mindestverpflegung hatte er bei sich, und er hauste drüben in einer Felsenhöhle.

Marguerita hatte sich von ihrem Begleiter abgesetzt und trat ohne Rücksicht auf die offensichtlich private Sphäre zu Nathalie und Victor. „Oh, bitte Victor, entschuldigen Sie, Madame, aber darf ich ein wenig mit zuhören. Ihre Begeisterung, oh, Sie schildern das so phantastisch, darf ich mich bei Ihnen bilden?" Sie schaute nur wenig auf die Landschaft und die großen Objekte der Natur, die Victor erläuterte und in den Zusammenhang des großen kulturellen Mysteriums stellte. Nein, sie schaute in die Augen Victors, sehr herausfordernd. „Was ist das nur für ein Biest? Wie ein Panther, der zum Sprung ansetzt, um sein Opfer zu zerfleischen. Dagegen muß ich mich wehren, denn mein Victor ist zu gutmütig, zu duldsam. Oh, diese Männer, spüren sie nicht, wie die Netze ausgeworfen werden zum Fang. Und diese Pantherfrau ist rücksichtslos." Das waren die Gedanken, die im erregten Kopf Nathalies sich abspulten.

„Victor, Lieber", fragte Nathalie energisch, „du hast mir oft darüber erzählt, sag bitte, woher kommen denn die Seeschwalben, vom Kontinent etwa?"

„Ich bin zwar kein Zoologe, meine aber, daß die Schwalben Zeit ihres Lebens auf den Wogen schwimmen. Aber um Nachwuchs zu bekommen, müssen sie auf festes Land, Nathalie."

„Und wie geht die aufregende Suche nach dem ersten Ei weiter, Victor?"

„Großer Gott", warf Marguerita ein, „alles wegen eines Schwalbeneies."

Nun traf sie ein zorniger Blick Victors. „Senora, Sie hatten gebeten zuzuhören, halten Sie sich doch bitte mit solchen Solopartien zurück." Marguerita schmollte einen Augenblick, dann schaltete sie schnell um. „Bitte nicht böse sein, verehrter Senor Victor, ich bin ja ganz brav." Nun spielte sie das brave Schulmädchen.

„Bestie", zischte Nathalie leise. „Wie meinen Sie, Senora Nathalie, wie bitte?" Nathalie fing sich schnell, bloß keinen Skandal machen, dann antwortete sie auf das lauernde Gesicht der Senora hin: „Bestimmt, bestimmt werden Sie manches lernen, wenn Sie dem Senor Victor zuhören."

Die Situation war nicht angenehm, daher rief Victor, das genüge wohl, die Zeit sei vorgeschritten und Christian Walser dränge zum Abstieg. „Noch schnell eines, lieber Victor", fragte die Operettendiva. „Was sind das für scheußliche Fratzen auf den Steinen?"

„Es ist der Gott Make-Make und der Vogelmann, Sie könne darüber ausführlich lesen, Madame, holen Sie sich doch die Literatur aus Ihrer Ortsbücherei". Das wolle sie tun, wenn sie im Ort seien, aber nun möge Victor sie doch halten, damit sie nicht abstürze. Sie griff den Arm und klammerte sich wieder an seiner Hand fest. „Lassen Sie mich bitte nicht fallen, bitte nicht", rief sie und saugte sich wieder an den Augen Victors fest.

„Mach keinen Skandal", dachte dieser, „mach gute Miene zum bösen Spiel." Auf halber Höhe sagte er dann, nun könne sie alleine gehen, jetzt sei es ungefährlich. Victor schritt dann demonstrativ auf Nathalie zu und umfaßte sie zärtlich. Ob die liebeswütige Dona wohl aus dieser Geste gelernt hatte? Man werde es ja sehen.

Wo sie ihr Pferd gelassen habe, wollte Senor Christian wissen. Nun, es habe sich selbständig gemacht. Dann dürfe er, Christian, wohl ihr sein Pferd leihen, er könne gut zu Fuß gehen. Es sei nicht so weit. Schließlich so sagte sich Christian, sei der Gouverneur der mächtigste Mann auf der Insel, man müsse sich mit ihm gut stellen. Wenn seine gefährliche Gattin Minen auslege, könne mancher „hochgehen". Darum, sei vorsichtig, Christian, sagte er zu sich.

Der Abschied war kurz und förmlich. „Kommen Sie gut heim, Dona Marguerita, empfehlen Sie uns Ihrem Gatten!" rief Victor der ärgerlichen und enttäuschten Künstlerin nach diesem echten Bühnenauftritt hinterher. Hasta la vista!

Nach diesem in jeder Beziehung erlebnisreichen 4. Mai gab es einen ruhigen Vormittag. Das Mittagessen war kräftig, „osterinsularisch", wie Victor sagte und dazu außerordentlich gut gewürzt. Victor wünschte keine Mittagsruhe, sondern wollte den Nachmittag nutzen, um an den Ort des künftigen EROM-Geschehens zu gelangen. Christian meinte, ob man nicht die Rückkehr der Herren aus Santiago und Papete abwarten wolle. Dann aber, angesichts der nervösen Erwartung seines Schützlings, sagte er kurz entschlossen: „Gut, ich schlage vor, wir fahren gleich mit dem Jeep zur Hangateo-Bucht." Ob die Senora mitkommen wolle? Sie möchte eigentlich ihr Tagebuch versorgen, ließ sie sagen und auch literarisch sei manches zu tun.

„Liebe Nathalie, ich würde dir aber trotzdem raten, dabeizusein. Wir fahren quer durch Rapa Nui bis in den nördlichen Bereich. Aufregende Dinge – ich meine landschaftlich vor allem", lächelte er spitzbübisch. „Also gut, Victor, ich komme mit."

Von Hanga Roa ging es nach Nordosten auf einer durchaus fahrbaren Piste, trotzdem mußte man die Haltegriffe fest umklammern, denn Steinschwellen und Lavabrocken waren die originellen Garnierungen des Weges. Nathalie war doch froh, mitgekommen zu sein. „Majestätisch, diese vielen Krater mit ihrem Farbenspiel und Fernsichten", rief sie begeistert, „schau doch, Victor, der rote da!"

„Oh ja, das ist er, der Punapaukrater. Dort wurden die roten Haartrachten für die steinernen Riesen in Form von mächtigen Zylindern gebrochen. Du hast doch von deinem Zimmer aus den Riesen im Ahu Tai gesehen, nicht wahr, Nathalie?"

Sie nickte, das sei schon sehr majestätisch, aber am Ort „der Perückenmacher" zu sein, das sei ein überwältigendes Erlebnis.

Christian sagte: „Sie müssen das nicht nur als Schmuck betrachten, also rein ästhetisch, oh nein, da steckt mehr dahinter. Die Figur des großen 'Moai' war mit seinem 'Mana' aufgeladen. Vielleicht war solch ein roter Punapau, was bei uns ein Heiligenschein wäre – oder vielleicht eine Antenne zu anderen geistigen Welten. Wer weiß, auf dieser Zauberinsel ist nichts unmöglich."

Nathalie horchte wie elektrisiert auf. „Was wissen wir schon von den Großstatuen, die in beachtlicher Zahl an der Küste der Anden, in Peru und Mexiko stehen? Ich möchte dem Geistigen, dem Religiösen nachspüren, Christian!"

„Nathalie, wenn sich am 1. Juni unsere Wissenschaftler hier einfinden, wird es gute Streitgespräche geben. Im übrigen, liebe Nathalie, hat nicht auch deine Bedienstete Angata rote Haare? Gab es nicht Rotblonde unter der Bevölkerung, als im 18. Jahrhundert der Holländer Roggeveen die Insel am Ostertag entdeckte? Stimmt nicht doch Heyerdahls Theorie?"

Die Piste führte an der staatlichen Farm Veitea vorbei, ein erfreulicher Anblick von grünen Weiden und Bäumen. Dann ging es zur Akena-Bucht, jenem Ort, an welchem der göttliche Urvater der Insel, Hotu Matua, gelandet war. Nach alten Sagen kam er aus einem fernen Land von Osten her. Da schließe sich der Kreis, meinte Victor. Kontiki, Heyerdahls wagemutige Leistung. Naja, es sei immer noch viel Stoff für die Fachleute vorhanden.

Von der lieblichen, wohl einzigen flachen, mit Palmen bestandenen Bucht fuhr man auf einem prähistorischen Weg nach Nordwesten.

„Eine Panoramastraße für Götter", rief Nathalie begeistert. Skurrile Felsfiguren und Lavazacken aus dem Hexenkessel der Vulkane – dann wieder die aufspritzende Gischt der Brandung. Der von See her hart wehende Wind verstärkte sich und das Brausen und Donnern der Wellen nahm zu. Und dann sah man an der Steilküste fünf riesenhafte Moais aufragen.

„Das ist unser 'Ahu'", rief Christian aus, „da sehen Sie die riesige Bastion, der gesäumte Platz, unser EROM-'Ahu' Hanga Taura, aufgebaut in eineinhalb Jahren, mit archäologischer Akribie. Zwei weitere 'Ahus' kann EROM noch aufbauen... , und dann die Höhlen, na, ich sage weiter nichts, die anderen Herren werden Sie einweihen." Es war ein großes Bild: zwei Männer und eine Frau zu Füßen der würdevoll in Richtung Insel blickenden Steinriesen, den Rücken zum Ozean gewandt, als wollten sie die ihnen Anvertrauten schützen, im Leben und im sogenannten Tod.

„Victor, das ist unglaublich, dieser Maßstab, diese Weite des Raumes. Ich spüre große Ehrfurcht, große Demut."

„Ja, Nathalie, und hier werden wir unser EROM-Programm einbauen, werden, müssen und wollen. Es möge uns viel einfallen für diese 'Urlaubsidee des 21. Jahrhunderts'. Ich weiß, der Schritt zum Kitsch ist wirklich nicht weit."

Christian machte ein nachdenkliches Gesicht. „Vielleicht sollten Sie doch erst einmal das Konzept der Bauleute und Planer hören, Sie wissen, der Senor Rafaelo Tiki und Dr. Eddington zum Wochenende kommen zurück. Ich meine, bis dahin sollte man sich etwas zurückhalten. Übrigens, dort in der Bodenwelle sehe ich das Baubüro. Alle Arbeiten ruhen bis zu diesem Wochenende."

Für Nathalie verlief die Rückfahrt trotz des holpernden und springenden Jeeps wie im Traum. In ihrem Bungalow angekommen, warf sie sich auf das Bett, mit roten Flecken im Gesicht und pochendem Herzen. „Victor, Lieber, ich muß mit dem Erlebten erst fertig werden. Laß mich allein, bitte hole mich erst zum Abendessen wieder ab, ich bitte dich, Victor." Nathalie starrte an die Decke und flüsterte völlig weltabgewandt: „Diese Insel, dieser Zauber. Welch magische Kräfte sind hier noch am Werk! Ich sehe die Götter aus dem Ozean steigen, über die Felsen streifen und zum Himmel aufsteigen. Ich spüre den Hauch der Geister, die um die Krater und Felsen schweben, auch um dieses Haus. Die guten und die bösen. Wir müssen versöhnlich mit ihnen umgehen, wir wollen sie alle verstehen lernen, sie und ihre Insel."

„So ist sie, die Nathalie, ihr animistisches Erbe aus Siam läßt sich nicht verleugnen, aber es ist eingeschmolzen in den wachen Geist der europäischen Kultur. Welch eine großartige Frau, meine Partnerin", dachte Victor oft – „ach nein, mehr, sie ist zu einem Teil von mir selbst geworden. Welches Schicksal führte uns zusammen, welcher Zufall?" Sogleich verwarf er aber wieder diesen Gedanken, denn Nathalie hatte einmal gesagt: „Victor, du bist mir zu-gefallen, wir mußten uns treffen, es lag im Plan."

„Dank diesem großen kosmischen Planer, sinnierte Victor, ihm sei Dank."

Beim Abendessen hatte sich Nathalie wieder gefangen und war lebhaft und gesprächig. Pater Eduardo war zu Gast, der die Verhältnisse auf Rapa Nui gut kannte, sehr intensiv, denn schließlich waren alle Bewohner gute

Christen, sie besuchten, so sagte der alte Freund, regelmäßig die Gottesdienste und beichteten natürlich voller Inbrunst. Leider sei der Trend zum Materiellen ständig gewachsen. Wenn man die TV-Kassetten von den reichen, müßig gehenden Damen und Herren von Florida und Kalifornien anschaue, nun, das seien zwar Illusionen, aber sie ließen in den jungen Menschen unerfüllbare Wünsche hochkommen. Natürlich sei man glücklich, daß EROM da ziemlich viel vorhabe, noch dazu unter wesentlicher Mitarbeit von seinem guten Freund Victor und auch von der verehrten Senora Nathalie. Auf diese Weise könne die Bevölkerung Arbeit und Brot bekommen. Nun wisse man zwar nicht, was im einzelnen dort passieren solle.

„Hatten Sie keine Bedenken, Pater Eduardo, daß die 'Moais' dort oben wieder errichtet sind und bald die Rolle einer edlen Staffage übernehmen sollen?" fragte Nathalie.

„Nein, durchaus nicht, Senora, zumal auch unser Freund, Dr. Bursano, der Ansicht ist, daß es rechtens sei, manche der 'Ahus' wieder herzustellen. Aber was, lieber Victor, was soll da mit den künftigen Touristen geschehen? Ich hörte davon, daß diese zum Pflanzen von Bäumen und Sträuchern angeleitet werden sollen. Vorzüglich! Aber was ist das denn mit den angeblich geistigen Potenzen, mit denen sie auf den 'Ahus' und wer weiß wo sonst noch zusammengebracht werden sollen? Hier auf dem „Nabel der Welt", wo das Heidentum keineswegs ausgerottet ist! Unterschwellig vibriert es, das spüre ich täglich."

„Lieber Pater, ich glaube, wir sollten uns zunächst einmal einen tiefen Schluck des feurigen chilenischen Rotweines gönnen", sagte Victor mit einem anfeuernden Blick zu Nathalie. „Schließlich haben wir ja noch das Dessert vor uns, wo wir uns stärken müssen. Im übrigen, lieber Pater sind das etwas heikle Themen, die Sie da angeschnitten haben. Und genau genommen wissen sowohl Nathalie wie ich selbst noch nicht genau, wie das Programm ablaufen soll, dort oben am Hanga Tataura Ahu, unserem Ahu. Am 1. Juni wird diese Konferenz hier stattfinden, Sie wissen ja, dann werden sich mehr Einzelheiten herausschälen."

„Lieber Pater Eduardo", mit einem Lächeln auf ihrem klassischen Gesicht wandte sich Nathalie dem Besucher zu, „das eine ist doch wohl klar, und da stimmen Sie als Geistlicher sicher zu, wir müssen uns der weiteren Verweltlichung, ich meine der Anbetung des Materiellen, widersetzen. Wir müssen den jungen, suchenden Menschen andere Wertvorstellungen anbieten."

„Ganz recht, Senora, richtig, wir sollten das Christentum wirklich in die Tat umsetzen, dafür habe ich hier mein halbes Leben lang gearbeitet", rief der geistliche Freund. „Aber man kann ja das Christliche wohl schlecht mit dem alten Heidnischen verbinden. Mit den vielen Geistern, Hexen und dunklen Mächten, die sich hier herumtreiben sollen, nein, das wäre unmöglich, Senora!"

„Und warum nicht, Pater? Haben nicht fast alle der sich christlich nennenden Völker ihr heidnisches Erbe in das Christentum eingebracht? Denken Sie doch nur an alle südamerikanischen Länder, auch an Asien und Europa. Sollten wir das Paket nicht ein wenig wieder aufschnüren?"

Pater Eduardo blickte ziemlich verdutzt drein. „Nein, Senora, nein, das wäre ein ziemlicher Mischmasch, für einen Christen unmöglich!"

„Sind Sie schon einmal oder mehrmals wieder geboren, Pater?"

Dieser schüttelte entsetzt den Kopf. „Nein, ich werde meiner Auferstehung entgegensehen!"

„Ich selbst, lieber Pater, bin dagegen schon einige Male auf diesem Globus in verschiedenen Verkörperungen gewandert. Ich habe schwere Leben gelebt, und nun darf ich zusammen mit meinem EROM-Partner Victor", sie lächelte dabei hintergründig, „einen wichtigen Lebensabschnitt beginnen."

„Ja, wenn das mit den Wiederverkörperungen Ihr Glaube ist, Senora, nun gut."

„Nein, nicht Glaube, Pater, es ist mein Wissen, ich *weiß*. Aber vielleicht wissen Sie, lieber Pater Eduardo, daß auch den frühen Christen die Wiederverkörperung eine selbstverständliche Überzeugung war. Wir beide bewegen uns also hier nicht auf verschiedenen Ebenen."

„Und Sie, Victor, was sagen Sie zu den lebhaften Aussagen der Senora?"

„Ja, wissen Sie, alter Freund und guter Vertrauter, ich glaube schon, was Nathalie sagt, nur – ich weiß das nicht."

„Noch nicht", warf lächelnd Nathalie ein, „noch nicht, Victor."

„Ich respektiere ja durchaus Ihre Überzeugungen, Senora und Victor, aber darum bitte ich Sie, treiben Sie oben am Hanga Tataura mit den schönen steinernen Götzen keinen Heidenkult! Wir brauchen unsere Harmonie hier – und ich brauche meine innere Ruhe."

„Lieber Pater", sagte Victor, und er hob das Glas, „auf Ihr Wohl, niemand wird Ihnen Ihren Seelenfrieden nehmen, verlassen Sie sich darauf."

„Ich danke Ihnen, Victor, und ich danke Ihnen, Senora Nathalie, für Ihre so offenen Worte. Ich werde darüber nachdenken müssen, und", er zögerte ein wenig, „vielleicht schauen Sie ab und zu in die Bibel."

„Oh ja, das tue ich oft, Pater. Ich bin getaufte Christin."

Ein starker Wind hatte sich erhoben und rüttelte am Dachfirst des Gemeinschaftshauses. „Das Wetter schlägt um", sagte der freundliche Diener Rangi, „der Wind geht nach Norden zu. Es wird brodeln in der Luft, morgen". Da wolle er sich doch schnell auf den Weg machen, der Pater Eduardo. Man werde sich bald wiedersehen, hier auf Rapa Nui, und das sei das Gute, hier gäbe es kein Entkommen.

„Wirklich nicht?" fragte lächelnd Nathalie und verabschiedete sich herzlich von ihrem Gast. „Wir dürfen ihn nicht entmutigen, Nathalie, er ist ein herzensguter Kerl". „Im Gegenteil, lieber Victor, wir können ihm Mut machen, unsere Gespräche werden ihm guttun."

Der Wind hatte sich etwas abgeschwächt, aber am Morgen des 6. spürte man doch den Wetterumschwung in allen Gliedern. „Ich muß in die Luft, reiten und nochmals reiten, Nathalie, kommst du mit? Ich will den alten Weg zum Rano Raraku einschlagen, mich orientieren, mit den halbfertigen Riesen am Kraterrand sprechen. Ich muß sie wiedersehen, Nathalie, es drängt mich dahin."

„Nein, Victor, ich habe einen etwas dumpfen Kopf. Außerdem will ich einige schriftliche Arbeiten dringend abschließen." Sie drückte Victor liebevoll an ihre Brust. „Reite allein und komme gut zurück."

Während er sich auf den Sattel schwang und lostraben wollte, kam Nathalie noch zu ihm, hielt den ziemlich unternehmungslustigen Rappen am Zügel und rief Victor zu: „Komm heil zurück, du weißt doch, das Leben ist mit viel Stolpersteinen gepflastert – und hier auf der Insel besonders."

„Keine Angst, Liebe, ich freue mich, dem Sturm entgegenzureiten." Und dann war er schnell hinter der Hausgruppe verschwunden. Victor ritt zunächst nach Nordosten, wieder am roten Punapaukrater vorbei, dann schlug er den alten vorgeschichtlichen Weg ein, auf dem die frühen Bewohner ganz offensichtlich vom Ranukaraku die Steinriesen herbeigeschafft hatten. Man sah noch die Schleifspuren, aber wie, wie haben die das bloß geschafft? Er entsann sich seines letzten Aufenthaltes auf der Insel. Immer, wenn er ältere, aber auch junge Leute von Rapa Nui fragte, wie denn wohl die 'Moais' dort an die Küsten zu den 'Ahus' gelangt seien, dann erhielt er die Antwort, sie seien von selbst dorthin gegangen, ein großer Zauberer habe sie bewegt.

Das Pferd war ungestüm, aber zu bewältigen, und als sie den Rand des Kraters erreicht hatten, ließ er das nun doch schon vom strengen Ritt ermüdete Tier an den harten Gräsern fressen. „Lassen Sie ihn ruhig frei herumlaufen", hatte Christian gesagt, „er ist treu wie ein Hund, er bleibt in der Nähe."

Endlich war er am Zauberberg dort, wo er neben Orongo den Höhepunkt seiner Fernsehreportage erlebt hatte. Da lagen die Riesen, ihre Formen halbfertig im Fels zu sehen; andere waren schon fertig zum Transport oder nur noch durch einen Steg mit dem Fels verbunden. Andere waren im Geröllschutt versunken und schauten nur mit ihren Köpfen heraus. Immer noch steckte die tiefe Sehnsucht in ihm, hinter die Geheimnisse jener Menschen zu kommen, die diese Statuen geschaffen hatten. Was war ihre geistige Richtschnur gewesen, welche Gottheiten hatten ihnen die Kraft gegeben, mit Steinwerkzeugen solche Figuren aus dem harten Fels zu schlagen? Oder waren es Überirdische, die im „Kulturdreieck" Andenküste Nord- und Südamerika sowie Osterinsel die Fundamente der 'Ahus' exakt gesetzt hatten, wie etwa im Tiuhanaku am Titicacasee oder sonst im alten Peru? Jedenfalls waren es nicht die von den Inseln der Südsee zugewanderten Polynesier. Die Theorien des Franzosen Jacques de Mahieu erschienen ihm revolutionär: daß nämlich Wikinger und Iren, die bereits vor Kolumbus in Brasilien und der Westküste Perus gelandet waren, vielleicht auch mit den Balsa-Flößen dank der Meeresströmungen hierher gelangt waren. Hatte nicht Heyerdahl mit seiner Kontiki Expedition dies klar bewiesen? Fragen über Fragen, Zauber, Geheimnisse, Tiefe, unendliche Mystik.

Nach einem kurzen Anstieg zum Kraterrand, einem Blick in den mehr und mehr bewachsenen See des Kraters, wieder dieser Zauber mit der Binse dort. Sie kommt nur in Südamerika vor, sonst nirgends. Wie kam sie auf die Insel? Also doch Heyerdahl?

Es war Zeit, zurückzureiten. Victor wählte den vorgeschichtlichen Weg längs der Südküste. Der Rappe legte einen herrlichen Trab vor. Etwa auf halber Entfernung zum Ort Hanga Roa bogen Roß und Reiter scharf vom Weg in Richtung Steilküste ab. Dort, so entsann sich Victor, mußte der 'Ahu' Motu Oru liegen. Er erkannte den alten heiligen Platz schnell wieder. Zwar waren sämtliche fünf 'Moais' umgestürzt, der „genius loci" war jedoch stark zu empfinden. Die Steinriesen, hart oberhalb der tosenden Steilküste liegend, hatten nichts von ihrer Würde verloren. Victor setzte sich neben den größten 'Moai' ins Gras und gab sich ganz dem Zauber der Einsamkeit hin. Plötzlich Pferdegetrappel, eine Frau sprang von ihrem Araber ab und rannte atemlos auf Victor zu.

„Verdammt", knurrte er, „Marguerita hat meinen Rappen gesehen."

„Victor, Victor", schrie die schöne, rassige Chilenin, lief auf ihn zu und warf sich an seine Brust. „Liebster, ich dachte, ich würde wahnsinnig heute Nacht. Ich habe dich aufgespürt, ich habe dich gefunden, ich bin bei dir. Nimm mich, oh Gott, ich verbrenne vor Sehnsucht, nimm mich!"

Mit Gewalt mußte sich Victor aus der Umklammerung lösen. „Senora, was machen Sie denn, welcher Teufel reitet Sie? Wissen Sie, was Sie tun?"

„Ich weiß, mein Heißgeliebter, meine Sehnsucht, mein Ideal, ich weiß, was ich tue. Ich muß heute dein sein, nimm mich doch, nimm mich!" flehte sie.

„Die Frau ist von Sinnen", dachte Victor. Ihr heißer Atem, ihre schönen Lippen, der schwarze, prächtige Haarknoten gelöst, das schwarze Haar umspielte wild ihren herrlichen Nacken, immer wieder drückte sie Küsse auf seine Wangen.

Victor stieß sie mit Gewalt von sich. „Senora, kommen Sie zu sich, nehmen Sie Vernunft an, ich kann Ihre Liebe nicht erwidern."

Marguerita bettelte und bettelte. „Liebe mich, nimm mich doch!" Victor wies sie immer wieder ab.

Da sprang die Senora Marguerita auf und rannte auf das Steilufer zu. War die Frau wahnsinnig geworden? Sie schrie laut: „Dann muß ich sterben, die See soll mich haben!" Aber das alles war keine Schauspielerei, nein das war echt. Wie von Sinnen hielt sie den letzten spitzen schwarzen Felsen umklammert, dann machte sie Anstalten, sich hinabzustürzen. Victor sprang im letzten Augenblick zu, riß sie zurück. Er zog den bebenden Körper die wenigen Meter bis zum steinernen Kopf des Riesen zurück und bettete sie ins Gras. Tausend Gedanken schossen durch seine Stirne. Was wäre geworden, wenn sie wirklich gesprungen wäre? Welche Situation wäre entstanden? Wie hätte er später alles erklären sollen, dieses Chaos! Es wäre nicht auszudenken gewesen! Marguerita aber, mit weit geöffneten, sehnsüchtigen dunklen Augen zog ihn zu sich herunter und es gab kein Entrinnen mehr. Der alte Adam in ihm pochte laut auf sein Mannestum und fühlte sich in einen Strudel gezogen, rettungslos, ja er wollte nun eintauchen in die heiße Glut der Vereinigung mit dieser schönen Hexe.

Der Sturmwind und das Grollen der Brecher am Ufer verschluckte das Stöhnen, die Schreie der Lust. Wie lange sie das Geben und Nehmen im abgrundtiefen Taumel genossen, wußte Victor nicht mehr. Er schaute zum grauen Himmel, und erblickte als erstes zwei große Fregattvögel. Sie kreisten über der Küste, flogen dann tief herunter und segelten, spöttisch krächzend, über der Stätte der Lust. Schwarze Vögel – würden sie Unheil bringen?

Marguerita hielt den Geliebten immer noch fest umklammert, dann richtete sie sich auf und drang mit ihren dunklen Augen tief in die seinen. „Was wird nun werden, Geliebter?" fragte sie. „Komm mit mir auf den Kontinent, wir reisen zusammen. Ich werde überall auftreten, gefeiert werden und viel Geld verdienen. Komm mit, weg von diesem schrecklichen Eiland!"

Victor durchzuckte es wie von einem Blitz getroffen, dann hatte er sich wieder ganz in der Gewalt. „Nein, niemals Senora, niemals, ich habe meine Aufgabe hier, ich liebe diese Insel."

„Geliebter, ach ja ich weiß, da ist noch diese Frau, dieser Bastard, was findest du an ihr?"

„Senora, ich verbitte mir diese Unverschämtheit." Victor bebte am ganzen Körper. Er hätte sich vor Scham ohrfeigen mögen, dann rief er aus: „Senora, Madame Nathalie und ich bleiben hier, Sie aber sollten schnellstens die Insel verlassen. Tun Sie das. Machen Sie Ihr Glück, Ihr neues Glück, Marguerita. Es gibt nur diese Lösung, und wir werden uns niemals wieder treffen, niemals. Entweder Sie spielen die Gouverneursfrau, oder aber Sie fliegen nach Südamerika zurück. Machen Sie das letztere, es ist die einzige Lösung für Sie."

Mit schmerzverzerrtem Gesicht bestieg Marguerita ihren Schimmel, dann flossen Ströme von Tränen während des Rittes nach Hanga Roa. Unweit der Residenz des Gouverneurs trennte man sich. „Bleibe auf dem Pferd sitzen, nur keine Szene provozieren", dachte Victor, „nur das nicht." Als er ihre Hand nahm, flüsterte die schöne Marguerita: „Geliebter, ich bin todtraurig und", dann lächelte sie ein wenig „und sehr glücklich und dankbar für diese schönste Stunde meines Lebens. Ewiggeliebter, leb wohl."

Als Victor, vibrierend am ganzen Körper, vor seiner Unterkunft anlangte, sah er Nathalie in der Tür ihres Bungalows stehen. Sie sah ihn traurig an. „Armer Victor", sagte sie nur, „armer Victor"; dann flossen Tränen über ihr Gesicht. Sie ging ins Haus zurück und schloß die Tür.

Victor warf sich auf das Bett und starrte lange an die Decke. Dann sprang er auf, nahm ein Duschbad und begab sich zum Aufenthaltsraum, um das verspätete Mittagessen einzunehmen. Ob Senora Nathalie schon gegessen habe, fragte er Rangi, seinen Diener.

„Nein, Senora sagten, sie sich nicht fühlen wohl, sie nicht essen wollen". Rangi reichte ihm ein Telegramm. „Vom Chef", sagte er lächelnd, „von große Boss, Senor Presidente". Derek Lovejoy kündigte für den 9. Mai seinen Besuch an.

An diesem Tag war Nathalie nicht mehr zu sehen, sie hatte sich „eingemauert", und Victor wagte nicht zu stören. In ihm pochte noch das Blut heftig, auch störte ihn sein 'Aku-Aku' ständig. Es sicherte ihm zu, daß es in der Lage sei, das alles ja zu verstehen, diesen armen Victor, andererseits sei er eben das Opfer einer Magie geworden, sicherlich einer sehr dunklen. Dann hämmerte wieder sein 'Aku-Aku' auf ihn ein.

„Du hattest dich aber doch gewehrt, nicht wahr? Du hast das beste getan – aber dein Verstand mit Milliarden an grauen Zellen floß offenbar durch ein Sieb, du Ärmster. Hast du nicht ein wenig Zeit gehabt, deine einzig Geliebte, deine Nathalie, in dein Computer-Gefüge einzubeziehen?"

„Jetzt wirst du hämisch", schimpfte Victor seinen 'Aku-Aku', „sag mir, was ich tun soll, rate mir."

„Du sollst versuchen, deine Nathalie um Verzeihung

zu bitten – ja doch, zweifle nicht, sie ist immer noch dein. Was wäre aber im umgekehrten Fall, meine liebe gefallene Seele, äh, was wäre dann?", hinterfragte der 'Aku-Aku'. „Ich möchte da dein gequältes Innenleben nicht sehen! Beschäftige dich einmal mit diesem Gedanken, Victor."

Am nächsten Morgen trafen sich Nathalie und Victor am Frühstückstisch. Beide sahen ziemlich verwirrt aus, selbst Rangi und Angata machten ein trauriges Gesicht. Nathalies Augen waren trübe und gerötet, viele Tränen mußten geflossen sein.

„Liebe Nathalie, entschuldige mein Verhalten, es war Teufelei im Spiel, verzeih mir." Nathalie starrte durch ihn hindurch, als sie langsam sagte: „Ich weiß, ich wußte, was sich abspielen würde, aber die schwarze Magierin wird in wenigen Tagen die Insel verlassen, ich weiß es, das steht im Plan."

„Nathalie, du siehst dort hinten den einzelnen 'Moai' stehen, dort am 'Ahu' Tahai, möchtest du mit mir einen Spaziergang dorthin machen? Es dauert etwa nur eine halbe Stunde?"

„Nein Victor, ich habe zu arbeiten, geh du allein und unterhalte deinen 'Aku-Aku' und versuche, die Substanz und die Radiation des Ortes zu ergründen. Geh' auf die Plattform und schau zurück auf die Hausgrundrisse der alten Zeit, auch den runden Opfer- oder Tempelplatz. Ich war gestern früh dort und habe viele Impulse aufgefangen. Geh nur und berichte, was du gespürt hast. Viel Menschenblut wurde dort vor den 'Moais' vergossen, Zwangsopfer – aber vielleicht auch freiwillige Opfer?" Und dann sprach sie langsam aus: „Opfer an Menschenblut gibt es nur noch wenig, aber wir müssen uns immer wieder opfern, denke daran."

So saß nun der einst große Tele-Reporter der Osterinsel auf der langen Plattform des heiligen 'Ahu' und starrte nach Westen über die immer noch aufgewühlte See. „Victor, dieser Schlag, dieser Rückschlag war notwendig für dich. Lerne daraus", rief es in ihm beharrlich „und bedenke, daß Seelen, die dir anvertraut sind, empfindsame, ja heilige Gebilde sind. Wandle den Rückschlag um, meditiere und lerne sehen, dann wird daraus doch noch ein Fortschritt. Du warst ja immer ziemlich siegessicher, auch selbstgefällig, nun sieh zu, das Beste daraus zu machen." Sein 'Aku-Aku' hatte ihn fest im Griff, belehrend und demonstrierend.

Immer wieder schweifte sein Blick auf das Meer.

„Schwermütig?" fragte das 'Aku-Aku', „Du spürst tief, welche Sehnsucht in den Menschen der alten Zeit brannte, welch ein Verlangen, mit dem Kosmos einig zu werden. Da mußten Götter her, um Schicksale verstehen zu lernen."

Als Victor zurückkam, traf er im Gemeinschaftsraum Rafaelo Tiki an. Er war gerade aus Santiago zurückgekehrt. Wo denn Dr. Eddington sei, ach richtig, er komme ja aus der anderen Richtung. Man solle ihn morgen am Flughafen abholen, er komme übrigens zusammen mit dem verehrten Chef und Präsidenten. Wie es ihm denn in Chile ergangen sei, wollte Victor wissen. „Ja, mein Lieber, darüber berichte ich in Anwesenheit seiner Exzellenz, des Präsidenten. Ich denke, schon morgen Abend. Aber eines kann ich Ihnen sagen, es war wieder alles ziemlich teuer. Gottlob, ich hatte Vollmacht vom Präsidenten. Wichtig ist, daß der Aeroporto unserer Isla de Pascua bald ausgebaut werden soll. Wegen des neuen Touristenstroms, wissen Sie."

Gott bewahre uns hier vor Strömen, dachte Victor. Wir wollten eher touristische Seminare machen. Nur keinen Massenbetrieb hier. Wo denn die Partnerin Nathalie sei, wollte Tiki wissen. Sie arbeite an einer wichtigen Sache, aber zum Mittagessen werde man sich treffen. Übrigens, sagte der Chilene, müsse er nach dem Essen in das Baubüro. Dort habe er zusammen mit Dr. Eddington sein derzeitiges Zuhause. Dann sah er Victor bewundernd und ergeben an. „Senor Victor, daß ich je die Ehre haben würde, mit dem in Südamerika immer noch hochgeschätzten Fernsehberichterstatter der Osterinsel zusammen zu sein und mit ihm arbeiten zu dürfen, das hätte ich mir nie träumen lassen. Ich freue mich auf unsere Zukunft."

Als man sich zu Tisch gesetzt hatte, trat verspätet

Nathalie in den Raum. Sie trug einen Anzug aus Naturseide, ihre langen, schwarzen Haare hingen locker über Schulter und Rücken. Als Halsschmuck trug sie wieder die von Victor so geliebte bronzene Schlange aus Burma. Auf der linken Brustseite aber war eine Gruppe von drei Vogelmenschen mit schwarzer Seide eingestickt. Senor Rafaelo war aufgesprungen und blieb, von Nathalies Schönheit wie gelähmt, stehen; Victor schlug das Herz bis zum Hals. „Ich Tor", hämmerte es in ihm, „ich Tor."

Nathalie schenkte dem neuen Gast viel Aufmerksamkeit. „Orongo", rief Rafaelo begeistert, „diese Gruppe von göttlichen Wesen, wie haben Sie das...?" Nathalie lächelte, dann sagte sie: „ 'John Ascott Ltd.' macht's möglich. Der Service unserer Modemacher ist perfekt, sie haben offensichtlich die Kunstgeschichte der Osterinsel in die Mode für mich integriert."

Ob für Victor vielleicht etwas ähnliches abgefallen sei? Sie kenne seine Garderobe nicht, antwortete Nathalie, aber es könne sein, daß er auf dem Unterteil seiner Krawatten auch ein dezentes Zeichen finde. Er habe sich ja der „offenen Kunst" verschrieben, nicht wahr? Oh, diese Frau, mit welchem nun wieder voll sprühenden Charme konnte sie jemand ganz klein werden lassen, diese Frau!

„Senora Nathalie, Senor Victor, ich bin gewohnt, tagsüber nur Wasser oder Mineralwasser zu trinken, aber heute – mit Ihnen zusammentreffen zu dürfen, heute ..." und er konnte sich kaum von Nathalies Antlitz lösen, „heute wollen wir den Burgunder meiner Heimat trinken." Ein Wink an den Bediensteten, und eine wohlgerundete Flasche stand auf dem Tisch. „Ich trinke auf Ihr Wohl und das Glück, das mir mit Ihrer Zusammenarbeit beschert wurde. Was EROM sich da vorgenommen hat ist, wie Sie selbst wissen, nicht einfach, aber die Regierung meines Landes sieht erwartungsvoll auf die wohltätige Wirkung, die dieses Unternehmen auf diese arme Insel haben wird. Arm an Ressourcen, aber – reich an alter Kultur. Auf Ihr Wohl, liebes, verehrtes EROM-Paar. Das darf man doch wohl sagen, denn in den Medien sind 'Nathalie und Victor' nach den bisherigen Aktionen zu einem Begriff geworden. Salute!"

Victor suchte die Augen von Nathalie, aber es gab nur ein kurzes, freundschaftliches Erwidern seines Blickes. Nur in den Augenwinkeln standen ein paar Tränen, die Senor Rafaelo als Rührung deutete. „Übrigens, werden Sie beide morgen mitkommen, um den Präsidenten am Flughafen zu empfangen – aber natürlich werden Sie."

„Ich glaube, es gibt wieder einen großen Bahnhof – mit Bürgermeister, Gouverneur und Kirche", sagte Victor. „Gewiß, gewiß ..."

Und so war es am folgenden Tag: Derek Lovejoy stieg in Begleitung von Dr. Eddington forschen Schrittes den Laufsteg herunter. Er erblickte Nathalie und Victor, lief auf sie zu und drückte beide fest an sich. „Wie herrlich, euch wiederzusehen, gut seht ihr aus, und wo ihr seid, ist der EROM-Erfolg programmiert. Das hier ist Dr. Eddington, der Planer unserer Projekte."

Ein junger Kahlkopf, mit Schnauzbart und sympathischen Augen. „Wir werden viel zusammenarbeiten", sagte er lächelnd. Nachdem die Honoratioren begrüßt waren, setzte sich die Wagenkolonne in Bewegung, dieses Mal zum Hotel „Hanga Roa", wo der Chef residierte. Der übliche Empfangscocktail mit liebenswürdigen, oft nichtssagenden Worten! Der Herr Gouverneur der Insel war wieder ganz und gar Exzellenz, die Uniform mit den neuesten Orden ohne Tadel. Wo denn seine charmante Gattin heute sei, wollte Dr. Eddington wissen. Nun, sie sei leider unpäßlich, sie lasse aber alle herzlich grüßen, alle ..."

Nach dem Empfang sagte der Präsident: „Nathalie und Victor, ich will zunächst etwas ruhen, dann habe ich mit Senor Rafaelo vorwiegend wirtschaftliche Dinge zu besprechen. Ich bin gespannt auf seine Erkundung in Santiago. Morgen früh um 9 Uhr wollen wir uns alle am 'Ahu' Tantaura treffen, und zwar im Baubüro. Dr. Eddington geben Sie doch schon einmal Madame Nathalie und Senor Victor den neuen Lageplan und die ersten Konzepte zur Abwicklung, besser zur Betreuung, nein noch besser, zur Integration in diese Insel. Für die Touristen sind jedenfalls vier Wochen ein Mindestaufenthalt, dann haben sie wohl ihren 'Aku-Aku' für Europa und Amerika und sonstige Erdteile wieder aufgeladen", rief er lachend. „Also, dann bis morgen."

Das Hotel lag abseits von Hanga Roa, an der Felsenküste von Apina-Iti. Victor schlug vor, zu Fuß an der Küste entlangzulaufen, Nathalie willigte ein. Mit dem zusammengerollten Lageplan, den er als Zeigestab benutzte, kam sich Victor wie ein ganz privater Fremdenführer vor. „Dort, liebe Nathalie, hinter uns der Rano Kao mit dem Dorf des Vogelkultus, Orongo. Weißt du noch?"

Ein Lächeln huschte über Nathalies Züge. „Natürlich, es ist noch ganz frisch in meinem Gedächtnis. Die Magierin wollte mich vernichten, aber nun wird sie mit ihrem neuen Schicksal leben müssen, Victor. Es muß alles verzinst werden!"

„Auch ich muß mit dem Geschehenen leben, Nathalie; gib mir deine Hand, hilf mir dabei." Nathalie ergriff sie, dann sagte sie mit einem verschmitzten Lächeln: „Victor, Victor, was bist du eleganter, sportlicher und in jeder Beziehung – sie sprach die letzten Worte gedehnt aus – im Grunde ein Gentleman, aber doch ein großer Kindskopf. Mann, dein Name ist Stärke, Frau, dein Name ist Schwäche, so hieß es einmal, nicht wahr? Ich denke, die Zeit ist reif für eine neue Definition, meinst du nicht auch?" Sie setzten sich auf die Ruinen eines kleinen, umgestürzten 'Moai', um den neuen EROM-Plan zu studieren, aber Victor konnte sich nicht konzentrieren.

„Liebe Nathalie, ich möchte dir erzählen, wie alles ..."

Die junge Eurasierin aber legte die Finger auf Victors Lippen. „Sei still, schweige, nicht jetzt, besser nie. Erzähle nichts, ich weiß, daß sie dich in eine Zwangslage manövriert hat, nicht wahr?"

Die Durchsicht des Bauplanes, der zum Teil ausgeführt war, umfaßte das Ensemble 'Ahu' mit Plattform nebst 'Moais', Meditationsplatz, eine bestimmte Fläche für den sakralen Tanz und in der Mitte einen runden

Opferplatz aus schwarzen Basaltsteinen gepflastert. Welches Opfer denn bitte? fragte Victor. Nathalie lächelte. „Natürlich keine Schlachttiere, aber unsere unreinen Gedanken opfern, hineinschütten in die reinigende Flamme des liebenden, allumfassenden positiven Geistes."

Es gab da eine Gruppe von Unterkünften mit den bodenständigen Grundrissen von Schiffsformen. Alle waren auf die großen 'Ahu'-Schutzgeister ausgerichtet, das heißt, wer das Gästehaus verlassen wollte, mußte sich tief bücken, dann, beim Sich-Aufrichten, sah er in die mystischen Gesichter der Schutzgötter. Hier sind auch allerlei technische Dinge genannt, was wir morgen vor Ort besprechen werden. Dann war noch vermerkt: Eingang zur Höhle 3.

„Höhlen, Victor?"

„Oh ja, Nathalie, als die Lavamassen von den Vulkanen herunterflossen, gab es viele Hohlräume, die in alter Zeit auch als Wohnstätten benutzt wurden. Wir wollen einmal sehen, ob die Frau von Christian Walser, eine ariki paki, uns ihre Höhle zeigt. Für die 'Langohren' waren es wichtige Schatzkammern, vor allem für die rituellen Schädel und Plastiken, meist Tiere oder Mischwesen. Eine große Rolle spielt dabei der 'Moai' Kavakava, der auf kurzen Beinen stehende Gespensterahne mit den hervorstehenden Rippen und dem fast nicht vorhandenen Bauch. Das kostbarste aber seien die Rongorongo-Schrifttafeln, von denen es nur wenige Exemplare in den Museen der Welt gäbe. Vielleicht entdecken wir noch eine, die der Verbrennung auf den Scheiterhaufen entgangen ist. In gutem Glauben hatten die Missionare alles Heidnische verbrannt. Nathalie meinte, sie wolle sich doch nun ernsthaft mit der Kunstgeschichte und, wenn überhaupt greifbar, mit der Literatur der Insel befassen, es gälte, die starke Atmosphäre der Isla de Pascua von der Kunst her stärker zu untermauern. Auch für ihre Literatur sei das wichtig. Dann fragte sie: „Wie findest du das:

„Ich bin wie eine Schlacke, schwarz und grau erstarrt,
bin schäumende Gischt, die sich zertrümmern läßt,
meine Seele haust am tiefen Krater und
sie ist ein Fregattvogel; höher und höher fliegt er,
in Wonne verbrennend, dem All sich schenkend."

Victor wurde ganz still, dann ergriff er Nathalies Hand: „Ich danke dir, daß es dich gibt." So schlenderten sie entlang des Küstenweges auf Hanga Roa zu. „Was machen wir heute nachmittag?" fragte Victor nach einer Weile.

„Wir ...?" Lächelnd antwortete Nathalie: „Also, ich werde weiter an meiner Lyrik arbeiten. Es ist eine alte Erfahrung für mich: man muß die ersten Eindrücke einer neuen Begegnung mit Personen, Stätten und Landschaften sofort niederschreiben. Dann sind die Empfindungen am echtesten. Wir sehen uns ja heute abend zum Essen. Adiós, Victor."

Victor hielt eine kurze Ruhepause, dann nahm er sich noch einmal das Baukonzept von EROM vor, und er sprach vor sich hin: „Ora et labora, das ist wohl in kurzen Worten das Programm der Herren, ja, besser gesagt: meditieren, pflanzen und tanzen, so etwa. Ja richtig, das kann schon der Arbeitstitel des ersten Berichts für die Öffentlichkeit sein. Eigentlich ist diese Kombination des Ökologischen mit dem Esoterischen eine tolle Sache, die Zeit ist reif für ein solches Programm. Allerdings ist es zunächst sehr exklusiv. Aber das Publikum ist auch müde des ewigen Sonnenbadens, mit der Masse Mensch auch müde. Ja, der Mensch? Massen?" Nein, der Mensch sei im Grunde genommen doch sehr individuell veranlagt. Es komme nur auf den jeweiligen Status an, den man den Touristen gäbe.

Das würden wohl aktive Typen sein müssen, so zwischen zwanzig und siebzig Jahren, aber die Grenze ist fließend. Ein wenig mönchische Veranlagung müßten sie aber wohl auch mitbringen. Nach diesen Überlegungen, Abwägungen und Erwartungen vertiefte sich Victor in das Buch: „Das Geheimnis der Osterinsel" von

Heyerdahl, dann wollte er sich mit den Untersuchungen von Barthel über die Schrifttafeln der Osterinsel, der Kohau-Rongorongo auseinandersetzen.

Am nächsten Morgen hatte sich der Wind abgeschwächt, es war sonnig und sehr milde. Präsident Lovejoy fuhr mit einem großen Landrover zur Behausung des „EROM-Show-Paares."

„Donnerwetter", sagte er beim Eintreten in den Gemeinschaftsraum. Und als er in Victors Häuschen kam: „Na, da hat euch die Firma ja wohl standesgemäß untergebracht, nicht wahr?" „Oh ja, wir sind sehr zufrieden, und wir schätzen diese Ruhe sehr", meinte Nathalie, „denn wir wollen ja nicht nur den Tourismus verkaufen, sondern auch unsere Ideen bei dieser schwierigen Konstruktion einbringen."

„Schwierig", fragte der Chef, „wieso schwierig? Ich bin sicher, wir werden das gemeinsam hinkriegen, der Erfolg kommt."

Sie bestiegen den Wagen „Übrigens, meine Lieben, im Schloß auf Morea sind wieder einige Schwierigkeiten aufgetaucht. Wieder gibt es Gefahren durch mangelhafte Abstützung in den Korallenbänken. Wir müssen die Einweihung wieder um mindestens drei Monate verschieben, darum denke ich, daß wir den nächsten EROM-Clou hier starten. Wir werden jetzt draußen am Hanga Tataura hören, wie die Termine sind."

Der Weg führte wieder vom roten Krater der 'Moai' Hüte vorbei, dann kam schon bald die Farm in Sicht mit den Anpflanzungen. „Wald gehört auf die Insel; Wälder, Bäume und Büsche, das muß doch möglich sein. Wir wollen die Pioniere sein, und die Touristen werden das freiwillig mit ihrer Arbeit unterstützen. Sie werden sich danach drängen, Zeichen in dieser ökologischen Weltkrise zu setzen und die Motivation werden Sie, Nathalie und Victor, klar darstellen, natürlich nach sorgfältiger Beratung mit unserem Pollenforscher, den wir zum 1. Juni erwarten. In zwei Tagen muß ich noch nach Brasilien und Mexiko, ich hoffe aber, zu diesem Termin wieder zurückzukommen."

Auch der Chef hatte die wieder errichteten 'Moais'

auf der langen Plattform des Hanga Tataura noch nicht gesehen. Er war beeindruckt von der majestätischen Ausstrahlung der Lavariesen. Da muß ja auch der Mensch unserer Technikzeit klein werden, mein Gott, was strahlen diese nachdenklich dreinschauenden, schmalgesichtigen Köpfe aus!

In dem Baubüro, das hinter dem 'Ahu' in einer Bodenwelle lag und von zwei kleineren Gebäuden flankiert war, warteten die Senores Rafaelo Tiki, Dr. Edington sowie die örtlichen Bauingenieure auf die Besucher. Nach der Begrüßung und einer kurzen Vorstellung trat Rafaelo an den aufgespannten Lageplan.

„Herr Präsident, Madame Nathalie, Senor Victor, meine Herren, ich zeige Ihnen das Gesamtkonzept der Dreieranlage, nämlich des Hanga Tataura, und weiter zum Westen die 'Ahus' Tahoroa und Motu-o-papa. Der erste 'Ahu' ist fast fertig. Die Mauern der Plattform, exakt wie die Tempel von Tiahuanacu unweit des Titicacasees gefügt, haben wieder ihre Bekrönung durch die 'Moais' gefunden. Die roten Hüte werden demnächst aufgesetzt. Vor diesem Bau dehnt sich der Versammlungs- und Tanzplatz aus. Sakral- und Volkstanz, das sollte zu kombinieren sein, Tradition ist noch unter den Jugendlichen vorhanden. Der aus Basalt gepflasterte Opferplatz entspricht archäologischen Funden. Wir wollen nun bekanntlich die Touristen, die mindestens einen Monat hierbleiben sollten, in kleinen Häusern unterbringen, mit Grundrissen entsprechend alten Schiffsformen. Sie sehen also im Halbkreis zehn Häuser und ein großes Gemeinschaftshaus. Die Mauern sind bis zur Brusthöhe trocken aus Lavasteinen aufgebaut, darauf wird die Dachkonstruktion aus Sparren gesetzt. Das Dach aus dicht geflochtenem Ried, Binsen aus den beiden Kraterseen, wird gut abgedeckt. Die Innenausstattung ist bewußt einfach, die Einzelzimmer unverkleidet und relativ klein – Charakter einer Klause. Man ist ja hier nicht in einem 'Fünf-Sterne-Hotel', sondern in einem Esoterik-Kurs, der als Ausgleich den ökologischen Aspekt des Pflanzens aufweist. Jedes Langhaus hat etwa fünf Schlafräume, die Hygieneeinrichtung ist einwandfrei. Ach ja, ich darf noch auf die niedrigen Türen aufmerksam machen. Hier wird auch die alte Inseltradition aufgenommen, daß man nämlich beim Herausgehen sich bücken muß und beim Wiederaufrichten in die Gesichter der Steinriesen sieht. Sie werden bis Mitternacht schwach angestrahlt; die noch stumpfen Augenhöhlen bekommen wie früher Pupillen aus Obsidian, der allerdings mit einer schwach phosphoreszierenden Leuchtfarbe präpariert wird. Neben dem 'Ahu' zur Rechten sehen Sie die Stufen angedeutet. Sie führen unmittelbar neben der linken Plattform auf einem noch etwas gefährlichen Kletterweg abwärts zur Höhle und zwei Nebenhöhlen. Diese große Höhle soll der Meditation, oder was Sie sonst wollen, dienen. Sie werden diese anschließend besichtigen."

Es trat eine Pause ein, Nathalie und Victor mußten erst einmal tief Luft holen und sich in die Situation eindenken. Der Präsident wollte wissen, ob die Küche im Gemeinschaftshaus auch ausreiche für etwa, er schätze, fünfzig Personen. Fürs erste sei das der Fall, meinte Rafaelo, aber man werde noch nach einer endgültigen Lösung suchen müssen, wenn erst einmal alle drei 'Ahus' „angelaufen" seien. Das sagte er wie ein nüchterner Manager. „Also, das mit der Höhle, mit der Meditation usw.", sagte der Präsident, „trifft wohl besonders auf Sie zu Nathalie. Ich vibriere immer noch, wenn ich an das Ereignis mit Abadu im 'LLL'-Dorf denke. Damals haben Sie mit Ihren esoterischen Kenntnissen die für uns alle unglaubliche Situation souverän gemeistert, ich meine Ihre spontanen Erklärungen zu der Materialisation des Heiligen, so kann man fast sagen."

„Ich denke, daß wir Anfang Juni mit Frau Professor Tannenberg gerade diesen Komplex behandeln werden, Herr Präsident. Auch müßte dann wohl die Frage der Kleidung besprochen werden – später. Ich kann mir nicht vorstellen, daß wir bei diesen anspruchsvollen Programmen unsere Gäste im kunterbunten Touristenlook antreten lassen."

„Madame Nathalie", antwortete der Chef, „unsere 'Ascott'- und 'Aqua Texta'-Gruppen arbeiten mit den ethnographischen Museen von England und Frankreich zusammen. Sie entwickeln tragbare und kultivierte Kleidung, die wie im 'Schloß' auf Morea auch hier gestellt wird. Später darüber mehr, aber jedenfalls soll das nicht spleenisch sein, sozusagen Osterinsel hoch Drei", witzelte er. „Heute soll Ihnen das Baugeschehen verdeutlicht werden. Im übrigen gibt es, wie mir Dr. Eddington mitteilte, aus der Region Tahiti manche Hilfe."

Nachdem noch Sicherheitsprobleme für die Bauten und manche Details erörtert worden waren, meinte Rafaelo: „Großer Stammesfürst, Präsident Lovejoy, wir sollten uns nun in die Höhle begeben, dann zu den beiden anderen 'Ahus' wandern. Am 'Ahu' Tahoroa ist ein Picknick vorbereitet."

Der Abstieg die Stufen hinunter zur Höhle war mühsam; Sie waren prähistorisch, offenbar früher eine Kultstätte. Victor gab zu bedenken, daß dies nicht ungefährlich sei. Auf Victors Einwand hin sagte aber Senor Tiki, man werde natürlich Seile spannen, so daß auch schwindelige Leute in den Genuß dieses Erlebnisses kämen. Und welch ein Erlebnis! Nachdem man sich zwischen mit roten, grünen und zum Teil leuchtend gelben Flechten bedeckten, bizarren Felsen durchgewunden hatte, betrat man durch eine schmale Spalte die Höhle. Zunächst schien alles stockfinster – aber allmählich gewöhnten sich die Augen an das schwache Licht, das durch einen Schlitz der wild gefalteten Lavadecke fiel. Er beleuchtete etwa die Mitte des phantastischen, großen Höhlenraumes. Frische, getrocknete Binsen waren hier aufgeschichtet.

„Für die Meditationsmeisterin", rief der Präsident in Richtung Nathalie. Sie trug einen blauen Overall und war im Halbdunkel gut zu erkennen.

„Mal sehen, was daraus wird. Ich werde natürlich auch mit Einheimischen Kontakt suchen", antwortete Nathalie.

„Sprechen Sie doch mal mit Pater Eduardo", schlug ein Ingenieur vor. Aber Victor meinte, der sei ein großartiger Mann mit treuem Herzen, aber vielleicht sei das

Programm hier vor dem heidnischen 'Ahu' und in der dunklen Höhle für ihn ein Rückfall ins Heidentum. Da sei er also skeptisch. Aber da sei doch noch der alte Tel tan, der im geheimen immer noch 'Tahu Tahu', Zauberei, betreibe, meinte Dr. Eddington. Der Schamane, der Herden von Tümmlern weit vor der Küste anspreche und sie zur Anega-Bucht herlocke? Eben der, er wisse noch viel von den alten Riten.

Inzwischen traten weitere Einzelheiten der Höhle hervor. Rings an den Wänden ausgemeißelte Bänke, und als Rafaelo mit seiner Taschenlampe auf eine Wandfläche leuchtete, traten drei Felsritzungen des 'Make Make' hervor. Die erstarrten Umrisse eines Schädels waren schwarz ausgemalt, die kreisrunden Augenhöhlen rot getönt. Und dann sah man nicht nur eine Kette von Schildkröten und Fisch-Menschwesen, es gab auch eine riesige, von der Wand herunterschauende Zeichnung von 'Tangata Manu', dem Vogelmenschen mit breitem, schwerem Gesäß, Klammerarmen und einem kreisrunden Kopf mit blutroter Mitte. Es war unheimlich, sozusagen eine Kanonade von magischen Geschossen.

Nathalie, die bei Victor stand, nahm seine Hand. „Was ist, Nathalie, du zitterst?"

„Oh, Victor, die Ausstrahlung dieser Felsritzungen ist so stark, daß es mich erschauern läßt. Wenn ich hier arbeiten soll, dann muß ich erst über die Göttersymbole Klarheit haben, sonst geht das nicht."

„Haben Sie Bedenken?" fragte Senor Präsident.

„Eh bien, in dieser Kultkammer steckt ziemlich viel Kraft. Ich muß mich erst darauf einstimmen, denn diese mir noch fremden Gottheiten jagen mir zunächst einen ziemlichen Schrecken ein, aber auch einen ziemlichen Respekt dazu."

„Gehen wir noch in die beiden Nebenkammern!" drängte Rafaelo, „hier haben wir von oben her Schlitze gebohrt, so ist die Wirkung umso besser. Hören Sie die Brandung? Es gibt versteckte Spalten im Gestein, die das donnernde und klatschende Geräusch der Brecher draußen wandeln", sagte er. Was war das für eine atemberaubende, feierliche Schallmischung, mal „Orgel mit

Trommeln", dann wieder tiefe Bässe mit Stakkato-"Trompeten" – oder nein, „Saxophone", „Schellen", ein ganzes unwirkliches, transzedentes „Bläserorchester". Alle waren still, um dem Naturspiel zu lauschen, nur der Präsident rief laut: „Großartig, die richtige Atmosphäre für uns. Fabelhaft, lieber Rafaelo, daß Sie das drüben bei der Regierung ausgehandelt haben."

„Und verbrieft, sicher für uns, Senor Präsident."

Als man wieder aus dem Felsspalt heraustrat, konnte man das Originalbild und den Originalton des polternden sogenannten Stillen Ozeans erleben, die harten Brecher und donnernden Wogenstöße erschütterten geradezu das vibrierende Trommelfell und mußten nach der Stille der Höhle erst einmal ertragen werden. Dann ging es wieder auf der sogenannten Treppe mühsam bergauf, bis man das Ufer der Steilküste erreicht hatte. „Na, Nathalie, das war schon ganz schön stark, nicht wahr? Auch für mich war diese Höhle neu."

„Ich glaube, Victor, ich muß meine Antennen einziehen", meinte Nathalie. „Sonst gibt es heute nacht keine Ruhe für mich, glaube mir."

Der Weg zum alten 'Ahu' Tahoroa war schon als eine Art Naturpfad ausgebaut. Wieder öffnete sich ein majestätischer Rundblick über die fast rosa und durch die Gischt der Wellen lila schimmernde Lavaküste. Schwarz, oft wie Spiegel glänzend, die eingesprengten Basaltblocken in der Sonne. Man kam nach zehnminütiger Wanderung ans Ziel: schon von weitem konnte man die Gerüste nebst Kran zum Aufstellen der 'Moais' sehen. Die Plattform war wieder ineinandergefügt, zwei der auseinandergebrochenen Figuren konnten mit Zement zusammengesetzt werden. Vom alten Originalstandort aus sollten sie ihr „Mana" den Menschen spenden. Im Windschatten der Plattform, zwischen den noch nicht gesäumten Bruchstücken der restlichen Steinfiguren, lagerte sich die EROM-Gruppe und genoß Tomaten und Käse sowie Hähnchenkeulen und frisch gefangene Hummern der Küste.

„Von unserem Ermano", sagte Rafaelo, „ganz in der Nähe ist eine tolle Bucht für Meeresfrüchte. Es gehört ziemlich viel Mut und Geschick dazu, durch die anrollenden Wogen nach unten zu tauchen und dann auch sicher wieder ohne Rippenbrüche und Hirnschäden mit dem Fang hochzukommen. Darin ist unser Ermano Klasse und toi, toi, toi", dabei schlug er lachend an die 2 m lange Stirn des nächstliegenden 'Moais', „er möge noch lange gesund bleiben."

Nach dem leckeren „Klippenimbiß", wie Derek Lovejoy kommentierte, ging die aufgeschlossene Gesellschaft noch zum letzten „auf Option" erworbenen 'Ahu'. Victor wollte wissen, wo denn nun der Public-Relation-Start geplant sei.

Rafaelo Tiki erklärte: „Eigentlich wollten wir die vielen Medien-Leute, – wie ich höre, muß man mit mindestens dreihundert rechnen, – im Ort Hanga Roa unterbringen. Aber das einzige Hotel ist nicht so leistungsfähig, und in Privathäusern ist die Beherbergung unmöglich. Also haben wir uns entschlossen, in der Senke, die zum Rano Aroi-Krater ansteigt, eine Zeltstadt aufzubauen. Wir bekommen das Material übrigens per Lufttransport von Nairobi, wo es wohl am 'LLL'-Dorf benutzt wurde. Dort werden wir auch ein kleines Kraftwerk errichten, es soll unter dem Felsüberhang dort so eingebaut werden, daß es landschaftlich nichts zerstört, zudem auch akustisch nicht belästigt."

„Werden denn auf dieses verlorene Eiland im Stillen Ozean so viele Medienleute kommen?" wollte Nathalie wissen.

Präsident Lovejoy war seiner Sache sicher. „Wir haben bereits seit einigen Wochen gedruckte, noch ziemlich verschlüsselte Informationen ausgestreut. Man spekuliert bereits, was die innovativen EROM-Leute wohl gerade mit dem 'Moai'-Wesen zu tun hätten, man ist neugierig, weltweit."

„Ja, Mr. Präsident, so neugierig, daß kürzlich eine amerikanische Journalisten-Gruppe am 'Ahu' Hanga Kataura mit Filmkameras auftauchte. Ich verwies sie des Grundstücks und sagte ihnen, daß sei hier privat. 'Nix privat', riefen sie wütend, Kunst ist für alle. Ich wurde deutlicher und schrie, daß ist hier Tabu, kapiert ihr das? 'Nix Tabu' schrien sie, wir werden zum Alkalde gehen und uns beschweren. Als sie trotzdem die Kameras laufen ließen, kamen auf ein Zeichen des bauleitenden Ingenieurs die Handwerker und Arbeiter von ihren Gerüsten und nahmen eine drohende Haltung gegenüber den neugierigen Burschen ein, so daß die schleunigst abzogen. Sie tauchten übrigens wirklich beim Bürgermeister auf, um ihre Beschwerde anzubringen. Der sagte ihnen aber, da gäbe es noch nichts drüber zu schreiben, gar nichts! Das sei 'tabu'und wer Tabus breche, zöge Strafe auf sich. Wütend nahmen sie die nächste Maschine und flogen heim und drohten, man werde den chilenischen Minister unterrichten." Und dann fügte Rafaelo Tiki lachend hinzu: „Ausgerechnet bei unserem Minister, ha ha, da krümmen sich ja die Haare vor Lachen."

Dieser erste gründliche Baustellenbesuch gab genügend Anlaß zum Grübeln. „Victor", sagte Nathalie, „da sind so viele Unbekannte drin, man muß sich viel einfallen lassen. Wir sind es unserem und EROM's Ansehen schuldig, daß unsere Seminare Lebensfreude, Weisheit lehren und ökologisches Bewußtsein vermitteln. Bald werden ja unsere Experten kommen, ich freue mich darauf."

Victor meinte: „Experten hin, Experten her, das ist alles gut – aber haben wir hier die richtigen Leute, die Eingeborenen, gesprochen? Mich interessiert zum Beispiel der bereits erwähnte Tel Tan, jener Magier, der angeblich Fischschwärme von der offenen See an die Küste lenken kann. Wir sollten mit Maria Walter, der Adligen, der Ariki-paka, sprechen. Es läßt mir keine Ruhe, Nathalie, wir benehmen uns hier trotz des rechtmäßigen Zustandes, als ob *wir* die Herren der Insel wären. Die am Geschäft Interessierten stört das natürlich nicht, aber es gibt ja wohl noch geistige, gelebte Tradition, oder so?"

„Hoffen wir's", sagte Nathalie, „esperamos!"

Am Abend dieses ereignisreichen Tages fand ein gemeinsames Essen, ein gemütliches Zusammensein im Hotel „Hanga Roa" statt, zu dem Präsident Lovejoy eingeladen hatte. Viele Leute kamen, auch solche, denen man bisher nicht begegnet war, wie Lehrer, Ärzte, die Leiterin des Kindergartens, die Vorsitzenden der Jugend- und Heimatklubs sowie der Sportklubs und andere mehr. Stolzer Mittelpunkt war der ordensgeschmückte Gouverneur.

„Oh, wie schön, daß ich Sie treffe", rief Mr. President, „und wieder ohne Ihre charmante Gattin? Haben Sie ihr etwa Ausgangsverbot gegeben, damit sie uns Männer nicht verwirren kann?" Enriquo Valores machte einen gequälten Eindruck. „Denken Sie, Mr. President, meine Frau ist bereits in Santiago. Die Insel hier habe sie schwermütig gemacht, sie würde hier sterben, sagte sie. Ich konnte sie nicht halten, sie nahm die gestrige LANA-Maschine und ich, wo ich mich gerade eingelebt habe und wohlfühle, was mache ich Ärmster hier? Natürlich, ich muß dem Befehl gehorchen und bleiben."

Pater Eduardo wollte Trost spenden, der Gute: „Sie wird sicher wiederkommen, Herr Gouverneur, sicher. Das Sakrament der Ehe hat Sie beide zusammengefügt. Sie wird zurückkommen." Was wußte der liebenswürdige Pater schon?

Christian Walser kam mit seiner Frau Maria. Aller Augen richteten sich auf sie, als das Ehepaar in den Raum trat. Eine Erscheinung wie aus einer anderen Welt! Die Nachfahrin des Königs trug einen reich gemusterten Rock, der aus den Fasern des Papiermaulbeerbaumes gewebt war, eine alte Handarbeit, das spürte man. Auch die Bluse war reich bestickt. Die zarte, zierliche Frau hatte ihr Haar in einem breiten Knoten kunstvoll geflochten. Nathalie hatte Maria von Anfang an in ihr Herz geschlossen. Nun schritt sie in ihrem blauen Seidengewand auf die junge Frau zu.

„Maria, ich muß Sie sprechen. Es läßt Victor und mir keine Ruhe, nämlich der Wunsch, mit Ihnen über den Magier dieser Insel, Tel Tan, zu sprechen."

„Merkwürdig, Nathalie, auch Christian und ich denken darüber nach, wie man Tel Tan für einen guten Ablauf der Dinge einstimmen kann. Er ist der einzige große Mann von Rapa Nui, der helfen, aber auch verzaubern und – töten kann. Wir hörten, daß er über das EROM Vorhaben sehr erbost ist. Man sagt, er habe ein Tabu ausgesprochen und viele der Arbeiter hätten Angst. Soll ich zu ihm gehen?"

„Ja bitte, gleich morgen, vielleicht sollten wir Präsident Lovejoy mitnehmen. Ja doch, er muß mitkommen, ihn geht es ja schließlich an!"

Nach dem Essen sprach Nathalie den Präsidenten auf diese Sache an. „Natürlich, Nathalie, ich weiß, daß es notwendig ist. Morgen bin ich noch hier, dann muß ich dringend nach Rio de Janeiro, um ein weiteres Projekt voranzutreiben. Aber ich habe jetzt eine Ahnung von solchen Menschen, wie man im LLL-Dorf erlebt hat."

Maria verließ mit Christian sehr früh den gemeinsamen Abend, um direkt trotz der Dunkelheit das Haus des Tel Tan aufzusuchen. Es lag am Stadtrand. Der Garten schloß einige Relikte der großen Zeit der Insel ein. Im zittrigen Licht der Laterne sah der Weise die Königsenkelin, dann verbeugte er sich und sagte: „Unsere Götter mögen dich segnen, Ariki-paka, Blut unseres großen Königs Hotu Matua. Du bist festlich gekleidet, unsere alten Zeichen sind in den Stoff eingewebt, es redet und weissagt aus diesem Stoff." Und dann nochmals feierlich: „Sei gesegnet, ariki-paka". Sodann sah er die junge Frau durchdringend an und sagte: „Nun gut, komme mit dem Präsidenten und wichtigen Begleitern, drei Stunden nach dem höchsten Stand der Sonne. 'Make Make', unser großer Herrscher des Universums, möge meinen Zorn dämpfen und mich gelassen machen. Ich erwarte euch morgen."

Eilig hastete das Ehepaar Walter wieder zum Hotel „Hanga Roa", um Nathalie und Victor zu verständigen. Diese unterrichteten sofort den Präsidenten. „Gut", sagte dieser, „ich danke Euch für diese Dienstleistung. Ich fühle auch, daß es dringend ist."

Um die Zeit des Treffens hatte die Sonne sich hinter turmhohen Kumuluswolken versteckt, eine bleierne Atmosphäre lag über dem Ort und dem kleinen Haus, das sich nicht mit einem Blechdach wie viele andere modern gab, sondern mit Binsen gedeckt war. Es herrschte eine absolute Windstille. Pünktlich um 15 Uhr trat Tel Tan aus der Gartenpforte und bat die Besucher in den Hof hinter dem Haus. Er war ein würdiger Mann, für die Inselbevölkerung mittelgroß, mit einem dichten weißen Haarschopf und einer scharf profilierten Nase. Seine Hautfarbe stach vom Durchschnitt der Bewohner deutlich ab, er war hellhäutig wie ein Europäer. Man saß auf einer einfachen Holzbank, Tel Tan stand neben einem aus dem Boden kommenden Stein, der mit alten Figuren von Schildkröte, Fisch und Eidechse verziert war. Tel Tan blickte schweigend zum Himmel, dann ging er für einige Minuten in die Versenkung. Als er wieder zu sich kam, schaute er hellwach aus seinen braunen Augen.

„Nun gut, fangen wir an, ich bitte dich, Enkelin des Riki-mau, unseres ehrwürdigen ersten Königs, zu übersetzen, damit die Fremden mich verstehen können. Ihr habt euch", nun sah er den Präsidenten Lovejoy durchdringend an, „an den nördlichen Gestaden unserer Insel vergangen. Ich konnte es nicht mehr verhindern, denn die Geldgier der Menschen wird immer größer, aber ich habe ein 'Tabu' über, wie ihr sagt, '*Eure* Ahus' gelegt und das 'Mana' ist aus den 'Moais' genommen. Ihr werdet kein Glück an den Plätzen haben und viele Schmerzen hinnehmen müssen."

Nathalie war entsetzt, sie schaute mit erschrockenen Augen in die des Magiers, Priesters und Weisen, „Hochwürdiger Tel Tan, wir sind zu dir gekommen, um unser Vorhaben zu erklären. Würdiger Herr, du hast selbst gesagt, daß die Gier und der Materialismus immer mehr zunehmen, hier auf der Insel, aber auch überall in der Welt. Touristen werden immer zahlreicher auf diese friedliche Insel kommen. Sie bringen Geld mit, aber ist das alles?"

Tel Tan hatte Nathalies Blick fest aufgefangen und erwiderte ihn voller Güte.

„Hochwürdiger Herr, wir wollen hier an den drei 'Ahus' gerade deshalb eine Erziehungsarbeit leisten. Die Touristen werden jeweils mindestens vier Wochen bleiben und sollen geistig und körperlich geschult werden. Die geistige Arbeit steht gleichbedeutend neben der ökologischen: die Gäste sollen Bäume pflanzen, damit die Insel wieder grüner wird, so wie vor 2000 Jahren."

Nun mischte sich Präsident Lovejoy in das Gespräch: „Wir stehen bewundernd vor den Schöpfungen Ihrer Ahnen. In Ihrem Ambiente wollen wir diese Erziehungsarbeit leisten. Wir hoffen, daß das 'Mana' der Götter über die 'Moais' zu uns kommt. Darum sind wir hier, wir bitten um Ihren Beistand. Nehmen Sie die Verwünschungen zurück. Wir bitten Sie darum, wir meinen es ehrlich, und wir denken, daß auch die Bevölkerung der Insel an der neuen Belehrung teilhaben kann."

Wieder herrschte eine bleierne Schwere über den Besuchern. Tel Tan war in die Meditation gegangen, mit ausgespreizten Händen und aufgerissenen Augen schien er auf einer anderen Ebene zu weilen. Dann endlich, nach vielen Minuten des Schweigens, sah er seine Besucher der Reihe nach an und sprach: „Ich erwarte Nachricht, sehr bald", und er wies zum Himmel, „seht ihr dort den großen, schwarzen Vogel kreisen, er bringt mir Weisung." Alle schauten wie gebannt nach oben, es war ein großer, schwarzer Fregattvogel, der seine Kreise zog. Diese wurden immer enger, bis er zu einem verwegenen Sturzflug ansetzte, über dem Garten in wenigen Metern Höhe heftig zu rütteln begann, als wolle er sein Ziel nochmals kontrollieren. Dann flog er in einer sanften Kurve nach unten und setzte sich auf den ausgestreckten Arm des Weisen. Tel Tan fuhr mit der Hand über das glänzende schwarze Gefieder des Tieres mit dem elegant geschnittenen Flügel. Noch nie hatten die Besucher einen solchen Vogel aus der Nähe gesehen. Er war etwa einen Meter lang, das Gefieder glänzte blauschwarz, der scharfe, gelbe Schnabel zeigte die Kraft des Zupackens. Eine großartige Schöpfung der Götter. Das aufgeregte Tier beruhigte sich sofort, Tel Tan sah ihm lange und tief in die scharf blickenden, hellen Augen. Das dauerte wohl zwei Minuten, dann nickte der Weise dem Vogel zu, fuhr ihm über das Gefieder und entließ ihn mit einem kleinen Schwung in den blauen

Himmel. Jawohl, er war wieder blau, die bleierne Schwere war vorüber, und ein erfrischender Wind kam auf.

Nun schaute Tel Tan gütig lächelnd auf seine Besucher. „Der Bann ist gebrochen, das Tabu ist aufgehoben, tut, wie ihr es vorhabt, unsere alten Götter der Insel segnen Euer Werk!"

„Wir wissen nicht, wie wir Ihnen danken sollen!" rief Derek Lovejoy aus übervollem Herzen. „Noch eine Frage, hochwürdiger Tel Tan, werden Ihre Lehren, Ihre Fähigkeit und Weisheit weitergegeben?" Wieder lächelte Tel Tan gütig: „Es gibt Schüler, sie sind schon weit voran. Unsere alten Götter werden nicht zulassen, daß der Strom versiegt." Und dann wandte sich der Hellsichtige nochmals Maria zu, verbeugte sich vor ihr und sprach: „Enkelin unseres großen ariki-mau, die Götter und alle guten Geister seien mit dir."

Ein Gefühl der Erleichterung hatte unsere kleine Gruppe erfaßt, als sie zum Hotel „Hanga Roa" schritten, um den Präsidenten in sein Quartier zu bringen. „Was erlebe ich nicht alles mit euch, Nathalie und Victor, was seid ihr für Menschen, ihr zieht das Gute und Reine an! Mir ist um dieses Projekt nicht mehr bange. Aber er war sehr nötig, dieser Besuch."

Nach einem kleinen Nachmittagstee verabschiedete sich Derek Lovejoy von Nathalie und Victor. Maria war nicht dabei, sie war voraus gegangen in den Ort. „Also, ich will bei dem Gespräch am 1.Juni und an den folgenden Tagen unbedingt dabei sein. Ich denke, daß ich spätestens am 30. Mai wieder zurück bin. Ich muß mich natürlich nach dem immer noch losen Flugplan richten. Lebt wohl, ihr beiden", dann drückte er seine liebgewonnenen Mitarbeiter fest an seine Brust.

Die folgenden Tage bis zum erwarteten Eintreffen des beratenden Teams waren angefüllt mit Wanderungen, Ritten zur Baustelle im Norden und mit dem Sammeln von Informationen. Der Kontakt zu Maria, der „Arikipaka", wurde eng und herzlich. Sie berichtete viel von den früheren Riten und der sozialen Gliederung bis zu dem Zeitpunkt im vorigen Jahrhundert, als brutale Sklavenräuber die Insel überfielen und fast alle Männer in die Guanogruben Perus verkauften.

Nur einige seien zurückgekehrt. Damals, so sagte sie, habe man dem Volk, das sich immerhin eine gute soziale Stellung geschaffen habe, das Rückgrat gebrochen. „Aber ich", rief sie immer wieder, „ich bin von meinen Ahnen, den Königen, Priestern und Adligen, aufgerufen, die Lücke zu schließen. Wir sind nur ein kleiner Kreis, der eng in diesem Sinne arbeitet. Erfreulicherweise ist allgemein in unserem Land Chile und auch weltweit das Interesse und die Verantwortung gegenüber der Geschichte unseres Inselvolkes gewachsen."

„Für das polynesische Volk?" fragte Victor, „wo ihr doch der äußerste östliche Eckpfeiler des Siedlungsraumes seid."

„Nun ja", sagte Maria, „die Wissenschaftler, vor allem die Ethnologen wollen mit Sicherheit festgestellt haben, daß auf Rapa Nui nur die Besiedlung vom Westen her stattgefunden habe. Aber da sind Zweifel angebracht. Oft genug haben sich auch die exakten Wissenschaften geirrt. Hatte nicht Heyerdahl mit seinen Expeditionen viele Argumente für eine neue Sicht gebracht? Woher kommen die Weißhäutigen unter uns? Was haben unsere Riesenfiguren, unsere 'Moais', für Gesichtsprofile? Ist das etwa polynesisch? Und dann die bestimmte Steintechnik, die jener in Peru gleicht. Und die Binse im Kratersee, die nur in Peru vorkommt? Die Wissenschaft mag sagen, was sie will, unser Wissen und unsere esoterischen Weisheiten sind von Priester- zu Priestergeneration weitergegeben worden."

„Eure Schrifttafeln, Eure 'rongo rongo', das ist doch wohl die einzige Schrift, die im ganzen polynesischen Raum entstanden ist", warf Victor ein.

„Oh ja, wir sind eine archaische Hochkultur gewesen, niemand in diesem Raum hatte dergleichen" rief Maria begeistert. „Aber, liebe Freunde, es gibt nur wenige Schrifttafeln auf der Welt, die meisten sind in Museen. Was haben die Missionare nur mit den 'heidnischen' Schrifttafeln, wie sie sie nannten, gemacht!" rief sie empört. „Sie setzten die Menschen hier unter Druck, so daß alle Zeugnisse unserer großen Kultur auf dem Scheiterhaufen verkohlen mußten. Ich bin, weiß Gott, auch eine Christin, eine getaufte Christin sogar, ich glaube auch an den großen Erlöser Jesus Christus, aber hatten sie, die Christen, das Recht, unsere gesammelten Weisheiten, unsere schöne Literatur zu verbrennen, hatten sie das, die Missionare?" rief sie mit erhitzten Wangen. „Nun, es ist geschehen, auch andere große Kulturen in der Welt sind geschändet worden. Aber versteht, ich bin ein Stück dieser Kultur, und ich sage es euch im Vertrauen. Ich werde von einigen ehemaligen Priestern dieser Insel geschult. Geheim, natürlich. Wenn ich euch dies anvertraue, weiß ich, daß ihr schweigen werdet. Wir werden uns, so denke ich, noch oft unterhalten, damit ihr einen authentischen Einstieg in unsere Geisteswelt habt. Und ihr wollt ja auch gute Einsichten im Rahmen der EROM-Programme weitergeben, nicht wahr? Ich kann euch dabei helfen, meine lieben Freunde."

Die Tage bis zum Eintreffen der Experten verliefen wie im Flug. Nathalie und Victor ritten viel umher, um weitere Übersicht zu bekommen. Man bestieg mehrere Krater, fand immer wieder Teile von Statuen, beobachtete die Schleifspuren auf mehreren Wegen, auf denen man die Riesenstatuen bewegt hatte. Auch besuchte man die Stelle, an der die Ahnen dieser Insel ihre scharfen Messer und Schabgeräte aus Obsidian hergestellt hatten.

„Spürst du, Victor", sagte Nathalie beim Besuch des großen Kratersees am Rano Raraku angesichts der großen 'Moai'-Figuren, die oft bis an ihr Kinn im Lavaschutt stecken, „sie alle scheinen Seelen zu haben, sieh nur, Victor, wie real und auch wie unwirklich. Wer hat ihnen Leben eingehaucht, welche Künstler waren es? Es überfällt mich oftmals, ich sehe die religiösen und oft auch sehr weltlichen Szenen im Bereich der heutigen 'Ahus'. Wie auf einem großen Bildschirm schaue ich dem Zeremoniell der Ahu- Priester zu. Dort liegen die Toten aufbewahrt, aber Trauer ist nicht sehr gefragt, denn die Seelen, Victor, die Seelen kehren heim. Ich sehe die rituellen Tänze, die qualvollen Kriege zwischen den Stämmen, auch die Menschenopfer, nach einer Zeit der

Entartung auch die kannibalischen Zeiträume. Dann kommt eine neue Geistigkeit zurück. Die Trommeln dröhnen, Priester rufen zwingend die Götter und Geister herbei, ganz zarte, junge Mädchen im Tanz, losgelöst von allem, den jenseitigen Mächten ergeben. Wie schön ihre Bewegungen sind! Sie tragen farbenfroh gewebte Röcke, dazu die Jünglinge, angetan mit einem knappen Schurz ..., die Flöten, die Trommeln ... Vorn sitzen die Priesterschüler, neben ihnen der großgewachsene Stammeshäuptling, oh, dieser Rhythmus, kräftig und schmeichelnd zugleich... Oh, Victor, ..." Sie lehnte sich am ganzen Körper vibrierend an ihren Partner, „oh, Victor, diese ganze Insel ist vergeistigt, glaube mir, kahl und vollkommen zugleich, und ihre vulkanischen Schlünde gehen in die Tiefe, auch von dort strömt die Kraft. Oh, Victor..."

Dieser umfaßte sie liebevoll. „Ich sagte dir bei der Ankunft, mein liebes Euro-Siamdschungelkind", dabei sah Victor strahlend in die tiefgründigen Augen Nathalies, „ich sagte, du wirst diese Insel bald lieben lernen, nun bist du ihr verfallen. Ja, verschworen, könnte man sagen. Immerhin scheinen deine Erinnerungen an die Vergangenheit von Rapa Nui echt zu sein. Hast du das alles erlebt? Jedenfalls war das schon ein fast perfektes Programm eines möglichen Ablaufes am 'Ahu' ..."

Am 29. Mai, früher als erwartet, landete Mr. President auf dem Flugplatz. Nathalie und Victor sowie Rafaelo Tiki nebst Bürgermeister Reyes kamen zum Empfang. Sehr sportlich, mit einem weißen Leinenanzug bekleidet, schritt er die Gangway herunter, aber nicht allein; an seinem Arm führte er eine zarte junge Frau.

„Seht mal, was ich euch mitgebracht habe", rief er lachend, „das ist Yasouku Sou, eine charmante, sehr begabte Landschaftsarchitektin aus Japan. Sie arbeitet zur Zeit bei einem großen Meister der Zunft, beim weltbekannten Roberto Burle-Marx in Rio de Janeiro. Ich habe sie mir 'ausgeliehen', muß sie aber in spätestens vier Wochen zurückgeben. Sie wird uns diese Vision einer Inselstruktur geben, wir werden von ihr lernen und EROM und unsere Planer werden viel profitieren."

Verhalten, aber doch zielbewußt, ging die schlanke, mit einem gelben Reiseanzug bekleidete junge Frau von Bord. Sie werde im Hotel wohnen, erläuterte der Bürgermeister.

Plötzlich rief der Chef: „ Aber, um Gottes willen, wo haben wir denn unseren Freund Alfonso Ramos gelassen, ah, er ist wie immer bescheiden, er steigt als letzter aus!"

Professor Ramos war von untersetzter Gestalt, seine klugen Augen wurden von einer breiten, schwarzen Hornbrille umrahmt. Als er Victor erblickte, stürmte er auf ihn zu und umarmte ihn herzlich. „Mein lieber, guter Victor, daß wir uns hier an dem Ort Ihres früheren Wirkens wiedersehen, ist wunderbar. Ich freue mich, hoffentlich kann ich der Sache dienen." Und dann deutete er auf Nathalie.: „Ah, Victor, das ist sie wohl, die sagenhafte Delphin-Reiterin Nathalie." „Nebenbei auch noch unsere Leoparden-Königin", fügte Derek Lovejoy lachend hinzu.

Am 30. Mai gab es dann noch einen Empfang für die Professorin Irmgard Tannenberg und den Archäologen Professor Dr. Arno Eggebrecht. Sie hatten die gemeinsame Anreise vereinbart. Auch hier gab es eine innige Begrüßung zwischen Nathalie und der Schweizer Soziologin.

„Irmgard, du hier auf Rapa Nui, sei herzlich willkommen!" Der Präsident grüßte Professor Dr. Eggebrecht, „fühlen Sie sich wie zu Hause, auf diesem 'Nabel der Welt'. Wir hoffen auf viele Erkenntnisse von Ihrem Aufenthalt hier." Senor Bursano gab ebenfalls seiner Freude Ausdruck, daß er endlich den großen Kollegen aus Deutschland kennenlernen dürfe. Somit war die Runde der EROM Berater bis auf Professor Umberto Smith aus Caracas perfekt. „Schlafen Sie sich tüchtig aus", rief Derek Lovejoy, „denn übermorgen, am 1. Juni, werden wir uns im Gemeinschaftsraum ganz in der Nähe des 'Ahu' Tantaura sehen. Bei Problemen und Sorgen wenden Sie sich bitte an Senora Aredondo, die Hoteldame."

Die letzten Ankömmlinge schliefen dann auch wie die Inselratten oder wie die als Rohformen vorgebildeten 'Moais' am Rano Raraku-Krater. Aber, schliefen die wirklich, gab Inspiration ihnen nicht schon eine Portion 'Mana'?

Nur einige weiße Wolkenschiffe segelten an diesem Juni-Tag über den tiefblauen Himmel. Der Wind war weich und schien mit Hingabe die Krater, die mit Felsbrocken übersäten Ebenen und hohen Spitzen des Orongo-Dorfes streicheln zu wollen. Die mehr als tausend halbwilden Pferde stampften voller Lebensfreude über die weiten Flächen und scheuchten Abertausende von Habichten auf. Damals importiert, die böse Erbschaft eines gut meinenden Paters, der geglaubt hatte, die sich stark vermehrenden Sperlinge durch deren Feinde bekämpfen zu müssen. Aber so ist das. Wenn man in ökologische Systeme eingreift, muß man erst Vernetzung studieren. Ökologie setzt Wissen voraus.

Die Versammlung im Schatten des 'Ahus' Tantaura – spaßig sagte Rafaelo Tiki manchmal, das 'Ahu' EROMA – war sehr komplett, lokal, national und international gut gegliedert.

„Meine Damen und Herren", rief Mr. President wohlgelaunt, „dies ist so etwas wie eine qualifizierte Elefantenrunde, ich begrüße Sie alle herzlich. Über die Ziele unserer Gesellschaft sind Sie durch persönliche Schreiben unterrichtet. Sie kennen auch die Erfolgsberichte über unsere Objekte am Wadi Hamad in Ägypten und am Serengeti in Tansania. Wie Sie wissen, haben wir ein neues Buch im Tourismus der Welt aufgeschlagen, weg vom Massentourismus zu einem innovativen Erleben. Wir sind schon im 21. Jahrhundert damit, weltweit werden unsere Einrichtungen regelrecht gestürmt, obwohl sie nicht so billig sein können. Wir wollen in Kürze zwei weitere Objekte anbieten, nämlich das 'Wasserschloß' auf Morea und die Einrichtungen hier auf Rapa Nui an drei 'Ahus'. Da auf der Insel Morea bei Tahiti Verzögerungen eingetreten sind, soll dieses Osterinsel-Projekt schneller verwirklicht werden. Wir wollen am 1. September dieses Jahres beginnen, zunächst im Bereich des 'Ahus' Tantaura, und werden dann die beiden anderen

'Ahus' mit einbeziehen. Vereinfacht dargestellt, wie unser EROM-Paar, Nathalie und Victor, vorgeschlagen hatten, heißt das Motto für unser Programm hier: Tanzen und pflanzen. Jawohl, Sie hören recht. Tanzen sollen die Touristen, sakrale Tänze werden sie einstimmen. Wir haben weiter vor, die angereisten internationalen Touristen mit Weisheitslehren dieser Insel und der Welt sowie mit Meditationen in unseren Höhlen bekanntzumachen. Und dann – last not least – sollen sie Bäume und Sträucher pflanzen, damit die Insel wieder grüner und fruchtbarer wird. Es ergeben sich noch viele andere Möglichkeiten, auf die ich hier nicht eingehen will. Sie alle zusammen, meine Damen und Herren, werden uns da sicher manches vorschlagen können. Und nun lassen Sie sich die Bauidee von unserem Ingenieur, Senor Rafaelo Tiki und weitere Gedanken von Dr. Eddington erklären."

Nach diesen Worten sprach der Gouverneur, heute in einer sehr weiß, sehr steril aussehenden Uniform stekkend, markige Worte des Willkommens. Man möge sich aber auch unbedingt um die Folklore dieser Insel kümmern, Volkstänze sowie alte Gesänge mit einbeziehen. Der gutherzige Bürgermeister hatte seine gewichtige, stets auf hochhackigen Schuhen balancierende Gattin zu Hause gelassen, ihre Füße brauchten Schonung. Unter den Anwesenden war natürlich auch Pater Eduardo, der hier immer noch viel Heidnisches im Programm vermutete, sodann natürlich auch Maria und Christian Walser, sozusagen das gute Gewissen der Insel.

Noch einmal sprach der Präsident: „Meine lieben Gäste, meine Damen und Herren, Sie sehen, daß EROM ein ziemliches Tempo vorlegen muß. Inzwischen ist auch unser Freund, Professor Umberto Smith aus Caracas, eingetroffen. Ich glaube, daß die Gespräche mit den Ethnologen, Soziologen und Archäologen zur Abstimmung etwa sieben bis zehn Tage dauern werden, dagegen werden unser Botaniker und Pollenforscher Ramos sowie die Landschaftsarchitektin Frau Yasouku Sou sicherlich vier Wochen brauchen. Wir benötigen hier handfeste Unterlagen und Gestaltungspläne, denn vor den Augen der Welt können wir uns keine Fehlschläge leisten."

Nach diesen präsidialen Worten erläuterten Dr. Eddington und Rafaelo Tiki das Konzept. Dann begab man sich zur Baustelle. Alle waren über den Stand des Wiederaufbaus überrascht und befriedigt, außer Professor Dr. Eggebrecht.

„Entschuldigen Sie bitte", sagte er zu Rafaelo Tiki, „daß ich trotz der allgemeinen Begeisterung etwas Wasser in den Wein schütten muß. Was haben Sie nur für eine Farbe dem Beton beigemischt? Ohne Zement wären wir beim Aufrichten der Figuren natürlich hilflos. Trotzdem, hier", er zeigte auf eine breite Nahtstelle zwischen dem Unterkörper und dem oberen Teil des größten 'Moai', „das ist viel zu schwarz geraten, da müssen Sie wohl vorher sorgfältiger Proben machen. Ein Welterbe wie dieses braucht besondere Aufmerksamkeit. Das gilt übrigens auch für den quaderartigen Unterbau. Versuchen Sie doch in jedem Fall, ihn wieder trocken aufzusetzen."

„Ich danke Ihnen für diesen Hinweis", sagte Rafaelo Tiki, dann holte er einen der örtlichen Ingenieure zur Zurechtweisung, allerdings sehr dezent. Sodann ging's zur Höhle hinunter.

„Sorgen Sie doch baldigst dafür, daß niemand abstürzt", sagte der Präsident. Als er bemerkte, daß die Japanerin Yasouku Sou Erscheinungen einer Phobie zeigte, nahm er sie fest an die Hand und führte sie sicher durch den dunklen Spalt zum Eingang der Höhle. Wie zu erwarten, waren alle stark beeindruckt von dem mystisch anmutenden Raum.

„Irmgard, wie geht es dir?" fragte Nathalie ihre Freundin. Sie wußte, daß Frau Tannenberg, die exakte Soziologin, zugleich sehr esoterisch veranlagt war. Sie wunderte sich nicht über deren Erschütterung.

„Oh Gott, oh Götter, das ist ein unglaublicher Raum. Wer sich hier nicht auf den Weltgeist des Universums einstellen kann, dem fehlt ..."

„Aber, Frau Tannenberg, setzen Sie nicht zuviel bei den künftigen Gästen voraus", meinte der Präsident, „einige werden nicht folgen können, andere werden kritisch bleiben, aber insgesamt nach dem Aufenthalt hier werden viele sich um eine andere Weltsicht bemühen müssen. Wie ich es zum Beispiel getan habe, dank des Einflusses von Madame Chaux Wong. Nathalie", er wandte sich ihr zu, „darf ich Ihnen sagen, daß ich an mir ziemlich gearbeitet habe? Ich glaube, es ist mir eine, wenn auch kleine, Antenne gewachsen. Wir sprechen noch darüber."

Nathalie war glücklich über diese Bemerkung eines großen Konzernherrn, auch Victor freute sich darüber. Er sagte später, daß er Nathalie mit ihrer medialen Geistigkeit bewundere.

„Du hast gehört, lieber Victor, wie Derek Lovejoy reagiert hat, ich glaube, du mußt etwas tun, damit er mir nicht zu nah auf die Fersen kommt", sagte Nathalie, verschmitzt lächelnd. „Ja, ja, ich weiß, Nathalie, übrigens habe ich das Gefühl, daß unser Chef bei jeder Gelegenheit deine Augen sucht, manchmal sieht es so aus, als ob er dich regelrecht verschlingen wollte."

„Oh je, Victor, da muß ich mich vorsehen, ich möchte gern noch etwas leben. Ein wenig eifersüchtig, wie ..?"

Nach einem locker verlaufenen Abend im Hotel „Hanga Roa" war man sich über die Arbeitsweise in den nächsten Tagen einig. Die Japanerin sollte mit Professor Umberto Smith zunächst das Gelände einige Tage erkunden, Dr. Eggebrecht hatte die archäologischen und denkmalpflegerischen Aufgaben an den drei 'Ahus' zusammen mit Senor Bursano übernommen, während sich Nathalie, Victor, die Professorin Tannenberg und Alfonso Ramos im Gemeinschaftsraum der beiden Bungalows zusammensetzen wollten. So wurde es gemacht. Als Christian Walter am nächsten Morgen hoch zu Roß mit zwei weiteren gesattelten Pferden am Hotel erschien, war unsere Japanerin recht zurückhaltend.

„Soll ich mitreiten?" fragte sie zögernd.

„Ja doch, Sou Yasouku San", sagte Umberto Smith, der viel Umgang mit Japanern hatte. „Mit dem Wagen sind wir in weiten Bereichen der Insel nicht bewegungsfähig, aber Pferde können überall hin. Sie sind sicher schon einmal geritten?"

„Oh, das ist lange her, versuchen will ich es. Aber so, mit dieser Kleidung?"

„Längst alles da, rief Christian, EROM hat für Sie und den Senor Smith Reithosen bereit."

So begann also die Erkundung der Osterinsel, für Umberto Smith nicht das erste Mal, für die junge Japanerin aber wurde dieser kurze Ritt längs der Cook Bay zum roten Krater Puna Pau ein großes Erlebnis. Sie sitzt auf dem Pferd wie die schöne Prinzessin aus der Legende des Ramayana, dachte der Professor Umberto. Ihr schlanker Körper, das lange schwarze Haar zu einem dichten Zopf geflochten, ihre Art der verhaltenen Gesten, all das war ein sehr ästhetischer Anblick.

„Na ja, sie soll ja auch mit ihren Ideen der Insel nicht nur gute ökologische, sondern auch ästhetische Vorschläge machen aber, warten wir es ab, vielleicht ist sie zu zart besaitet für diese Vulkan- und Schlackeninsel", dachte Senor Umberto. Auch Christian hatte seine Freude, irgendwie glaubte er eine Ähnlichkeit mit seiner „Königsfrau" zu entdecken. Wer weiß ...

Sehr lebhaft verlief das Gespräch an diesem Vormittag im Gemeinschaftsraum der EROM-Bungalows bei der Diskussion, welche Programmpunkte man noch in den Ablauf der „Touristen-Seminare", so wolle man es einmal nennen, einbauen könne.

„Fangen wir einmal mit dem Morgen an", meinte Dr. Eddington, „da müßte wohl zur Einstimmung der Tanz stehen."

„Ich will ihn gern als Vortänzerin einleiten", äußerte sich Nathalie. „Aber ich meine, Maria mit dem engen Kontakt zu Tel Tan und einigen älteren Leuten dieser Insel sollte da etwas einbringen."

Maria war begeistert. „Oh ja, gern, über den Großvater habe ich von den Ururеltern einiges erfahren. Wichtig aber ist die Musik, besser der Rhythmus. Ich kenne einen Mann, der sich jahrelang mit der überlieferten Volksmusik befaßt hat. Er heißt Jean Fajardo, wohnt nicht weit von uns. Man müßte mindestens einen Trommler und zwei Flötenspieler haben, dazu bei Ausweitung noch jemand für unser besonderes Xylophon, dann gehört noch eine Art Zimbel dazu."

Ob es eine gute Folklore-Gruppe gäbe, wollte Victor

wissen. Ja sicher, man treffe sich wöchentlich im Saal der Gemeinde, dabei würden auch die alten Zeremonial- und Tanzpaddeln benutzt.

„Gut", sagte Victor, „sicherlich wird pro Seminar ein Gemeinschaftsabend stattfinden müssen."

Wie es mit möglichen Quellen für Rezitationen stehe. Man müsse doch wohl aus den 'rongo rongo'-Schrifttafeln schöpfen können, wollte die Professorin Tannenberg wissen. Bei unseren Vorträgen esoterischer Art solle man nach Möglichkeit literarisches Gut der alten Osterinselkultur einbringen, damit die geistige Orientierung nicht zu einem internationalen esoterischen Potpourri verkomme.

„Oh ja", rief das Königs-Enkelkind, „ich werde einiges ausgraben!"

„Maria, heidnische Ariki-paka mit dem christlichsten Namen", warf Nathalie ein, „ich sehe schon, Sie sind unsere wichtigste Stütze zur Bewußtmachung dieser Atmosphäre. Also dann werden Maria, Frau Tannenberg und ich die Themen, Tanzmusik und Literatur durchdenken und vorbereiten."

Victor meldete sich mit einem unglaublichen Vorschlag. Es ging ihm um die Wiederbelebung des großen Festes von Orongo, eine jährliche Wiederholung zur Ermittlung des Vogelmannes.

„Oh, Victor", äußerte Irmgard Tannenberg, „darüber habe ich Aufregendes gelesen, ist es weit von hier?"

„Kommen Sie gleich mit", rief Christian Walter, „ich fahre Sie zum Fuß des Rano Kao-Kraters. Dann steigen wir auf, Sie als Schweizer Alpinistin werden das schnell schaffen. Man muß oben an der Klippe gestanden haben, um den landschaftlichen Höhepunkt, das feierliche Ambiente erleben zu können."

Als Irmgard Tannenberg nach zwei Stunden zurückkam, rief sie begeistert aus, daß man da oben das Gefühl habe, den Göttern nahe zu sein. Und diese unglaublichen Petrographien, Felsritzungen, mit dem Ausdruck von starken Göttergesichten. Inzwischen war abgesprochen: Victor wird mit dem Rat der Gemeinde, mit den Kultur- und Sportklubs der Insel diese Themen erörtern.

Danach soll immer im Frühling, wenn die Seeschwalben auf der Vogelinsel Motu Nui zum Nisten kommen, ein Wettbewerb unter den sportlichen Jünglingen der Insel stattfinden. Es geht darum, das erste Ei in einem der Nester zu finden und es wohlbehalten wieder zurück zum Orongo-Dorf zu bringen. Dazu muß die Meerenge zwischen Orongo und den davorliegenden drei Inseln durchschwommen werden, und zwar auf einem kleinen, unsinkbaren Binsenfloß, auf welchem man mit dem Bauch liegt und mit den Armen voran paddelt – ganz so, wie die Ahnen es taten. Außerdem muß jeder seine Portion Verpflegung mitnehmen, denn es gilt, in den Felsüberhängen oder -höhlen dieser Vogelinsel zu übernachten und abzuwarten, bis die ersten Seeschwalben gebrütet haben. Früher war es so, daß die Hopu, Bedienstete der Stammeshäuptlinge, das erste Ei laut ankündigten durch Rufen, dann es in den Mund nahmen, um dem Häuptling dies Ei unbeschädigt zu übergeben. Aber was mit den Haien sei, wollte Maria wissen. Damals war das ein kühnes Unternehmen gewesen, denn viele junge Menschen, die sich im Auftrag ihres einflußreichen Häuptlings, des Mata-to'a, in die Fluten stürzten, wurden von den gierigen Haien zerrissen. Ah, das sei kein Problem, meinte Dr. Eddington: „Wissen Sie denn nicht, daß im Roten Meer am Wadi Hamad sich EROM's Haiabweisungsgürtel sehr bewährt haben? Aber sportlich wird das auch eine große Sensation!" Im übrigen solle der Sieger der 'Angata-manu', der Vogelmann für ein Jahr werden. Dieser Jüngling, für diese Zeit mit einem starken 'Mana' versehen, werde auf der Insel gefeiert werden, und ihm würde eine Reihe von Vorrechten eingeräumt werden.

„Vielleicht", so meinte Dr. Eddington, „könnte das Fest des Vogelmannes schon unmittelbar nach der Eröffnung des 'Ahu' Tantaura stattfinden."

Inzwischen wurde Victors Vorschlag von allen Verantwortlichen des Ortes begeistert aufgenommen. „Großer Gott 'Make Make'", rief der Bürgermeister Reyes, „welche Idee, welche Unternehmung! Ich denke an die Schlagzeilen in der internationalen Presse: „Das berühmte Fest des Vogelmannes auf Rapa Nui wird der Vergangenheit entrissen." Obwohl damals – noch vor einhundertunddreißig Jahren, als das Fest zum letzten Mal gefeiert wurde – andere gesellschaftliche Gegebenheiten bestanden, würde es ein Leichtes sein, ein modernes, mehr auf die Sportlichkeit ausgerichtetes Programm zurecht zu bauen.

So waren also in diesen Tagen wichtige Planungen aufgestellt und mußten schnell verwirklicht werden. Und wie lief die Erkundungsarbeit des Ökologen und der Landschaftsarchitektin? Nun, Umberto Smith hatte eine ganze Reihe von weiteren Bodenproben zur Pollenanalyse genommen und konnte die meisten davon aufgrund seiner bisherigen Arbeiten analysieren. Immer wieder tauchte der Torromiro-Baum auf, er war ein zäher Bursche hier auf der Insel und wurde von den Siedlern nach und nach abgeholzt. Es gäbe aber einen vorzüglichen Mutterbaum in seinem Lande, aber von der Saat bis zum pflanzfähigen Bäumchen dauere es wohl zwei Jahre. Aber andere Sträucher sowie zwei Palmenarten könnten schnell herangezogen werden. Er habe eine Fläche gefunden, die sich hervorragend als Baumschule eigne.

„Und wie steht es mit dem Eucalyptus", fragte in den vielen gemeinsamen Beratungen Yasouku Sou, „wir kommen doch zunächst nicht ohne ihn aus. Er könne ja schnell vermehrt werden, dieser Fremdling aus Australien. Ich denke, daß ich in meinem Landschaftsplan ein Grundgerüst bzw. kleine Waldstreifen vorschlagen werde, die dann später mit den heimischen Arten unterpflanzt sind."

„Ja, Senora Yasouko, das ist eine richtige Idee, aber was die Bewässerung in der ersten Zeit betrifft, da gibt es Probleme, obwohl sich eine Art Containerpflanzung vielleicht anbietet, zur Wassereinsparung."

Inzwischen hatte man aber von Dr. Eddington erfahren, daß eine Gruppe von Ingenieuren sich mit dem Aufbau eines Solarkraftwerkes befaßte. Es sollte in naher Zukunft eine Meerentsalzungsanlage betreiben; die Weltbank habe erhebliche Mittel für eine solche Installation in Aussicht gestellt. Das sei die ideale Lösung, meinte Professor Smith, der Mißbrauch des Wassers aus dem Kratersee des Rano raraku für die Landwirtschaft sei im Grunde nicht zu verantworten. Übrigens habe seine Analyse herausgefunden, daß im Kraterinnern einst Feigen, Wein und andere Obstgehölze angebaut wurden. Warum das nicht aufgreifen? Wein der Osterinsel? Das sei durchaus und sehr schnell zu realisieren, denn auf dem Lavagrund, der sehr nährstoffhaltig sei, wüchse auch an anderen Orten der Welt ein vorzüglicher Wein.

So ging die Woche mit Analysen, Besichtigungen und Planungen schnell vorüber. Alle waren voll tätig: Der Archäologe Professor Dr. Eggebrecht machte neue Vorschläge für die drei EROM-'Ahus' aufgrund vergleichender Untersuchungen an anderen 'Ahus'. Auch studierte er gründlich die Situation auf den Orongo-Klippen und gab wichtige Hinweise zur Restaurierung und Ausstellung der aus Schiefer gebauten niederen Häuser für die Angehörigen der Meereskämpfer und Eisucher auf Moto Nui.

Nach zehn Tagen konnte Präsident Lovejoy eine gute Bilanz ziehen, als er den größten Teil des wissenschaftlichen Beratungsteams verabschiedete.

„Meine Damen und Herren", sagte er am letzten Abend, „EROM dankt Ihnen für Ihre wertvollen Ratschläge. Wir werden sie uns zu Herzen nehmen. Wenn es Ihre Zeit erlaubt, sind Sie herzlich zum Start in die neue Zukunft der Isla de Pascua eingeladen. Ich spüre, dies hier wird ein großer Erfolg,- es gibt eine Fülle von Ideen für einen sehr individuellen 'Tourismus mit Herz' für das nächste Jahrtausend. Wieder werden wir der Konkurrenz um mehrere Nasenlängen voraus sein."

Nun, das waren wieder viele große und präsidiale Worte, jedoch bis zur Verwirklichung der Ideen mußte noch viel Arbeit geleistet werden, vor allem bei diesem Termindruck. Aber die Arbeitsteilung war klar, jede Gruppe wußte, was sie zu tun hatte.

Noch zwei Monate bis zur Übergabe des 'Ahus' Tantaura an die Touristen! Wieder zeigte sich die reibungslose Organisation von EROM's Spitzenleuten von ihren Stützpunkten in den verschiedenen Kontinenten aus. Die Welt wußte, daß am 1. September auf einem verlorenen Eiland im Pazifik ein weiterer Schritt in den geistvollen, neuen Tourismus des nächsten Jahrtausends getan werden sollte. Oh, was die stolze Nathalie und der kühne Victor wohl machen würden! Aber was sollte denn dieses Kombinieren von Tanzen und Arbeiten, warum nicht anderswo, es gäbe schönere und wärmere Plätze auf dieser Welt, was sollte diese Außenseiterrolle? Und dann angesichts der steinernen Riesenfiguren? Die Konkurrenz schrieb auch, daß man alle Archäologen der Welt aufrufen müsse, hier Originales der hohen Weltkultur vor einem neuen EROM-Rummel zu schützen. Aber die positiven Stimmen überwogen, schon die Neugier auf das EROM-Paar, das, wie die „Austin Tribune" schrieb, zu einem „Markenzeichen der Gesellschaft" geworden sei. In Magazinen wurden Ferien über die Osterinsel veröffentlicht, wobei viele Fernsehanstalten die früheren Reportagen des Herrn Victor Jung-Tabore dem Weltpublikum zeigten.

Man hatte sich wieder entschieden, das Heer der eingeladenen Journalisten und Medienvertreter in einer Zeltstadt unterzubringen. Ver- und Entsorgung waren vorbereitet. Das technische Kommunikationszentrum ISDN unter Leitung des Deutschen, Dr. Ing. Walter Schmidt, war im Aufbau, drei Weltfirmen hatten ihre neueste Teletechnik zur Verfügung gestellt, Radarschirme hielten engen Kontakt zu drei Satelliten usw., schon für den „normalen" Fachmann eine verwirrende Sache. Auch am Orongo-Felsen war die Technik im Aufbau, hier sollte Victors Wirkungsstätte sein, der dem Publikum den seit 130 Jahren versunkenen Kult des Vogelmenschen wieder als neues Programm darstellen würde.

Maria, „Ariki-paka"-Frau, hatte inzwischen feste Freundschaft geschlossen mit Nathalie und Victor.

„Du weißt Maria, wir treiben hier ein gewagtes Spiel mit dieser Art von Tourismus, wir müssen das Beste daraus machen, das sind wir dieser Kultur schuldig", sagte eines Abends Nathalie, als die beiden bei Walters zu Gast waren. „Sag mir bitte, was ist das nun mit den sagenhaften Höhlen, von denen Heyerdahl und andere geschrieben haben. Einige davon sind ja wohl 'freiwillig geplündert' worden. Maria, hast du oder hat deine Familie auch so etwas Geheimes? Vielleicht beherbergt ihr sogar eine 'Rongo-rongo'-Schrifttafel, sicherlich auch Figuren der berühmten Totengeister, der 'Moai Karakava', Schädel, Wurfhölzer oder anderes? Entschuldige bitte meine Neugier, aber du weißt, daß ich mit Ernst in eure große Kultur eingestiegen bin. Schließlich wollen wir sie geistig umsetzen."

Maria, die christliche Heidin, schaute verdutzt drein, dann ging ihr Blick zu ihrem Mann, fragend und musternd. Wenn es wirklich etwas gab, könnte Maria ihre Freunde in das Geheimnis der Königsenkelin einbeziehen? Nun, es folgten einige Minuten Schweigen, man konnte die einsame Fliege im Wohnraum summen hören, immer drehte sie ihre Kreise um die Lampe. Plötzlich stand die zarte Maria auf.

„Kommt mit, wir fahren sofort los. Mein 'Aku Aku' rät es mir, und es meint auch, daß ihr beide vertrauenswürdig seid. Der Landrover verließ die Piste und holperte zwischen den Felsengruppen nach Norden zu. In der Höhe des Vulkans Tuu ging es scharf nach Westen in Richtung Küste. Bei einem einsamen, windgepeitschten Feigenstrauch – wer mochte ihn gerade hier gepflanzt haben? – wurde der Wagen abgestellt. Dann marschierte die Gruppe im Gänsemarsch die Küste entlang. Der Ozean brodelte, und die meterhohen Wogen brachen sich tosend an den Klippen. An einer schwarzgrau flimmernden Erosionsrinne zum Wasser hin verhielt Christian, dann suchte er mit seinen Augen sorgfältig die Umgebung ab. Sie wurden also nicht beobachtet. Christian nickte Maria zu, stieg einige Meter zwischen den Schlackenfelsen ab, sodann schob der groß gewachsene Deutsche ein Felsstück zur Seite und schob seinen Körper wie eine Schlange in einen schmalen, dunklen Gang.

Maria folgte, sie sagte aber: „Nathalie und Victor, wartet, bis wir euch rufen." Erst nach zehn Minuten kam das Zeichen und Nathalie schob ihren Körper durch das schmale Loch, dann folgte Victor. Als sie sich in dem matten Kerzenlicht orientieren konnten, erschauerten beide. Beiderseits des erweiterten Eingangs starrten Reihen von Totenschädeln auf sie. Maria verbeugte sich vor einer großen Holzfigur, die an der Mittelwand auf einer kleinen Bank stand, dann murmelte sie einige Verse mit großer Inbrunst, verbeugte sich wieder und wieder und zündete zwei weitere Kerzen an. Dann sagte sie: „Ich habe den 'Karakava' um Verzeihung gebeten, daß ich euch mitgebracht habe. Der Geist sagte, es sei das erste Mal, daß Fremde in dieser Höhle seien. „Könne sie das verantworten?" Ich sagte daraufhin, ich könne das, ihr seid uns Bruder und Schwester und steht auch in *seinem* Dienst. Ich habe auch die Geister der Ahnen angerufen, über ihre Schädel, von jeder Generation den Tüchtigsten." Ganz plötzlich hörte man ein Poltern in einem Nebenraum, als ob steinerne Gegenstände durcheinanderstürzten.

„Bitte", flehte Maria, „bitte kriecht schnell hinaus und wartet dort." Es war ungeheuerlich, was war geschehen? Beide, Nathalie und Victor, waren nervös und angespannt. Nach etwa zehn Minuten erschien Christian im Eingang und bat sie, wieder hereinzukriechen. Maria saß im fahlen Licht der Höhlenmitte und sagte: „Ich habe sie wieder beruhigt, nachdem sie sich zum Protest von ihrer Steinbank gestürzt haben. Seht Ihr, ich zeige sie euch und streichele sie, macht dasselbe, dann finden sie Ruhe. Denkt liebevoll an sie, denn sie haben Herzenswärme nötig." Und so wanderten die Holz- und Steinfiguren von Hand zu Hand: Eidechsen und Schildkröten, aus Stöcken von Toromiro-Holz geschnitzt, Tiere mit menschlichem Antlitz, Boote und Binsenflöße in Stein, und immer wieder die skelettartig geschnitzten 'Kawakavas', mit vorstehenden Rippenbögen, eingefallenem Bauch und langen Ohren. Alle diese Figuren bekamen durch Streicheln liebevolle Energie zugeführt.

„Nun zeige ich euch das Kostbarste meiner Ahnen", flüsterte Maria und holte aus einem Loch unter einem

Deckstein ein kleines Binsenpaket heraus, entrollte es und hielt es in die Nähe einer Kerze.

„Oh", rief Victor, „das ist ja, das ist..."

„Ja, Victor, es ist eine echte 'Rongo-Rongo'-Schrifttafel. Wenn man das wüßte, wäre sie längst enteignet und in die Museen nach Santiago transportiert. Aber sie bleibt hier, sonst verliert sie ihr 'Mana', sie muß hier bleiben, sonst stürze ich mich über die Felsen in das Meer." Erst nach einigen Minuten hatte sich Maria wieder beruhigt und man fragte, was ist dort geschrieben, kannst du das lesen?

Dann nahm das Königskind die Tafel und rezitierte. „Oh ihr Menschen, die ihr dem göttlichen Schoße entsprossen seid, ihr 'Langohren', seit Motu Hotua haben wir eure Seelen gesehen und eure Gebete erhört. Oft aber mußten wir zornig werden, wenn ihr den großen Geist der Welt, euren Schöpfer Make Make vergaßet. Seid dankbar, gebt Opfer, seid Brüder und Schwestern, dann werden alle Götter und Geister euch wohl sein."

Maria holte tief Luft, dann fragte sie, ob man auch den Text der anderen Seite hören wolle? Das sei ein fröhliches Lied. Und dann sang inbrünstig mit einer zarten, aber nur im Bereich einer Oktave sich bewegenden Stimme: „Oh, du kleine Seeschwalbe, komm zu mir und zeig mir meinen Geliebten. Mach meine Brüste schön, meine Schenkel schlank, meine Augen glänzend, wie Obsidian, daß mein Herzenswärmer, mein Alles mich lieben kann. Bringt ihn zu mir, oh guter Geist, ich will ihn auf meinem Lager von Binsen erwarten. Kleine Seeschwalbe, bring ihm meine Liebe, sonst muß ich verdorren, kleine Seeschwalbe ..."

Nathalie und Victor waren ergriffen von diesen Rezitationen. Es schien, als ob die Skulpturen atmeten, wohl auch ein wenig zögerten, aber man spürte, daß die Geister der Toten versöhnt waren und die ersten fremden Besucher nun auch mit Wohlwollen einhüllten.

„Nun schaut euch um", flüsterte Maria, dann löschte sie die Kerzen. Man saß erwartungsvoll auf dem Binsenboden, dann – großer Gott, es war keine Halluzination, leuchteten die Skulpturen in einem matten grünen Licht und ein leises Murmeln drang an die Ohren der Besucher. „Meine Ahnen", sagte Maria leise, „sie sind in Harmonie mit uns, mit dem Kosmos und den Zeiten."

In dieser Nacht konnte Nathalie keine Ruhe finden. Sie kleidete sich an, klopfte an Victors Tür und sagte: „Komm, Victor, begleite mich, ich muß die Enge des Raumes tauschen mit dem Wind, muß der Brandung lauschen und meine Nerven beruhigen."

Der Mond zeigte sein erstes Viertel, es war hell genug, um zum nahegelegenen 'Ahu' Tahai zu wandern. Hand in Hand schritten sie durch die harten Grashalme und saßen dann zu Füßen des großen 'Moais', einer besonders schönen, riesenhaften Figur, dem Meer zugewandt, und schwiegen.

Nathalie legte ihren Kopf in Victors Schoß, dann sprach sie nur diese Worte: „Mein Liebster, eines Tages werden wir uns den Unsterblichen vereinen." Victor streichelte ihr Haar, ihr Gesicht, ihren Leib und die schlanken Schenkel: „Eines Tages, ja sicher, aber, gebe Gott, noch nicht so bald, meine gute Fee, mein Glück." Dann sagte er schmunzelnd: „obwohl du keine langohrige Ariki-paka bist!" Nathalie bettete ihren Kopf noch fester in den Schoß Victors. Sie hielt die Augen geschlossen, auch das Lächeln von ihren Lippen schenkte ihrem Liebsten ein Stück Seligkeit.

In diesen Wochen bis zur Einweihung des ersten 'Ahu'-Komplexes ging bis auf Kleinigkeiten alles schnell voran, die ersten zehn Unterkünfte für die Touristen waren fertiggestellt, sie wirkten mit ihren ovalen Formen und den mit Binsen gedeckten Dächern sehr bodenständig. Der Tanz- und Versammlungsplatz mit dem runden, ehemaligen gepflasterten Opferkreis schuf Abstand zu den großen, aufstrebenden Riesenfiguren von etwa 10 m Höhe. Die Bauleitung hatte sich inzwischen um ihre roten Kopfbedeckungen, zylinderförmige Gebilde vom Ranu Pau bemüht.

Auch mit dem Ausbau des zweiten heiligen Platzes, des 'Ahu' Tahoroa war begonnen worden, nach demselben gut durchdachten Schema. Als nächstes startete

EROM mit der 'Entwicklung" des dritten 'Ahus' Motu-o-papa. Notfalls würde man auch eine weitere Touristengruppe schon bis zum 1. September unterbringen können. Das gut abgedeckte Kraftwerk arbeitete bereits, die Energieversorgung des Kommunikations- und Informationszentrums war gesichert. Siemens/Berlin hatten zur Demonstration ihr neuestes System der Photovoltaik kostenlos aufgebaut. In der nahen Zukunft würde man die Unterkünfte mit Solarenergie versorgen können, später dann auch eine kleine Meeresentsalzungsanlage einrichten.

Eine Woche vor dem Eröffnungstermin war die bewährte Zeltstadt aufgebaut, und zwar für etwa 250 bis 300 Gäste. Verpflegung und alles sonst Notwendige war bereits eingeflogen, für die Organisation war Christian Walter gewonnen worden.

Inmitten der Zelte stand das große Informations- und Kommunikationszentrum. Dr. Walter Schmidt war in voller Aktion. Auch die Modeleute kamen mit einem Sonderflugzeug. Sie brachten einheitliche Kleidung für die, wie sie sagten, „Meditations-, Tanz- und Pflanzaspiranten" mit, im Gemeinschaftsraum der kleinen Siedlung sollte die Einkleidung erfolgen. Für Nathalie war inzwischen ein besonderes Tanzkleid und vieles andere vorbereitet.

Am 27. August trafen die Japaner, Koreaner, Taiwanesen, Philippinos und die Presseleute von Hongkong mit einem Charterflugzeug ein. Der 28. August war der Tag der Offiziellen vom Mutterland Chile: der Kultusminister, der Minister für Touristik, außerdem einige Archäologen, Soziologen, Ökologen und der große Schwarm der in den Medien Tätigen kamen angereist. Am folgenden Tag landeten das Präsidium und der Aufsichtsrat nach einem Aufenthalt in Tahiti und Morea auf der Insel der kommenden, spannenden Ereignisse. Am 30. August waren noch weitere Gäste aus Nordamerika und Europa eingetroffen, natürlich auch die erste Touristengruppe, die sich vor allem aus Europäern zusammensetzte. Die Ankunft der vielen internationalen Gäste war eine Sensation für die Bewohner von Hanga Roa, so viele individuelle und eigenwillige „Typen" von Journalisten und anderen, ein wenig spleenig aussehenden Leuten hatte man noch nicht gesehen. Jede frisch eingeflogene Gruppe wurde von den Honoratioren der Insel begrüßt, allen voran vom Gouverneur, seiner Exzellenz Enriques Valore, ordensgeschmückt wie immer und außerordentlich fotogen.

Das Wetter war sehr milde, Frühling lag in der Luft, wie auf anderen Inseln dieser südlichen Halbkugel. Die klimatischen Gegebenheiten konnten in dieser subtropischen oder auch eher gemäßigten Zone nicht besser sein.

Als an diesem Abend des 1. September, den der Alcalde Emanuelo Reyes als „historischen Tag im Geschehen der Isla de Pascua" bezeichnete, sich die Sonne goldrot dem Firmament zuneigte, ertönte in der bunten Zeltstadt dreimal ein Trompetensignal. Der Lautsprecher verkündete: „Exzellenzen, meine Damen und Herren, wir bitten Sie, sich zum Ausgangstor Richtung Ozean zu begeben, dort erwartet Sie eine Musikkapelle von Honga Roa. Wir werden dann gemeinsam zum 'Ahu' Tantaura gehen."

Auf Wunsch von Nathalie war die Musikkapelle des Kulturvereins Rapa Nui ein wenig auf mehr urtümliche Musik getrimmt. Den internationalen „Musikbrei", so sagte sie, solle man hier möglichst vermeiden. So hatte man alte überlieferte Weisen, sehr hart, aber ausdrucksstark, gründlich eingeübt. Die sinkende Sonne verzauberte die Krater und Felsen mit einem herrlichen Altgold, dann waren sie in Grün und Violett getaucht. „Götterdämmerung", dachte Victor, „die Überirdischen der Nacht mit allen ihren guten und zweifelhaften Geistern übernehmen die Macht. Sie mögen uns gewogen sein."

Der Weg zum 'Ahu' Tantaura war durch Fackeln gekennzeichnet. Mit einem Trio von drei Trommeln begann die Kapelle, dann setzten Flöten, Zimbeln und Blasinstrumente ein und untermalten den optischen Zauber der Insel mit ihren Rhythmen. Der naheliegende Kraterrand des Ranu-roi war von einer dreifachen Lichterkette aus Fackeln majestätitsch erleuchtet. Hinter der Musikkapelle schritten die beiden Minister des Mutterlandes Chile, zusammen mit dem Präsidenten von EROM, dahinter folgte der gesamte Aufsichtsrat, sodann die Masse der Medienvertreter aus allen Erdteilen. Als einziger ging vor der Kapelle der Feuerschlucker Pe Pite einher. Don Alfredo aus Tahiti hatte ihn „besorgt", alle zwei Minuten erhellte seine große Feuersäule den Weg.

„Oh, sieh", witzelte Mrs. Fulbright, „da werden wir ja wohl heute alle erleuchtet werden. Wenn das nicht hilft!"

Als man sich dem 'Ahu' näherte, waren alle gebannt von diesem Erlebnis: Fünf steinerne Riesen erhoben sich aus der Dunkelheit wie Zeugen einer anderen Welt. Sie waren sehr geschickt und natürlich beleuchtet und strahlten mit ihrem spitzen Kinn, der kräftigen Nase, den langgezogenen Ohren und dem roten Kopfschmuck ein starkes „Mana" aus. Ihre Augenhöhlen gähnten nicht mehr als hohle Löcher, sondern waren gefüllt mit Obsidian und in der Mitte einem großen, hellen Kiesel. Auf einen billigen Effekt, sie nämlich von innen her zu beleuchten, hatte man wohlweislich verzichtet, statt dessen eine matte, grüne Leuchtfarbe aufgetragen. Vor den Touristenhütten, die in ihrer dezenten Art sich ganz dem Ambiente anglichen, waren Bankreihen aufgestellt, davor lagerte man sich auf dem Rasen. Neben dem linken 'Moai' stand ein kleines Rednerpult, das Präsident Lovejoy als erster bestieg.

„Exzellenzen, meine Damen und Herren aus allen Ländern, seien Sie willkommen auf der Osterinsel, genießen Sie die herzliche Gastfreundschaft unseres Konzerns. Wir haben auf diesem Eiland mit unserem Touristikprogramm ein Wagnis unternommen. Wir wollen die Zeugen einer großen Weltkultur in unsere Arbeit einbeziehen. Nach reiflicher Überlegung und vielen Diskussionen mit den Ministerien, Behörden und Wissenschaftlern werden wir nun drei 'Ahus' wieder herstellen. Der erste, der 'Ahu' Tantaura, umfaßt uns jetzt alle mit seiner Strahlkraft. Ich bin sicher, daß Sie alle spüren, wie sich unser Wagnis gelohnt hat. Nochmals, seien Sie willkommen. Bienvenida, von Nord und Süd, von Ost und West. Hören Sie nun, was Ihnen unser EROM-Mitarbeiter, Senor Victor, sagt. Viele werden sich noch seiner Reportagen über diese Insel erinnern."

Beifall brandete auf, dann trat Victor an das Pult. Er trug eine eng geschnittene, blaue Hose und darüber einen weißen Pullover, auf dem ein Tangata Manu, ein Vogelmann gestickt war.

„Exzellenzen, meine Damen und Herren, ich verhehle Ihnen nicht meine Erschütterung, wenn ich Ihnen sage, daß sich mir niemals der Geist dieser Insel so offenbart hat wie heute abend. Unser Experiment ist gelungen, wir können unseren touristischen Gästen mit künstlerischen, ethischen und praktischen Erfahrungen dienen. „Tanzen und Pflanzen", das ist der Titel unseres Programms. Tanzen, wie denn? Nun, an jedem Morgen nach Sonnenaufgang werden wir uns auf diesem Platz versammeln. Der erste Blick, wenn wir uns zum niedrigen Eingang der Häuser gebückt haben, gilt den steinernen Riesen, wir geben uns deren „mana" hin. Und dann werden wir uns in einem sakralen Tanz lockern, werden uns ganz der Schönheit dieser Welt, dem Kosmos, dem wir dienen wollen, der Freundschaft – aber immer dem großen Schöpfer des Universums, unserem Gott oder den Göttern und allen guten Geistern, hingeben. Hier eine Probe."

Zwei Trommeln stimmten den Tanz ein, es schien, als ob sie sich gegenseitig Antwort gaben. Dann hörte man eine zarte Flöte, gefolgt von einer zweiten, tieferen. Der Rhythmus hatte sich nun in Ohren und Gliedern der Zuhörer verankert. Dann trat sie, Nathalie, aus dem Dunkel in die Mitte des gepflasterten Opferkreises. Ein Raunen ging durch die Menge, Beifall kam auf. Nathalie stand unbeweglich, sie trug einen im Stil der Inseltradition bunt gewebten Rock mit tiefem Schlitz, dazu eine grüne Bluse, die eine Schulter freigab. Um den Hals wand sich eine wohl zwei Meter lange, grüne, lebende Schlange. Ihr schwarzes Haar war aufgesteckt und mit einer grünen Schleife geschmückt. Das asiatische Erbe war nicht zu leugnen.

Eine tiefe Flöte begann eine fremdartige Melodie, dann gab die Trommel Antwort. Langsam löste Nathalie die Glieder und streckte die Arme zu den 'Moais' aufwärts, als wolle sie deren 'Mana' aufnehmen. Mit einer Dankesgebärde beugte sie sich, dann lockerte sich ihr Tanz, sie gab sich ganz ihren Intuitionen hin. Die Flöte verstummte, nur die Trommel nahm den Rhythmus der Tänzerin auf. Ihre Bewegungen waren beherrscht, ihre Gestik knapp, aber jeder spürte ihre Hingabe. Gemessen bewegte sich Nathalie um den Pflasterkreis herum, jeder Trommelwirbel fand seine Antwort in ihrem Körper. Sie schritt dann in die Mitte des Kreises, streifte ihren Rock ab. Ein Schurz, in tropischen Farben, wie er auf vielen Südseeinseln getragen wurde, umschloß ihre ebenmäßige Hüfte. Sodann nahm sie die Schlange in die Hand, drückte den schmalen Kopf liebevoll an ihre Stirn und wand sie schließlich um die bloße Taille. Die Besucher holten tief Atem. Mein Gott, was für eine Frau, das war sie, die auf dem Delphin ritt und Leoparden und Löwen an ihrer Brust hielt.

Der Tanz wurde lebhafter, Lebensfreude, tiefe Hingabe an die Welt, an die Gemeinschaft der hilfreichen Geister, an das Gute im Menschen. Etwa zehn Minuten dauerte dieser Tanz, die Zuschauer waren wie elektrisiert. Dann trat sie aus dem Kreis in das Dunkel zurück. Großer Beifall rauschte auf, man war ergriffen von der Schönheit und dem Talent dieser Frau. Victor bebte vor Bewegung, denn diese Tanzvorbereitung hatte Nathalie geheimgehalten. Sein 'Aku Aku' hämmerte auf ihn ein: „Da siehst du, welch ein Kindskopf du warst. Schenk ihr viel Liebe. Aber nun, Victor", forderte das 'Aku Aku', „bleib bei der Sache, das Ereignis muß weiterlaufen."

Victor trat wieder an das Mikrophon: „Hier nun, meine Damen und Herren, Maria, eine Inselbewohnerin mit langer Vergangenheit. Sie ist eine Ariki paka, Ur-Ur-Enkelin des ersten Königs Hotu Motua."

Die schlanke junge Frau schritt in die Mitte des Kreises, zwei weitere zarte Wesen folgten ihr. Alle trugen lange, gewebte Röcke und farbige Blusen dazu. Der

Rhythmus dieses Tanzes war lebhafter, in gewissem Sinne aber auch sakral, jedoch mit einem gehörigen Schuß von Folklore. Auch diese Darbietung wurde freudig aufgenommen.

„Meine Damen und Herren", sagte Victor am Mikrophon, „nun glauben Sie nicht, daß unsere Touristen hier Tanzkünstler werden sollen. Wir werden zeigen, wie sich der morgendliche Tanz abspielt."

Auf ein Signal hin trat die erste Touristengruppe aus den Unterkünften und stellte sich in mehreren Reihen in Richtung 'Moai' auf. Die Frauen trugen ebenfalls lange Röcke, die Männer den fertig gewebten Schurz, der zwischen die Beine gezogen und dann an den Hüften verzurrt war. Merkwürdig, dachten manche Journalisten, wie diese Europäer schon gebräunt sind. Sie wußten natürlich nicht, daß ein EROM-Arzt ihnen freigestellt hatte, sich ein harmloses biologisches Präparat spritzen zu lassen, so daß sie alle in Kürze ziemlich „polynesisch" gebräunt waren. Bis auf drei Personen hatte die Gruppe davon Gebrauch gemacht.

Nun kam Nathalie wieder auf den Platz mit einem weißen, seidenen Overall bekleidet. Die „Ascot Ltd."-Designer hatten mit großem Geschick mit Schwarz und Rot einfache Umrise des großen Inselgottes Make Make sticken lassen. Das nächste Modeheft, „Rapa Nui", wurde vorbereitet. Ein Millionenpublikum würde Make Make-süchtig werden, dessen war man sicher. Die Produktion von T-Shirts und Blusen mit dem MM-Symbol, einem bis dahin vergessenen Zeichen, würde Millionenhöhen in aller Welt erreichen.

Nathalie stellte sich vor die Reihen der Touristen auf und forderte sie auf, ihre Übungen nachzutanzen. Das klappte auch nach den ersten Ansätzen und Lockerungen sehr gut, es waren einfache Bewegungen, die leicht aufzunehmen und umzusetzen waren. Die Zuschauer waren beeindruckt, viele stellten sich selbst in der Rolle eines Touristen vor.

„Meine Damen und Herren, dies ist die erste derartige Zusammenkunft unserer Touristen, dafür, so meine ich, war das wohl schon sehr überzeugend." Wieder Beifall. Victor verhehlte, daß diese Gruppe, für die Eröffnung so wichtig, ein wenig „handverlesen" war.

Nach dieser Vorführung gab es noch eine echte Folklore der örtlichen Heimatgruppe. Ein größeres Orchester begleitete sie und feuerte sie an. Besonders interessant zu sehen, wie geschickt die jungen Männer die Ritualpaddel durch die Luft wirbelten und die höheren Tanzpaddel im Rhythmus bewegten, während die jungen Mädchen sie umkreisen mußten. Die fast artistische Beweglichkeit der jungen Leute verdiente großen Beifall. Die Stimmung stieg nach diesen Vorführungen, das Sakrale war eben vorüber. Aber warum auch nicht? Die steinernen Riesen nahmen dies neue Leben zu ihren Füßen offensichtlich wohlwollend auf. Die Insel erfüllte sich mit pulsierendem Leben, die Verantwortlichen des Ortes waren dafür dankbar.

Nun hörte man wieder die Stimme Victors: „Verehrte Gäste, ich darf noch folgendes ankündigen. Morgen sind Sie alle herzlich eingeladen, einen Besuch in der Höhle unterhalb des 'Ahu' zu machen. Dort wird Madame Nathalie Sie kurz einführen in die besondere Atmosphäre dieses aufregenden Raumes und wird Ihnen einige esoterische Hinweise geben. Nicht mehr als 20 Personen können jeweils betreut werden. Tragen Sie sich bitte in die Liste im Kommunikationszentrum ein. Dann noch: Morgen nachmittag um 13 Uhr wird die Landschaftsarchitektin EROMS, Senora Yasouku Sou, ihre Landschafts- und ökologische Planung in Schaubildern und im Videofilm erläutern, wahrscheinlich vor dem Info-Zentrum. Dann noch etwas. Nutzen Sie die Gelegenheit, die gesamte Insel kennenzulernen. Lassen Sie sich von den majestätischen Vulkanen begeistern, sehen Sie in die Kraterseen, lernen Sie aber auch die Probleme kennen, die diese Insel den Verantwortlichen aufgibt. Im Informationszentrum können Sie Näheres über Fahrten und Wanderungen hören. Meine Damen und Herren, nach mühevollen Vorbereitungen ist es uns gelungen, das jährliche Fest des Vogelmannes nach 130 Jahren wieder zu beleben. Ich werde Ihnen vor Ort am kleinen Kultdorf Orongo neben dem Kraterrand des Rano Kao die Einzelheiten erläutern, bin aber auch bereit, am Vorabend, nämlich am 3. September, im Kommunikationszentrum darüber zu sprechen. Wir wagen viel, aber EROM, meine Damen und Herren, will auch Traditionen lebendig machen, will mit den Gastländern kulturell zusammenarbeiten – eine angenehme Begleiterscheinung zu den nicht zu vernachlässigenden ökonomischen Gesichtspunkten. Noch ein Hinweis, meine Damen und Herren, sprechen Sie auf dieser Insel viel mit Ihrem 'Aku Aku'. Wir alle hier haben einen 'Aku Aku', nur wissen wir es nicht. Jeder von uns hat ein Gewissen oder sein höheres Selbst. Das heißt hier 'Aku Aku'. Es kann auch aus Ihnen herauskommen, neben Ihnen hergehen oder Sie auch vom nächsten Felsen aus angrinsen. Immer weist es Sie auf das rechte Verhalten hin. Gehen Sie gut mit Ihrem 'Aku Aku' um. Und nun wünsche ich Ihnen, daß die steinernen Riesen vor Ihnen viel von ihrem 'Mana' spenden mögen. Im übrigen werden wir uns alle auf dem Gemeinschaftsplatz der Zeltstadt treffen, wir können dort alte Freundschaften erneuern und neue schließen. Unsere Prominenz, die Exzellenzen und Führungsgremien von EROM, werden natürlich anwesend sein und sich gern mit Ihnen unterhalten. Natürlich auch Madame Nathalie und meine Wenigkeit."

Die „Senior" Designerin von „Ascot Ltd.", Mrs. Weddel, war aus London zusammen mit dem Präsidenten von EROM angereist. Nach dieser Veranstaltung suchte sie Nathalie auf. „Madame, unsere Bewunderung für Ihre einmalige Tanzkunst. Wie vielseitig Sie sind! Und dann natürlich sind wir stolz, mit welcher Grazie Sie unsere, jetzt Ihre Kleidung gezeigt haben. Für heute abend habe ich eine Bitte. Gehen Sie gleich mit in unser Zelt, Nr. 47."

In dem Faltsessel saß es sich bequem, auch Victor war hergebeten worden und entspannte sich mit Nathalie bei einem kühlen Orangensaft mit einem Schuß Gin.

„Ich bitte Sie, Madame Nathalie, heute abend dieses lange Kleid zu tragen, es ist eine ganz spezielle Kreation für Sie."

Das Modell war aus feinem Wollstoff gewebt, in gedecktem Weiß, vorne ziemlich hoch geschlossen, aber mit einem tiefen Ausschnitt auf dem Rücken. Auf der linken Brustseite wieder der große Umriß des Inselgottes in Schwarz mit leuchtend roten Augenhöhlen. Dazu war ein breiter, rotwollener Gürtel gedacht, der mit allerlei Seefiguren bestickt war.

„Mon Dieu", rief Nathalie, „ich soll hier wohl eine Priesterin von Make Make werden? Aber ich muß Ihnen sagen meine Dame, Ihre Designer haben das großartig gemacht. Danke!"

Victor wurde gebeten, eine weiße Hose und eine mittelblaue Clubjacke zu tragen. Natürlich waren drei kleine Umrisse des Tangata Manu unter die Brusttasche gestickt.

„Oh, nun weiß ich", rief Victor lachend, „ich werde zum Tangata Manu hochstilisiert und du, Nathalie, bist die Priesterin meines Obergottes. Na, wenn das man gut geht ...!"

Das Fest zur Eröffnung des „Touristenahus" war lokker und ungezwungen. Man saß an langen Tischen auf einfachen Bretterbänken und genoß die pfiffig zusammengestellten und phantasievoll gewürzten Speisen am Buffet. Es gab zu trinken, was das Herz begehrte. Nathalie war besonders umlagert, Präsident Lovejoy war oft in ihrer Nähe und sagte: „Nathalie, ich muß Sie beschützen, damit das wissensdurstige Volk Sie nicht erdrückt."

Sie lächelte ihm zu. „Danke, Präsident."

„Senora Nathalie", rief ein Journalist der East Press, San Francisco, „Sie wissen ja mit Tieren umzugehen, aber nun sind Sie doch auch eine Schlangenbeschwörerin geworden. Welche Gefühle hatten Sie, als die kalte, grüne Schlange sich um Ihre Taille wand?"

Nun, antwortete Nathalie, sie könne gut mit Tieren umgehen. Diese Schlange sei ein einzigartiges Exemplar eines Freundes des Präsidenten Lovejoy. Es scheine ihr, als ob das Tier im Tanzrhythmus mitschwinge. Im übrigen sei diese Schlange auch als eine Art modischer Gürtel anzusprechen, sagte lächelnd Nathalie. Ein anderer wollte wissen, ob alle Touristen das ziemlich anspruchsvolle Programm akzeptieren würden. Nun, sie glaube es sicher, denn wer sich für diese kostspielige 'Seminarreise', so wolle sie den Aufenthalt hier einmal nennen, entschieden habe, und zwar tief in den Pazifik hinein entschieden habe, sei auf Meditation, Tanz und das Pflanzen von Bäumen durchaus eingestellt. Vereinfacht gesagt, daß sei ein Programm der Zukunft, eine Gesinnung, welche die Welt retten könne.

Ein junger Journalist des kanadischen Fernsehkanals TX 3 wollte hören, warum Nathalie ausgerechnet den heidnischen Gott Make Make mit dem Umriß eines Totenschädels so offensichtlich zu ihrem Symbol gemacht habe. Sei sie nicht eine Christin?

Nathalie antwortete schlagfertig. „Verehrter Kollege, die schöpferische Allmacht offenbart sich in vielen Erscheinungen und Parabeln. Natürlich bin ich auch getaufte Christin, aber meine buddhistischen Erfahrungen der Jugend, mein Studium der Religionsphilosophie und Kulturgeschichte sowie meine praktische Arbeit mit Menschen vieler Religionen hat mich zu einer Befürworterin größter Toleranz geprägt. Make Make ist der alte Gott dieser Insel, er verdient in diesem Sinne meinen und unseren Respekt." Ob er ihren letzten Lyrikband kenne, wollte Nathalie wissen. Vielleicht könne er einige interessante Aspekte daraus gewinnen.

Mrs. Fulbright, die Dame des EROM-Aufsichtsrates, war seit dem letzten Treffen im Serengeti-Dorf „LLL" nicht unbedingt älter, dafür aber schöner geworden. Ihre Haare leuchteten in einem wundervollen Violett, ihre Hornbrille war von der gleichen Couleur, und sie trug ein sattgelbes Kostüm mit allerlei Daraufgehängtem. Welch eine Farbenpracht! Natürlich stürzte sie sich auf Victor und riß ihn an seine Brust.

„Victor, prächtiger Bursche, großartiger Mann unser PR, gut sehen Sie aus, Ihre Ansprache war geschickt gemacht. Wo Sie sind, ist der Erfolg programmiert!"

„Danke Mrs. Fulbright, aber Sie dürfen nicht die gekonnte Organisation von EROM vergessen, ebensowenig die vielen ehrenamtlichen Mithelfer auf dieser Insel. Und dann das Engagement von Madame Nathalie."

„Ja, ja", meinte sie, „die Nathalie macht das ganz nett.

Aber Sie, Victor, Sie sind die große Stütze. Ich freue mich schon auf die Eröffnung des großen Festes in Orongo. Großartig, daß Sie die Sache in die Hand nehmen. Übrigens habe ich mich mit der Überlieferung dieser Zeremonie auseinandergesetzt. Das ging ja damals heiß her. Nicht der, welcher das Ei der Schwalbe holte, der Hopu oder Bedienstete seines Herrn, wurde Vogelmann, sondern sein Stammeshäuptling. Mein Gott, was der sich mit seinem 'Mana' alles leisten konnte. Er nahm die schönsten Frauen der Insel, ihm wurde auch sonst kein Wunsch verweigert. Geht das mit dem Vogelmann neuer Prägung auch so? Das werden Sie aber schon alles machen, Victor!" Dabei streichelte sie seine Handflächen, dann flüsterte die Dame mit ihren breit ausgestellten, purpurroten Lippen: „Oh, Victor, it's fine that you *are*, that you exist in this world ..."

Gottlob wollten einige andere Leute etwas von Victor erfahren, so daß er die liebevolle Klette für eine gewisse Zeit los wurde. Sie war aber ständig auf der Lauer, um an seiner Seite zu sein.

Das Zeltfest war heiter und fröhlich und dazu angetan, kollegiale Kontakte zu schließen und mit manchen wichtigen Leuten der Insel Gespräche zu führen. Eine dieser Unterhaltung dient herausgehoben zu werden. Der als scharfzüngig bekannte Fernsehreporter des Ersten Französischen Teleprogramms, M. Daleux, fragte den Alcalde, Bürgermeister Reyes: „Senor Alcalde, diese Insel wird ja nun mit solchen Veranstaltungen durch den Tourismus auf den 'Ahus' und durch manche anderen, oft wenig erfreulichen Einflüsse mißbraucht. Fürchten Sie nicht um Ihre Originalität, müssen Sie sich denn unbedingt internationalisieren?"

Eduardo Reyes aber antwortete ebenso deutlich: „M. Daleux, wir sind EROM dankbar für das, was sie unternehmen. Wir sind eine arme Insel, wir brauchen Zuwendungen materieller und ideeller Art. Der erwartete Tourismus wird nicht wie an anderen Orten zu einem alles egalisierenden, internationalem Rummel ausarten, sondern im Sinne unserer großen Geschichte gepflegt werden. Und dann die herrliche Idee der Aufforstung! Nein,

Monsieur, „Tanzen und Pflanzen" ist auch das Konzept unseres Herzens!"

Um 23 Uhr stiegen rund um die Zeltstadt Leuchtkörper mit raffinierten Effekten in die Luft. Der Kraterrand des Rano Aroi leuchtete magisch rot in den gestirnten Himmel und in unserem 'Ahu' Tantaura träumten die wiedererstandenen Riesen von ihrer großen Zeit.

Der nächste Tag erforderte von unserem EROM-Paar viel Kraft. Nathalie empfing ab 9 Uhr jede Stunde zwanzig Besucher in der Höhle. Zur ersten Gruppe gehörten die Minister sowie Präsident Lovejoy und sein Aufsichtsrat. Wieder saß Nathalie wie entrückt von Zeit und Raum auf der Binsenschüttung der Höhle. Sie bat zunächst die Besucher für einige Minuten um Schweigen, dann erläuterte sie die von Maria jeweils beleuchteten, farbig ausgemalten Felszeichnungen und schlug in einem kurzen Ethikkurs einen großen Bogen von den Schöpfungsmythen dieser Welt, aller Kulturen zum Make Make dieser Insel, den sie dann in all seinen Erscheinungen erläuterte. Auch die anbetungswürdigen Tiere wurden dargestellt und erläutert: das Wesen der Schildkröte, die tropischen Fische, Eidechsen, Vögel und Schlangen in ihrer Symbolik. Auch wies Nathalie auf die Mischwesen von Tier und Mensch hin. Möchten wir nicht alle manchmal den sicheren Instinkt der Tiere haben, und sollen wir nicht die Seelen in allen lebenden Geschöpfen erkennen? Ist es nicht an der Zeit, mit den Tieren endlich menschlicher umzugehen? Es war eine nachdenkliche Stunde, ein Ereignis des Entrücktseins in diesem mystischen Raum. „Ist das nicht ein Dienst am Menschen", so meinte Derek Lovejoy später zu seinen Leuten, „etwas wirklich Humanes, das EROM den Tausenden von zu erwartenden Touristen auf diesen Ferienseminaren für das Leben mitgeben kann?" Während des ganzen Tages ging es auch im Kommunikationszentrum hoch her. Die Fernsehleute überspielten ihre gestrigen Aufnahmen der Eröffnung an ihre Sendeanstalten, Telefax ging in alle Welt und die Berichte des Hörfunks wurden von Millionen von Autofahrern, in Altersheimen, Krankenhäusern und sozialen Anstalten gehört. Die großen 'Moais' der Osterinsel waren der Vergangenheit entrissen, ihr Interpret war der schlanke Victor Jung-Tabore und ihre Priesterin war Nathalie Chaux-Wong. Wie sie sich im Tanz der Göttlichkeit und der Freude hingab, das würde man nie vergessen. Was für eine einzigartige Frau! Der bekannte Reporter Donald Roberts schrieb begeistert in der „Sunday Times": „Wir sind dabei gewesen."

Am 3. September stellte auf dem großen Platz in der Zeltstadt die japanische Landschaftsarchitektin Yasouku Sou ihre Landschaftsplanung der Isla de Pascua vor. Zunächst sah man in einem zusammenfassenden Maßstab, nach einem Luftbild gezeichnet, die Waldstreifen, sowohl auf der sturmdurchwehten Poike-Halbinsel als auch auf den mehr ebenen Flächen. Weitere Einzelpläne und Schaubilder machten die Ideen der Planerin deutlich. „Senora Sou", fragte man, „ist das nicht ziemlich gefährlich, verwischen Sie nicht mit Ihren Pflanzungen den besonderen Vulkancharakter der Insel?"

„Keineswegs", antwortete die zarte Japanerin. „Die alten Vulkane bleiben in ihrer optischen Wirkung erhalten. Wenn nötig, können die fruchtbaren Böden zu Füßen der Krater bepflanzt werden, ansonsten sollen Waldstreifen und geschlossene Waldflächen dieser Insel eine neue, grüne Struktur geben. Meine Damen und Herren, Grün bedeutet Leben. Heute werden Bäume zu Milliarden vernichtet, Wälder werden geschändet. Wir brauchen sie aber zum Leben. Nur die grünen Lebewesen binden das im Übermaß produzierte Kohlendioxyd und geben für unseren Atem den Sauerstoff ab."

Wie Frau Sou dann die vielen 'Ahus' in das ganze System einbezogen habe, wollte ein Journalist wissen.

„Natürlich sind die 'Ahus' archäologische Höhepunkte dieser Insel. Die meisten liegen zwar in Trümmern, aber ihr Bereich zur See und zum Land hin darf nicht vernichtet werden, also auch nicht zugepflanzt werden. Das wurde natürlich respektiert. Auch die Frage der Baum- und Straucharten ist wichtig für den Erfolg. Professor Umberto Smith hat da mit seiner Pollenanalyse gute Hinweise gegeben. Im Augenblick bemühen wir uns, Saat von historischen Bäumen und Sträuchern zu bekommen. Dazu werden viele botanische Gärten der Welt abgesucht. Aber wir wollen zunächst mit einem schnellwachsenden Gerüst von Eukalyptus-Bäumen beginnen, dann werden wir weitersehen." Die junge Frau unterstrich ihre Thesen anhand der Pläne und vor allen Dingen durch wunderbare Graphiken, die sie an die Wand projizierte. Man war allgemein zufriedengestellt, schätzte die bescheidene, aber sichere Art der schönen, schlanken Japanerin und wünschte Glück und Erfolg.

Während des ganzen Tages waren viele Gruppen unter der Führung von Christian Walser auf Exkursionen durch die Insel. Die urtümlichen, halbfertigen Figuren am Rande des Rano Raraku boten allen einen großen Höhepunkt, ebenso der leider von Binsen überwachsene Kratersee. Ein anderes großes Erlebnis war natürlich das kleine Dorf Orongo oberhalb der hohen Klippen, am Rande des Rano Kao. Daß sich hier, durch EROM veranlaßt, der Wettkampf um das erste Ei der Seeschwalbe wiederholen würde, nach 130 Jahren, war ein großes Programm.

Am Abend dieses Tages erläuterte Victor im Infozentrum noch einmal die frühere Zeremonie des einstigen „Festes des Vogelmannes, des Tangata Manu". Damals sei die ganze Insel noch ständisch gegliedert gewesen. Alle Stämme hatten ihren Häuptling und auch ihren lokalen Gott. Aber sie alle verehrten den großen Schöpfergott Make Make. Er offenbarte sich in allen Wesen, ganz besonders symbolhaft im Ei der Seeschwalbe, die im Frühling auf die Insel Motu Nui flog, um dort zu brüten. Wer das erste Ei der Schwalbe entdeckte und es heil und ohne selbst von den Haien zerfleischt zu werden – nach Orongo brachte, war der begnadete Sieger. Allerdings nahm sein Häuptling die Ehre in Anspruch. Damit war er mit einem großen „Mana" begabt. Ein ganzes Jahr lang lebte er, kahlgeschoren und gelb eingefärbt, völlig zurückgezogen. Ihm wurde aber jeder Wunsch erfüllt, sein „Mana" stärkte seinen Stamm ein ganzes Jahr lang, dann begann der Wettstreit aufs neue. „Unser Kampf am morgigen Tag wird den veränderten Zeiten entsprechen. Es ist vor allem ein sportlicher Wettkampf zwischen jungen Leuten. Sie werden sich morgen früh an den Orongo Klippen vorstellen. Ich erwarte Sie alle zu diesem Fest."

Dieser 4. September wird bei allen Besuchern unvergessen bleiben. Am frühen Morgen waren die besten Plätze schon besetzt, nämlich unterhalb der Felspartien, welche die unglaublichen Petroglyphen des Vogelmannes, des Hauptgottes Make Make sowie immer wieder geheimnisvolle Hände und mystische Tierumrisse darstellten. Der Tangata Manu war eine furchterregende Mischfigur aus einem fülligen Menschenkörper, einem monsterähnlichen Arm sowie einem zweiten Arm, der ohne Finger mit einem spitzen Schnabel dargestellt war. Auf dem menschenähnlichen Kopf erhob sich ein Kranz mit einer roten Mitte, Heiligenschein für den Sieger, Versöhnungs- und Segnungszeichen für alle Schwimmer, die in dem Ozean verschwunden, von riesigen Wogen an die Felsen geschleudert und als Fleischfetzen von den gierigen Haien gefressen wurden? Wer weiß da schon Genaues. Doch Tel Tan hatte Maria mitgeteilt, daß im Sonnenkreis über dem Kopf des Vogelmannes sich die geballte Kraft des Universums widerspiegele. Das starke „Mana" ging in die Seele des Siegers über und würde nie mehr vergehen.

Die Kameras waren aufgebaut, Hunderte von Auslösern warteten auf den Fingerdruck. Victor, wieder im weißen Pullover mit dem eingestickten Vogelmann, stand mit umgehängtem Mikrophon vor dem größten reliefverzierten Stein; zwanzig andere Vogelmänner der alten Zeit waren dort eingraviert für die Ewigkeit – hier stand der moderne Vogelmanninterpret Victor. „Meine Damen und Herren, seien Sie gegrüßt an einem der geschichtsträchtigsten Orte dieser Insel. Sie hören das Brodeln des Ozeans hinter uns, sehen vor sich die größte der drei Inseln, Motu Nui, liegen. Darum geht es, dort nisten die Seeschwalben – ob jetzt schon oder erst in einigen Tagen, muß man sehen. Immerhin, der Frühling ist schon da. Die Vogelmann-Aspiranten finden dort drüben kleine Höhlen, wo sie hausen können, bis an den steilen Felsen ein Nest mit Gelege als Ziel winkt. Aber sehen wir, was geschieht. Auf das Glockenzeichen werden die Wettkämpfer aus dem flachen Schieferhäuschen kommen, sie werden .. oh, da sind sie und sieben junge Leute, aber, ja doch, ein junges Mädchen ist dabei: 'Vogelmann'-Wettkampf, wieso denn ein weibliches Geschöpf? Sie wundern sich sicher, daß wir die sechzehnjährige Dala Rotua dabei haben. Es gab bei der Vorbereitung im Ort Hanga Roa lange Diskussionen, und dann setzte sich Madame Nathalie, die immer zusammen mit Maria Ariki-paka dabei war, endgültig durch. Neue Zeiten seien angebrochen. In der ganzen Welt forderten die Frauen mehr Rechte und Freiheiten. Ich bin glücklich, daß wir dies hier demonstrieren können. Alle jungen Leute entstammen der Inselbevölkerung."

Die jungen Männer trugen alle gut geschnittene, schwarze Badehosen mit dem aufgestickten Vogelmann in Rot, das junge Mädchen ebenfalls einen knappen, schwarzen Badeanzug, mit dem bekannten Emblem geschmückt. Die Konzernfirma 'Aqua Texta' hatte etwas sehr Sportlich-Elegantes kreiert.

„Alle Bewerber sind vorzügliche Schwimmer, die See ist relativ ruhig, Gott sei Dank – oder Make Make Dank? Sie tragen ihr selbstgeflochtenes kleines Binsenfloß, auf welches sie sich legen und dann vorwärts paddeln. Vorn in dem wasserdichten Beutel ist die Verpflegung verstaut. Und hier nun, meine wackeren Wettkämpfer, erhalten Sie jeder einen besonderen Gürtel. Es ist eine Entwicklung von EROMTECHNIK und wird mit seiner raffinierten Elektronik die Haie abweisen. Vertrauen Sie uns!" Nathalie händigte jedem den Gürtel aus. Dem jungen Mädchen sah sie fest in die Augen, „Dir viel Glück, Dala."

„Herr Präsident Lovejoy, wollen Sie bitte den Startschuß geben?" Dumpf brach sich der Knall an den Felsen, dann sah man nur in Sekunden einmal einen der Wettkämpfer, der zwischen den scharfen Lavabrocken nach unten kroch. Dann tauchte der erste Schwimmer, der erste Paddler, auf. Wer ein Fernglas besaß, konnte sich gut orientieren. Allmählich sah man die ganze Gruppe mit den Wellen ringen. Die Kameras der Fernsehstationen hatten mit ihren Telelinsen alle Einzelheiten im Griff. Plötzlich schrie einer von ihnen: „Da sind die Haie, um Gottes willen, ein ganzes Rudel, fünf, sieben, oh, es sind mehr!" Die Schwimmer schienen die spitzen Flossen der sie umkreisenden Räuber bemerkt zu haben und schwammen dichter zusammen. „Haben Sie keine Angst, meine Damen und Herren, die werden ihnen nichts tun, verlassen Sie sich darauf!" rief Victor. Aber mit seinem Glas sah er zitternd, wie das Rudel immer dichter an die Wettkämpfer herankam. Hatten die Techniker an den Gürteln alles richtig eingestellt? War das Vertrauen gerechtfertigt? Doch dann drehten die Haie ab. „Oh, sehen Sie, sie verschwinden so schnell, wie sie gekommen sind. Es ist wunderbar, nichts ist geschehen, nichts wird geschehen!"

Doch es gab noch eine kritische Situation, nämlich das Landen auf der steilen Insel. Als erste ließ sich Dala von einer Woge hochschleudern, dann faßte sie blitzschnell nach einer Felszacke und klammerte sich fest. Jedem einzelnen winkte sie zu, gab Anweisungen, streckte ihre Arme aus und gab Hilfestellung beim Landen. Ein tolles Mädchen, eine echte Kameradin. Vom glücklich eroberten Landeplatz aus verteilte sich die junge Mannschaft, jeder wollte sein Revier aussuchen, wie man es ausgemacht hatte. Alle waren in der Hoffnung, ein Gelege mit einem Ei möglichst bald zu finden. Dala kroch über den Landeplatz weiter hoch, sie nahm einen kleinen Felsüberhang mit ziemlichem Wagemut und kuschelte sich in einer Nische zusammen. Ja ja, das hatte allen viel Kraft und Nerven abverlangt.

„Meine Damen und Herren, wir müssen vielleicht Stunden oder auch Tage warten. Sie haben jedenfalls die aufregende Atmosphäre, erster Teil, erlebt. Hoffen wir, daß es einem gelingt, ein ..."

Da schrie ein Kameramann laut auf: „Da, sieh doch, da springt einer den Felsen herunter in die Wogen. Das ist aber sehr waghalsig, hoffentlich ist alles gut – oh ja, nein ... doch, ja, er schwimmt, nein, sie schwimmt, es ist Dala. Und sie winkt uns zu, ja, sie winkt wirklich. Ob sie das Ei hat? Sicherlich."

Der Wind hatte zugelegt, die Wellen wurden zu hohen Wogen. Alle sahen dem tapferen Kampf des Mädchens zu, das mit Geschick und viel Kraft, sobald sie an der vorderen kleinen Insel vorbeischwamm, sich von einem Wellenberg zum anderen tragen ließ. Sie meisterte ihr kleines Binsenfloß mit Bravour. „Da sind noch zwei weitere gesprungen, sie schwimmen auf uns zu", rief jemand.

An den Fuß des Orongo-Felsens hatten sich inzwischen andere junge Leute begeben. Sie machten der sich nähernden Dala ein Zeichen, denn das Schwierigste war das Herauskommen aus dem Meer bei diesen hohen Wogen. „Hierher", riefen sie, „hier an den grünen Stein." Dann streckten sie ihr die Arme entgegen. Bis auf eine kleine, blutende Hautabschürfung ging alles gut. Die Menschen oben am Felsen fieberten vor Aufregung. In welchem Zustand werden wir sie vorfinden. Und hat sie das Ei?

Dala brauchte einige Minuten der Erholung. Dann stieg sie wie eine Katze zwischen den Felsenspalten auf. Plötzlich wie ein Geist tauchte sie am Felsrand auf. Ihr Atem ging schwer, der Mund war geschlossen. Tosender Beifall brauste auf. Victor nahm sie an die Hand, drehte sie den Menschen zu, dann legte Dala den Kopf zurück, öffnete ihren Mund, und griff mit den Fingern zu und hatte das kleine Ei der Seeschwalbe in der Hand. Sie hielt es hoch, daß es alle sehen konnten.

„Wunderbar", rief einer der Fernsehmänner, „eine Sensation, sie hat das Ei, sehen Sie doch, Sie hat es. Ein neues Blatt im Buch des Tangato Manu-Kultes ist aufgeschlagen: Der Vogelmann ist eine Frau!"

Der Beifall wollte nicht enden. Solch einen Applaus hatten die braven, in Fels geritzten Vogelmänner wohl nie erlebt.

„Meine Damen und Herren, das Glück war mit uns, daß dies alles so nahtlos geklappt hat, ist herrlich. Sie haben historische Stunden erlebt, ja, es ist wahr: Der neue Vogelmann ist eine Frau, ein Mädchen, ein Kind dieser Insel!"

Maria und Nathalie nahmen die erschöpfte, aber glückliche Dala unter den Arm und führten sie in eines der flachen Orongo-Häuser. Man stillte die kleine Wunde und reinigte sie und ließ dann das Mädchen ruhen. Inzwischen hatten sich die beiden anderen Schwimmer der Orongo-Küste genähert. Auch hier zogen hilfreiche Hände sie an Land. Jeder glaubte, der erste zu sein, jeder hütete ein kleines Ei unter seinem Gaumen. Die anderen vier suchten noch, wurden aber auf ein vereinbartes Farbsignal zurückgerufen.

Etwa zwanzig Minuten nach der glücklichen Ankunft Dalas kam sie, gekleidet im traditionellen Rock und einer knappen Bluse, die ihre zarte Brust umschloß, wieder unter die wartende Menge. Wieder dieser tosende Jubel, der immer mehr anschwoll, als Nathalie ihr einen aus goldenen Fäden auf einen Rahmen gearbeiteten Ring aufsetzte. Eine rote Scheibe war in seiner Mitte befestigt.

Victor rief begeistert: „Das 'Mana', spüren Sie es, das 'Mana'! Es strahlt von der Stirn dieses jungen Mädchens ganz stark aus, oh, welch ein großer Tag, welch ein glücklicher Wiederanfang des Vogelkultes!"

Im Kommunikationszentrum hagelte es von Glückwunschtelegrammen aus aller Welt. Die Schlagzeilen der großen Zeitungen der Welt lauteten etwa: „Ein glücklicher Weg, Kultur mit neuen gesellschaftlichen Formen zu verbinden. Glückwunsch, EROM!"

Natürlich meldete sich auch die weltweite Konkurrenz des Konzerns. Die immer zynische englische „Modern Times" schrieb: „Das Spektakel auf der steinigen Insel bot eine Misch-Masch-Demonstration mit dem Anspruch, eine Rückgewinnung von Kultur zu sein. Was die selbstsicheren EROM-Manager gemacht haben, ist in Wirklichkeit eine üble Schändung dieser Hochkultur. So nicht, die Weltöffentlichkeit wird schon hinter diese Tricks kommen – wenn man auch mit esoterischen und sogenannten ökologischen Argumenten arbeitet. Schaum des Ozeans, unser Beileid!"

Nach diesem aufregenden, gelungenen Tag saß der Aufsichtsrat von EROM mit Nathalie, Victor und einigen Vertrauten zusammen, um zu feiern. Mit Freude wurden die vielen Glückwünsche registriert.

Aber über die gehässige Kritik der „Modern Times" war Derek Lovejoy empört. „Das ist objektiv gesehen eine Schweinerei", sagte er empört, „man müßte den von der neidischen Konkurrenz bezahlten Brüdern eigentlich die Bude schließen. Kann der Konzern das, John?"

Das Mitglied des Präsidiums meinte, das glaube er schon, man könne durch eine heimliche Börsenmanipulation den „Laden aufkaufen". Dann gäbe es – wie im Falle „Afternoon Express" wieder einen Störenfried weniger.

„Oh", rief Nathalie aufgeregt, „lieber Präsident Derek, tun Sie das nicht. Sind wir so schwach, keine Kritik vertragen zu können? Das wäre keine Größe für EROM. Zeigen wir jedoch durch Leistung, was möglich ist. Aber um Gottes und", dann lächelte sie, „Make-Makes willen keine ökonomischen Brutalitäten. Wir überzeugen durch unsere neue Tourismuskultur hier."

Nun lachte auch der Chef. „Doch, ja, Nathalie, Sie haben recht. Lassen wir sie schreiben, sollen sie ruhig kritisieren, diese Neidhammel. John, wir machen nichts!"

Am 5. September konnten die Touristen der ersten Gruppe mit den interessierten Medienleuten die kleine Baumschule besichtigen, die zwischen den 'Ahus' Tahoroa und Motu-o-papa eingerichtet war. Hier gab es tiefgründigen, nährstoffreichen Lehmboden, man sah es den saftig grünen, jungen Eukalyptusbäumen und den Sträuchern an, daß sie sich wohlfühlten. Yasouku Sou, die japanische Landschaftsarchitektin, erklärte anschließend ihren Plan, wo die Pflanzungen durchzuführen waren.

„Es ist aber kein Zuckerschlecken, das Pflanzen hier auf der Vulkaninsel. Steine, überall Steine. Wir werden daher mit einem großen, stählernen Greifer den Boden im Verlauf der künftigen Waldstreifen aufreißen, so daß wir in die feinen Bodenspalten unsere robusten Eukalyptussämlinge setzen können. Es gibt aber Schwierigkeiten bei jenen Flächen, die stark dem Wind ausgesetzt sind. Hier werden wir Trockenmauern von etwa einem Meter Höhe bauen und die Sämlinge selbst in kleine Mulden setzen. Aber, meine Damen und Herren, kommen Sie doch morgen zum Abschnitt A, hier, zwischen den 'Ahus' Tahoroa und Motu-o-papa. Ich werde die schon gespannt wartenden Touristen und die örtlichen Aufseher dann anleiten. Ab 9 Uhr morgen früh."

Das war ein sehr fröhliches Bild, welches sich am nächsten Morgen den Besuchern darbot. Fast alle Touristen der ersten Gruppe waren anwesend und für mehrere Stellen des etwa einhundert Meter langen Pflanzabschnitts in Gruppen eingeteilt. Sie trugen praktische Overalls in Orange, Grün und Blau und bildeten lustige Farbkleckse in der hier ziemlich grauen steinernen Landschaft. Natürlich hatte „Ascot Ltd." für das Markenzeichen der Insel gesorgt. Make Make Figuren und solche des Vogelmannes sowie andere Symbole waren in Brusthöhe eingewebt. Die schlanke Japanerin, mit einem blauen Jeansanzug bekleidet, ging von Gruppe zu Gruppe, zeigte, wie man die Wurzeln beschneiden muß, wie tief die Sämlinge einzusetzen waren und wie zu Beginn gewässert werden muß. Alle Besucher, besonders die Vertreter der Medien, waren begeistert.

Monsieur André Relaux vom Französischen Hörfunk III rief aufgeregt: „Welch ein historischer Tag, wir alle sind Zeuge, was der Mensch tun kann, um den armen Planeten zu retten. Eine neue, grüne Haut für diese trokkene Insel, ein Symbol für die Menschheit. Oh, Damen und Herren von EROM, man kann Ihnen nicht dankbar genug sein für dieses Programm. Ja Sie haben recht, Tanzen und Pflanzen, wieder die Kräfte des Kosmos, der geistigen Welt in aller Bewußtsein bringen und angereichert mit solchem esoterischem Schatz zeigen, wie man der armen, geplünderten Erde wieder eine schützende Decke geben kann! Hier wird nicht geschwärmt, nicht geredet, sondern gehandelt, mit neuem ökologischen Bewußtsein. Dies ist ein Tag, der Mut macht!"

Auch die Exzellenzen Kultusminister und Minister des Tourismus waren geblieben, um den historischen Beginn des Pflanzprogrammes auf Rapa Nui mitzuerleben. Exzellenz Kultusminister rief laut den Anwesenden zu: „Nun wissen wir es: der Mensch ist zu allem fähig – auch zum Guten!" Schließlich meldete sich Victor zu Wort: „Meine Damen und Herren, vor allem meine lieben Gäste im Rahmen des touristischen Programms. Senora Yasouku Sou macht uns darauf aufmerksam, daß dort drüben am Fuße des kleinen buntschillernden Vulkans ein „Familienwald" entstehen soll. Zum Abschluß dieser Tätigkeit hier als Teilnehmer der Gruppe wird jede und jeder von Ihnen einen Baum pflanzen, der mit Ihrem Namen versehen ist, also in etwa drei Wochen. Heute aber bitten wir alle Gäste, dort ihren Baum zu pflanzen."

Nach einer Fußwanderung von etwa zehn Minuten begann die Pflanzaktion, denn das Management hatte alles vorbereitet. Hunderte von Pflanzlöchern waren ausgeworfen, die Minister bekamen ihren Baumsämling und einen bekränzten Spaten in die Hand gedrückt, dann wurde der junge Sämling dem Boden anvertraut. Es war eine perfekte Organisation: Ein EROM-Mann stand mit einer Liste da und veranlaßte das Anbringen der Namensschilder an die jungen Stämmchen. So pflanzten alle Leute der internationalen Medien „ihren" Baum. Ja, so war es, ein denkwürdiger Tag!

Am 7. September kam die zweite Gruppe der EROM-Touristen auf dem Flughafen an. Dieses Mal waren es Japaner. Seit der Ankündigung des neuen touristischen Geschehens in den japanischen Medien war die Liste der Interessenten sehr lang. Nur fünfzig Menschen aus Nippon konnten eine Zusage von EROM erhalten, Leute, welche alle EROM und sein großartiges Paar Nathalie und Victor aus den Medien kannten. Die Fernsehauftritte Nathalies waren noch fest im Gedächtnis. Sich vier Wochen vom Arbeitsplatz zu lösen, ist für die Söhne und Töchter Nippons eine fast unglaubwürdige Sache. Aber sie hatten gebucht, für einen ganzen Monat und konnten die just fertiggestellten Häuser in der Nähe des 'Ahus' Tahoroa beziehen.

Am Abend dieses 7. September hatte Präsident Lovejoy zum Essen in das Hotel „Hanga Roa" gebeten. Neben den wichtigen Leuten des Dorfes waren der Vorstand von EROM und führende Fernsehreporter aller Kontinente eingeladen.

Nach der Begrüßung sagte der Konzernchef: „Dr. Schmidt, ich danke Ihnen für Ihre zuverlässige Arbeit im Kommunikationszentrum. Wie läuft das so?"

„Herr Präsident, am Abend der Einweihung des 'Ahus' Tantaura gab es zweihundertvierundsiebzig begeisterte Glückwunschtelegramme, Telex und Telefax aus aller Welt. Am nächsten Morgen meldete die EROM-Touristenzentrale in London, daß schon über tausend Menschen zum Seminar hier kommen wollen. Nachdem aber auch der Beginn der Pflanzung gleich gesendet wurde, schwollen die Meldungen weiter an. Bis jetzt stehen schon zweitausendsechshundertdreiundachtzig Personen auf der Warteliste für Rapa Nui."

Alle waren überrascht und begeistert. Ja, doch, das Konzept stimmte eben. Ein Programm, das die Zeitströmung sehr intelligent registrierte und in praktischen Tourismus umsetzte.

An diesem Abend verabschiedete sich der Vorstand von EROM, während die Vertreter von „Ascot Ltd." und „Aqua Texta" mit ihren Fotografen blieben, um auf der Insel weitere Studien zur Vorbereitung des nächsten Sonderheftes „Kult und Mode auf Rapa Nui" zu betreiben. Auch Präsident Lovejoy mußte am nächsten Tag nach Brasilien reisen, allenthalben spürte man eine Aufbruchstimmung. Das galt aber nicht für die meisten Journalisten, die sich noch weiter mit dem EROM-Programm auseinandersetzen wollten und auch Sonderinterviews mit Nathalie und Victor begehrten.

Präsident Lovejoy verlas ein Telegramm des Ministers für Kultur: „Herr Präsident, im Namen unserer Regierung danke ich Ihnen für die große Hilfe, für die kulturelle Aktivierung auf Rapa Nui." Sodann sprachen der Alcalde Emanuelo Reyes sowie der Gouverneur Worte des Dankes. Nachdem sich alle Gäste verabschiedet hatten, saß Derek Lovejoy noch mit Nathalie und Victor zusammen.

Er war heute sehr anhänglich und gerührt und schaute lange in die tiefgründigen Augen der Eurasierin. „Nathalie, es kommt viel auf Sie zu, bitte verausgaben Sie sich nicht!" Und, zu Victor gewandt: „Achten Sie ein wenig auf Madame Nathalie, denn sie macht alles so intensiv!" Victor nickte, ja natürlich, er werde schon aufpassen.

Dann erklärte Nathalie, daß man mit Hilfe von Maria Walser ein Team der Insel ausgewählt habe und es im Tanz entsprechend der alten Tradition unterweise. Man habe auch engen Kontakt zu Tel Tan, seine positiven Gedanken seien bei allen zu spüren – Gott sei Dank. Es gebe nur einige Probleme mit der Kirche, das heißt mit dem guten Pater Eduardo, aber man versuche trotzdem, ihm die Angst vor dem „Heidnischen" auszureden und alle, zum Teil wiederbelebten Riten in ein liberales Christentum einzubetten. Aber es gebe noch viel zu tun, zumal die treuen Schafe der Kirche etwas „weltlicher" wurden, wie der Pater sagte.

„Übrigens, Nathalie und Victor, am ersten Weihnachtstag, dem 25.12., wird das 'Schloß' in Morea eingeweiht. Ich meine, Sie sollten etwa am 1. Dezember nach Papete fliegen, dann ist für Morea genügend Zeit für die Vorbereitung. Ach ja, Madame Gauguin läßt Sie übrigens herzlich grüßen. Ihr Tanz, liebe Nathalie, hat sie begeistert. Sie berichtet, daß der Verkehr in Papete fast stillstand, weil alle Bewohner vor den Fernsehschirmen saßen, um der Eröffnung des ersten 'Ahus' beizuwohnen. Außerdem gratuliert sie in diesem Telex Victor für seine glänzende Reportage zum Neubeginn des Tangatu Manu Kultes. Und nun lebt wohl." Dann drückte der Präsident Nathalie an sich und drückte überraschend einen Kuß auf ihre Lippen. Auch Victor genoß eine liebevolle Umarmung, dann waren die beiden allein. Das Blut schoß Nathalie in den Kopf und ihr 'Aku Aku' hämmerte auf sie ein: „Paß auf, Nathalie, sei achtsam, man weiß ja nicht, was der Chef ... Sei auf der Hut."

Hand in Hand und ziemlich still schritten beide durch die Dämmerung ihren Bungalows zu. Auch Victors Aku Aku war nervös und ließ sich lautstark vernehmen: „Na, mein lieber Kindskopf, das war ja wohl schon ein bißchen mehr als die reine Güte des Präsidenten. Nun pflege mal deine Partnerin gut, sie hat es nötig, ihre Seele braucht wohl mehr Nahrung ..."

„Nathalie, darf ich noch zu dir kommen?"

Nathalie zögerte, dann sagte sie: „Victor, ich bin noch von dem Programm ziemlich angestrengt, wir wollen es auf morgen vertagen." Ein Kuß auf Victors Lippen, dann fiel die Tür ins Schloß. Als Nathalie ihre Kleidung abgelegt und den Pyjama übergezogen hatte, schaute sie noch durch das Fenster in Richtung des großen, schwach erleuchteten 'Moais' auf dem 'Ahu' Tahai. Dort sah sie Victor im Gegenlicht unruhig hin und her schreiten. Sie öffnete die Tür und rief: „Victor, komm ...." In dieser Nacht schienen alle kleinen und großen 'Moais' freundlich zu lächeln, die Figuren des Vogelmannes tanzten über das Firmament, und die Seeschwalben flöteten zart: „Ja, ja, wir haben deine Bitte gehört, Victor. Deine Nathalie ist bei dir, fühle ihre schönen Glieder und erfülle ihr Herz mit heißer Glut. Sie ist ein Diadem, herabgestiegen von einer anderen Ebene. Du hast sie doch schon vor Zeiten gekannt, lange, sehr lange vor diesem Leben ..."

Die nächsten Wochen waren von rastloser Arbeit erfüllt. Abwechselnd versorgten Nathalie und Maria die beiden touristischen Seminargruppen – das sei wohl die beste Bezeichnung für dieses Experiment –, so meinte Victor. Es hatten sich jeweils vier bis fünf junge Leute herausgeschält, die unter der Oberaufsicht von Maria geeignet erschienen, die Gäste im Tanz zu unterweisen. Auch gab es andere zuverlässige Leute, die in der Organisation und Leitung bei den Tanzarbeiten tätig waren. Vom Festland her hatte die Regierung einen Agraringenieur geschickt, der für eine kostenfreie Bearbeitung des Bodens sorgte. Der junge eingeborene Gärtner Eso wurde geschult, um die Gehölzsaaten, die von mehreren botanischen Gärten der Welt eintrafen, richtig in das Saatbett zu bringen und heranzuziehen. Weitere Botaniker beschäftigten sich mit der Pollenforschung des Professor Umberto Smith und pflegten einen engen Austausch untereinander. Die junge japanische Landschaftsarchitektin blieb noch drei Wochen auf der Insel und hatte ihre Vorstellungen für entsprechende Arbeitspläne „festgezurrt", denn sie müßten idiotensicher sein, so meinte sie. Man hatte die junge, zurückhaltende Frau ins Herz geschlossen, besonders Victor war von der Art ihrer Gesten, ihres Lächelns und von ihren klugen Worten angetan. Da sei etwas sehr Verwandtes im Wesen dieser Frau und Nathalies, meinte sein 'Aku Aku", ob er nicht spüre, wie das asiatische Erbe immer wieder zum Vorschein komme. Verwandte Seelen, Victor! Auch Maria meinte, einen Teil dieses Wesens im polynesischen Erbgut zu erkennen.

„Yasuko", fragte Nathalie auf dem Flugplatz die Japanerin, „werden wir uns wiedersehen?"

Diese lächelte sehr hintergründig, „ja, natürlich, im Amazonas, beim nächsten EROM-Projekt. Unser Büro in Rio de Janeiro ist mit den Vorarbeiten betraut. Wir sehen uns wieder, Sayonara!"

Der dritte 'Ahu' Motu-o-papa machte etwas mehr Schwierigkeiten im Hinblick auf die Wiedererrichtung der steinernen Riesen. Aber Senor Bursano hatte sich mit dem deutschen Archäologen Eggebrecht abgestimmt und entschieden, daß nur drei der Figuren restauriert würden, die vierte, obwohl in Trümmern, sei aber dennoch eine Verstärkung des Ambiente. Immerhin, so meinte Rafaelo Tiki, könne der dritte 'Ahu' spätestens zu Beginn des nächsten Jahres „anlaufen", wenn, so sagte er lächelnd, das „Mana" wieder eingebracht sei. Doch Rafaelo reiste zusammen mit Dr. Eddington ab und überließ die endgültige Fertigstellung den ansässigen Ingenieuren und der Oberaufsicht des Senor Bursano.

Die Zeltstadt war längst verpackt und nach Morea geflogen. Erfreulich war auch, daß die erste Anlage vom 'Ahu' Tantaura nun voll mit Solarstrom versorgt wurde. Wenn alles lief, würde man im nächsten Jahr ganz auf den Generator verzichten können. Ein Ingenieurbüro hatte auch die Pläne für eine kleine, von der Weltbank zu fördernde Entsalzungsanlage weiterentwickelt. Das ökologische Bewußtsein auf dieser Insel machte große Fortschritte.

Tel Tan war versöhnt, und auch die Geister der Ahnen in der Höhle unserer 'Ariki-paka', der Königsenkelin Motu Hotuas, dem Ahnherrn dieses Eilands, waren immer mit ihrem starken „Mana" gegenwärtig. Es gab wieder für viele junge Leute Arbeit und Brot, die kulturellen Bemühungen waren von Erfolg gekrönt. Vor allem wurde der Wettkampf um den Vogelmenschen für das nächste Jahr vorbereitet und die Schwimmübungen im Ozean systematisch für alle Interessenten fortgesetzt.

Am 1. Dezember versammelte sich eine große Menschenmenge, um das EROM-Paar Nathalie und Victor zu verabschieden, mit herzlichen Wünschen und vielen einfachen Sträußen aus Blumen der Insel. Und es flossen viele Tränen. „Kommen Sie bald wieder, Nathalie, kommen Sie zurück, lieber Victor. Vergessen Sie uns nicht." Immer wieder versicherten die beiden, daß sie bestimmt wiederkehren würden, ihr 'Aku Aku' sage ihnen das ständig. Maria hängte Nathalie eine Kette um den Hals, ein Stück aus ihrem Schatz der Höhle, und Victor erhielt ein mit Binsengeflecht verschnürtes Päckchen. „Erst später öffnen", hatte Maria ihm zugeflüstert. Dann erhob sich der große Zaubervogel der Zivilisation in die Lüfte. Der Pilot flog zum Abschied für Nathalie und Victor eine Ehrenrunde um die Insel. Die weiße Gischt am Fuß der Felsen war noch gut zu erkennen, dann verschwanden die Konturen, der weite, grün schimmernde Ozean bedeckte die gebirgigen Landschaften unter Wasser.

„Es kann nicht auseinanderfließen", sagte lächelnd Victor. „Alles drängt zum Schwerpunkt, zur Mitte hin, Nathalie. Ich glaube, ich habe Fortschritte auf dieser Insel gemacht, Schritte auf *meine* Mitte zu. Das verdanke ich dir, meine liebe Nathalie."

„Ich fühle mich froh, fast schwerelos", antwortete Nathalie, „ich glaube, daß wir auf Rapa Nui gute Arbeit geleistet haben. Das „Mana" und alle guten Geister auf dieser Insel werden ausstrahlen auf die, welche kommen und auf alle, die Verantwortung tragen." Dann legte sie ihren Kopf auf Victors Schulter. „Die Zeit wird es richten, aber was heißt Zeit, dieses Relative, Unfaßbare. Sie mündet immer in die Ewigkeit, aus der wir beide aufgetaucht sind, verkörpert sind, um uns zu begegnen. Ich habe viel in meinen letzten Existenzen erlebt. Gib mir Ruhe, Victor, gib mir den Gleichklang, den wir beide immer wieder suchen wollen." Dann schloß sie die Augen und gab sich dem Zittern und Dröhnen des Flugkörpers hin.

Auf dem Seelilienpfad

Am Flughafen empfingen Chefingenieur André Magot und seine reizende polynesische Frau das EROM-Paar und fuhr mit ihm zum Hotel „Desirée-Ouany". Man möge sich tüchtig ausschlafen, nachdem man beim Flug nach Osten um etliche Stunden betrogen sei, sagte André lächelnd und wünschte eine gute Nacht. Wieder saßen, geschmückt mit liebevollen Ketten aus Jasminblüten, Nathalie und Victor in den tiefen Bambussesseln und blickten in den tropischen Innenhof. Wie damals erfüllte der Duft des indischen Tempelbaumes die Luft.

„Victor, mir ist, als ob ich von einem anderen Weltteil herabgestürzt sei, ich habe viel Herzblut gelassen, dort auf Rapa Nui. Mir fällt es schwer, auf das reine Touristik-Programm für die erlebnishungrigen ..."

„Aber gut zahlenden Gäste, Nathalie", warf Victor ein.

„Naja, schön, aber innerlich muß man doch mitmachen können, man muß aber erst soweit sein ..."

„Nathalie, wir werden das nach wenigen Tagen Ruhe schon schaffen. Ich freue mich darauf, auf das Neue. Wir müssen da Stil hineinbringen, ins Schloß."

„Ach, Victor, Ihr Männer seid immer so realistisch, Ihr könnt so schnell umschalten." Victor setzte sein Glas mit dem Begrüßungstrunk zur Seite, dann faßte er Nathalies Hand.

„Sei ehrlich, Nathalie. Wenn ich *auch* deine sensitive, ja mediale Art hätte, ich glaube, wir beide würden von dieser Erde abheben, und Derek Lovejoy bliebe weinend zurück mit dem ganzen EROM-Volk. Aber im Ernst: Welche Journalisten haben auf diesem Globus je solche Aufgaben anpacken dürfen wie wir, welche bitte? Das ist einmalig. Und die Großzügigkeit, mit der wir behandelt werden, bedenke doch, Liebe ..."

Nachdenklich nickte Nathalie, ja, das sei sicher so, ganz sicher. Aber nun müsse sie sich hinwegschleichen, meinte sie lächelnd, sie habe Glieder wie Blei, das Bett rufe. Victor drückte die Gefährtin an sich.

„Träume gut, Nathalie, möglichst farbig, aber das ist bei dir ja selbstverständlich. Und morgen früh bin ich gespannt auf deine Erlebnisse im Reich der Geister", flüsterte er ihr zu, „Bonne nuit."

Nach einem ausgezeichneten Frühstück à la Desirée gab es einen Anruf von Madame Yvonne Pa-ole Gauguin. Sie möchten sich doch gleich auf den Weg zu ihr machen. Sie habe große Sehnsucht nach den beiden. Und dann gab es wieder eine herzliche Begrüßung; ein Champagner edelster Sorte wurde aufgetischt.

„Oh, wie freue ich mich, euch zu sehen. Alles habe ich „live" erlebt vor meinem Fernseher. Ihr Tanz, Nathalie, nein, dein Tanz vor den großen Steinriesen war voller Innigkeit und Kreativität, du hast eine neue Atmosphäre auf der Insel geschaffen." Als man die Gläser aneinanderklingen ließ, sagte Yvonne nachdenklich: „Ich muß euch einfach mit 'Du' anreden, wir sind verwandte, aber auch alte Seelen, was soll hier die Förmlichkeit?" Und zu Victor gewandt: „Deine Reportage am Orongo-Felsen hat uns alle erregt. Ganz Papete war am Fernseher, der Verkehr kam fast zum Stillstand." Sie senkte ihre dunklen, unergründlichen Augen in die stahlblauen des Deutsch-Kolumbianers: „Victor, du hast ein Beispiel gegeben, wie man alte Kulturen wieder lebendig machen kann, ohne Kitsch, im Sinne unserer Zeit. Natürlich hast du Glück gehabt, daß die Eier der Seeschwalben schon gelegt waren, so daß deine Reportage wie ein ideales Programm ablief. Und daß der Vogelmann dann noch eine Frau, ein Mädchen war, dies war die größte Überraschung und" – zu Nathalie verschmitzt lächelnd, „das, Nathalie, läßt uns hoffen, nicht wahr, uns Frauen?"

Ob denn Nathalie überhaupt noch Zeit gehabt habe, sich um ihren Gauguin-Roman zu kümmern? Sie habe zunächst Grundlagenforschung betrieben und sich mit dem Lebenswerk Paul Gauguins beschäftigt, diesem Pendler zwischen höchstem Glück und tiefster Verzweiflung, immer wieder von Geldsorgen und Krankheit geplagt. Von seinen Anfängen, seinem Pariser Atelier „TE FARURU", wo man aufzutanken pflegte. Und dann kam das „Haus des Sommers" auf Hiva Oa. Ein

Leben zwischen Glück, Fegefeuer und Erlösung. Doch die Südsee hatte ihn behalten, den großen „Wilden", der zart wie ein Kind sein konnte. Nathalie werde weiter arbeiten, erzählte sie, und dank der Hilfe von Yvonnes Unterlagen nicht nur den Zeitgeist, sondern das Erbgut, den unsterblichen, ewigen Geist Paul Gauguins erkennen lernen, jenen Ausdruck, der in den Bildern Yvonnes so zu Herzen gehe.

„Yvonne, Du weißt, wir sind Geist – und dann erst Körper. Wir brauchen letzteren, um uns zu demonstrieren, aber jener andere sitzt an der Schaltstelle."

Noch ein Tag der Entspannung und des Genießens im schönen, duftdurchströmten und palmenumrauschten „Desirée"-Hotel, dann ging es in einem „Luftsprung" von zehn Minuten nach Morea. Am Empfang des umzäunten Hotel-Komplexes mit den Bungalows stand ein Schild: „Club Neptun, Eintritt nur für Clubmitglieder". Nathalie und Victor bezogen zunächst ihre kleinen, vertrauten Häuschen. Auf dem Tisch lag eine Notiz: man möge gegen 16.00 Uhr bereit sein zur Schloßeinweisung mit den Messieurs André Magot und Raymond O-Napo, auch die Purserin, Madame Annette Alba Oro Rua, werde vor Ort anwesend sein. Wieder eine freundliche Begrüßung, dann ging man zum Clubeingang, besser zur Einstiegsröhre und bestieg das Fahrzeug der kleinen Magnetbahn. Nach gut fünfzig Metern war das Bähnchen unter Wasser, nun begann eine aufregende Fahrt über und zwischen den farbigen Korallenfelsen hindurch mit all ihren phantastischen Pflanzen und Tieren.

„Achthundert Meter sind es", erklärte André, „wir fahren bewußt langsam, damit die Gäste den Anblick genießen können." Nach etwa sieben Minuten fuhr das Fahrzeug in dem kleinen Bahnhof ein. Am Bahnsteig stand Annette, die Hausdame, und empfing die fast echten Gäste, wie sie strahlend sagte. Der kleine, tunnelartige Bahnhof war tiefblau getönt, dann ging man durch einen schmalen Gang in die großzügige Rezeption, ein eigenes, oval geformtes Bauwerk mit einer Acrylkuppe. Der Gast fühlte sich schon hier den Meeresgöttern verbunden, über ihm stand die noch vom Tageslicht schwach leuchtende, grüne See. Der Beleuchtungseffekt der versteckten Lichtquellen war raffiniert gelöst.

„Sie werden sich wundern, wenn erst Nachtlichter eingeschaltet und Fischschwärme über uns hinwegschwimmen und nicht selten auch ein großer Rochen, der neugierig seine Nase gegen die Kuppe stößt – kurz, wenn das Meer lebendig wird. Bitte nun nach rechts, wir befinden uns hier schon im Bereich des Ovals I, mit dem Namen „Nereide". Und hier nun die Räume der Einkleidung. Für jeden der bis zu hundert Besucher ist ein Schrankteil mit seiner Kleidung vorgesehen. „... oder ihrer ..." warf Nathalie ein. „Oh, Verzeihung, natürlich. Da wir hier erst am Neujahrstag eröffnen wollen, ist das Material aus London noch nicht eingetroffen. Die Computer sind aber mit den entsprechenden Maßen gefüttert, so daß es keine Probleme gibt." Von der „Einkleidung" mit mehreren Kojen und den Räumen der Beraterinnen ging es wieder zurück durch den breiten Gang mit vielen beleuchteten Vitrinen über eine breite, bequem zu beschreitende Treppe in den „Kleinen Gesellschaftsraum" der Kuppel „Nereide". Aber, was heißt hier klein, das Oval dehnte sich großzügig aus.

„Zu beiden Seiten sehen Sie kanzelartige Ausbauten. Das sind unsere Kaffee- und Frühstücksplätze. Die Möbel, wie überall im Schloß, von Professor Gottfredo Boeckelmann entworfen, sind bereits in Tahiti. Und nun bitte zum großen Oval „Neptun". Ach ja, dies noch: im „Gelenk" der beiden Ovale sind die Treppen zu den zwei Geschossen mit den Gastzimmern."

„Wo sind denn unsere Arbeitsräume?" wollte Victor wissen.

„Sofort, Herr Victor, zunächst genießen Sie diesen großen Gesellschaftsraum, jeden Abend wird hier etwas los sein, auch 'Klassisches'. Aber hören Sie ..." Madame Alba Oro Rua drückte auf einen Knopf, die Gäste waren verzaubert von Händels Wassermusik, die in Stereo aus zahllosen Lautsprechern klang. Sie standen auf dem rotviolett-gemusterten Bodenbelag, mit Blick auf die breitgewölbte, von grüner See umflutete Kuppel, und wurden ganz still, recht feierlich.

„Monsieur André", sagte Nathalie begeistert, „Sie und Ihre Mannschaft haben wirklich hier Neptuns Reich gestaltet. Es ist die *Idee* – ach, es sind immer Ideen, welche die Welt voranbringen können, immer ..."

Nach einigen Minuten in lustvollem Schweigen rief Annette Nathalie und Victor in die Wirklichkeit zurück.

„Also, in den Randbereichen des Ovals werden die Gäste ihre Speisen einnehmen oder beim Gesellschaftsabend sitzen. Und nun bitte eine Treppe tiefer, hier rechts am Rand durch die Tür; es gibt in der ganzen Anlage nur automatische Schiebetüren. Gefällt Ihnen die Zeichnung? Ein Neptun mit Nereiden und Nymphen, von einem hiesigen Maler."

„Entzückend", sagte Victor, „Neptun hat zwar seinen Dreizack, sieht aber sehr polynesisch aus, auch die Meerjungfrauen – schöne, verführerische Tierchen."

Nahe der Treppe, auf der unteren Etage waren die Räume für Nathalie und Victor schon hergerichtet. Doppelte Rastergröße, vorzüglich eingebautes Mobiliar. Zwischen ihren beiden Privaträumen lag der „Dienstraum" der beiden, wie Annette sagte, oder besser: „Ihr privater Arbeitsraum." Diese drei großen Räume stehen miteinander in Verbindung. Sie können sich natürlich auch einschließen", betonte Annette lächelnd.

„Wer weiß", sagte Nathalie nickend und schmunzelnd, „vielleicht gibt es auch einmal einen Belagerungskrieg, nicht wahr, Victor?"

„Schieben Sie Ihre Schranktür hier auf, Madame Nathalie, Sie sehen, Ihre Garderobe ist vorweg geschickt worden, ziemlich perfekt." Mit Augen des Staunens schaute Nathalie in den Schrank, viel Buntes und manches Dezente. „Madame Nathalie, viele der Stoffe sind patentiert. 'Ascot' hat mit 'Bayer'-Chemie eine Faser aus Naturseide und atmungsaktiven, hautfreundlichen Kunststoffen entwickelt, vielfach getestet für unser Reich Neptuns. Aber vielleicht sollten Sie und Monsieur Victor sich erst später mit diesem Fundus beschäftigen. Nun schlage ich vor, daß wir einen Nachtimbiß im „Seeteufel", im Schiff am Riff, einnehmen. Wir werden heute 'primitiv' durch den Glasgang, also trocken dorthin wandern."

Annette ging an das nächste Sprechgerät: „Hallo, ist dort Tumureva? Gut, also, wir gehen jetzt los – über den Seelilienpfad, ja, natürlich ..., fünf Gedecke, mach es schön, euer Koch Tahoe soll sich Mühe geben, schließlich ist das Essen heute abend mit Nathalie und Victor ein 'historisches Ereignis'!"

Zurück zum Rezeptionsoval, dann hinunter, achtzehn Stufen tiefer zum Eingang des gläsernen Seelilienpfades. Ein Aha-Erlebnis folgte dem anderen, die Unterwasserwelt entfaltete ihre tausendfachen Reize. „Dieser Gang konnte freilich nicht so interessant geführt werden wie der Wanderpfad, den John Bright aus Kalifornien geplant hatte. Aber ich sehe schon, auch hier gibt es Überraschungseffekte *en masse*", sagte André.

Und Raymond O-Napo fügte hinzu: „Von dieser Aussichtskanzel vor uns wird man eine der drei großen Mördermuscheln sehen können, eine Rarität, weitgehend ausgerottet; drei davon werden uns vom Great Barrier Riff aus Australien gespendet." Der Spazierweg zum Schiff dauerte etwa 10 Minuten bei nicht gerade guter Luft. Ja, sagte André, der Lüftungsingenieur müsse sich für eine bessere Ventilation noch etwas einfallen lassen, das komme in Ordnung. Dann war man am Schiffswrack und stieg, wie es sich gehört, an der Treppe zur Reling empor. Tumureva, mit dem klassischen Gesicht der Südseemenschen, empfing die Gruppe. Als erstes servierte sie oben den Besuchern auf Deck ein Glas Champagner – aber man kam sich vor wie im Traumland.

„Alles ist so unwirklich", sagte Nathalie, „dieses Halbdunkel des Umfeldes, das Plätschern der Wellen an die Wände der durchsichtigen Glocke. Hier ist wirklich Neptuns Reich, aber es beängstigt mich auch ein wenig."

„Madame Nathalie, einen Moment!" rief die junge Gastgeberin, dann schaltete sie mehrere Lichtquellen ein. „Natürlich", rief sie, „es geht ja auf die Nacht zu – aber am Tage, liebe Gäste, wenn die Sonne durch das klare Wasser eindringt, ist das Ambiente zauberhaft. Nun aber sollen Sie eine kleine Besichtigung des Schiffes vornehmen: es kenterte hier am Riff vor etwa hundert Jahren ..."

„Liegt mit seinem Deck jetzt nach der Hebung noch acht Meter unter dem Meeresspiegel – die Aufbauten gerade noch drei Meter", warf André ein.

In den unteren Decks und in den Schlafkojen war es richtig freundlich. „Wenn es Ihnen oben im Oval zuviel wird, Nathalie und Victor, dann kommen Sie einfach her und quartieren sich in der Koje ein. Oder wollen Sie schon heute Nacht, fragte Annette? Nathalie und Victor waren überrascht und unsicher, man habe doch seine Sachen in dem kleinen Bungalow, hier fehle ja einiges für die Nacht. Aber Annette bohrte tüchtig weiter, „bleiben Sie hier, es gibt dort im Achterdeck, Steuerbord, die Kapitäns-Suite, süß eingerichtet, kommen Sie mit. Schließlich sind Sie EROMs Show-Paar und müssen „vor Ort" gearbeitet haben, nicht wahr?"

„Sollen wir, Victor?"

„Machen wir, Nathalie, wir weihen hier das Doppelbett vom Club ein, herrlich wird das, die Kojen sind stilgerecht ausgestaltet und gute Luft gibt es hier."

„Ja", sagte Raymond, „direkte Schnorchelbelüftung."

„Aber meine Wäsche", rief die noch zweifelnde Nathalie.

„Alles da, Madame, kommen Sie und staunen." Die Begleiter lächelten sich fröhlich zu, als Nathalie und Victor mit Annette wieder an Deck kamen. „Das habt ihr aber gut vorbereitet! Ihr habt wohl mit uns fest gerechnet?" Wohlwollendes Schmunzeln allenthalben.

Das Essen wurde auf Deck eingenommen, es war kräftig – aber doch raffiniert zubereitet. „Neptun sei Dank für diesen guten Fisch", sagte, vom Chablis noch verzückt, Victor. Na, man fange ja erst an, meinte Annette, der Koch habe noch einiges an Meeresfrüchten bereit. Das Essen zog sich genußreich hin, und als die knackige

Languste aufgetischt wurde – mit den Schildchen „Nathalie" und „Victor" zwischen ihren Zangen – waren die Gäste des Lobes voll.

„Tumureva, holen Sie den Koch aus der Kombüse, wir wollen uns bedanken!" Der zartgliedrige Mann kam stolz heraus und empfing die Lobpreisungen wie einen Ordenssegen. Er war glücklich über die Anerkennung Nathalies und Victors.

An diesem Abend wurde noch manche Flasche des guten Burgunder geleert. Nathalie schaute immer wieder fasziniert auf die an der erleuchteten Glaswand vorüberziehenden farbigen Fische. Große Fische würden sich wohl nicht sehen lassen. Doch, wolle man ein paar Haie erleben, fragte André. Hopp, dann ging er zu einem kleinen Schaltkasten am hinteren Teil der Reling und drückte eine blaue Taste. Vielleicht müsse man zwei bis drei Minuten warten, aber nein, da, sehen Sie doch. Es war unglaublich, ein großer Blauhai schwamm mit Witterung eines Fanges unruhig an der Kuppel entlang, mehrere Grauhaie im Gefolge.

„Können Sie zaubern?" rief Victor begeistert, „was machen Sie nur?"

„Na, lassen wir die Haie ziehen, aber einige Rochen zu betrachten, wäre wohl auch nicht uninteressant. Da muß ich mal eine andere Schaltung vornehmen." Dieses Mal dauerte es etwa 5 Minuten, dann kam eine Gruppe stolzer, imposanter Rochen vorbeigezogen, nein, besser vorbeigeflogen, so sah es jedenfalls aus. Sie umkreisten die beleuchtete Kuppel.

„Victor, sieh doch, noch nie habe ich solche Tiere aus dieser Nähe erlebt. Dabei ist das doch kein Aquarium!"

Wieder lächelte André, dann zeigte er Victor, welcher Schalter diese Tiere herbeiholte. Ein weiterer Druck, und die Fische verschwanden. „Unsere Wissenschaftler haben das möglich gemacht, die Frequenzen sind auf die Gehirne der Tiere eingestimmt, Reizwellen holen sie heran und lassen sie verschwinden."

„Eine echte Sensation", rief Victor.

„Streng patentiert, Madame Nathalie, EROMS Geheimnis."

Beim Plaudern und Trinken ging es allmählich auf Mitternacht zu. „Gehen Sie schlafen, denn nach der Geisterstunde können die grauen Seeteufel kommen", sagte Annette, „und die vermeiden Sie besser, nicht wahr, Nathalie, Victor?" Es gab eine herzliche, weinselige Verabschiedung mit vielen Wangenküssen, dann nahm die gemütliche Kajüte die beiden frisch „Eingeweihten" auf.

„Schlaf in meinen Armen ein, Nathalie, ich werde dich vor allen Ungeheuern von unten und oben beschützen. Aber noch ein Blick durch das Kajütenfenster, bevor ich den Vorhang schließe." Alles war unwirklich, dicht vor dem Fenster hatte man die Glaswand der Kuppel montiert, im schwach erleuchteten Wasser schwommen Scharen von kleinen bunten Fischen vorbei, urtümlich geformt, gefleckt, gestreift und grell gepunktet. Welche Vielfalt der Schöpfung!

„Victor, ist das alles nicht ziemlich verrückt, was wir da den Leuten schmackhaft machen sollen? Skurril, exzentrisch, wozu der Aufwand?"

„Nathalie, sag ja zu diesen Umständen. Die hungrige Psyche vieler Menschen auf dieser sogenannten zivilisierten Welt sucht eben das Absonderliche, Einmalige. Wir selbst machen dabei doch viel Studien für unsere künftigen Arbeiten. Der Mensch, er ist und bleibt trotz aller Gentechnik das erstaunenswerteste Studienobjekt dieses Planeten."

„Und das begehrenswerteste", flüsterte die Partnerin mit ihrem harmonischen, siamesischen Lächeln, „halt mich fest dann, mein lieber Deva."

Zeit ist unfaßbar, unentrinnbar, im Gleichmut der Jahrmilliarden schleicht sie dahin wie die Wogen der Ozeane. Sie schenkt den Korallenriffen und den Lavafelsen ihr Maß und läßt die Sterne des Universums erglühen und erkalten. Nathalie schreckte als erste auf.

„Victor, wach auf, sag, wie spät ist es wohl? Ich glaube, ich habe mein Zeitgefühl verloren."

Victor gähnte herzhaft und sagte schleppend: „Meine biologische Uhr sagt mir, daß es höchstens sieben Uhr sein kann, sieben Uhr früh natürlich. Aber im Traum hat mich die Welt des Neptuns gepackt. Ich war wie ein langer Fischkörper, bin an den Dreizack-Gott herangeschwommen, er hat mich gütig angesehen. Dann durfte ich tiefe Gründe des Ozeans durchmessen, sah Vulkane und Inseln entstehen und vergehen, es gab keine Zeit, nur Ewigkeiten. Und jetzt, Nathalie, hast du mich geweckt! Hättest du mich doch wachgeküßt!" neckte er.

„Auch ich hatte meine Reiseerlebnisse im Reich der Geistwesen. Immer in Begleitung meines Engels Myra durchflog ich viele Ebenen, sah gestörte, verdörrte und verzweifelte, aber auch verklärte und aufgestiegene Seelen. Das Licht war schließlich so stark, daß es mich blendete. Ich begegnete dem großen, 'meinem' Imhotep vor seiner Stufenpyramide. „Weißt du noch", fragte er gütig, „bist du 'weitergekommen'?" Ich antwortete, mein Bemühen sei beständig, aber nicht immer mit Erfolg." „Ich weiß", sagte er, dann lenkte mich der Strahl seiner Augen immer weiter, durch vergoldete Gefilde mit duftenden Blumen – oh, Victor, es war einmalig schön. Leider warst du nicht dabei."

„Liebe Nathalie, wir beide sollen vielleicht in verschiedenen Sphären operieren, zunächst denke ich, daß ...."

Das gedämpfte Licht wurde heller, dann hörte man das Klappern von Geschirr, Tumureva deckte den Frühstückstisch an Deck. Sie empfing die ersten Logiergäste an Bord, wie sie sagte, feierlich gekleidet mit einem leuchtendroten langen Rock, der unterhalb des Nabels ansetzte, eine knappe weiße Bluse umschloß die Brust, dabei leuchtete die Bronze ihrer Südseehaut in natürlicher Selbstverständlichkeit. Nathalie bekam rote Hibiskusblüten für das volle schwarze Haar, Victor die traditionelle Blütenkette aus Jasmin. „Bonjour, mes amours", rief sie, „voilà, bonne appetit!"

Man genoß Ananas, Papaya und Mangos, die es hier auf den Gesellschaftsinseln reichlich gab, wurde mit viel Aufmerksamkeit verwöhnt.

„Bitte, hier das Logbuch, nun ja, Gästebuch, bitte tragen Sie sich als erste berühmte Gäste ein, Madame Nathalie, die ich verehre, und Monsieur Victor, den ich bewundere."

Mit viel Charme geleitete die schöne Polynesierin die beiden ein Stück des Wegs im Glasgang, dann genossen unsere EROM-Akteure, langsam über den Steg dahinschreitend, wieder die Unterwasserwelt der Wunder. Hoteldame Annette empfing sie an der Treppe: „Ich hoffe, Sie haben gut geruht in dieser historischen Nacht. Jetzt sollten Sie das kleine Fahrzeug der Magnetbahn nehmen und zum Ausgang fahren. In Ihrem Bungalow liegt übrigens das Programm der nächsten Zeit bis zur Eröffnung am 1. Januar. Sehen wir uns morgen, gegen 9 Uhr hier in der Rezeption? Denken Sie über alles nach, wir brauchen noch eine Menge kreativer Ideen."

Das Programm sah vor, daß Nathalie und Victor am 15. Dezember ihr Quartier im Schloß beziehen sollten, sie aber gebeten wurden, gründlich mit Madame Annette alle Räume einschließlich der Technik usw. anzusehen und sich auch über mögliche Rettungs- und Notmaßnahmen zu unterrichten. Raymond O-Napo hatte ein kleines Kompendium auf den Tisch gelegt. Es enthielt nebst Farbfotos die wichtigsten Fisch- und Muschelarten, die man vom Seewanderweg aus erleben konnte. Auch die Korallenbänke nebst vielfältigen Bewohnern, Krebsen, Pflanzentieren usw. Da hieß es tüchtig studieren, damit man bei den Führungen solide Auskunft geben konnte. Man fand auf dem Tisch auch eine Mappe der Firmen „Ascot Ltd." und „Aqua Texta", London. Die Bekleidung für jede Gelegenheit des vierzehntägigen Aufenthalts im Schloß war aufgelistet und mit getönten Skizzen versehen.

„Meine Güte, was haben die sich da ausgedacht, allein fünf Beispiele für die Nacht der Nereiden. Sieh mal, diese lange Hose aus zartem Tüll oder so, dazu oben nur Brust. Wenn das man gut geht, Victor."

Dieser schmunzelte nur und meinte, solchen Verlokkungen könne man wohl widerstehen. Aber „für dich, Nathalie, kommt das nicht in Frage."

„Sieh mal an, vielleicht irrst du dich, Victor – aber sei beruhigt, ich als 'PR-Figur' mache das sowieso nicht – aber, so schlecht wäre meine Brust ja auch nicht, stimmt's, Victor?"

„Natürlich nicht, aber es sollte genügen, wenn ich allein deine physische Schöpfung der Götter kenne."

„Sollte es das", gab sie lächelnd zurück. Die Vielzahl der Ideen von 'Ascot' war bemerkenswert, sehr gut vor Ort studiert, natürlich auch die Schwimm- und Tauchmoden mit vielen Varianten und in großartigen Farben. Ebenso gut durchdacht waren die Männermoden. Sie ließen natürlich ebenfalls viele Anklänge an die heimische Kleidung der Südsee erkennen. „Kurz mit Schurz" war hier wohl besonders empfohlen.

Im Regal lagen knappe Abhandlungen über die Natur der Insel Morea, ihre Flora und Fauna sowie Volkstum und Volkskunst. Neueste ethnologische Studien von den Gesellschaftsinseln waren vorhanden. Sehr gut aufgemacht fand Nathalie das Buch „Unser Paul Gauguin, der sanfte Wilde."

„Wir müssen uns auf jeden Fall in den nächsten Tagen in den kleinen Siedlungen hier auf der Insel umsehen, außerdem müßten wir wohl den Kulturboß der Präfektur in Papete aufsuchen, liebe Nathalie. Aber, wie wär's, machen wir doch heute noch eine Rundfahrt um die Insel. Ich bestelle ein Taxi." Die Fahrt ging durch Gärten und grüne Felder, Haine von Kokosnüssen und Mangobäumen, immer am Uferstreifen des großen Kraters entlang. Die tief eingeschnittene Opunoho-Bucht war zauberhaft, aber die Cooks-Bucht mit dem Ort Pao Pao stand dem nichts nach. Hier ließen unsere beiden den Wagen stehen und erstiegen eine Höhe zum Aussichtspunkt Roto Nui. In der Nähe besuchten sie das noch in Resten vorhandene polynesische Heiligtum Marée.

„Grüne Umwelt, aber keine Skulpturen, Victor. Der lange Altar hat gewisse Ähnlichkeit mit unseren 'Ahus', aber sonst tut sich hier nicht viel. Machen die grauen Schlacken und die Kargheit der Vegetation vielleicht schöpferischer? Jedenfalls brauchten die Leute auf Rapa Nui viele gewaltige göttliche Idole als Gesprächspartner."

„Nathalie, ich glaube, trotz des paradiesischen Eilands hier hast du noch Sehnsucht nach der Isla de Pascua."

„Ja, Victor, ich bin mit ihr in allen Erscheinungen sehr verwachsen."

Vom Hotel „Pao Pao" hörten sie Folklore-Musik, man probte gerade. Nathalie und Victor baten, zuschauen zu dürfen. Der junge Leiter war glücklich, holte die Zeitung von Papete und zeigte strahlend das Foto: Nathalie und Victor bei der Ankunft auf dem Flughafen. Er sei stolz, sie kennenlernen zu dürfen. Was geboten wurde, war durchaus von Qualität, besonders die Tanzgruppen mit den noch sehr jungen, hochgeschürzten Mädchen, sicherlich etwas fürs Schloß-Programm. Auch die Xylophonisten konnten sich sehen und hören lassen. Man werde in der nächsten Zeit auf ihn, den Herrn Maopo zukommen. Dieser, ein zierlich gewachsener Insulaner, verneigte sich ehrerbietig, es werde eine große Auszeichnung für ihn und seine Gruppe sein.

Der nächste Tag wurde dem intensiven Studium der Schloßanlage gewidmet. „Mon Dieu, kaum zu glauben, was sich die von Technik besessenen Männer nicht alles einfallen lassen", rief Nathalie öfter aus. Dann wollte sie immer wissen, ob das auch sicher, ob alles getestet sei, geprüft von den Aufsichtsbehörden, den Statikern, den Elektroingenieuren usw.

„Oh Madame, nachdem es mehrere Zwischenfälle gegeben hat, gingen die Unterlagen direkt zu den Ministerien nach Paris. Weitere Pleiten wollte man sich auf keinen Fall mehr gestatten", antwortete Annette, die schöne und engagierte Hoteldame. „Fangen wir noch einmal am Ankunftssteg systematisch an, gestern war das nur eine erste Orientierung." Der ganze Tag werde wohl benötigt, drum solle man sich vorher stärken. So wanderte die Gruppe wieder durch den vom Sonnenlicht grünlich beleuchteten Gang zum Schiffswrack, das ein solches nur noch dem Namen nach war. Tumureva hatte wieder an Deck ein vorzügliches Mahl bereitet.

Nathalie und Victor waren von der gesamten Innenausstattung der Zimmer, der unterschiedlichen Funktionsräume, vor allem aber von dem großen Gesellschaftsraum im Oval II, genannt „Delphin", sehr angetan. Er hatte einen fröhlich gemusterten, gelb-blauen Belag, die Mitte war natürlich ein rotes Oval, eine glatte, von unten dezent beleuchtete Tanzfläche. An der Breitseite des Ovals gab es eine kleine Bühne.

„Wir werden viel Unterhaltung bieten", sagte Annette, „schließlich verbringen die Gäste zwei Wochen hier im Reich Neptuns."

„Und wer ausreißen will ...", wollte Nathalie wissen.

Nur in besonderen Ausnahmen könne jemand wieder an das Tageslicht kommen, im Falle von Krankheit oder einer Phobie. An der verengten Stelle des Ovals II war auch ein intimer Meditations- und Vortragsraum eingerichtet, auf besonderen Wunsch des Präsidenten. Um die violett angelegte Mitte gruppierte sich eine Reihe von goldfarbenen Sitzhockern, ein regelrechtes Arsenal von gelben und violetten Kissen stand zur Verfügung.

Bewundernswert war die Technik in den beiden unteren Geschossen. Heizung, Lüftung, Entsorgung waren nach den letzten technischen Kenntnissen eingerichtet. Das Herzstück aber war im ersten Untergeschoß die elektrische Überwachung.

„Jede Tauchwanderin" – dabei lächelte Annette Nathalie zu, als wollte sie sagen: na bitte... – „und jeder Tauchwanderer ist hier auf diesem Bildschirm erfaßt, steht mit dem Minimikrophon in dauernder Verbindung mit der Aufsicht. Niemand der Korallenwanderer geht verloren. Das perfekte Sicherheitssystem überwacht die ganze Anlage. Die Informationszentrale des Herrn Dr. Helmut Schmidt befand sich auf derselben Ebene.

„Es werden aber keine Scharen von Medienleuten erwartet, wir haben hier nur eine exquisite Gruppe von etwa 40 Personen eingeladen, handverlesen, verstehen Sie? Aber nun bitte ich Sie in meinen Dienstraum, wir wollen uns mit den Gästelisten für die Eröffnung befassen."

In einem nützlich und geschmackvoll eingerichteten Zimmer genoß man zur Stärkung einen Capuccino, dann erläuterte Annette den Ablauf der Premiere, wie sie es vor einiger Zeit auch mit Derek Lovejoy abgesprochen hatte. Wo er denn sei, wollte Victor wissen. Jaja, der Derek müsse wohl sein Imperium tüchtig zusammenhalten, er bewege sich von Erdteil zu Erdteil, um zu „kitten", wie er zu sagen pflegte, zu besorgen, zu assoziieren und zu koordinieren. Er komme auch erst am Tage der Einweihung, am 1. Januar, und bringe eine kleine Überraschung mit.

„Na, wen hat er sich da wieder aufgegabelt, der gute Präsident Derek!" Annette schien eine sehr enge Vertraute von Derek Lovejoy sein. Sie sprach von ihm sehr freundschaftlich, fast privat.

„Also, meine lieben Erfolgsgaranten von EROM, ich nenne Sie einfach 'Nathalie' und 'Victor', darf ich das? Nun also, wir haben einige Künstler großer Shows und Cabarets eingeladen. Da, das ist die Liste. Sie kennen sicher die eleganten, langbeinigen Sessler-Zwillinge, Dauerbrenner von Las Vegas, die beiden tanzen mit großem Ideenreichtum, artistisch und auch sehr sexy. Dann wird die Chanteuse Hélène Serano kommen. Weiter eine kleine Gruppe des qualifiziertesten Cabarets aus Papete, sodann drei mexikanische Artisten und der unglaubliche chinesische Jongleur Caio Sen. Die kleine Hauskapelle ist gepflegt, aber vielleicht ein bißchen zu bieder. Die Leute sind hier von der Insel, aus Hapii. Ach, ich vergaß, Ihnen unsere kleine Najaden-Diskothek zu zeigen, im zweiten Untergeschoß, sehr pfiffig gemacht. Wir erwarten neunzig Gäste; bei fünfzig Räumen mit Doppelbett ist also auch für einige Einzelgänger Platz. Im übrigen haben wir fünfzehn weibliche und fünf männliche Modelle von Modefirmen – einschließlich 'Ascot' und 'Aqua Texta' – eingeladen, einige führen auch die Einkleidung der Gäste vor. Aber Sie sehen, das wird für uns schön Heißhungrige – das sind wir doch – ein Genuß werden."

„Und die normalen Gäste, wie ist das mit der Auswahl?" fragte Nathalie.

„Hier bitte, sehen Sie sich die Fragebögen an." „Schloßclub Neptun" stand auf zartgrün getöntem Blatt, dann waren am Kopfende rechts zwei Fotos vom letzten Jahr, wie ausdrücklich vermerkt wurde, aufgeklebt, ein Kopf und ein Ganzbild.

„Ich staune, daß sich die Bewerber so entäußern",

warf Victor ein, „für eine superteure und einfach ungewisse Sache – und dann noch mit den privaten Körpermaßen."

Die schöne, schlanke Annette mit der bronzeleuchtenden Haut lächelte: „Wenn Sie wüßten, wie sich vor allem die Bewerber um einen Platz reißen. Nachdem die geschickte „vertrauliche" Werbung mit vielen phantasievollen Hinweisen herausgegangen war, gab es einen großen Andrang. Einige nicht unbekannte Schauspielerinnen und Schauspieler kommen, natürlich werden wohl auch einige Playboys unter den Besuchern sein. Viele schrieben in ihrem persönlichen Brief, daß sie die Nase voll hätten von dem üblichen Touristenrummel, sie seien begierig, unter Wasser mit den Korallen und wohl auch mit den Nymphen zu leben", kommentierte Annette etwas süffisant.

Bei der Durchsicht der Unterlagen stockte Nathalie plötzlich, als sie das Foto eines weißhaarigen älteren Herrn sah. „Das ist ... ja, ist das nicht Edgar Marquesa?"

„Ja", bestätigte Annette, „jawohl, vielfacher Preisträger, bekanntester Schriftsteller Südamerikas. Und noch drei Leckerbissen: hier die große Malerin Marion Ritzelle aus Vancouver, Sabine Jacobs, die eigenwillige Lyrikerin aus Wien und der weltweit angesehene, hochqualifizierte Fachmann für audio-visuelle Forschung, Professor Dr. Heribert Heinrichs aus Deutschland."

„Also nun einmal der Ablauf, Annette, wie Sie ihn sich vorstellen."

„Gern Victor, also Ankunft: wie vor Ort erläutert, nach Begrüßungsumtrunk im kleinen Oval 'Nereide' Einweisung in die Zimmer. Wenn alle Gäste spätestens um 17 Uhr angekommen sind, beginnt bei Damen und Herren die Vorführung und Erläuterung der in ihren Schränken befindlichen Modelle. Jedes der Kleidungsstücke hat einen Namen. Auf der abendlichen Speisekarte ist immer vermerkt, welche Modelle für den nächsten Tag vorgeschlagen, nicht vorgeschrieben sind. Ach ja, ich wollte noch erwähnen, daß wir für die optische Einsperrung ...", so sagte Annette wieder etwas lästerlich und zeigte auf ihren schön naturgetönten Hals, „ja, dafür können wir den Gästen einen Sonderservice bieten. In unserem Sanitätsraum wird eine ständig anwesende Krankenschwester eine harmlose, auf Karotin-Basis beruhende Injektion geben. Die Tönung der Haut in einem leicht bronzenen Ton erfolgt innerhalb von drei Stunden, somit können die vielen, hier herumschwirrenden 'Nereiden' sich schneller an die Ankömmlinge gewöhnen."

„Können Sie uns Männer nicht auch irgendwie als Halbgöttliche einordnen, und nicht nur die Damen"? fragte Victor leicht provozierend.

„Ja, wie war das denn mit dem griechischen Götterhimmel? Na gut, Sie, Victor, aber nur als Ausnahme, würde ich mit dem Gott Apoll gleichsetzen, sonst aber würde ich die männlichen Wesen hier aber als 'Heroen' klassifizieren. Das ist doch auch ein guter Rang, nicht wahr?" Ja so war sie, die schöne und außerordentlich gebildete Hoteldame Annette, schlagfertig und treffsicher. Sie würde die Organisation mit Pfiff im Griff haben. Wie es denn mit der Taucherei sei? Nun, in kleinen Gruppen würden die Männer von Raymond O-Napo und von dem hiesigen Taucher Tetohu eingewiesen. Die Touristikhelme müßten gut sitzen, das Einüben der Atemtechnik werde wohl sehr schnell vonstatten gehen.

„Aber, meine Lieben, ich höre, daß O-Napo Sie morgen auf Tauchwanderung mitnehmen will. Da Sie beide die Führung während und nach der Eröffnungsfeier beginnen sollen, müssen Sie sich intensiv mit den Besonderheiten des hiesigen Korallenmeeres und seiner interessanten Lebewesen beschäftigen. Auch vom Glasgang können Sie viele Studien machen. Nun glaube ich, daß es für heute genug ist, Sie haben in den nächsten Tagen viel Arbeit. Neugierig bin ich aber auf Ihre Vorschläge zur weiteren Anreicherung des Programmes."

Die Tage bis zur Einweihung am 1. Januar vergingen wie im Flug. Victor und Nathalie wurden von O-Napo in die Tauch- und Unterwassertechnik eingeführt. Nach der Atemgymnastik im Trockenen ging dann unter Wasser alles reibungslos: sie setzten die Helme auf und klinkten die Schnorchelverbindung zur Sauerstoffversorgung ein, zogen Taucherschuhe an und schritten dann durch die Schleuse. Der Tauchanzug war leicht, seine orangene Farbe ließ ihn weithin im warmen Wasser der Südsee leuchten.

„Dr. Schmidt", hörten sie O-Napo durch den Kopfhörer sagen, „bitte schalten Sie auf Konversation." Alsbald wurden unsere PR-Taucher in die Phantasiewelt der Natur eingewiesen.

„Bitte folgen Sie mir, Achtung, hier ist eine Schwelle, wir wollen sie nicht entfernen. Die Besucher müssen sich an die rote Leitschnur halten. Hier sehen Sie" – es mochten etwa zweihunterundfünfzig Meter von der Einstiegsschleuse sein – „die erste Mördermuschel."

„Phantastisch", rief Nathalie, „Welch eine Schöpfung!"

„Aber gefährlich, die Gäste dürfen nicht zu dicht herankommen, Sie wissen ja, sie kann einem die Füße abschlagen." Weiter ging es voran, wie im Rausch: lila Seelilien, rote und braune einzelne Algenbüsche, dann wieder tiefviolette Korallenbänke mit darüber schwimmenden leuchtend-gelben und -roten Fischen.

„Ich bin jetzt schon süchtig, O-Napo", rief Nathalie. „Welche Zauberwelt, unglaublich!" Neugierige Kugelfische, die sich wie ein Ballon aufblasen konnten, Trompetenfische, raffiniert wie Gräser getarnt, tiefblaue Doktorfische und die lustigen schwimmenden Harlekingestalten, dazwischen immer wieder Gruppen von goldenen Seepferdchen, flächendeckende Korallenbänke, welche Schönheiten unter Wasser!

„Da, Nathalie, sieh den braunen Fels, rechts, sieh doch, mit der nickenden roten Seelilie und rosa Geschöpfen, die wie Dahlien aussehen, mein Gott, ich kenne ihn, den Fels. Dort war es, wo ich gestern im Traum vorbeigeschwommen bin, auf meinem Weg zu Neptun. Und dann kam da noch, Nathalie, es wird mir unheimlich, da sind sie auch wieder, die Delphine – wie gestern Nacht."

„Bleiben Sie ruhig, diese Flecken-Delphine sind äußerst zartfühlend und natürlich neugierig, solch eine

Premiere zu erleben", sagte O-Napo. Und als Victor Nathalies Hand ergriff, sah er durch das Sichtglas des Helmes das Lächeln seiner Partnerin.

„Ja, Victor", flüsterte Nathalie in das Mikrofon, „mein Lieber, du wirst noch mehr erleben, das ist erst der Anfang deines Weges zu dir selbst."

„Vorsicht, bitte", rief O-Napo, „langsam über die beiden Barrieren, dann bitte nach links."

Hier war eine ebene Fläche, eine weiße Korallenbank.

„Das ist die Stelle, wo wir eine Sensation bieten, Nathalie und Victor! In der nächsten Woche kommt, ebenfalls vom Great Barrier Riff aus Australien, der große, gefürchtete Octopus."

„Der Riesenpolyp, nicht wahr?" fragte Victor.

„Ganz recht, diese Krake binden wir hier vor Ort fest, dann, vielleicht jeden zweiten Tag, wird Arthur, unser Spezialist aus Bora-Bora, mit ihr kämpfen. Auch drüben vom Glasgang her wird man es sehen können, aber natürlich nicht so gut wie hier vor Ort. Doch nun noch ein kleines Stück, dann sind wir am 'Seeteufel'."

Jetzt wurden die Tauchwanderer von einer ganzen Delphin-Familie begleitet.

„Oh, nein, sind die lieb, die kleinen Burschen!" rief Nathalie immer wieder. „Seht man, sie stupsen mich immer an, aber so vorsichtig. Doch nun müßt ihr gehen, laßt mich jetzt allein."

Die beiden Männer staunten, als die Sippe auf das Kommando Nathalies fortschwamm.

„Wie haben Sie das nur gemacht?" wollte O-Napo wissen, „Nathalie, sind Sie Magierin, wie machen Sie das nur?" Nathalie sagte überzeugend: „Telepathie, ganz einfach, ich habe mich in ihre Geistkörper eingeschleust, weiter nichts."

Das gelbgestrichene Schleusentor kam in Sicht, das Wasser wurde abgesaugt, dann konnte man die Taucherhelme abnehmen. „Eine gute Premiere für Sie beide", rief O-Napo begeistert, „alles gut gemacht, fast professionell." Abstreifen des Taucheranzugs, Süßwasserdusche, dann in die bereitliegenden wohligen Sportanzüge geschlüpft.

Tumureva begrüßte die Seewanderer: „Ich habe alles auf dem Bildschirm mitgesehen, mein Gott, habt ihr beide das toll gemacht; aber das mit den Delphinen, Nathalie, das war Magie. Sind Sie eine verkappte Zauberin?"

Nathalie nahm sie fest in den Arm. „Aber nein, Tumureva, ganz und gar nicht, ich habe nur meine spirituelle Erfahrung angewendet."

„Und das mit Tieren?"

„Natürlich, auch Tiere haben eine Seele, können empfinden. Im Fall der Delphine: sie können gut denken. Gelten als die intelligentesten Tiere dieser Erde. Ach, wenn diese Menschheit nur mehr Achtung vor den uns von der Schöpfung mitgegebenen Wesen hätte ..."

Ein Glas Champagner, ein guter Imbiß vor Ort, dann schritt man durch den gläsernen Gang, den „Seelilienpfad", wieder zum Schloßhotel. Wieder Begrüßung durch die strahlende Annette, Besteigen der Magnetbahn und zurück zum Bungalow. Wohlig ausstrecken auf dem Lager, träumen, grübeln ... Victor schmiegte sich an die Partnerin: „Nathalie, Liebstes, staune nur. Was hast du mir für Welten eröffnet, welch ein Lichtwesen bist du eigentlich?"

„Mon chéri, ich bemühe mich nur, diese Welt und das All zu verstehen. Aber oft ist das Leben wie ein Traum, unsere Wirklichkeit ist mit der Traumwelt verknüpft, du hast das ja heute erlebt."

Der Schlaf umfing diese beiden Erdenmenschen und senkte Bilder der sogenannten unbewußten Welt in ihre Herzen. Ist es nicht, daß unser Hiersein auf dem blauen Planeten unseres Sonnensystems oft von Träumen geleitet wird, sind Kunst und Wissenschaft nicht häufig durch Träume inspiriert? Es gibt eine Fülle von Beweisen. Träume sind verschlüsselte Botschaften, deren Codes zu entziffern sind. Unsere beiden Schläfer mögen immer die rechten Schlüssel zur Hand haben, um sich ihres Selbst immer bewußt zu werden. Sie brauchen diese Botschaften, Intuitionen und Deutungen, sie haben noch einen langen Weg zu gehen ...

Arbeiten noch und noch, büffeln, um die Biologie der Unterwasserwelt wenigstens in den Grundlagen zu verstehen und Diskussionen mit der schönen Schloßdame über den Programmablauf.

Am 11. Dezember bezogen Nathalie und Victor ihre Räume im Schloß, am folgenden Tag stellten sich die Bediensteten vor, insgesamt 110 Mädchen und Jünglinge dieser und anderer Inseln. Sie waren in zwei Reihen in dem großen, ovalen „Neptun" um die „Regentin" Annette angetreten. Die jungen Männer hatten farbige Baumwollschals nach alter Tradition kunstvoll zwischen den Beinen durchgezogen, dann sich kreuzend um Oberschenkel und Hüfte gelegt, so daß sowohl vorn als auch am Gesäß ein Stück des mit kräftigen Blütenmustern durchwirkten Schals zu sehen war. Die Oberkörper waren frei, makellos. Die jungen Mädchen hatten sich ähnlich gekleidet, nur trugen sie ein breites, gemustertes Tuch, das zu einer Kordel um den Hals und dann breit über den Oberkörper gelegt und hinten verknotet war. Nachdem Mme. Annette alles kritisch begutachtet hatte, kam der nächste Auftritt – der Outfit für die Gala-Veranstaltung. Die Jünglinge trugen jetzt eng anliegende, weiße Anzüge, die jungen Mädchen ein schneeweißes Brusttuch und von der Hüfte abwärts einen langen, weiten Rock in leuchtenden Farben, ganz so, wie Gauguin viele seiner Frauengestalten abgebildet hatte.

Nathalie und Victor waren begeistert von der „geballten Schönheit", wie sie sagten.

„Annette, mein Gott, woher haben Sie diese jungen Mädchen geholt?"

„Nein, nicht nur von dieser Insel; auf eine Anzeige in der größten Zeitung von Tahiti meldeten sich fast tausend Bewerber aus dem ganzen Archipel. Dann haben wir in Papete die Auswahl getroffen. Die jungen Menschen sollten aber nicht nur schön in Figur und Antlitz sein, sondern auch eine gute Auffassungsgabe haben. Nun, Raymond O-Napo, zwei weitere Personen des Büros und ich, wir haben uns viel Mühe gegeben. Der Chef wollte hier schöne Menschen im Schloß sehen,'Rasse und Klasse', wie er immer wieder betonte. Ich sagte schon, daß jedes Zimmer seine Bedienung nach Wahl hat. Die jungen Leute wohnen in Innenkabinen, genau gegenüber den Gästezimmern. In den nächsten Tagen werden diese jungen Burschen und Mädchen eingeübt, die meisten haben noch nie serviert oder solche hervorragenden Zimmer gepflegt, aber sie sind voll guten Willens. Denken Sie doch daran, daß ihre Angehörigen auf den für hiesige Verhältnisse üppigen Verdienst warten! Das Alter der Mädchen liegt zwischen 14 und 20, bei den jungen Männern ist die untere Grenze sechzehn Jahre. Nathalie und Victor, suchen Sie sich jetzt Ihre Bedienung aus."

„Nathalie, wofür entscheidest du dich, Mädchen oder Jüngling?"

„Ich wechsle einmal, nachdem ich auf der Isla de Pascua meine süße Angata hatte, werde ich jetzt einen Jüngling wählen."

„Das heißt, du gestattest mir ein weibliches Geschöpf, in aller Seriosität selbstverständlich?" Es zeigte sich, daß die Wahl gut war. Das Mädchen Hina zeigte sich besonders aufmerksam und fürsorglich, der junge Te Sho konnte in seinem Fleiß wohl kaum überboten werden. Alle Freunde dieser beiden jungen Menschen beneideten sie um den Posten, denn Nathalie und Victor waren auch auf der kleinsten der Gesellschaftsinseln ein Begriff. Schließlich gab es in der kleinsten Hütte einen Fernseher.

Am 20. Dezember wurde die nach Maß vorbereitete Garderobe aus England angeliefert, zwei Tage später zogen drei Vertreter von „Ascott Ltd." und „Aqua Texta" ein. Nathalie und Victor gingen fast jeden Tag auf Tauchwanderung; sie fühlten sich recht sicher, dabei testeten sie für die erwarteten Gäste die elektronischen Geräte unter Wasser. Von ihrem Dienstraum aus prüften und bedienten sie diese empfindlichen Apparate, mit denen man einige Großfische vor die Fenster locken konnte. Endlich klappte es jetzt auch bei den Rochen, die großen Mantas mit den sechs Meter breiten Flossen waren gut anzulocken. Sie durschwammen die Korallenbänke, als ob sie flögen. Wunder über Wunder, technische Raffinessen im Dienste einer kleinen, privilegierten Schar von Touristen!

Am 28. Dezember waren die beiden Mördermuscheln und der riesige Octopus aus Australien in Spezialbehältern angekommen. Um letzteren an seinen Standort zu schaffen, bekam er eine Betäubungsspritze, dann schleppte Arthur Ruori, der Fachmann aus Bora-Bora mit anderen Helfern das Sensationsstück an seinen Standort. Der Ring im Korallenboden war fest verankert. „Na, komm bald wieder zu dir, alter Kamerad", sprach Arthur und gab ihm einen Klaps auf den sackförmigen Körper, „bald werden wir beide kämpfen!"

In diesen Tagen reisten auch vier Mitglieder des Präsidiums an, natürlich darunter Mrs. Fulbright. Dieses Mal war ihr Haar tizianrot getönt, ihre Augen waren durch eine elliptisch gefaßte, violett gefärbte und mit kleinen Korallen verzierte Brille betont. Sie müsse sich doch selbst überzeugen, was hier vorgehe. Das alles sei ja Dereks ureigenster Plan gewesen, hoffentlich „versaufen" wir nicht alle hier unten, meinte sie. Aber O-Napo beruhigte sie.

„Aber eure Zulassungsbedingungen zum 'Club Neptun', welch ein Affront gegen viele potentielle Leute, welch verrückte Idee! Ich selbst bin ja schlank geblieben, aber unser guter Jot Haley hat sich zurückgezogen. 'Bewahre', sagte er, 'die spleenigen Ästheten werden schon sehen, was sie davon haben, nämlich Ärger und Diskrimierungen."

„Abwarten", riet Annette, „sehen, wie es läuft."

Wo denn Victor sei, wollte sie wissen. Er befinde sich noch auf Tauchstation, werde wahrscheinlich aber über den Seelilienpfad zurückkommen, dann wolle sie ihm entgegengehen. Und für Victor gab es keine Gnade, sie fiel ihm um den Hals. „Junge, siehst du prachtvoll aus, wie geht es euch beiden?" – dann begrüßte sie auch förmlich Nathalie: „Macht eure Sache gut, damit EROM keine Pleite und Skandale erlebt. Hier ist zuviel investiert, das können wir uns nicht leisten!" Wo denn Derek stecke? Man reichte ihr ein Telex aus Manaos, wo der Chef eine wichtige Besprechung abhalten müsse.

„Habe ich richtig gehört: Besprechung?" fragte sie

spöttisch. Der Präsident fliege anschließend nach Santiago, um von dort aus hierher zu kommen. Es sei leider erst am 1. Januar möglich, er wolle aber zum Ball des Einweihungs-Festes auf jeden Fall dabei sein, wie die schöne Hausdame Annette ein wenig anzüglich und spottend bemerkte: „Er will eine Überraschung mitbringen, für das Programm. Ich kenne ihn, er hat sich sicherlich wieder etwas aufgegabelt!"

„Oval II" war am nächsten Tag völlig für Proben der Künstler besetzt, Regie und Beleuchtung mußten ausprobiert werden.

Der 30. Dezember war hektisch; der größte Teil der Gäste reiste an, die meisten ließen ihre Garderobe in dem Einweisungsraum, wo zunächst fast alle der blassen Damen einen biologischen Bräunungsschuß bekamen. Schönheit der Haut geht über alles. Die Männer aber waren zurückhaltender.

„Meine Damen und Herren, verehrte Gäste", klang es aus den Lautsprechern, „morgen Vormittag um 10 Uhr nach dem Frühstück möchten die Designer und Fachleute der Firmen 'Ascott Ltd.' und 'Aqua Texta' ihre Südsee-Kleidung erläutern; morgen um 10 Uhr bitte, die Damen treffen sich im 'Oval Neptun', die Herren im Meditationsraum I." Im Schloß ging es zu wie in einem Bienenschwarm, vieles war noch nicht geprobt, aber André Magot kümmerte sich intensiv um die Küchenversorgung und die Kommunikation. Dr. Schmidt aus Düsseldorf hatte das ISDN-System „voll im Griff", die Medienleute könnten nun ihrer Phantasie auf Telefax, Telex und TV-live freien Lauf lassen. Professor Heribert Heinrichs war bei all diesen Phasen der Vorbereitung ein geschätzter Berater.

Am 31.12., dem letzten Tag dieses geschäftigen Jahres, waren schon etwa dreißig Journalisten anwesend. Sie wohnten in den Bungalows.

Wer am Feuerwerk um 24 Uhr teilnehmen wolle, so verkündeten die Lautsprecher, möge mit der Magnetbahn nach draußen fahren. Auf dem Gemeinschaftsplatz der Außenanlage werde eine ganz besondere chinesische Flammen- und Strahlenschau geboten. Wer es jedoch vorziehe, im Hotel zu bleiben, könne in dem besonders beleuchteten Korallenmeer ein großes Schauspiel erleben; viele seltene Tiere seien dann zu sehen.

Nathalie, Annette und Victor waren in ständigem Kontakt wegen des Eröffnungsprogramms. Die Damen, sicherlich durchweg im Nereiden-Kostüm, sowie die Herren im weißen Gala-Anzug sollten einzeln begrüßt werden. Das schaffe sofort die persönliche Atmosphäre, die einer der Schlüssel für die großen Erfolge der bisherigen Touristenanlagen war. Nathalie, die „Chefnereide", werde die Gäste begrüßen, sodann solle Victor die Moderierung des Abends – und wohl auch der Nacht übernehmen.

Am Morgen des Silvester-Tages waren fast alle Gäste zur Erläuterung der Clubkleidung anwesend. Die schöne Chefin des Hauses, Annette Alba Ororua, begrüßte die Damen, dann übernahm Mrs. Mitchell von 'Ascott Ltd.' die Leitung. „Meine Damen, ich erkläre Sie alle für die Zeit Ihrer Anwesenheit hier zu Nereiden. Lösen Sie sich von Ihrer zivilen Erfahrung und Verpflichtung. Wir sind etwa 50 Damen, ja das stimmt ziemlich genau, denn fünfzig Nereiden gehörten einst zum Gefolge des Poseidon. Das hier ist ein Experiment, etwas noch nie Dagewesenes, nämlich im Rahmen dieses Clubs eine neue Mode zu schaffen, einen neuen Standard zu setzen für die kommenden Jahre, verbunden mit der Premiere von neuen, von 'Bayer'-Chemie entwickelten Stoffen. Über diese erstmalige Vorstellung werden wir ein Modebuch herausgeben, die Branche spitzt schon jetzt die Ohren. Unsere Modelle werden Ihnen die wichtigsten Kleidungsstücke vorführen. Beginnen wir mit unserem Modell 'Nercide': ein sehr eng anliegender, durchgehender Anzug, Seide mit Crimo, sehr atmungsaktiv. Sie müssen sich nicht mit Unterkleidung belasten, denn wichtige Körperteile", dabei ging ein schelmisches Lächeln über das Gesicht der blonden Evelyn Mitchell, „also diese Teile sind, wie Sie hier bei Annabella und Sissy sehen, in changierenden Farben getönt. Das Tragen dieser zweiten Haut ist aufregend, ich habe es probiert." Durchgehender Rosé-Reißverschluß auf dem Rücken. Die Damen staunten.

Das Modell 'Nereide II' ist ein Abwandlung. Eine lange, enge Hose, dazu freie Brust für all jene, die Mut habe. Wir werden morgen abend ja sehen.

Unsere nächste *création* heißt 'Aphrodite', ein geschlitztes Minikleid, wobei das farbige Höschen den eigentlichen Pfiff darstellt. Mit oder ohne Achseln zu tragen. Der Stoff ist transparenter 'Alpha-Tex', ein Material, das die Hautatmung beschleunigt und das Wohlgefühl steigert. Sie haben in Ihrem Schrank je eine rosa und zartlila Version. Und nun, meine Damen, werden wir ein wenig folkloristisch und nehmen Traditionen dieser Insel auf. Das Modell 'Tohotuna' zeigt diesen langen, weitfallenden Rock, superfeine Baumwolle mit großen tropischen Blütenmustern. Es handelt sich wieder um einen außerordentlich leichten Stoff, in Teilen changierend, ein Stoff, der besonders bei künstlichem Licht mit den leuchtenden Blüten seine volle Schönheit entfaltet. Dazu trägt man den zarten Brustschurz in reinem Weiß.

Insgesamt zehn verschiedene Modelle wurden vorgeführt, wobei der Hausanzug, wie bei den Dienerinnen, aus einem langen Schal bestand, der zwischen den Schenkeln angesetzt und im Kreuzverbund um die Hüfte geschlungen wurde. Das breite, bunte Baumwolltuch windet sich um den Hals und wird dann am Rücken zusammengebunden. „Meine Damen, hier werden Ihnen die Diener helfen." Ehe sich die Vorführung der Schwimm- und Tauchmoden anschloß, schaute die schöne Annette Alba Ororua herein. „Meine lieben Damen", rief sie, „jede von Ihnen bekommt aufregende Kleidung hier im Schloß. Spielen Sie in diesen zwei Wochen mit, fühlen Sie sich als Nymphen, Nereiden oder Meeresgöttinnen, geben Sie sich locker und so bequem wie möglich. Wir werden alle zu einer zauberhaften Unterwassergemeinschaft zusammenwachsen, der Schönheit, der Natur und Kultur ergeben. Von allem haben wir reichlich – dank Ihrer Anwesenheit. Noch dies: wenn Sie Sorgen mit Ihrer Kleidung haben, kommen Sie zu dem Einweisungsraum neben der Rezeption. Er ist immer besetzt. Übrigens brauchen Sie hier nicht immer Schuhwerk zu tragen, laufen Sie barfuß, wie viele Eingeborene hier auch. Ich muß Ihnen noch sagen, daß unser Licht mit Ultraviolett-Strahlen gemischt ist. Sie brauchen nicht nach der Sonne zu dürsten. Außerdem gibt es noch eine Bestrahlungsabteilung im zweiten Untergeschoß, aber Sie sind ja alle schon entzückend braun geworden, wie man sieht."

Die Vorführungen der „Aqua Texta"-Modelle waren von einer nie dagewesenen Phantasie. Es herrschten hier im Club die geschlossenen Schwimmanzüge vor, weil man glaubt, daß die meisten nach den ersten Tauchversuchen vielleicht auf den leichten konventionellen Tauchanzug ganz verzichten und im Schwimmanzug mit Taucherhelm den Korallenwanderweg gehen könnten. Man würde ja sehen, es brauche noch einige Erfahrung.

Die Modellvorstellung bei den Herren verlief zügiger. Seide spielte für die aparten Anzüge eine große Rolle, kombiniert mit aufregenden Hemden. Insgesamt schien"Ascott" den Typ des Kavaliers herausstellen zu wollen, allerdings kam auch der Playboy mit frechen Objekten ins Spiel. Natürlich wurde ebenso in Anlehnung an die Südseeleute die Verwendung des Schurzes eingehend erläutert. Dazu trug man freien Oberkörper, wenn man es sich leisten konnte. Die meisten konnten ... Abwarten, wie sich die Männer integrieren ließen.

An diesem Silvesterabend blieben die meisten Gäste im Schloß. Nach der Einnahme des gepflegten Abendessens genossen sie ihre aparten Zimmer und konnten sich nicht satt sehen an der bunten Korallenwelt und an den farbigen Fischschwärmen; der Blick durch das transparente Wasserbett war aufregend genug. Alle mußten davon überzeugt werden, daß man bis auf die Nachbarschaft alles sehen, aber selbst nicht gesehen werde. Meerjungfrauen und Neptun-Jünger zu werden – das bedurfte wohl einiger Übung.

Um 23 Uhr ertönte im „Oval Neptun" die Neunte von

Beethoven rundum aus vielen Lautsprechern mit ungeahnter Stereowirkung. Über die von außen angestrahlte Kuppen schwammen farbige Zauberwesen. Eine Feierstunde von eindringlicher Dichte.

Mit großer Begeisterung folgten viele Gäste der Führung Raymond O-Napos durch den Seelilien-Gang zum Wrack des „Seeteufel". Was heißt hier aber Wrack? Man müßte es eigentlich „Nymphen-Garten" oder „Korallen-Hain" nennen. Für den 2. Januar würde die Einweisung in den Tauchwanderweg erfolgen, eine erste kurze Führung sollte Nathalie mit Hilfe von Raymond durchführen.

Der Abend begann mit einem Festessen. Herrliche Nereiden-Frauengestalten saßen mit eleganten Apoll-Jüngern in den Eßnischen, verwöhnt von der Club-Küche. Unbeschreiblich, was die polynesischen Köche unter Leitung des französischen Chefkochs den Gästen an Meeresfrüchten und raffinierten Gerichten der Südsee boten. Lukull selbst wäre neidisch geworden. Die Weine des französischen Mutterlandes taten ein übriges, die Stimmung stieg steil an.

„Wo ist denn nur Derek, wo bleibt er denn?" fragte aufgeregt André Magot. „Ziemlich peinlich, denn der Präfekt und die offiziellen Vertreter von Papete sind im Kommen. Ich bitte die Damen und Herren des Präsidiums, die Gäste zu empfangen." Dies sei klar: der Präsident habe wahrscheinlich eine Panne beim Anflug von Santiago gehabt, unverständlich, wo er doch sonst keinen offiziellen Empfang versäume, die wirkungsvollste Repräsentanz von EROM.

Nachdem der hohe Besuch unter Beifall der Gäste das „Oval Nereide" betreten hatte, spürte man, wie die Offiziellen überwältigt waren von dem Eindruck dieses Wasserschlosses. Sie spendeten hohes Lob, dann nahmen sie in der Mitte des Ovals am Ehrentisch Platz, neben Nathalie und Victor. Monsieur de la Chevalerie, der Präfekt der Regierung, kam aus dem Staunen nicht heraus: „Ich kenne alle kleinen Theater von Paris, Las Vegas, Rio de Janeiro und sonstwo, aber dies ist einmalig. Unnachahmlich. Und dann noch ..." – er wandte sich zu

Nathalie – „diese Schönheit der Frauen, das habe ich nicht erwartet, ich werde fast blind davon", rief er lächelnd aus. Kunststück, denn an seinem Nachbartisch saß eine Gruppe mutiger, barbusiger Nereiden in aller Keuschheit.

O-Napo lief aufgeregt zu Nathalie. „Fangen wir doch mit dem Programm an, Derek wird schon noch kommen." Um ihm, dem Präsidenten, eine Freude zu machen, hatte Nathalie wieder die weiße Seidenbluse mit den eingestickten goldenen Drachen angezogen, dazu eine lange, schwarze Hose. Derek Lovejoy liebte diese Kleidung, außerdem wollte sich Nathalie als PR-Star bewußt von den Nereiden absetzen, wozu es manche psychologischen Gründe gab. Die polynesische Heimkapelle spielte einen Tusch, dann trat Nathalie vor das Mikrofon: „Exzellenzen, meine verehrten Herren, meine Damen. Präsident Lovejoy läßt Sie alle herzlich grüßen, er wird noch heute abend erwartet. Nun, ich sehe in strahlende Gesichter, liebe Nereiden, sehr verehrte Poseidon-Jünger, seien Sie alle willkommen. EROM hat mit großem Einsatz dieses Unterwasser-Paradies geschaffen, um neue Wege für den Tourismus des 21. Jahrhunderts zu weisen. Wir haben heute abend und in den nächsten zwei Wochen viel vor mit Ihnen. Sie sollen nicht nur den Reiz dieser Unterkunft und einer solchen ausgewählten Gemeinschaft erleben, nein, Sie werden eine andere Einstellung zur erhabenen Natur bekommen. Das Meer ernährt und erquickt uns, Milliarden von Algenhaufen schaffen für uns den Sauerstoff zum Atmen. Ich sage Ihnen schon jetzt voraus: Sie werden als andere Wesen von hier in Ihre Heimat zurückkehren, Maßstäbe sind dann zurechtgerückt, glauben Sie mir. Das ist eines der Ziele, die dieses Unterwasserschloß anstrebt, wir werden uns noch oft über Fragen des biologischen und geistigen Lebens unterhalten. Doch an diesem Neujahrstag beansprucht die Lebensfreude ihr Recht. Mein Partner, Victor Jung-Tabore, wird Sie durch das Programm führen."

Brausender Beifall kam auf, und wie immer, wenn Nathalie sich der Öffentlichkeit zeigte, flogen ihr bewundernde Blicke entgegen. Victor brauchte sich nicht vorzustellen, denn man kannte ihn aus den Medien, diesen Zaubermeister anspruchsvoller Reportagen.

„Meine Damen, es ist für einen Mann schwer, so viel an Schönheit auszuhalten. Sollte ich ins Stocken kommen, dann sind Sie es, die mich blenden." Wieder füllte lauter Beifall das Oval. „Meine Herren, ich weiß, ich habe Ihnen aus dem Herzen gesprochen." Lang anhaltender Beifall. „Aber nun zu unserem ersten Programmpunkt: es war möglich, die Sissler-Zwillinge für einige Tage aus Las Vegas wegzuholen, hier sind sie, Ingrid und Elli Sissler."

Die beiden Frauen wurden mit großem Beifall empfangen, wer kannte sie nicht, die zwei langbeinigen, schönen Geschöpfe?

„Der erste Tanz ist eine neue Kreation, spontan gestern hier entstanden unter dem Eindruck dieses zauberhaften Ambientes."

Die Zwillinge bewegten sich wie in Ekstase, eine Huldigung den Meeresgöttern und Seegeistern, intuitiv hingegeben der Schönheit der Korallen, dem Grün des Wassers und dem ewigen Rauschen der Wogen, der Gischt, die seit Millionen Jahren die Küsten der Ozeane schmückt. So kannte man die beiden nicht, das war keine übliche Show, eher großes Ballett, innig und kraftvoll zugleich. Minuten großer Dichte, Speisung für die Seele. Der Beifall war überwältigend.

„Meine Damen und Herren, wir danken von ganzem Herzen unseren Künstlerinnen Ingrid und Elli, sie werden heute Nacht noch einige Male zu uns kommen. Und nun wollen wir das Programm fortführen, ich bitte ... oh, oha, ich unterbreche, ich sehe unseren Präsidenten, Derek Lovejoy, kommen, empfangen Sie ihn mit Beifall."

Dieser schritt strahlend und siegessicher auf den Mitteltisch zu, am Arm führe er – Marguerita Valores, die Operettendiva. Nathalie und Victor wurden bleich im Gesicht, aber Derek rief: „Da, staunt nur, ihr beiden, wen ich mitgebracht habe. Sie lief mir in Santiago über den Weg, und da sie ihr nächstes Engagement erst im

Februar hat, kann sie hier in der nächsten Zeit euer Programm bereichern." Die schöne Chilenin, ganz im Operetten-Look, ging scheinheilig auf Nathalie zu.

„Buenos noches, Senora, erfreut Sie zu sehen", dann wandte sie sich Victor zu und fiel ihm um den Hals: „Victor, lieber Freund, daß ich Sie wiedertreffen darf, welch ein Glück! Dabei bohrten ihre Augen sich in die seinen. Derek Lovejoy stutzte, als Victor Marguerita von sich schob und in das eiskalte Gesicht von Nathalie blickte. Nanu, um Himmels willen, hatte er etwas Törichtes angestellt? Aber wie konnte er auch von den Vorfällen auf Rapa Nui wissen, dieses große Kind in präsidialen Gewand! Jetzt müßte er wohl die Sache auflokkern, am besten Marguerita gleich in die Show schicken, das könnte die Lage entspannen, so dachte er.

„Lieber Victor, die Senora könnte uns aus ihrem Musical, wie war das doch, Marguerita, ah, so, also aus dem neuen Erfolgsstück „Liebe Lola" vortragen, danach vielleicht noch etwas anderes. Bist du bereit, meine Liebe?" Victor mußte mehrmals schlucken, dann sagte er ohne Kommentar die Diva an, nachdem man ihr das kleine Mikrofon unter die Riesenbrosche aus kunstvollem Glas gesteckt und die Kapelle kurz eingewiesen hatte. Ja, natürlich, sie kannte alle die Schlager dieses Musicals. Die rassige Chilenin nahm das Auditorium schnell in ihren Besitz, ihre Stimme war gepflegt, die Koloratur von großer Wirkung. Wahrhaftig, sie wußte Effekt zu machen, ihre Gesten waren geübt, und wenn sie von der ewigen Sehnsucht der Lola nach Liebe sang, oh, das war große Klasse. Immer wieder kam Marguerita mit ihren trainierten Bewegungen in die Nähe des Mitteltisches, warf Derek Lovejoy manchen Blick zu, sah Nathalie triumphierend an und schien Victor immer wieder mit ihren abgrundtiefen, schwarzen Augen in ihren Bann ziehen zu wollen. Diesem war übel im Magen. Er, der immer Beherrschte, wußte nun nicht ein noch aus und schäumte innerlich vor Zorn. Und dann sang sie den Hauptsong mit echter Inbrunst:

„Liebe läßt die Berge wanken,
sie ist Brot für dich und mich,
warum willst du jetzt noch schwanken,
du weißt längt, ich liebe dich."

Wieder brauste der Beifall auf, sie aber, die Marguerita, ging auf Victor zu, kniete vor ihm und legte ihren schönen Kopf auf seine Knie. Victor schaute verzweifelt auf Nathalie, aber diese zischte vor Zorn.

„Bestie, Bestie, Du ..."

Die Marguerita sprang auf und stellte sich vor Nathalie: „Was sagen Sie, Senora Nathalie? Ich sei eine Bestie? Oh, das haben Sie schon einmal auf der Isla de Pascua gesagt, als die Eifersucht Sie plagte."

Mein Gott, nur keinen Skandal. Derek sprang auf, um die Diva fortzuziehen.

„Laß mich, Derek, rühr mich jetzt nicht an. Bestie ... mir, der Marguerita!" Sie lief in die Mitte des blauen Ovals, dann rief sie: „So, alle sollen es wissen, alle hier, es ist wahr, Senor Victor liebt mich, nur mich, und ich will es vor Glück hinausschreien. Jawohl, er hat mich genommen, damals im Schatten eines steinernen Riesens auf der Isla de Pascua, und er hat mich geliebt, heiß und rasend, das sollen Sie wissen", und dann zu Nathalie gewandt „Sie Bastard ..."

Nathalie aber sprang wie eine Tigerin auf die Senorita zu, faßte diese in den Haarschopf und versetzte ihr zwei schallende Ohrfreigen. Mein Gott, Derek war fassungslos, das ist ein Skandal, eine echte Katastrophe. Alle Gäste waren aufgesprungen und beobachteten dieses Schauspiel mit Neugier und Sensationslust. Vom Seitentisch aber war Falco Kleven, der talentierte Redakteur des Ringer-Konzerns, Berlin, aufgesprungen. Seine Witterung für den Skandal hatte ihn zur Kamera greifen lassen – die Ohrfeigen waren auf Zelluloid gebannt. Dann lief er wie ein siegreicher Matador nach unten in die Kommunikationsräume. Er war der erste, der diese Neuigkeit per FAX nach Europa sandte: „Ohrfeigen im EROM-Unterwasserschloß – Skandal bei der Einweihung – Diven im Umgang miteinander" usw. Falco Klevens' Aufnahmen machten Furore, sie gingen als einzige Zeugen dieses dicken Skandals um die Welt.

Die Erregung im Festraum hatte die Gäste gepackt, mein Gott, die arme Nathalie, der arme Victor, was nun? Nathalie aber hatte sich gefaßt. Während man die Marguerita aus dem Oval zerrte – sie hatte ihre Fassung völlig verloren, stieß nur noch böse Flüche auf den „Bastard" aus, drehte sich dann nach Victor um und rief: „Victor, Victor, hilf mir doch ..." – ging Nathalie eiskalt und konzentriert ans Mikrofon.

„Meine Damen und Herren, Senora Marguerita ist eine Lügnerin. Sie selbst hat durch die Vortäuschung eines Selbstmords an der steilen Felsküste der Isla de Pascua meinen Partner Victor zum ritterlichen Einsatz gezwungen. Er wollte ein Menschenleben retten, sie aber hatte ihm ein tragisches Schauspiel dargeboten. So war das, ich sage das auch im Einverständnis mit meinem ritterlichen Partner Victor." Dieser schaute erleichtert und voller Stolz auf Nathalie.

„Was für eine Frau! Zuverlässig in der höchsten moralischen Herzensprobe."

„Übrigens, meine Damen und Herren, Bewohner dieser Korallenbereiche, denken Sie nicht, daß dies alles gespielt war, um Ihnen ein Spektakel vielleicht aus PR-Gründen vorzuführen, dies war echt."

Allgemeine Entspannung kam auf, die Aufgeregten setzten sich wieder. „Victor, komm, mach weiter", sagte sie. Und dieser schritt, noch ziemlich blaß, aber beherrscht ans Mikrofon: „Nun, wie sagt man manchmal, ich habe den Worten dieser Frau nichts hinzuzufügen, jedenfalls nichts Besseres." Dann ging er auf Nathalie zu und drückte sie fest an seine Brust, Großer Beifall, Entspannung. Als Derek zurückkam, nachdem er die vor Wut bebende Diva hinausbegleitet, nein besser hinausgezerrt hatte, staunte er. Die Spannung war gewichen, Nathalie und Victor hatten die Gäste wieder im Griff. Fröhlichkeit machte sich breit und die Sympathie für die beiden PR-Leute von EROM war noch gewachsen.

„Und nun, liebe Gäste, werden Sie einen der großen Jongleure der Welt sehen, Caio Sen, bitte Applaus für

Caio Sen!" Während der Artist die Zuschauer in seinem Bann hielt, kam Derek an den Tisch zurück. „Nathalie, Victor, was war ich doch für ein Idiot, die Marguerita mitzubringen – aber ich wußte doch nichts von euren Problemen. Was habe ich da angerichtet?" Aber Nathalie, das Symbol des chinesischen Drachens auf der Brust, sagte nur: „Das ist überstanden, ein andermal mehr darüber."

„Der Drachen", dachte Derek, der Drachen scheint ihre Kraft zu verstärken. Was ist das für eine wunderbare Frau!"

Caio Sen kam zu seiner Meisterleistung, in dieser Art auf der Welt noch nie geboten. Auf einer diagonalgestellten, sehr wackeligen Leiter und hier auf der Öffnung einer schlanken Weinflasche, stand er Kopf, dabei kleidete er sich aus, um dann mittels eines Saugbohrers die einzelnen Kleider heranzuholen, diese in die Luft zu wirbeln und sich elegant wieder zu bekleiden. Rauschender Beifall, dann verdunkelte sich die festliche Halle und die Außenbeleuchtung brach sich in allen grünen Nuancen des Meeres. Stille und Staunen.

Victor sagte: „Liebe Meeresbewohner, wir bieten Ihnen jetzt etwas, das Sie noch nie erlebt haben." Leise elektronische Klänge erfüllten mit ihren metallenen, vibrierenden Harmonien und Dissonanzen den Raum, man sah neugierige Fischschwärme umherstreichen, dann kamen nach etwa fünf Minuten die ersten Haie an der Kuppel vorbeigeschwommen.

„Erschrecken Sie nicht, diese Tiere sind mit einer raffinierten elektrischen Frequenz herangeholt, sie gehen normalerweise nicht in die flachen Küstengewässer. Sehen Sie den eleganten Zuschnitt, das vorstehende Maul. Aber gruseln Sie sich nicht. EROM hat Abweiser entwickelt! Dank Ihres Tauchgeräts werden Sie keinen Hai antreffen. Bitte, dort kommt eine Familie von kleinen Haien mit Flecken auf ihrem Körper – und dann, von hinten heranschwimmend, der Hammerhai mit der komischen Schnauze.

Die Gäste waren begeistert. Victor sprach weiter bei der glasklaren Musik silberperlend, oft tropfenförmig oder klirrend wie Glas. Er meinte, es sei Zeit, die Rochen zu rufen. Sie kamen. Eine große Gruppe von Adler-Rochen, etwa mit vier Meter breiten Flossen. „Oh, die fliegen ja, wie große Vögel!" rief eine junge Nereide, „zauberhaft." Die Vorführung schloß mit einer Parade von munteren Delphin-Gruppen. Dann leuchtete das Licht langsam wieder auf. Tosender Beifall erfüllte das Oval. Naturunterricht von höchster Raffinesse und Eindringlichkeit.

„Doch nun wollen wir alle tanzen, liebe Meeresleute", sagte Victor wieder mit vollem Schwung bei der Sache, „*auch* eine Uraufführung für die Welt! Das ist der 'Make-bi', ein neuer Tanz, hier kreiert! Ein Paar aus Tahiti wird das vorführen, polynesische Tradition der Maoris ist dabei, prägen Sie sich den Takt ein. Sehen Sie, erst Reiben der Nase aneinander, dann Rücken an Rükken, Arme verschränken, dann diese Drehung, ..." Es gab viel Fröhlichkeit, Gelächter, der Versuch schien gelungen, denn die Nereiden und Neptun-Jünger waren eifrig bei der Sache und brachten es zu ordentlichen Tanzübungen.

„Oh, das ist schon vorzüglich, ich wußte es ja, bei dieser Clubelite, oh ja ..."

Nathalie suchte in der Pause den Tisch mit dem weißhaarigen, häufig preisgekrönten Edgar Marquesa auf.

„Oh, Senora Nathalie, ich kenne auch Ihre Lyrik, aber wo ich Sie jetzt sehe, so viel Charme habe ich nicht erwartet. Und auch nicht so viel Energie, ich bewunder Sie!"

Nathalie bescheiden: „Und ich bewundere Ihren Stil, so blutvoll, welche Sprache, aber auch welche moralische Aufforderung an diese immer noch so träge Welt", antwortete Nathalie. Auch Derek Lovejoy kam an den Tisch, der Champagner perlte im Glase.

„Haben Sie es bereut, hergekommen zu sein, Senor Marquesa?"

„Wissen Sie, Senor Lovejoy, ich war einfach neugierig, diese skurrile Idee des Unterwasser-Hotels zu sehen. Wir Schriftsteller sind ja immer auf der Suche nach sonderbaren Dingen, – aber, Mr. President, dies ist eine neue Epoche des Tourismus." Vor Begeisterung holte er sich das Mikrofon, ein Tusch der Kapelle, dann lauter Beifall, als die Anwesenden das markante Gesicht des wunderbaren Schriftsteller erkannten.

„Ich will euch nur das sagen, großartig, diese Idee des Unterwasser-Clubs. Aber am besten von heute war die Auseinandersetzung zwischen den Damen, wobei Senora Nathalie die Sache lautschallend" – er lächelte vor sich hin – „jawohl, lautschallend in die richtige Ordnung gerückt hat. Das war Leidenschaft, das war pralles Leben. Glaubt mir als älterem Mann, vergeßt euer kritisches Selbst, greift in das volle Leben hinein mit euren Gefühlen und Empfindungen, packt es beim Schopf, hier zwischen Korallen und den schönen Nereiden, jawohl ..." Die Menge jubelte dem großen Dichter Südamerikas zu. Was für ein Mensch! Jawohl, man wolle und werde diese zwei Wochen bewußt ausleben, bei allem Respekt vor dem anderen, ja, man wolle dieses Paradies mit allen Fasern und mit dem Herzen genießen.

Inzwischen waren die Sissler-Zwillinge wieder aufgetreten mit Parodien der 20er Jahre, dann kamen die mexikanischen Athleten und ließen ihre Körper durch die Luft wirbeln. Atemberaubende Stille, riesiger Beifall.

Victor forderte zur Polonaise auf: „Liebe Meerjungfern und Pluto-Jünger, auf zur Polonaise, ihr sollt das Etablissement von unten bis oben kennenlernen. Folgt uns in gemischter Reihe!" Die Spitze übernahm Derek Lovejoy mit Nathalie, dann folgte Victor, natürlich mit Mrs. Fulbright. „Wenn's so war auf der Insel, mein Junge, ich verzeihe dir", flüsterte sie ihm zu. Die Kette der Gäste durchquerte alle Räume, schritt durch Gänge zur Technik, dann durch die Sanitär- und medizinischen Räume, durch Bücherei, Schreibstube, Kosmetikräume, zum Bahnsteig, zur Rezeption und wieder zurück ins Oval. Dann lief der Abend weiter, „er ist schon ein Selbstläufer", meinte Victor, „die Leute gehen herrlich mit."

Auch in der im violetten und roten Licht erstrahlenden Haifischbar blieb die Stimmung sehr locker. Hier traf Victor den pfiffigen Herrn vom Ringer-Konzern, Falco Kleven.

„Naja, lieber Kollege, das mit dem Ohrfeigen-Schnappschuß war ja nicht im Sinne der Einweihung", sagte Victor mit erhobenem Finger, dabei versöhnlich lächelnd, „aber ich habe Verständnis dafür, solch einen Knüller macht man nur einmal im Leben. Wird schon gedruckt?"

„Ja, Herr Jung-Tabore, jawohl, Berlin und Paris bringen es zuerst. Aber glauben Sie mir, Skandal, schon – aber eine unglaubliche Werbung für EROM zugleich. Das wird man bald sehen." Ein Handschlag und ein 'Pinio Collada' bekräftigten den gegenseitigen Respekt.

Die Stimmung wuchs, als man den Schauspieler Fred Nilsson ausgemacht hatte. Er war als Playboy getarnt, das half ihm aber nichts. Seine Bewunderinnen und Fans baten ihn, das Chanson aus seinem Film „That's Barbara, Barbara ..." zu singen, was natürlich einen Begeisterungssturm auslöste.

Etwas mehr urwüchsige Natur und Lebensfreude wurde durch die sehr gepflegte Folklore-Gruppe der Insel Morea geboten. In den Pausen des Programms aber übten die „Meergeborenen", wie Mrs. Fulbright sie immer wieder nannte, fleißig den neuen Tanz Make-bi. „Chef, sagen Sie mal, finden Sie das gut, das mit dem Nasenreiben, soll sich das durchsetzen? Ich sehe schon in Gedanken die Medienspötter: „Schnupfenbakterien und Make-bi machen das Leben erst schöner unter Wasser mit den Nereiden EROMs."

Dr. Schmidt hatte tüchtig zu tun, die vierzig Journalistinnen und Medien-Leute zufriedenzustellen. Sie kamen zwischen den einzelnen Programmdarbietungen immer wieder herunter und faxten die ersten Berichte an die Zeitungen und Stationen. Es war vereinbart worden, daß dieses erste Clubfest nicht „live" übertragen werden sollte. Am nächsten Tag, wenn die Führungen begönnen, sollte man dabeisein. Um so mehr wurde Falco Kleven beneidet, der „den Vogel abgeschossen hatte". Mark Auckland, das neue Mitglied des Beirats von EROM, hatte gefaxt: „Lieber Derek, gratuliere, welch ein herrlicher Skandal, und welche wunderbare EROM-Frau Nathalie. Das geht in die Annalen ein. Die

Neugier schlägt Wellen, gratuliere, Dein Mark."

Mitternacht war längst wobei, als die schönen Mannequins raffinierte Strand- und Bademoden vorführten, sie mischten sich anschließend unter die Tanzenden. Als dann Victor ins Mikrofon rief: „Liebe Meereskreaturen, unser Club kennt keine Polizeistunde, wie wär's mit einem Besuch unserer Disco mit Haifischbar, zwei Stockwerke tiefer in diesem Oval ...?" gab es freudigen Beifall. Die letzten Gäste verließen die Bar, als die ersten Sonnenstrahlen des jungen Südsee-Tages durch das grüne Wasser schienen. Präsident Lovejoy saß noch lange in einer Nische des „Oval I" mit dem Präfekten, dem Bürgermeister von Tahiti und dessen Frau zusammen. „Ich danke Ihnen, Monsieur Président, daß Sie diese gewaltige Investition hier gewagt haben, ich wünsche EROM viel Glück. In der Zukunft sehe ich einen gewaltigen Ansturm auf diesen Club. Er wird akzeptiert mit großen Emotionen und Sympathien. Dann gratuliere ich Ihnen auch zu Nathalie und Victor, welches Paar!"

Es war gegen drei Uhr morgens, als sich diese beiden in ihre Privat- und Diensträume zurückzogen.

„Nathalie, liebstes Wesen der Erde, wie hast du dich vor mich gestellt, tapfer kämpfend! Sie wollte dich in ihrer eingebildeten Liebe bloßstellen, du aber sprangst wie eine Löwin auf und hast sie handgreiflich eines besseren belehrt."

„Ja, Victor, es war wie eine Automatik in mir, ich tat nur das, was ich mußte. Aber trotz alledem, sie tut mir im Grunde leid, diese ruhelose, von Enttäuschung zu Enttäuschung treibende, arme Seele."

Die glucksenden Wasser, die weich an die Fenster des Raumes mit seinem transparenten Boden schlagen, sind die Boten dieser faßbaren Welt – die aber doch zugleich auch imaginär ist. In ihrem Rhythmus bringen sie Träume und Visionen mit sich, Urträume und Archetypen, Lebenserinnerungen vergangener Zeiten und erregendes Sein in der Zukunft. Leben wir träumend, träumen wir lebend? Unsere Seelen sind verknüpft mit dem Unfaßbaren, das wir Gott nennen, mit der schöpferischen

Idee in den Galaxien und Universen. Wohin geht unsere Reise, welche Ziele sind uns gegeben, was wird uns zufallen?

Victor erwachte als erster, betrachtete Nathalie liebevoll und sah ihre entspannten Züge. Oh Gott, sie ist mir wirklich zugefallen, diese um Erkenntnis ringende, alte Seele, sie hat die Erfahrung ihrer früheren tibetanischen und indischen Leben in sich, aus welchem Universum kommt sie? Vielleicht reiste sie mit den Raumschiffen, von denen die Keilschriften und Signen im alten Sumer oder in der Bibel berichteten, wer weiß das schon. Wie kann ich das alles begreifen?

Ein Blick auf die Uhr, dann sagte er leise: „Nathalie, du mußt aufstehen, unsere Arbeit beginnt." Sie schloß die Augen auf uns sah ihm erstaunt ins Gesicht.

„Oh, das war herrlich, diesmal warst du mit mir auf dem Asteroid, er heißt Divina, es war unbeschreiblich." Ihre Augen zeigten ein Leuchten nach innen, und sie erfaßte nur langsam wieder diese Wirklichkeit.

Die Bediensteten hatten den Frühstückstisch liebevoll im „Dienstraum" gedeckt, es fehlte an nichts.

Um 10 Uhr standen die Tauchproben an, für die Mutigsten. Im Vorbereitungsraum vor der Schleuse hatten sich inzwischen achtunddreißig Personen eingefunden, mehr Damen als Herren, wie Nathalie fröhlich dem zuverlässigen O-Napo sagte. Die Tauchanzüge mit den Helmen wurden übergestreift, der Nippel am Schlauch der Sauerstoffversorgung eingesetzt, dann ging es für die meisten das erste Mal über die Schleuse in das Reich Neptuns. Eine kleine Strecke auf dem Wanderweg von etwa einhundert Metern legte man zurück, dabei konnte die Verständigung untereinander geprobt werden. zwei Personen mußten wegen einer Phobie zurückgebracht werden, die anderen genossen den ersten Ausflug.

„Morgen", sagte Nathalie, nachdem sie ihren Taucheranzug abgelegt hatte, „morgen bitte ich Sie um 11 Uhr zu der ersten Wanderung. In etwa fünfhundert Meter Entfernung ist die Riesenkrake angekettet. Sie kam aus Australien. Das steht auch in Ihrem Clubprogramm.

Also, wenn wir die Stelle erreicht haben, wird Arthur, der Spezialist aus Bora-Bora, den nicht ungefährlichen Kampf mit ihr aufnehmen. Das ist eine andere große Clubüberraschung."

Zur gleichen Zeit führte Victor die andere Gruppe der nach dem Fest schon wachen Meeresbewohner und schritt mit ihnen durch den Glasgang, den Seelilienpfad, und zeigte ebenfalls den Ort des erwarteten Kampfes mit dem Octopus. Dann ging es weiter zu einem Besuch auf dem „Seeteufel". Die Überraschung war groß, das Staunen nahm kein Ende, die rassige Tumureva empfing die Gäste mit viel Charme und bewirtete sie alle nach Wunsch – nun, jetzt vor allem einen Mokka, man sei noch ein wenig angeschlagen von der Nacht. Tumureva lächelte: „Ja, ich selber war ja dabei, es ging hoch her. Aber herrlich war's, und das mit der aufgetakelten, wenn auch sehr schönen und begabten Frau, nun ja, Nathalie habe ihr die Krallen gezeigt. Wer hätte das gedacht von dieser immer so sanften Frau, lieber Victor!"

Auf dem Bildschirm des Zimmers war das Tagesprogramm auf Knopfdruck zu sehen: 2. Januar, ab 18 Uhr im 'Oval II' klassische Musik: große Flötenkonzerte von Johann Sebastian Bach, Scarlatti, Vivaldi, Mozart. Um 20.30 Uhr Dichterlesung. Sabine Jacobs liest aus ihrem Lyrikband „Hoffnungen ..." in französischer Sprache. Um 21 Uhr Abendmeditation mit Silvia Rais, Raum 2. Es zeigte sich übrigens, daß die Konzerte mit ihrer vorzüglichen Tonwiedergabe sehr gut angenommen wurden, man saß in bequemen grün-lila Sesseln oder lagerte sich wohlig auf dem dicken Teppichboden.

Der nächste Tag brachte als Sensation das Kräftemessen mit der Riesenkrake; alle Gäste wollten dabeisein. Sowohl vom Glasgang als auch vom Tauchwanderweg aus war der Schauplatz gut einzusehen, besonders vom Tauchwanderweg, denn der lag unmittelbar vor dem Kampfplatz, der ungleichen Gegner Arthur und dem Octopus Georg. Dieser war mit einem Arm locker am Boden gefesselt, aber diese Tatsache machte ihn nur noch mißtrauischer. So griff er gleich beim ersten Kontakt wütend zu, seine beiden glotzenden Augen verrieten Kampfgeist. Zwei Krakenarme umschlangen die Beine des Herausforderers, dabei versuchten die gefährlichen Saugnäpfe an den Enden umsonst, den Taucheranzug zu durchstoßen.

Arthur konnte seine Beine freimachen, sah sich aber am Hals von dem Riesenpolypen umschlungen. Der Mann aus Bora-Bora kannte eine List, er konnte eine Spitze des Fangarmes umbiegen, was offenbar sehr schmerzte, so daß er wieder Luft hatte. Polyp Georg, der vielen Menschen gewahr geworden, wurde immer aufgeregter und hatte wohl das Ziel, den Taucherhelm zu zerschmettern. Ein Tritt gegen das schwammige Bauchpolster ließ ihn davon absehen.

O-Napo stand bereit, um zu helfen. Durch das Mikrofon sagte er, in manchen Fällen könne man sich vor dem tödlichen Zugriff der Krake nur noch retten, wenn ein beherzter Kamerad ihr die Augen ausbeiße ... „Na ja", sagte er beruhigend, „das werde ich natürlich nicht machen." Der Kampf zwischen den ungleichen Partnern ging hin und her, den Zuschauern schlug das Herz oft bis zum Halse, einigen Damen im Glasgang wurde übel, so daß man sie Tumureva bringen mußte, die sie mit einem Cognac wieder aufmöbelte. Aber sonst hielten alle stand – aber jetzt, oh jetzt schien der Polyp die Oberhand zu haben, Arthur lag am Boden, Brust und Arme waren fest umschlungen. Um Gottes willen, rief der mutige Polynesier ins Mikrofon, Raymond, du mußt helfen. Dieser erfahrene Taucher schritt auf das wütende Tier zu und sprühte ihm eine Reizflüssigkeit in die Augen. Das war die Wende, Georg verlor die Orientierung, wurde unsicher und ließ Arthurs Oberkörper frei. Dann half O-Napo, die Beine zu befreien. Der Octopus ließ seine Arme in großer Wut nach allen Richtungen pendeln, aber die Bewegungen waren nicht mehr geplant, er war der Verlierer – aber einen Gewinner gab es auch nicht. Der kämpfende Polynesier Arthur mußte sich noch auf einer Korallenbank ausruhen, ehe er wieder die Kraft hatte, zum Oval zu wandern. Er hatte aber die Taktik des Polypen begriffen und wußte fürs nächste Mal Bescheid. O-Napo führte die Taucher, die durchhalten wollten, auf dem herrlichen Korallenweg zum „Seeteufel". Drei Journalisten waren im Tauchanzug dabei und schossen mit ihren Unterwasserkameras dramatische Bilder, wobei die Serie des Falco Kleven sich ihren Rang in der Medienwelt eroberte.

Nathalie hatte sich der Führung Victors durch den Seelilienpfad angeschlossen. „Öffnen Sie Ihre Seele", sagte sie mit Inbrunst, „verschmelzen Sie mit den Tausenden von Wesen der Natur, hier unter der See oder auf dem Land. Ohne Verständnis, Respekt und Pflege der Schöpfung werden wir untergehen, sehen Sie in diesen roten Seelilien und blauen Seenelken, in der unglaublichen Organisation der Korallengruppen, in den schillernden Seepferdchen, dem lustigen Harlekin-Fisch Ihre Brüder und Schwestern. Wir Menschen sind wie sie ein Stück Natur, allerdings mit einem Geist, der oft in die Irre geht. Wenn Sie zurückgehen in Ihre Heimat, werden Sie manche angenehme Cluberlebnisse mitnehmen, eines aber ist sicher: Sie werden fortan mit großem Respekt allem Lebendigen gegenüber leben."

Am Abend war dem Bildschirm zu entnehmen, daß Arthur in drei Tagen zur gleichen Zeit den zweiten Kampf mit der Krake führen werde. Er wolle am 4. Januar im übrigen über seine Erfahrungen mit den polynesischen Kraken erzählen.

Bevor die fünfzehn Modelle der Modefirmen den Club verließen, wurde noch eine große Modenschau gezeigt. Der besondere Clou waren bisher nicht gezeigte Netzkleider, die verschieden dicht oder locker geknüpft, in diversen Stoffarten ein wenig verrucht und frech zeigten, was sich alles scheinbar verstecken läßt oder was, ganz im Gegenteil, mit Lust durch eine Gardine aus bisher unbekannten Geweben gezeigt werden kann. Das vorbereitete Modebuch „Leben im Unterwasser-Club" würde alle hier vorgeführten und zum großen Teil von den Gästen getragenen Moden in einem zauberhaften südseeischen Ambiente darstellen. Adieu, Au revoir, ihr schönen Boten eurer Zunft aus London und Paris.

So gingen die Tage dieser ersten Club-Runde dahin und die Verantwortlichen sorgten für Abwechslung,

Unterhaltung und Bildung. Jawohl, Bildung und auch Belehrung, das hatte Derek Lovejoy am Abend des sechsten Tages nach dem wie immer reichen Diner seinen Gästen gesagt. Warum man diese teure Investition gemacht habe? Sicherlich, um eine neue Touristenattraktion aufzubauen, einen geschlossenen Club, aus dem zwei Wochen lang niemand die Gesellschaft verlassen solle, aber auch um „more understanding" zu erreichen. „More love for these wonderful creations of nature, more protection of the coast with its corals, a better awareness of our ecological situation, more love, more, more ...!" Das hatte er wie immer in seinem herrlichen Pathos gesagt.

Die engsten Mitarbeiter trafen sich auf dem „Seeteufel", um auf den Erfolg des Clubs zu trinken und um die aufgetretenen Probleme zu erörtern. „Was sagt die Presse, Dr. Schmidt, Victor, Grundlinie positiv? Und der Skandal?" „Natürlich, großes Aufsehen, auch für Boulevard- und Klatschblätter, aber da am ersten Abend nicht live gesendet wurde, waren die Berichte mit den Bildern des Ringer-Konzerns natürlich *die* Renner."

„Was schreiben denn unsere besonderen Lieblinge, die von der 'Modern Times'?"

„Nach deren Urteil ist natürlich das ganze Unternehmen hier eine Brutalität gegenüber der Natur. Es begann mit einem Skandal, und es wird mit einer Katastrophe enden, ihr selbstsicheren Leute von EROM!"

„Sehen Sie sich die einmal an, Präsident, von den 'Morning News', Chicago. Hier das Ohrfeigenbild, Nathalie wild wie eine Tigerin, Marguerita verblüfft schreiend, „Victor, hilf mir doch', so schreiben sie. Aber die fette Überschrift: Der strahlende Held Victor in Lauerstellung. Was war auf der Osterinsel: hat er nun oder hat er nicht?"

Ein Schmunzeln ging über die Gesichter der Runde, Nathalie und Victor hielten sich höflich bedeckt, sollen sie doch alle rätseln, ob er hat ...

„Lieber Victor", sagte die natürlich neben dem 'Presseobjekt' sitzende Mrs. Fulbright, „Victor, laß sie schreiben, was sie wollen. Du bist doch schließlich ein ganzer unabhängiger Mann, laß sie doch reden", dabei schaute sie triumphierend zu Nathalie.

„Mein Gott", dachte Derek Lovejoy, „sie ist doch immer eine richtige, eifersüchtige Giftnudel."

Victor aber entgegnete: „Madame, ich weiß, was mir angemessen und zugemessen ist, verlassen Sie sich darauf", dabei ging ein inniger Blick zu Nathalie. Mrs. Fulbright mit dem jetzt tizianroten Haar und der korallengeschmückten Brille dachte bei sich: „Damned, sie kleben immer noch zusammen, gar nicht gut für meinen Victor."

André Magot wollte wissen, wie die weiteren Pläne des Chefs seien. Morgen, so sagte dieser, reise er wieder nach Rio de Janeiro. Die Option am Amazonas müsse unbedingt ausgedehnt werden, er habe eine Reihe von Verantwortlichen herangekriegt, aber da sei noch ein bockiger Knabe, der müsse erst ja sagen, koste es, was es wolle.

„Hauptsache, es läuft hier alles gut, es wäre schlimm, wenn so etwas wie damals mit dem 'Oval' passieren würde. Ich bin in etwa sieben Wochen wieder hier, dann kann ich euch, Nathalie und Victor, konkrete Informationen über unsere schon im Entstehen begriffene „Mahagoni-Wipfelstadt" sagen. Auch das wird ein neuer großer Wurf von EROM!" Dabei strahlte er zuversichtlich.

Der Abschied war wie immer herzlich, dann flog er wieder über den Pazifik dem Dunst des Amazonas entgegen. Auch die anderen Präsidiumsmitglieder flogen am nächsten Tag ab, in Richtung Australien. Man müsse etwas eruieren, sagte Mr. Anthony, die rechte Hand von Derek. Also, man habe sich noch nicht entschieden, ob das angestrebte Projekt am 'Great Barrier Riff' realisiert werden solle oder im Zentrum des Kontinents, im Bereich des 'Ayers Rock', im Mittelpunkt des Globus ... sagten sie. Die meisten Mitglieder seien für den letztgenannten Standort, denn Wüsten würden zu der kreativsten Umwelt des Jahrtausends werden.

An diesem siebten Tag seit der Eröffnung des Clubs übernahm Nathalie die Führung der Tauchergruppe.

Raymond O-Napo beobachtete alles am Bildschirm. Arthurs Kampf mit der Riesenkrake stand noch bevor, aber zunächst – nach den vielen herrlichen Eindrücken der Korallenwelt links und rechts des Wanderweges – wollte Nathalie die aufregenden Mördermuscheln zeigen. Bald fand sie die Stelle, jedoch hatten sich alle drei Exemplare in den Sand und hinter Korallen verkrochen. Nathalie kratzte vorsichtig mit ihren Händen das erste etwa ein Meter große Tier soweit frei, daß man die Innenseite der gewundenen Schalen mit den langen grünen und schwarzen Streifen, den wie Knöpfe herausragenden schwarzen Punkten sowie dem zarten Blau des Inneren sehen konnte.

„Kommen Sie doch hier herum", flüsterte sie ins Mikrofon, „hier bitte, aber vorsichtig, denn die beiden anderen ..." Da, ein Aufschrei, daß die kleinen Lautsprecher dröhnten. Um Gottes willen, was war geschehen? Dann sah Nathalie die böse Bescherung. Anne Turner aus Florida wollte sich schneller an das freigelegte Objekt drängen, vergaß aber, daß zwei weitere mehr als einen Meter lange Mördermuscheln sich eingewühlt hatten, trat in eine der geöffneten Schalen, die schlagartig zuklappte und sich schmerzhaft um den, gottlob im Taucheranzug steckenden Fuß wie eine Marderfalle legte. Schluchzen, verzweifeltes Versuchen, den Fuß herauszuziehen.

Raymond O-Napo hatte alles verfolgt: „Ruhe bewahren, Nathalie, greifen Sie in die linke Gesäßtasche, nehmen Sie das Kampfmesser heraus. Vorsichtig herangehen!" Der weinenden Anne rief er zu: „Anne, ruhig bleiben, Sie werden gleich erlöst." Dann zu Nathalie: „Beobachten Sie den Hauptschließmuskel neben dem Fuß, sehen Sie ihn? Gut, nun Messer hinein, Vorsichtig mit der Hand, alles gesichert? Jetzt, am Hauptmuskelstrang ansetzen, fest drücken und schneiden ..." Es klappte, die Riesenmuschel öffnete ihre Schalen ein wenig und Nathalie zog Annes Fuß heraus. Gott sei Dank, geschafft.

„Danke Raymond, danke, das ging noch einmal gut."

Abgestützt auf Nathalies Schultern konnte Anne noch bis zum „Seeteufel" humpeln, wohin schon ein

Mann des Sanitätsdienstes geeilt war. Dicker Bluterguß, aber – grâce á Dieu – nichts war geschehen.

Auf dem Wanderweg zurück zum Oval konnte Nathalie den „Wanderern" herrliche Fischarten erläutern: „Sehen Sie den interessanten Kofferfisch, sozusagen unser Panzer in der Unterwelt, aus vielen Platten zusammengebaut, dort der blaue Doktorfisch. Sie sehen an seinem Körper hinten am Schwanzansatz das gelbe Skalpell, das er beim Kampf herauszieht. Damit kann er den Gegner ernsthaft verletzen. Der dort, der gelbe Segelbader, Sie sehen ihn dort kommen, das ist auch ein Kämpfer mit einem spitzen Messer. Er holt es aus einem Köcher heraus. Oh, sehen Sie, er wird unsicher, er fühlt sich bedroht, da ... Jetzt kommt sein Skalpell heraus, wunderbar zu sehen, großartig ..."

Jeder staunte über die Kenntnisse ihrer Führerin. War sie Zoologin, was wußte diese Frau nicht alles – zum Beispiel über die vielgestaltigen Blumentiere, zu denen auch die Korallen gehören und die von besonderer Schönheit sind, Blumenkorallen, die nur hier im Pazifik zu finden sind. Doch, EROM hatte recht, nur bei solch einem gemütlichen Wandergang konnte man die Fisch- und Korallenwelt erleben, live, und jeder würde sich künftig auch für ihren Schutz einsetzen.

Nach dem Tauchgang, als man die Schleuse überwunden und seinen Helm und Anzug abgestreift hatte, fiel die aus Vancouver stammende Malerin Marion Ritzelle Nathalie um den Hals: „Oh, ich bin von der Schönheit dieser Seewelt ergriffen, von der Gestaltungskraft der Natur! Diese harmonischen Plastiken der Korallenbänke, Berge und Riffe, dann die Schönheit der Blumentiere, der bunt gestreiften Seerosen! Mein Gott, mein Herz bebt von den Eindrücken, und Sie, liebe Nathalie, haben uns das alles in Ihrer bescheidenen Art vermittelt. Jeder Künstler müßte das sehen, jeder ..."

„Meine Damen und Herren", so las man auf den Bildschirmen, „an jedem Abend um 21 Uhr wird im Raum 1 eine Mediation durchgeführt, und zwar anhand von wenigen Aufnahmen der Korallenwelt. Frau Nathalie Chaux-Wong leitet diese Meditation heute abend." Und darunter: „Liebe Wasserbettschläfer, geht es euch so gut wie mir, liegt ihr bequem? Und träumt ihr gut? Morgen abend werden wir im Rahmen eines kleinen Festes über eure Träume sprechen, habt den Mut, berichtet einmal darüber! Der Traumdeuter Tutamahine von der Insel Puca-Puca wird Ihnen einige Ihrer Bilder der unbewußten Welt erläutern. Die schönsten Träume, die in Verbindung mit diesem Südsee-Zauber stehen, werden prämiert. Also träumen Sie, schreiben Sie es danach sofort auf."

Es bildeten sich auch spontan Gruppen von Amateur-Malern, die unter Leitung von Marion Ritzelle zeichneten oder aquarellierten; und es gab für einige Arbeiten schöne Preise.

So vergingen die letzten Tage der ersten zwei Clubwochen. Mehr und mehr der Gäste wurden zum Tauchgang ermutigt, so daß neben O-Napo, Victor und Nathalie zwei weitere Gruppenführer der Insel mitarbeiten mußten.

Das Programm war reichhaltig, jeden Tag Gesellschaftsabend, in den Kleidern von Ascott Ltd.: deftig farbig, zartblumig oder frech geschürzt traf man sich – das Leben ist bunt. Spiel, Fitnesstraining, Disco, Literatur, dazu die großartige Bedienung der Jünglinge und schönen Mädchen, die den Gästen jeden Wunsch von den Augen ablasen. So klang der letzte Abend als großes „Nereiden-Fest" aus.

Victor hielt die Schlußansprache: „Liebe Nereiden, liebe Pluto-Jünger, wenn ihr zurückkehrt in eure Heimat wird nichts mehr so sein wie früher, nichts, denn ihr habt eine Welt erlebt, um die euch jeder beneiden wird. Auge in Auge mit Haifischen, Rochen und Delphinen, wandernd in den Zaubergärten der Korallen mit den bunten paradiesischen Fischen – EROM machte es möglich. Ihr habt euch aber auch zu gleichgesinnten Gruppen zusammengetan und Freundschaften aufgebaut, die halten werden."

Nathalie verabschiedete sich ebenfalls, angetan mit dem gelben, langen Seidenkleid, das Victor so sehr liebte. „Liebe Freunde, daß Ihr hier unter die südliche See gekommen sei, fiel euch zu, es war ein wirklicher Zufall.

Ihr alle, reich mit Gesundheit und schönen Gliedern gesegnet, habt den großen Geist empfunden, der hinter dieser Schöpfung steht. Wir Menschen sind dabei, diese Schöpfung zu vernichten. Darum reiht euch ein im Kampf für eine lebenswerte und differenzierte, für eine bessere Umwelt. Jede Seelilie, jede Koralle und jede Alge, ein jegliches Lebewesen ist ein Glied in der Kette unserer Existenz. Ihr seid andere geworden, bewußter, instinktsicherer. Einige von euch bleiben noch draußen in der EROM-Tauchschule, um weitere Erfahrungen zu sammeln, andere vielleicht noch einige Zeit in ihren Bungalows. Wenn dann die warme Sonne auf die Insel brennt, denkt daran, daß etliche Meter unter der Meeresfläche der Zaubergarten Gottes liegt. Ihr habt ihn gesehen, lebt wohl."

Am nächsten Tag gab es viele Tränen des Abschieds – sogar die schönen Bedienerinnen und Pagen weinten – Tausende von Wangenküssen, herzliche Umarmungen. Neben der rassigen Hausdame Annette Alba Ororua standen Nathalie und Victor am kleine Bahnsteig der Magnetbahn und winkten den Abschiednehmenden zu, dann kehrte für eine Woche Ruhe im Schloß ein.

In diesen 14 Tagen hatten sich schon echte Begabungen bei den jungen Bediensteten herausgebildet. Annette suchte zwanzig von ihnen aus und ließ sie in einem Kurzkursus den Hua Ora-Tanz erlernen, eine Art abgewandelten Ritualtanz einer kleineren der Marquesas-Inseln. Hoffentlich, so sagte Victor, wüchsen dem Schloß damit einmal gute Stammkräfte zu, denn sie beide würden ja nicht allzu lange hierbleiben. So sei ihr Los. Man würde sich auch vor dem Eintreffen der nächsten Gäste einmal mit O-Napo und Magot zusammensetzen.

Für drei Tage wollten Nathalie und Victor nach „draußen" fahren, um in ihrem Bungalow auszuschlafen, zu schwimmen und zu faulenzen. Aber schon nach zwei Tagen, am 18. Januar, sagte Nathalie: „Victor, ich bin süchtig ..."

„Oh ... nach wem denn bitte?"

Nathalie lächelnd: „Nach den Meeresgöttern, nach der Welt unter Wasser ..."

„Ach", sagte Victor enttäuscht, „danach ..."

„Victor, vielleicht auch nach dem „Seeteufel", nach der kleinen Kabine mit dem Blick auf die Rochen und Seepferdchen."

Ein Telegramm wurde hereingereicht, es kam von der schönen Yvonne Gauguin aus Paris: „Ich grüße Euch zwei Unterwassermenschen, ich bleibe noch vier Wochen hier an der Akademie, aber – ich habe Sehnsucht nach Euch." Und der Präsident schrieb in einem Brief: „Ihr beiden Guten, es ist notwendig, daß Ihr etwa am 15. März auf PR-Tour geht. Unverständnis in Kanada und Schweden, Begeisterung in Tokio, Seoul und den meisten Hauptstädten Europas. Ihr bekommt bald eine Liste. Weiterhin Erfolg, herzlichst grüßt Euch Euer Derek."

Zwischenstation und Abschied

Wohlig ließen sich Nathalie und Victor in die bequemen Polster der „Air France"-Maschine fallen. Ziel war Sydney. Natürlich gab es einen erlesenen Service für die beiden VIPs, der Steward und die zwei Hostessen wußten nicht, was sie den beiden Ehrengästen noch an Bequemlichkeiten und Genuß bieten konnten. Capuccino und Champagner waren von bester Qualität.

Victor hob das Glas mit dem perlenden Inhalt hoch: „Auf dein Wohl, meine Liebe, niste dich weiter in meiner Seele ein – wenn du kannst."

„Victor, dort ist alles schon besetzt – von dir."

Er führte ihre Hände an seine Lippen und drückte etliche zarte Küsse darauf. „Wie schön, daß es dich gibt, Nathalie."

„Victor, wir haben ja zähe Arbeit gehabt, aber auch manches einstecken müssen. Denk an den guten Derek, der ziemlich blauäugig die Marguerita ins Wasserschloß lotste. Aber er konnte das ja auch nicht wissen, das – auf der Isla de Pascua. Ich dachte, die Diva hätte einen Tobsuchtsanfall bekommen. Derek war aschfahl im Gesicht und du sahst mit deiner käsigen Farbe wie der Tod persönlich aus."

„Ich danke dir dafür, daß du die Situation gemeistert hast, Nathalie."

„Wie schön waren die Tage mit Yvonne Gauguin im 'Seeteufel'! Diese Teufelin von Schönheit, Geist und hoher Intuition, dieses Wunderwerk, von großen Geistwesen gesteuert."

Sie ließen den Champagner auf ihrer Zunge vergehen, dachten an die inzwischen gut eingeübte Mannschaft, die sie im Club Neptun zurückgelassen hatten. Annette Alba Ororua und O'Napo würden die Sache schon im Griff haben. Inzwischen hatte die Müdigkeit bei dem dröhnenden Geräusch der Triebwerke beide in einen erquickenden Schlaf entführt.

In Sydney standen Bürgermeister sowie Damen und Herren des Kulturausschusses und der Touristenorganisation zum Empfang bereit, natürlich auch eine Meute von Journalisten.

„Mr. Jung-Tabore", wollte eine charmante, schwarzhaarige Reporterin wissen, „sagen Sie mir doch ehrlich, stimmt die Behauptung der Diva Marguerita über die Osterinsel?"

„Ja, raten Sie mal", antwortete lächelnd Victor, „vielleicht finden Sie eine Lösung."

„Und Sie, Madame Nathalie, wie fühlten Sie sich, als Sie die schallenden Ohrfeigen austeilten?"

„Wohl, sehr wohl", antwortete die schöne Eurasierin, „es war eine große Genugtuung."

Schließlich gelang es, den neugierigen, fast schon aufdringlichen Journalisten zu entkommen. In der fürstlich eingerichteten Suite des „Intercontinental" gab es Ruhe nach diesem Sturm. Vom Fenster aus konnte man das attraktive neue Opernhaus mit den symbolhaften Betonsegeln sehen, eine Weltleistung der Architektur. Auf dem Tisch lagen zwei Eintrittskarten für den nächsten Tag für den „Fliegenden Holländer". Man hoffe, sagte Victor witzelnd, daß dies Schicksalsschiff mit Hilfe der Betonsegel gute Fahrt mache. Aber die Aufführung am nächsten Tag war ein großer Genuß für unser EROM-Paar.

Präsident Lovejoy hatte gebeten, daß sie noch einen Besuch in der Regierungshauptstadt Canberra beim Minister für Tourismus erledigen möchten, – aus strategischen Gründen, hieß es. Ein klarer, herbstlicher Tag gab diesen Märztagen eine etwas wehmütige Note. Aber überall flammten die farbigen Blätter der Ahorne und japanischen Kirschen auf, Szenen des Entzückens, aber auch der Wehmut über die nun zum Schlafen bereite Natur.

„Nichts stirbt, Nathalie, „sei nicht traurig, wir reisen ja in wenigen Tagen in den Frühling Europas. Bald sind wir auf den Champs-Elysées, in wenigen Tagen, bald."

„Diese verrückte Welt, Victor, hektisch und maßlos. Ich habe Angst vor diesem Treiben, in das wir mitten hineingezogen sind. Und mitmachen, Victor! Was kommt bei unseren Shows eigentlich für den Menschen heraus? Nichts, gar nichts! Ich schäme mich vor meinem Gewissen, Victor, wir sind in einer Zirkus-Tournee nur Darsteller. Delphinreiten – bitte schön, oder darf's ein Kleinlöwe sein, der paddeln kann – bitte sehr, oder ein französisches Menu zwischen roten und gelben Korallen? Ja, natürlich, Sie werden sofort bedient. Victor, es hängt mir zum Halse heraus." Schluchzend warf Nathalie sich an die breite Brust des Partners: „Victor, ich mache Schluß. Gut, gut, erst nach Brasilien, dann raus aus diesem Lachkabinett, das wir bieten müssen. Meine dichterischen Talente liegen brach, meine Sicherungen brennen durch, ich will nicht mehr."

Victor versuchte Nathalie zu beruhigen, sie möge doch an die Osterinseln denken, habe man da nicht viel Geistiges vermitteln dürfen? Und sinnvolle Ökologie wirklich betrieben? Doch, ja, das sei eigentlich wahr, das sei eine positive Bilanz. Ein Lächeln huschte wieder über ihre Züge, während Victor das dunkle Haar streichelte.

„Du bist mein mutiger und liebevoller Ritter, Victor, ohne dich wäre alles fad, bleib mir gut und treu."

Die beiden wanderten auf dem schönen Uferweg, der längs des inmitten der Stadt sich ausbreitenden Sees verläuft, und sie hielten sich wie ein junges Liebespaar eng umschlungen. Die Vorübergehenden lächelten, ja nun, dachte das ältere Ehepaar, ein schönes Bild, keine Show, sollte die jüngere Generation doch leben und ihre Gefühle zeigen. Nur die Liebe, das Menschsein halte diesen Globus lebenswert. Dann legte der Weißhaarige seine Arme um die Schultern seiner Gefährtin und lächelte ihr zu, als wollte er sagen: „Haben wir nicht gut durchgehalten?"

Die Audienz beim Minister des Tourismus dieses Commonwealth-Staates verlief zunächst sehr sachlich, eher steif, aber schließlich konnte er dem Charme Nathalies nicht widerstehen, besonders, als sie von den großen Erfolgen auf der Osterinsel sprach. Das seien wirklich neue Ideen, kreativ umgesetzt.

Nach weiteren Gesprächen über die anderen von

EROM durchgeführten Projekte war seine Exzellenz richtig begeistert. Man möge dem Präsidenten Lovejoy ausrichten, daß seine Regierung dem Projekt am „Ayers Rock" den Vorzug gebe, denn man wollte keine „Zweitauflage" des Wasserschlosses von Morea am Great Barrier Riff. Die Audienz endete mit einem positiven Entscheid für EROM.

Auf dem Tisch von Nathalies Hotelzimmer war ein kostbares Orchideen-Arrangement aufgebaut mit einem Brief von Derek Lovejoy: „Meine liebe Delphin-Reiterin, Nereiden-Fürstin, zärtliche Priesterin, ich grüße Dich herzlich. Hoffentlich geht es Dir gut, ich muß viel an Dich denken. Grüße bitte auch Victor. Ich bin immer Dein Derek."

Nathalie zog die Augenbrauen hoch, dann zeigte sie Victor diesen Brief. Auch dieser wurde nachdenklich. „Mir fiel auf, liebe Nathalie, daß er dich seit unserem ersten Besuch in Papete oft mit den Augen regelrecht verschlungen hat – wehleidig bis ein bißchen schwermütig. Wie das bei dir übrigens alle Männer tun. Aber dies hier ist nicht 'präsidial' gemeint. Er liebt dich, Nathalie."

Diese lächelte, dann sagte sie: „Bitte unterlassen Sie das, Herr Präsident, wir sind Ihre Mitarbeiter. Bringen Sie keine Verwirrung in dieses System, bitte nicht, Derek."

Und dann zog sie Victor an ihre Brust und meinte liebevoll: „Victor, diese Blumen sind auch für dich, zumindest alle schönen lila Catleyen. Bist du zufrieden?"

Auf dem Weiterflug nach Paris wurde in Saigon/Vietnam Station gemacht. So wurde Nathalies alter Traum Wirklichkeit; das Heimatdorf ihrer Großeltern im Umkreis der Stadt Haiphong zu besuchen. Schon am nächsten Tag standen Nathalie und Victor Hand in Hand vor dem bescheidenen, schilfgedeckten Bauernhaus, das inmitten der Reisfelder lag. Vor dem Eingang stand immer noch der kleine Ahnenschrein auf einem Holzpfosten. Ob die Großeltern noch lebten? Zögernd klopfte Nathalie an der roh gezimmerten Holztür. Lange Zeit Stille, dann hörte man schlürfende Schritte, oh, es war Großmutter Hanu. Der Rücken war gebeugt, aber aus dem Gesicht leuchtete es klar und bewußt, es gab kein Staunen und Zögern, wie selbstverständlich schloß sie ihr Großkind in die Arme, streichelte das schöne, dunkle Haar.

„Ich wußte, daß du kommen würdest. Sei gesegnet im Haus deiner Ahnen. Dein Großvater ist vor drei Jahren den Weg aller Seelen gegangen. Komm, laß uns zuerst den immer wirkenden Seelen der Ahnen ein Opfer bringen." Sie holte aus der Küche etwas Speise, dann trat sie an den kleinen Hausaltar und legte die Gabe unter das winzige Dach des Schreins. Leicht gebeugt, die Handflächen aneinander gelegt, so verharrten alle drei einige Minuten in Schweigen.

Nathalie schien entrückt zu sein. Es war wie ein Sturmwind, der sie hochwirbelte in eine andere Welt, oh... Da zog die Kette der Ahnen vorüber, Hand in Hand, alte, junge, Kinder – eine lange, unendliche Reihe, überstrahlt von einem himmlischen rosa Licht. Oh, ihr Guten, welche Schicksale habt ihr überstanden, was steht uns bevor?

Victor faßte Nathalies Hand: „Nathalie, komm, die Großmutter bittet uns ins Haus." Verwirrt blickte sie auf: „Oh, Victor, meine Ahnen, alle, sie alle zogen an mir vorbei, eine lange Kette."

Man blieb zwei Tage in dem Häuschen, schlief wundervoll auf den schlichten Betten mit Reisstroh, streifte durch die staubigen Dorfstraßen und die kleinen, grünen Pfade zwischen den Reisbeeten. Die Nächte waren erfüllt von dichten Traumbildern. Nathalie war ein kleines Mädchen, lachend ritt sie auf dem Rücken ihres Wasserbüffels, half beim Pflanzen der jungen Reisschößlinge, stapfte durch den schlammigen Grund und holte die Bündel der jungen Pflanzen heran. Dann wieder tanzte sie mit anderen Mädchen unter dem großen Bodha-Baum auf dem Dorfplatz. Dieser alte Geselle war übrigens ein Schößling des Baumes von Bodh Gonja, unter dem der ehrwürdige Siddhartha Gautama einst meditiert hatte. Glücklich sagte sie morgens: „Oh, es ist die Beseelung, es ist alles wahr, was geschah und was geschehen soll. Wir beugen uns dem uns Auferlegten. Und du, Victor, was hast du geträumt?"

„Nathalie, ich sah unsere neue Wirkungsstätte in Brasilien. Eine große Lichtung, viele runde Hütten und – ja, was war das, vielleicht ein leuchtender Gral. Eine Art volle Wirkkraft – und dann der Blick auf den großen, weiten Tropenwald, unermeßlich weit."

„Na, wir werden das ja erleben, mein Liebster."

Nach zwei Tagen mußte Abschied genommen werden. Großmutter Hanu legte eine Hand auf den Kopf Nathalies und faßte mit der anderen die Hand Victors. „Seid gütig zueinander und bewahrt euer frohes Herz. Was geschehen muß, wird geschehen."

Herrliches Paris! Die Bäume der Champs-Elysées zeigten ihr junges Grün. Nathalie und Victor schlenderten die Prachtstraße entlang, gingen Hand in Hand durch das Gewühl des Quartier Latin, betrachteten die Auslagen der Buch- und Kunsthändler am Ufer der Seine, durchschritten die gläserne Pyramide des Innenhofes im Louvre und ruhten auf den Bänken im Park der Tuilerien.

„Aber trotz allem, meine liebe Nathalie, das Ambiente der Stadt wird zerstört durch eine Glocke von Dunst und Abgasen. Am Seine-Ufer war mir gar nicht wohl."

„Es fehlt wohl an der Verantwortung gegenüber der kommenden Generation, Victor. Aber was tun *wir*? Wir helfen mit, das Geld von EROM zu vergeuden – für durchaus fragwürdige Projekte. Wo ist dabei das soziale Engagement, wo bitte? Und jetzt wollen wir in Brasilien agieren, im Regenwald, den wollen wir natürlich schützen, und dann noch viel mehr, ach, ich weiß nicht ..." Victor legte seine Finger auf ihre vibrierenden Lippen... „Nicht jetzt, Nathalie, nicht jetzt, später sprechen wir darüber. Wir können auch manches tun, für alle."

Der Empfang durch Damen und Herren der größten schwedischen Touristikorganisation war nordisch-kühl, aber freundlich. Natürlich waren die Medien gut vertreten. Nathalie stand immer im Mittelpunkt, Victor ließ ihr gern diesen Vortritt. Die Schweden waren von der

Persönlichkeit der Eurasierin sehr beeindruckt. Da sehe man, schrieb eine Zeitung, was man an asiatischem Erbgut durch solch eine Kreuzung einbringen könne. Klugheit, hohe esoterische Einsichten und, natürlich, die Schönheit dieser Frau. Francois Rideau, der das EROM-Paar begleitet hatte, berichtete, daß morgen abend im Audimax der Universität eine große Diskussion mit den beiden stattfinden solle. Sozialisten, Umweltschützer, Leute von „Greenpeace", „Robin Hood", sie alle würden EROM angreifen und unsere beiden müßten hart kämpfen, um die Fahne des Konzerns hochzuhalten. Dazu wünsche er viel Glück.

Zwei Stunden vor Beginn dieser Veranstaltung bat Nathalie Victor, sie bis zur Abfahrt nicht zu stören. Sie wolle in Meditation gehen. Auch er möge „in sich gehen."

Die Leute in Stockholm waren gut vorbereitet. Zu Beginn zeigten sie Filmausschnitte der EROM-Zentren am Wadi Hamad mit Nathalie und Victor als den stolzen Delphinreitern, dann Szenen vom „Löwendorf" im Serengeti-Park, der Entwicklung des Projektes Osterinsel und auch das Unterwasserschloß des „Clubs Neptun".

„Madame Nathalie, Senor Victor, können Sie das alles verantworten, Ihre Tätigkeit für diesen landschaftszerstörenden Konzern? 'More, more, more' predigt Ihr Präsident, 'more' Schutz von Delphinen, Löwen und Korallen, ist das nicht skurril?"

Victor geriet dabei schnell in Kampfstellung. „Bevor ich auf die einzelnen Objekte zu sprechen komme, bitte ich Sie alle, an Ihre eigene Brust zu schlagen. Wer hat denn mitgeholfen, die Ufer des Mittelmeeres zu zerstören, wer war tätig, die öden Wolkenkratzer mit Bienenwaben-Appartements an den Küsten Spaniens zu finanzieren? Meine Damen und Herren, da steckt auch viel skandinavisches und sehr viel schwedisches Kapital dahinter. Aus Angst, zu spät zu kommen, haben viele Ihrer Landsleute zu Tausenden Appartments gekauft, 'Platz an der Sonne'. Sie haben die schönsten Stellen an den Ufern mietbar gemacht. Wo war Ihr Protest in all diesen sechziger und siebziger sowie achtziger Jahren? Ich will von Portugal, Tunesien, Italien, Jugoslawien, Griechenland und der Türkei erst gar nicht reden. Ebenso wenig will ich die wachsenden Hotel-Dinosaurier an der Karibik erwähnen." Es schien sich eine Eiseskälte über die Zuhörer auszubreiten. Mein Gott, hatte er nicht recht?

Dann trat Nathalie an das Mikrofon. „Meine Damen und Herren, Herr Jung-Tabore wollte niemand angreifen, aber ich glaube, angesichts Ihrer massiven Vorwürfe waren seine Feststellungen zur Klärung der Sachlage notwendig. Nun möchte ich kurze Hinweise zu den einzelnen EROM-Projekten geben. Die Einfügung in die Landschaft ist bei allen Objekten vorbildlich gelöst, denn von Anfang an arbeiteten die besten Architekten und Landschaftsarchitekten des jeweiligen Landes mit. Sie brachten die modernsten Konzeptionen ein und verwendeten doch auch traditionelles Baumaterial. Und nun zu den Tieren. Unsere wenigen Delphine von Wadi Hamad werden in großen Becken gehalten, aber die eigentliche Übungsstrecke liegt im natürlichen Wasser des Roten Meeres."

„Aber wie ist das dann mit der merkwürdigen Manipulation, ich meine die Leitung zu den Nerven des Gehirns, Madame? Ist das menschlich, besser tierisch?"

Victor übernahm es zu antworten. „Sie müssen wissen, meine Damen und Herren, daß diese Maßnahmen auch nicht nach unserem Geschmack sind, aber bei dem Stand der Forschung glauben wir beide, daß durch direkte Einpassung unserer Gedanken in das Gehirn dieses hochentwickelten und mit großer Intelligenz begabten Säugetiers auf die Schaltelektronik bald verzichtet werden kann. Im übrigen: Tausende von Delphinen werden in der ganzen Welt in engen Becken gehalten, reisen darin von Variétés zu Jahrmärkten usw. Und dann noch: viele Tausende dieser intelligenten Tiere werden von den Fischern Ostasiens mit Knüppeln totgeschlagen, weil sie sich in den Netzen der Fischer verfangen. Die Küsten sind dann rot von Blut. Ich fordere Sie alle auf, gegen diesen Delphinmord zu protestieren. Sie Schweden haben doch immer ein weites Herz für Tiere!"

Wieder eine Minute des drückenden Schweigens. Dann kam der erste Beifall auf.

Wie denn das mit den Kleinlöwen und Leoparden sei, und überhaupt der Frevel an den Korallenbänken in Morea. Auf diese Frage gaben sowohl Nathalie als auch Victor kluge, ausgewogene Antworten.

„Kennen Sie denn das EROM-Projekt auf der Osterinsel, meine Damen und Herren?" Man wußte wenig darüber, nur daß hier etwas Touristisches angelaufen sei. Nathalie erläuterte: „Hier wird eine bedeutsame kulturelle und ökologische Arbeit geleistet, eingebunden in den Tourismus. Unsere Gäste kommen gern dorthin, denn das Programm heißt „Tanzen und Pflanzen", Wiederbelebung der geschichtlichen Vergangenheit durch vertretbare Rekonstruktion von drei 'Ahus' und begeisterte Annahme des Angebots, Bäume und Sträucher auf der entwaldeten Insel zu pflanzen. Wir haben einen Filmausschnitt mitgebracht, urteilen Sie selbst."

Es war mucksmäuschenstill, als die festliche Einweihung der beiden 'Ahus' gezeigt wurde. Begeisterung brach sich Bahn, als Nathalie mit ihrem rituellen Tanz die alte heilige Stätte wieder einweihte. „Sehen Sie doch, die Touristen pflanzen ihre Bäume, Beitrag zur wiederbegrünten Isla de Pascua." Als die Szene vom Fest des Vogelmenschen gezeigt wurde, gab es großen Beifall. Das Eis war gebrochen, Verständnis für EROM geweckt, viele Fragen, auch durchaus mit bösartigem Hintergrund, wurden gestellt, aber geschickt und überzeugend beantwortet.

Erschöpft, aber glücklich ließen sich Nathalie und Victor in Begleitung des EROM-Vertreters für Skandinavien in die Sessel der Hotelbar fallen. „Diesen guten 'Campari on the Rocks' haben Sie wirklich verdient", sagte Mr. Anderson, „EROM dankt Ihnen beiden für diesen Einsatz." Als man sich erhob, um das Diner einzunehmen, wurde ein FAX mit der Bemerkung: „Very urgent" überreicht. Es war ein handgeschriebener Brief vom Präsidenten Derek: „Ihr seid großartig, haben alles in TV miterlebt, Ihr seid nicht mit Gold aufzuwiegen. Innigen Glückwunsch."

Noch eine Woche lang reisen im Land, Interviews, Pressegespräche, dann kam die Stunde des Abschieds. Victor flog für drei Wochen nach Kanada, „An die Front", wie er lächelnd meinte. Nathalie aber hatte das geliebte Nippon mit seinen höflichen Menschen und seiner großen Tradition zum Ziel. Gemeinsam fuhren sie zum Flughafen, dann drückte der großgewachsene Victor seine Partnerin an die Brust und gab ihr innige Küsse auf den Weg mit.

„Gute Reise, Victor, und dann, am 10. Mai, in Bahia de Salvador. Wir wohnen dort in dem herrlichen Klosterhotel. Ich kenne es, es ist zauberhaft. Und bleibe mir so treu wie möglich."

Dieser aber lächelte und rief: „Nathalie, fall nicht in die Hände eines schönen Shoguns. Ich brauche dich, nein, wir brauchen uns, bleib meine Nathalie."

Die Maschinen starteten im Abstand von einer Stunde. Auf die beiden warteten neue Aufgaben.

Liebesdienst

Während der Empfang Victors in Montreal ziemlich frostig war, wurde Nathalie auf ihrer ersten Station, Osaka, begeistert gefeiert. Alles war den japanischen Freunden bekannt. Besonders respektiert wurde der Vorfall im Schloßclub „Neptun" mit den schallenden Ohrfeigen für eine andere schöne Frau. Die Morgenausgabe von „Asahi Shimbun" schrieb, ja, man sehe es, der Mut und Kampfgeist Asiens sei bei diesem Duell sichtbar geworden. Oder sei es doch eher Eifersucht gewesen?

Die größte Werbefirma hatte in Zusammenarbeit mit dem EROM-Stützpunkt Tokio ein intensives Reiseprogramm ausgearbeitet. Überall Blumen, wertvolle Geschenke, viel liebevolle Zuwendung. Nathalie war das Markenzeichen dieses progressiven und kreativen Konzerns, denn Innovationen werden von den geschäftigen Leuten Nippons immer begierig aufgenommen.

In Tokio wohnte Nathalie in einer großzügigen Suite des „Imperial Palace Hotel". Vom 10. Stock aus fiel ihr Blick auf das denkmalgeschützte alte Imperial-Hotel des Frank Lloyd Wright, dann weiter über den Shibuya-Park zum kaiserlichen Palast in der Ferne mit den glänzenden Wassergräben und hohen Zyklopenmauern.

Am 4. Tag ihres Aufenthalts in dem ameisenhaften Edo-Tokio betrat Nathalie erschöpft, aber glücklich ihr Appartement und glaubte zu träumen. War sie in einem Paradies von Kirschblüten? Zahllose Vasen waren mit hohen, blühenden Zweigen gefüllt. Herrliche Farbspiele von Weiß über Zartrosa bis zum dunklen Rot. Voll und edel geformte, dicke Blüten und zarte Knospen. Wie kam dieser Zauber in ihre Räume? Hatte man die Bäume im schönen Park des Meiyi-Schreins, den sie heute morgen sah, für sie beraubt? Großer Buddha, Ihr alten Shinto-Götter und Geister, was soll das, wer hatte diese Idee?

Nathalie hatte ihre Kleidung abgelegt und war in einen weißen Kimono mit herrlichen Stickereien von fliegenden Reihern geschlüpft. Reiher, waren das nicht die Symbole der Reinheit? Genußvoll schlürfte sie ihren grünen Tee und träumte die Zukunft. In diesem Moment erscholl der Gong der Suite und eine kräftige Hand klopfte an die Tür. Nathalie sprang auf. Wer mochte dieser Störenfried sein? Inzwischen ging es auf Mitternacht zu.

„Wer ist dort, bitte?" fragte sie ziemlich unwirsch. „Wer bitte?"

Dann kam die ziemlich erschöpft klingende Stimme: „Ich bin's, Derek Lovejoy, öffne doch."

Als Derek in der Tür erschien, erschrak Nathalie. Er schaute hohläugig aus und schien wie von Sinnen zu sein. „Präsident, was ist mit Ihnen, sind Sie krank, haben Sie Fieber?"

Derek Lovejoy, der Präsident privat, umschlang Nathalie wild, dann drückte er seinen Kopf in ihren Schoß. Ein Schluchzen schüttelte diesen so stolzen, selbstbewußten Mann, Ströme von Tränen ergossen sich in Nathalies Kimono.

Sie war wie gelähmt. „Präsident, lieber Derek, Sie sind wirklich ernsthaft krank."

„Ja, Nathalie, das bin ich, der Bazillus hat meinen ganzen Körper ergriffen. Er sprang über, seit ich dich in London sah, er nagte an meiner Seele. Immer wenn ich dich sah und dich an mich drückte, drohte ich zu zerspringen. Stets, wenn du mit Victor zusammen warst, fraß die Eifersucht an mir. Nun hat der Bazillus jede Zelle meines Körpers ergriffen, ich bin kaputt, ich kann nicht mehr." Wieder und wieder schüttelten Weinkrämpfe den Körper.

Nathalie strich über sein spärlich gewordenes Haar und die unrasierten Wangen. Derek beruhigte sich schnell unter den kraftspendenden Händen Nathalies. Tausend Gedanken schossen ihr durch den Kopf. „Was soll ich tun, was? Armer Victor, aber versteh, mein Lieber, ich muß helfen!" Mitleid ergriff sie, dann stand sie entschieden auf und sagte mit fester Stimme: „Derek, da, geh zum Bad, ich erwarte dich hier." Als er zurückkam, hatte Nathalie ihren Kimono abgelegt und schaute im gedämpften Licht ihm entgegen. Ihr Atem ging schnell, ihre Brüste hoben und senkten sich im gleichen

Rhythmus. Derek aber stand wie vom Schlag gerührt und zitternd vor der schönen Eurasierin, dann zog sie ihn auf das Lager.

„Derek", sagte sie, „lieber Derek, nur einmal darf ich dir gehören, merke, was ich dir sage und versprich mir, es wird nur einmal sein. Aber ich will deine Seelenärztin sein und dich heilen. Du wirst gesund werden."

Die tausend Kirschblüten erfüllten die Räume mit ihrem Duft, Derek aber sog gierig den Duft des Frauenkörpers ein, dann fiel er in einen Taumel tiefen Glückgefühls. Aber muß man Seelen retten und gleichzeitig anderen Seelen wehtun? Wer sitzt an der Schalttafel unserer Gedanken und Entschlüsse? Sicher, wir entscheiden selbst, wir glauben das, aber wissen wir es? Ist unser Karma nicht vorgezeichnet? Wo ist denn unser freier Wille? Immer wieder blitzten Ketten von Gedankenströmen durch Nathalies Hirn. Aber diese physischen Körper sind ja nur Hüllen, sein Gemüt ist erkrankt, seine Seele leidet, sein Geist braucht Heilung. Ich werde ihn mit meinem Leib glücklich machen, das andere ist ein längerer Prozeß.

Am nächsten Morgen traf man sich um 9 Uhr in der Halle des Hotels zum Frühstück. Derek Lovejoy hatte Nathalie gebeten, mit ihm in ihrer Suite frühstücken zu dürfen.

Sie aber lehnte das ab. „Nicht, daß ich ängstlich bin, lieber Derek, aber die Wände haben Ohren. Du mußt an dich und auch an mein Image denken." Als Nathalie in ihrem gutgeschnittenen Hosenanzug aus gelbem Samt durch die Räume des Nobelhotels schritt, hefteten sich viele Augenpaare auf die stolze, schöne Frau, die inzwischen zu einer Legende in diesem Land geworden war. Sie gestand sich, daß sie dieses Auftreten eigentlich auch durchaus genoß. „Kommen etwa Starallüren auf, Nathalie?" fragte sie sich.

Man begrüßte sich in aller Form, dann ließ man sich verwöhnen. „Derek, die Augen der Medien sind überall. Dahinten steht ein Jäger im Anschlag mit einem Teleobjektiv. Unverschämtheit, ich werde protestieren." Aber der Bildjäger flüchtete.

Sie beide konnten ja nicht wissen, daß der Asakusa Express, das Klatschblatt Tokios, schon den Aufmacher im Satz fertig hatte und nur noch auf das Foto wartete. Dort wird es dann heißen: „Bewohnt eigentlich EROM-Chef Derek Lovejoy zwei Suiten gleichzeitig, eine im 'Asukasa Prince Hotel', 17. Etage, und die andere im 'Imperial Palace'? Und die liegt zufällig neben jener von Madame Chaux-Wong. Jedenfalls sah der Präsident heute sehr glücklich aus!" Das große Bild zeigte Derek im Augenblick, als er einen kleinen Strauß roter Moosrosen überreichte.

„Wirst du heute nachmittag zur Verleihung der Doktorwürde in der Universität anwesend sein, Derek?"

Ja, er werde kommen, aber noch am Abend nach London zurückfliegen, mit unendlicher Freude im Herzen und stechender Sehnsucht in den Gliedern. Nathalie aber schüttelte den Kopf: „Nein, Derek, du wirst das überwinden,ich sende dir viel geistige Kraft. Unsere Freundschaft wird nie zerbrechen, wenn wir sie auf dieser Ebene pflegen. Einen anderen Weg gibt es nicht."

Am Nachmittag, pünktlich um 16 Uhr schritt Chaux-Wong Nathalie San die Stufen zum Eingang empor. Die kleine, sie begleitende Gruppe der „Ascott Ltd." hatte ihr ein blaues Kostüm aus weichem Velours-Leder, dazu einen pfiffigen gelben Hut und gelbe Schuhe empfohlen. Der Empfang durch den Rektor Sadaiti Nakamura San war herzlich. Dann sah man die schöne eurasische Frau im Gefolge der Professoren zur Empore schreiten. Man ehre in Madame Chaux-Wong die Schriftstellerin, eine Lyrikerin von großer Begabung. Ihre Werke würden demnächst ins Japanische übersetzt. Man ehre aber auch eine Frau, die sich mit Hingabe einem neuen, kreativen Stil des Tourismus widme – zusammen mit dem sehr ehrenwerten Victor Jung-Tabore San. Dann betrat die schöne Doktorandin das Pult. Sie dankte mit der erwarteten Höflichkeit, berichtete kurz von ihren Impulsen, um die Welt schöner und vielleicht glücklicher zu machen. Sie dankte dem verständnisvollen Präsidenten Derek Lovejoy des EROM-Konzerns, der ihr diesen Wirkungsrahmen gegeben habe. Dann sagte sie zum Schluß: „Ehrenwerter Rektor Sadaiti Nakamura San, meine Damen und Herren, ich muß Ihnen gestehen, daß mein Herz sich in Nippon heimisch fühlt. Ist es mein asiatisches Erbgut, das mich instinktiv mit diesen Bergen, Bäumen und Meeresbuchten, mit diesen friedlichen und höflichen Menschen verbindet? Ich bitte Sie aber alle, helfen Sie, daß die noch vorhandenen Naturgebiete und historischen Stadtlandschaften erhalten bleiben. Geben Sie Ihre große Kultur so unverfälscht wie möglich Ihrer kommenden Generation weiter, ohne üble Verfremdungen der westlichen Welt. Es lebe Nippon!"

Sodann beugte sich Nathalie vor, empfing den Doktorhut aus der Hand des ehrenwerten Rektors San. Er legte ihr auch den Talar um und geleitete seinen schönen Gast mit freundlicher Würde zum Ausgang, unter dem tosenden Beifall der Studentenschaft. Beim anschließenden Festschmaus mit einer Mischung aus japanischen und internationalen Speisen, saß Nathalie neben Rektor Sadaiti Nakamura und Präsident Lovejoy. „Was werden Sie am Wochenende machen, Nathalie?" fragte Derek förmlich.

„Oh, Präsident, ich bin von Ihrem Nachbarn in sein Landhaus oberhalb von Kamakura eingeladen, ich habe schon zugesagt." Derek blickte etwas erschrocken zu seinem Nachbarn. Dieser, ein auffallend schöner Mann mit langem, schmalen Gesicht, großen Augen ohne Mongolenfalte, offensichtlich mit einem kräftigen Schuß südlichen Blutes, also dieser Herr lächelte Derek fröhlich an.

„Mein Herr", fragte Präsident Lovejoy, „Sie sind sicher auch einer der Professoren der Nippon-Universität?"

„Ja und nein", gab dieser Herr lächelnd zurück, „ich halte Vorlesungen als 'visiting professor', aber im Hauptberuf bin ich Filmregisseur. Mich interessieren Ihre Unternehmungen brennend, daher freue ich mich über das Zusammensein mit Madame Nathalie, sie hat Ihnen ja berichtet, daß sie zum Wochenende mein Gast sein wird. Wenn Sie wieder in Tokio sind, Mr. President, würde ich mich freuen, Sie auch in meinem Wohnsitz empfangen zu dürfen."

Dem guten Derek kroch ein Frosch langsam den Hals hinunter. Er mußte schlucken, tat das aber so männlich wie möglich.

Es gab auch noch eine kurze Rede des Rektors, der auch Derek Lovejoy aufgefordert hatte, einige Worte zu sagen. Alles wurde nach guter Sitte mit heißem Sake-Wein begossen, dann sprach Nathalie das Schlußwort. Sie könne nur sagen: „Danke, Arregato Gozaimas, herzlichen Dank, Sayonara!"

Am Abend gab es noch ein einstündiges Spezialinterview mit einer liebenswürdigen Journalistin des Millionenblattes „Asaha Shimbun", Sonnabend nach dem Frühstück ein Gespräch mit einer Gruppe der Fernsehkette „Kanal 8 – 12". Der schwarze Hausanzug mit dem goldenen Drachen stand Nathalie vorzüglich, sie strahlte Wissen mit Charme aus, beantwortete jede Frage mit einem moralischen Appell, aber auch mit positiven Gedanken zur Gesellschaft des nächsten Jahrtausends. Dann streckte sie sich wohlig auf ihrer Couch aus, betrachtete das riesige Blumengesteck aus Orchideen, feinen Gräsern und schönen Zweigen, dazu die prachtvolle Perlenkette mit dem passenden Armband. Der Brief trug in der rechten Ecke das Prägezeichen von EROM, darunter stand:"The President". Nur wenige Worte standen auf dem Briefbogen, „Zauberin Gottes, Derek."

Victor schickte aus Toronto per Luftexpreß eine Serie von Fotos, die ihn bei seiner Rede in der Universität zeigten: kämpferisch, offenbar überzeugend. Dazu die Zeilen: „Liebste, es war noch härter als in Stockholm, aber EROM hat gesiegt. Frau Doktor, Ihr Auftritt in der Uni Nippon war bühnenreif. Aber du fehlst mir, ich lebe nur halb. Ich freue mich, dich in Bahia endlich in die Arme schließen zu können und deine Lippen zu spüren, Liebes ... Komm besser schon früher."

Nach diesem Brief spürte sie, wie ihr Herzschlag sich beschleunigte. Armer Victor, aber damals auf der Osterinsel, damals – schnell gab sie sich die Antwort. „Das war nicht zu vergleichen. Aber, arme Nathalie, du konntest dich ja nicht anders verhalten gegenüber dem verzweifelten Derek, es war richtig, was dir vertraut ist, braucht Hilfe."

Hisato Kenyi holte Nathalie mit seinem offenen roten Sportwagen ab. Bei der Reception ließ sie sagen, sie sei über das Wochenende verreist und nicht zu erreichen. Der Weg führte bei strahlendem Sonnenschein auf der Uferstraße entlang, zum großen Buddha von Kamakura, dem Nathalie ihre Reverenz erweisen wollte. Nathalie trug ein flottes Kostüm aus Wildseide, das schwere Haar war zu einem Schopf zusammengebunden. Viele Leute erkannten das Paar und grüßten ehrerbietig.

„Da steht er nun seit Jahrhunderten, Madame Nathalie, der Tempel, in dem er einst stand, ist seit langem zerstört, aber er strahlt mit seinem goldenen Kopf und der Haltung seiner Hände Vertrauen und Optimismus aus."

Nathalie staunte und bewunderte die großen Kamelienbäume, die in voller Blüte standen. Vom Riesenbuddha fuhr man durch eine breite Allee von blühenden Kirschbäumen, welche die Stadt verzauberten. Ernst türmten sich die alten Gingkobäume neben den Tempeln auf, die bunten Sonnenschirme belebten als Flekken das Bild. Nach etwa 20 Minuten war das Anwesen ihres Gastgebers erreicht. Ein sehr schlichtes, aus Holz gebautes Haus, von Bäumen und Sträuchern umgeben. Im Innern des Gebäudes herrschte eine Schlichtheit, die raffiniert die Integration der modernsten Haustechnik mit traditioneller Bauweise verbarg. „Ich zeige Ihnen zuerst Ihr Zimmer, Madame. Wählen Sie, wollen Sie nach westlicher Art im Bett schlafen oder traditionell?"

„Ja, ich ziehe die Tatamimatte vor, ich ruhe so immer sehr gut."

Dieser Schlafraum war mit einer Schiebetür zur Terrasse verbunden und lag im ersten Stockwerk. Als Nathalie hinaustrat, breitete sich eine Traumlandschaft zu ihren Füßen aus. Nathalie hielt das Geländer umklammert, dann spürte sie, wie die Formen der Landschaft zu einem großen magischen Gebilde verschmolzen. Sie hielt sich noch fest an der niedrigen Holzwand der Terrasse. Es war ein Wachtraum, der sie ganz in seinen Bann zog. Diese Buchten, diese Ufer, die Häuser, diesen großen Tempel – woher, woher kannte sie diese Landschaft? Wie in einem Film liefen plötzlich die Szenen vor ihrem geistigen Auge sehr schnell ab. Da waren die Krieger auf den schweren Pferden, Eisenrüstungen, Samurai mit ihren Prachtschwertern, Folterknechte mit der Deliquentin. Sie schluchzte laut auf, oh, die junge Frau auf dem vergitterten Wagen, die großen, fragenden Augen auf die Menge gerichtet – gefoltert, geschunden ..., aber sie hatte ihre Würde behalten.

„Oh, großer Gott, diese junge Frau, ich fühle es – ich bin es, oh, ihr Götter über den Wolken und in den Tempeln, denen ich mein ganzes Leben lang gedient habe, warum könnt ihr nicht helfen? Große Schöpfergöttin dieses Landes Amaterasu und ihr Shinto-Priester was tut ihr? Und du, großer Gautama Buddha, auch zu dir habe ich gebetet, geopfert und nach Deinen Gesetzen gelebt, warum läßt du dies zu?"

Der johlende Pöbel begleitete den Gitterwagen. Viele von ihnen hatten sich Bambusstäbe angespitzt und stachen durch die Gitter auf die Frau ein. Das Blut floß ihr von den Schenkeln an den Füßen entlang und immer wieder versuchten es die unbarmherzigen Jugendlichen, die Verbrecherin zu quälen. Nathalie schluchzte laut auf, hielt immer noch das Geländer der Terrasse fest umklammert, bis sich langsam die qualvollen Szenen lösten und sie der Realität bewußt wurde. Der milde Frühlingswind umwehte das noch erschütterte Gesicht.

Dann wurde sie der in der Terrassentür wartenden Zofe des Herrn Kenyi gewahr. Sie hatte erschrocken auf Nathalie geschaut und glaubte, die Dame sei krank.

„Kenyi Hisato San bittet zum Tee, Madame, unten auf der Terrasse."

Noch ganz benommen gab sie Bescheid, sie werde gleich kommen. Nathalie erfrischte sich im Bad, dann schritt sie bedächtig die mit kostbaren Laufteppichen belegte Holzstiege hinunter.

Der Hausherr stutzte. „Aber, Madame Nathalie, ist Ihnen nicht wohl, Sie sehen so bleich aus? Kommen Sie und erfrischen Sie sich bei einigen Schälchen des grünen Tees." Das half sehr schnell, das seelische Gleichgewicht wiederzufinden. Sollte sie Hisato Kenyi über ihren Wachtraum, nein, über ihre reale Erinnerung einer vergangenen Zeit berichten? Aber sie hatte das Bedürfnis dazu, ja sie wollte alles von ihrem Herzen loswerden. Mit klopfendem Herzen begann sie zu sprechen.

Sadaiti ergriff ihre Hände und ließ seine kräftigen, magnetischen Ströme in die ihren fließen. „Sie liebe, alte Seele", sprach er langsam und sah ihr mit herzlicher Anteilnahme in die dunklen, tiefgründigen Augen, „liebe Nathalie, bleiben Sie besser, zunächst jedenfalls, in der Gegenwart. Spüren Sie das feine Aroma des grünen Tees auf der Zunge. Eine besonders gepflegte Ernte."

„Ist es nicht merkwürdig, Hisato, daß ich gerade in Ihr Haus kommen mußte? Ich nahm Ihre Einladung spontan an."

„Es mußte so sein, liebe Nathalie, es lag im Plan, Sie sollten diese Szenen wiedersehen. Aber, um es abzuschließen, wie endete dieses grauenvolle Ereignis?" Nathalie seufzte schwer, dann sagte sie: „Ich wurde hingerichtet, kurz bevor ein reitender Bote des Shoguns meine sofortige Freilassung anordnete. Es war ein Justizirrtum ..."

Sadaiti hielt immer noch die Hände Nathalies, dann sagte er fröhlich: „Nun ist es heraus, jetzt sind Sie erleichtert, nicht wahr?"

Es wurde eine angenehme Teestunde bei diesem milden Frühlingswetter, dem Gebrumm der Bienen und dem Zwitschern der Vögel.

Sadaiti sah Nathalie bittend an. „Ich habe einen Wunsch, Nathalie. In Ihrem Wandschrank rechts hängt ein herrlicher, wertvoller Kimono. Meine Mutter trug ihn zu besonderen Festlichkeiten. Sie war eine große Sängerin, auch Eurasierin, international auf den Opernbühnen der Welt tätig. Tragen Sie ihn heute abend zu unserem kleinen Fest?" Sie nickte, ja gern, sie werde diesen Kimono tragen, aber warum Fest?

Nun, wenn eine so kluge und begehrenswerte Frau in seinem Hause weile, müsse man doch wohl ein Fest feiern. Ob das auch „im Plan" liege, wollte Nathalie wissen. Natürlich, so sei es.

Als Nathalie dann mit dem kostbaren, mit reichen Blütenmustern bestickten Kimono zum Abendessen kam, stand Sadaiti Kenyi wie verzaubert vor ihr, regungslos wohl eine Minute lang. Dann ergriff er ihre Hände, drückte die schöne Kimono-Frau sanft an sich.

„Ich kann nicht sagen, was ich empfinde, Nathalie, mein Herz blutet. Kommen Sie, setzen Sie sich hier her, mit dem Blick auf den schönen Kakemono." Die traditionelle Nische des Hauses war durch ein wunderschönes Originalrollbild verziert. „Ein Original, 300 Jahre alt, ich setze mich neben Sie, nehmen wir das Glas mit heißem Sake und stoßen auf unser Wiedersehen an, Kampai!"

Nathalie trank das Glas in einem Zug leer, dann, nachdenklich geworden, fragte sie: „Wiedersehen, wieso Wiedersehen?"

Sadaiti Kenyi zögerte: „Ja, Wiedersehen, ich kenne Sie auch schon seit genau 350 Jahren", und dann, gequält: „Ich war einer der Richter des Shoguns, ich merkte den Irrtum des Urteils, aber es war zu spät – um Minuten. Damals hieß ich Tomo Araki, war der erste Richter des Shoguns für den Bezirk Kamakura." Tränen traten ihm in die Augen. „Ja, so war das."

Auch Nathalie konnte die Tränen nicht zurückhalten, dann aber zog sie ihn an sich und preßte ihre Lippen auf die seinen. „Lieber, jetzt ist heute, Dank Dir, Gott, daß wir sein dürfen, hier sein dürfen und das Schicksal uns beiden so schöpferische Aufgaben zugedacht hat. Kampai, Kampai, mein Lieber."

Viele Gläser des Reisweins öffneten die geheimen Kammern des Gemütes und der Seele. Man probierte die leckeren Speisen, die Holzstäbchen faßten nun wieder mit großer Sicherheit die Stückchen rohen Fisches und der vielen Salate und Gemüse, tauchten sie in köstliche Saucen. Sie füllten den Magen mit diesem klassischem, gepflegten Dinner-Potpourri.

Stunden waren vergangen, die Müdigkeit meldete sich. „Darf ich dich zu deinem Lager geleiten, Nathalie?"

Als sie die Schiebetür öffnete, sah man zwei Schlafmatten ausgebreitet. „Oh, wieso, ich bin doch nur eine Person?"

„Nathalie, ich habe das nicht veranlaßt, aber wahrscheinlich hat meine Bedienung über unseren Kopf hinweggeplant. Ich werde nach etlichen Minuten kommen."

„Sadaiti, als Victor und ich vor einigen Wochen im Haus der Großeltern Wong bei Haiphong in Vietnam waren, segnete uns die Großmutter und murmelte: „Was geschehen soll, muß geschehen. Ich warte auf dich."

Die Schiebetür stand weit offen, die Mondsichel hing zwischen den Kamelienbüschen, und der warme Frühlingswind umspielte die Körper von zwei Menschen, deren Seelen sich nach langer Zeit wieder begegneten. Räume formten sich im sogenannten Unterbewußtsein. Nathalie fand sich auf einer Anhöhe und sah auf eine Lichtung, von hohem Tropenwald umgeben. Auf dieser stand Victor, hielt die Hand an die Augen und rief: „Nathalie, Nathalie, wann kommst du?" Die spöttischen bunten Kakadus höhnten, pfiffen und trommelten im Verein mit den flinken Ara-Papageien, aber Victor rief unentwegt: „Nathalie, komm doch. Oh ja, sie kommt, sie kommt."

„Ja, Victor, lieber Victor, ja, ja ..."

Sadaiti war aufgeschreckt und weckte sie. „Nathalie, was ist, du hast laut nach Victor gerufen ..."

„Ach ja, habe ich das? Ich träumte, er stand auf einer großen Waldlichtung im Bergwald Brasiliens und rief nach mir. Entschuldige ..." Sadaiti legte seine Hand auf ihre noch vor Erregung bebende Brust, mit der anderen umfaßte er ihre heiße rechte Hand.

„Du brauchst dich nicht zu entschuldigen, meine, liebe alte Seele. Dies Glück, das ich dich wiederfand, nein, daß ich dich wiederfinden mußte! Aber mein Liebes, kannst du mir verzeihen? Damals hießest Du Yosiko Kandoh, du warst eine schöne Frau, das Idol aller Samurai-Krieger – und des mächtigen Shogun. Aber er war hart in seinen Urteilen und wir Richter – ja auch ich –

mußten Recht, sein Recht sprechen. Ich quälte mich viel mit meinem Urteil, wurde dann aber gezwungen, sofort zu handeln. Und trotzdem, es war zu spät für dich, meine Liebe."

„Du weißt sicher, Sadaiti, kurz bevor das Richtschwert auf den Block sauste, bat ich alle Menschen um Verzeihung und Vergebung, alle irregeleiteten Seelen. Dann aber, nachdem mein Kopf gefallen war, schaute ich schon von einer anderen Sphäre ziemlich abgeklärt neugierig auf die Richtstatt, die gaffende, sensationshungrige Menge, sie wollte meinen Kopf sehen. Der Scharfrichter faßte ihn an meinem Haarschopf und hielt ihn hoch. Schreckliche Zustimmung und Begeisterung bei der Menge, ihre Gelüste waren gestillt, doch dann wichen die Menschen vor dem einherjagenden Boten zurück. Dieser überreichte den Aufsehern das Schreiben, senkte aber traurig sein Haupt.

Ich konnte auch den Shogun in seinem Palast erblikken. Er schleuderte seinen Lederhelm und sein Waffengehänge in den Saal, fiel auf die Knie und betete reuig zur großen Shintogöttin Amaterasu. Aber es war zu spät. Warum habe ich dich nicht sehen dürfen, sehen sollen, mein guter Richter, warum nicht?"

„Frage nicht, mein Engelswesen, laß uns auftauchen in die Dichte eines Paradieses, das wir uns in wenigen Stunden schufen."

Sadaiti spürte unter sich in Wonne den schönen Frauenkörper mit dem leicht gerundeten Leib, den schlanken Schenkeln und der bebenden Brust – dann versanken sie in die Tiefen des kosmischen Seins. Das Universum, der wachsende, riesige, azurblaue Raum mit den Myriaden von Sternen, den Milchstraßen ... Einssein mit den Sonnen und dem Licht. Was bedeutete Zeit? Stunden können Sekunden und ein Tag mag eine Ewigkeit sein. Hohe Geistwesen stellen uns vor manche Prüfungen, sie schenken aber auch Weisheit, Güte und unendliche Seligkeiten, Gaben, die aus den tiefen Gründen des Kosmos uns zugeeignet werden.

Die Sonne stand schon hoch am Himmel, als die sich wiedergefundenen Seelen vom Lager erhoben. Die Bedienerin hatte unten auf der Terrasse den Frühstückstisch liebevoll gedeckt, nach japanischer Sitte mit unendlich vielen Schälchen voller Kostbarkeiten. Der grüne Tee brodelte im Kessel und der Reis dampfte. Vor jedem Platz lag ein Büschel roter Kamelienblüten. Sadaiti umfaßte Nathalies Kopf und steckte die Blüten in das schwarze Haar. Der weiße Kimono, auch aus dem Fundus von Sadaitis Mutter, unterstrich ihre Schönheit und Grazie. Immer wieder tauchten die Augen des Seelenpaares tief ineinander, wenn Sadaiti mit den Stäbchen einen besonderen Leckerbissen seinem Gast in den Mund schob.

Nach dem Essen schlenderten beide Hand in Hand durch die Straßen mit den schönen Landhäusern zu einem berühmten Schrein. Nathalie konnte sich Sadaiti's Wunsch nicht verschließen, ein herrliches, blaues Seidenkleid der Mutter zu tragen, dazu hohe Korksandaletten. Er selbst war nur mit einer dunklen Hose und einem weißen Seidenhemd bekleidet. Überall erntete das schöne Paar wohlwollende Bewunderung.

Im Hauptbereich des Schreins hängte der Priester beiden weiße Schleifen um, auf die gute Prophezeiungen geschrieben waren, dann ließ er sein Kultgerät mit dem Papierstreifen über ihren Häuptern hin und hersausen. „Sie haben gehört, die Götter der Winde und des Himmels, sie sind Ihnen gnädig", rief er in seiner gemessenen Sprache aus und drückte beiden die Hände.

Unter blühenden Kirschenbäumen mit dem Gesumme Abertausender von Bienen und Hummeln, auf bunten Wiesen mit spielenden Kindern und an plätschernden Bächen mit bemoosten Steinen drang der Frühling in Herz und Hirn. Es war eine Dichte, daß man sie aufsaugen konnte.

Der Tag verlief zwischen Wachen und Träumen mit den vielen Genüssen, die das Leben spenden kann. Als es dunkel wurde, bat Nathalie um Rückkehr ins „Imperial Hotel". Keiner sprach ein Wort, als die Lichter der Straßen und die Farben der Verkehrsampeln vorbeitanzten. Nur ein tiefes Glücksgefühl wohnte in den Herzen. Beide wußten, daß sie sich wohl für immer trennen mußten, jedes Karma wollte seine Erfüllung haben.

„Sadaiti, bitte, ich möchte vor dem Hotel aussteigen. Wenn möglich, komme nicht in die Empfangshalle. Du kennst ja die Gründe. Sie spitzen alle die Ohren und haben jederzeit ihre versteckten Kameras bereit. Laß mich dich fest umarmen, meine wiedergefundene, liebe Seele. Wir werden uns vielleicht nicht wiedersehen, aber wir werden beieinander sein. Nichts wird uns trennen, wenn jeder von uns seinen Weg gehen wird."

Der großgewachsene Mann drückte ihr ein Paket in die Hand, „bitte, für dich, es ist der Kimono meiner Mutter, den du gestern abend wieder geweiht hast, meine Liebe." Sie wollte sich weigern, er aber bestand darauf, sie möge das Geschenk annehmen. „Meine Mutter schenkt es dir aus vollem Herzen."

Als Nathalie ihre Suite betrat, leuchteten von vielen Vasen her farbige Frühlingssträuße, rote Amaryllis und viele Orchideen. Die beigefügten Briefe würde sie später lesen. Nathalie hängte ihr Kostüm in den Schrank, warf sich den leichten Kimono über und schaute in den Spiegel: „Bist du es wirklich, Nathalie, bin ich wirklich?" Sie prüfte ihre großen, schönen Augen, ob noch das Flakkern darin vom heutigen Tag zu sehen sei, löste ihr Haar, schaute wieder ihr Antlitz kritisch an, um dann in den Räumen hin und her zu wandern. Dabei schüttelte sie oft ihren Kopf. „Nathalie", sagte sie zu sich selbst, „Nathalie, Nathalie, wie kam das nur – in drei Tagen sich zwei verschiedenen Männern zu schenken? Aber der erste war ja doch so etwas wie ein karitativer Fall, auch nicht fremd, sondern vertraut. Aber der zweite Mann, – mit meinem Karma eng verbunden, also auch nicht fremd. Unsere Seelen kannten sich seit damals, oh, ich erinnerte mich ganz plötzlich, – aber auch ihn, besser auf ihn hämmerte sein damaliges Karma ganz spontan ein. Armer Victor, lieber Victor!" Da lag auch ein Telex von ihm, sie möge nicht die Maschine versäumen, er habe sie lieber von Tag zu Tag, er brauche sie, er sehne sich nach ihrem Herzen und ihrer Seele.

Von Derek fand sie wieder einen handgeschriebenen

Brief per FAX vor. „Nathalie, wie war das Wochenende, ist der Hisato Kenyi seriös? Könnte man eventuell mit ihm auf dem Filmsektor zusammenarbeiten?"

Sie lächelte, dann streckte sie sich wohlig auf der Couch aus, trank noch einige Tassen des aromatischen grünen Tees, um dann müde ins Bett zu sinken. Auf ihrer Haut spürte sie noch den Körpergeruch des fremden, nun so vertrauten Mannes, es war ein köstlicher Nachgenuß. Sie sah das wissende Gesicht Sadaitis mit den gütigen Augen immer wieder vor sich, dann fiel die glückliche Seele in einen tiefen Schlaf, mit bunten und herrlichen Träumen angefüllt.

Nach dem Frühstück hatten sich das EROM-Team „Stützpunkt Tokio" sowie eine Directrice von „Ascott Ltd." eingefunden. „Wir möchten sagen, Madame Nathalie", begann Mitsuo Yoko das Gespräch, „daß Ihr morgiger Vortrag: „Stufen zum kreativen Tourismus des nächsten Jahrtausends" im Auditorium Maximum der Wirtschaftsschule stattfindet. Etwa eintausend Besucher werden erwartet, darunter mehrere Minister samt Gefolge unter Federführung des Ministers für Tourismus, sodann Touristenorganisationen des ganzen Landes,viel TV und Presse. Wir haben für jede von Ihnen und Mr. Victor eröffnete Station eine Serie von vorzüglichen Dias zusammengestellt."

Die Dame von „Ascott Ltd." meinte: „Und bei der Wichtigkeit dieses Vortrags bitten wir Sie, ein wenig exklusiv, ja extravagant gekleidet zu sein. Hier, bitte", sie öffnete dann einen großen Karton, „gestern abend von unserem – nein, von Ihrem Spezialschneider aus Hongkong per Express angeliefert."

Nathalie staunte. „Oh großer Buddha, wollt Ihr mich wieder einmal zur Tierbändigerin machen?" Die Dame aus London hob den aparten Hosenanzug vorsichtig aus dem Karton. „Raubtierdruck auf Seide, hellbeige der Grund, darauf Tigermuster in verschiedenen Brauntönen." Auch die anwesenden Männer staunten, das sei wahrhaftig für Tokios Society hinreißend.

In der Tat erregte Nathalie am nächsten Tag das größte Aufsehen, als sie zum Vortrag im zweiteiligen, sehr engen Anzug und schlichten, braunen Schuhen die Stufen zum Podium hinaufschritt. Schon jetzt brandete der Beifall auf. Die geübte Rednerin wußte bei ihrer Einführung geschickt zu argumentieren und zu den Bildern locker, aber eindrucksvoll zu sprechen. Auch die Diskussion war fesselnd. Alle Anwesenden, Fachleute und Laien, spürten, daß EROM hier Pionierarbeit leistete für einen ganz anderen, auf Attraktivität, Entspannung und aktive ökologische Verpflichtung ausgerichteten Tourismus. Hier hatte das nächste Jahrtausend in der Tat schon begonnen.

Nach dieser Großveranstaltung gab es einige Ruhetage, eine Lesung der lyrischen Werke Nathalies vor der japanisch-französischen Gesellschaft, dann hieß es Abschied nehmen von Hunderten von Freunden und Verehrern. „Sayonara, Sayonara, Nippon", rief die schöne PR-Dame von EROM, ich liebe euch, euer Land, ich werde sicher viele von Euch in unseren touristischen Zentren treffen, Sayonara."

Am Flugzeug stand Hisato Kenyi mit einem kleinen, kunstvoll verpackten Geschenk und einer roten Rose.

„Auf Wiedersehen Yosiko, Segen auf deinem Tun. Das kleine Geschenk stammt von Tomo Araki – von mir. Halte es in Ehren." Wie ein Blitzstrahl schossen diese Worte in ihr Herz, aber Natalie-Yosiko wußte Haltung zu bewahren in diesem hochoffiziellem Trubel.

Kaum daß sie sich in dem breiten Sessel eingerichtet hatte, öffnete Nathalie das Päckchen Hisatos –. Ein kleiner, aus Ebenholz geschnitzter Buddha kam zum Vorschein, dazu ein Zettel, „liebe Seele Motoko, durch Zufall kaufte ich diese Figur in einem kleinen Trödlerladen, weil sie mich stark anzog. Ich ließ sie im Nationalmuseum prüfen, sie stammt aus der Zeit zwischen 1610 bis 1640, also zur Regierungszeit des damaligen – unseren – Shoguns." Und dann noch ein Nachsatz: „Ich werde Dir oft bei Deiner EROM-Arbeit nahesein, auch im Regenwald und um Schutz bitten für Dich, Du, liebe alte Seele." Und dann noch ein kleines Zettelchen: „In ewiger Verbundenheit, Dein Tomo Araki."

„Was soll das nur werden?" sagte sie zu sich, war

dann aber auch erleichtert. „So ein geistiger Schutz ist doch auch gut; nur wird er sich auf eine andere Art äußern.“

Wiedersehen in Brasilien

Noch einmal drei Tage Entspannen auf Hawai als neutrale, unbekannte Touristin, dann in einem großen Luftsprung über Panama nach Bahia de Salvador. „Der erste Schritt auf brasilianischem Boden, was wird mir aufgetragen sein vom Schicksal?" Nachdenklich durchquerte die schöne Reisende den Zoll, dann sah sie schon Victor, sonnengebräunt und fröhlich umschloß er sie mit seinen vertrauten Armen. „Oh je, meine Liebe, ist die Zeit mir langgeworden, ohne dich. Nun wollen wir aber vorerst nicht mehr reisen, sondern in die Hände spucken und das originelle Projekt hier bearbeiten. Ich erzähle dir später, aber Nathalie, – du siehst richtig ängstlich aus. Geht es dir nicht gut?"

„Aber doch, der lange Flug gen Osten hat mich ziemlich ermüdet, ich brauche bald meine Ruhestatt."

„Liebste, du wirst staunen über das originelle, historische Hotel, ein altes Kloster mit viel Ambiente!"

Im Hotel machten Nathalie und Victor, sich an den Händen haltend, einen kurzen Rundgang. Dann zog sich Nathalie in ihr Zimmer zurück. Dem enttäuschten Victor gab sie einen Kuß. „Bis morgen zum Frühstück, lieber Victor, morgen bin ich ausgeschlafen. Versteh bitte." Die schwere Holztür schloß sich, dann hörte man das Knirschen des Schlüssels.

Der verletzte Victor begab sich in die Bar, um sein Gleichgewicht wiederzufinden. „Was ist mit ihr?" sinnierte er, „sie ist mir etwas fremd geworden." Am nächsten Morgen strahlte die Sonne wie immer vom tropischen Himmel, und auch Nathalie strahlte. Sie trug ein sehr kurzes, weißes Sommerkleid, das ihre schönen bronzefarbenen Beine und die schlanken Arme kontrastreich hervortreten ließ.

„Entschuldige, mein Guter, es tat mir leid, daß du auf mich gestern lange warten mußtest, dann auch ..." – dabei ergriff sie seine Hände und blickte durchdringend in die grünblauen Augen Victors – „wegen gestern abend, sei mir bitte nicht böse. Bei nächster

Gelegenheit werde ich dir viel berichten können."

Victor war gelöst und strahlte seine Partnerin an: „Oh, mein Liebstes – dies muß ich jetzt noch nach so vielen Wochen der Trennung sagen, ich bin glücklich. Aber nun guten Appetit, ich habe einen Hunger wie zehn dünne Indios", sagte er lachend. „Übrigens, liebe Nathalie, heute nachmittag kommt Enrique Valle, der leitende Mann unseres Objektes 'Esperanza' zu uns, begleitet von seinem Adlaten Juan Fides, einem Mestizen. Sie werden uns in alle Pläne und Unterlagen einweihen, beide arbeiten seit einem Jahr hier und hoffen, daß 'Esperanza' im Oktober starten kann."

Senor Enrique war ein sicher auftretender Mann, früher Major der brasilianischen Armee, während Juan, ein eher zurückhaltender Typ mit klugen Augen, beim Nachdenken herrliche Falten auf seiner Stirn hervorbrachte. In dieser Rassenmischung hatte sich das Indianische stärker durchgesetzt. Victor konnte einen kleinen Clubraum im Hotel reservieren, wo die EROM-Gruppe ungestört reden konnte. Aber auch hier hatten die Wände Ohren, die Konkurrenz und vor allem die Medien spekulierten schon über dieses Projekt. Victor war aufgefallen, daß eine rasante Mulattin bei einem Gespräch an der Hausbar sich bemühte, ihn äußerst charmant auszufragen. Wenn die Zeit reif sei, würde EROM wieder mit Knalleffekt beginnen, mit „Ihrer beider Hilfe", rief Senor Enrique.

Zwei Karten hingen an der Wand, die eine stellte großmaßstäblich den Nordosten von Brasilien dar, die andere das Objekt 'Esperanza'. „Madame Nathalie, Senor Victor, hier oben sehen Sie den Grenzbereich Brasilien-Guayana, eingezeichnet ist das inzwischen erworbene Gelände auf dem Boden von Guayana, das andere sehr große Gebiet, etwa 2.500 qkm umfassend, ist – laut Vertrag mit der brasilianischen Regierung – auf 99 Jahre gepachtet. Hier wohnen die Xanu, ein Indianerstamm von noch nicht ganz erforschter Vergangenheit. Wir haben uns, dem brasilianischen Kulturminister gegenüber verpflichtet, für den Schutz, das heißt auch die „Nichtzivilisierung" dieses Stammes zu sorgen. Dafür verbürgt sich die Regierung, daß es an der Grenze dieses Gebietes weder Straßen geben wird, und daß weder prospektiert noch spekuliert wird durch sogenannte „Entwicklungspläne".

„Mein Gott, das scheint ja sehr interessant zu werden, nicht wahr, Victor?"

„Aber höre erst noch, was weiter geplant ist, liebe Nathalie, die Höhepunkte kommen noch." Nathalie wollte wissen, ob man mit den Xanu-Indios in Kontakt stehe und ob „die nicht mit vergifteten Pfeilen auf uns EROM-Leute schießen?"

„Madame Nathalie", antwortete Senor Enrique, „dies noch zu Ihrer Beruhigung. Durch einen jungen Xanu, der an der Universität von Guayana als einziger des Stammes Ethnologie studiert hat, sind wir in freundschaftlichem Kontakt. Das Stammesgebiet liegt im reinen tropischen Regenwald, 5.000 mm Niederschlag, ökologisch und biologisch eine Fundgrube. Es gibt einige Lichtungen, sonst nur Naturwald mit bis zu 60 m hohen Bäumen und vielen Gewässern, die in das Orinoco-Becken entwässern. Die Xanu zählen heute noch rund 500 Köpfe. Über das touristische Programm, das sehr diffizil sei, werde man vor Ort sprechen. „Hier auf der Karte, übrigens mit der Ihnen von Rapa Nui her bekannten japanischen Landschaftsarchitektin Yasouku Sou, und in Arbeitsgemeinschaft mit guten Architekten aus Pernambuco wurde der Lageplan entwickelt. Das Gebiet liegt am Übergang vom Regenwald zum tropischen Bergwald. Ein kleiner Bach durchfließt das Gelände, wird zu einem Teich gestaut, wobei etwa 500 m unterhalb ein kleines Wasserkraftwerk arbeiten soll, das aber nur als Reserve. Dort, im östlichen Bereich des Geländes, befindet sich eine große Gruppe von Rundbungalows für jeweils zwei Parteien und darunter, südlich, ein Experiment, das weltweit wohl noch nicht existiert: eine Baumsiedlung zwischen den Baumriesen, Höhe zwischen 20 und 50 m, in Gruppen oder Ketten gebaut, miteinander durch Laufstege verbunden. Alles eine unmittelbare Integration in diese wohl einmalige Vegetationsform. Selbst sich wie ein Stück Natur fühlen; unter und zwischen Palmen, Teakbäumen, Mahagonistämmen, und großen Gummibäumen, also Urwaldriesen leben."

„Aber die Tiere?" wollte Victor wissen, „da gibt es doch allerlei giftiges Zeug, wie ist der Grad der Gefährlichkeit?"

„Dafür ist gesorgt", warf der Xanu Iran ein, „glauben Sie mir. Aber heute sollten wir nicht ins Detail gehen, das tun wir besser vor Ort." Nun sprach Enrique: „Liebes EROM-Paar, ich darf das wohl sagen, lassen Sie mich mit meiner Einführung fortfahren. Inmitten der Baumsiedlung gibt es einen Beobachtungsturm auf 60 m Höhe. Ein herrlicher Blick über die Wipfel des Regenwaldes und dessen aufregendes Tierleben. Doch nun zurück zur Erde. Hier, oberhalb des Teiches befindet sich ein großes Rund als Gemeinschaftshaus, die Eingeborenen nennen das 'Yano'. Natürlich ist dies Gebäude in heimischer Bauweise aus Holz und Flechtwerk errichtet."

„Und der runde Kreis zwischen Teich und 'Yano', was bedeutet das?" wollte Nathalie wissen. Enrique zeigte ein breites Lachen, wobei seine schneeweißen Zähne blitzten: „Madame, das kann ich Ihnen jetzt noch nicht sagen, lassen Sie uns doch noch eine kleine Überraschung für Sie beide übrig. Jedenfalls ist das der Mittelpunkt des Gemeinschaftsplatzes. Folgen Sie mir bitte weiter: oberhalb der Gruppen der Rundbungalows gibt's noch eine Öffnung in diesen tropischen Bergwald – übrigens Höhe über NN etwa 800 m – es herrscht ein relativ gesundes Klima – da stehen weitere Gruppen von kleinen Häusern, das sind Arztwohnungen, eventuell mit Hilfspersonal."

„Wie denn, Senor?" warf Nathalie ein, „soll hier eine Klinik entstehen, so eine Art Tropensanatorium?"

Wieder zeigte Enrique sein breites Lachen: „Nein, nein, hier werden ein oder zwei brasilianische Ärzte arbeiten, nicht konservativ wie üblich, sondern geistig, mit Hilfe von Geistwesen. Sie haben ein Arbeitsverbot in Brasilien von der dortigen Standesorganisation der Ärzte bekommen."

„Und warum?" wollte Victor wissen. „Nun, ja, nun also, weil sie kein Honorar für ihre Operationen nehmen, die mit Hilfe geistiger Betreuer durchgeführt werden."

„Aha, ich verstehe, daher ist das Objekt nicht auf brasilianischem Territorium."

Enrique nickte, ja, so sei es. – „Aber weiter zum Plan. Am rechten Kartenrand sehen Sie einen mit 'AP' bezeichneten Pfeil, hier geht es zu einem kleinen Flughafen mit einer Piste, allerdings nur für kleine Propellerflugzeuge, bis zu 24 Fluggästen. Und hier, genau gegenüber, zum linken Kartenrand hin befindet sich eine größere Lichtung, das ist unser 'biologischer' Acker, unsere Gärtnerei. Hier wird alles angebaut, was das Herz begehrt, alle tropischen Früchte, alle wichtigen Gemüse und Salate, Grundlage ist eine konsequente Kompostwirtschaft, in diesem humiden Klima vorzüglich durchzuführen. Milder Kuhdung und solcher aus Taubenhäusern sorgen für den organischen Grundstoff, der für die Kompostierung nötig ist. Dies ist sozusagen ein landwirtschaftliches Modell für Guayana, aber auch für die Indios. Bisher wird nur Raubbau betrieben, Stück für Stück wird der Wald abgebrannt, bepflanzt mit Maniok, Bananen usw. Den Pflanzen werden keinerlei Nährstoffe zugeführt und man zehrt von der Asche. Nach spätestens fünf Jahren geht der Ertrag zurück, es lohnt sich nicht mehr. Dann wird das nächste Stück herrlichen Regenwaldes abgeholzt und niedergebrannt, – und so weiter, eine verhängnisvolle Kette. Wir werden hier zeigen, wo die Zukunft in der Bodenbewirtschaftung liegt."

Nathalie und Victor waren beeindruckt. Aber eine Fülle von Fragen wären zu stellen. Wie es mit der Energieversorgung sei?

„Oh, auch hier gehen wir neue Wege, die uns ins nächste Jahrtausend weisen. Grundlage ist die Photovoltaik. Wir haben uns eines Pioniers auf diesem Gebiet versichert, des deutschen Diplom-Ingenieurs Harald Wersich von einer technischen Universität. Die Methode ist schon weit vorangekommen, das Licht wird unmittelbar über entsprechende Plattenaggregate in Strom verwandelt und dann gespeichert. So sind wir unabhängig, können kochen, beleuchten, kühlen. Wir können unsere Elektrofahrzeuge hier in der Anlage mit Strom versorgen."

„Also, das find' ich wunderbar", rief Nathalie begeistert aus, „das 'New Age' hat längst begonnen!"

Noch eines wollte Victor wissen, dann sei es genug der Fragen. Man müsse ja wohl doch auch entsorgen, gehe das alles „den Bach herunter?"

„Nein, keineswegs, Senor Victor, die Methode der biologischen Reinigung, nämlich das Durchfließen des Abwassers zwischen verschiedenen Pflanzenbeständen wie Binsen und anderen Wasserpflanzen wirkt sehr schnell, – in Verbindung mit den geeigneten Bakterienstämmen. Aber ich glaube, das genügt zunächst einmal. Wir meinen, Sie sollten sich in diesem schönen Hotel ausruhen und die zauberhafte alte Hauptstadt des „Königreiches Brasilien" genießen. Es lohnt, Senor Victor hat bereits Feuer gefangen, wie ich höre. Und Sie, Senora Nathalie, sind aufgeschlossen für das Schöne, ich weiß das. Genießen Sie beide die große Atmosphäre dieser alten Stadt. In einer Woche werden wir vor Ort in der 'Esperanza' erwartet."

Bei einem Espresso sprachen sie über das Objekt, ihre neue Wirkungsstätte. Er, Victor, habe in diesen Tagen – schließlich sei er schon eine Woche hier in Bahia – manches erfahren, aber diese Informationen von Enrique seien auch für ihn neu gewesen. Es scheine sie beide das gleiche Fieber zu erfassen wie vor der Arbeit in den anderen EROM-Attraktivitätsräumen, antwortete Nathalie. Das Kind „Esperanza" sei zwar geboren, aber nun müßten sie beide wohl zur Beseelung beitragen. Victor schaute die Partnerin mit bewundernden Blicken an, ja so sei sie, immer vorn, wenn es um das Aufspüren und Umsetzen von kreativen Ideen gehe.

„Nathalie, ich möchte heute abend mit dir durch die romantische Altstadt zum Hafen bummeln und in einem der traditionellen Lokale zu Abend essen, am liebsten frischen Fisch, dazu einen guten Rotwein, wie denkst du darüber?"

„Ja, Victor, ich komme gern mit, aber laß mich noch eine Stunde ruhen." Während sie ausgestreckt auf ihrem Bett lag, kamen die Tage von Tokio wieder in Nathalies Hirn, fordernd, nichts zu vergessen. Aber spürte sie nicht doch die zuverlässige und zuversichtgebende Ausstrahlung Victors? Doch, und sie werde sich ihm irgendwann einmal anvertrauen. Dann überlegte Nathalie, mit welcher Kleidung sie ihm heute abend eine Freude machen könnte. Vielleicht ein bißchen verrückt, hier in Bahia, aber sie wollte den seidenen Hosenanzug mit dem Tierdruck anziehen.

Als sie wie ein langbeiniger Chitta in die Halle trat, stockte Victor fast der Atem. Oh, ihr Götter, welche Frau, Victor, kannst du dein Glück schätzen? Und er eilte auf sie zu und schloß die strahlende Nathalie in seine Arme. Viele Augenpaare folgten dem schönen Paar, als sie sich an den Händen haltend, hinausschritten durch die romantische, aber vom langsamen Verfall bedrohte Altstadt, dann hinunter zum Hafen.

In der historischen Gaststätte „Pedro" kehrten sie ein, empfangen von den Zurufen entzückter Männer und Frauen. „Senora bella, exotica", riefen die Weinseligen ihr fröhlich entgegen, Bewunderung überall. Der junge Wirt räumte die schönste Ecke für das aus dem Rahmen fallende Paar. Er setzte die ganzen Burschen und Mädchen an andere Tische. Sie ließen es ohne Schimpf geschehen, für diese schöne Frau und den interessanten Mann. Plötzlich rief einer, das seien doch Nathalie und Victor, die Delphin-Reiter und die Helden der Isla de Pascua! Großes Hallo, zwei Apéritifs wurden ihnen zugeschoben, dann nochmals die gleiche alkoholische „Ladung". Einen Schluck auf dieses glückliche Zusammentreffen müsse man doch jetzt gemeinsam trinken. „... sie leben hoch!" Großer Beifall. Aus der Menge der Gäste löste sich ein Gitarrenspieler, setzte sich auf eine Ecke ihres Tisches und trug einige traurige Weisen vor, aus denen die alte portugiesische Tradition der Fados herauszuhören war. Dann schaute er Nathalie fest in die Augen und sang das alte Seemannslied:

„Wenn du deinen Mann liebhast
warum kommst du dann in meine Nähe
und wiegst dich in den Hüften...?"

Nathalie schossen die Tränen in die Augen, dann bettete sie den Kopf an Victors Brust. „Aber das mache ich doch gar nicht, ich suche keine fremden Männer, das will ich doch nicht ..." Victor schaute ein wenig ratlos drein. Dann sagte er: „Laß uns in ein anderes Lokal gehen, diese Gafferei gefällt mir nicht." Der verletzte Gitarrenspieler bekam ein großzügiges Trinkgeld und dem hilflos dreinblickenden Wirt sagte er nur, man müsse heimgehen, die Senora fühle sich nicht wohl. Sie fanden in guter Entfernung ein altes Fischlokal, ließen sich die großen Langusten gut schmecken und tranken dazu feurigen roten Wein, der Herz und Sinne öffnete.

„Was war denn, als der Gitarrenspieler dies alte Seemannslied, und ich glaube nur für dich – sang? Ich war ganz erschrocken!" Wieder wurden Nathalies Augen feucht, dann lehnte sie ihren Kopf an seine Schulter, trank hastig ihr Glas leer und begann zu sprechen. Sie schilderte die Situation, in welche sie durch den verzweifelten Derek Lovejoy geraten war, sie verschwieg auch nicht das sie erschütternde innere Erleben ihres Karmas vor 350 Jahren und die Rolle, welche der damalige Richter Tomo Araki gespielt hatte. Auch rang Nathalie sich durch, über die Besiegelung der Seelenbrüderschaft in dem Haus über der Stadt Kamakura zu sprechen.

„So, mein Liebster, nun bin ich alles los, was mich beschwert hat, ich konnte es einfach nicht allein tragen."

Ihre Augen schauten fragend in die seinen, er aber drückte sie an sich. „Du hast getan, was du tun mußtest, ich versuche, dich zu verstehen, auch du bist mir damals auf Rapa Nui mit viel Würde begegnet. Aber laß uns jetzt zum Hotel zurückgehen, ich möchte dir jede Faser meines Herzens öffnen und mich nach diesem erschütternden Bekenntnis dir ganz schenken. Der Strom meiner reifer gewordenen Seele soll mit dem deinen vereint sein, für immer, mein guter Engel. Wie sagte doch deine siamesische Großmutter aus Haiphong: „Was geschehen soll, muß geschehen."

Eine Woche der tiefen Entspannung, Baden, Surfen, Segeln, Verzaubertsein durch die Gaben der Musen, Meditation in den schönen Kathedralen von Bahia de Salvador und Umgang mit einfachen Menschen, mit Künstlern, Gauklern, Magiern und Kindern.

Zwei Tage später flogen Nathalie und Victor zusammen mit Enrique und Juan in die Tropenstadt Manaos am Amazonas, stundenlang über das grüne „Meer" des tropischen Regenwaldes mit seinem verzweigten System von Wasseradern. „Jeder dritte Baum der Welt wächst hier", erläuterte Enrique und Juan, der Xanu, fügte hinzu: „*Noch,* Senora und Senor, *noch* wächst jeder dritte Baum hier, aber ..."

Von Manaos führte der Flug nach Georgetown in Guayana, von hier brachte eine kleine Propellermaschine die Gruppe zum Feldflughafen der Experimentier- und Touristenstation „Esperanza".

ESPERANZA – In der Aura des Bergkristalls

Eine neue, ungeahnte Welt voller Überraschungen. Tropischer Bergwald bedeckte die ringsum aufsteigenden Hänge, Temperatur und Feuchtigkeit waren in dieser Jahreszeit ungewöhnlich hoch. „Gut durchatmen, meine Damen und Herren", sagte lachend Enrique, „bald haben Sie sich akklimatisiert." In dem großen Rundbau, dem 'Yano', war das übrige Team zur Überwachung und Ausführung dieses EROM-Projektes versammelt.

Da war auch das fröhliche Gesicht der japanischen Landschaftsarchitektin Yasouku Sou. Sie verbeugte sich tief: „Herzlich willkommen im Urwald", sagte sie mit ihrer zarten Stimme.

„Wie schön, Yasouku, dich wiederzusehen, laß dich umarmen", rief Nathalie. Auch Victor drückte sie an seine Brust.

„Darf ich weiter vorstellen? Der große Herr ist José Fernandez, Architekt, sein Mitarbeiter zur Rechten Chyo Ouru." Der Mulatte und der Mestize verbeugten sich.

„Und nun, Senora Nathalie und Senor Victor, stelle ich Ihnen *den* Mann vor, von dem sozusagen unsere ganze Energie, philosophisch und technisch gemeint, abhängt, das ist der Diplomingenieur Harald Wersich. Wir entdeckten diesen Spezialisten der Photovoltaik in einer Universität in Deutschland und wir engagierten ihn, hier alles bis zur Einweihung Ende Oktober einzurichten."

Harald Wersich verbeugte sich in seiner bescheidenen Art kurz. „Auch ich freue mich, die beiden Stars von EROM kennenzulernen."

„Aber bitte", warf Nathalie ein, „bitte nicht 'Star', wir sind wie Sie auch Mitarbeiter im EROM-Team."

„Nun zu Ihrem Quartier. Ich möchte, daß Sie beide zunächst Ihre Erfahrungen im „Baumwohnen" machen", sagte Enrique schmunzelnd. „Wir haben ein Doppelappartement in etwa 30 m Höhe für Sie reserviert. Dort sollen Sie etwa vier Wochen wohnen, dann möchten wir Ihnen einen der Rundbungalows anbieten, aber machen Sie zunächst Ihre Erfahrungen mit Baumriesen und Lianen, mit dem krächzenden Geschrei der Kakadus und Brüllaffen und der harten Töne des Glokkenvogels. Sie sind da mittendrin, Sie werden zu einem Teil der Natur – und dieses Erleben 'life' wollen wir ja auch unseren Touristen vermitteln."

„Dreißig Meter hoch", fragte Victor, „viel Kletterei am Tag. Halten das die Touristen durch?"

„Nein, Senor, das ginge natürlich nicht, aber bis in Ihre Baumetage fährt ein leichter Lift hoch, von dort werden sich die Gäste verteilen, 10 m höher und 10 m tiefer auf Holztreppen, zwischen Lianen."

„Wie denn", fragte Nathalie erstaunt, „im Urwald ein Lift?"

Der deutsche Ingenieur antwortete lächelnd: „Jawohl, wir haben schon so viel Strom, daß dieser kleine Fahrstuhl bedient werden kann."

„Noch eine Frage, Senor Enrique, kann man denn das Schwanken in den Baumhütten bei Sturm aushalten?" wollte Victor wissen. „Sie werden nicht schwanken", war die Antwort, „die Hütten haben ihre eigene Abstützung nach unten oder sind an starken Stahlseilen aufgehängt. Seien Sie unbesorgt."

Es gab anschließend ein gutes Essen, bestehend aus verschiedenen köstlichen Salaten und Gemüsen aus der biologisch geführten Gärtnerei sowie Fisch aus dem eigenen Teich, dazu wohlschmeckende Früchte: Papaya, Ananas, Khaki, Bananen, Maracuya, und was das Herz sonst begehrte. Ein guter Kaffee und ein Glas Maracuya-Saft wurden zum Schluß serviert.

„Nun darf ich die beiden Gäste bitten, mir zu Ihrer „Laubhütte" zu folgen, Ihr Gepäck ist schon dort."

Als sie etwa 30 Meter in Richtung des vor ihnen dunkel und riesenhaft aufstrebenden Waldes geschritten waren, hielt Nathalie plötzlich inne. „Victor, siehst du vor uns das Helle, wie ein Obelisk herausragende Etwas? Mein Gott, was ist mir, ich bin wie elektrisiert, aufgeladen mit einer wunderbaren Energie."

„Kommen Sie doch näher und staunen Sie", ermunterte Enrique, „gehen Sie ruhig näher."

„Das ist ja ein klares, durchscheinendes Gebilde, ein Kristall! Victor, faß meine Hand, spürst Du die Emanation?" Victor bejahte, oh ja, es vibriere durch seinen Körper, dank Nathalies Antenne natürlich. Dann sahen sie in einem leicht vertieften, kreisrunden Platz den riesigen Bergkristall stehen. „Enrique, was bereiten Sie da für eine Überraschung vor? Noch nie sah ich solch einen herrlichen Kristall, so klar, so gewaltig, das ist ja ein großartiger Meditationsplatz!"

„Ja", lachte Enrique, „wir wußten schon, dies wird Ihr Platz. Übrigens, er wurde ganz in der Nähe in einer Felsspalte aus Granit entdeckt. Die Höhe beträgt genau 2,73 m, im Wert fast unbezahlbar. Das schönste Stück, welches je in Südamerika gefunden wurde."

„Er stammt also noch aus diesem Fleck von Guayana?" wollte Victor wissen. Ja, so sei es, aber es habe viel Mühe und einiges an „Devisen" gekostet, um die Regierung um die Überlassung dieses einzigartigen Exemplares zu bitten. Schließlich hatte sie aber an den kommenden, hochkarätigen Tourismus für ihr Land gedacht und ihn mit dieser Überlegung EROM überlassen. Nathalie hatte ihre geöffneten Hände wie eine Antenne weit ausgestreckt. Das sei eine große Kraftquelle, dies werde, nein, das *sei* die geistige Mitte von „Esperanza". Hoffnung, ja, der Bergkristall strahle Hoffnung, kosmologische Kräfte und Einsichten aus, er stehe gleichsam als Symbol für das neue Zeitalter des Wassermanns.

Weiter zum Quartier, am Gewässer vorbei, auf einem Waldweg zwischen Sträuchern und Baumriesen zum Fahrstuhl, eine leichte Konstruktion für zwei Personen, nur durch Holzstäbe geschützt, durch welche man den ersten Eindruck vom stufenartigen Aufbau des Regenwaldes bekam. Eine Plattform, dann ein breiter, gesicherter Laufsteg.

Enrique kam als nächster mit dem Lift, dann sagte er: „So, bitte nach rechts, dort liegt schon Ihr vorläufiges Domizil, namens „Jacaranda". Jedes Haus dieser Baumsiedlung trägt nämlich den Namen einer hier heimischen Pflanze." Neugierig blickte unser EROM-Paar sich um. Alles war sehr natürlich gebaut, Holz im großen Stil verwendet.

„'Jacaranda II' liegt nebenan, es ist Ihre Unterkunft, Madame Nathalie. Sollten Sie gemeinsam arbeiten wollen, so liegt zwischen beiden Wohneinheiten ein gemütlicher Raum. Öffnen Sie doch die Tür am Ende des Schlaftraktes."

Ja, wirklich gut eingerichtet! Vor dem Fenster saß eine junge, bildschöne Mulattin.

„Das ist Julia, Ihre Bedienung. Sie wird Ihnen Ihre Wünsche von den Augen ablesen. Das Frühstück nehmen Sie hier ein, Mittag- und Abendessen werden im 'Yano' serviert, heute so gegen 19 Uhr. Und nun gute Ruhe. Ach, noch eines: Ich empfehle Ihnen, beim Abstieg die Treppe zu benutzen. Dort sind mehrere Beobachtungsstände eingebaut, von wo aus es immer Interessantes zu sehen gibt, wenn es nicht gerade in Strömen gießt. Das kommt, wie Sie wissen, öfter vor, aber Regenmantel und Schirme sind vorhanden. Buenos tardes!"

Julia schaute noch ein wenig scheu drein. „Wann ich soll Tee machen, wie immer 16 Uhr so?" Ja, ja, das sei gut, einverstanden. Dann verabschiedete sie sich lautlos.

„Endlich daheim", rief Nathalie, „endlich!"

„Wie meinst du das, Nathalie, 'daheim'?"

Nathalie schaute nachdenklich drein und meinte, sie habe so ein unbestimmtes Gefühl, daß man hier länger als sonst bleiben werde. Aber nun möge Victor sie in ihre Gemächer geleiten. Alles war spiegelbildlich gebaut, Dusche und Toilette zwar klein, aber zweckmäßig eingerichtet.

Als Nathalie ihren Kleiderschrank öffnete, lachte sie laut auf. „Schau doch Victor, ganz leer! Meine Damen und Herren von 'Ascott Ltd.', habt ihr so nachgelassen? Oder seid Ihr noch am Entwerfen für die Waldmenschen?"

„Na, da gibt es doch nicht viel Design, wir werden uns wie die Xanus kleiden, oben nichts und unten einen Minischurz", scherzte Victor.

„Abwarten, was noch kommt, das wird sicher ein Modeheft von 'Esperanza', das kommt bestimmt. Und nun gute Ruhe, meine geliebte Waldläuferin..."

Oh ihr „Geister des Amazonas", dachte Victor, „wie sollen wir mit diesem Krach leben? Überall Knistern, Rascheln und dann freche Schreie dazwischen, Papageien und sicher die aufdringlichen Brüllaffen. Aber nachts werden die wohl Ruhe halten."

Der Tee wurde pünktlich in der kleinen Kochnische neben dem Eingang gebrüht und stand bereit, dazu gab es etwas Gebäck und Mangofrüchte. „Appetito, gute viele", rief Julia, die ein kurzes, leuchtend rotes Kleid trug, „Buenas tardes."

Nach dem Abendessen im Gemeinschaftsraum bat Senor Enrique die Ankömmlinge in seinen Bungalow. Er hatte auch die beiden „Leute vom Bau" sowie den Ingenieur Harald Wersich zu sich gebeten. „Ich nehme an, Madame und Senor, Sie haben eine Fülle von Fragen zu Ihrer weiteren Orientierung. Was das Programm für die Touristen betrifft, so haben wir gewisse Vorstellungen, aber Ihre großen Erfahrungen werden uns wichtig sein."

Nathalie fragte, was man eigentlich beim Aufstellen des herrlichen Bergkristalls im Hinblick auf die Gäste gedacht habe? Ehrlich gesagt, ziemlich wenig, meinte Enrique. Der Präsident Lovejoy sei aber vor etwa sechs Wochen hier gewesen und habe von dem Fund im nahen Granitsteinbruch gehört. „Kaufen, auf jeden Fall kaufen und hierherbringen", ordnete er an. Die Nathalie werde begeistert sein, diesen einzigartigen Kristall in das Programm einzubauen. Nathalie lächelte, aber sicher, sie habe schon einige Ideen.Und dann möchte sie etwas über das kleine „Gesundheitszentrum" wissen das hier geplant sei; so könne man das wohl bezeichnen.

„Senora Nathalie, auch hier hat der Präsident Lovejoy die Anregung gegeben. Er erzählte mir von dem großen Erlebnis, das Sie alle mit dem Schamanen, dem Heiler in Tansania gehabt haben. Wir hörten dann von dem bedrängten Arzt aus Recife, der mit seiner unkonventionellen Heilweise große Erfolge aufweist. Wir nahmen mit ihm Kontakt auf, er sagte zu, ab vier Wochen vor der Eröffnung dieses 'Esperanza'-Modells hier zu arbeiten. Dazu wird dann noch ein junger Mediziner aus Deutschland kommen, der sich der Naturheilkunde widmet. Er will gemeinsam mit einem Pharmazeuten hier arbeiten, weil er von den reichen Vorkommen bisher nicht bekannter oder verwendeter Heilpflanzen des Amazonas gehört hat und sehr begeistert ist."

„Na, also doch eine Art 'Gesundheitszentrum'," meinte Victor.

„Aber hören Sie weiter, was wir noch betreiben. Bei den Xanus soll ein Heiler leben, der in Zusammenarbeit mit Geistern des Waldes und des Wassers seine Kranken gesund macht. Ich glaube nicht, daß wir mittels unseres vertrauten Xanu ihn hierher bringen können, aber auch die Fernheilung ist zu erwägen. Übrigens, Senora Nathalie und Senor Victor, in drei Tagen möchte ich mit Ihnen beiden und in Begleitung unseres vertrauten Xanu Xerxes den Stamm besuchen. Dazu wird die kleine Sportmaschine bestellt, auch ich war erst einmal dort bei den Indios, etwas schwierig, dort das Mißtrauen abzubauen."

„Nun habe ich aber noch viele Fragen an den Ingenieur Wersich zu stellen, – darf ich das?" fragte Victor. Für ihn sei die Energiegewinnung hier einfach ein Wunder, – ohne von einer Hochspannungsleitung Strom anzuzapfen oder ihn einem Generator zu entnehmen. Wie arbeitet denn die Photovoltaik, wo sind denn die Elemente dafür zu finden? Alles sei so lautlos, einfach ein Rätsel. „Bitte erklären Sie uns das doch so, daß man als ein Laie diese Dinge begreifen kann."

Der deutsche Ingenieur wolle sich Mühe geben, sich kurz zu fassen und doch so einfach , daß auch ein Nichtfachmann mitkäme. Also Licht, das seien elektronische Wellen oder auch Energie. Der große deutsche Physiker Planck habe aber festgestellt, daß Licht sich in sogenannten Quanten äußere und diese hätten je nach Farbe eine unterschiedliche Energie." Sie treffen auf die Hüllen der Atome. Es gibt aber auch zur Erklärung das sogenannte Bänder-Modell: die Elektronen sind in verschiedenen Bändern angeordnet und das Licht, das in Quanten kommt, bringt eben eine Unordnung in diese Bänder. Doch jede Unordnung strebt wieder zur Ordnung. Durch diese Störung entsteht elektrischer Strom, der nun gespeichert wird."

Nathalie staunte: „Für mich ist das immer noch ein Buch mit sieben Siegeln, aber offenbar haben die Fachleute diese Siegel jetzt geöffnet und wir sehen alle den Erfolg. Gratulation, Herr Ingenieur!" Victor wollte wissen, wo denn wohl die Elemente mit den Kristallplättchen angebracht seien, er habe noch gar nichts gesehen. „Als Sie von der Flughafenpiste kamen, gingen Sie doch durch ein Empfangstor, nicht wahr? Nun, dieses Tor trägt nicht allein das Emblem von EROM, es ist außerdem gespickt mit solchen Wundertafeln. Und dann sind auf viele Dächer unserer Bungalows solche Elementteile eingebaut. Kristalle, meine Dame, meine Herren, sind heute in unserer modernen Technik nicht mehr wegzudenken. Ihre Quarzuhr läuft z. B. zuverlässig, Computer, Radio, Fernsehen, alles, was der komplexen Kommunikation dient, fußt auf den Kristallen. Erst ihre Hochfrequenz-Schwingungsrate hat unsere moderne Welt ermöglicht. Übrigens sagen wir Fachleute, der Kristall oszilliert mit positiven und negativen Energiefeldern. Aber, um Schluß mit diesen Erläuterungen zu machen: der erzeugte Strom muß in großen Akkumulatoren gesammelt, also gespeichert werden, damit er auch zur Verfügung steht, wenn es dunkel ist."

Der Bergkristall sei ja wohl die edelste Form aller Kristalle, mischte sich Nathalie in das Gespräch ein. In alten Kulturen und auch im christlichen Mittelalter galt er als ein kostbarer Edelstein. Manche Wissenschaftler sind davon überzeugt, daß man diesen Kristall in Zukunft zum Heilen oder auch für die außerplanetarische Verständigung mit den geistigen Wesen des Kosmos verwenden werde.

„Wir haben heute gespürt, verehrter Herr Harald, welche Strahlkraft der in der Mitte von 'Esperanza' stehende Bergkristall entwickelt hat. Ich empfand, wie ich in Sekundenschnelle aufgeladen wurde, und zwar mit großer Energie", sagte Nathalie. „Ich bin ganz sicher, daß wir seine Emanation in den Ablauf des Geschehens hier gut einbauen können. Ich jedenfalls bereite mich mit großer Freude darauf vor."

Als Nathalie und Victor wieder in ihrer „Laubhütte" waren, ging die Partnerin aufgeregt hin und her. „Victor, mein Herz und Kreislauf pulsieren heftig, wenn ich an die Möglichkeiten hier denke. Du mußt mich beruhigen, mein lieber Waldmensch."

Die nächsten zwei Tage galten der weiteren Information im Gelände. Man besichtigte eingehend die auf biologischer Basis betriebene Landwirtschaft und den Gartenbau. Auf dem Gemüseland war viermal im Jahr eine Ernte möglich, gut genährtes Vieh graste auf der Weide und ruhte unter den Schattendächern. Und dann war da die Fülle von frischem Obst, das ganze Jahr über. Paradiesisch sei das, rief Nathalie aus. „Aber auch nicht ohne Gefahren", antwortete der Gärtner Francisco. „Wir müssen einmal im Jahre mit einem Hurrican rechnen. Sie sind gottlob hier nicht so verheerend wie an der Küste, aber unseren Obstkulturen droht dann doch Gefahr. Wir haben daher eine Schutzpflanzung in quadratischer Form aufgebaut, Sie sehen die grünen Wände aus Tamarinden-Bäumen und anderen. In diesem Windschutz sind unsere Citrus-, Papaya- und Khaki-Bäume relativ gesichert. Dort rechts ist das Herz dieses Produktionsbetriebes", Francisco wies auf einige Haufen hin, an denen sich zwei Leute betätigten.

„Wieso", rief Victor, „diese Haufen?" „Unsere Kompostwirtschaft. Wir gewinnen da auch Biogas zum Kochen für unsere Landarbeiter-Siedlung."

Unsere EROM-Partner waren tief beeindruckt von dieser Besichtigung, dann kam aber eine weitere Überraschung. Die hübsche Landschaftsarchitektin Yasouku Sou führte sie zu einem ganz besonderen Garten, eine von ihr seit Jahren verfolgte Idee, das war ihr „Kolibri-Garten". Er lag zwischen der Gärtnerei und dem großen Platz des Bergkristalls, dicht umgeben von freigewachsenen Hecken. In der Mitte standen in geschickter Gruppierung einzelne Bäume, aber vorwiegend Sträucher. Yasouku Sou winkte zu einem besonderen Platz heran. „Da, sehen Sie, viele Arten dieser liebenswürdigen Vögel stehen fast still in der Luft, ihr langer Schnabel taucht dabei tief in die rote Hibiskusblüte ein. Sind sie nicht entzückend? Die Flügel des Kolibris schlagen neunzigmal in der Sekunde, eine Rotorleistung von unglaublicher Präzision. Und kommen Sie mit mir zu einem anderen Strauch. Ich zeige Ihnen etwas ganz Einmaliges."

„Oh, diese winzigen Tierchen", rief Nathalie begeistert, „schau Victor, die leuchtendrote Brust, so zart, so etwas habe ich noch nie gesehen." Yasouku nickte: „Das glaube ich Ihnen. Es ist ein Experiment, das gelungen ist. Dieser kleinste Vogel der Welt ist die Bienenelfe, winziger als mancher Schmetterling. Er stammt aus Kuba. Von der Schnabelspitze bis zum Schwanzende ist er genau 6,5 cm lang, sein Gewicht beträgt ganze zwei Gramm. Sie sehen, wie er sein Nest baut, das die Größe eines Fingerhutes hat. Die Eier sind winzig, etwa wie Erbsen. Von Kuba konnten wir uns ein Pärchen besorgen, haben es hier vermehrt, Bruthöhlen aufgehängt, nun ist die Bienenelfe bei uns heimisch geworden. Welch ein großes Glück für mich."

Nathalie schloß Yasouku in ihre Arme: „Meine Liebe, was du hier geschaffen hast, ist großartig. Du hast uns diese Tiere als eine Art Religionsunterweisung geschenkt." Auch Victor drückte sie an sich: „Und von nun an, liebe Yasouku Sou, sind wir verbrüdert." Sie lächelte: „Wohl auch verschwistert, nicht wahr?"

Der Flug zu den Xanus erschloß völlig neue Welten. Das leichte Propellerflugzeug faßte außer dem Piloten höchstens fünf Personen. Heute waren es aber nur drei, nämlich Nathalie, Victor und Enrique. Die flachen Hänge des tropischen Bergwaldes waren schnell außer Sicht, dann gab es nur noch ein unendlich grünes Meer. Der Regenwald des Amazonas war oft unterbrochen von mäandrierenden Wasserläufen, oft aufgestaut, wie das häufig bei urzeitlichen Gewässern geschieht. Dann, nach etwa vierzig Minuten kam die kleine Landepiste in Sicht. Haarscharf über die Wipfel der Baumkronen hinweg ging es steil nach unten auf die aus dem Wald geschnittene Lichtung.

Hoppelnd setzte die Maschine auf, dann kam schon der äußerst einfach gekleidete Vertraute herangelaufen: der Xanu Xerxes Bova – weiß Gott, wie er zu seinem klassischen Vornamen kam. Ein untersetzter Mann mit einem ausgeprägten Indiogesicht.

„Ich bin glücklich, Sie, Madame Nathalie und Senor Victor, kennenzulernen. Ihr Ruhm ist bis hierher, in den Urwald gedrungen, ja", sagte er höflich. „Und kommen Sie bitte gleich zum Flußufer, dort liegt der Einbaum mit zwei Bootsleuten bereit. Wir fahren natürlich mit einem kleinen Außenbordmotor, die Fahrt dauert etwa eine Stunde. Ich hoffe, daß wir die drei Stromschnellen heute gut überwinden können."

Wer denn die Landepiste gebaut habe, wollte Victor wissen.

Nun, eine Mission, eine amerikanische Sekte, wollte seinem Stamm ihre seelische Heilspredigt bringen, aber sie konnte keinen „Fuß auf die Erde" bringen, sagte er lachend und er, Xerxes, habe auch dazu beigetragen, das müsse er ehrlich sagen. „Sie werden sehen, daß es eine Schande wäre, meinen Leuten etwas aufzustülpen, was sie gar nicht wollen. Sie schätzen ihr Leben, wie sie es von den Ahnen gewohnt sind."

Die Stromschnellen waren kein Problem, dann legte man an. Drei Männer mit braun gemalten Mustern auf ihren Körpern, bewaffnet mit Pfeil und Bogen, kamen heran. Man begrüßte sich ehrerbietig, dann gab es ein längeres Palaver mit den Leuten, bis Xerxes den drei Gästen bedeutete; mitzukommen, der Häuptling erwarte sie. Er bewohnte die größte der runden Hütten, die von allen Seiten sorgfältig mit Laub abgedeckt waren. Ein würdiger Empfang folgte. Enrique gab dem Häuptling Geschenke: mehrere Größen von Angelhaken und Messer sowie eine kleine Harpune für den Fischfang. Die Frauen bekamen einige Perlenketten. Wie es dem weisen Tiago zustand, besaß er fünf Frauen. Die jüngste sei erst dreizehn Jahre, flüsterte Xerxes Nathalie ins Ohr. Der große Häuptling Tiago hielt eine kleine Ansprache, die Xerxes gleich übersetzte. Normalerweise lehne man jeden fremden Besuch ab, aber er wisse, mit welchen Absichten sie gekommen seien, und er sei auch dankbar, daß der große Häuptling von EROM ihre Stammesgrenzen für alle Zeit gesichert habe.

Für den Aufenthalt im Xanu-Dorf waren zwei Tage vorgesehen. Man hatte für das Paar Nathalie und Victor eine kleine Hütte geräumt, während Enrique mit Xerxes nächtigen sollte. Im übrigen, so wurde ihnen bedeutet, habe man die Freiheit, sich gerne im Dorf umzusehen.

Nach einem erholsamen Schlaf wanderten Nathalie und Victor durch die Siedlung. Das waren ja doch wirklich die Uranfänge der menschlichen Behausungen, auf das Notwendige, das Zweckmäßige zugeschnitten. Aus einer größeren Hütte drang das Stöhnen einer Frau, viele Geschlechtsgenossinnen hockten vor dem Eingang. Victor möge weitergehen, sagte Nathalie, sie wolle sich umsehen.

Schon winkten einige der hockenden Weiber die fremde Frau hinein und hießen sie, sich niederzusetzen. Es war dämmerig in der Hütte, aber allmählich gewöhnten sich die Augen Nathalies an das Halbdunkel, dann gewahrte sie die laut stöhnende, noch sehr junge Frau, die sich an einer etwa in Kopfhöhe quer verlaufenden Stange festhielt. Die Wehen wurden stärker, der junge Körper mit dem schwellenden Bauch krampfte sich zusammen und dabei zerrte die Hochschwangere an dem Pfosten. Es war rührend zu sehen, wie die drei Frauen, die vor der Gebärenden hockten, diese umsorgten. Eine wischte den Schweiß von Gesicht und Körper, die andere massierte den Leib der Schwangeren. Dabei sangen sie wohlige, rhythmische Töne, welche die Gebärende beruhigen sollten. Welch eine innige Zuwendung, welch in höchstem Maße selbstverständliche Menschlichkeit.

Ein letzter Schrei, dann trat das Kind aus dem Leib. Es purzelte regelrecht der alten Frau in die Hände. Die Gebärende wurde abgenabelt, dann auf eine Matte gelegt.

Das Kind legte man der jungen Mutter nebst Nachgeburt auf Brust und Leib.

Die ersten Schreie des Kindes, eines Jungen, waren kaum verklungen, da liefen die Beobachter in alle Richtungen des Dorfes. Bald waren viele Frauen und einige Männer versammelt, umtanzten das runde Haus und sangen ihre fremdartigen, sehr rhythmischen Lieder, dabei wie Entrückte tanzend und sich in den Lenden wiegend. Das war die Feier zur Geburt eines neuen Xanu, dem die Geister des Waldes und des Wassers einen gesunden Körper und viel Mut schenken möchten.

Aufgeregt, mit pulsierendem Herzen, war Nathalie Zeuge dieser Geburt geworden; welch ein großes Erleben, fast Teil eines kosmischen Geschehens. „Wo findet man solche menschliche Wärme und Würde, wo?" sinnierte Nathalie. Dann lief sie voller Glücksempfinden in ihre kleine Unterkunft und warf sich auf die Matte nieder. Victor war noch mit den Xanus unterwegs; er war nochmals zum Häuptling gebeten und ein wenig über Esperanza ausgefragt worden. Tiago schien befriedigt zu sein. Als kleines Gastgeschenk bitte er ihn, Victor, mit seiner schönen, jungen Frau schlafen zu dürfen. Victor wurde verlegen und schaute hilfesuchend zu Xerxes. Der aber stand ungerührt da und suchte den gekränkten Gastgeber zu besänftigen. „Großer Häuptling Tiago, weiser Vater, dein Gast Victor muß sich erst mit seinen Geistern auseinandersetzen, jene Wesen, welche eine Ehe, eine andauernde Verbindung von Mann und Frau überwachen. Er will heute nacht mit diesen Kräften sprechen. Nur in der Nacht ist das möglich. Morgen früh wird er dir auf deinen Wunsch Antwort geben." Häuptling Tiago schaute mißtraurisch drein, dann nickte er.

Xerxes Bova hatte noch eine heikle Mission. In einigen Monaten, so berichtete er Tiago, wenn die Flüsse abgeschwollen seien, kämen die ersten Reisenden aus der ganzen Welt nach 'Esperanza', um ihren Körper zu kräftigen und ihren Geist heller zu machen. Sie würden sich dann den Geistern der Xanus gern nähern, ob es gestattet sei, daß in Abständen immer einige dieser heilssuchenden Menschen einen kurzen Besuch bei ihnen machen dürften? Die Leute hätten von der Geisteskraft des Häuptlings Tiago und auch von den berühmten Sahamen Rovi gehört. Tiago antwortete, er werde morgen seinen Bescheid geben.

Als Nathalie und Victor sich am späten Nachmittag in ihrer Hütte trafen, berichtete jeder über seine Begegnungen und Überraschungen. Victor erzählte von dem verweigerten Gastgeschenk einer knackigen jungen Frau. Er habe sich gedrückt und glaube, dies hinter sich zu haben. Nathalie wiegte den Kopf hin und her. Naja, diese eine Weigerung habe sie erwartet, sagte sie lächelnd. Aber das dicke Ende komme wohl morgen. Ob das angebotene Geschenk wenigstens hübsch gewesen sei. Ja, sie habe schon wartend in der Hängematte gelegen. Soweit er sehen konnte, sei es ein noch sehr junges Mädchen gewesen mit allerdings, gab er lächelnd zu, guten Proportionen.

„Und du, Nathalie, warst du die ganze Zeit bei der Gebärenden?"

Nathalie berichtete, wie sie diese naturhafte, zutiefst humane Niederkunft berührt habe, es sei eines der stärksten Erlebnisse der letzten Jahre gewesen.

Am Abend wurden die Gäste zum Festschmaus gebeten. Ein großer Ameisenbär war erlegt worden und röstete über dem Feuer, zusammen mit Knollen der Maniok-Pflanze. Dann teilte Tiago aus: das schönste Stück war für ihn selbst, dann waren die Gäste an der Reihe, sodann seine fünf Frauen und deren Söhne, sofern sie noch in der Familie lebten. Erst danach kamen die anderen Freunde dran, in strenger Rangordnung. Es wurde eine große Schale mit einem gegorenen Getränk gereicht, Xerxes sagte, es sei aus der Sago-Palme gewonnen. Mutig nahmen die drei fremden Gäste einen Schluck, verfolgt von den neugierigen Blicken der mit Federn geschmückten Männer und Frauen. Viele hatten sich Blütenzweige durch die Ohrläppchen gezogen.

Die Nacht war schwül und heiß. Hinzu kamen Myriaden von blutdürstigen Mücken, die Gäste litten sehr.

Zum Morgenimbiß war man wieder bei dem Häuptling Tiago eingeladen. Es gab Fisch, Bananen und ein aus Maniok-Knollen gebackenes Brot. Nathalie ließ durch Xerxes sagen, daß sie hier sehr verwöhnt würden, man bedanke sich sehr herzlich. Bald danach aber nahm sich Tiago wieder Victor aufs Korn. Wie das mit dem angebotenen Geschenk sei, ob er sich immer noch verweigere. Victor stotterte sehr verlegen und ließ durch Xerxes sagen, daß er mit seinem Geist gesprochen habe. Dieser sei nicht mit dem Gastgeschenk der jungen Frau einverstanden. Er dürfe leider nicht annehmen, sonst straften ihn mehrere Geister seiner Familie, außerdem könne er sich ja auch nicht revanchieren. „Oh weh, Victor, das war sehr unklug", dachte Nathalie, und der Häuptling antwortete sofort, er verstehe die Begründung des Herrn nicht recht. Dabei sah er sehr verlangend auf Nathalie.

„Um Gottes Willen", dachte sie, „muß ich nun wieder ein Opfer bringen, hier im dampfenden Urwald? Oh, all ihr Götter des Amazonas, laßt dieses „Geschenk" für einen so weisen Häuptling an mir vorübergehen. Ich flehe euch an, es sei denn..."

Ihr Herz schlug heftig, und sie sah flehend zu Victor und Xerxes. Xerxes klärte diese Situation, indem er versuchte, die moralischen Gesetze der anderen Welt zu erläutern. Auch über diesen Gesetzen wachten viele Geister, so erklärte er dem großen Häuptling Tiago.

„Nun gut", sagte Tiago, „unser Seher Rovi hat geweissagt, daß wir uns noch öfter sehen. Lassen wir inzwischen die Wasser unserer Heimat zum Orinoco ziehen. Unsere großen Geister der Bäume, Tiere und Pflanzen mögen euch zugetan sein".

Am Vormittag gingen Enrique und Victor mit einer Gruppe von Kriegern auf die Jagd. Beide staunten über die unglaublichen Eigenschaften des Blasrohrs, das man mit Pfeilen, die eine vergiftete Spitze trugen, mit großer Zielgenauigkeit abschoß.

Nathalie besuchte zusammen mit Xerxes mehrere Großfamilien und gewann Erkenntnisse über das soziale Verhalten und die handwerklichen Tätigkeiten. Da fotografieren nicht erwünscht war, notierte Nathalie auf ihrem Schreibblock alles Wichtige. Victor aber ging mit einigen jungen Xanu-Männern zum Fischfang. Eine besonders erfolgreiche Technik bestand darin, die Fische in eine kleine Bucht zu treiben und dann das Wasser mit Gift absondernden Sträuchern zu peitschen, bis die Fische gelähmt waren und nach oben trieben.

Der Abend war ruhig, Xerxes und die drei Besucher saßen vor ihrer Hütte, ließen sich den Fisch gut schmecken. Der Nachtschlaf war von keinen Mückenschwärmen mehr gestört, denn Rovi hatte mehrere Blätter eines streng duftenden Strauches geschickt. Auf der Haut zerrieben, waren sie eine Abschreckung für die blutgierigen Insekten.

Am nächsten Morgen gab es einen herzlichen Abschied vom Häuptling, dann ging es wieder mit dem Baumboot zur Landepiste und in einem Luftsprung über das grüne Dach des Amazonas zu 'Esperanza' zurück. Nathalie und Victor waren glücklich, denn sie hatten eine großartige erste Kontaktnahme erlebt. Der große Häuptling Tiago hatte gespürt, daß seine Gäste offen waren und von seinem Stamm viel lernen wollten.

Lautlos und schnell, wie in den Tropen üblich, fiel die Dämmerung herein. Die Tierlaute verstummten allmählich bis auf den Gesang einiger Nachtvögel und das feine, rhythmische Schnarren der winzigen Frösche, die sich in den Blattkelchen der Bromeliengewächse eingenistet hatten. Nathalie und Victor saßen in ihrem gemütlichen Arbeitsraum im Baumhaus und genossen den eisgekühlten, orangeschimmernden Mangosaft.

„Victor, mein lieber Lebenskamerad", sagte Nathalie leise und zärtlich, „guter, treuer Beschützer, mein Herz und alle Sinne verarbeiten immer noch den Besuch beim Xanu-Volk. Das war wohl ein Erlebnis, das bei mir tiefe Spuren hinterläßt. Wir vom westlichen Komfort durften einen Einblick tun in ein Stück Urnatur, ein echtes Paradies, in welchem zwar harte Gesetze herrschen müssen, aber auch eine bemerkenswerte Menschlichkeit selbstverständlich ist."

„Was mich am stärksten beeindruckt hat, ist der Umgang mit dieser Natur. Die Jäger, Fischer und Sammler pflegen ihren Bereich, sie entnehmen der grünen Welt nur soviel, wie sie brauchen. Viele unserer EROM-Besucher sollten diesen Einblick bekommen, oder besser, so wenig wie möglich, denn ..."

Bei diesem Wort stockte Victor und sah entsetzt an die Decke. „Nathalie, da oben am Bambus-Sparren, die Natter, oh, ..." Nathalie flüsterte: „Sei ruhig Victor, keine Bewegung, in ihre Augen sehen, ganz fest, bitte..."

Die gefährliche Baumnatter näherte sich dem Tisch, ließ sich, nur mit dem Schwanz vom Sparren hängend, auf Augenhöhe herunter und pendelte langsam hin und her, mit ihren Augen die beiden wie hypnotisierend anstarrend. Nathalie senkte den Blick entschlossen in die kalten Augen der Schlange und ging mit jeder Pendelbewegung mit. Dabei summte sie einen beruhigenden Ton. Victor schoß es durch den Kopf, so sei das vor dem Angriff einer Schlange. Erst hypnotisiere sie ihr Opfer, dann aber – oh Herrgott hilf uns. Das Tier schien von der Reaktion der beherrschten beiden Menschen verunsichert zu sein. Als Nathalie, immer fest mit den Augen dem Reptil folgend, den Summton höher und tiefer modulierte, zog es sich langsam zurück. Es hing nun über der Mitte des Tisches, immer noch hin und her pendelnd. Da wurde an die Tür geklopft, und dann erschien zaghaft Julia in ihrem leuchtend roten Kleid. Sie sah die über dem Tisch hängende Natter, stieß einen lauten Schrei aus und rannte davon. „Hilfe, Hilfe, oh allmächtiger Gott, hilf, die Senora, der Senor, oh Gott, helft..." Man hörte sie laut klappernd über den Holzsteg zur Treppe laufen. Die Natter war aufgeschreckt und wurde unruhig.

„Victor, ganz ruhig, erhebe dich vom Sessel und geh ganz leise aus der Tür, ganz langsame Bewegungen, bitte ...", flüsterte Nathalie.

„Und du", hauchte Victor, „und du"?

„Geh, sage ich, bitte langsam, geh hinaus..."

So geschah es. Nathalie aber hatte die Kreatur so fest im Blick, daß sie sich wie in Trance langsam zurückzog und nur noch ihren Kopf mit den stechenden Augen und dem züngelnden Mund sehen ließ. Dann erhob sich Nathalie langsam, öffnete das Fenster und gab dem Tier regelrecht den Befehl, „das Haus zu verlassen". So oder ähnlich berichtete später Victor, der von der geöffneten Tür alles mit rasendem Puls angesehen hatte. Die Schlange bewegte sich zögernd zum Fenster, dann glitt sie blitzschnell hinaus. Nathalie schritt gefaßt zum Fenster und schloß es. Dann fiel sie ihrem noch am ganzen Körper zitternden Victor um den Hals.

Man hörte den Lift schnurren. Sehr vorsichtig kamen Enrique und Fernandez über den Steg, sahen die geöffnete Tür und unsere beiden eng umschlungen und mit Tränen in den Augen.

„Es war Nathalie, sie hat die Schlange hypnotisiert und ihren Willen durchgesetzt, sie hat uns gerettet!" rief Victor. Nathalie schüttelte nur den Kopf. „Aber Victor, wenn du dich nicht so diszipliniert verhalten hättest, wären wir wahrscheinlich schon bei den Geistern des Amazonas."

Enrique strahlte nach dem ersten Schrecken. „Gottlob, gerettet, Ihr seid gerettet, ein wirkliches Wunder... Ein Grund, euren zusätzlichen Geburtstag zu feiern. Julia, hole Champagner vom 'Yanu'. Übrigens, diese Natter ist sehr selten in unserem Grenzgebiet, dafür aber auch die giftigste. Nun denn, herzlichen Glückwunsch zum Geburtstag!" Es wurde eine lange Nacht in großer Fröhlichkeit und mit tiefem Staunen über die Wege, die uns unsere geistigen Helfer aus einer anderen Welt führen, die uns aber auch immer wieder vor neue Bewährungen stellen.

Übrigens fand man am nächsten Morgen heraus, daß ein Teil des Daches nicht korrekt abgedichtet war, ein Anlaß, alle Baumhäuser zu überprüfen.

Victor erwachte als erster, sah lange in das Gesicht der noch Schlafenden, weckte sie mit einem leichten Kuß auf die Stirn: „Wirklich, du bist eine Zauberin Gottes, nicht nur die Seelen der Menschen, sondern auch die der Tiere ziehst du in deinen Bann."

Präsident Lovejoy, durch Enrique häufig über die

Fortschritte in 'Esperanza' unterrichtet, schickte am gleichen Tag ein FAX: „Nathalie, herzlichen Glückwunsch, ich weiß, Du bist mit den guten Geistern immer verbunden. Gruß an Victor. Derek." Inzwischen waren drei Wochen seit der Ankunft im Urwald vergangen. Fast täglich setzte sich die Gruppe unter der liebenswerten, aber straffen Führung von Senor Enrique zusammen, um am Programm zu arbeiten. Wie auch bei den anderen EROM-Projekten war die Idee des „reinen Tourismus" über den Haufen geworfen worden. Der Schwerpunkt für die Besucher müsse im Bewußtwerden des Naturgeschehens liegen, in welchem der Mensch einst eine eher untergeordnete Rolle spielte. Heute freilich, mit seinen großen technischen Möglichkeiten, aber auch durch die in der sogenannten Dritten Welt „überquellenden Fruchtbarkeit" sei er der Störenfried Nr. 1 im gesamten ökologischen Ablauf geworden.

Enrique und Victor arbeiteten an der Ausweisung eines Wander- und Lehrpfades. Er führte von der 'Esperanza' bergab nach Süden in die reine Amazonasniederung. Auslichtungen, insbesondere das Fällen von Bäumen, wurden nur in Ausnahmefällen vorgenommen. Man entfernte auch Büsche nur dort, wo sich spannende Durchblicke in die Welt des Amazonas ergaben. Die Arbeitsgruppe setzte sich aus dem Vorarbeiter und acht singenden und schwatzenden Mulatten und Indios zusammen, ihre Macheten sausten durch das Dickicht, um den Pfad freizulegen.

Der weiteste Punkt sollte eine Rundhütte an einem breiten Nebenfluß des Orinoco sein, wo man Erfrischungen reichen wollte. Von einem Beobachtungsstand mitten im Wasser, der über einen Steg erreicht wurde, konnte man Wasser- und Sumpfvögel beobachten, Fische, wie zum Beispiel die gefährlichen, gefräßigen Piranhas, und die schnellen Alligatoren. Und immer wieder genoß man den Anblick des vielstufig aufgebauten Regenwaldes, dieser unglaublich kompletten biologisch chemischen Fabrik mit einem vollendeten Recycling. Der Rückweg führte an einem der schönsten Wasserfälle vorbei. Hier gab es die Gelegenheit zu einem erfrischenden Bad. Insgesamt so Enrique, werde man einschließlich der Ruhezeiten etwa vier Stunden für diese Wanderung brauchen. Jeder Gast sollte sich wenigstens einmal dieses Erlebnis erwandern.

Es wurde weiter erwogen, den „unechten" Touristen Gelegenheit zu geben, einige Stunden in der Woche in der biologisch aufgebauten Gärtnerei zu arbeiten. Mindestens achtzig Prozent der erwarteten Gäste seien Stadtmenschen, die nur unzureichend die Abläufe der Natur kennen. Er, Enriques, sei sicher, daß sich da keiner ausschließen werde. Auch die Beobachtungen im Garten der Kolibris seien ein Höhepunkt im Erleben dieser so überwältigenden Natur, jener Schöpfung, die der Mensch allmählich zerstöre.

„Wie soll das denn mit dem Besuch im Reich der Xanus werden?" wollte Nathalie in einem der Gespräche wissen.

„Ich rechne damit, daß mindestens jeweils hundert Touristen – nein, natürlich keine Touristen im herkömmlichen Sinne – pro Monat kommen werden. Die können wir auf keinen Fall alle zu den Xanus einfliegen."

„Ich schlage vor", warf Victor ein, „daß höchstens eine Gruppe von zehn Personen dort hingeht, sonst verleiden wir ihnen unsere Freundschaft."

Der anwesende Xanu Xerxes nickte zustimmend: „Ich denke, das ist wirklich genug, sonst bekommen meine guten Landsleute zuviel von unserem, Verzeihung, von Ihrem westlichen Bazillus zu schmecken. Wir wissen alle, daß er süß ist, aber krank macht und zerstört. Ich denke, daß es ein ständiges Bemühen sein muß, unseren Stamm so lange wie möglich rein und autonom zu halten, nicht zuletzt dank der Grenzbestätigung für dieses Gebiet, dank der 'Schutzherrschaft' von EROM."

„Gut, einverstanden", sagte Enrique, „aber die Auswahl dieser zehn, wer wagt die zu treffen?"

„Wir sollten das Los entscheiden lassen", meinte Victor, aber Nathalie lächelte, dann sagte sie: „Vielleicht gibt es noch einen anderen Weg, ich will darüber nachdenken."

Die Ausbauarbeiten liefen zügig weiter. Mit besonderer Aufmerksamkeit verfolgte Nathalie das Geschehen im Gesundheitszentrum. Der Arzt, Dr. Felipe Bureos, eben jener, der in Recife und in ganz Brasilien den Mißmut seiner Kollegen so scharf erfahren hatte, würde bestimmt zum 1. September in 'Esperanza' sein. Es sei auch erfreulich, sagte Enrique, daß eine deutsche wissenschaftliche Stiftung in Zusammenarbeit mit dem Gesundheitsministerium von Guyana erhebliche Unterstützung zugesagt habe.

„Welche besonderen Therapien sollen denn im Vordergrund stehen, Madame Nathalie, da liegt doch wohl Ihr Interesse?"

„Senor Enrique", meinte Nathalie, „ich bin nicht medizinisch gebildet, habe aber Umgang mit vielen Ärzten der Naturmedizin und Kontakt zu manchen Heilern in aller Welt gehabt. Ich schlage einige natürliche Therapien vor, nämlich erstens die Farbtherapie. Als zweites sollte die Bachblütentherapie hier angewendet werden.

Viele andere Arten von Heilbehandlungen sind noch zu erwägen, zum Beispiel die Klangtherapie oder die Anwendung von Seide an Akupunkturpunkten. Auch die Kristalle haben in letzter Zeit als Therapie von sich Reden gemacht, aber diesem Gebiet möchte ich mich mit Hilfe des den schönen Bergkristalls sehr persönlich widmen."

Und wie das mit der Akupunktur sei, sie möge doch dazu etwas sagen. „Oh ja, liebe Freunde, das ist ein ganz besonderes Kapitel. Diese großartige Methode wurde noch vor einigen Jahren von der sogenannten exakten Wissenschaft mit viel Spott bedacht, aber sie ist heute im Begriff, sich weltweit durchzusetzen. Akupunktur ist erlernbar, aber ohne ein gewisses Gespür, ohne Intuition bei der Auswahl der Meridiane und der „Punkte", kann man es nicht zu überragenden Leistungen bringen. Dann aber noch dies: „Wer heilen will, muß sich mit der Psyche des Patienten beschäftigen. Das ist ein Muß, sonst bleibt alles Stückwerk."

Nathalie hatte dies alles mit großer Überzeugung und

Leidenschaft gesprochen, ihre Worte fanden großen Anklang bei den Anwesenden.

„Lassen Sie mich noch etwas ergänzen. Liebe Freunde, ich habe betont, daß ohne das Einbeziehen der Psyche in die Behandlung einer Krankheit kein vollständiger Erfolg zu erzielen ist. Aber die meisten Gäste sind ja nicht Kranke im eigentlichen Sinne, – wohl aber sind sie zivilisationskrank. Sich sammeln, ein Versenken in das eigene Ich, das kann man üben. Ich würde gern dem Wunsch unseres Präsidenten Lovejoy und auch meiner eigenen Neigung entsprechen und solche Meditation anleiten. Und wo wäre ein geeigneterer Platz für eine große Gruppe, als am eindrucksvollen Bergkristall, diesem Symbol der Reinheit und Größe des Universums? Ich glaube, daß wohl alle Gäste an solchen Meditationen teilnehmen werden, das möchte ich mir wünschen. Ja, dann noch ein weiteres: ich werde gern auch Yoga-Übungen anleiten, bis sich eine andere Lehrkraft anbietet."

„Senora, wir danken Ihnen für diese wirklichen Offenbarungen", sagte Enrique sehr bewegt, dann beugte er sich aus dem kleinen Fenster des 'Yanu', brach von einem Hibiskusstrauch eine schöne, rote Blüte ab und überreichte sie Nathalie mit angeborener Grandezza.

„Übrigens, liebe Freunde, nachdem das Programm für unsere erwarteten Gäste in groben Zügen steht, werde ich die Werbeorgane von EROM bitten, aktiv zu werden und die Vorschau für den noch einsamen Platz „Hoffnung" zu geben. Die Öffentlichkeit ist neugierig. In der Zeitung „El Mundo" hieß es: 'Nun werkeln sie wieder im Urwald, was treiben die EROM-Leute dort, gibt es weitere der vielen Überraschungen? Hoffentlich mit Nathalie und Victor, dem Gütezeichen dieses phantasiebegabten Konzerns'."

Zwei Tage nach diesem Programm-Gespräch traf Derek Lovejoy überraschend ein und wurde von Enriques und Gonzalez Felipo im 'Yanu' freundlich begrüßt. Danach bat er, zum Baumhaus von Nathalie und Victor geführt zu werden. Er fand Nathalie, in Schreibarbeit versunken, in ihrem Wohnraum. Sehr unsicher, mit einem ängstlichen Blick trat er auf sie zu, denn nach dem tiefen Erlebnis in Tokio fiel es ihm schwer, wieder zu einem natürlichen Verhalten zurückzufinden. Nathalie küßte ihn auf die faltig gewordene Stirn und gab sich sehr unbefangen. „Oh, willkommen, Derek, in unserer Laubhütte." lächelte sie den Chef an. „Ich hoffe, es geht dir gut."

Ein Stein schien Derek vom Herzen zu fallen, denn vor diesem ersten Wiedersehen nach Tokio hatte er gebangt. „Ich sorge mich um dich, Nathalie, du Schlangenbeschwörerin. Leider sind deine Briefe kurz und sachlich."

„Aber es liegt eine herzliche Freundschaft darin, Derek. Im übrigen waren wir uns einig, daß wir unser Zusammensein in Tokio in unser privates Erinnerungsbuch einschreiben wollen, nicht wahr?"

Derek hatte die Eurasierin unverwandt angeschaut. Oh Gott, dachte er, sie ist eher noch schöner geworden, seit damals. Aber ihr sachlicher Hinweis bestimmte sein Verhalten. „Du weißt Nathalie, ich bleibe dir ewig verbunden, aber sage mir, wie soll ich mich Victor gegenüber geben? Weiß er davon, ich meine, daß ...?"

Nathalie nickte. Ja, er wisse alles, einem Lebenskamerad müsse man offen gegenüber sein.

Auch Victor trat ihm so unbefangen wie möglich entgegen, man merkte dabei, wie auch Derek Lovejoy eine Last von der Seele fiel. Gott sei Dank, das war überstanden.

Morgen, so der Präsident, wolle er sich im 'Yanu' berichten lassen und die Baulichkeiten sowie Außenanlagen besichtigen, denn am Tag danach müsse er zum Ministerium für Wirtschaft in Georgetown und von dort weiter zur Weltbank nach Washington reisen.

Die Besprechung im schattenspendenden 'Yanu' verlief in bester Eintracht. Anerkennenswert, was das EROM-Team hier auf die Beine gestellt habe.

„Und der Bergkristall, Nathalie, gefällt er Ihnen?"

„Oh Präsident, er hat mich so beeindruckt, mein Nervensystem, meine Antenne, arbeitete schon bei der ersten Annäherung heftig. Das wird der physische und geistige Mittelpunkt von 'Esperanza' sein. Ich werde ihn pflegen und in seinem Strahlbereich, so hoffe ich, viel vermitteln können."

Präsident Lovejoy lächelte glücklich. „Nathalie, es kann keine bessere Hüterin dieses Kleinods als Sie geben."

Auf dem Besichtigungsgang war Derek vor allem von der unabhängigen Stromversorgung durch die Photovoltaik begeistert. Er habe gestern Senora Nathalie und Senor Victor in ihrem Baumhaus besucht. Eine unglaublich clevere, in die Wirklichkeit umgesetzte Idee, jetzt sehe er, daß seine Planer keine Phantasten gewesen seien. Sei auch alles sicher – Statik und Konstruktion?

„Keine Sorge, Präsident, die Hausgruppen stehen auf einem eigenen Stützensystems und die Verbindungsstege sind an kräftigen Stahlseilen aufgehängt. Nach menschlichem Ermessen keine Gefahr." antwortete der Architekt José Fernandez.

Derek Lovejoy wollte noch wissen, wie lange Nathalie und Victor dort oben hausen würden? „ Nur noch zehn Tage, leider", gab Victor zur Antwort.

„Ja, lieber Präsident", sagte lächelnd Nathalie, „wir sind in den Urwald schon voll integriert."

„Ja, ja", meinte der Präsident, „im Umgang mit Tieren sind Sie Spitze, Nathalie."

Lächelnd gab sie zurück: „... nur mit Tieren? Nicht auch mit 'hohen Tieren' wie mit Ihnen, Präsident?"

Am nächsten Morgen besichtigte EROMs Präsident noch das entstehende Gesundheitszentrum und die biologische Gärtnerei. Auch ihn entzückten die Kolibris mit dem eigens für sie gestalteten Garten.

Als endgültigen Termin zur Eröffnung des Modells „Esperanza" wurde der 15. Oktober festgesetzt. Der Präsident werde mindestens eine Woche vorher kommen, um sich von den „Naturheilern" ein wenig behandeln zu lassen. Es hätten sich doch allerlei Wehwehchen eingestellt, er wolle keine Chemie schlucken, sondern zunächst einmal verträgliche Therapien probieren.

Drei Tage nach dem Besuch kam Victor, ziemlich deprimiert, zum gemeinsamen Frühstück mit Nathalie.

„Ich weiß nicht, was mit mir los ist, Nathalie, meine ganzen Glieder schmerzen."

„Auch mir geht es so, Victor, ich bin schlapp."

Als Julia den Kaffee hereinbrachte, schaute sie das EROM-Paar nachdenklich an. „Senora, Senor, Hurrican kommen, in Barbados viele Leute sein tot", dabei bekreuzigte sie sich, „Oh Dios, nicht Esperanza kommen, nicht, por favor!"

Der Luftdruck fiel an diesem Nachmittag rapide, der Himmel war bleigrau. Nach dem Eintritt der Dunkelheit ging plötzlich ein Höllenkonzert los. Enrique hatte vor kurzem noch gesagt, der Hurrican „Viola" rase mit großer Geschwindigkeit auf die Küste Venezuelas zu. Man hoffe, daß Guayana nicht betroffen werde, aber wer könne denn schon einen eigenwilligen Sturm lenken? „Viola", drehte nach Südosten ab und fiel über die Küsten dieses Landes her. Ob er sich dort austoben würde? Nein, entgegen aller Erwartung, raste er weiter in das Landesinnere hinein.

Victor und Nathalie saßen in Nathalies Zimmer, als der Orkan zum Angriff ansetzte.

„Nathalie, wollen wir schnell herunter in den 'Yano'?"

„Nein, Victor, Baumbewohner sind doch mutig, nicht wahr? Laß uns die Sache hier oben überstehen." Aber sie lehnte sich doch an die Schultern ihres Partners mit ängstlichem Blick. „Oh, Victor, warum müssen die Orkane immer Frauennamen tragen, diese Zerstörer, immer diese Namen ... Viola, lieber Victor, Viola ...!"

In diesem Moment erschütterte ein furchtbarer Stoß das Baumhaus, das Dach barst, Holz splitterte, und die Wände schwankten. Victor riß die Partnerin am Arm. „Raus hier, Nathalie, los, auf der Treppe nach unten." Das Licht war ausgegangen, die Holztreppe schwankte entsetzlich, aber man konnte sich am Geländer festhalten, bis zur Mitte etwa, dann war sie plötzlich verschwunden, es gähnte ein tiefes, dunkles Loch. Victor packte das Entsetzen, dann spürte er die vom Sturm gepeitschten Lianen an seiner Schulter, riß eine kräftige davon heran.

„Hier, Nathalie, faß diese und laß dich langsam herab." Er mußte laut brüllen, um sich verständigen zu können. „Die trägt uns beide, ich komme gleich hinter dir".

Nathalie ergriff gefaßt das Naturseil, dann folgte Victor. „Langsam, langsam", schrie er, „langsam, Nathalie faß fest zu!" Es war ein waghalsiges, schwankendes Unternehmen, aber es blieb keine andere Wahl, man mußte nach unten kommen. Noch waren es etwa zehn Meter Höhe, da schrie Nathalie auf. „Victor, ich kann nicht mehr festhalten, ich kann nicht mehr. Meine Hände sind kaputt, ich kann nicht mehr ..."

„Nathalie, umklammere meine Füße, halte durch, wir sind gleich unten, festhalten, halte fest ..." Mit letzter Kraft gelang es ihnen, völlig erschöpft, den Waldboden zu erreichen. Victor faßte die Partnerin an der Hand und versuchte, sich in der Dunkelheit zu orientieren. Wo war denn der Pfad zum 'Yano', wo nur? Da stieß er an die hohe Wurzelrippe eines gewaltigen Feigenbaums. Er hatte diese großen Stelzwände immer bewundert, dann fühlte er die andere Wurzel. Da hinein, dicht am Stamm, da war man sicher.

Victor hielt Nathalie fest umklammert. „Sei nicht ängstlich, Nathalie, hier sind wir geschützt." So verbrachten sie die nächsten zwei Stunden im brodelnden und heulenden Inferno. Dann hatte „Viola" sich mit angehender Dämmerung ausgetobt.

Erschöpft, aber glücklich und unversehrt erhoben sich unsere beiden. Nathalies Hände waren aufgerissen und von Blutkrusten überzogen. Trotz des Schmerzes schaute sie um sich. „Da, Victor, neben uns, sieh doch ..."

„Ja, Nathalie, auch das Gürteltier hat mit seinen Jungen am Stamm Schutz gesucht, sozusagen Wand an Wand mit uns. In der Natur ist die Kreatur ein Ganzes."

Auf dem Weg zum Verbinden im Gesundheitszentrum sagte Nathalie lächelnd: „Victor, wie wohl unsere Natter alles überlebt hat?"

„Wie oft gedenken Sie eigentlich Ihren Geburtstag zu feiern?" rief Enrique, als er glücklich auf Nathalie und

Victor zuschritt. „Ausgerechnet über Ihrer Baumhütte hatte sich der starke Ast eines Teakbaumes gelöst und ist mit großer Gewalt auf gerade den Teil des Hauses gestürzt, in welchem Sie beide sich nicht aufhielten! Welche Geister stehen Ihnen bei, welche, Madame Nathalie? Das alles ist eine Art Wunder. Wenn ich nicht als alter Militär ein nüchterner Mensch wäre, würde ich auch an Hilfen aus dem Jenseits denken. Ja, doch, es kann nicht anders gewesen sein, ich glaube daran."

Die Zerstörung durch den Hurrican Viola war gottlob nicht so stark wie befürchtet. Nur noch eine zweite Baumhütte war beschädigt. Am Lift gab es einige Schäden zu beseitigen, und die Zimmerleute waren schon im Einsatz,um die Treppe bis zum 30 m-Stockwerk zu erneuern. Zwar waren einige der Rundhütten vom Sturm abgedeckt, aber überall rührten sich fleißige Hände, um die Schäden zu beseitigen. Besonders glücklich war die Japanerin Yasouku Sou darüber, daß die Bienenelfen nicht getötet und ihre Nester nicht zerstört waren; hier hatten sich die dichten Schutzpflanzungen bewährt. Auch die Stromversorgung war nur geringfügig unterbrochen. Aus Sicherheitsgründen hatte der deutsche Ingenieur den Raum mit den vielen Akkumulatoren in den Boden gebaut und von dort den Strom mit Erdkabeln zu den Häusergruppen geführt. Eine Reihe von Elementen der Photovoltaik auf den Dächern war zwar weggeschleudert, aber alle kaum beschädigt.

Als man sich zum Abendessen im „Yano" traf und mit einem Glas kühlen Champagners auf den glimpflichen Ausgang nach dem Toben des Hurricans „Viola" ausstieß, sagte Nathalie: „Lieber Enrique, als erstes werde ich bei den Vereinten Nationen in New York dagegen protestieren, daß alle Hurricans und Taifune die Namen von Frauen tragen."

„Nathalie", rief Victor, „teilen wir uns doch die Sache, etwa so, daß wir, die Männer, die Hurricans übernehmen und die Frauen die Taifune. Besser wäre es aber, wenn das vermehrte Auftreten von schweren Orkanen erforscht würde. Da ist die sogenannte hoch entwickelte Zivilisation nicht unschuldig."

Ja, das wäre so, meinten alle Anwesenden, denn ganz offensichtlich sei das immer häufigere Auftreten von schweren Orkanen wohl eine Folge unserer Klimabeeinflussung.

„Senora Nathalie, Senor Victor, ich glaube, daß Sie vorerst die Nase voll haben vom 'Baumwohnen'", meinte Enrique. „Sie können hier in einem Rundbungalow unterkommen".

„Aber keineswegs, Enrique, wir möchten wenigstens noch einmal zwei Wochen 'in die Bäume', irgendwie kommt man so in einen innigen Kontakt mit den großen Potentialen der Natur, ja ich möchte sagen, mit dem Kosmos oder dem Universum", antwortete Victor.

Nathalie nickte, ja, das sei so. Vielleicht möchte man sogar ein Haus auf der 40 m-Ebene bewohnen? Beide stimmten freudig zu, ja doch, mit Vergnügen. So fuhr unser EROM-Paar am nächsten Tag mit dem reparierten Fahrstuhl auf „ihre" Etage, suchten dann aus ihrem stark angeschlagenen Haus ihre wichtigsten privaten Sachen zusammen und begaben sich in das zehn Meter höher gelegene Haus „Tamarinde I und II". Auch Julia war anwesend und vergoß Tränen des Glücks. Sie selbst hatte sich beim ersten Anzeichen des Orkans rechtzeitig im „Yanu" in Sicherheit gebracht.

Am Abend stiegen Nathalie und Victor auf den sechzig Meter hohen Beobachtungsturm und sahen das weite, grüne Blätterdach des Urwaldes. Es war keineswegs eine glatte Fläche, sondern eher wellig, aus „Hügeln" und „Tälern" gebildet, entsprechend der Höhe der verschiedenen Baumarten. Über allem lag ein weißer Dunst, die feuchten Wolken des Waldes schoben sich in einem großartigen Schauspiel ineinander oder überlagerten sich. Nathalie klammerte sich fest an das Geländer und war entrückt von Raum und Zeit. „Oh", flüsterte sie immer wieder, „oh, diese göttliche Natur. Es sind wohl Geistwesen, die über der grünen Decke dieses Landes wachen. Mögen sie uns gnädig sein."

Als man am nächsten Tag das Mittagessen im „Yanu" einnahm, platzte der Besuch aus London herein, nämlich zwei Damen von „Ascott Ltd."

„Welche Überraschung!" rief Victor belustigt aus. „Wo war Ihre Verantwortung für uns, meine Lieben? 'Ascott' hat uns hier halb nackt herumlaufen lassen, leere Schränke, nichts, gar nichts!"

Das Lächeln des blonden Modeengels Gwendolin war von höchster Qualität, und die „Ascott"-Directrice sah regelrecht besorgt aus. „Ja", antwortete sie, „deshalb sind wir ja gekommen, die Garderobe ist unterwegs und wird morgen eintreffen. Alles ist dabei."

„Wie breit wird denn heute der Urwaldschurz getragen, My Lady?" fragte Victor ein wenig ironisch.

Die Dame war bestürzt, man möge abwarten. „Auch hier beabsichtigen wir, ein Modeheft herauszubringen mit dem Thema „Rustikales und Anheimelndes aus dem Tropenwald", und außerdem darf ich Ihnen die Sonderausgabe vorlegen, betitelt: „Nathalies Report aus Japan – Modisches und Exotisches."

„Ich danke Ihnen, Mrs. Anderson, auch hier werden wir die Reportage überstehen." Das Sonderheft „Japan" ging in der Runde von Hand zu Hand. Besonders beeindruckend war das Titelbild. Es zeigte Nathalie in dem Augenblick, als sie zielsicher zu ihrem Vortrag im Audimax der Nihon-Universität schritt. Sie trug den von ihrem Spezialschneider aus Hongkong entworfenen raffinierten Hosenanzug: „Raubtierdruck auf Seide, Tigermuster in verschiedenen Brauntönen auf beigen Grund", war als Erklärung zu lesen. Die Anwesenden waren begeistert. Mein Gott, welch eine Frau, mit so vielen Gaben des Schöpfers gesegnet. Und beschützt von vielen guten Geistern.

Victor lächelte still vor sich hin. Er dachte an den Spaziergang in Bahia, als er mit Nathalie „im Raubtierdruck" durch die Altstadt ging. Da gab es auch riesiges Aufsehen, aber dann, in dem Fischlokal mit dem Gitarrenspieler, das Schluchzen der Geliebten..., vergessen, Victor sagte es zu sich, vergeben und vergessen.

Am nächsten Tag wurden die Schrankfächer mit allerlei schicken Sachen ausgefüllt, alles ziemlich sportlich, aber auch fotogen.

„Mrs. Anderson, vieles der Garderobe können wir hier doch gar nicht tragen", meinte Nathalie.

„Oh, sagen Sie das nicht. Es gibt Empfänge, Pressebesprechungen, Vorträge, nein, nein, Sie werden vieles davon benötigen."

„Und die Schurze?" fragte Victor ein wenig spöttisch, „haben Sie die nicht dabei?" Da war die Lady nun ernsthaft beleidigt. „Nehmen Sie Ihr Taschentuch, mein Herr, wenn Sie eines haben!"

Eine Woche nach Dereks Ankunft waren alle Schäden von den gut geschulten und gedrillten Handwerkern wieder beseitigt, und es konnten weitere Bungalows, Rundhütten und Baumhäuser gebaut werden.

Auch auf das Informationszentrum wollte EROM nicht verzichten, denn die Einweihung am 15. Oktober müßte Schlagzeilen machen.

„Wir sind längst im nächsten Jahrtausend", sagte der Präsident immer wieder, „die Nase vorn zu haben, bedarf aber stetiger Anstrengungen, das sind wir unseren Aktionären schuldig."

Einmal hatte Victor den Präsidenten Lovejoy gefragt, was denn alles zum EROM-Konzern gehöre. Soweit er wisse, seien das viele Presseorgane und private Rundfunkstationen, einige Fernsehketten, Modehäuser, Institute für Forschungen usw. Derek Lovejoy gab darauf keine klare Antwort, er sagte aber, sein liebstes Kind sei eben der Tourismus von einer besonderen Qualität, mit dem Markenzeichen Nathalie und Victor. In den nächsten Wochen würde Dr. Schmid, der Mann der Kommunikationssysteme, erwartet. Das Gelände für die technische Zentrale lag nicht weit vom Obelisk – so nannten sie alle den großen Bergkristall. Zusammen mit dem Ingenieur Harald Wersich wurde die Energieversorgung der technischen Geräte geprüft. Der Sportplatz würde nach Zeitplan fertig werden, auch die Tennisplätze waren im Bau.

Nathalie und Victor konnten sich nur schwer von ihrem luftigen Wipfelhaus trennen, aber es war sinnvoll, daß sie als „zentrale Figuren" in der Nähe des Obelisk wohnten. Ihr Haus entbehrte nicht eines gewissen Komforts, war aber in landesüblicher Bauweise errichtet, nämlich aus Rundhölzern, deren Wände aus Flechtwerk bestanden und verputzt waren. Das Dach wirkte mit seinen Abdeckungen aus Schilf und Gräsern sehr anheimelnd.

Während Victor mit dem Bautrupp zur Fertigstellung des langen Lehr- und Wanderpfades unterwegs war und gleichzeitig auch mit dem Studium der wichtigsten Elemente der Vegetation beschäftigt war, arbeitete Nathalie an der Bereicherung ihrer esoterischen Einsichten. Sie studierte bestimmte Bibeltexte, altindische und buddhistische Literatur sowie die Philosophie unserer brüchiger werdenden Zeit. Ihr war klar, daß man ohne Verinnerlichung, ohne eine Pflege der Geistigkeit dem Moloch der Technik und Zivilisation erliegen werde. Aber wenn die Not am größten ist, wachsen auch die Hilfen der Geisteskräfte. Überall in der Welt herrscht Aufbruchstimmung, das Zeitalter des Wassermanns macht Energien mobil. Frieden zwischen den Menschen und der Natur, das muß das Ziel sein. In diesem Sinne wolle sie bei den Besuchergruppen Spuren hinterlassen.

Als der „Stamm" des Personals eines Nachmittags den Tee im „Yanu" einnahm, berichtete Nathalie von ihren Gedanken zur Unterweisung der Gäste. Sie trug eine locker fallende, weiße Bluse und weiße Bermudas. Victor war im Anzug erschienen. Nathalie bat alle Anwesenden zum Obelisk, um ihnen einen Eindruck ihrer Vorstellungen und Absichten zu geben.

„Bilden wir doch einen Kreis um den Kristall und fassen uns an den Händen. Schalten Sie alle belastenden Gedanken aus. Schauen wir auf den Kristall, der seit Jahrtausenden ein Sinnbild höchster göttlicher Reinheit ist. Spüren Sie den Kraftstrom, der durch den Körper fließt?"

Alle waren überrascht, welche Energie durch sie hindurchströmte. Selbst der nüchterne Enrique schaute gebannt zum Bergkristall und dann immer wieder zu Nathalie. Ihre Augen waren halb geschlossen. Dann begann sie leise weiterzusprechen.

„Meine Freunde, es ist die Odkraft, die Lebenskraft, die Sie spüren, sie durchströmt alle Geschöpfe Gottes, alle Lebewesen haben diese Energie, Mensch und Tier, jede Pflanze, jedes Mineral, jedes Wasser, die Weltkörper und das Universum." Einige im Kreis schauten mit weit geöffneten Augen auf den reinen, herrlichen Kristall, die meisten aber gaben sich dem Kraftstrom hin. Es war wie ein immer stärker werdender Rausch, der sie alle schließlich erreichte.

Nathalie sprach langsam weiter: „Odkraft ist die Lebenskraft des Geistes. Wo also Leben ist, ist Od und wo Od ist, wirkt auch der Geist. Alles Geschaffene ist Geist. Laßt uns darüber nachdenken und unseren Nachbarn im Kreis von unserem Od abgeben, wie wir auch dankbar deren geistige Gabe empfangen. Haltet Euch fest an den Händen und spürt die Odschwingungen, lebt die Harmonie, Schönheit, Gesundheit, Freude und Glück. Spürt das geistige Sein, empfindet die Schwingungen der Harmonie."

Nathalie spürte, daß von Minute zu Minute immer stärker anwachsende Energie durch sie floß. Dann sagte sie: „Wir sind zusammen ein großer Geistkörper, wir können wunderbare Dinge tun.Erheben wir uns zur reinen Spitze dieses himmlischen Symbols, erheben wir uns zur Reinheit..."

Dann geschah das von Nathalie Ersehnte, was niemand im Kreise auch nur geahnt hatte: wie von Zauberhand kam es zur Levitation, alle wurden allmählich emporgehoben. „Haltet den Kreis fest geschlossen, spürt die Reinheit des Kristalls, es ist das Universum..." Das Emporsteigen geschah bis zu einer Höhe von zwei Metern, so daß alle der Anwesenden ihren Blick auf die Spitze des Bergkristalls richten konnten. Die untergehende Sonne krönte diese mit allen Farben des Regenbogens. Dann, wohl nach einer Minute, senkte sich die Gruppe langsam nach unten und setzte auf dem Rasen auf.

Alle hielten die Hände der Nachbarn umklammert, bis Nathalie ihre Hände fortzog und damit den Stromkreis unterbrach. Die Freunde erwachten wie aus einem Traum, aber was sie erlebten, war eine Tatsache. Geisteskraft hatte sie erhoben, die Schaltquelle, der Akkumulator und Transformator aber war Nathalie, dieses unglaubliche Wesen.

Einige erhoben sich wie aus einer Betäubung, dann schüttelten sie den Kopf, wie war das alles möglich gewesen? Ein kleines Fenster in ein weites Reich des Geistes, des Universums war ihnen geöffnet worden.

Eine Gruppe von Bauleuten hatte von weitem die Szene beobachtet und glaubten, es handele sich um ein gemeinsames Gebet. Als aber die Menschen im Kreis sich langsam erhoben, wollten sie zu diesem „Wunder" laufen, blieben aber wie gebannt an ihrer Stelle stehen. Instinktiv spürten sie, daß jede Störung unverantwortlich sei.

Nathalie war erschöpft, aber sehr glücklich und sank an die Brust Victors. „Oh", sagte sie, „mein Lieber! Daß der Kreis von einer hohen Energie durchflossen war, habe ich gespürt, aber daß die Geisteskraft für einige Momente die Schwerkraft aufhob, das, lieber Victor, hätte ich nicht in den kühnsten Träumen erwartet." Nathalie warf sich auf ihr Bett und schlief bis zum nächsten Morgen durch.

Als Victor zum Abendessen in den „Yanu" kam, schien es ihm, als werde er mit einer großen Ehrfurcht betrachtet. Nach dem Essen, das im Gegensatz zum normalen Tag ziemlich schweigend eingenommen wurde, fragte Enrique: „Senor Victor, haben Sie so etwas schon einmal erlebt?"

„Nein, ich selbst nie – aber doch, ja, natürlich, damals im Serengeti-Park! Ein Mann namens Abato, ein Weiser und Heiler zugleich, der schritt über eine Wasserfläche. Offenbar ist Schwerkraft zu besiegen durch eine Geisteskraft, die stärker ist. Man spricht in diesem Fall von der Psychokinese. Wenn die Wissenschaftler es nicht erklären können, geben sie solch einer Erscheinung einen interessanten Namen. Ja, so ist es ..."

„Guten Morgen, meine liebe Zauberin Gottes". Victor

gab Nathalie einen Kuß auf die Stirn. „Du hast fest geschlafen – wie eines der dicken Faultiere, die wir immer im Dschungel beobachten, mein Liebes."

Sie lächelte: „Nur daß ich nicht faul war wie jene liebevollen Kreaturen. Nein, Victor, ich war fleißig im Träumen, fast ununterbrochen, und es waren gute Bilder und Einsichten. Darüber muß ich nachdenken."

Gleich nach dem Frühstück erschien Enrique mit einem ziemlich erschöpften und verschwitzten Pfarrer. „Dies ist Hochwürden Roberto aus dem immerhin 20 km entfernten Dorf Villa Nova. Er nahm die noch nicht befestigten Wege mit seinem Moped und ist völlig ausgepumpt."

„Aber bitte, Hochwürden", sagte Nathalie und reichte ihm eine Tasse, „trinken Sie einen Kaffee und erholen Sie sich ein wenig."

Hochwürden Roberto musterte Nathalie und sah sehr verunsichert aus, dann faßte er sich ein Herz: „Senora, wie ich von Leuten unseres Dorfes höre, ist gestern hier ein Wunder geschehen. Mehrere Leute hatten sich plötzlich in die Luft begeben, um diesen sonderbaren Stein herum, bis zur Spitze." Sei das alles rechtens geschehen oder stecke da eine Teufelei, eine Hexerei dahinter? Oder gar böse Geister?

Nathalie lächelte: „Es ist wahr, ein Kreis von Menschen hat sich nach einer guten Meditation etwa zwei Meter bis zur Spitze des Bergkristalls, den Sie selbst einmal bewundern sollten, erhoben. Sie haben die besondere Strahlung an der Spitze erlebt und sich dann wieder zurück zur Erde begeben. Das ist nur möglich gewesen durch Vermittlung von Geistwesen."

„Sie meinen also Geister?"

Nathalie nickte, ja, das meine sie.

Aber Hochwürden schüttelte nur den Kopf vor Abscheu. „Senora, der Umgang mit Geistern ist des Teufels."

Nun brachte Nathalie Hochwürden ziemlich in Verlegenheit. Sie haben sicher Theologie studiert, Hochwürden?" Ja, natürlich. „Aber die Kirchen lehren doch, daß sie ihre religiösen Wahrheiten im Verkehr mit der Geisterwelt empfangen haben. Stehen das Christentum wie auch das Judentum nicht ganz auf dem Boden des Spiritismus?"

„Oh, Senora, lassen Sie den sündigen Spiritismus aus dem Spiel, dieses verderbliche Teufelswerk!"

„Sie haben insofern recht Hochwürden, als in der Bibel der Verkehr mit bösen Geistern untersagt wird, aber zum Verkehr mit der Geisterwelt selbst wird ermuntert. Einen Augenblick, bitte ..." Nathalie nahm ihr Notizbuch und fand die Stelle. „Im Neuen Testament, 1. Korinther, 14.12, fordert der Apostel Paulus die Christen auf mit den Worten: 'Bemüht Euch um Geister'."

Nathalie bemerkte sein Erstaunen.

„Und der Kristall? War er es, der dies „Emporheben" getan hat, Senora?"

Nathalie schüttelte den Kopf, nein keineswegs, aber es gehe von diesem Symbol der Reinheit – wieviel heilige Geräte, vor allem Kreuze seien mit diesem Kristall geschmückt – sehr starke Strahlen aus. Dann lud Nathalie Hochwürden ein, bei einer der ersten Meditationen mit den Touristen einmal zu kommen und sich so etwas anzusehen. Der Pfarrer nickte, verließ aber mit vielen Zweifeln in seinem Blick Nathalie. Schade, wenn es doch ein echtes Wunder gewesen wäre, und dann in seinem Bereich!

Den ganzen Juli und August über liefen die Vorbereitungen auf Hochtouren. EROMs Public-Relation-Abteilung hatte Testfragen in mehreren Ländern angestellt. Die Frage war, ob Touristen nicht nur erleben wollten, sondern in Verbindung damit auch etwas für ihre Gesundheit tun wollten. 82 Prozent der Befragten bejahten dies, und auf die Frage, ob sie bei dem künftigen EROM-Projekt statt der durchschnittlichen Urlaubszeit von drei bis vier Wochen auch sechs Wochen oder länger für ihre Gesundheitspflege mit natürlichen alternativen Anwendungen in den Urwald von Guyana bzw. in das Amazonas-Gebiet kommen würden, sprachen sich 78,9 Prozent für ein solches Angebot aus. Das war ein Wegweiser für die Intensivierung der Arbeiten im Gesundheitszentrum.

Am 1. September kam Dr. med. Lorenzo Moreira aus Recife, wenig später der junge deutsche Internist Dr. Günther Lange, dazu der Österreicher, Dr. med. Hans Grüneberger, und ein Pharmazeut, Dr. Fred Martin. Das war die mehr akademische Gruppe. Am 13. September erschien die Geistheilerin Monica Crucero aus Baguio/Philippinen sowie die physisch und spirituell arbeitende Therapeutin Barbara Meister, zugleich eine Spezialistin für Akupunktur, aus dem romantischen Städtchen Rothenburg im Süden Deutschlands. Verstärkt wurde diese Gruppe durch den Professor Raoul Serres aus Dijon, Frankreich. Wegen seiner großen Erfolge auf dem Gebiet der natürlichen Heilweisen und seinen psychotherapeutischen Behandlungen wurde er von vielen Leuten sehr verehrt, jedoch auch von voreingenommenen „Fachleuten" verunglimpft.

Bis spätestens zum 10. Oktober wurden Masseure und anderes medizinisches Personal erwartet. So verlief die von Präsident Lovejoy veranlaßte Suche nach erfolgreichen Heilern positiv. Das Hauptziel der Therapien in „Esperanza" sollte in der Behandlung der psychisch-vegetativen Erkrankungen sein, in denen die Schulmedizin oft nicht zum Erfolg führte. Man wolle aber auch das Land nach begabten Heilern der Indios abklopfen, denn sie könnten manche Erkenntnisse beitragen. Hier stand auch der Xanu-Heiler Rowi zur Diskussion.

Das Präsidium von EROM hatte einen Hilfsfonds aufgebaut, um sich in dringenden Sozialfällen einschalten zu können. Eines Abends meinte Victor, da habe man tatsächlich eine alternative Urwaldklinik aufgebaut. Er habe richtig Lust mitzuarbeiten – aber was seien seine Führungen durch den Urwald anderes als Therapien für das Gemüt und die Sinne? Angesichts dieser großen Einheit von Mensch, Tier und Pflanze müsse ja auch die Seele gesunden.

Nach erfahrener Regie verlief der Transport der vielen Zelte für die Unterbringung der Medien-Vertreter und der zahlreichen Gäste ohne Schwierigkeiten. Das Gesundheitsministerium der Regierung von Guyana wollte zwei junge Ärzte nach „Esperanza" abordnen, um diese alternativen Heilmethoden zu studieren.

Schließlich hatte auch EROMs Präsident Derek Lovejoy Wort gehalten. Wie versprochen, kletterte er am 5. Oktober gegen Mittag – ein wenig blaß – aus der kleinen Turboprop-Maschine, wo Enrique, José Fernandez und Chüo Ouro ihn empfingen. Nathalie und Victor erwarteten ihn am Eingangstor zu „Esperanza" mit vielen liebevollen Umarmungen.

„Nathalie", rief Derek Lovejoy, „ich habe in meinem Gepäck ein Geschenk von dem Filmregisseur Hisato Kenyi, Sie erinnern sich des Herrn aus Tokyo? Wir wollen im nächsten Jahr etwas Filmisches machen, wobei Sie eine wichtige Person sein werden. Wann ist mein Besuch recht?" Er möge zum Nachmittagstee gegen 17 Uhr kommen.

„Er will dich wohl allein sprechen, Nathalie", sagte Victor, „ich werde mich anderweitig nützlich machen. Du hast ja auch einiges an Überraschungen zu bieten, meine Liebe."

Derek Lovejoy erschien wie ein Grandseigneur in einem weißen, sehr präsidialen Anzug bester Provenienz. Nathalie hatte die von ihm geliebte Kombination angezogen, nämlich eine schwarze, seidene Hose und die Bluse mit dem gestickten Drachen. Das kunstvolle, sehr japanisch verpackte Geschenk legte Derek auf den Tisch, dann sah er Nathalie langsam und forschend an.

„Nathalie, du siehst wie immer wundervoll aus, so richtig glücklich."

„Ja, Derek, das bin ich auch, mir geht es gut, sehr gut. Wie sollte ich nicht glücklich sein, denn ..." Und dann lächelte sie ihren sie offensichtlich immer noch anbetenden Chef an, „Derek, wir erwarten ein Kind ..."

Dem Präsidenten fiel vor Schrecken fast die Tasse mit Tee aus der Hand. „Wir?" fragte er gedehnt mit ängstlichem Blick: „Wir, wer ist wir?" Und dann jagte es durch sein Gehirn: „das war doch damals mit uns im Mai, vielleicht war es doch so, das Kind von mir" – das hoffte er sehnsüchtig. Nach einem Schrecken von mehreren Sekunden fragte er noch einmal: „Nathalie, wir, wer ist wir, wer sind wir?"

„Nun Derek, Victor und ich."

Dem armen Derek raste der Schreck in alle Glieder, dann hatte er sich sehr schnell wieder in der Gewalt. „Na, dann herzlichen Glückwunsch! Und wann wird das ... Ereignis stattfinden?"

„Ich rechne Ende März nächsten Jahres." Tausend Gedanken schossen durch Dereks Kopf. Sie, Nathalie, die Hauptfigur im Ablauf des EROM-Geschehens würde dann spätestens Ende des Jahres für Monate ausfallen!

„Du bist traurig, Derek?"

„Das mußt du verstehen, Nathalie. Damals in London hatten wir ausgemacht, daß ihr, Victor und du, wenigstens drei Jahre lang sozusagen als unabhängige Persönlichkeiten agieren solltet. Das ist ein schwerer Schlag für unser Programm."

„Warum, Derek? Bin ich dann für mein Aufgabengebiet, nämlich Unterweisung der Gäste im geistigen Bereich, zur Meditation unter dem von dir erworbenen Bergkristall weniger geeignet? Ich möchte höchstens zwei Wochen ausfallen."

„Zwei Wochen, Nathalie, das kann ich kaum glauben."

„Ist denn ein Kind bei euch EROM-Leuten etwas Schlechtes, Derek?"

„Aber nein, Liebe, nein, durchaus nicht."

„Na also."

Nun, nach diesem Schrecken jagten Gedanken der Fürsorge durch den präsidialen Kopf. „Nathalie, wir müssen mit der besten Klinik sofort Verbindung aufnehmen. Du solltest bald die erste Fachuntersuchung machen lassen, dann laufende Kontrollen. Ich denke an die berühmte gynäkologische Station bei Miami/Florida, wo viele prominente Frauen geboren haben. Ich nehme sofort die Verbindung auf."

„Nein, Derek, bitte nicht, ich habe mich schon entschieden für den Ort der Entbindung. Ich gehe ..., das heißt, ich fliege ... zu den Xanus!"

Daraufhin verlor der Präsident wirklich seine Fassung. „Nathalie, bist Du ganz von Sinnen? Und Victor, was sagt der dazu?"

„Derek, ich bin nicht von Sinnen, sondern sehr entschlossen, und Victor respektiert jetzt – wenn auch nach einigem Zögern – meinen Entschluß."

„Aber die Hygiene dort bei den Wilden, ich meine, bei den ziemlich primitiven, wie steht es damit, meine liebe Nathalie?"

„Derek, ich habe mir eine Geburt dort angesehen, die physischen Umstände sind eben anders als bei uns, aber die seelische Hygiene ist großartig. Lieber Derek, ich fühle mich sehr gesund, unser Arzt aus Recife hat mich hier verschiedentlich untersucht, es ist alles in Ordnung. Ich hoffe, nein, ich weiß, daß ich ein schönes und gesundes Kind in diese „Esperanza"-Gesundheits- und Freudenfarm bringen werde."

„Nathalie, du must deinen Weg gehen, aber – ich bange um dich."

„Derek, du sollst nicht bangen, sondern mir viele gute, positive Gedanken senden, das ist wichtiger. Nichts Negatives, bitte."

Derek schien sein Gleichgewicht wieder zu finden. „Ja, meine liebe, liebe Nathalie, ich werde dich in meine Gebete einschließen, das verspreche ich dir."

„Ich danke dir, mein Lieber". Dann nahm sie seinen Kopf in beide Hände und drückte einen herzlichen Kuß auf seine Lippen. „Ich danke dir, Derek."

Die letzten neun Tage waren hektisch wie immer bei solchen Einweihungen. Dr. Schmid baute zur Sicherheit wegen einer möglichen Überlastung des Stromnetzes einen zusätzlichen Generator auf. Die Zeltstadt stand bereits. Auf Anfrage besonders der Medienleute hatten sich siebenundzwanzig Frauen und Männer gemeldet, die gern das „Baumwohnen" erleben wollten. Victor hatte darauf gedrängt, daß man in die Einladungen noch schreiben möge, es sei schön, wenn sich die Gäste dem Ort entsprechend eher sportlich bekleideten. Nun, die Leute der Medien waren ohnehin locker genug, aber die vielen Offiziellen? Ein Herr muß ja auch in dem heißesten Land Südamerikas mit Anzug und Krawatte erscheinen, sonst demontiert er seine Persönlichkeit. Das sollte sich bestätigen, denn alle Ehrengäste der Regierungen von Brasilien, Guayana und Venezuela kamen „korrekt" gekleidet. Selbst der Präsident des großen, wirtschaftlich geplagten Landes am Amazonas würde mit acht Ministern, Staatssekretären und Vertretern anderer interessanter Organisationen kommen. So etwas hatte man nicht erwartet.

Man mußte neidlos zugeben, EROMs Organisatoren verstanden es, diese „Esperanza"-Idee mit Geschick und Überzeugung darzustellen. Es war ein großer Empfangsabend mit viel brasilianischer und guayanischer Folklore und origineller festlicher Musik. Fackeln, Fanfaren und Rhythmus.

Präsident Lovejoy sagte nach der üblichen Begrüßung: „Sie wissen, meine Damen und Herren, daß unser Konzern sich um neue Ideen bemüht. Hier auf der „Esperanza" sind diese Wirklichkeit geworden, lassen Sie sich überzeugen."

Senor Enrique trat ans Mikrofon: „Der heutige Abend gilt dem Kennenlernen, aber morgen früh um neun Uhr möchten wir Sie zu einem Rundgang bitten. Wir haben dazu sieben Gruppen gebildet, die entsprechend qualifiziert geführt werden."

Und Victor sagte: „Morgen um sechzehn Uhr soll eine Meditation abgehalten werden, und zwar an dem herrlichen Bergkristall, den die Regierung von Guayana uns generös überlassen hat. Die Ihnen allen wohlbekannte Senora Nathalie Chaux-Wong wird diese leiten. Darf ich noch einmal feststellen, wer teilnehmen wird? Bitte, die Hände hochzuhalten." Alle Hände schnellten nach oben, das wollten sie sich nicht entgehen lassen.

Nathalie hatte auf Wunsch der „Ascott"-Directrice nun wie immer einen vom Hongkong-Schneider sehr individuell kreierten hellblauen, seidenen Hosenanzug angezogen. Das lange, schwarze Haar war zu einem Knoten zusammengefaßt, so daß der schlanke Hals sich hinreißend über dem Dekolleté erhob. Die Mitte des großen Ausschnitts schmückte ein goldgeformtes, aus dunkelblauen Saphiren gebildetes achtspeichiges Rad, das Symbol des buddhistischen Weges zur Erkenntnis.

Auch Victor befolgte den Vorschlag von „Ascott Ltd." gern, denn sein sehr maskulin geschnittener Seidenanzug hatte die gleiche Farbe wie Nathalies Hosenanzug. Beide waren immer wieder von Verehrern und Bewunderern umgeben. Natürlich hielt sich auch Mrs. Fulbright in der Nähe Victors auf. Bei einer passenden Gelegenheit zog sie ihn zur Seite: „Mein lieber Junge, was habe ich gehört? Nathalie bekommt ein Kind? Sie wird dann wohl erst einmal hierbleiben, aber du Armer. Na, laß nur, du kannst auch allein für uns arbeiten, wir werden dich an der richtigen Stelle einsetzen." Victor quittierte diese Feststellung mit einem breiten Lächeln, dann sagte er: „Mal sehen, Madame, wie die Geister des Urwaldes sich entscheiden werden, warten wir's ab." Mrs. Fulbright schien keineswegs befriedigt von dieser Antwort.

Am nächsten Morgen wurden die Gruppen durch die stattliche Anlage der „Esperanza"-Farm geführt. Während Nathalie im Gesundheitszentrum die verschiedenen Therapien erläuterte, die vorgesehen waren und ein geschulter Obergärtner das Wesen des biologischen Landbaus erklärte, freute sich Yasouku Sou über das große Interesse an ihrem Kolibri-Garten. Sie erntete hohe Anerkennung für diese Idee, und alle waren natürlich von den kleinen „Elfen" begeistert. Alle Angestellten von „Esperanza" standen Rede und Antwort: Enrique für die Baumsiedlung, Victor besonders bei der Darstellung der wichtigsten Vegetationsformen auf dem Lehrpfad durch den Wald. Als die Gruppe etwa eineinhalb Stunden unterwegs war, schrie eine junge Journalistin laut auf. Große Angst bemächtigte sich der Gruppe. War sie etwa von einem Puma angefallen worden – oder war eine Python die Ursache ihres Entsetzens? Nein, keineswegs, sie war mit ihrem Absatz auf einen gut getarnten Riesenfrosch getreten. Alles sei ungefährlich hier, beruhigte Victor die Gruppe. Der Vorfall zeige aber auch, wie weit wir Stadtmenschen uns von der Natur entfernt hätten. Hier im Amazonas-Wald sei zwar Vorsicht am Platze, aber Angst sei keineswegs angezeigt.

Das sei eben die Urnatur. Im übrigen müßten wir alle Sorge tragen, daß die Regenwälder nicht weiter dezimiert würden, man möge daher diese Belehrung über die totale Recycling-Anlage Regenwald respektieren. EROMs sanfter Tourismus besonderer Art werde zu diesem neuen Bewußtsein beitragen.

Nach der Mittagspause fieberte alles der Meditation mit Nathalie entgegen. Kein Presseorgan, kein Fernsehen, das nicht über die Meditation vor einiger Zeit berichtet hätte. Die schöne Eurasierin schien mit einer ganzen Heerschar von Geistern zusammenzuarbeiten.

Nathalie erschien in einem schlichten, weißen Leinenkleid, Schmuck und Accessoires waren sparsam verwendet. Auf einem Tisch hatte man eine Menge kleiner Kristalle ausgebreitet. Jeder, so sagte Nathalie, möge sich den Edelstein seiner Wahl nehmen, nicht lange zögern, sondern instinktiv zugreifen. Dann nahmen alle in Form von mehreren Kreisen auf dem Rasen Platz. Nathalie wollte alle diese Menschen an ihre Leitung, an ihren Stromkreis anschließen.

Sie erhob sich, schritt auf den großen Bergkristall zu und bat um Ruhe: „Schwestern und Brüder, ich freue mich sehr, daß Sie hierhergekommen sind. Ich werde Ihnen einiges vermitteln von der Strahlkraft dieses Edelsteins. Dank dem Präsidenten Lovejoy, das er dieses Kleinod für „Esperanza" zur Verfügung gestellt hat." Der Applaus der Zuhörer galt Derek Lovejoy, der neben Nathalie saß. Sie sagte, man werde keine Sensation von dieser Sitzung erwarten dürfen, sie wolle nur vermitteln, welche starken Od-Kräfte von dem Obelisk ausgingen. Man möge sich an den Händen fassen, die Gedanken beruhigen. Das sei schwer für die der zivilisatorischen Hektik preisgegebenen Menschen, aber es führe kein Weg zur wirklichen Harmonie als über das Erkennen seines Selbst im Schweigen. Sie trat vom großen Kristall zurück und faßte Dereks und Victors Hände. „Ich bitte um absolutes Schweigen."

Es war erstaunlich, daß alle Anwesenden die Zeitspanne von dreißig Minuten durchhielten. Wohl die meisten spürten einen Kraftstrom durch den Körper fließen, dabei empfanden viele die Aura oder den den Nachbarn umgebenden Od-Körper.

Nathalie bot ein Colloquium nach dem Dinner im „Yanu" an. Viele kamen, alle akzeptierten die Wirklichkeit der Od-Kraft oder der Aura, die jedes Geschöpf Gottes bis herunter zum Stein umgibt. Den meisten war auch die Kirlian-Fotografie bekannt, die solch eine Aura nachweist, und zwar in Farben. Eine Dame fragte, ob Nathalie die Aura des Menschen erkennen könne. Sie hoffe, sie sei auf dem Weg dahin und erwarte von ihrem Schutzgeist weitere Hilfen, um zu empfangen und auszudeuten, was von den sieben Haupt-Chakren ausstrahle. Was denn mit dem Geist sei, der immer mit dem physischen Körper des Menschen verbunden sei?

„Meine Damen und Herren", sagte Nathalie nach den langen Gesprächen, „wir kommen mit diesen Fragen auf das Gebiet der Religion. Vielleicht wissen die Kirchen und andere Institutionen darüber mehr auszusagen, aber dies dürfen wir feststellen: der Geist ist unsterblich, und wir müssen in Würde mit ihm umgehen. Ein jeder von uns muß hier auf Erden seine Lehrzeit durchmachen, um nach dem Tode in einer anderen Sphäre weiterzuarbeiten. Das ist Gesetz seit der Schöpfung. Wenn dieser Nachmittag und Abend Sie zum Nachdenken über die wichtigste Frage in Ihrem Leben angeregt hat, so freue ich mich.

Meine Damen und Herren, die Menschen sind sensationslüstern und die Medien überbieten sich oft mit der Erfüllung ihrer Erwartungen. Schreiben oder sprechen Sie darüber, daß hier ein Modell ganzheitlichen Denkens und Handelns vorgestellt wird, das viele Entsprechungen finden muß."

Die Gäste zur Premiere von „Esperanza" blieben etwa eine Woche, studierten eifrig alle Einrichtungen, so die Pionierleistung der konsequent angewandten Photovoltaik oder das Gesundheitszentrum. Einer der brasilianischen Minister wollte ganz anonym den spirituell arbeitenden Arzt Dr. Lorenzo Moreira konsultieren. Danach ließ er sich an einer Niere operieren. Auch Monica Cruceiro, die Geistheilerin von den Philippinen, wurde oft beansprucht. Sie arbeitete nicht wie Dr. Moreira mit dem Skalpell, sondern griff mit den Händen direkt in den Körper hinein und entfernte zum Beispiel Wucherungen und andere Mißbildungen. Nach jeder Operation und nachdem die Helferin das Blut abgewischt hatte, waren die Wunden automatisch geschlossen. Keine Narben waren mehr sichtbar . Es zeigte sich übrigens mehr und mehr, daß manche der so sicher wirkenden Reporter seelisch oft sehr „kaputt" waren. Lebensberatung und Therapie zeigten ihnen den Weg zur Gesundung. Allen war klar, daß diese wirklich alternative Gesundheitsfarm ein großer Schritt nach vorn sei.

Die Journalisten und anderen Gäste waren abgereist, die Medien berichteten im allgemeinen begeistert über diesen letzten Clou von EROM.

Noch zehn Tage bis zum Eintreffen der ersten Gruppe der „touristischen Gäste. Etwa dreißig Prozent davon kamen aus Europa, zwanzig Prozent aus Japan und die Hälfte aus dem amerikanischen Kontinent. Präsident Lovejoy wollte bis zum 1. November bleiben. Eines Tages fragte er Nathalie, wie es denn mit den Xanus weiterginge. Ob sie noch an dieser skurrilen Idee festhalte, ihr Kind dort zu gebären.

„Das war nicht schön gesagt, Derek, du müßtest mich gut genug kennen und wissen, daß ich mich keinen 'skurrilen' Dingen hingebe. Aber zu deiner Beruhigung: unser Xanu Xerxes brachte mir eine Botschaft vom Häuptling Tiego. Sie seien hoch geehrt, daß ich die Geburt bei ihrem Stamm vollziehen werde. Das ganze Dorf habe einen Abend lang vor Freude gefeiert, und sie warteten sehr auf das weiße Kind. Auch berichtete er, daß für die Besuchergruppen, die er höchstens einmal im Monat erwarte, extra ein Haus nahe am Flußufer gebaut werde. Die „Geburtsfrauen", jene sanften Helferinnen in der „Hütte der Anfänge", entboten der großen Frau Nathalie ihre Grüße und Wünsche für die Zeit der Schwangerschaft."

„Ich sehe, Nathalie, da ist nichts mehr zu machen, lassen wir das Schicksal seinen Lauf nehmen", sagte Derek.

„Lassen wir es laufen, Derek, wir werden einen guten Weg betreten, ich weiß es ..."

Die erste Gruppe der „Touristen neuer Art" reiste am 1. November an. Bald hatte sich die Organisation eingespielt. Nathalie versah ihren hingebenden Dienst bis Anfang März. Wenn sie mit ihrem gerundeten Leib vor dem Obelisk stand, natürlich von „Ascott" entsprechend „bekleidet", erntete sie Beifall und Ehrfurcht.

Am 3. März brachte das kleine Sportflugzeug die Hochschwangere zusammen mit Xerxes und Victor zum Feldflughafen. Von dort kam man im Baumboot glücklicherweise gut über die drei Stromschnellen und wurde sehnsüchtig erwartet. Das ganze Dorf stand dichtgedrängt am Ufer, ehrte die schöne Frau mit frohen Tänzen. Die bunt bemalten Männer warfen ihre Speere in die Luft. Willkommen, sei gegrüßt, Schwangere, die du die Verheißung aller guten Geister in dir trägst!

Tiego stand in seiner schönsten Festtracht vor seiner Hütte. „Die göttlichen Geister der Wolken, der Wasser, der Bäume und der Winde seien dir gnädig!" Die kleine Hütte war liebevoll für das Paar ausgestattet.

Am 7. März kamen die Wehen immer schneller, und Victor geleitete Nathalie zur Geburtshütte. „Victor, komm mit, sei dabei." Es gab aber Schwierigkeiten, denn die „Geburtsfrauen" verweigerten ihm den Zutritt, das sei nur Sache der Frauen, ein altes Gesetz. Erst die Intervention beim Häuptling gab Victor das Recht, der Geburt beizuwohnen. Oh, wirklich, die Atmosphäre war wie die von Nathalie berichtet, beeindruckend in ihrer schlichten Menschlichkeit. Wieder hockten die drei Frauen vor Nathalie, die sich am waagerechten Balken festhielt. Sie litt Schmerzen und stöhnte laut, schrie einige Male „Victor, Victor". Ein leichter Räucherduft durchzog die Hütte, und der eintönige Gesang der Frauen beruhigte Nathalie. Die erste Geburtshelferin, eine alte Frau, strich immer wieder über den Leib, Sprüche murmelnd, betend. Victor erlebte diese sich endlos dehnenden Minuten mit großer Angst. Die Preßwehen verlangten das Durchstehen der oft stechenden Schmerzen. Nathalie kämpfte tapfer.

Dann aber, Victor warf einen flüchtigen Blick auf seine Uhr, dann um 12.03 Uhr trat nach einem großen Aufschrei Nathalies der Kopf des Kindes heraus, und schnell folgte der kleine Körper. Ein Schrei ertönte, der erste Schrei des Kindes.

„Victor, Victor, es ist gesund und es ist ein Mädchen." Die erschöpfte Nathalie sank glücklich auf die Schilfmatte, das Kind auf ihrem Körper. Es wurde von der alten Frau abgenabelt. Nach etwa zehn Minuten trat die Plazenta heraus. Auch die Nachgeburt wurde auf Nathalies Leib gelegt. Victor beugte sich glücklich über seine Frau: „Meine allerliebste, tapfere Nathalie, ich gratuliere dir. Ein gesundes Mädchen, ein schönes Kind!" sagte, über das faltige kleine Wesen gebeugt, der etwas enttäuschte Vater.

„Victor", flüsterte Nathalie leise, „dieses Glück, oh, dieses Glück ..."

„Wenn wir nur einen guten Namen finden, Nathalie, einen Namen, der deiner würdig ist." Trotz des Halbdunkels konnte Victor das verschmitzte Lächeln der jungen Mutter sehen.

„Oh, Victor, ich weiß jetzt den Namen: Sie heißt 'Victoria Xanu'."

Wie ein Lauffeuer ging die Nachricht von Hütte zu Hütte, und dann kamen sie zum Geburtshaus gelaufen. Alle warteten freudig auf die junge Mutter und den Säugling. Gegen 17 Uhr geleitete Victor und eine der jüngeren „Geburtsfrauen" Nathalie zu ihrer kleinen Unterkunft. Dort war alles an einfacher Babyausstattung bereit entsprechend dem Klima im feuchten, heißen Regenwald. Nach einer Woche gab es eine sehr herzliche Verabschiedung, bevor Nathalie und Victor vom Häuptling Tiego besonders geehrt wurden: sie bekamen das Recht, auf Dauer hier im Dorf zu wohnen. Ihnen wurden Xanu-Namen gegeben. Nathalie hieß Nauna, was soviel wie „schöne Blume" bedeutet. Victor bekam den Namen Iitgato, die Bezeichnung für einen großen Kämpfer. Und der Säugling wurde von dem Schamanen

Rowi durch das Bestreichen mit verschiedenen Kräutern geweiht und erhielt den herrlichen Namen Hea Hoa, das bedeutet „Blume des Windes". Er prophezeite, daß sie oft wieder ins Dorf komme. Viele Male.

Unter Winken und Beifall glitt das Boot stromabwärts, überquerte die Stromschnellen bis zum kleinen Flugplatz, dann ging es ins Flugzeug. Eine Stunde lang hatten sie ein grünes Meer unter sich. Nathalie hielt den Säugling fest in den Armen, der Vater lächelte glücklich. Vater, ja *Vater* Victor, dachte er, das heißt auch Pflichten. Ja, die wolle er gern erfüllen. Als Nathalie und Victor in „Esperanza" aus dem Flugzeug stiegen, klatschten der alte Stamm sowie eine große Gruppe der Touristen-Gäste Beifall. Auf einem Transparent stand: „Die Kolibris und wir grüßen Nathalie, Victor und Victoria Xanu herzlich. Wir sind glücklich, daß Ihr wieder da seid."

Einige Zeit später schwebte Derek Lovejoy in dem Turboprop ein. Mit einem großen Strauß von lila Catleyen ging er zum Bungalow Nathalies. Eine herzliche Umarmung, bewundernde Blicke auf den gerade laut schreienden Säugling und ein kräftiger Händedruck unter Männern. Derek ließ sich auf den Sessel fallen, richtig, Tränen standen in seinen Augenwinkeln.

„Nicht traurig sein, Derek, Victoria ist doch schließlich ein EROM-Kind." Derek schaute verschmitzt zu Victor, dann zur jungen, aufgeblühten Mutter: „Ja, ich habe leider in meiner Ehe in London keine Kinder gezeugt, aber, Nathalie, ich wäre auch gern der Vater deines Kindes geworden."

Nathalie drohte ihm mit dem Zeigefinger und lachte: „Derek, ich verzeihe dir diesen Ausrutscher – aber er war ja auch liebevoll gemeint."

„Wie soll es hier weitergehen mit dir, Nathalie?"

„Wenn EROM will, Derek, möchte ich gern mit dem Kind noch wenigstens zwei Jahre hier bleiben. Natürlich würde ich meinen Dienst wie gewohnt versehen, eher noch intensiver."

„Natürlich gern, Nathalie, herzlich gern, aber – was wird mit dem kommenden EROM-Projekt in Palm Spring am 'Ayers Rock" in Australien? Was machen wir ohne dich, oh Verzeihung, ohne euch beide?" Und dann haben wir ja auch einen Drei-Jahres-Vertrag, der sich ja automatisch jeweils um zwei Jahre verlängern sollte. Das dürft ihr nicht vergessen. Aber, ja leider, – oh Gott sei Dank – hat die Natur Vorfahrt, wenn man so sagen darf."

„Lieber Derek, ich spüre, daß dies meine letzte EROM-Station ist, für mich der Höhepunkt, der würdige Abschluß in der Kette der touristischen Projekte."

„Vielleicht aber könnten Sie, lieber Victor, uns dort helfen, wenigstens für das erste halbe Jahr? Ihre Arbeit hier könnte vielleicht ein anderer übernehmen, das ginge doch?"

Die Überraschung war Victor ins Gesicht geschrieben. „Ohne Nathalie und Victoria?"

„Das ist lieb von dir, Derek, ich meine, dein Vorschlag. Victor und ich sollten darüber nachdenken."

Sinnend und grübelnd ging Derek durch seine EROM-Anlage „Hoffnung". Er spürte überall den guten Geist unseres PR-Paares. Aber Nathalie war die Meisterin, die „Zauberin Gottes". Sie strahlte viel Harmonie aus, ihre wiederaufgenommenen Meditationen machten die Menschen sich ihrer selbst bewußt und waren Signale in einer Zeit, in welcher die Mitte mehr und mehr verloren war. Sie sei ja eigentlich nach der Geburt der Tochter eher noch schöner, noch begehrenswerter geworden. Dieses Glücksgefühl, dieses tosende Universum in jener Nacht in Tokio! Seit dieser Zeit seien eigentlich allerlei Blockaden bei ihm gelöst dank dieser Zauberin.

Am nächsten Tag verabschiedete sich Yasouku Sou. Sie wolle noch sechs Monate in Australien am Objekt Palm Springs arbeiten, dann folge sie einem Rufe als Professorin der Landschaftsgestaltung an die Universität Osaka.

„Was will EROM in der Wüste von Australien eigentlich machen – Steine und Felsen aufschichten?" Ja, genau das, es gebe etwas Sensationelles mit den Ureinwohnern und deren alter Kultur. Felsenwohnungen, Wohnen mit den Zwergkänguruhs, Safaris, Sport mit vielen Arten von Wurfhölzern und vieles mehr.

„Scheint mir ein bißchen verrückt", rief Victor, „aber auch originell."

Nathalie und Victor überlegten sich lange, wie man Derek vor allem aber das kritische Präsidium von EROM, beruhigen könne. Der Präsident hatte angedeutet, daß dies Gremium immer wieder auf den Drei-Jahres-Vertrag mit Verlängerung hinwies.

„Victor", meinte Nathalie schließlich, „ob wir einen Kompromiß schließen können? Wäre es dir zum Beispiel möglich, ein Opfer zu bringen? Ich denke, daß wir uns für ein Jahr trennen könnten. Du hilfst am Aufbau und in der Public-Relation in Australien, ich bleibe hier in 'Esperanza'."

„Ich allein, ohne dich und Victoria, das Opfer wäre zu groß!"

„Victor, du bist mein Mann und der Vater unseres Kindes. Nach einem Jahr wollen wir offiziell die Ehe eingehen, wäre das nicht herrlich? Vielleicht traut uns der inzwischen zahm gewordene Hochwürden Roberto in seiner kleinen Dorfkirche? Damit er sein Wunder hat!"

Mit Derek wurde ein Kompromiß geschlossen. Ein Jahr Mitarbeit in der australischen Felsenwüste, dann Freistellung Nathalies und Victors vom Vertrag. Aber dafür freie Mitarbeit für EROM. Das war akzeptabel.

„Victor, du bist nicht allein, wir bleiben telepathisch in ständiger Verbindung. Ich bin da jetzt erheblich weitergekommen, denke intensiv an dich – und du antwortest mir, zunächst telefonisch. Laß uns das üben, bis wir das Telefon mit dem Satelliten nicht mehr brauchen." So wurde es gemacht. Victor reiste ab, aber sie blieben eng verbunden.

Eines Tages bekam Nathalie ein Foto von Mrs. Fulbright, „mit schönen Grüßen". Das Bild zeigte Victor im Safari-Anzug auf einer Felsspitze stehend, sehr verwegen, sehr maskulin. Daneben posierte eine langbeinige junge Schönheit mit langem, blondem Haar, ebenfalls in einer Safari-Kombination, Original „Ascott Ltd." Dazu gelegt hatte sie einen Zeitungsausschnitt der „Sydney

News". Die fette Überschrift: EROMs neues Traumpaar? „Ist die Partnerschaft von Nathalie und Victor nur noch eine Legende?"

Nathalie wurde sehr nachdenklich, dann aber lächelte sie: „Diese Person muß immer noch Gift verspritzen. Am liebsten hätte sie wohl selbst auf dem Fels neben ihrem angebeteten Victor gestanden. Sie, Nathalie, aber kannte den Vater ihrer Tochter besser, er würde dieses Jahr gut überstehen. Nathalie flog noch zweimal zu den Xanus. Sie lernte mit Hilfe von Xerxes sehr schnell die Xanu-Sprache und konnte sich bald verständigen. Victoria war für die Bewohner im Dorf immer wieder Anlaß zum Feiern, das Kind sei auch ein Xanu-Mädchen, von den Geistern des Waldes und der Bäume geschützt, ein gutes Schicksal wurde vom Schamanen Rowi geweissagt. Das behauptete Häuptling Tiago immer wieder.

Unsere „Zauberin Gottes" beeinflußte viele Hunderte touristischer Gäste auf „Esperanza". Bei intensiver esoterischer Arbeit verstand sie es, die Aura der Menschen zu erkennen und die von den Chakren ausstrahlenden Farben zu deuten. Dadurch standen oft auch künftige harte Schicksale vor ihren geistigen Augen, die sie fest in sich verschloß.

Victoria war ein rechtes Naturkind, nach dreizehn Monaten watschelte sie auf ihren kleinen Beinchen wacker umher. Eines Tages kam das Kindermädchen aufgeregt zu Nathalie gelaufen, die gerade mit einer Gruppe unter dem Obelisk meditierte: „Senora, Senora, Victoria weg, verschwunden ist, ganz weg ..." Großer Alarm in der Siedlung, alle greifbaren Frauen und Männer suchten den Busch ab, der sich um die Häusergruppe ausdehnte. Der Ingenieur Felipo fand sie als erster und war entsetzt.

Victoria saß unter einem niedrigen Hibiskus-Busch vor einem Schlangen-Nest und spielte mit den jungen Reptilien, die etwa die Länge einer Kinderelle hatten. Sie koste und herzte die Tiere, legte sie um ihren kleinen Hals und wand sie um ihre Hände. Immer wieder faßte sie in das Nest und streichelte die vielen sich offensichtlich vor Freude windenden Reptilien.

Auf einen ängstlichen Zuruf kam Nathalie herbeigestürzt. Sie wußte, daß ihre Tochter in Ruhe von den Tieren gelöst werden müßte, kniete sich einige Meter weit vom Schlangennest entfernt und lockte die Kleine von ihren entzückenden „Spielgefährten" weg. Victoria, noch auf wackeligen Füßen, kam langsam auf die Mutter zu, völlig ohne Verständnis für diese Unterbrechung ihrer Spiele. „Da, da", jammerte sie und zeigte auf die sich ringelnden Schlangen, „oh Mama, da, da ..."

Ihr Schutzengel war offensichtlich bei ihr, denn es handelte sich um eine sehr giftige Spezies, die hier in Guayana besonders im Busch- und Waldland heimisch war. Francisco, der Gärtner, wußte mit Schlangen umzugehen. Er nahm das ganze Nest mit den Jungtieren und steckte es in einen großen Korb. Aber auch das weibliche Tier kam wütend herangekrochen und richtete sich bedenklich zum Angriff auf. Blitzschnell klemmte der Schlangenspezialist das Reptil mit einer langen Astgabel fest an den Boden, griff hinter den Kopf und beförderte es ebenfalls in seinen Behälter. Der Inhalt wurde in weiter Entfernung von „Esperanza" im Urwald ausgeladen.

Die guten Geister schwebten über „Esperanza". Viele Bedürftige konnten durch die hingebungsvoll arbeitenden Therapeuten Heilung finden, so daß die EROM-Anlage „Hoffnung" bald in aller Munde war.

Nach einem Jahr strammer Arbeit im Busch von Australien, im Herzen des fünften Kontinents nahe am 'Ayers Rock' kam Victor zurück, braungebrannt wie ein Pionier aus der Zeit der Entdeckungen. Nathalie blickte tief in die Augen ihres Mannes, nein, das war kein unruhiges Flackern, eine reine Aura umgab ihn. Sie hatte auch nichts anderes erwartet, denn ihre Verbindung über die Meere hinweg war eng gewesen. Später beschrieb Nathalie Victor manche Szenen, die sie vor ihrem geistigen Auge aus Australien beobachtet hatte und voller Verwunderung mußte Victor die Richtigkeit besonders einiger markanter Talräume, Felsgruppen und skurril gewachsener „Geisterbäume" bestätigen. Eine Art von

Fernsehen ohne technische Geräte. Brachliegende Energien warteten darauf, genutzt zu werden – wenn die Menschen erst einmal soweit sein würden, sie erkennen und nutzen zu wollen.

„Victor, mein Liebster, was war denn nun mit der schönen, blonden Anita? Im Abstand von einem Monat bekam ich immer wieder Zeitungsausschnitte, sogar Videokassetten zugeschickt über eure Unternehmungen als EROM-Paar, eure PR-Show. Die Berichte wurden mir immer anonym zugeschickt, es ist aber kein Zweifel, daß sie von deiner Verehrerin Fulbright kamen."

„Ja, es versteht sich, liebe Nathalie, daß wir für EROM gearbeitet haben. Das ist auch einmal ein wenig Showgeschäft, du kennst das ja. Im übrigen, ich muß bestätigen, das Mädchen ist bildschön und es wäre unehrlich, wenn ich nicht als Mann zugeben müßte, daß ihr Sexappeal stark war und sie auch bisweilen eine liebenswürdige Aggressivität in Richtung meiner Person entwickelte. Aber, Nathalie, du hattest mir immer wie auf eine unsichtbare Leinwand dein Bild projiziert und das unserer kleinen Victoria. Wir waren immer eng miteinander verbunden. Im übrigen aber, auch noch dies: Anita ist ein sehr ideales Modell, das von unseren Werbeagenturen als höchstes Ziel herausgestellt wird, aber mit ihrer Geistigkeit ist sie etwas zurückgeblieben, dieses gute Mannequin. Ein liebes Mädchen, aber ganz ohne Kreativität. Nichts, was diesem Projekt in Felsenklippen, Wohnhöhlen und exotischen Mineralmassen unter Einschluß der naturhaften Weisheiten der Ureinwohner hätte zugute kommen können. Da habe ich eher intensiv mit dem dortigen Projektleiter Robertson gearbeitet, um das von EROM gewünschte Besondere zu entwickeln. Ich hoffe, sie werden in diesem Sinne weitermachen und es zu einer guten Eröffnung und Demonstration für EROM bringen. Nun aber zu den Artikeln. Ich werde der giftigen, streitsüchtigen Mrs. Fulbright in einem Brief eine schallende Ohrfeige geben, weil sie dieses Gift immer wieder ausgestreut hat. Von Anfang an hat sie es darauf angelegt, unsere Gemeinsamkeit zu zerstören."

„Wozu, Victor, laß sie weiter vegetieren, hoffentlich stirbt sie nicht an ihrer unglücklichen Liebe zu dir!"

Eine Woche ungeahnter Harmonie in der Rundhütte, die nun den Namen Victoria-Xanu erhalten hatte. Das Haus war ihr Heim geworden, Derek ließ es als ihr Eigentum in das neue Register von „Esperanza" eintragen.

In diesen Tagen fand auch die kirchliche Trauung in der kleinen, bescheidenen Dorfkirche von Villa Nova statt. Priester Roberto war stolz, eines der berühmtesten Paare der Weltöffentlichkeit trauen zu dürfen. In der „Vorbereitung" fragte er, ob beide doch auch der richtigen Kirche .... ja, der richtigen Religion angehörten. Natürlich, ja doch, hatte Nathalie versichert, sie seien doch beide Christen, wären aber in ihrem Gesichtskreis durchaus nicht irgendwie eingeengt. Er, Hochwürden, wisse ja ... Hochwürden nickte, ja, er habe die ihm angegebenen Bibeltexte sowohl des Alten als auch des Neuen Testamentes studiert. Ja, die Geister Gottes seien immer zu spüren.

Schon vor der Kirche staute sich die neugierige Menge, das kleine Gebäude konnte kaum die Mitarbeiter von „Esperanza" fassen. Nathalie trug ein schlichtes, weißes Kleid, im Arm einen großen Strauß kostbarer blauer Vanda-Orchideen. Victor war „à la Ascott Ltd". gekleidet, und zwar in einen sehr individuell geschnittenen, weißen Seidenanzug. Als Ehrengäste saßen EROMs Präsident Derek Lovejoy, der Kultusminister von Guyana sowie der Gouverneur dieses Gebietes und andere wichtige Leute in den ersten Bänken. Ein unvergeßliches Bild, wie Hochwürden Roberto in seinem feinsten goldbestickten Gewand vor dem Altar stand. Die Fenster der Kirche waren weit geöffnet, und die Schwalben flogen durch den Raum, um zu ihren an den Dachbalken gebauten Nestern zu gelangen. Der Spieler am Harmonium tat sein bestes, um die Choräle zu intonieren. Auch Victoria war dabei. Auf Wunsch Nathalies brachte das Kindermädchen die Kleine auf dem Arm hinein, das in Liebe gezeugte Kind sollte anwesend sein. Oft wurde die Predigt vom „Mama, Mama"-Lallen Victorias unterbrochen. Dann ging ein leises Lächeln über die Gesichter des Brautpaares und schließlich hatte auch unser guter Pfarrer Roberto Tränen in den Augen. Nein, dieses Glück, daß er, der kleine Pfarrer aus dem Busch von Guayana, diese Trauung durchführen durfte.

Als sie vor dem Altar knieten und Roberto, der treue Diener Gottes, seine Hände auf die Häupter des Brautpaares legte, rollten Tränen des Glücks über die Wangen Nathalies. Dann – innerhalb weniger Sekunden – als sie in das gütige Gesicht des Pfarrers sah, geschah die Wandlung: Sein Antlitz nahm ganz deutlich die Züge ihres geistigen Helfers *IMHOTEP* an. Ja, er war es, er weilte in dieser Stunde des Glücks bei ihr und nickte ihr zu, als wolle der sagen: „Nathalie, du bist auf dem Weg, ich stehe dir immer bei."

Oh, mein Hergott, ihr guten Geister dieses Universums, helft uns, laßt dieses Glück des Bewußtwerdens und des Bewußtseins dauern!

„Die Trauung des Jahres" stand bald in den Magazinen der Welt. Obwohl Nathalie und Victor die Feier ohne Öffentlichkeit wünschten, hatte Präsident Lovejoy doch einige Presseagenturen unterrichtet.

Nathalie und Victor blieben noch etwa drei Monate in „Esperanza". Während dieser Zeit fand Nathalie eine junge Mestizen-Frau, die esoterisch hochbegabt war und im Sinne der „Zauberin Gottes" weiterarbeiten konnte. Auch Victors Arbeit wurde an andere Talente übertragen.

Wenn es um den endgültigen Wohnsitz für die Familie ging, dann kam Nathalie immer wieder ins Schwärmen über die Provence, und sie äußerte den Wunsch, dort endgültig zu bleiben. Ein kleiner, alter, aber modern umgebauter Bauernhof ist heute der Dauerwohnsitz unseres prominenten Ehepaares. Er liegt auf einer Hügelkette der südlichen Provence. Von der Terrasse geht der Blick weithin über sanfte Hänge mit Pinien, Zypressen und Mandelbäumen. Allerlei Tiere beleben den schönen Besitz, für die Kinder zum Anfassen und Spielen so wichtig. Ja, Kinder, ..., das muß noch erwähnt werden: ein Jahr nach der Trauung in Villa Nova gebar Nathalie einen gesunden Sohn. Er wurde Victor genannt und ist das Prachtstück der Familie Chaux-Jung.

Nur einmal verließ Nathalie den trauten Kreis der Familie und stand vor der Kamera, denn dem Wunsch Dereks und ihres Seelenfreundes Kenyi konnte und wollte sie sich nicht entziehen. Nathalie spielte ihr eigenes tragisches Geschick im Japan des 17. Jahrhunderts, als sie, falsch beschuldigt, nach qualvollem Leiden unter das Schwert des Scharfrichters geriet. Die Zeit unter dem damals mächtigen Shogun wurde wieder lebendig. Niemals hat eine Schauspielerin ihr eigenes, früheres Leben am Ort des Geschehens so lebendig dargestellt, niemals zuvor und wohl niemals wieder. Die Weltöffentlichkeit war erschüttert und begeistert, diese Nathalie, diese großherzige, liebevolle Frau, verzauberte die Menschen. Nach den anstrengenden Monaten, in denen Victor ihr liebevoll zur Seite stand, flogen sie zurück nach Europa auf ihre schöne „ferme" in der Provence.

Victor arbeitete an seinem Roman über die Unzulänglichkeit der Menschheit, den Kampf um den blauen Planeten mit des bisherigen Mitteln zu bestehen. Er kämpfte leidenschaftlich, und seine dramatischen Aufforderungen und Auftritte an wichtigen Plätzen der Welt zeigen heute noch ihre Wirkung.

Das Buch Nathalies, das genau zwei Jahre nach ihrem Fortgang von „Esperanza" erschien, hat den Titel: „Über die Taifune der Seele". Es war ebenfalls ein Welterfolg und wird es noch lange bleiben.